中國古典文學基本叢書

西崑酬唱集注

〔宋〕楊億 編
王仲犖 注

中華書局

圖書在版編目(CIP)數據

西崑酬唱集注/(宋)楊億編;王仲犖注. —北京:中華書局,2018.1(2024.8 重印)
(中國古典文學基本叢書)
ISBN 978-7-101-12876-5

Ⅰ.西… Ⅱ.①楊…②王… Ⅲ.西崑體-注釋-中國-北宋 Ⅳ.I222.744.1

中國版本圖書館 CIP 數據核字(2017)第 260544 號

責任印製:韓馨雨

中國古典文學基本叢書
西崑酬唱集注
〔宋〕楊 億 編
王仲犖 注
*
中 華 書 局 出 版 發 行
(北京市豐臺區太平橋西里 38 號 100073)
http://www.zhbc.com.cn
E-mail:zhbc@zhbc.com.cn
大廠回族自治縣彩虹印刷有限公司印刷
*
850×1168 毫米 1/32 · 15⅜印張 · 2 插頁 · 200 千字
2018 年 1 月第 1 版 2024 年 8 月第 4 次印刷
印數:4301-4800 册 定價:68.00 元

ISBN 978-7-101-12876-5

前言

《西崑酬唱集》二卷，宋楊億編集，是楊億、劉筠、錢惟演等十七人的唱和詩集。集中共收詩二百五十首，其中楊億、劉筠、錢惟演三人的詩就佔了全集的五分之四以上，即二百零二首；其餘十四人的詩，從一首到七首，一共是四十八首，佔全集的五分之一不足。

這部唱和詩集開始於宋真宗景德二年（公元一〇〇五年）的秋天，結束於大中祥符元年（公元一〇〇八年）的秋天，前後剛有三年的時間。景德二年九月，宋真宗命王欽若、楊億等人，開始編纂一部一千卷的巨著，先擬名叫《歷代君臣事迹》，後來這部書到大中祥符六年（公元一〇一三年）編纂完成，定名《册府元龜》。參加這部書編纂工作的人，都集聚在祕閣裏。祕閣是帝王藏書的地方，在《山海經》的《西山經》裏，説崑崙山之西，有一座山叫玉山，是西王母居住的地方。《穆天子傳》裏説「天子升于崑崙之丘，至于群玉之山，先王之所謂册府。」册府就是指藏書的地方，於是宋代的藏書處祕閣，也就採用這個典故，稱它爲西方崑崙山的玉山、册府，所以在祕閣編出來的《歷代君臣事迹》，後來定名爲《册府元龜》，在祕閣裏參加編纂工作時的唱和詩集，稱之爲《西崑酬唱集》。

參加唱和的十七人，並不是人人都參加祕閣的編纂工作的，像張詠、舒雅，都不經常在東京，丁謂、錢惟濟也没有參加祕閣的編書工作，只是因爲和楊、劉等人有詩歌往還唱和，所以他們的作品，也被收入在這本唱和集裏了。

參加唱和的十七人，大都是封建地主階級的上層人物，其中很多人，都是所謂文學侍從之臣。有些人後來地位還爬得很高，如丁謂，做到宰相，封晉國公，錢惟演做到了樞密使。由於他們大都在當時是文學侍從之臣，能够接近皇帝，因此他們對當時的政治動向，較一般地主階級要清楚。對帝王的私生活——這在當時是嚴禁洩密的，也略有所聞。這些内容，在他們的平日作品裏，都有所反映。譬如集内的《宣曲》詩，就是最好的例子。《宣曲》詩是講到宋真宗私生活這方面的。江休復《嘉祐雜志》裏説：「上在南衙，宋真宗未即帝位前，任開封府尹時。嘗召散樂伶丁香，晝承恩倖。楊、劉在禁林，作《宣曲》詩，王欽若密奏，以爲寓諷，遂著令誡僻文字。」《續資治通鑑長編》也説：「大中祥符二年（公元一〇〇九年）春正月己巳，御史中丞王嗣宗言：『翰林學士楊億、知制誥錢惟演、祕閣校理劉筠唱和《宣曲》詩，述前代掖庭事，事涉浮靡。』乃下詔風勵學者，『自今有屬詞浮靡，不遵典式者，當加嚴譴。』」可見這部《西崑酬唱集》一編成流布，就被楊億的政敵們作爲最好的告御狀材料，把它告到宋真宗那兒去，罪名是洩漏掖庭春光，由此而給予警告的處分。但事情也很奇怪，本來像《西崑酬唱集》這一類的唱和詩集，往往自生自滅，是不容易受人注意的文學作品項目，由於得到「屬詞浮靡，不遵典式」的警告，反而抬高了這部詩集的身價，反而使人注意它起來。

在宋真宗景德元年（公元一〇〇四年），遼兵大舉南下，簽署樞密院事陳堯叟建議避往西蜀，參知政事王欽若建議逃向金陵，宰相寇準主張抵抗，並請真宗親統大軍去澶淵前綫。遼大軍南下後，其前鋒大將撻覽中流矢死，遼朝看到南進受阻，攻宋一時未易得手，就放棄索取關南土地的要求，轉而與宋議和，並想藉此勒索大量歲幣。宋遼和議成立，逃跑派以王欽若爲首，轉而在宋真宗前攻擊寇準等主戰派請皇帝至澶淵前綫是「孤注一擲」，宋遼澶淵的議和是「城下之盟」，並進説真宗用神道設教，僞造天書，行封禪泰山，祀汾陰后土等典禮，來欺騙人民，提高皇室威望，鞏固封建統治。這一部詩集的結集，正是在大中祥符元年的秋天。這一年的開春，宋真宗正聽從了王欽若等的進言，僞造了一幅黄帛天書，挂在宫城的左承天門上。同年的冬天，宋真宗還親去泰山，舉行封禪大典。接着而來的是在首都和各地大興土木，趕造許多宫觀，來求神仙，求子嗣。這種祠神求仙的歪風，早在景德末年就開始刮起來了，作爲帝王文學侍從之臣的楊億、劉筠等，是不會不覺察到這一點的。所以他們在這部《西崑酬唱集》裏，像在《漢武》、《明皇》、《南朝》等詩篇中，曾借古諷今，在一定程度上，反映了他們不同意宋真宗這種求仙祀神、大興土木的作法。這些詩篇，在當時統治階級文壇上，不能不説是具有一定史料價值的作品。

從整部《西崑酬唱集》的内容來講，其詩篇題目如《别墅》、《夜讌》、《直夜》、《屬疾》、《霜月》、《清風》、《鶴》、《螢》、《燈夕寄内翰虢略公》、《戊申年七夕》之類，大都反映了這些文學侍從之臣的流連光景腐朽空虚生活，是内容不十分健康的作品。

這參加《西崑酬唱集》的十七個人，其政治觀點也是分歧很大的。主要表現在兩個問題上。第一個問題就是上面講到的對宋真宗祀神求仙、大興土木這些問題上。楊億替宋真宗草東封詔，原文有「不求神仙，不爲奢侈」等語，宋真宗看了詔文草稿，就把這兩句很重要的話删去了。可見楊億是不贊成東封的，更不贊成大興土木趕造無益於用的這些奢侈措施的。而丁謂等人却相反，他們拚命用這些來迎合真宗，以圖取得高位厚禄。當時丁謂是權三司使，掌握國家財政大權，宋真宗想去封禪泰山，必然帶率千乘萬騎，一路州縣供應，費用必定很大。真宗爲此詢問丁謂財政方面能否有辦法，丁謂的答覆是：「大計有餘。」這樣，真宗封禪泰山的事就定下來了。單就這一樁事情來講，給國家浪費無限財富，給人民帶來沉重負擔。後來宋真宗又大興土木，趕造宫觀來祀神求仙，這些宫觀的營造工程，也都是丁謂等人攛掇而成的。如趕造玉清昭應宫，「料功須二十五年，謂令以夜繼晝，每繪一壁，給二燭，七年乃成。」丁謂還教唆皇帝，如果大臣出來反對，只要暗示他是爲了求皇子——因爲仁宗是大中祥符三年（公元一〇一〇年)才生出來,這時真宗還没有生兒子,帝位後繼無人。大臣聽了這個暗示,自然噤聲不敢講話了。丁謂等就是這樣迎合帝王意旨,幹盡壞事。所以當時張詠上疏宋真宗,有「造宫觀,竭天下之財,傷生民之命,此皆賊臣丁謂誑惑陛下。乞斬丁謂頭以謝天下」的話,從實際情況來講,這些話並不算是過激。

在第二個問題上,即對册立劉妃爲皇后和後來真宗病重時決定皇帝死後由劉后以皇太后垂簾聽政這個問題上,兩派的分歧也很大。宋真宗很早就想立劉氏爲皇后,被宰相李迪等反對作罷。到了大中祥符五年(公元一〇一二年)十二月,決定策立劉氏爲皇后,命楊億草制文,億不奉詔。《續資治通鑑長編》載此事云:「及儀册皇后,上欲得億草制,使丁謂諭旨,億難之。謂曰:『大年勉爲此,不憂不富貴。』億曰:『如此富貴,亦非所願也。』」後來真宗病危,楊億還因爲替宰相寇準草擬章奏,請皇太子監國,因而引起劉后的不滿,所以寇準遠貶,而楊億不久也憂病以死。可是丁謂却因擁立劉后,得參知政事,後來遂爲宰相。錢惟演也依附丁謂,並以妹嫁與劉后之兄劉美,真宗死,劉后以皇太后聽政,惟演亦由樞密副使昇爲樞密使,後來官至節鎮。由此可見,在上面講到的一些問題上,這十七個唱和詩人,並不是一派,操守各有不同,有的表現較好,有的表現極爲惡劣,應該有所區别。誠然,楊億、張詠諸人,也一樣是站在封建地主階級的立場上,企圖這個封建皇朝長治久安地永遠統治下去。

《西崑酬唱集》唱和詩人，因爲標榜學習李商隱，因此形成了西崑詩派。這個詩派的詩篇，主要在近體詩方面，表現爲音節鏗鏘，組織華麗，但由於雕采太甚，失之浮艷。還因爲太注重摹擬李商隱了，因此吴枋《宜齋野乘》載「葛常之《丹陽集》云：『小説載優人有以李義山服藍縷之衣而出，或問曰：「先輩之衣何在？」曰：「爲館中諸學士撏將去矣。」人以爲笑。』」宋仁宗時，歐陽修、梅堯臣等出，宋代詩體又是一變，這個西崑詩派就衰落不振了。到了清初，虞山馮舒、馮班愛好李商隱詩，又開始注意到楊、劉等這個西崑流派，並加以提倡。

《西崑酬唱集》，據《天禄琳琅書目》後編著録北宋寶元二年（公元一〇三九年）刊本兩部，元本二部，可惜今天都無法見到。明嘉靖玩珠堂刊本，即涵芬樓收入《四部叢刊》的這個底本，雖然明顯的錯字很多，但比起清代的刻本來，優點也很多。清初徐乾學得《西崑酬唱集》於毛奇齡處，加以刊行，因爲刊刻不精，所以不肯大量摹印流傳。康熙戊子（公元一七〇八年），蘇州朱俊升又加以摹刊，清《四庫全書》即據朱本收入。其後又有壹是堂本、留香室本、浦城叢書本、粵雅堂叢書本、邵武徐氏叢書本。清代諸本，大抵以朱俊升本爲祖本，所有刊本，實際都從這個祖本轉刻，並非有其他異本。

《西崑酬唱集》，向無注釋。在抗日戰争前，曾聞浙江平湖葛氏書庫中有一部《西崑酬唱集注》。未及往看，而抗戰開始，葛氏藏書，旋燬於火，大概這部《西崑酬唱集注》，不是被燒燬，便已散失。建國初，居青島，聽説青島有位鄭爰居先生，也注了《西崑酬唱集》，友人黄公渚先生告我，并擬介紹我與鄭老先生一見，可惜我當時教學工作忙，未及去拜訪他，不久，這位鄭老先生就逝世了。最近聽到周紹良先生講，在文化大革命之前，人民文學出版社曾接到一部注釋《西崑酬唱集》的稿子，是四川的一位向先生所注。文化大革命開始，出版社怕把原稿丢失，就把這部稿子退回給向先生。這位向先生雖是四川人，却一直寓居在上海，聽説人也不在了，不知他的稿子現在流落何所。可見注《西崑酬唱集》，我所知道的，已有三家。有些都還與我同時，同住一地，可惜我都没有機緣讀到它，現在想起來，很有遺憾。

我注這部《西崑酬唱集》的動機和經過是這樣的。年青在學校讀書的時候，聽課之餘，接觸我國古典文學，也喜歡李商隱、温庭筠這一流派的詩。要學他們的詩，首先要多記典故，山陰任堇叔先生教導我揀擇一部使用典故多而卷數却又較少的集子來加以注釋，因此我就選中了這部二卷本的《西崑酬唱集》來加以箋注。可是那時候年紀輕，閱歷淺，對集中牽涉到的歷史事實和作詩本意，都無法領會瞭解，因此失之膚淺，是在所難免的。這部《西崑酬唱集注》寫成後，藏之行篋中已有四十多年之久。最近幾年，卧病家居，開啓舊篋，於蠹蟫中又見到這部舊稿，就拿出來加以整理補充。注釋的典故，本來規定一見以後，就不復再次加注。可是後來看我這書的朋友們，認爲一般看集中作品，往往並不是從頭看到尾的，而是選擇集中喜歡的一些詩題，加以翻閱。這樣，往往翻閲的詩句下，不少典故，因前已注箋，就很少注釋，倘再翻閲全書，查閲典故，又深感不便。爲此，倣李善注《文選》例，對每一詩題之下的有些典故，不憚二次三次注出，以補救這方面的缺憾。在整理補充過程中，自己覺得對楊億、劉筠諸人的作詩本意，在某些方面領悟較以前年青時代略有提高。爰據舊稿，重爲寫定。

由於本人基礎差，看書少，近年又因健康情況不好，學殖荒蕪，對馬克思主義、列寧主義、毛澤東思想的分析批判方法，也學習得極不够。因此這一部書在注釋中，無論是觀點上，材料上，錯誤一定很多，希望批評指正。

本書舊稿，在解放前，曾請汪旭初先生、朱季海先生、蔣雲從先生審定過，並指出了許多缺點，加以修訂。在文化大革命後，此書定稿之際，並感謝鄧恭三先生、啓元白先生、周振甫先生、程毅中先生、傅璇琮先生、楊牧之先生的審閲，提出許多寶貴意見。更感謝鄧恭三先生逐條指出，幫助我減少了許多錯誤。因爲我對北宋的歷史，非常生疏，有些故事制度方面，不免疏忽。我在這裏向諸先生致以誠摯的謝意。

一九七八年三月，王仲犖寫定於濟南山東大學南園之峼華山館。

西崑酬唱集序

予景德中，忝佐修書之任，《麟臺故事》：「景德二年九月，命刑部侍郎資政殿學士王欽若、右司諫知制誥楊億修《歷代君臣事迹》。欽若等奏請以太僕少卿直祕閣錢惟演、都官郎中直祕閣龍圖閣待制杜鎬、駕部員外郎直祕閣刁衎、户部員外郎直集賢院李維、右正言祕閣校理龍圖閣待制戚綸、太常博士直史館王希逸、祕書丞直史館陳彭年、姜嶼、太子右贊善大夫宋貽序、著作佐郎直史館陳越同編修。初命欽若、億等編修，俄又取祕書丞陳從易、祕閣校理劉筠。及希逸卒，昭序貶官，又取直史館查道、太常博士王曙，後復取直集賢院夏竦。又命職方員外郎孫奭撰音義。凡九年，大中祥符六年，成一千卷上之，又目録、音義各十卷。久之，賜名《册府元龜》。」《宋史·楊億傳》：「會修《册府元龜》，億與王欽若同總其事。其序次體制，皆億所定。群寮分撰篇序，詔經億竄定方用之。」《續資治通鑑長編》：「真宗景德二年九月丁卯，令資政殿學士王欽若、知制誥楊億修《歷代君臣事迹》。欽若請以直祕閣錢惟演等十人同編修。編修官非内殿起居，當赴常參者，免之。非帶職不當給俸者，特給之。其供帳飲饌，皆異於常等。」**得接群公之遊。時今紫微錢君希聖**希聖，錢惟演字。楊億爲此集序，在大中祥符元年秋，時錢惟演爲知制誥。知制誥，本中書舍人之職，唐開元初，曾改中書省曰紫微省，中書令曰紫微令，大曆間復舊。又中書省多植紫薇花，是以白居易有「紫薇花對紫薇郎」之句，故億稱惟演知制誥爲紫微也。**祕閣劉君子儀，**子儀，劉筠字，時爲祕閣校理。《續資治通鑑長編》：「真宗景德四年八月甲辰，詔修君臣事迹官著作佐郎直史館陳越、大理評事祕閣劉筠，月增給錢五千。以修書服勤，而俸入比同僚尤薄故也。」**並負懿文，**白居易《裴度中書舍人制》：「茂學懿文，潤色訓誥。」**尤精雅道，**《南史・王儉傳》論：「仲寶雅道自居。」**雕章麗句，**《晉書・樂志》：「愛玩在乎雕章。」《文心雕龍・麗辭》：「麗句與深采並流，偶意共逸韻俱發。」**膾炙人口。**《孟子》：「膾炙與羊棗孰美。」林嵩《周朴集序》：「一篇一詠，膾炙人口。」**予得以游其牆藩而咨其模楷。**《揚雄甘泉賦》：「雷鬱律於巖窔兮，電倏忽於牆藩。」《後漢書・李膺傳》：「天下模楷李元禮。」**二君成人之美。**《論語》：「君子成人之美。」**不我遐棄，**《詩・周南・汝墳》：「既見君子，不我遐棄。」**博約誘掖，**陸機《文賦》：「銘博約而温潤，箴頓挫而清壯。」《詩・陳風・衡門序》：「衡門，刺僖公也。愿而無立志，故作是以誘掖其君也。」詩疏：「誘謂前導之，掖謂在傍扶之。」**寘之同聲。**《易・乾・文言》：「同聲相應，同氣相求。」**因以歷覽遺編，**揚雄《解難》：「歷覽者茲年矣，而殊不寤。」陶潛詩：「歷覽千載書，時時見遺烈。」《舊唐書・章懷太子傳》：「聽覽餘暇，專精文典。往聖遺編，咸窺壺奥。」**研味前作，**梁武帝《答劉之遴詔》：「昔在弱年，乃經研味。」樂朋龜《唐僖宗册文》：「沉吟往事，追想前作。」**挹其芳潤，**陸機《文賦》：「漱六藝之芳潤。」**發於希慕**，《三國志·吴志·甘寧傳》：「奚以希慕古人乎。」**更迭唱和**，左思《吴都賦》：「與夫唱和之隆響。」**互相切劘。**劉禹錫《砥石賦》：「切劘下上，真質焯見。」**而予以固陋之姿**，司馬相如《上林賦》：「鄙人固陋，不知忌諱。」**參酬繼之末，入蘭遊霧**，《家語·六本》：「與善人居，如入芝蘭之室，久而不聞其香。」《莊子·大宗師》：「孰能登山遊霧，橈桃無極。」**雖獲益以居多，觀海學山**，《孟子》：「觀於海者難爲水。」《揚子法言》：「百川學海而至於海，丘陵學山不至於山。」**欲知量而中止。**《論語》：「多見其不知量也。」**既恨其不至**，《禮記·檀弓》：「過之者，俯而就之，不至焉者，跂而及之。」**又犯乎不韙**，《左氏傳》隱公十一年：「犯五不韙而以伐人。」**雖榮於託驥**，《三國志·魏志·公孫淵傳》注引《魏書》：「並以駑蹇，附龍託驥，紆青拖紫，飛騰雲梯。」按託驥實爲附驥之意。《史記·伯夷列傳》：「顔淵雖篤學，附驥尾而行益顯。」**亦愧乎續貂**，《晉書·趙王倫傳》：「貂不足，狗尾續。」**間然於兹**，《論語》：「禹，吾無間然矣。」**顔厚而已。**《詩·小雅·節南山之什·巧言》：「顔之厚矣。」《僞古文尚書·五子之歌》：「鬱陶乎予心，顔厚有忸怩。」

凡五七言律詩二百五十章，按《西崑酬唱集》上卷收詩一百二十三首，下卷收詩一百二十七首，都凡二百五十首。《四庫全書總目》謂：「上卷凡一百二十三首，下卷凡一百二十五首，而億序稱二百有五十首，不知何時佚二首也。」蓋計數偶誤，不可爲據。**其屬而和者，計十有五人。**按億自歎，故序推錢、劉爲主，而自列於屬和之十五人數中，其實億固騷壇盟主也。又按《西崑酬唱集》上下兩卷，都凡詩二百五十首，其中楊億詩七十五首，劉筠詩七十三首，錢惟演詩五十四首，李宗諤詩七首，陳越詩一首，李維詩三首，劉隲詩五首，丁謂詩五首，刁衎詩二首，任隨詩三首，張詠詩二首，錢惟濟詩二首，舒雅詩三首，晁迥詩二首，崔遵度詩一首，薛映詩六首，劉秉詩六首。**析爲二卷，取玉山策府之名，命之曰《西崑酬唱集》云爾。**《山海經·西山經》：「又西三百五十里，曰玉山，是西王母所居也。」郭璞注：「此山多玉石，因以名云。《穆天子傳》謂之群玉之山，見其山河無險，四徹中繩，先王之所謂策府。」《穆天子傳》：「吉日辛酉，天子升于昆侖之丘，以觀黄帝之宮。」又云：「癸巳，至于群玉之山，容□氏之所守，曰群玉田山，□知阿平無險，四徹中繩，先王之所謂策府。」郭璞注：「即山海經云群玉山，西王母所居者。言往古帝王以爲藏書册之府，所謂藏之名山者也。」按楊億等奉詔在祕閣修歷代君臣事迹，祕閣是帝王藏書册之府，有似西北崑崙之玉山策府，故名其唱和之集曰《西崑酬唱集》，而其後亦定名所修歷代君臣事迹爲《册府元龜》云。宋李長民《廣汴都賦》：「至若祕書之建，典籍是藏。法西崑之玉府，萃東壁之靈光。」亦指祕閣爲西崑玉府也。《宋會要輯稿》職官十八：「太平興國二年，始建崇文院，昭文館、史館、集賢院，皆總爲崇文院。及建祕閣，亦在崇文院中。」

翰林學士户部郎中知制誥楊億述。按《宋史·楊億傳》稱億於咸平中拜左司諫、知制誥，景德三年，爲翰林學士。大中祥符初，加兵部員外郎、户部郎中。此結銜有户部郎中，故序文當是億祥符初年所作。

西崑唱和詩人姓氏

楊億翰林學士户部郎中知制誥　詩七十五首
劉筠大理寺丞祕閣校理　詩七十三首
錢惟演太僕少卿直祕閣知制誥　詩五十四首
李宗諤翰林學士右諫議大夫知制誥　詩七首
陳越著作佐郎直史館　詩一首
李維兵部員外郎右正言直集賢院知制誥　詩三首
劉隲工部員外郎直集賢院　詩五首
丁謂右諫議大夫樞密直學士　詩五首
刁衎駕部員外郎直祕閣　詩二首
任隨太常寺丞直集賢院　詩三首
張詠吏部侍郎樞密直學士　詩三首

錢惟濟領恩州刺史　詩二首

舒雅職方員外郎祕閣校理監舒州靈仙觀　詩三首

晁迥翰林學士右司郎中右諫議大夫知制誥　詩二首

崔遵度太常寺丞直史館　詩一首

薛映右諫議大夫起居舍人直史館　詩六首

劉秉仕歷不詳　詩六首

目録

西崑酬唱集注卷上

西崑酬唱集注卷下

附録一

附録二

西崑酬唱集注卷上

受詔修書述懷感事三十韻

《麟臺故事》：「景德二年九月，命刑部侍郎資政殿學士王欽若、右司諫知制誥楊億修《歷代君臣事迹》。欽若等奏請以太僕少卿直祕閣錢惟演、都官郎中直祕閣龍圖閣待制杜鎬、駕部員外郎直祕閣刁衎、户部員外郎直集賢院李維、右正言祕閣校理龍圖閣待制戚綸、太常博士直史館王希逸、祕書丞直史館陳彭年、姜嶼、太子右贊善大夫宋貽序、著作佐郎直史館陳越同編修。初命欽若等編修，俄又取祕書丞陳從易、祕閣校理劉筠。及希逸卒，昭序貶官，又取直史館查道、太常博士王曙，後復取直集賢院夏竦。又命職方員外郎孫奭撰音義。凡九年，大中祥符六年，成一千卷上之，又目録、音義各十卷。久之，賜名《册府元龜》。」《宋史·楊億傳》：「景德初，會修《册府元龜》，億與王欽若同總其事，其序次體制，皆億所定，群寮分撰篇序，詔經億竄定，方用之。」

楊億

太極垂裳日，太極，殿名。自魏明帝上法太極，於洛陽起太極殿，西晉遂以爲前殿之稱，傅玄《朝會賦》：「坐太極之正殿。」江左踵中朝故事，亦以太極名正殿。北齊鄴都閶闔門内有前殿曰太極。唐太極殿爲朔望視朝之所。宋以朝元殿爲正殿，端明殿爲視朝之所。此猶以太極爲稱，蓋用前代故事也。《易・繫辭》：「黄帝垂衣裳而天下治。」**中原偃革初。**《左氏傳》僖公二十三年：「晉楚治兵于中原，其辟君三舍。」《史記・留侯世家》：「殷事既畢，武王偃革爲軒。」王融《三月三日曲水詩序》：「偃革辭軒，銷金罷刃。」《文選》五臣注：「偃，息。革，甲也。」**樓船秋發詠，**漢武帝《秋風辭》：「秋風起兮白雲飛，草木黄落兮雁南歸。蘭有秀兮菊有芳，懷佳人兮不能忘。泛樓船兮濟汾河，横中流兮揚素波，簫鼓鳴兮發櫂歌。歡樂極兮哀情多，少壯幾時兮奈老何。」《禮記・文王世子》：「遂發詠焉。」**衡石夜程書。**《史記・秦始皇本紀》：「上至以衡石量書，日夜有程。不中程，不得休息。」**好問虚前席，**《禮記・中庸》：「舜其大知也與！舜好問而好察邇言。」《史記・商君列傳》：「鞅復見孝公，公與語，不自知膝之前於席也，語數日不厭。」《史記・賈誼列傳》：「賈生徵見孝文帝，方受釐坐宣室，上自感鬼神事，而問鬼神之本，賈生因具道所以然之狀。至夜半，文帝前席。既罷，曰：『吾久不見賈生，自以爲過之，今不及也。』」李商隱《賈生》詩：「可憐夜半虛前席。」**徵賢走傳車。**《史記・賈誼列傳》：「後歲餘，賈生徵見孝文帝。」唐王勃《上絳州上官司馬書》：「鶴版徵賢，累發非常之詔。」《左氏傳》成公四年：「晉侯以傳召伯宗。」《史記・游俠列傳》：「吴楚反時，條侯爲太尉，乘傳車將至河南。」顔師古《漢書》注：「傳者若今之驛。古者以車，謂之傳車。」李商隱《籌筆驛》詩：「終見降王走傳車。」**蓬萊侔漢制，**《後漢書・竇章傳》：「是時學者稱東觀爲老氏藏室，道家蓬萊山。」**煨燼訪秦餘。**《史記・秦始皇本紀》：「丞相李斯曰：『臣請史官非秦紀，皆燒之。非博士官所職，天下敢有藏詩書百家語者，悉詣守尉雜燒之。令下，三十日不燒，黥爲城旦。所不去者，醫藥卜筮種樹之書。』制曰可。」左思《魏都賦》：「巢焚原燎，變爲煨燼。」《隋書・禮儀志》：「秦人蕩六籍以爲煨燼。」慧琳《一切經音義》：「《字林》云，燼，火餘也。」張衡《西京賦》：「覛往昔之遺館，獲林光於秦餘。」**紬繹資金匱，**《書・立政》：「自古商人，亦越我周文王，立政立事，牧夫準人，則克宅之，克由繹之，兹乃俾乂。」《漢書・谷永傳》：「燕見紬繹，以求咎愆。」顔師古注：「紬讀若抽。紬繹者，引其端緒也。」《史記・太史公自序》：「遷爲太史令，抽史記石室金匱之書。」**規模出玉除。**《漢書・高帝紀》：「雖日不暇給，規摹弘遠矣。」鄧展曰：「若畫工規模物之摹。」顔師古注：「取喻規摹，謂立制垂範也。」曹植《贈丁儀》詩：「凝霜依玉除，清風飄飛閣。」《説文解字》：「除，殿階也。」**紛綸開四部，**《後漢書・逸民・井丹傳》：「故京師爲之語曰：『五經紛綸井大春。』」李賢注：「紛綸，猶浩博也。」臧榮緒《晉書》：「李充爲著作郎，于時典籍混亂，充删除煩重，以類相重，分爲四部，甚有條貫，祕閣以爲永制。五經爲甲部，史記爲乙部，諸子爲丙部，詩賦爲丁部。」《新唐書・藝文志》：「兩都各聚書四部，以甲乙丙丁爲次，列經史子集四庫。」**祕邃接千廬**。于邵《代謝賜宅啓》：「林塘祕邃，潛蓄清涼。」張衡《西京賦》：「徼道外周，千廬内附。」文選五臣注：「廬，衛兵鋪屋也。言千者，舉大數也。」《夢溪筆談》：「内諸司舍屋，唯祕閣最宏壯，穹隆高敞，相傳謂之木天。」**飫賜雙鷄膳**，《左氏傳》襄公二十六年：「聲子曰：『將賞爲之加膳，加膳則飫賜，此以知其賞勸也。』」又襄公十八年傳：「慶父來奔，公膳日雙鷄。」**親迴六尺輿**。《孔叢子》：「夫子迴輿而旋。」梁武帝詩：「歇駕止行警，迴輿暫遊識。」庾信詩：「三元隨建節，一景逐迴輿。」《史記・爰盎列傳》：「臣聞天子所與共六尺輿者，皆天下豪英。」《宋會要輯稿》禮四十五：「景德二年十二月十五日，資政殿大學士王欽若赴上賜會於祕閣，近臣畢集。翌日，又會館閣群臣於祕閣。」**華芝下閶闔**，揚雄《甘泉賦》：「于時乘輿乃登乎鳳皇兮而翳華芝。」《文選》李善注：「服虔曰：『華芝，蓋也。』言以華蓋自翳也。」張衡《西京賦》：「正紫宫於未央，表嶢闕於閶闔。」《文選》五臣注：「天有紫微宫，王者象之，紫微宫門名曰閶闔。」《三輔黄圖》：「建章宫之正門曰閶闔，高二十五丈。」**白羽擁儲胥**。《儀禮・鄉射禮》：「君國中射，則皮樹中，以翿旌獲，白羽與朱羽糅。」《國語・吴語》：「吴王陳士卒，爲萬人以爲方陳，皆白常白旍素甲白羽之矰，望之如荼。」韋昭注：「矰，矢名，以白羽爲衛。」揚雄《長楊賦》：「木擁槍纍，以爲儲胥。」《文選》李善注：「顔監曰：『胥，須也。高其儲畜，以待所須也。』蘇林曰：『木擁柵其外，又以竹槍纍爲外儲胥也。』」韋昭曰：『儲胥，蕃落之類也。』」**望氣成龍虎，**《史記・項羽本紀》：「范增説項羽曰：『吾令人望其氣，皆爲龍虎，成五采，此天子氣也。』」**披文辨魯魚。**陸機《文賦》：「碑披文以相質，誄纏綿而悽愴。」《抱朴子・遐覽》：「故諺曰：『書三寫，魯爲魚，虚成虎。』」按「虚成虎」，《御覽》卷六百十八作「以帝爲虎」。王維詩：「梵字何人辨魯魚。」**清光無咫尺，**沈約詩：「洞房殊未曉，清光信悠哉。」《左氏傳》僖公九年：「天威不違顔咫尺。」**玄覽亦躊躇。**《老子》：「滌除玄覽能無疵。」河上公注：「心居玄冥之處，覽知萬物，故謂之玄覽。」陸機《文賦》：「眝中區以玄覽。」《楚辭・九辯》：「淹蹇留而躊躇。」**群彦揮鉛筆，**《舊唐書・文苑・劉蕡傳》：「故前詔有司，博延群彦。」《東觀漢記》：「曹褒寢則懷鉛筆，行則誦讀書。」任昉《爲范雲求立太宰碑表》：「人蓄油素，家懷鉛筆。」《文選》五臣注：「鉛，鉛筆也。所以理書也。」按鉛，鉛粉也。古人以筆書字於簡牘，有誤則以刀削刮去之。至於絹素及紙類之屬，不能以刀削誤，乃用鉛粉塗改錯字，故云「所以理書」。李頎《贈張旭》詩：「興來灑素壁，揮筆如流星。」**微生濫石渠。**按微生猶小生，謙自稱也。《漢書・劉向傳》：「會初立《穀梁春秋》，徵更生受《穀梁》，講論五經于石渠。」《三輔故事》：「石渠閣，在未央宮殿北，藏祕書之所。」**嵇康真嬾慢，**臧榮緒《晉書》：「嵇康字叔夜，譙國人，博覽無所不見。拜中散大夫，以呂安事誅。」嵇康《與山濤絶交書》：「又縱逸來久，情意傲散，簡與禮相背，嬾與慢相成。」**謝客亦空疎。**《宋書・謝靈運傳》：「謝靈運，陳郡陽夏人也。博覽群書，文章之美，江左莫逮。」鍾嶸《詩品》：「初錢塘杜明師夜夢東南有人來入其館，是夕即靈運生於會稽。旬日而謝玄亡，其家以子孫難得，送靈運於杜治養之，十五方還都，故名客兒。」王筠表：「臣才質空疏，器量庸淺。」**講學情田塉**，《禮記·禮運》：「故人情者，聖王之田也。」《晉書·王國寶傳》論：「混暗識於心鏡，開險路於情田。」按塉，瘠薄之地也。《史記·三王世家》：「燕地墝塉。」**談經腹笥虛**。王維詩：「揚子談經處，淮王載酒過。」《後漢書·文苑·邊韶傳》：「韶字孝先，以文學知名，教授數百人。曾晝日假卧，弟子私嘲之曰：『邊孝先，腹便便。嬾讀書，但欲眠。』韶潛聞之，應時對曰：『邊爲姓，孝爲字。腹便便，五經笥。但欲眠，思經事。寐與周公通夢，静與孔子同意。師而可嘲，出何典記。』嘲者大慙。」杜甫《送從弟亞》詩：「兵法五十家，爾腹爲篋笥。」**月評依許劭**，《後漢書·許劭傳》：「許劭字子將，汝南平輿人也。與從兄靖好共覈論鄉黨人物，每月輒更其品題，故汝南俗有月旦評焉。」**文體慕相如**。《宋書·謝靈運傳》論：「自漢至魏，四百餘年，辭人才子，文體三變。」《漢書·揚雄傳》：「先是時，蜀有司馬相如，作賦弘麗温雅，雄心壯之，每作賦，常擬之以爲式。」**雅飲歡娱洽**，李山甫詩：「雅飲純和氣，清吟冰雪文。」蘇武詩：「歡娱在今夕，嬿婉及良時。」魏文帝詩：「良辰啓初節，高構極歡娱。」張協《詠史》詩：「昔在兩京時，朝野多歡娱。」**清言鄙吝祛**。《晉書·樂廣傳》：「廣善清言而不長于筆。」陶潛《扇上畫贊》：「交酌林下，清言究微。」《世説新語》：「周子居常云：『吾時月不見黄叔度，則鄙吝之心已復生矣。』」蕭統《陶潛集序》：「嘗謂有能淵明之文者，馳競之情遣，鄙吝之意袪。」**彌旬容出沐，**杜甫詩：「追隨不覺晚，款曲動彌旬。」《漢書・霍光傳》：「蓋主與上官桀等詐令人爲燕王上書，候伺光出沐日奏之。」《初學記》：「《漢律》，吏五日得一休沐，言休息以洗沐也。」**終日喜群居。**《易・乾》：「君子終日乾乾，夕惕若。」《論語》：「群居終日。」**撫己慙鳴玉，**《禮記・玉藻》：「故君子在車則聞鸞和之聲，行則鳴佩玉。」《國語・楚語》：「王孫圉聘於晉，定公饗之，趙簡子鳴玉以相。」《後漢書・蔡邕傳》：「胡老曰：『當其無事也，則舒紳緩佩，鳴玉以步，綽有餘裕。』」**歸田憶荷鋤。**《文選・張衡歸田賦》李善注：「歸田賦者，張衡仕不得志，欲歸於田，因作此賦。」杜甫詩：「安排求傲吏，比興展歸田。」陶潛詩：「晨興理荒穢，帶月荷鋤歸。」**池籠養魚鳥，**潘岳《秋興賦》：「譬猶池魚籠鳥，有江湖山澤之思。」羊士諤詩：「峴首當時爲風景，豈將官舍作池魚。」石崇《思歸引序》：「有觀閣池沼，多養魚鳥。」**章服裹猿狙。**嵇康《與山濤絶交書》：「性復多蝨，爬搔無已，而當裹以章服，揖拜上官，三不堪也。」《莊子・天運》：「今取猨狙而衣以周公之服，彼必齕齧挽裂，盡去而後慊。」**圜府愁尸禄，**《漢書・食貨志》：「太公爲周立九府圜法。」按圜府蓋指錢府。《漢書・鮑宣傳》：「近臣幸得居尊官，食重禄，以苟容曲從爲言，以拱默尸禄爲智。」曹植《求自試表》：「虛受謂之尸禄。」《文選》李善注：「尸禄者，頗有所知，善惡不言，默默不語，苟欲得禄而已，譬若尸矣。」**天閽媿弊裾。**《楚辭・遠遊》：「命天閽其開關兮，排閶闔而望予。」《漢書・鄒陽傳》：「飾固陋之心，則何王之門，不可曳長裾乎！」**虛名同鄭璞，**《史記·平原君列傳》：「事不成，以虛名得君。」《漢書·周黨傳》：「私竊虛名，誇上求高。」《戰國策》：「應侯曰：『鄭人謂玉之未理者爲璞，周人謂鼠之未臘者爲朴。周人懷朴過鄭賈曰：「欲買璞乎？」鄭賈曰：「欲之。」出其朴，乃鼠也，因謝不取。』」任昉王文憲集序：「一言之舉，東陵侔於西山；一盼之榮，鄭璞踰于周鼎。」**散質類莊樗。**温庭筠《謝李尚書啓》：「櫟杜凡材，蕪鄉散質。」《莊子·逍遥遊》：「惠子謂莊子曰：『吾有大樹，人謂之樗，其大本擁腫而不中繩墨，其小枝卷曲而不中規矩。立之塗，匠者不顧。』」又《莊子·人間世》：「匠石至齊，至乎曲轅，見櫟社樹，其大蔽牛，絜之百圍。匠石不顧，曰：『散木也，是不材之木也，無所可用，故能若是之壽。』」虞世南詩：「無庸類散樗。」**國士誰知我，**《左氏傳》哀公八年：「或謂季孫曰：『不足以害吴，而多殺國士，不如已也。』」《史記·刺客列傳》：「豫讓曰：『臣事范中行氏，范中行氏皆衆人遇我，我故衆人報之。至於智伯，國士遇我，故國士報。』」**鄰家或侮予。**《戰國策》：「室不能相和，出語鄰家，未爲通計也。」《顔氏家訓·慕賢》：「世人多蔽，貴耳賤目，重遥輕近，所以魯人謂孔子爲東家丘。」《詩·豳風·鴟鴞》：「或敢侮予。」**放懷齊指馬，**温庭筠詩：「放懷親蕙芷，收迹異桑榆。」《莊子·齊物論》：「以指喻指之非指，不若以非指喻指之非指也。以馬喻馬之非馬，不若以非馬喻馬之非馬也。天地，一指也，萬物，一馬也，可乎可，不可乎不可。」**屏息度羲舒。**盧思道《勞生論》：「屏息窮居。」《廣雅》：「日御謂之羲和，月御謂之望舒。」卞蘭《許昌宫賦》：「望舒涼室，羲和温房。」郤正《釋譏》：「羲和逝而望舒係。」**寡婦宜憂緯，**

《左氏傳》昭公二十四年：「抑人亦有言曰：『嫠不恤其緯，而憂宗周之隕。』」杜預注：「織者常苦緯少，寡婦所宜憂。」**三公亦灌蔬。**鄒陽《獄中上書》：「於陵子仲辭三公，爲人灌園。」謝承《後漢書》：「戴弘爲河間相，因自免歸家，不復仕。灌園蔬，以經書教授。」潘岳《閒居賦》：「灌園鬻蔬，以供朝夕之膳。」蕭統詩：「灌蔬實温雅。」**危心惟觳觫，**《後漢書・明帝紀》贊：「危心恭德，政察奸勝。」《孟子》：「吾不忍其觳觫。」按觳觫，恐懼之貌。**直道忍籧篨。**《論語》：「直道而事人，焉往而不三黜。」《詩・邶風・新臺》：「籧篨不鮮。」鄭玄箋：「籧篨，口柔貌。常觀人顔色而爲之辭。」**往聖容巢許，**《御覽》卷五百六引皇甫謐《高士傳》：「巢父者，堯時隱人。年老，以樹爲巢，而寢其上，故時人號曰巢父。堯之讓許由也，由以告巢父，巢父曰：『汝何不隱汝形，藏汝光，若非吾友也。』擊其膺而下之。由悵然不自得。乃過清泠之水，洗其耳，拭其目，曰：『向聞貪言，負吾友矣。』遂去，終身不相見。」《史記・伯夷列傳》：「堯讓天下於許由，許由不受，耻之逃隱。」蔡邕郭林宗碑：「紹巢許之絶軌。」**先儒美甯蘧。**杜預《春秋左氏經傳集解序》：「先儒所傳。」《論語》：「甯武子，邦有道則智，邦無道則愚。其智可及也，其愚不可及也。」又曰：「君子哉蘧伯玉，邦有道則仕，邦無道則可卷而懷之。」潘岳《閒居賦》：「雖吾顔之云厚，猶内愧於甯蘧。有道吾不仕，無道吾不愚。」**晨趨歎勞止，**鮑照《蕪城賦》：「昏見晨趨。」《詩・大雅・生民之什・民勞》：「民亦勞止。」**夕惕念歸歟。**《易・乾》：「君子終日乾乾，夕惕若。」《論語》：「子在陳，曰：『歸歟！歸歟！』」**秦痔疎杯酒，**《莊子・列御寇》：「秦王有病，召醫，破癰潰痤者，得車一乘；舐痔者，得車五乘。所治愈下，得車愈多。」李商隱詩：「尚憐秦痔苦，不遣楚醪沉。」《史記·魏其武安侯列傳》：「争杯酒。」**顔瓢賴斗儲。**《論語》：「賢哉回也，一簞食，一瓢飲，人不堪其憂，回也不改其樂，賢哉回也。」古樂府《東門行》：「盎中無斗儲。」左思《詠史》詩：「外望無寸禄，内顧無斗儲。」**如諧曲肱卧，**《論語》：「飯疏食飲水，曲肱而枕之，樂亦在其中矣。不義而富且貴，於我如浮雲。」《白帖》：「杖梨含糗，雅符三徑之歡；飲水曲肱，取逸一瓢之樂。」**猶可直鉤魚。**《楚辭·漁父序》：「避世隱身，釣魚江濱。」又《楚辭·七諫》：「以直鍼而爲釣兮，又何魚之能得。」王起《釣玉璜賦》：「昔太公之未遇也，隱於渭之濱，釣於渭之津，坐磻石而不易其操，垂直鉤而不撓其神。」方干詩：「釣玉三年信直鉤。」**矯矯龜銜印，**《詩·魯頌·泮水》：「矯矯虎臣。」《古龍蛇歌》：「有龍矯矯。」《晉書·孔愉傳》：「愉嘗見籠龜於路者，買而放之溪中，龜中流左顧者數四。及是鑄侯印，而印龜左顧，三鑄如初。印工以告，愉乃悟，遂佩焉。」**翩翩隼畫旟。**《詩·小雅·鹿鳴之什·四牡》：「翩翩者鵻，載飛載下，集于苞栩。」《楚辭·九辯》：「鷰翩翩其辭歸。」《周禮·春官·司常》：「鳥隼爲旟。」**一麾終遂志，**《晉書·阮咸傳》：「咸字仲容。歷仕散騎侍郎。荀勗每與咸論音律，自以爲遠不及也，疾之，出補始平太守。」傅暢《晉諸公贊》：「中護軍長史阮咸唱議荀勗所造樂聲高，聲高則悲，亡國之音哀以思。今聲不合雅，必古今長短之所致。後掘地得故銅尺，以此尺度於勗今尺，短四分，時人明咸爲解。勗性自矜，因事左遷咸爲始平太守。」顔延之《五君詠》：「仲容青雲器，實秉生民秀。達音何用深，識微在金奏。郭奕已心醉，山公非虛覯。屢薦不入官，一麾乃出守。」《夢溪筆談》：「今人守郡謂之建麾，蓋用顔延年詩『一麾乃出守』。此誤也。延年謂一麾者，乃指麾之麾，非旌麾之麾也。自杜牧爲《登樂遊原》詩云：『擬把一麾江海去，樂遊原上望昭陵。』始謬用一麾，自此遂爲故事。」宋張表臣《珊瑚鈎詩話》亦謂：「杜牧云：『欲把一麾江海去』，皆用事之誤。顔延年詩云：『屢薦不入官，一麾乃出守』，則麾去之麾耳。牧之豪放，一時引用之誤。」《易·困》：「澤無水，君子以致命遂志。」**阮籍去騎驢。**《晉書·阮籍傳》：「籍拜東平相，乘驢到郡。」按億景德初，乞典郡江左，不許。味此詩仍有乞外之意。

劉筠

良弼論思暇，《僞古文尚書·説命》：「夢帝賚予良弼。」班固《兩都賦序》：「朝夕論思。」**英才視草餘。**《孟子》：「得天下英才而教育之。」《漢書·淮南王安傳》：「武帝每爲報書及賜，常召司馬相如等視草乃遣。」**西清承密旨，**司馬相如《上林賦》：「青龍蚴蟉於東葙，象輿婉蟬于西清。」《史記集解》引郭璞曰：「西清，西葙清静地也。」王建詩：「長承密旨歸家少。」**東觀類群書。**《後漢書·安帝紀》：「永初四年，詔謁者僕射劉珍及五經博士，校定東觀五經諸子傳記百家藝術，整齊脱誤，是正文字。」《漢書·司馬遷傳》贊：「自劉向揚雄，博極群書。」《三國志·魏志·劉劭傳》：「黄初中，受詔集五經群書，以類相從，作《皇覽》。」按此言修《册府元龜》也。**左氏先經日，**杜預《春秋左氏經傳集解序》：「左丘明以爲經者不刊之書也。故傳或先經以始事，或後經以終義，或依經以辯理，或錯經以合異，隨義而發。」**征南發例初。**《晉書·杜預傳》：「預字元凱，京兆杜陵人也。博學多通。羊祜卒，拜鎮南大將軍都督荆州諸軍事。孫晧既平，以功進爵當陽縣侯，卒年六十三，追贈征南大將軍開府儀同三司。」又云：「預既立功之後，從容無事，乃耽思經籍，爲《春秋左氏經傳集解》。又參考衆家譜第，謂之釋例。又作盟會圖、春秋長曆，備成一家之學。祕書監摯虞賞之曰：『左丘明本爲《春秋》作傳，而《左傳》遂自孤行。釋例本爲傳設，而所發明，何但《左傳》，故亦孤行。』」杜預《春秋左氏經傳集解序》：「其發凡以言例，皆經國之常制，史書之舊章。」**編年終顯德，**《公羊傳》：「春秋編年，四時具然後爲年。」按《册府元龜》紀年終周顯德六年。**歷帝自凡蘧。**沈約《善館碑》：「朝九星，謁歷帝，悠哉邈乎，與天地相畢矣。」《莊子·人間世》：「伏羲、凡蘧之所行終。」《經典釋文》引李頤《莊子集解》：「凡蘧，上古帝王。」按《册府元龜》著帝王世系，始於伏羲，終於周顯德六年。**一覽無前古，**《晉書·范宣傳》：「小時嘗一覽。」王融《策秀才文》：「爰創前古。」按此美楊億强記。**三長豈後予。**《新唐書·劉子玄傳》：「子玄曰：『史有三長，才、學、識，世罕兼之。』」《僞古文尚書·仲虺之誥》：「奚獨後予。」**宏綱提要妙，**《僞孔安國尚書序》：「與其宏綱，撮其機要。」《説文解字》：「提，挈也。」左思《魏都賦》：「清謳微吟之要妙。」**至論絶籧篨。**《淮南子·精神訓》：「藏詩書，修文學，而不知至論之旨，則拊盆叩瓴之徒也。」《詩·邶風·新臺》：「籧篨不鮮。」鄭玄箋：「籧篨，口柔貌。」**訛謬刊三家，**孟郊《弔元魯山》詩：「血誓竟訛謬，膏明易煎蒸。」《晉書・齊王攸傳》：「就人借書，必手刊其謬，然後反之。」《吕氏春秋・慎行覽・察傳》：「子夏之晉，過衛，有讀史志者，曰『晉師三豕涉河。』子夏曰：『非也，是己亥也。夫己與三相近，豕與亥相似。』至於晉而問之，則曰晉師己亥涉河也。」**公平喜衆狙。**《莊子・齊物論》：「勞神明爲一，而不知其同也，謂之朝三。何謂朝三？曰：『狙公賦芧，曰：「朝三而暮四。」衆狙皆怒。曰：「然則朝四而暮三。」衆狙皆悦。』名實未虧，而喜怒爲用，亦因是也。」**菁英咸采掇，**《晉書・文苑傳序》：「翰林總其菁華。」李白詩：「凝毫采掇花露容，幾年功成奪天造。」**疣贅盡消除。**《莊子・大宗師》：「子桑户死，孔子聞之，使子貢往待事焉。或編曲，或鼓琴相和而歌。子貢反以告，孔子曰：『彼以生爲附贅懸疣，以死爲決疣潰癰，夫若然者，又惡知死生先後之所在。』」《荀子・儒效》：「學曾未如疣贅具，然欲爲人師。」**組織千章合，**嵇康《絶交論》：「至乎組織仁義，琢磨道德，驩其愉樂，恤其夷陵。」《文心雕龍・原道》：「組織辭令。」《史記・貨殖列傳》：「山居千章之材。」**研窮萬象虚。**《陳書・江總傳》：「莫不窮研旨奥，遍探坎井。」孫綽《遊天台山賦》：「渾萬象以冥觀，兀同體於自然。」元稹詩：「湖色宵涵萬象虚。」**胡爲參也魯，**《論語》：「參也魯。」按參，曾參也，孔丘弟子。**亦造聖人居。**《周禮・地官・司門》：「凡四方之賓客造焉。」按造，至也，詣也。《易・乾・文言》：「聖人作而萬物覩。」按劉筠自比曾參，以聖人喻楊億。**處末加駢拇，**《史記・平原君列傳》：「平原君曰：『夫賢士之處世，譬若錐之處囊中，其末立見。』」《莊子・駢拇》：「駢拇枝指，出乎性哉，而侈於德。」《經典釋文》：

「騈，《廣雅》云並也。李頤云併也。拇，足大指也。司馬彪云：『騈拇，謂足拇指連第二指也。』崔譔云諸指連大指也。」**於中或輔車。**《左氏傳》僖公五年：「諺所謂輔車相依，脣亡齒寒者，其虞虢之謂也。」杜預注：「輔，頰輔。車，牙車。」按《説文解字》：「酺，頰也。」《玉篇》引《左傳》「酺車相依」，段玉裁云：「古多借輔爲酺。」孔穎達疏：「《釋名》曰：『頤，或曰輔車，其骨彊，可以輔持其口。或謂牙車，牙所載也。』牙車，牙下骨之名也，頰之與輔，口旁肌之名也。蓋輔車一處分爲二名耳，輔爲外表，車是内骨，故云相依也。」按上句劉筠自謙之辭，言己如騈拇枝指，連無用之肉，多無用之指，實無益於用。下句則言己與楊億同事，正如輔頰牙車之相依。**乘軒思衛鶴，**《左氏傳》閔公二年：「衛懿公好鶴，鶴有乘軒者。」杜預注：「軒，大夫車。」服虔云：「車有藩曰軒。」李白詩：「遷人同衛鶴，謬上懿公軒。」**努力效劉驢。**李陵詩：「努力愛春華。」古樂府：「努力崇明德。」《南齊書・劉祥傳》：「王奂爲僕射，祥與奂子融同載，行至中堂，見路人驅驢，祥曰：『驢！汝好爲之，如汝人才，皆已令僕。』」**見彈曾求炙，**《莊子・齊物論》：「見卵而求時夜，見彈而求鴞炙。」《經典釋文》引崔譔云：「時夜，司夜，謂鷄也。」司馬彪云：「鴞，小鳩，可炙。」《毛詩草木疏》云：「大如班鳩，緑色，其肉甚美。」按見卵而求鷄鳴司夜，見彈而求鴞炙之美，言其意望之奢。**臨川亦羡魚。**《漢書・董仲舒傳》：「臨川羡魚，不如歸而結網。」**執云貂可續，**《晉書・趙王倫傳》：「倫黨皆登卿相，並列大封，至如奴卒厮役，亦加以爵位。每朝會，貂蟬盈坐。時人謂之諺曰：『貂不足，狗尾續。』」**自愧鶚難如。**《史記・鄒陽列傳》：「臣聞鷙鳥累百，不如一鶚。」**早入希東郭，**《史記・滑稽列傳》：「齊人東郭先生久待詔公車，貧困飢寒，衣敝，履不完。行雪中，履有上無下，足盡踐地。及其拜爲二千石，佩青緺，出宮門，行謝主人。故所以同官待詔者，等比祖道於都門外。榮華道路，立名當世。」**先知服子輿。**《史記・孟子列傳》：「孟軻，鄒人也。」《史記正義》：「軻字子輿。」《孟子》：「使先知覺後知。」**直非頭似筆，**《北史・古弼傳》：「弼頭尖，帝常名之曰筆頭，時人呼爲筆公。」**智謝里名樗。**《史記・樗里子列傳》：「樗里子者，名疾，秦惠王之弟也。滑稽多智，秦人號曰智囊。」**蝸舍遊從寡，**《古今注》：「野人結圓舍，如蝸牛殼，故曰蝸牛之舍。」班固《西都賦》：「庶松喬之群類，時遊從乎斯庭。」**鶉衣禮貌疎。**《荀子・大略》：「子夏貧，衣若縣鶉。」《晏子春秋》：「夸禮貌以華世。」《後漢書・班固傳》：「禮意甚疎。」**寸陰嗟荏苒，**《淮南子・原道訓》：「故聖人不貴尺之璧，而重寸之陰，時難得而易失也。」《晉書・陶侃傳》：「嘗語人曰：『大禹聖者，乃惜寸陰；至於衆人，當惜分陰。』」張華《勵志》詩：「荏苒冬夏謝，寒暑忽流易。」慧琳《一切經音義》：「荏苒，猶因循不覺盈時也。」**十駕敢躊躇。**《荀子・脩身》：「夫驥一日而千里，駑馬十駕，則亦及之矣。」按十駕謂十日之程也。一日所行爲一駕，十日故曰十駕。《淮南子・齊俗訓》：「夫騏驥千里，一日而通，駑馬十舍，旬亦至之。」十舍亦即《荀子》之十駕也。《楚辭・九辯》：「蹇淹留而躊躇。」王逸注：「躊躇，進退貌。」**天禄揚雄閣，**《西京雜記》：「天禄閣，藏典籍之所。」《漢宮殿疏》云：「天禄、麒麟閣，蕭何造，以藏祕書，處賢才也。」《漢書・揚雄傳》：「雄校書天禄閣上。」**承明嚴助廬。**班固《西都賦》：「又有承明、金馬，著作之庭，啓發篇章，校理祕文。」《漢書・嚴助傳》：「拜爲會稽太守，數年不聞問。賜書曰：『君厭承明之廬，懷故土，出爲郡吏。』」張晏曰：「承明廬，在石渠閣外。」**時陪折俎宴，**《左氏傳》宣公十六年：「王享有體薦，宴有折俎，公當享，卿當宴，王室之禮也。」孔穎達疏：「體解節折，升之於俎，即殽烝是也。」**頓異帶經鋤。**《漢書・兒寬傳》：「寬治尚書，貧無資用，時行賃作，帶經而鋤，息則誦讀。」裴松之《三國志・魏志・常林傳》注引《魏略》：「林性好學，漢末爲諸生，帶經耕鉏。」**異日親函丈，**《莊子・德充符》：「哀公異日以告閔子。」《禮記・曲禮》：「席間函丈。」鄭玄注：「函猶容也。講問宜相對容丈，足以指畫也。」**他門絶曳裾。**《漢書・鄒陽傳》：「飾固陋之心，則何王之門不可曳長裾乎。」**卓錐然有地，**《漢書・食貨志》：「富者田連阡陌，貧者無立錐之地。」《景德傳燈録》：「去年貧無卓錐之地，今年錐也無。」**擔石尚無儲。**《漢書・揚雄傳》：「家産不過十金，乏無儋石之儲，晏如也。」班彪《王命論》：「擔石之蓄。」晉灼曰：「無一擔與一斛之餘。」**獵犬方勞指，**《漢書・蕭何傳》：「上曰：『夫獵，追殺獸者狗也，而發蹤指示獸處者人也。今諸君徒能走得獸耳，功狗也；至如蕭何，發蹤指示，功人也。』」王維詩：「獵犬隨人還。」**神龜可避漁。**《莊子・外物》：「宋元君夜半而夢人曰：『予爲清江使河伯之所，漁者余且得予。』元君覺，使人占之，曰：『此神龜也。』君曰：

『漁者有余且乎？』左右曰：『有。』君曰：『令余且會朝。』明日，余且朝。君曰：『漁何得？』對曰：『且之網得白龜焉，箕圓五尺。』君曰：『獻若之龜。』龜至，卜之，曰：『殺龜以卜，吉。』乃刳龜，七十二鑽而無遺筴。仲尼曰：『神龜能見夢於元君，而不能避余且之網，知能七十二鑽而無遺筴，不能避刳腸之患。如是，則知有所困，神有所不及也。』」**屠門誇大嚼，**桓譚《新論》：「人聞長安樂，則出門西向而笑。知肉味美，則對屠門而大嚼。」**鼠壤鄙餘蔬。**《莊子·天道》：「士成綺見老子而問曰：『吾聞夫子聖人也，吾固不辭遠道而來。今吾觀子，非聖人也。鼠壤有餘蔬，而棄妹，不仁也。』老子漠然不應。」**闕里辭難措，**《後漢書·明帝紀》李賢注：「孔子宅在今兖州曲阜縣故魯城中歸德門内闕里之中，背洙面泗。」**漳濱疾且袪。**劉楨詩：「予嬰沉痼疾，竄身清漳濱。」庾信詩：「淮陽疾未袪。」**學勤徒力爾，**《吕氏春秋·不苟論·博志》：「甯越，中牟之鄙人也。其友曰：『學三十歲，則可以達矣。』甯越曰：『請以十歲，人將休，吾將不敢休，人將卧，吾將不敢卧。』」**性拙奈天歟。**杜甫詩：「寬容存性拙，剪拂念途窮。」**大道今興起，**《禮記·禮運》：「大道之行也，天下爲公。」《鹽鐵論·國病》：「沛若時雨之灌萬物，莫不興起也。」**先生意卷舒。**《淮南子·本經訓》：「贏縮卷舒，淪於不測。」袁宏《前漢紀》贊：「蘧甯以之卷舒。」**正爲王者瑞，**杜甫詩：「所重王者瑞，敢辭微命休。」**何羡使君旗。**古樂府：「使君從南來，五馬立踟躕。」按凡州郡長官並得稱使君。《三國志·蜀志·先主傳》：「曹公從容謂先主曰：『今天下英雄，惟使君與操耳。』」時劉備領豫州牧，故操以使君呼之。上楊億詩有「一麾終遂志」之語，故筠詩曰「何羨使君旟」也。**暗室欣觀火，**《南史·梁武帝紀》：「雖居小殿暗室。」《潛夫論·釋難》：「且夫堯舜之德，譬猶偶燭之施明於暗室也。」又《讚學》：「是故索物於夜室者，莫良於火。」《書·盤庚》：「予若觀火。」**頽波賴決渠。**盧藏用《陳子昂集序》：「卓立千古，横制頽波。」《漢書·溝洫志》：「舉臿爲雲，決渠爲雨。」**當仁如退讓，**《論語》：「當仁不讓於師。」《禮記·曲禮》：「是以君子恭敬撙節退讓以明禮。」**末跡定淪胥。**陸機《歎逝賦》：「解心累於末跡，聊優游以娱老。」《詩·小雅·節南山之什·小旻》：「如彼泉流，無淪胥以敗。」按無爲發聲辭，淪胥以敗，言將相率底於敗亡也。此言楊億乞補外禄，則筠亦當相率隨之以求退也。

南朝

楊億

五鼓端門漏滴稀，《漢舊儀》：「立夏立秋晝六十二刻，夏至晝六十五刻。夜漏不盡五刻，擊五鼓。夜漏不盡三刻，擊三鼓。」《漢書·周勃傳》：「有謁者十人持戟衛端門。」顔師古注：「端門，殿之正門。」《漢舊儀》：「夜漏起，宫中衛宫城門，擊刁斗，傳五夜。衛士周廬擊木柝，傳呼備火。」《南齊書·武穆裴皇后傳》：「上數遊幸諸苑囿，載宫人從後車。宫内深隱，不聞端門鼓漏聲，置鐘於景陽樓上，宫人聞鐘聲，早起裝飾，至今此鐘唯應五鼓及三鼓也。」**夜籤聲斷翠華飛。**《陳書・世祖紀》：「每雞人伺漏，傳更籤於殿中，乃敕送者必投籤於階石之上，令鎗然有聲，云『吾雖眠，亦令驚覺也。』」司馬相如《上林賦》：「建翠華之旗。」《文選》李善注：「翠華，以翠羽爲葆也。」按此言夜籤聲斷，車駕曉發。**繁星曉埭聞雞度，**王逸《荔支賦》：「灼灼若朝霞之映日，離離如繁星之著天。」庾闡詩：「繁星如散錦。」《南齊書・武穆裴皇后傳》：「永明中，車駕數幸琅邪城，宮人常從，早發至湖北埭，雞始鳴。」《六朝事迹編類》：「《建康實録》：『青溪有橋名募士橋，橋西南過溝有埭名雞鳴埭。齊武帝早遊鍾山射雉，至此雞始鳴。』圖經云：『今在青溪西南朝溝之上。』」又按《南史》：『齊武帝永明中，數幸琅邪城，早發至湖北埭，雞始鳴，故呼爲雞鳴埭。』若爾，其埭又當近北。」**細雨春場射雉歸。**梁簡文帝詩：「冷風雜細雨。」杜甫詩：「燈前細雨簷花落。」庾信詩：「貍膏熏鬬敵，芥粉壒春場。」李商隱詩：「春場鋪艾張，下馬雉媒嬌。」《南齊書・東昏侯紀》：「置射雉場二百九十六處，翳中帷帳及步障，皆袷以緑紅錦，金銀鏤弩牙，瑇瑁帖箭。」**步試金蓮波濺襪，**《南史・齊東昏侯紀》：「又鑿金爲蓮花以帖地，令潘妃行其上，曰：『此步步生蓮華也。』」曹植《洛神賦》：「陵波微步，羅襪生塵。」**歌翻玉樹涕沾衣。**孟浩然詩：「歌翻子夜聲。」《陳書・皇后傳》論：「後主每引賓客對貴妃等游宴，則使諸貴人及女學士與狎客共賦新詩，互相贈答。採其尤豔麗者以爲曲詞，被以新聲。其曲有玉樹後庭花、臨春樂等，大指所歸，皆美張貴妃、孔貴嬪之容色也。其略曰：『璧月夜夜滿，瓊樹朝朝新。』」《漢書・伍被傳》：「今臣亦將見宮中生荆棘，露沾衣也。」漢鐃歌：「臨水遠望，泣下沾衣。」**龍盤王氣終三百**，張勃《吴録》：「諸葛亮謂大帝曰：『鍾山龍盤，石頭虎踞。』」《隋書・薛道衡傳》：「郭璞云：『江表偏王三百年，還與中國合。』」庾信《哀江南賦》：「將非江表王氣，終於三百年乎！」**猶得澄瀾對敞扉**。虞世基詩：「澄瀾浮曉色，遥林捲宿烟。」按澄瀾謂江水也。言金陵王氣已消，而湛湛江水，仍光浮敞扉，終古不改也。《説文解字》：「扉，户扇也。」

錢惟演

結綺臨春映夕霏，《陳書・皇后傳》論：「至德二年，乃於光照殿前起臨春、結綺、望仙三閣。閣高數丈，並數十間。其窗牖壁帶懸楣欄檻之類，並以沉檀香木爲之，又飾以金玉，間以珠翠。外施珠簾，内有寶牀寶帳。其服玩之屬，瑰奇珍麗，近古所未有。每微風暫至，香聞數里。朝日初照，光映後庭。其下積石爲山，引水爲池，植以奇樹，雜以花藥。後主自居臨春閣，張貴妃居結綺閣，龔、孔二貴嬪居望仙閣，並複道交相往來。」謝靈運詩：「林壑斂暝色，雲霞收夕霏。」**景陽鐘動曙星稀**。景陽鐘已見上首五鼓端門漏滴稀句下注。崔曙詩：「曙後一星孤。」魏武帝時：「月明星稀。」**潘妃寶釧光如畫**，《南齊書・東昏侯紀》：「潘妃服飾，極選珍寶，主衣庫舊物，不復周用，貴市民間金銀寶物，價皆數倍，虎魄釧一隻，直百七十萬。」梁簡文帝詩：「開函脱寶釧，向鏡理紈巾。」**江令花牋落似飛**。《南史・江總傳》：「總字總持。篤學有文辭。後主即位，歷尚書令。既當權任宰，不持政務，但日與後主遊宴後庭，唯與陳暄、孔範、王瑳等十餘人，當時謂之狎客。」杜甫詩：「江令錦袍鮮。」李商隱詩：「江令當年只費才。」《鄴侯外傳》：「其錦花牋上花雲，皆夢所見者。」**舴艋凌波朱火度，**《藝文類聚》卷七十一引《宋元嘉起居注》：「有司奏，餘姚令何玢造作乘船舴艋一艘，精麗過常。」《玉篇》：「舴艋，小舟也。」《三國志·魏志·徐宣傳》：「凌波而前。」古詩：「朱火然其中，青烟颺其間。」古樂府：「朱火颺烟霧，博山吐微香。」張華詩：「朱火青無光，蘭膏坐自凝。」傅毅《舞賦》：「朱火曄其延起兮，燿華屋而熺洞房。」梁元帝詩：「銀燭含朱火。」**觚稜拂漢紫烟微。** 按烟，粵雅堂諸本作光，今從明嘉靖玩珠堂本。班固《西都賦》：「設璧門之鳳闕，上觚稜而棲金爵。」《文選》五臣注：「觚稜，闕角也。」王觀國《學林》：「屋角瓦脊，成方角稜瓣之形，故謂之觚稜。《西都賦》『設璧門之鳳闕，上觚稜而棲金雀』，蓋謂以銅鐵爲鳳雀，安於闕門屋脊之上。」《宋書·樂志》：「鑾華羽迾，拂漢涵滈。」《詩·小雅·谷風之什·大東》：「惟天有漢。」按天漢指銀河。郭璞詩：「駕鴻乘紫烟。」《陳書·高祖紀》：「重慶殿東鴟尾，有紫烟屬天。」**自從飲馬秦淮水，**《左氏傳》宣公十二年：「楚子北師次於郔，將飲馬于河而歸。」《晉陽秋》：「秦始皇東遊，望氣者云：『五百年後，金陵有天子氣。』於是始皇於方山掘流西入江，亦曰淮，土俗號曰秦淮。」《六朝事迹編類》：「淮，本名龍藏浦，上有二源，一源發自華山，經句容西南流，一源發自東廬山，經溧水西北流，入江寧界。二源合自方山埭，西注大江。其分派屈曲，不類人功，疑非秦皇所開，而後人因名秦淮者，以鑿方山言之。」**蜀柳無因對殿幃。**《南史·張緒傳》：「劉悛之爲益州，獻弱柳數株，枝條甚長，狀若絲縷。時舊宮芳林苑始成，武帝以植於太昌靈和殿前，常賞玩咨嗟，曰：『此楊柳風流可愛，似張緒當年時。』」《史記·孝文本紀》：「所幸慎夫人，令衣不得曳地，幃帳不得文繡。」《廣韻》：「幃，單帳也。」

劉　筠

華林酒滿勸長星，《世說新語》：「太元末，長星見，孝武心甚惡之。夜華林園中飲酒，舉杯屬星云：『長星，勸汝一杯酒，自古何時有萬歲天子。』」按長星，彗星之屬，古人以爲長星見，則下有除舊布新之事，故帝惡之也。**青漆樓高未稱情。**《南齊書·東昏侯紀》：「世祖興光樓，上施青漆，世謂之青樓。帝曰：『武帝不巧，何不純用瑠璃。』」李頎詩：「遠遊難稱情。」**麝壁燈迴偏照晝，**《南齊書·東昏侯紀》：「後宮遭火之後，更起仙華、神仙、玉壽諸殿，刻畫雕綵，青䓘金口帶，麝香塗壁，錦幔珠簾，窮極綺麗。」《易林》：「明月照夜，使暗爲晝。」**雀航波漲欲浮城。**《六朝事迹編類》：「晉咸康二年，作朱雀門，新立朱雀浮橋，在縣城東南四里，對朱雀門，南渡淮水，亦名朱雀橋。」按雀航即朱雀浮橋也，跨秦淮水上。此言秦淮波漲，朱雀浮橋亦幾欲隨波與城相平也。**鐘聲但恐嚴妝晚，**羅虬詩：「最稱嚴妝待曉鐘。」**衣帶那知敵國輕。**《南史·陳後主紀》：「後主荒于酒色，不恤政事，稅江稅市，徵取百端，刑罰酷濫，牢獄常滿。隋文帝曰：『我爲百姓父母，豈可限一衣帶水不拯之乎！』」《周禮·秋官·環人》：

「搏諜賊訟敵國。」**千古風流佳麗地，**《漢書・趙充國辛慶忌傳》贊：「今之歌謡慷慨，風流猶存耳。」謝脁《入朝曲》：「江南佳麗地，金陵帝王州。」**盡供哀思與蘭成。**《文心雕龍・樂府》：「辭不離於哀思。」庾信《哀江南賦》：「王子濱洛之歲，蘭成射策之年。」陸龜蒙《小名録》：「庾信幼而峻邁，有天竺僧呼信爲蘭成，因以爲小字。」

李宗諤

仙華玉壽夜沉沉，《南齊書・東昏侯紀》：「更起仙華、神仙、玉壽諸殿，刻畫雕綵，麝香塗壁，錦幔珠簾，窮絶綺麗。」《史記・陳涉世家》：「夥頤！ 涉之爲王沉沉者。」應劭曰：「沉沉，宫室深邃之貌也。」李白詩：「月寒天清夜沉沉。」**三閣齊雲複道深。**《陳書・皇后傳論》：「至德二年，乃於光照殿前起臨春、結綺、望仙三閣。 閣高數丈，並數十間。 後主自居臨春閣，張貴妃居結綺閣，龔孔二貴嬪居望仙閣，並複道交相往來。」古詩：「西北有高樓，上與浮雲齊。」《史記・秦始皇本紀》：「始皇令咸陽之旁二百里内宫觀二百七十，復道甬道相連，帷帳鍾鼓美人充之，各案署不移徙。」又云：「秦每破諸侯，寫放其宫室，作之咸陽北阪上，南臨渭，自雍門以東至涇渭，殿屋複道周閣相屬。」**平昔金鋪空廢苑，**杜甫詩：「何由似平昔。」司馬相如《長門賦》：「擠玉户以撼金鋪兮，聲噌吰而似鍾音。」《文選》李善注：「金鋪，以金爲鋪首也。」五臣注：「金鋪，扉上有金花，花中作鈕鐶以貫鎖，故撼摇有聲，似鍾音也。」張文昌詩：「廢苑杏花在。」**于今瓊樹有遺音。**《陳書·皇后傳論》：「後主使諸貴人及女學士與狎客共賦新詩，採其尤豔麗者以爲曲詞，被以新聲。其曲有玉樹後庭花、臨春樂等，大指所歸，皆美張貴妃、孔貴嬪之容色也。其略曰：『璧月夜夜滿，瓊樹朝朝新。』」《易·小過》：「飛鳥遺之音。」《禮記·樂記》：「清廟之瑟，朱絃而疏越，壹唱而三歎，有遺音者矣。」**珠簾映寢方成夢，**鮑照詩：「珠簾無隔露。」沈約文：「託想成夢。」《陳書·皇后傳論》：「臨春、結綺、望仙三閣，外施珠簾，内有寶牀寶帳，其服玩之屬，瑰奇珍麗，近古所未有。」**麝壁飄香未稱心。**《南齊書·東昏侯紀》：「更起仙華、神仙、玉壽諸殿，麝香塗壁。」張正見時：「飄香入桂舟。」陶潛詩：「稱心易足。」**惆悵雷塘都幾日，**《楚辭·遠游》：「惆悵兮而私自憐。」《新唐書·地理志》：「揚州廣陵郡江都縣，有雷塘。」按雷塘在今江蘇揚州市北，隋煬帝幸江都，建迷宫於此。杜牧詩：「煬帝雷塘上，迷藏有舊樓，誰家歌水調，明月滿揚州。」隋煬帝被殺，即葬雷塘之側。**吟魂醉魄已相尋。**按吟魂醉魄，謂陳後主叔寶也。陳亡，叔寶至長安，《南史·陳後主紀》言：「監者又言叔寶常耽醉，罕有醒時。隋文帝使節其酒，既而曰：『任其性，不爾，何以過日。』未幾，帝又問：『飲酒多少？』對曰：『與其子弟日飲一石。』隋文帝大驚。及從東巡，登邙山侍飲，賦詩曰：『日月光天德，山川壯帝居。太平無以報，願上東封書。』後從至仁壽宫，常侍宴，及出，隋文帝目之曰：『此敗豈不由酒。將作詩功夫，何如思安時事。』」宗謂蓋以陳後主能詩，故謂之吟魂，又常耽酒罕醒，故謂之醉魄也。據《海山記》：「一夕，帝泛舟遊北海，與宦人十數輩升海山。是時月色朦朧，恍惚間，水上有一小舟。洎至，首一人先登，贊唱陳後主謁帝，帝亦忘其死，乃起迎之。後主曰：『始者謂帝將致理於三王之上，今乃甚取當時之樂，以快平生，無甚美事。』」宗諤此二句蓋言隋煬帝總兵滅陳，及即帝位，亦蹈後主覆轍，以女寵沉湎亡國，故云惆悵雷塘，曾無幾日，而陳叔寶死後之吟魂醉魄，已來謁帝，且引帝爲同好矣。與李商隱「地下若逢陳後主，豈宜重問後庭花」，詩意正同。或謂館臣南朝詩，皆影射宋滅南唐事，予不敢牽强傅會，以遂其説。獨李宗諤此兩句，託諷意遠，確是陰指宋真宗及南唐近事。宋於開寶八年，太宗命曹彬提兵滅南唐，至景德二年，已三十載。而宋真宗崇尚虚華，耽淫女寵，後宮並寵者甚衆，殆蹈南唐後主之覆轍，故宗諤特引世所傳陳後主譏隋煬帝事以爲戒也。

禁中庭樹

楊億

《獨斷》：「天子所居門閤有禁，非侍御之臣，不得妄入，稱禁中。」

直幹依金闥，庾信《周隴右總管長史贈太子少保豆盧公神道碑》：「直幹百尋。」《史記·樊噲列傳》：「噲乃排闥直入。」《史記正義》：「闥，宮中小門。」《漢書·霍光傳》：「出入禁闥二十餘年。」《續漢書·

百官志》劉昭注：「禁門曰黃闥。」按金闥即黃闥。**繁陰覆綺楹。**温庭筠賦：「願綢繆于芳趾，附周旋於綺楹。」《文選·魯靈光殿賦》李善注：「刻爲綺文。」**纍珠晨露重，**《禮記·樂記》：「纍纍乎端如貫珠。」江淹《别賦》：「秋露如珠。」鮑照賦：「晨露夕陰。」**嘒管夜蟬清。**《詩·小雅·節南山之什·小弁》：「菀彼柳斯，鳴蜩嘒嘒。」温庭筠詩：「朔音悲嘒管。」顔延之詩：「夜蟬當夏急。」**霜桂丹丘路，**孔稚珪《北山移文》：「秋桂遺風。」《楚辭·遠游》：「仍羽人於丹丘兮，留不死之舊鄉。」王逸注：「丹丘，晝夜常明也。」**星榆北斗城。**古樂府：「天上何所有，歷歷種白榆。」《三輔黃圖》：「初置長安城，本狹小，惠帝更築。城南爲南斗形，北爲北斗形。至今人呼漢京城爲斗城。」**歲寒徒自許，**《論語》：「歲寒，然後知松柏之後凋也。」謝靈運詩：「顧己雖自許。」**蜀柳笑孤貞。**《南史·張緒傳》：「劉悛之爲益州，獻蜀柳數株，枝條甚長，狀若絲縷。時舊宫芳林苑始成，武帝以植於太昌靈和殿前。」李昂賦：「體自孤貞。」

錢惟演

紫闥分陰地，《後漢書·崔駰傳》：「攀台階，闚紫闥。」**丹條擢秀時。**沈演之《嘉禾頌》：「擢秀辰畦，揚穎角澤。」**高枝接温樹，**陶潛詩：「凝霜殄異類，卓然見高枝。」《漢書·孔光傳》：「光周密謹慎，未嘗有過。沐日歸休，兄弟妻子燕語，終不及朝省政事。或問温室省中樹，光默不應，更答以他語，其不泄如此。」《三輔黄圖》：「温室殿，武帝建，冬處之温暖。」**密葉覆辛夷。**曹植《七啓》：「密葉晨稀。」傅玄《李賦》：「長條四布，密葉重陰。」陸機詩：「輕條象雲構，密葉成翠幄。」《楚辭・九歌・湘夫人》：「辛夷楣兮葯房。」**夜影瑶光接，**羅隱詩：「夜影流波。」《春秋運斗樞》：「北斗七星，第七曰瑶光。」張衡《西京賦》：「上飛闥而仰眺，正睹瑶光與玉繩。」**晨英玉露滋。**梁簡文帝《南郊頌》：「玉露霑墀。」顏延之詩：「露滋日肅。」**乘春好封殖，爲賦角弓詩。**《左氏傳》昭公二年：「韓宣子既享宴於季氏，有嘉樹焉，宣子譽之。武子曰：『宿敢不封殖此樹，以無忘角弓。』遂賦甘棠，宣子曰：『起不敢也，無以及召公。』」按《詩・小雅・魚藻之什・角弓》：「兄弟昏姻，無胥遠矣。」又：「爾之教矣，民胥傚矣。」季武子蓋取其義以爲喻。

劉　筠

羽葉籠盤石，宋玉《高唐賦》：「盤石險峻，傾倚崖隤。」**蚪枝拂畫堂。**謝朓詩：「樛枝聳復低。」《詩・周南・樛木》釋文：「木下句曰樛。馬融《韓詩》本並作朻。《説文》以朻爲高木下曲。」按朻樛本一字，蚪即朻之假借字。《漢書・元后傳》：「生成帝於甲館畫堂。」《漢官儀》：「黄門有畫堂之署。」**夜聲含素瑟，**梁元帝詩：「金鋪掩夕扇，玉壺傳夜聲。」《世本》：「伏羲作瑟。」《史記・封禪書》：「或曰：

『太帝使素女鼓五十弦瑟，悲，帝禁不止，故破其瑟爲二十五弦。』於是作二十五弦及空侯琴瑟自此起。」**曉影逼扶桑。**《山海經・海外東經》：「湯谷上有扶桑，十日所浴。有大木，九日居下枝，一日居上枝。」又《大荒東經》：「湯谷上有扶桑木，一日方至，一日方出，皆載於烏。」《淮南子・天文訓》：「日出于暘谷，浴於咸池，拂于扶桑。是謂晨明。」**好借鸞爲瑞，**《山海經・西山經》：「女牀之山，有鳥焉，其狀翟而五采文，名曰鸞鳥，見則天下安寧。」**無容麝損香。**《山海經・西山經》：「翠山其陰多旄牛麢麝。」郭璞注：「麝似麞而小，有香。」嵇康《養生論》：「麝食柏而香。」《文選》李善注引《名醫別録》：「麝形似麞，常食柏葉，五月得香。」楊億《談苑》亦云：「商汝山中多麝，遺糞常在一處不移，人以是獲之。其性絶愛其臍，爲人逐急，即投巖，舉爪剔裂其香，就縶而死，猶拱四足保其臍。故李義山詩云：『投巖麝自香。』」**寧知千載後，祗美召公棠。**《詩・召南・甘棠》：「蔽芾甘棠，勿翦勿伐，召伯所茇。」《史記・燕世家》：「召公巡行鄉邑，有棠樹，決獄政事其下。召公卒，而民人思召公之政，懷棠樹不敢伐，歌詠之，作《甘棠》之詩。」

休沐端居有懷希聖少卿學士

錢惟演字希聖，時以太僕少卿直祕閣，預修《册府元龜》。

楊億

凝塵滿榻素琴橫，應璩《與侍郎曹長思書》：「紅塵蔽於几榻。」《晉書・簡文帝紀》：「帝留心典籍，不以居處爲意，凝塵滿席，湛如也。」《宋書・隱逸・陶潛傳》：「潛不解音聲，而畜素琴一張，無絃。每有酒適，輒撫弄以寄其意。」宋之問詩：「高興南山曲，長謡横素琴。」**岸幘孤吟意未平。**《晉書・謝奕傳》：「轉爲安西司馬，在桓温坐，岸幘笑詠，無異常日。」韓愈詩：「孤吟數闋莫與和。」**茗粥露芽銷晝夢，**《茶録》：「吴人採茶煮之，名茗粥。」《國史補》：「風俗貴茶，茶之品衆。福州有方山之露芽。」杜牧詩：「重尋春晝夢，笑把淺花枝。」**柘漿雲液浣朝酲。**《楚辭・招魂》：「胹鼈炮羔，有柘漿些。」王逸注：「柘，藷蔗也。言取藷蔗之汁爲漿飲也。柘一作蔗。」《漢書・禮樂志》：「泰尊柘漿折朝酲。」應劭曰：「柘漿，取甘柘汁以爲飲也。酲，酒病也。」《詩》毛傳：「病酒曰酲。」梁元帝詩：「竹葉解朝酲。」按雲液指柘漿，即甘蔗汁也。此言以甘蔗汁解宿酲也。**水沉朱李金瓶澀，**《西京雜記》：「上林苑李十五」，有「朱李」。《述異記》：「魏文帝安陽殿前，天降朱李八枚。啖一枚，數日不食。今李種有安陽李，大而甘者，即其種也。」魏文帝《與吴質書》：「浮甘瓜於清泉，沉朱李於寒水。」《子夜歌》：「暑盛静無風，夏雲薄暮起。攜手密葉下，浮瓜沉朱李。」沈約詩：「金瓶泛羽卮。」**風獵幽蘭羽扇輕。**《離騷》：

「時曖曖其將罷兮，結幽蘭而延佇。」李商隱詩：「風聲偏獵紫蘭叢。」陸機《羽扇賦》：「昔楚襄王會於章臺之上，大夫宋玉、唐勒侍，皆操白鶴以爲扇。」**獨憶當筵試湯餅**，司空圖《歌筵》詩：「追逐翻嫌傍管絃，金釵擊節自當筵。」《玉燭寶典》引《荆楚歲時記》：「伏日並作湯餅，名爲辟惡。」《世説新語》：「何晏面絶白，文帝疑其著粉。後以湯餅啖之，大汗出，隨以衣自拭，色轉皎然。」**謫仙冰骨照人清**。李白《對酒憶賀監序》：「太子賓客賀公，於長安紫極宫一見予，呼予曰謫仙人。因解金龜換酒爲樂。」又李白詩：「世人不識東方朔，大隱金門是謫仙。」

錢惟演

雕盤瓊蕊冰寒澌，原注：「冰，去聲。」蕭統《七契》：「瑶俎既已奇麗，雕盤復爲美玩。」張衡《西京賦》：「屑瓊蕊以朝餐，必性命之可度。」虞世南詩：「寒澌擁急流。」**密樹蟬嘶下直時**。梁簡文帝詩：「密樹臨寒水，疎扉望遠城。」庾信《小園賦》：「聚空倉而雀噪，驚懶婦而蟬嘶。」《宋書·殷淳傳》：「淳居黄門爲清切，下直應留下省。」**更賦新詩答靈運**，張華詩：「良朋貽新詩。」《文選》有謝宣遠《答靈運》詩，《於安城答靈運》詩，又有謝惠連《西陵遇風獻康樂》詩，蓋借以爲喻也。**不將團扇隔元規**。《晉書·樂志》：「王珉好捉白團扇。」《世説新語》：「庾公權重，足傾王公。庾在石頭，王在冶城坐，大風揚塵，王以扇拂塵曰：『元規塵汙人。』」按庾公謂庾亮，亮字元規；王公謂王導。**經梅緑草緣階上**，緣，明嘉靖玩珠堂本作沿。許渾詩：「簟涼初熟麥，枕膩乍經梅。」蕭統《七契》：「碧樹初蕊，緑草含滋。」李白詩：「長短春草緑，緣階如有情。」**盡日流風轉蕙遲。**《漢書・高祖紀》：「今足下盡日止攻。」江總詩：「洛浦流風漾淇水，秦樓初日度陽臺。」《楚辭・招魂》：「光風轉蕙，泛崇蘭些。」**祇待觚稜照初旭，**班固《西都賦》：「上觚稜而棲金爵。」《文選》五臣注：「觚稜，闕角也。」張説詩：「南樓玩初旭。」**横經還集絳紗幃。**《陳書・周弘正傳》：「於是降情屈禮，横經請益。」《後漢書・馬融傳》：「融常坐高堂，施絳紗帳，前列生徒，後列女樂。弟子以次相傳，鮮有入其室者。」

劉筠

巘巘風檐乳燕翔，張衡《西京賦》：「反宇業業，飛檐巘巘。流景内照，引曜日月。」《廣雅》：「巖巖巘巘，高也。」李商隱詩：「新灘莫悟遊人意，故作風檐雨夜聲。」鮑照樂府：「乳鷰逐草蟲，巢蜂拾花蕚。」**浴蘭衣綌簟流黄。**《楚辭・九歌・雲中君》：「浴蘭湯兮沐芳。」李白詩：「沐芳莫彈冠，浴蘭莫振衣。」《詩・周南・葛覃》：「爲絺爲綌，服之無斁。」《西京雜記》：「會稽歲時獻竹簟供御，世號爲流黄簟。」**雲容倏變千峰險，**滄交詩：「積水浸雲容。」李山甫詩：「榮枯無路入千峰。」**草色相沿百帶長。**江淹詩：「草色斂窮水，木葉變吳川。」《御覽》卷四十二及卷九百九十四引《三齊略記》：「不其城東有鄭玄教授山，鄭玄刊注詩書，棲爨此山。山下猶生細草，葉形似薤，長尺餘，堅韌異常，土人名作康成書帶。」**旋製紫荷供橐筆，**《南齊書·輿服志》：「百官執手板，肩上紫袷囊，名曰契囊，世呼爲紫荷。」《南史·劉杳傳》：「周捨問杳：『尚書著紫荷囊，竟何所出？』杳曰：『《張安世傳》云，持橐簪書侍孝武皇帝，注並云，橐，囊也，簪筆以備顧問。』」張晏曰：「橐，契囊也。近臣負橐簪筆從，備顧問，或有所記也。」顏師古注：「橐，所以盛書也。有底曰囊，無底曰橐。簪筆者，插筆於首。」按事見《漢書·趙充國傳》，《南史》謂見《張安世傳》，偶誤。**暗移神蔡忍揩牀。**梁簡文帝詩：「遊魚吹水沫，神蔡上荷心。」《論語》：「臧文仲居蔡。」何晏注：「蔡，國君之守龜，出蔡地，因以爲名焉。長尺有二寸。」邢昺疏：「《漢書·食貨志》云：『元龜爲蔡。』《家語》稱：『漆雕平對孔子云，臧氏有守龜，其名曰蔡。文仲三年而爲一兆，武仲三年而爲二兆。』是大蔡爲大龜，蔡是龜之名耳。」《淮南子·説山訓》：「大蔡神龜，出於溝壑。」許慎注：「大蔡，元龜之所出地名，因名其龜爲大蔡。」《史記·龜策列傳》：「南方老人用龜支牀足，行二十餘歲，老人死，移牀，龜尚生不死。龜能行氣導引。」**思君祇欲傾家釀，**《世説新語》：「劉尹云：『見何次道飲酒，使人欲傾家釀。』」按劉尹，劉琰字真道。何次道，何充字也。**待警同誰賦柏梁。**《漢書·孝武紀》：「元鼎二年春，起柏梁臺。」《三輔舊事》：「柏梁臺，以香柏爲梁也。武帝嘗置酒其上，詔群臣和詩，能七言詩者乃得上。」

陳越

玉甃銀牀蔭碧桐，江逌《井賦》：「穿重壤之十仞兮，搆玉甃之百節。」李頤《莊子集解》：「甃如闌，以磚爲之，著井底闌也。」《字林》云：「甃，井壁也。」古樂府《淮南王篇》：「後園鑿井銀作牀，金瓶素綆汲寒漿。」庾肩吾《九日侍宴》詩：「玉醴吹巖菊，銀牀落井桐。」白行簡《濾水羅賦》：「臨桐井之銀牀，近蓮塘之玉甃。」《名義考》：「銀牀乃轆轤架，非井欄也。」**北窗珍簟水紋融。**《宋書·隱逸·陶潛傳》：「嘗言五六月北窗下卧，遇涼風暫至，自謂是羲皇上人。」謝朓詩：「珍簟清夏室，轉扇動涼颸。」李商隱詩：「水紋簟上琥珀枕。」**衣裁練布如王導，**《晉書·王導傳》：「時帑藏空竭，庫中惟有練數千端，鬻之不售。導患之，乃與朝賢俱製練布單衣，於是士人翕然競服之，練遂踊貴。」按《御覽》卷八百二十引《晉書》作練布。**扇執蒲葵學謝公。**《晉書·謝安傳》：「鄉人有罷中宿縣者，還詣安，安問其歸資，曰：『有蒲葵扇五萬。』安乃取其中者捉之。京師士庶競市，價增數倍。」**瓊屑半和仙掌露，**張衡《西京賦》：「立脩莖之仙掌，承雲表之清露。屑瓊蕊以朝餐，必性命之可度。」白居易詩：「羅袖博瓊屑。」**蘭苕輕泛楚臺風。**郭璞詩：「翡翠戲蘭苕，容色更相鮮。」杜牧詩：「鐏香輕泛數枝曲。」宋玉《風賦》：「楚襄王游於蘭臺之宮，有風颯然而至，王曰：『快哉此風！寡人與庶人共者邪？』宋玉曰：『此獨大王之風耳，庶人安得而共之。』」徐堅詩：「香雲歷楚臺。」**若非冰雪神仙骨，**《莊子·逍遥遊》：

「藐姑射之山，有神人居焉，肌膚若冰雪，淖約如處子，不食五穀，吸風飲露，乘雲氣，御飛龍，而遊乎四海之外。」**相樂誰同一笑中。**《漢書·薛宣傳》：「至休，吏賊曹掾張扶獨不肯休。宣出教曰：『曹雖有公職事，家亦望私恩意。掾宜從衆歸，對妻子，設酒肴，請鄰里，一笑相樂。』」

李　維

銀闕琳房視草餘，《史記·封禪書》：「蓬萊、方丈、瀛洲，此三神山者，黄金銀爲宫闕。」《漢書·淮南王安傳》：「武帝方好藝文，以安屬爲諸父，辯博，善爲文辭，甚尊重之。每爲報書及賜，常召司馬相如等視草乃遣。」**龍門岑寂斷軒車。**按龍門指禁中門闥。杜甫詩：「岑寂雙柑樹。」《莊子·讓王》：「子貢乘大馬，中紺而表素，軒車不容巷，往見原憲。」古詩：「思君令人老，軒車來何遲。」服虔《左傳》注：「車有藩曰軒。」**彩毫閒試金壺墨，**温庭筠《塞寒行》：「彩毫一畫竟何榮，空使青樓淚成血。」《拾遺記》：「浮提之國，獻神通善書二人，出肘間金壺四寸，上有五龍之檢，封以青泥。壺中有墨汁如淳漆，灑地及石皆成篆隸科斗之字，記造化人倫之始。」**青案時看玉字書。**張衡《四愁詩》：「美人贈我錦繡段，何以報之青玉案。」《南嶽記》：「禹治水祭南嶽，因夢獲金簡玉字之書。」**王儉風流希謝傅，**《南齊書·王儉傳》：「儉常爲人曰：『江左風流宰相，惟有謝安。』蓋自比也。」習鑿齒《晉陽秋》：「王夷甫、樂廣，俱宅心事外，言風流者，稱王、樂焉。」《文選》李善注：「風流，如風之散，如水之流。」**子雲詞賦敵

相如。子雲，揚雄字。《漢書·揚雄傳》：「先是時，蜀有司馬相如，作賦文麗弘雅，雄心壯之，每作賦，常擬之以爲式。」**瓊枝不見蕭齋晚，**《離騷》：「折瓊枝以繼佩。」又「折瓊枝以爲羞兮。」揚雄《甘泉賦》：「靡薜荔以爲席兮，折瓊枝以爲芳。」按古人亦以瓊枝喻友朋，李陵録别詩：「思得瓊樹枝，以解長渴飢。」江淹《古離别》：「願一見顔色，不異瓊樹枝。」皆指友朋言之，此句亦與此同義。張弘靖《蕭齋記》：「隴西李約於江南得蕭子雲壁書飛白蕭字，與俱載舟還洛陽仁風里第。謂箱櫝臨視不時，又有㭗啓動摇之變，遂建精室，陷列於垣，復本書之意，得遥觀之美。夫蕭之爲言也，切然而清，於文也，蔚然而整，宜乎銘壁，宜乎名齋。蕭之名與此字俱傳矣。」《國史補》：「梁武帝造寺，令蕭子雲飛白大書蕭字，至今一字存焉。李約竭産自江淮買歸東洛，建一室以玩之，名爲蕭齋。」**蕙草烟微度綺疏。**魏武《内誡令》：「房户不潔，聽燒楓膏及蕙草。」古詩：「香風難久居，空令蕙草殘。」《南方草木狀》：「蕙草，一名熏草，氣如蘼蕪，可以止癘。」《後漢書·梁冀傳》：「窗牖皆有綺疏青瑣。」李賢注：「綺疏謂鏤爲綺文。」古詩：「交疏結綺窗。」《文選》李善注：「薛綜《西京賦》注：『疏，刻穿之也。』《説文》曰：『綺，文繒也。』此刻鏤以象之。」

再次首唱題和

錢惟演

雲變危峰萬里横，《水經·穀水注》：「雲峰相亂。」元稹《表夏》詩：「孟月夏猶淺，奇雲未及峰。」**簟**

鋪湘水一牀平。韋應物《横塘行》：「湘簟玲瓏透象牀。」杜甫詩：「茅棟蓋一牀，清池有餘花。」**紅蘭受露消晨渴，**江淹《别賦》：「見紅蘭之受露，望青楸之離霜。」《史記·司馬相如列傳》：「相如常有消渴疾。」**緑蕙翻風折夜酲。**司馬相如《上林賦》：「掩以緑蕙，被以江蘺。」顏師古《漢書》注：「緑蕙，言蕙草色緑。」杜甫詩：「豫章翻風白日動。」宋玉《風賦》：「清清泠泠，愈病折酲。」《詩·毛傳》：「病酒曰酲。」**逸少偶書葵扇貴，**《晉書·王羲之傳》：「羲之在蕺山，見一老姥，持六角竹扇賣之。羲之書其扇，各爲五字。姥初有愠色。因謂姥曰：『但言是王右軍書，以求百錢邪。』姥如其言，人競買之。」**羊欣閒卧練裙輕。**《宋書·羊欣傳》：「欣父不疑，初爲烏程令，欣時年十二。時王獻之爲吳興太守，甚知愛之。獻之嘗夏月入縣，欣著新絹裙晝寢，獻之書裙數幅而去。欣本工書，因此彌善。」《南史·任昉傳》：「西華冬月著葛帔練裙。」**無妨天上芝泥熟，**《春秋運斗樞》：「舜東巡狩至於河，黄龍五采負圖置舜前，黄芝爲泥封兩端。」《漢舊儀》：「天子信璽六，皆以武都紫泥封之。」**獨看瑶光近太清。**司馬相如《大人賦》：「部署衆神於瑶光。」張楫注：「瑶光，北斗柄頭第一星。」《春秋運斗樞》：「北斗七星，第七曰瑶光。」左思《吳都賦》：「魯陽揮戈而高麾，迴靈曜於太清。」

楊億

碧樹銀塘接畫樓，《淮南子·地形訓》：「崑崙上有碧樹瑶樹在其北。」班固《西都賦》：「珊瑚碧樹，周阿而生。」蕭統《七契》：「碧樹初蕊，緑草含滋。」梁簡文帝詩：「銀塘瀉清溜。」李嶠詩：「聚靄籠仙闕，連雲遶畫樓。」**天人誰肯降瓊軿。**《莊子·天下》：「不離於宗，謂之天人。」杜甫詩：「汝陽讓帝子，眉宇真天人。」李商隱詩：「星使追還不自由，雙童捧上緑瓊軿。」**三山密信傳青雀，**《史記·封禪書》：「自威、宣、燕昭使人入海求蓬萊、方丈、瀛洲。此三神山者，其傳在渤海中，去人不遠，蓋嘗有至者，諸仙人及不死之藥皆在焉。其物禽獸盡白，而黄金銀爲宫闕。未至，望之如雲。及到，三神山反居水下，終莫能至。」《洞冥記》：「有一女人愛悦於帝，名曰巨靈。帝傍有青珉唾壺，巨靈乍出入其中，或戲笑帝前。東方朔望見巨靈，乃目之，巨靈因而飛去，望見化成青雀。帝乃起青雀臺，時見青雀來，不見巨靈也。」**五日歸鞍躍紫騮。**《初學記》：「《漢律》，吏五日得一休沐，言休息以洗沐也。」張説《東都酺宴》詩：「洛橋將舉燭，醉舞拂歸鞍。」《南史·羊侃傳》：「帝因賜侃河南國紫騮令試之。」**郢酒泛冰星弁側，**《楚辭·招魂》：「挫糟冰飲，酎清涼些。」王逸注：「酎，醇酒也。言盛夏則爲覆蹙乾釀，提去其糟，但取清醇，居之冰上，然後飲之。酒寒涼，又長味好飲也。」《詩·衛風·淇奥》：「會弁如星。」鄭玄箋：「會謂弁之縫中，飾之以玉，皪皪而處，狀如星也。」《詩·小雅·甫田之什·賓之初筵》：「側弁之俄，屢舞傞傞。」鄭玄箋：「側，傾也。俄，傾貌。」**吴歈倚瑟黛蛾愁。**《楚辭·招魂》：「吴歈蔡謳，奏大吕些。」《史記·張釋之列傳》：「使慎夫人鼓瑟，上自倚瑟而歌。」許敬宗詩：「星模鉛裏曆，月寫黛中蛾。」温庭筠詩：「黛蛾陳二八，珠履列三千。」**雲峰得句懷真賞，**謝靈運《酬從弟惠連》詩：「滅跡入雲峯。」李商隱詩：「尋幽殊未極，得句總堪誇。」《南史·王筠傳》：「沈約製《郊居賦》，構思積時，猶未都畢，示筠草。筠讀至雌霓連蜷，約拊掌欣忭。曰：『僕嘗恐人呼爲霓。』次至墜石磓星及冰盡珆而帶坻，筠皆擊節稱贊。約曰：『知音者希，真賞殆絶，所以相要，正在此數句耳。』」**瘦盡東陽沈隱侯。**《梁書·沈約傳》：「沈約字休文，吳興武康人也。高祖受禪，爲尚書僕射，封建昌侯。累遷尚書令。卒謚曰隱。」又「約以書陳情於徐勉曰：開年以來，病增慮切。百日數旬，革帶常應移孔；以手握臂，率計月小半分。」

槿　花

《玉篇》：「木槿，朝生夕殞，可食。亦作堇。」《禮記·月令》：「仲夏之月，木堇榮。」《爾雅·釋草》：「椵，木槿。櫬，木槿。」郭璞注：「别二名也。白曰椵，赤曰櫬。」《南方草木狀》：「朱槿花，莖葉皆如桑，高止四五尺。自二月開，至仲冬歇。花深紅色，大如蜀葵。有蘂一條，長於花葉，上綴金屑，日光所爍，疑若焰生。一叢數百朵，朝開暮落。插枝即活。一名赤槿，一名曰及。」

劉筠

紫霧函燈檠，江淹《赤虹賦》：「紫霧上河，絳氛下漢。」唐太宗《威鳳賦》：「晨遊紫霧，夕飲玄水。」古詩：「燈檠昏魚目。」庾信《對燭賦》：「刺取燈花持掛燭，還却燈檠下燭盤。」江總《南越木槿賦》：「百枝燈花復羞燃。」又賦云：「疊萼疑檠。」**彤霞逼綺寮。**曹唐《小遊仙》詩：「紅草青林日半斜，閒隨小鳳出彤霞。」左思《魏都賦》：「雷雨窈冥而未半，皦日籠光于綺寮。」陸雲《登臺賦》：「佇盼瑶軒，滿目綺寮。」梁簡文帝詩：「烟生翠幕，日照綺寮。」李商隱詩：「紅雲結綺寮。」按寮，小窗也。**吴宫何薄命，**按此蓋以西施喻槿花。李白詩：「吴宫花草埋幽徑。」《漢書・外戚傳》：「奈何妾薄命，端遇竟寧前。」**楚夢不終朝。**宋玉《高唐賦序》：「昔者先王嘗遊高唐，怠而晝寢，夢見一婦人。曰：『妾，巫山之女也，爲高唐之客。』去而辭曰：『妾在巫山之陽，高丘之岨。旦爲朝雲，暮爲行雨。朝朝暮暮，陽臺之下。』」老子：「飄風不終朝，驟雨不終日。」**半被曾羞問，**半被，猶言蒙被露半面也。或指槿花之半坼者言之。《説苑・談叢》：「君子不羞學，不羞問。」**鄰牆卻悔招。**宋玉《登徒子好色賦》：「天下之佳人，莫若楚國。楚國之麗者，莫若臣里。臣里之美者，莫若臣東家之子。然此女登牆窺臣三年，至今未許也。」王逸《楚辭》注：「招者，召也。以手曰招，以言曰召。」**莫移風雨怨，**《易・繫辭》：「潤之以風雨。」**更囑鵲爲橋。**《歲華紀麗》引《風俗通》：「織女七夕當渡河，使鵲爲橋。」

楊　億

宿霧初披縠，陶潛詩：「朝霞開宿霧。」宋玉《神女賦》：「動霧縠以徐步兮，拂墀聲之珊珊。」**晨霞暫照梁。**郭璞《江賦》：「霩如晨霞孤征，眇若雲翼絶嶺。」宋玉《神女賦》：「其始來也，耀乎若白日初出照屋梁。」何遜《看伏郎新婚》詩：「霧夕蓮出水，霞朝日照梁。」何如花燭夜，輕扇掩紅妝。」江總《南越木槿賦》：「朝霞映日殊未妍。」**千金輕换笑，**鮑照詩：「千金顧笑買芳年。」李白詩：「相知兩相得，一顧輕千金。」王筠詩：「欲以千金笑，迴君流水車。」**七駕未成章。**《詩·小雅·谷風之什·大東》：「跂彼織女，終日七襄。雖則七襄，不成報章。」鄭玄箋：「襄，駕也。七辰一移，因謂之七襄。織女，有織名爾，駕則有西無東，不如人織相反報成文章。」孔穎達疏：「言織之用緯，一來一去，是報反成章。今織女之星駕，則有西而無東，不見倒反，是有名無成也。」按反報謂行緯往復。陳後主《七夕》詩：「非同七襄駕，詎隔一春梅。」**塵暗神妃襪，**虞世南詩：「塵暗苑城遥。」曹植《洛神賦》：「陵波微步，羅襪生塵。」**衣殘侍史香。**《漢官儀》：「尚書郎，給尚書史二人，女侍史二人，皆選端正者。女侍史執香爐燒燻，從入臺給使護衣服也。」**深情傳寶瑟，**王羲之《深情帖》：「有深情者，何能不恨。」《漢書·金日磾傳》：

「行觸寶瑟，僵。」梁簡文帝《七勵》：「緑綺麗琴，丹山寶瑟。」**終古怨清湘。**《楚辭・九歌・禮魂》：「春蘭兮秋菊，長無絶兮終古。」鄭玄《考工記》注：「齊人之言終古，猶言常也。」《楚辭・遠游》：「使湘靈鼓瑟兮。」韓愈詩：「清湘沉楚臣。」

劉隲

虢國妝初罷，《舊唐書・楊國忠傳》：「貴妃姊虢國、韓國、秦國三夫人，同日拜命。」杜甫詩：「虢國夫人承主恩，平明騎馬入宫門。却嫌脂粉汙顔色，淡掃蛾眉朝至尊。」**高唐夢始迴。**注見上首「楚夢不終朝」句下。**霓裳猶未解。**《楚辭・九歌・東君》：「青雲衣兮白霓裳。」**繡被已成堆。**《説苑・善説》：「於是鄂君子晳乃舉繡被而覆之。」杜牧詩：「花徑落成堆。」**赤帝宫簾卷，**《晉書・天文志》：「南方赤帝，赤熛怒之神也。」杜甫詩：「殿瓦鴛鴦坼，宫簾翡翠虚。」庾信詩：「玉押珠簾卷，金鈎翠幔懸。」**華陽洞户開。**《梁書・處士・陶弘景傳》：「上表辭禄，止於句容之句曲山。恒曰：『此山下是第八洞宫，名金壇華陽之天。』乃中山立館，自號華陽隱居。」《後漢書・梁冀傳》：「連房洞户。」**神仙有良會，**何遜詩：「良會在何辰。」**清唱在瑶臺。**陸機《文賦》：「含清唱而靡應。」《離騷》：「望瑶臺之偃蹇兮，見有娀之佚女。」

錢惟演

綺霞初結處，蕭統《七召》：「綺霞映水，蛾月昇天。」慧琳《一切經音義》：「綺，《説文》，有文繒也。案綺古出齊都，今出江東，有以二色綵絲織成，次於錦也。」**珠露未晞時。**王融《風賦》：「韻珠露之參差。」李嶠《薔薇》詩：「曉啼珠露渾無力。」《詩·秦風·蒹葭》：「蒹葭淒淒，白露未晞。」**寶樹寧三尺，**隋煬帝《步虛詞》：「八行分寶樹。」《晉書·石崇傳》：「崇與貴戚王愷爭豪，武帝每助愷，嘗以珊瑚樹賜之，高二尺許。愷以示崇，崇以鐵如意擊之，應手而碎。命左右悉取珊瑚樹，有高三四尺者六七株，如愷比者甚衆。」**華燈更九枝。**崔駰《同聲歌》：「重户結金扃，高下華燈光。」《漢武帝内傳》：「七月七日，乃脩除宫掖，燔百和之香，張雲錦之帷，然九光之燈。」梁簡文帝《阻歸賦》：「躡九枝而耀景。」王筠詩：「百花曜九枝。」李商隱詩：「如何一柱觀，不礙九枝燈。」**亭亭方自喜，**張衡《西京賦》：「干雲霧而上達，狀亭亭以苕苕。」陶潛《讀山海經》詩：「亭亭凌風桂，八榦共成林。」《史記·魏其武安侯列傳》：「魏其者，沾沾自喜耳。」**黯黯却成悲。**陳琳詩：「肅肅山谷風，黯黯天路陰。」梁元帝賦：「日黯黯而將暮。」**欲作飛烟散，**梁元帝《霧》詩：「傍通似桂氣，却望若飛烟。」**猶憐反照遲。**杜甫詩：「返照入江翻石壁，歸雲擁樹失山村。」

代意二首

按此是楊億追憶姬人之作。

楊億

夢蘭前事悔成占，《左氏傳》宣公三年：「鄭文公有賤妾曰燕姞，夢天使與己蘭，曰：『以是爲而子，以蘭有國香，人服媚之如是。』既而文公見之，與之蘭而御之。辭曰：『妾不才，幸而有子，將不信，敢徵蘭乎。』公曰『諾』。生穆公，名之曰蘭。」庾信詩：「何年迎弄玉，今朝得夢蘭。」《史記・秦始皇本紀》：「前事之不忘。」李商隱《謝相國啓》：「坎卦成占，遂報中男之喜。」**卻羨歸飛拂畫簷。**《詩・小雅・節南山之什・小弁》：「弁彼鸒斯，歸飛提提。」杜牧詩：「十二層樓敞畫簷。」**錦瑟驚弦愁別鶴，**杜甫詩：「何時詔此金錢會，暫醉佳人錦瑟傍。」李商隱詩：「錦瑟無端五十絃，一絃一柱思華年。」《古今注》：「《別鶴操》，商陵牧子所作也。娶妻五年而無子，父兄將爲之改娶，妻聞之，中夜起，倚户而悲嘯。牧子聞之，愴然而悲，乃援琴而歌，後人因爲樂章焉。」陶潛詩：「上絃驚別鶴，下絃操孤鸞。」庾信詩：「別鶴繞琴絃。」**星機促杼怨新縑。**李商隱詩：「星機抛密緒，月杵散靈芬。」李咸詩：「促杼聲繁螢影多。」蕭子雲詩：「誰能憐故素，終爲泣新縑。」古詩：「新人從門入，故人從閤去。新人工織縑，故人工織素。織縑日一匹，織素五丈餘。將縑來比素，新人不如故。」**舞腰罷試收紈袖，**梁簡文帝詩：「合歡蠲忿葉，萱草忘憂條。何如明月夜，流風拂舞腰。」鮑照樂府：「含商咀徵歌露晞，珠履颯沓紈袖飛。」**博齒慵開委玉奩。**《楚辭·招魂》：「崑蔽象棊，有六簙些。分曹並進，遒相迫些。成梟而牟，呼五白些。」王逸注：「五白，博齒也。」洪興祖補注：「古《博經》云：博法，二人向對坐，向局。局分爲十二道，兩頭當中名爲水。用棊十二枚，六白六黑。又用魚二枚，置於水中。其擲采，以瓊爲之。瓊畟方寸三分，長寸五分，鋭其頭，鑽刻瓊四面爲眼，亦名爲齒。二人互擲采行棊，棊行到處即竪之，名爲驍。棊即入水食魚，亦名牽魚。每牽一魚，獲二籌，翻一魚，獲三籌。」王維詩：「深院晝慵開。」按慵，懶也。元稹詩：「香開白玉奩。」**幾夕離魂自無寐，**崔湜詩：「憶夢殘燈落，離魂暗馬驚。」《詩·魏風·陟岵》：「夙夜無寐。」**楚天雲斷見涼蟾。**杜甫詩：「楚天不斷四時雨。」宋之問詩：「鄉連江北樹，雲斷日南天。」李商隱詩：「月浪衝天天宇濕，涼蟾落盡疎星入。」按涼蟾謂月也。

短夢殘妝慘別魂，張謂詩：「殘妝添石黛，豔舞落金鈿。」江淹《別賦》：「知離夢之躑躅，意別魂之飛揚。」**白頭詞苦怨文園。**《西京雜記》：「相如將聘茂陵人女爲妾，卓文君作白頭吟以自絶，相如乃止。」《漢書・司馬相如傳》：「相如拜爲孝文園令。」**誰容五馬傳心曲，**《日出東南隅行》：「使君從南來，五馬立踟躕。」《詩・秦風・小戎》：「言念君子，温其如玉。其在板屋，亂我心曲。」曹植詩：「思子沉心曲，長歎不能言。」**祇許雙鸞見淚痕**《異苑》：「罽賓王一鸞三年不鳴。夫人曰：『聞見影則鳴。』懸鏡照之，鸞覩影悲鳴，中宵一奮而絶。」按此謂用銅鏡以照形也。李賀《美人梳頭歌》：「雙鸞鏡開秋水光，解鬟臨鏡立象牀。」杜審言《傷美人》詩：「淚痕銷夜燭，愁緒亂春風。」**易變肯隨南地橘，**《晏子春秋》：「晏子至楚，楚王賜晏子酒。酒酣，吏縛一人詣王，曰：『齊人也。坐盜。』王視晏子曰：『齊人固善盜乎？』晏子曰：『橘生淮南則爲橘，生於淮北則化枳，水土異也。今民生長於齊不盜，入楚則盜，得無楚之水土使民善盜邪！』」梁簡文帝《悔賦》：「播徙南地。」**忘憂虚對北堂萱。**嵇康《養生論》：「合歡蠲忿，萱草忘憂。」《詩・衛風・伯兮》：「焉得諼草，言樹之背。」《詩・毛傳》：「諼草令人忘憂。背，北堂也。」《經典釋文》：「諼本又作萱。」吴均詩：「何用贈分首，自有北堂萱。」**回文信斷衣香歇，**《文心雕龍・明詩》：「回文所起，則道源爲始。」《晉書・列女傳》：「竇滔妻蘇氏，始平人也。名蕙，字若蘭。滔苻堅時爲秦州刺史，被徙流沙，蘇氏思之，織錦爲回文璇璣圖詩以贈滔。宛轉循環以讀之，詞甚悽惋。凡八百四十字。」江淹《別賦》：「織錦曲兮泣已盡，回文詩兮影獨傷。」劉允濟詩：「玉關芳信斷，蘭閨錦字新。」《三國志・魏志・朱建平傳》：「帝將乘馬，馬惡衣香，驚齧文帝膝。」梁元帝《採蓮賦》：「蓮花亂臉色，荷葉雜衣香。」**猶憶章臺走畫轅。**《漢書・張敞傳》：「敞爲京兆，無威儀。時罷朝會，過走馬章臺街，使御史驅，自以便面拊馬。」《宋書・禮志》：「黑櫝文畫輈。」

李宗諤

霧鸞曉影忽參差，范泰《鸞鳥詩序》：「昔罽賓王結罝峻祁之山，獲一鸞鳥，三年不鳴。其夫人曰：『嘗聞鳥見其類而後鳴，何不懸鏡以映之。』王從其言。鸞觀影感契，慨然悲鳴，哀響沖霄，一奮而絕。」《詩・周南・關雎》：「參差荇菜，左右采之。」按參差爲不齊貌。此言參錯不能終老。**雲雨陽臺役夢思。**宋玉《高唐賦》：「旦爲朝雲，暮爲行雨。朝朝暮暮，陽臺之下。」杜甫詩：「雲雨荒臺豈夢思。」**自是膠弦無續日，**《十洲記》：「鳳麟洲上多鳳麟，數萬各爲群。煮鳳喙及麟角合煎作膏，名之爲續弦膠，或名連金泥。此膠能續弓弩已斷之弦，刀劍折斷之金，更以膠連續之，使力士掣之，他處乃斷，所續之際終無斷也。」《博物志》：「漢武時，西海國有獻膠五兩者，弓弦斷，以口濡香膠續之，帝以射，終日不斷，因名曰續弦膠。」**不同珪月有圓時。**江淹《別賦》：「秋月如珪。」《文選》李善注：「《遯甲開小圖》，禹遊於東海，得玉珪，碧色，圓如日月。」**洞房斗帳承新愛，**《楚辭・招魂》：「姱容脩態，絙洞房些。」司馬相如《長門賦》：「懸明月以自照兮，徂清夜於洞房。」《三國志・魏志・東夷傳》注引《魏略》：「大秦國有絳地金織帳、五色斗帳。」樂府：「紅羅複斗帳，四角垂珠璫。」按小帳謂之斗帳，形如覆斗。梁簡文帝詩：「爐烟入斗帳，屏風隱鏡臺。」杜審言詩：「寵移新愛奪，淚落故情留。」韋應物詩：「良人久燕趙，新愛移平生。」**河漢星橋隔後期。**古詩：「迢迢牽牛星，皎皎河漢女。」《玉燭寶典》引曹植《九詠》：「乘迴風兮浮漢渚，目牽牛兮眺織女，交際兮會有期。」注：「牽牛織女之星，各處河之旁，七月七日得一會同也。」庾信《望月》詩：「天漢看珠蚌，星橋視寶花。」**綺樹凝塵斷消息，**温庭筠《謝公墅歌》：「鳩眠高柳日方融，綺樹飄飄紫庭客。」謝莊《月賦》：「緑苔生閣，芳塵凝榭。」梁元帝詩：「欲覓行人寄消息，依常潮水暝應還。」**抒情空擬四愁詩。**《楚辭·惜誦》：「惜誦以致愍兮，發憤以抒情。」張衡《四愁詩》：「我所思兮在桂林，欲往從之湘水深，側身南望涕霑襟。美人贈我金琅玕，何以報之雙玉盤。路遠莫致倚惆悵，何爲懷憂心煩傷。」按張載有《擬四愁詩》。

丁 謂

玦帶珊瑚佩解瓊，《西京雜記》：「趙飛燕爲皇后，其女弟在昭陽殿，上上襚三十五條，中有珊瑚玦。」《韓詩内傳》：「鄭交甫遵彼漢皋臺下，遇二女。與言曰：『願請子之佩。』二女與交甫。交甫受而懷之，超然而去，十步循探之，即亡矣。迴顧二女，亦即亡矣。」《列仙傳》：「江妃二女，出遊於漢江之湄，逢鄭交甫。見而悦之，下而與之言，二女遂解佩與交甫。交甫受佩而懷之，中急趨走數十步。視佩，空懷無佩，二女忽然不見。」《離騷》：「何瓊佩之偃蹇兮，衆薆然而蔽之。」**楚雲無定好傷情。**宋玉《高唐賦》：「妾在巫山之陽，高丘之岨。旦爲朝雲，暮爲行雨。朝朝暮暮，陽臺之下。」張繼詩：「浮客了無定。」《文心雕龍·辯騷》：「故九歌九辯，綺靡以傷情。」**臨邛已誤通琴意，**《漢書·司馬相如傳》：「是時卓王孫有女文君新寡，好音。故相如繆與令相重，而以琴心挑之。相如時從車騎，雍容閒雅甚都。及飲卓氏，弄琴，文君竊從户窺，心悦而好之，恐不得當也。相如乃令侍人重賜文君侍者，通殷勤。文君夜亡奔相如。相如與馳歸成都，家徒四壁立。」《中説》：「美者琴意。」**金谷難尋辨玉聲。**石崇《金谷詩序》：「有别廬在河南縣界金谷澗。」《拾遺記》：「石季倫愛婢名翔風，魏末於胡中得之。至十五，無有比其容貌，特以姿態見美。妙别玉聲，巧觀金色。石氏之富，方比王家，驕侈當世，珍寶奇異，視如瓦礫，積如糞土，皆殊方異國所得，莫有辨識其出處者。乃使翔風别其聲色，悉知其處。言西方北方玉聲沉重而性温潤，佩服者益人性靈。東方南方玉聲輕潔而性清凉，佩服者利人精神。崇常擇美容姿相類者十人，裝飾衣服大小一等，常侍於側，結袖繞楹而舞。欲有所召，不呼姓名，悉聽佩聲，視釵色。玉聲輕者居前，金色艶者居後，以爲行次而進也。」**微警單棲盤露重，**《禽經》：「鸝必匹飛，鷃必單棲。」杜牧詩：「有貌雖桃李，單棲足是非。」《史記·封禪書》：「其後又作柏梁、銅柱、承露仙人掌之屬矣。」**密含幽思畹蘭平。**《史記·屈原列傳》：「屈平憂愁幽思而作《離騷》。」《離騷》：「予既滋蘭之九畹兮。」王逸注：「十二畝爲畹。」李商隱詩：「影響輸雙蝶，偏過舊畹蘭。」**明珠百琲將何當，**《拾遺記》：「石崇常擇美容姿相類者十人，裝飾衣服大小一等。又屑沉水之香如塵末，布象席上，使所愛者踐之。無跡者賜以真珠百琲，有跡者節其飲食，令身輕弱。故閨中相戲曰：『爾非細骨輕軀，安得百琲明珠。』」**悵望輕軀病欲成。**謝朓詩：「停驂我悵望。」邊讓《章華臺賦》：「縱輕軀以迅赴，若離鵠之失群。」曹植《洛神賦》：「竦輕軀以獨立。」又見上引《拾遺記》：「爾非細骨輕軀，安得百琲明珠。」

蕙時芳夕九回腸，陸機《擬古》詩：「懽友蘭時往。」宋玉《高唐賦》：「回腸傷氣。」《漢書・司馬遷傳》：「腸一日而九迴。」梁簡文帝詩：「望邦畿兮千里曠，悲遥夜兮九回腸。」**斂袂東窗見曉光。**《史記・貨殖列傳》：「海岱之間，斂袂而往朝焉。」陶潛《停雲詩》：「有酒有酒，閒飲東窗。」梁簡文帝詩：「靄靄夜中霜，河開向曉光。」劉禹錫詩：「清雒曉光鋪碧簟，上陽霜葉剪紅綃。」**秦嶺樹高迷隴塞，**班固《西都賦》：「於是晞秦嶺，睋北阜。」杜甫詩：「兩行秦樹直，萬點蜀山尖。」許渾詩：「雲晴碧樹高。」《後漢書・西羌傳》：「將五千人寇隴西塞。」《三秦記》：「隴西關，其坂九迴，不知高幾里，欲上者七日乃越。」《秦川記》：「隴西郡東一百六十里得隴山，南北亘接，不知遠近，東西廣百八十里。登此嶺東望秦川，四五百里，極目茫然，墟宇桑梓，與雲霞一色。東人西役，升此而顧瞻者，無不悲思。」**楚天雲澹隔瀟湘。**杜甫詩：「楚天不斷四時雨。」韋應物詩：「雲澹水容夕，雨微荷氣涼。」《山海經・中山經》：「洞庭之山，帝之二女居之。是常遊於江淵，澧沅之風，交瀟湘之淵。出入必以飄風暴雨。」曹植詩：「朝遊江北岸，夕宿瀟湘沚。」**病餘公幹情多詠，**《三國志・魏志・王粲傳》：「東平劉楨字公幹，爲司空軍謀祭酒掾屬、五官將文學。」劉楨詩：「予嬰沉痼疾，竄身清漳濱。」**秋晚安仁鬢足霜。**安仁，潘岳字。潘岳《秋興賦序》：「予春秋三十有二，始見二毛。」《秋興賦》：「斑鬢髟以承弁兮，素髮颯以垂領。」范雲詩：「不愁書難寄，但愁鬢將霜。」**休道鮫人落珠淚，**《御覽》八百三引《博物志》：「鮫人水居，出寓人家積日，賣絹將去，從主人索一器，泣而成珠滿盤，以與主人。」**微波還擬託陳王。**《三國志·魏志·陳思王植傳》：「植字子建，善屬文。黄初六年，以陳四縣封植爲陳王。」曹植《洛神賦》：「無良媒以接懽兮，託微波而通辭。」

劉筠

華池阿閣不相容，《論衡·談天》：「太史公曰：『《禹本紀》言河出崑崙，其高三千五百里，其上有玉泉華池。』」按今本《史記·大宛列傳》作「其上有醴泉瑶池。」王充所據當是古本。孫綽《遊天台山賦》：「漱以華池之泉。」《文選》李善注：「《史記》曰：『崑崙其上有華池。』」《文選》古詩阿閣三重階李善注：「《尚書中候》曰：『昔黄帝軒轅，鳳皇巢阿閣。』《周書》曰：『明堂咸有四阿。』然則閣有四阿，謂之阿閣。鄭玄《周禮》注曰：『四阿若今四注者也。』」《史記·淮南厲王列傳》：「兄弟二人不相容。」**濁水清塵恨莫窮。**曹植《七哀詩》：「君若清路塵，妾若濁水泥。浮沉各異勢，會合何時諧。」**明月自新班女扇，**《五言歌録》：「怨歌行，古曲，而班婕妤擬之。婕妤，漢成帝初即位，選入後宮，俄而大幸，爲婕妤。

後趙飛燕寵盛，婕妤失寵，希復進見。」班婕妤《怨歌行》：「新裂齊紈素，皎潔如霜雪。裁爲合歡扇，團團似明月。出入君懷袖，動摇微風發。常恐秋節至，涼風奪炎熱。棄捐篋笥中，恩情中道絶。」**行雲無奈楚王風。**宋玉《高唐賦》：「妾在巫山之陽，高丘之岨。旦爲朝雲，暮爲行雨。」宋玉《風賦》：「楚襄王遊於蘭臺之宮，有風颯然而至。曰：『快哉此風！』」杜甫詩：「斷續楚王風。」**乳鶯啼曉銷蘭炷，**韓偓詩：「雨連鶯曉落殘梅。」周朴詩：「蘭炷飄靈烟。」按蘭炷謂薰香。劉筠此句蓋謂楊億通宵失眠。**媚蝶傷春失蕙叢。**《北户録》：「嶺表有鶴子草，花當夏時開，形如飛鶴，翅羽嘴皆全。蔓上春生雙蟲，食葉。收入粉奩，以葉飼之，老則蜕爲蝶，黄赤色。女子收佩之，令人愛悦，謂之媚蝶。」《詩·豳風·七月》：「春日遲遲，采蘩祁祁，女心傷悲。」陳祐詩：「稍稍移蘋末，微微轉蕙叢。」白居易詩：「香凋晚蕙叢。」**縱使多才如子建，**李商隱詩：「宓妃愁坐芝田館，用盡陳王八斗才。」宋人《釋常談》：「謝靈運嘗曰：『天下才有一石，曹子建獨占八斗。』」**祇能援筆賦驚鴻。**《三國志·魏志·陳思王植傳》：「時鄴銅爵臺新成，太祖悉將諸子登臺，使各爲賦，植援筆立成，可觀。」曹植《洛神賦》：「翩若驚鴻，婉若遊龍。」

懊惱鴛鴦未白頭，懊惱，粤雅堂等諸本作懊悔，今從明嘉靖玩珠堂本。《晉書·樂志》：「隆安初，有懊惱之曲。」白居易詩：「巴童蠻女竹枝歌，懊惱何人怨咽多。」慧琳《一切經音義》：「《考聲》云：『懊惱，痛恨也。』」《詩・小雅・甫田之什・鴛鴦》：「鴛鴦于飛。」《古今注》：「鴛鴦，水鳥，鳧類也。雌雄未嘗相離。人得其一，則一思而至死，故曰匹鳥。」《史記・鄒陽列傳》：「白頭如新。」**却尋遺翠失芳洲。**《埤雅》：「翠鳥，或謂之翡翠。名前爲翡，名後爲翠。」曹植《洛神賦》：「或采明珠，或拾翠羽。」《楚辭・九歌・湘君》：「采芳洲兮杜若。」按古以翠羽爲飾。**離魂暗逐明珠佩，**崔湜詩：「離魂暗馬驚。」《韓詩外傳》：「鄭交甫將南適楚，遵彼漢臯臺下。乃遇二女，佩兩珠，大如荆雞之卵。」梁簡文帝樂府：「下牀著珠佩，捉鏡安花鑷。」**遠目偏傷紫桂樓。**李白詩：「登樓送遠目。」李商隱詩：「冷暗黄茅驛，暄明紫桂樓。」**湘水渺瀰歸別渚，**《山海經・海内東經》：「湘水出舜葬東南陬，西環之，入洞庭下。」郭璞注：「環，繞也。今湘水出零陵營道縣陽湖山，入江。」《山海經・中山經》：「洞庭之山，帝之二女居之，是常遊于江淵，澧沅之風，交瀟湘之浦，出入必以飄風暴雨。」木華《海賦》：「沖瀜沆瀁，渺瀰湠漫。」張九齡詩：「江寒尚渺瀰。」謝朓詩：「別渚金樽傾。」駱賓王詩：「轉蓬驚別渚，徙橘懷離憂。」**隴雲容與澮新秋。**隴雲仍用隴塞事。《秦川記》：「隴西郡東一百六十里得隴山。登此嶺東望秦川，四五百里，極目茫然，墟宇桑梓，與雲霞一色。」《楚辭・九歌・湘夫人》：「聊逍遥兮容與。」權德輿詩：「客心宜静夜，月色澮新秋。」**菖花若有重開日，**《梁書・后妃・太祖獻皇后張氏傳》：「初后嘗於室内，忽見庭前昌蒲開花，光彩照灼，非世中所有。后驚視，謂侍者曰：『汝見不？』對曰：『不見。』后曰：『嘗聞見者當富貴。』因遽取吞之。是月，産高祖。」**得見菖花亦自羞。**按此首粤雅堂諸本別題作「闕題」，誤，今從明嘉靖玩珠堂本删去「闕題」字。蓋楊億「代意」之作，本有二首，故劉筠慰和之作，亦是二首也。玩味此詩及下首劉隲之作，並與楊億「代意」原作詩意一致，固不當別題「闕題」兩字也。

劉　隲

路隔仙源不可尋，王維《桃源行》：「春來遍是桃花水，不辨仙源何處尋。」**紫牆霜戟夜沉沉。**按紫牆猶言紫禁。謝莊《宋孝武宣貴妃誄》：「收華紫禁。」《文選》李善注：「王者之宫，以象紫微，謂宫中爲紫禁。」紫牆意蓋仿此。楊億以翰林學士知制誥，遇直則處禁内，故以紫牆霜戟爲言。唐太宗詩：「霜戟列丹陛。」**緘情謾託傳書雁，**沈約《陽春曲》：「楊柳垂地燕差池，緘情忍思落容儀。」温庭筠詩：「我亦爲君長太息，緘情遠寄愁無色。」《漢書·蘇武傳》：「使者謂單于言：『天子射上林中，得雁，足有繫帛書，言武等在某澤中。』單于驚謝。」鄭渥《塞上曲》：「帳前影落傳書雁。」**换笑空餘取酒金。**《文選·長門賦序》：「孝武皇帝陳皇后，時得幸，頗妒。別在長門宫，愁悶悲思。聞蜀郡成都司馬相如，天下工爲文，奉黄金百斤爲相如文君取酒，因於解悲愁之辭。」**翡翠巢成珠樹密，**司馬相如《子虚賦》：「揜翡翠，射鵕鸃。」左思《吴都賦》：「翡翠列巢以重行。」《山海經·海外南經》：「三珠樹，在厭火北，生赤水上。其爲樹如柏，葉皆爲珠。」《漢武故事》：「前庭植玉樹，以珊瑚爲枝，碧玉爲葉，華子或青或赤，悉以珠玉爲之。子皆空其中，如小鈴鎗鎗有聲。」**驪龍睡起玉淵深。**《莊子·列御寇》：「夫千金之珠，必在九重之淵，而驪龍頷下，子能得珠者，必遭其睡也。使驪龍而寤，子爲螯粉夫。」《經典釋文·莊子音義》：「驪龍，黑龍也。」左思《吴都賦》：「玩其磧礫而不窺玉淵者，未知驪龍之所蟠也。」**新知自樂生離苦，**《楚辭·九歌·少司命》：「悲莫悲兮生別離，樂莫樂兮新相知。」**年少情多豈易禁。**《史記·甘茂列傳》：「甘羅者，甘茂孫也。年十二，事秦相文信侯吕不韋。文信侯乃入言之於始皇曰：『昔甘茂之孫甘羅，年少耳，然名家之子孫，諸侯皆聞之。』」沈約《報劉博士書》：「君愛素情多，惠以二贊。」薛能詩：「情多唯欲哭殘春。」按此詩邵武徐氏諸刻本並題作楊億作，誤。今據明嘉靖玩珠堂本定爲劉隲作。

漢武

按漢武雄才大略，外攘匈奴，内修政治，對當時社會經濟政治，實起促進作用，而館臣不是全面評價，但攻其一點，不及其餘，實非篤論。楊劉諸君此數詩並謂漢武帝惑蓬瀛之虚説，祈年壽之靈長，竹宫望拜，玉屑和露，然而西母不來，東朔已去，末年回中道遠，五柞運盡，終古茂陵，松柏蕭蕭，乃知嚮之致惑方士神仙之説者，誠爲虚妄。宋真宗信王欽若之進説，於大中祥符元年之春，即僞作黄帛，號爲天書。帛上文云：「趙受命，興於宋，付於恒。居其器，守於正。世七百，九九定。」恒者，宋真宗之名也。是年六月，又僞造天書降於泰山，乃於十月東封泰山。四年二月，又西祀汾陰。此與漢武帝致惑方士神仙之説，固極近似也。館臣之爲詩譏諷漢武，實即欲以諫帝並止其東封也。然宋自澶淵之役而後，雖以實力爲後盾，稍紓外患，顧國内治權，仍極不鞏固。咸平三年，益州且有王均之起義，蓋農民革命運動，繼王小波、李順之後，仍有燎原之勢。帝之所以僞造天書，假借符瑞者，實欲以迷惑黔首，以圖趙宋之長治久安耳。《續資治通鑑長編》載大中祥符元年夏四月甲午詔，以今年十月，有事於泰山。楊億草詔，有「不求神仙，不爲奢侈」等語，帝改爲「朕之是行，昭答元貺，匪求仙以邀福」。夫長生久視之道，本是渺茫，求仙之説，或非帝所希冀。所謂邀福者，蓋欲假借符瑞，迷惑黔首，以求趙宋當時苟安一時之福耳。館臣此數詩均作於景德三年，猶在大中祥符元年東封泰山前之二年也。

楊　億

蓬萊銀闕浪漫漫，《史記·封禪書》：「李少君言上曰：『臣嘗游海上，見安期生。安期生食巨棗，大如瓜。安期生仙者，通蓬萊中，合則見人，不合則隱。』於是天子始遣方士入海求蓬萊安期生之屬，而事化丹沙諸藥爲黄金矣。」又云：「入海求蓬萊者，言蓬萊不遠，而不能至者，殆不見其氣。上乃遣望氣佐候其氣云。」又云：「自威、宣、燕昭使人入海求蓬萊、方丈、瀛洲。此三神山者，其傳在渤海中，去人不遠，患且至，則船風引而去。蓋嘗有至者，諸仙人及不死之藥皆在焉。其物禽獸盡白，而黄金銀爲宫闕。未至，望之如雲，及到，三神山反居水下。臨之，風輒引去，終莫能至云。世主莫不甘心焉。」《離騷》：「路漫漫其修遠兮，吾將上下而求索。」**弱水回風欲到難。**《十洲記》：「鳳麟洲在西海之中央，洲四面有弱水繞之，鴻毛不浮，不可越也。」《楚辭·九章》：「悲回風之揺蕙兮。」**光照竹宫勞夜拜，**《漢書·禮樂志》：「以正月上辛，用事甘泉圜丘。夜常有神光如流星，止集於祠壇。天子自竹宫而望拜。」《三輔舊事》：「武帝元封二年，作甘泉通天臺。令人升通天臺以候天神，天神即下祭所，若大流星。乃舉爟火，而就竹宫望拜。」《三輔黄圖》：「竹宫，甘泉祠宫也，以竹爲宫，天子居中。」**露溥金掌費朝餐。**《詩·鄭風·野有蔓草》：「野有蔓草，零露溥兮。」《史記·封禪書》：「其後則又作柏梁、銅柱、承露仙人掌之屬矣。」《三輔故事》：「建章宫承露盤，高三十丈，大七圍，以銅爲之。上有仙人掌承露，和玉屑飲之。」《三輔黄圖》：「神明臺在建章宫中，武帝造祭仙人處。上有承露盤，有銅仙人舒掌捧銅盤玉杯，以承雲表之露。」《漢武故事》：「帝作金莖擎玉杯，以承雲表之露，擬和玉屑飲之以求仙。」《史記集解》引蘇林曰：「仙人以手掌擎盤承甘露也。」張衡《西京賦》：「立修莖之仙掌，承雲表之清露。胥瓊蘂以朝餐，必性命之可度。」**力通青海求龍種，**《北史·吐谷渾傳》：「青海周回千餘里，内有小山。每冬冰合後，以良牝馬置此，來春收之，所生得駒，號爲龍種。」《史記·樂書》：「又嘗得神馬渥洼水中，復次以爲太一之歌。歌曲曰：『太一貢兮天馬下，霑赤汗兮沫流赭。騁容與兮跇萬里，今安匹兮龍爲友。』後伐大宛得千里馬，馬名蒲梢，次作以爲歌。歌詩曰：『天馬來兮從西極，經萬里兮歸有德。承靈威兮降外國，涉流沙兮四夷服。』」按漢武帝得天馬於敦煌渥洼水側，得千里馬於大宛，與青海無關。此楊億用典之誤。**死諱文成食馬肝。**《史記・封禪書》：「齊人少翁以鬼神方見上，於是乃拜少翁爲文成將軍。居歲餘，其方益衰，神不至。乃爲帛書以飯牛，詳不知，言曰此牛腹中有奇。殺視得書，書言甚怪，天子識其手書，問其人，果是僞書，於是誅文成將軍，隱之。天子既誅文成，後悔其蚤死，惜其方不盡，及見欒大，大說。大言曰：『臣常往來海中，見安期、羨門之屬。臣之師曰：黄金可成，而河決可塞，不死之藥可得，仙人可致也。然臣恐效文成，則方士皆奄口，惡敢言方哉！』上曰：『文成食馬肝死耳。子誠能修其方，我何愛乎！』」《史記索隱》：「案《論衡》云：『氣熱而毒盛，故食走馬肝殺人。』《儒林傳》云：『食肉無食馬肝』是也。」**待詔先生齒編貝，**《漢書・東方朔傳》：「東方朔字曼倩，平原厭次人也。武帝初即位，朔初來上書曰：『臣朔年二十二，長九尺三寸，目若懸珠，齒若編貝，勇若孟賁，捷若慶忌，廉若鮑叔，信若尾生。若此，可以爲天子大臣矣。』朔文辭不遜，高自稱譽。上偉之，令待詔公車。」**那教索米向長安。**《漢書・東方朔傳》：「朔初來上書，高自稱譽。上偉之，令待詔公車。奉禄薄，未得省見。久之，朔紿騶朱儒曰：『上以若曹無益於縣官，徒索衣食，欲盡殺若曹。』朱儒大恐啼泣。居有頃，聞上過，朱儒皆號泣頓首，上問何爲，對曰：『東方朔言上欲盡誅臣等。』上知朔多端，召問朔：『何恐朱儒爲？』對曰：『臣朔生亦言，死亦言。朱儒長三尺餘，奉一囊粟，錢二百四十。臣朔長九尺餘，亦奉一囊粟，錢二百四十。朱儒飽欲死，臣朔飢欲死。臣言可用，幸異其禮；不可用，罷之，無令但索長安米。』上大笑，因使待詔金馬門，稍得親近。」《夢溪筆談》：「舊翰林學士，地勢清切，皆不兼他務。文館職任，自校理以上，皆有職錢，唯内外制不給。楊大年久爲學士，家貧，請外，表辭千餘言，其間兩聯曰：『虚忝甘泉之從臣，終作莫敖之餒鬼。從者之病莫興，方朔之飢欲死。』」按據上引，則億此兩句，亦有刺宋真宗如漢武帝，於東方朔之才情流輩，而教索米長安。蓋以自貺也。

劉　筠

漢武天臺切絳河，《史記·封禪書》：「公孫卿曰：『仙人可見，而上往常遽，以故不見。今陛下可爲觀，如緱城，置棗脯，神人宜可致也。且仙人好樓居。』於是上使卿持節設具而候神人。乃作通天臺，置祠具其下，將招來仙神人之屬。」《漢書·武帝紀》：「元封二年，作甘泉通天臺。」顔師古注：「通天臺者，言此臺高，上通於天也。《漢舊儀》云：『高三十丈，望見長安城。』」《漢武帝内傳》：「上元夫人又遣一侍女答問西王母云：『上問起居，遠隔絳河，擾以官事，遂替顔色。』」白帖：「天河謂之銀河，亦曰絳河。」

半涵非霧鬱嵯峨。《史記·天官書》：「若霧非霧，衣冠而不濡。」司馬相如《羽獵賦》：「登陂陁之長阪兮，坌入曾宫之嵯峨。」顔師古《漢書》注：「嵯峨，高貌也。」陸機《前緩聲歌》：「慶雲鬱嵯峨。」**桑田**

欲看他年變，《神仙傳》：「麻姑自説『接侍以來，見東海三爲桑田，向到蓬萊，水乃清淺於往時會將略半也。豈將復還爲陵陸乎？』」按此句蓋言武帝欲求遐齡，以見桑田之變。**瓠子先成此日歌。**《漢書·武帝紀》：「元封二年夏四月，至瓠子，臨決河，命從臣將軍以下皆負薪塞河隄，作瓠子之歌。」《漢書》注：「服虔曰：『瓠子，隄名也。在東郡白馬。』蘇林曰：『在鄄城以南，濮陽以北，廣百步，深五丈。』」《史記·河渠書》：「自河決瓠子後二十餘歲，天子乃使汲仁、郭昌發卒數萬人塞瓠子決。於是天子自臨決河，悼功之不成，乃作歌曰：『瓠子決兮將奈何？皓皓旰旰兮閭殫爲河！殫爲河兮地不得寧，功無已時兮吾山平。吾山平兮鉅野溢，魚沸鬱兮柏冬日。延道弛兮離常流，蛟龍騁兮方遠遊。歸舊川兮神哉沛，不封禪兮安知外！爲我謂河伯兮何不仁，泛濫不止兮愁吾人。齧桑浮兮淮泗滿，久不反兮水維緩。』於是卒塞瓠子，築宮其上，名曰宣房宮。而導河北行二渠，復禹舊迹，而梁楚之地復寧，無水災。」

夏鼎幾遷空象物，《左氏傳》宣公三年：「昔夏之方有德也，遠方圖物，貢金九牧，鑄金象物，而爲之備。」左思《吴都賦》：「名載於山經，形鏤於夏鼎。」《漢書·武帝紀》：「元鼎元年，得鼎汾水上。」《漢書·郊祀志》：「其夏六月，汾陰巫錦爲民祠魏脽后土營旁，見地如鉤狀，掊視得鼎。鼎大異於衆鼎，文鏤無款識，怪之，言吏。吏告河東太守勝，勝以聞。乃以禮祠，迎鼎至甘泉。至長安，有司皆言：『聞昔泰帝興神鼎一，一者壹統，天地萬物所繫象也。黄帝作寶鼎三，象天地人。禹收九牧之金，鑄九鼎，象九州，皆嘗鬺亨上帝鬼神。夏德衰，鼎遷於殷。殷德衰，鼎遷於周。周德衰，鼎遷於秦。秦德衰，宋之社亡，鼎乃淪伏而不見。今鼎至甘泉，以光潤龍變，承休無疆。鼎宜視宗禰廟，藏於帝廷，以合明應。』制曰可。」**秦橋未就已沉波。**《述異記》：「秦始皇作石橋於海上，欲渡海觀日出處。」李賀詩：「海波變成石，魚沫吹秦橋。」陸機詩：「沉波湧奥，淵芳馥風。」杜甫詩：「暫時光帶雪，幾處葉沉波。」**相如作賦徒能諷，**《漢書·司馬相如傳》贊：「相如雖多虚辭濫説，然要其歸，引之於節儉，此亦詩之風諫何異。揚雄以爲靡麗之賦，勸百而諷一，猶馳鄭衛之聲，曲終而奏雅，不已戲乎。」**郤助飄飄逸氣多。**《漢書·司馬相如傳》：「相如既奏大人賦，天子大悦，飄飄有陵雲氣游天地之間意。」《晉書·王舒傳》：「正足舒其逸氣耳。」

錢惟演

一曲横汾鼓吹迴，《詩·魏風·汾沮洳》：「彼汾一曲。」《漢武故事》：「帝行幸河東，祠后土，顧視帝京，忻然中流，與群臣飲讌，帝懽甚，乃自作《秋風辭》曰：『泛樓船兮濟汾河，横中流兮揚素波。』」張説詩：「漢武横汾日，周王宴鎬年。」《漢書·叙傳》：「出入弋獵，旌旗鼓吹。」**侍臣高會柏梁臺。**宋之問詩：「花落侍臣衣。」《漢書·武帝紀》：「上作柏梁臺，高二十丈，以香柏爲之，香聞數十里也。」《三輔黄圖》：「柏梁臺，武帝元鼎二年起此臺，在長安城中北闕内。」《三輔舊事》：「以香柏爲梁也。帝嘗置酒其上，詔群臣和詩，能七言詩者乃得上。」**金芝燁煜淩晨見，**《漢書·武帝紀》：「元封二年六月，詔曰：『甘泉宫内中産芝，九莖連葉。上帝博臨，不異下房，賜朕弘休，其赦天下。』作芝房之歌。」《藝文類聚》卷九十八引《抱朴子》：「金芝，生於金石之中，青蓋莖，味甘辛，以秋取陰乾治食，令人身有光，壽萬歲。」班固《東都賦》：「鍾鼓鏗鍧，管絃燁煜。」按燁煜，光盛貌。**青雀軒翔白晝來。**《漢武故事》：「七月七日，上於承華殿齋。正中，忽有青鳥從西方來。有頃，王母至。有二青鳥如烏，夾侍王母旁。」杜甫詩：「白晝攤錢高浪中。」**立候東溟邀鶴駕，**顏延之詩：「玄天高北列，日觀臨東溟。」《列仙傳》：「王子喬者，周靈王太子晉也。好吹笙作鳳皇鳴，後於緱氏山乘白鶴而去。」按太子之駕稱鶴駕，然此則指西王母之駕也。《漢武帝内傳》：「四月戊辰，帝閒居承華殿，忽見一女子著青衣，美麗非常。帝愕然問之，女對曰：『吾爲王母所使，從崑崙山來。』語帝曰：『從今日清齋，不閑人事，至七月七日，王母暫來也。』到七月七日，乃修除宫掖，設坐大殿，帝乃盛服立於階下，以候雲駕到。夜二更之後，忽見西南如白雲鬱然直來，逕趨宫庭。或駕龍虎，或乘白雲，或乘白鶴，或乘軒車，或乘天馬。王母乘紫雲之輦，駕九色斑龍。王母惟扶二侍女上殿，東向坐。帝跪拜問寒暄畢，立，因呼帝坐。」**窮兵西極待龍媒。**延篤《與段熲書》：「知窮兵極邊，大捷而返。」《史記·大宛列傳》：「大宛在漢正西，去漢可萬里。多善馬，馬汗血，其先天馬子也。天子得烏孫馬好，名曰天馬。及得大宛汗血馬，益壯，更名烏孫馬曰西極，名大宛馬曰天馬云。」《漢書·武帝紀》：「太初四年春，貳師將軍李廣利獲汗血馬來，作西極天馬之歌。」《漢書·禮樂志》：「郊祀歌：『天馬徠，從西極。涉流沙，九夷服。天馬徠，龍之媒。游閶闔，觀玉臺。』」**甘泉祭罷神光滅，**《漢書·禮樂志》：「以正月上辛，用事甘泉圜丘，昏祠至明。夜常有神光如流星，止集于祠壇。天子自竹宮而望拜，百官侍祠者數百人，皆肅然動心焉。」**更遣人間識玉杯。**《漢武故事》：「鄠縣有一人於市貨玉杯，吏疑其御物，欲捕之，忽不見。縣送其器，推問，乃茂陵中物也。」

高宴柏梁詞可仰，《三輔舊事》：「武帝嘗置酒柏梁臺上，詔群臣和詩，能七言詩者乃得上。」李嶠《汾陰行》：「柏梁賦詩高宴罷，詔書法駕幸河東。」**橫汾簫鼓樂難窮。**漢武帝《秋風辭》：「泛樓船兮濟汾河。橫中流兮揚素波。簫鼓鳴兮發櫂歌。歡樂極兮哀情多。少壯幾時兮奈老何。」**已教丞相開東閤，**《漢書·公孫弘傳》：「弘自起徒步，數年至宰相封侯。於是起客館，開東閤，以延賢人，與參謀議。」《西京雜記》：「平津侯自以布衣爲宰相，乃開東閤，營客館，以招天下之士。其一曰欽賢館，以待大賢。次曰翹才館，以待大才。次曰接士館，以待國士。而躬身菲薄，所得俸禄，以奉待之。」顔師古曰：「閤者，小門也。東向開之，避當庭門而引賓客，以別於掾史官屬也。」**猶使將軍誤北戎。**《漢書·武帝紀》：「元光二年春，詔問公卿曰：『朕飾子女以配單于，金幣文繡賂之甚厚。單于待命加嫚，侵盜無已，邊境被害，朕甚閔之。今欲舉兵攻之，何如？』大行王恢建議宜擊。夏六月，御史大夫韓安國爲護軍將軍，衛尉李廣爲驍騎將軍，太僕公孫賀爲輕車將軍，大行王恢爲將屯將軍，太中大夫李息爲材官將軍。將三十萬衆屯馬邑谷中，誘致單于，欲襲擊之。單于入塞，覺之，走出。六月，軍罷。」按自此匈奴復擾邊也。**灑淚甘泉還有恨，**曹植詩：「灑淚滿禕袍。」武帝於甘泉作益壽、延壽二館及通天臺，置祠具其下，將招來仙神人之屬，然而神仙終不至，故云有恨也。**祈年仙館惜成空。**《漢書·地理志》：「雍，秦惠公都之。祈年宮，惠公起。」《史記·封禪書》：「方士有言『黄帝時爲五城十二樓，以候神人於執期，命曰迎年』。上許作之如方，命曰明年。上親禮祀上帝焉。」顔師古《漢書·郊祀志》注：「迎年若云祈年。」**誰知辛苦回中道，**《史記·吴太伯世家》：「且句踐爲人能辛苦。」《漢書·武帝紀》：「元封四年冬十月，行幸雍，通回中道，遂北出蕭關。」應劭曰：「回中在安定高平，有險阻，蕭關在其北，通治至長安也。」顔師古注：「回中在安定，北通蕭關，應説是也。而行治道至長安，非也。蓋自回中通道以出蕭關。」按《漢書·武帝紀》，元封六年冬，行幸回中。太初三年冬，行幸回中。天漢二年春，行幸河東，還幸回中。太始二年春正月，行幸回中。此皆指回中宮言之。《三輔黄圖》云：「回中宮在汧。」**共盡千齡五柞宮。**李嶠《汾陰行》：「千齡人事一朝空，四海爲家此路窮。」《漢書·武帝紀》：「後元二年二月，行幸盩厔五柞宮。丁卯，帝崩於五柞宮。」《三輔黄圖》：「五柞宮，漢之離宮也。在扶風盩厔。宮中有五柞樹，因以爲名。五柞皆連抱，上枝覆陰數畝。」

任隨

殊庭深恨隔仙曹，《漢書·郊祀志》：太初元年「十二月甲午朔，上親禪高里，祠后土，臨勃海，將以望祀蓬萊之屬，幾至殊庭焉。」顔師古注：「殊庭，蓬萊中仙人庭也。幾讀曰冀。」沈炯詩：「欒巴有妙術，言是神仙曹。」李商隱詩：「茅君奕世仙曹貴，許掾全家道氣濃。」**桂館蜚廉事轉勞。**《漢書·郊祀志》：「公孫卿曰：『仙人可見，上往常遽，以故不見。今陛下可爲館，如緱氏城，置棗脯，神人宜可致。且仙人好樓居。』於是上令長安則作蜚廉、桂館，甘泉則作延壽、益壽觀，使卿持節設具而候神人。」顔師古注：「飛廉館及桂館二名也。」《漢武故事》：「上於長安作飛廉觀，高四十丈。」《三輔黄圖》：「飛廉觀在上林，武帝元封二年作。飛廉神禽，能致風氣者，身似鹿，頭如雀，有角而蛇尾，文如豹。武帝命以銅鑄置觀上，因以爲名。」**銀闕尚沉滄海闊，**《史記·封禪書》：「自威、宣、燕昭使人入海求蓬萊、方丈、瀛洲。此三神山者，其傳在勃海中，黄金銀爲宫闕。未至，望之如雲，及到，三神山反居水下。臨之，風輒引去，終莫能至云。」《十洲記》：「滄海島在北海中，地方三千里，去岸二十一萬里。海四面繞島，各廣五千里。水皆蒼色，仙人謂之滄海也。」**井幹空拂絳河高。**《漢書·武帝紀》：「太初元年二月，起建章宫。」《漢書·郊祀志》：「於是作建章宫，度爲千門萬户。立神明臺、井幹樓，高五十丈，輦道相屬焉。」《史記索隱》：「關中記：『宫北有井幹臺，高五十丈，積木爲樓。』言築累萬木，轉相交架，如井幹。

司馬彪注《莊子》云：『井幹，井欄也。』」顏師古《漢書》注：「井樓樓，積木而高爲樓，若井幹之形也。井幹者，井上木欄也，其形或四角，或八角。張衡《西京賦》云『井幹疊而百層』，即謂此樓也。」《白帖》：「天河，謂之銀河，亦曰絳河。」**萯陽弋獵侵多稼，**《漢書·東方朔傳》：「初，建元三年，微行始出，北至池陽，西至黃山，南獵長楊，東游宜春。微行以夜漏下十刻乃出，旦明入山下騎射鹿豕狐兔。手格熊羆，馳騖禾稼稻秔之地。民皆號呼罵詈。上大驩樂之。後乃私置更衣，從宣曲以南十二所，中休更衣，投宿諸宮，長楊、五柞、倍陽、宣曲尤幸。」顏師古注：「倍陽，即萯陽也。其音同耳。宮名，在鄠縣也。」《管子·問篇》：「率子弟不田弋獵者幾何人？」《詩·小雅·甫田之什·大田》：「大田多稼，既種既戒。」**朔塞旌旗照不毛。**杜審言詩：「周流朔塞旋。」《漢書·武帝紀》：「元封元年冬十月，行自雲陽，北歷上郡、西河、五原，出長城，北登單于臺。至朔方，臨北河。勒兵十八萬騎，旌旗徑千餘里，威振匈奴。」《周禮·地官·載師》：「凡宅不毛者有里布。」《史記·鄭世家》：「錫不毛之地」《史記集解》：「何休曰：『墝埆不生五穀曰不毛。』」**若信憑虛王母說，**按憑虛猶今言「據不可靠說法」也。**東方三度竊蟠桃。**《漢武故事》：「東郡獻一短人，長七寸，上召東方朔問。朔至，短人因指朔謂上曰：『王母種桃，三千歲一作子，此兒不良，已三過偷之矣。遂失王母意，故被謫來此。』」《博物志》：「七月七日夜漏七刻，王母降於九華殿。惟母與帝對坐，其從者不得進。時東方朔竊從殿南廂朱鳥牖中窺母，母顧之謂帝曰：『此窺牖小兒，嘗三來盜我此桃。』」

劉隲

高揭方諸薦水倉，《詩・小雅・谷風之什・大東》：「維北有斗，不可以挹酒漿。」《廣雅》：「挹，酌也。」《淮南子・天文訓》：「方諸見月，則津而爲水。」《周禮・秋官・司烜氏》：「以鑑取明水於月。」鄭玄注：「鑑，鏡屬，取水者，世謂之方諸。」孫詒讓《周禮正義》：「竊意取明水，止是用鑑承露。溼潤蒸騰，遇冷成露，月下澄朗，更無風雲，露下尤多，因謂取水於月。」水倉，未詳。粤雅堂本作水蒼，則是指水蒼玉也。**醮壇時見燭神光。**戎昱詩：「輕雪籠紗帽，孤猿傍醮壇。」《漢書・武帝紀》：「元鼎五年十一月辛巳朔旦冬至，立泰畤於甘泉，天子親郊見，朝日夕月。詔曰：『朕望見泰一，修天文襢。辛卯夜，若景光十有二明。丁酉，拜況於郊。』」又「元封四年春三月，祠后土。詔曰：『朕躬祭后土地祇，見光集於靈壇，一夜三燭。』」又「六年三月，行幸河東，祠后土。詔曰：『朕祭后土，神光三燭。』」**日邊甲帳雖虛設，**《晉書・明帝紀》：「不聞人從日邊來。」《漢書・西域傳》贊：「孝武之世，於是廣開上林，營千門萬户之宫，立神明通天之臺，興造甲乙之帳，落以隨珠和璧。」顔師古注：「其數非一，以甲乙次第名之也。」《漢武故事》：「以琉璃珠玉明月夜光雜錯天下珍寶爲甲帳，其次爲乙帳。甲帳以居神，乙帳上自御之。」**汾上樓船不可忘。**漢武帝《秋風辭》：「泛樓船兮濟汾河。」**盤檕碧霄甘露白，**《三輔舊事》：「武帝元封二年，作甘泉通天臺。通天者，言此臺高通於天也。去地百餘丈，雲雨悉在其下。上有承露盤仙人掌，擎玉杯以承雲表之露。」《三輔故事》：「建章宮承露盤，高二十丈，大七圍，以銅爲之。上有仙人掌承露，和玉屑飲之。」李白詩：「中逢元丹丘，登嶺宴碧霄。」《老子》：「天地相合，以降甘露。」左思《魏都賦》：「甘露如醴。」**鼎遷幽壤瑞雲黃。**《漢書·郊祀志》：「其夏六月，汾陰巫錦爲民祠魏脽后土營旁，見地如鉤狀，培視得鼎。乃以禮祠，迎鼎至甘泉，從上行薦之。至中山，晏温，有黄雲焉。有司言：『昔禹收九牧之金，鑄九鼎象九州。夏德衰，鼎遷於殷。殷德衰，鼎遷於周。周德衰，鼎遷於秦。秦德衰，宋之社亡，鼎乃淪伏而不見。今鼎至甘泉，以光潤龍變，承休無疆。合茲中山，有黄白雲降。鼎宜藏於帝庭，以合明應。』制曰可。」《晉書·禮志》：「若埋之於幽壤。」《洞冥記》：「東海大明之墟，有釜山出瑞雲，應王者之符節。」**東巡岱岳探金策，**《水經·泰山注》：「岱宗也。王者封禪於其山，有金策玉檢之事焉。」**倒指寧聞壽數長。**《漢書·武帝紀》：「元封元年夏四月癸卯，上還登封泰山。」《御覽》卷五百三十六引《風俗通》：「岱宗上有金篋玉策，能知年壽修短。武帝探策得十八，因倒讀曰八十。其後果用耆長。」按《漢書》注引臣瓚曰：「帝年十七即位，即位五十四年，壽七十一。」非八十也，應劭之説無據。

李宗諤

建章宮闕鬱岧嶤，《漢書·武帝紀》：「太初元年二月，起建章宮。」《漢書·郊祀志》：「於是作建章宮，度爲千門萬户。前殿度高未央。其東則鳳闕，高二十餘丈。其西則商中，數十里虎圈。其北治大池，漸臺高二十餘丈，名曰泰掖池。其南有玉堂、璧門、大鳥之屬。立神明臺、井幹樓，高五十丈，輦道相屬焉。」易林：「宮闕堅固。」曹植《九愁賦》：「踐蹊隧之危阻，登岧嶢之高岑。」潘岳詩：「洪流何浩蕩，修芒鬱岧嶢。」慧琳《一切經音義》：「岧嶢，《考聲》云：『山並立貌也。』《廣韻》：『岧，危也。』郭注《方言》：『嶢，高峻之貌也。』」**露掌修莖倚泬寥。** 張衡《西京賦》：「立修莖之仙掌，承雲表之清露。」《楚辭・九辯》：「泬寥兮天高而氣清。」王逸注：「泬寥，曠蕩空虚也。」謝脁《遊後園賦》：「周步檐以昇降，對玉堂之泬寥。」**平樂館中觀角觝，**《漢書・武帝紀》：「元封三年春，作角抵戲，三百里内皆采觀。」又云：「六年夏，京師民觀角抵於上林平樂館。」顔師古《漢書》注：「應劭曰：『角者，角技也。抵者，相抵觸也。』文穎曰：『名此樂爲角抵者，兩兩相當角力角技藝射御，蓋雜技樂也。巴渝戲魚龍曼延之屬也。』師古曰：『抵者，當也，非謂抵觸，文説是也。』」按借角抵以爲雜技之總名。《漢武故事》：「未央庭中設角抵戲者，六國所造也。秦併天下，兼而增廣之，至上復採用之。并四夷之樂，雜以奇幻，有若鬼神。其雲雨雷電，無異於真。畫地爲川，聚石成山，倏忽變化，無所不爲。」**單于臺上懾天驕。**《漢書・武帝紀》：「元封元年冬十月，詔曰：『朕將巡邊垂，擇兵振旅，躬秉武節，置十二部將軍，親帥師焉。』行自雲陽，北歷上郡、西河、五原，出長城，北登單于臺。至朔方，臨北河。勒兵十八萬騎，旌旗徑千餘里，威振匈奴。遣使者告單于曰：『單于能戰，天子自將待邊；不能，亟來臣服。何但亡匿幕北寒苦之地爲？』匈奴讋焉。」《漢書·匈奴傳》：「單于遣使遺漢書云：『南有大漢，北有强胡。胡者，天之驕子也。』」**蓬萊望氣滄波闊，**《史記·封禪書》：「入海求蓬萊者，言蓬萊不遠，而不能至者，殆不見其氣。上乃遣望氣佐候其氣云。」王儉《褚淵碑文》：「鼓櫂則滄波振蕩，建旗則日月蔽虧。」**太乙祈年紫府遥。**《史記·封禪書》：「亳人謬忌奏祠太一方，曰：『天神貴者太一，太一佐曰五帝。古者天子以春秋祭太一東南郊，用太牢，七日，爲壇開八通之鬼道。』於是天子令太祝立其祠長安東南郊，常奉祠如忌方。」又云：「方士有言『黄帝時爲五城十二樓，以候神人於執期，命曰迎年』。上許作之如方，名曰明年。」顔師古《漢書》注：「迎年，若云祈年。」《十洲記》：「長洲一名青丘。有風山，山恒震聲。有紫府宫，天真仙女遊於此地。」**西母不來東朔去，**《漢武帝内傳》：「七月七日，有一青鳥從西方來，集殿前。上問東方朔，朔曰：『此西王母欲來也。』有頃，王母至。」按西王母事本虚誕，實未下降，故李宗諤詩云西母不來也。又《漢武帝内傳》：「其後東方朔一旦乘龍飛去。」《太平廣記》卷六引《洞冥記》及《東方朔别傳》云：「東方朔卒後，武帝即召大王公問之。曰：『爾知東方朔乎？』公對曰：『不知。』『公何所能？』曰：『頗善星曆。』帝問：『諸星皆具在否？』曰：『諸星具在，獨不見歲星十八年，今復見耳。』帝仰天嘆曰：『東方朔生在朕旁十八年，而不知是歲星哉！』慘然不樂。」**茂陵松柏冷蕭蕭。**《漢書·武帝紀》：「建元二年，初置茂陵邑。」應劭曰：「武帝自作陵也。」顔師古注：「本槐里之茂鄉，故曰茂陵。」《三輔黄圖》：「茂陵在長安西北八十里，本槐里之茂鄉，故曰茂陵。周回三里。」《楚辭·九歌·山鬼》：

「風颯颯兮木蕭蕭。」李商隱詩:「誰料蘇卿老歸國,茂陵松柏雨蕭蕭。」

館中新蟬

劉　筠

《禮記·月令》:「白露降,寒蟬鳴。」白居易詩:「微月初三夜,新蟬第一聲。」

庭中嘉樹發華滋,《左氏傳》昭公二年:「既享宴於季氏,有嘉樹焉。」古詩:「庭中有奇樹,緑葉發華滋。」**可要螳蜋共此時。**《吴越春秋》:「夫秋蟬登高樹,飲清露,隨風撝撓,長吟悲鳴,自以爲安,不知螳蜋超枝緣條,曳腰聳距,而稷其形。」**翼薄乍舒宫女鬢,**《古今注》:「魏文帝宫人絶所愛者有莫瓊樹,製蟬鬢。縹緲如蟬翼然,故曰蟬鬢。」**蜕輕全解羽人尸。**《史記·屈原列傳》:「蟬蜕於濁穢。」《淮南子·説林訓》:「蟬飲而不食,三十日而蜕。」《楚辭·遠游》:「仍羽人於丹丘兮,留不死之舊鄉。」王逸注:「羽人,人得道,身生羽毛也。」《山海經·大荒南經》:「有羽民之國,其民皆生毛羽。」《抱朴子·論仙》:「按仙經云:『上士舉形昇虚,謂之天仙。中士游於名山,謂之地仙。下士先死後蜕,謂之尸解仙。』」**風來玉宇烏先轉，**曹植《芙蓉賦》：「退潤玉宇。」劉鑠詩：「玉宇來清風，羅帳延秋月。」《拾遺記》：「俄見月規半天，瓊樓玉宇爛然。」《西京雜記》：「長安靈臺相風銅烏，有千里風則動。」**露下金莖鶴未知。**班固《西都賦》：「抗仙掌以承露，擢雙立之金莖。」《文選》李善注：「金莖，銅柱也。」《風土記》：「鶴性警，八月白露降，流於草上，滴滴有聲，即高鳴相警。」**日永聲長兼夜思，**《書・堯典》：「日永星火，以正仲夏。」郭璞詩：「閒宇静無塵，端坐愁日永。」隋煬帝詩：「山虚弓響徹，地迥角聲長。」潘岳詩：「晝愁奄逮昏，夜思忽終昔。」**肯容潘岳到秋悲。**潘岳《秋興賦》：「善夫宋玉之言曰：『悲哉秋之爲氣也。』」崔輔國詩：「更逢離別助秋悲。」

楊億

碧城青閣好追涼，李商隱詩：「碧城十二曲欄干，犀辟塵埃玉辟寒。」王融詩：「振玉躧丹墀，懷芳步青閣。」謝朓詩：「拂露朝青閣，日旰坐彤闈。」江淹詩：「朝與佳人期，日夕望青閣。」庾肩吾詩：「向夕紛喧屏，追涼飛觀中。」李德林詩：「夏景多煩蒸，山水暫追涼。」**高柳新聲逐吹長。**陸機詩：「涼風繞曲房，寒蟬鳴高樹。」《韓非子・十過》：「衛靈公將之晉，至濮水之上，設舍以宿，夜分而聞鼓新聲者，召師涓静坐撫琴而寫之。」《國語・晉語》：「平公悦新聲。」《史記・佞幸列傳》：「李延年善歌，爲變新聲。」張説詩：「管絃高逐吹，歌舞妙含春。」**貴伴金貂尊漢相，**《漢書·谷永傳》：「戴金貂之飾。」《晉書·輿服志》：「武冠，一名大冠，左右近侍及諸將軍武官通服之。侍中常侍則加金璫，附蟬爲飾。插以貂毛，黄金爲竿。」《古今注》：「貂蟬，胡服也。貂者，取其有文采而不炳焕，外柔易而内剛勁也。蟬，取其清虚識變也。」《漢書·王商傳》：「天子曰：『此真漢相矣。』」**清含珠露怨齊王。**《古今注》：「齊王后忿而死，屍變爲蟬，登庭樹嘒唳而鳴，王悔恨。故世名蟬曰齊女也。」王融《風賦》：「韻珠露之參差。」**蘭臺密侍初成賦，**宋玉《風賦序》：「楚襄王遊於蘭臺之宫，宋玉、景差侍。」李商隱詩：「密侍榮方入，司刑望愈尊。」員半千陳情表：「十年成賦，一代稱美。」按侍中皆加金璫附蟬爲飾，插以貂毛。宋玉内侍蘭臺，故亦以爲言，然楚國都郢時，密侍之臣，尚無貂蟬之飾也。**河朔歡遊正舉觴。**《典略》：「袁紹與子弟日共宴飲，常以三伏之際，晝夜酣飲，極醉至於無知，以避一時之暑。故河朔有避暑飲。」白居易詩：「去歲歡遊何處去，曲江西岸杏園東。」《戰國策》：「梁王魏嬰觴諸侯於苑臺，酒酣，請魯君舉觴。」按此句言新蟬之鳴，猶是盛暑之時。**雲鬢翠緌徒自許，**張正見詩：「王孫春好遊，雲鬢不勝愁。」白居易詩：「雲鬢新梳薄似蟬。」潘岳《西征賦》：「飛翠緌，拖鳴玉。」《梁書·昭明太子傳》：「舊制，太子著遠遊冠，金蟬，翠緌纓。」**先秋楚客已回腸。**庾信《黄帝見廣成子贊》：「踈雲即雨，落木先秋。」《左氏傳》襄公二十六年：「楚客聘於晉。」宋玉《高唐賦》：「回腸傷氣。」

錢惟演

冉冉光風泛紫蘭，《離騷》：「老冉冉其將至兮，恐修名之不立。」曹植《美女篇》：「柔條紛冉冉，葉落何翩翩。」《楚辭·招魂》：「光風轉蕙，汎崇蘭些。」王逸注：「光風，謂雨已日出而風，草木有光色。汎，摇動貌也。」江淹詩：「秋色紫蘭生，湛湛明月光。」**新聲含怨日將殘。**新聲注已見前首。梁簡文帝詩：「冬朝日照梁，含怨下前牀。」**自憐伴雀成團扇，**《南齊書·何戢傳》：「宋孝武賜戢蟬雀扇，美畫者顧景秀所畫。」**誰許迎秋集武冠。**《禮記·月令》：「立秋之日，天子親帥三公九卿諸侯大夫以迎秋於西郊。」《晉書·輿服志》：「武冠，即古之惠文冠，或曰趙惠文王所造，因以爲名。亦云惠者，蟪也，其冠文輕細如蟬翼，故名惠文。左右侍臣及諸將軍武官通服之。侍中常侍則加金璫，附蟬爲飾。插以貂毛，黄金爲竿。侍中插左，常侍插右。應劭《漢官》云：『説者以爲金取剛强，百鍊不耗。蟬居高飲清，口在掖下。貂内勁悍而外柔縟。』又以蟬取清高，飲露而不食。貂則紫蔚柔潤，而毛采不彰灼。金則貴其寶瑩，於義亦有所取。」《南史·朱异傳》：「入兼中書通事舍人。後除中書郎。時秋日，始拜，有飛蟬正集异武冠上，時咸謂蟬珥之兆。」**委蜕亭臯隨木葉，**《列子·天瑞》：「孫子非汝有，是天地之委蜕也。」司馬相如《上林賦》：「亭臯千里。」顔師古《漢書》注：「爲亭候於臯隰之中。」王先謙《漢書補注》：「亭當訓平。亭臯千里，猶言平臯千里。臯，水旁地，故以平言。」《南史·柳渾傳》：「渾少工篇什，爲詩云：『亭皐木葉下，隴首孤雲飛。』琅邪王融見而嗟賞，因書所執白團扇。」《楚辭・九歌・湘夫人》：「嫋嫋兮秋風，洞庭波兮木葉下。」**飛綏雲表拂仙盤。**潘岳《西征賦》：「飛翠綏，拖鳴玉。」張衡《西京賦》：「立修莖之仙掌，承雲表之清露。」《三輔黃圖》：「神明臺，在建章宮中，武帝造祭仙人處。上有承露盤，有銅仙人舒掌捧銅盤玉杯，以承雲表之露。」**青葱玉樹連金爵，**揚雄《甘泉賦》：「翠玉樹之青葱兮。」《文選》李善注：「《漢武帝故事》曰：『上起神屋，前庭殖玉樹，珊瑚爲枝，碧玉爲葉。』」班固《西都賦》：「設壁門之鳳闕，上觚稜而棲金爵。」《文選》李善注：「《三輔故事》曰：『建章宮闕上有銅鳳皇。』然金爵則銅鳳也。」又五臣注：「觚稜，闕角也。角上棲金爵。金爵，鳳也。」**不覺醯雞競羽翰。**《莊子・田子方》：「其猶醯雞與。」郭象注：「醯雞者，甕中之蠛蠓。」《經典釋文》引司馬彪注：「若酒上蠛蠓也。」按此言甕中酒上之蠛蠓，不知甕外天地之大。王昌齡詩：「天子初封蟬，賢良刷羽翰。」

張詠

脱塵還與比仙遊，宋之問詩：「仙遊實壯哉。」**露腹何妨近品流。**《晉書・王羲之傳》：「郗鑒使門生求女壻於王導，導令就東廂偏觀子弟。門生歸，謂鑒曰：『王氏諸少並佳，然聞信至，咸自矜持。惟一人在東牀坦腹卧，獨若不聞。』鑒曰：『此正佳婿邪！』訪之，乃羲之也。」李群玉《東陽潭鯽鱠》詩：「俊味品流知第一，更勞霜橘助芳鮮。」**嫩殼半遺紅藥地，**《顔氏家訓・名實》：「夫神滅形消，遺聲餘價，亦猶蟬殼蛇皮，獸迒鳥跡耳。」謝朓詩：「紅藥當階翻，蒼苔依砌上。」《文選》五臣注：「紅藥，謂所植草色紅者。」**細聲偏傍緑楊樓。**徐鉉詩：「藥圃分輕緑，松窗起細聲。」薛能詩：「攜挈共過芳草渡，登臨齊憑緑楊樓。」**詩家取象吟難盡，**杜甫詩：「吾人詩家秀，博采世上名。」**畫格偷真意不休。正好儒林擬緌紼，**《史記》有《儒林列傳》。《禮記·檀弓》：「范則冠而蟬有緌。」《禮記·内則》：「冠緌纓。」鄭玄注：「緌，纓之飾也。」孔穎達疏：「結纓頷下以固冠，結之餘者，散而下垂，謂之緌。」**憑欄無苦預悲秋。**韓偓詩：「紫泥封後獨憑欄。」《楚辭·九辯》：「悲哉秋之爲氣也。」

李宗諤

雨過新聲出苑牆，李商隱詩：「曾省驚眠聞雨過，不知迷路爲花開。」《新唐書·食貨志》：「韋堅於長樂坂瀕苑牆鑿潭。」**煙輕餘韻度回塘。**謝莊詩：「澗鳥鳴兮夜蟬清，橘露靡兮蕙烟輕。」張衡《南都賦》：「于時日將逮昏，樂者未荒，收懽命駕，分背回塘。」梁簡文帝詩：「回塘逸碧莎。」**短亭疎柳臨官道，**《白帖》：「十里一長亭，五里一短亭。」朱慶餘詩：「短亭分袂後，倚檻思偏孤。」李商隱詩：「瀟灑傍迴汀，依微過短亭。」釋皎然《南樓望月》詩：「纖雲谿上斷，疎柳影中秋。」李商隱詩：「清明帶雨臨官道，晚日含風拂野橋。」**平野西風更夕陽。**梁簡文帝《智蒨法師墓誌》：「鬱鬱翠微，遼遼平野。」杜甫詩：「浮雲連海岱，平野入青齊。」又「星垂平野闊，月湧大江流。」《後漢書・逸民・矯慎傳》：「每有西風，何嘗不歎。」陸龜蒙詩：「一陣西風起浪花。」杜甫詩：「夕陽熏細草，江色映疎簾。」**八斗陳思饒賦詠，**李商隱詩：「用盡陳王八斗才。」宋人《釋常談》：「謝靈運嘗曰：『天下才有一石，曹子建獨占八斗。』」按曹子建封陳王，死謚曰思。《南史・何點傳》：「清言賦詠，優游自得。」**二毛潘岳易悲涼。**《左氏傳》僖公二十二年：「不禽二毛。」杜預注：「二毛，頭白有二色也。」潘岳《秋興賦序》：「予春秋三十有二，始見二毛。」賦云：「善哉宋玉之言曰，悲哉秋之爲氣也，蕭瑟兮草木摇落而變衰。」又云：「蟬嘒嘒以寒吟兮。」張華詩：「悲涼貫年節，葱翠恒若斯。」顔延之詩：「原隰多悲涼，迴飈卷高樹。」**感時偏動騷人思，**杜甫詩：「感時花濺淚。」李白詩：「正聲何微茫，哀怨起騷人。」**不問天涯與帝鄉。**徐陵《與王僧辯書》：「惟桑與梓，翻若天涯。」江總詩：「三春別帝鄉。」《北史・韋孝寬傳》：「子總，爲京兆尹。帝曰：『卿師尹帝鄉。』」按此帝鄉，指京都言之。

劉　隲

摇落何須宋玉悲，《楚辭》宋玉《九辯》：「悲哉秋之爲氣也，蕭瑟兮草木摇落而變衰。」杜甫詩：「摇落深知宋玉悲。」**齊庭遺恨莫沾衣。**《中華古今注》：「齊王后忿而死，尸變爲蟬，登庭樹嘒唳而鳴，王悔恨。故世名蟬爲齊女也。」陸機《文賦》：「恒遺恨以終篇，豈懷盈而自足。」漢鐃歌：「臨水遠望，泪下沾衣。」**池中菡萏香全滅，**《詩・陳風・澤陂》：「彼澤之陂，有蒲菡萏。」《説文解字》：「扶渠花未發爲菡萏，花已發爲芙蓉也。」劉楨詩：「芙蓉散其華，菡萏溢金塘。」**井上梧桐葉乍飛。** 梁元帝詩：「樓前飄密柳，井上落疎桐。」《詩・大雅・生民之什・卷阿》：「梧桐生兮。」**風促箏聲隨斷續，**《宋書・樂志》：「箏，秦聲也。世以爲蒙恬所造。」杜甫詩：「風箏吹玉柱，露井凍銀牀。」《述異記》：「安定隴西道有谷，有彈箏之聲，行人過聞之，謂之彈箏谷。」唐太宗詩：「哀笳時斷續，悲旌乍卷舒。」**日移甎影自光輝。**《翰林志》：「北廳前階有花甎道，冬中日影及五甎，爲入直之後。李程性懶，好晚入，恒過八甎乃至，衆呼爲八甎學士。」《新唐書・李程傳》：「學士入署，常視日影爲候。程性懶，日過八甎乃至，時號八甎學士。」《史記・封禪書》：「若光輝然屬天焉。」**宜秋門外饒芳樹，**《洛陽故宫記》：「洛陽有宜秋門。」陸機詩：「芳樹發華顛。」梁元帝《纂要》：「春木曰華樹、芳樹。」**結駟那堪送客歸。**《戰國策》：「楚王游於雲夢，結駟千騎，旌旗蔽天。」《史記・仲尼弟子列傳》：「子貢相衛而結駟連騎。」《史記・滑稽列傳》：「堂上燭滅，主人留髡而送客。」

夜讌

錢惟濟

《宋史・吴越世家》：「錢惟濟喜賓客，豐宴犒。」

清讌夜何其？《詩・小雅・鴻雁之什・庭燎》：「夜如何其？夜未央。」孔穎達《詩正義》：「其，語辭。言夜今早晚如何乎？」**南亭露欲晞。**王勃文：「白露下而南亭虚。」張衡《南都賦》：「客賦醉言歸，主稱露未晞。」毛萇《詩傳》：「晞、乾也。」謝莊《月賦》：「月既没兮露欲晞。」**蹁躚霞袖舞，**張衡《南都賦》：「翹遥遷延，蹴躃蹁躚。」沈約賦：「霓裳綽兮，羽衣蹁躚。」**瀲灩羽觴飛。**郭璞《海賦》：「瀲湙瀲灩，浮天無岸。」何遜詩：「瀲灩故池水。」李商隱詩：「鳳池春瀲灩，雞樹曉曈曨。」《楚辭・招魂》：「瑶漿蜜勺，實羽觴些。」張衡《西京賦》：「促中堂之陋坐，羽觴行而無算。」《晉書・束皙傳》：「周公成洛邑，因流水以泛酒，故逸詩云『羽觴隨波』。」**鏤楶摇花落，**左思《吴都賦》：「雕欒鏤楶，青瑣丹楹。」《文選》五臣注：「欒，栱也。楶，斗也。皆雕鏤其上。」宋子侯《董嬌嬈》詩：「纖手折其枝，花落何飄颻。」**金璫照月輝。**司馬相如《上林賦》：「華榱璧璫。」韋昭曰：「裁金爲璧，以當榱頭。」班固《西都賦》：「裁金璧以飾璫。」《文選》五臣注：「璫，椽頭飾也。以金璧飾椽端。」梁簡文帝詩：「月輝横射枕，燈光半隱牀。」**瑶光未西落，**《春秋運斗樞》：「北斗七星，第七曰瑶光。」《晉書·天文志》：「魁星第一曰天樞，七曰瑶光。」孟浩然詩：「山光忽西落，池月漸東上。」**休賦醉言歸。**《詩·魯頌·駉之什·有駜》：「鼓咽咽，醉言歸。」張衡《南都賦》：「客賦醉言歸，主稱露未晞。」

楊億

涼宵綺宴開，袁暉詩：「七月坐涼宵，金波滿麗譙。」孫元晏詩：「三閣相通綺宴開，數千朱翠繞周迴。」**酃淥湛芳罍。**陸機詩：「羽觴飛酃淥。」《抱朴子·嘉遯》：「寒泉旨於酃醁。」《晉書·簡文帝紀》：「咸安元年，初薦酃淥酒於太廟。」《文選》左思《吴都賦》李善注引盛弘之《荆州記》：「淥水出豫章康樂縣，其間烏程鄉有酒官，取水爲酒，極甘美。與湘東酃湖酒，年常獻之，世稱酃淥酒。」《御覽》卷八百四十五引《湘州記》：「衡陽縣東南有酃湖，土人取此水以釀酒，其味醇美，所謂酃酒。」《説文解字》：「罍，龜目酒尊。刻木作雲雷之象，象施不窮也。」**鶴蓋留飛舄，**劉楨《魯都賦》：「蓋如飛鶴，馬似遊魚。」劉峻《廣絶交論》：「雞人始唱，鶴蓋成陰。」《後漢書·方術·王喬傳》：「王喬者，顯宗世，爲葉令。喬有神術，每月朔望，常自縣詣臺朝，帝怪其來數而不見車騎，密令太史伺望之。言其臨至，輒有雙鳧從東南飛來。於是候鳧至，舉羅張之，但得一隻舄焉。乃詔上方診視，則四年中所賜尚書官屬履也。」**珠喉怨落梅。**李商隱詩：「珠串咽歌喉。」江總詩：「落梅樹下宜歌舞。」《樂録》：「漢横吹曲梅花落，本笛中曲也。」**薄雲齊鬢膩，**《古今注》：「齊王后忿而死，尸變爲蟬，登庭樹嘒唳而鳴，王悔恨，故世名蟬曰齊女也。」**流雪楚腰迴。**曹植《洛神賦》：「飄遥兮若流風之迴雪。」王融《詠池上梨花》詩：「芳春照流雪，深夕映繁星。」《韓非子·二柄》：「楚靈王好細腰。」《後漢書·馬廖傳》：「傳曰：『吴王好劍客，百姓多瘡瘢。楚王好細腰，宫中多餓死。』」盧思道詩：「楚腰寧且細，孫眉本未愁。」**巧笑傾城媚，**《詩·衛風·碩人》：「巧笑倩兮，美目盼兮。」《詩·大雅·蕩之什·瞻仰》：「哲婦傾城。」《漢書·外戚傳》：「孝武李夫人，本以倡進。初，夫人兄延年，性知音，善歌舞，武帝愛之。延年侍上歌舞，歌曰：『北方有佳人，絶世而獨立。一顧傾人城，再顧傾人國。寧不知傾人與傾國，佳人難再得。』」**雕章刻燭催。**《晉書·樂志》：「聲歌雖有損益，愛玩在乎雕章。」《南史·王僧孺傳》：「竟陵王子良嘗夜集學士，刻燭爲詩，四韻者則刻一寸，以此爲率。」庾肩吾詩：「燒香知夜漏，刻燭驗更籌。」**盤空珠有淚，**《御覽》八百三引《博物志》：「鮫人水居，出寓人家積日，賣絹將去，從主人索一器，泣而成珠滿盤，以與主人。」**鑪冷蕙成灰。**王逸《楚辭》注：「蕙，香草也。」《本草》：「薰草一名蕙草。」李商隱詩：「蠟炬成灰淚始乾。」**巾角彈棊勝，**魏文帝《與朝歌令吴質書》：「彈棊間設，終以六博。」《文選》李善注：「《藝經》曰：『棊正彈法，二人對局，白黑碁各六枚。先列碁相當，更先控三彈，不得，各去控一碁。先補角。』」《世説新語》：「彈碁始自魏宮内，用妝奩戲。文帝於此戲特妙，用手巾角拂之，無不中。有客自云能，帝使爲之，客著葛巾角低頭拂碁，妙踰於帝。」**琴心促軫哀。**《漢書·司馬相如傳》：「是時卓王孫有女文君，新寡，好音，故相如以琴心挑之。」江總詩：「行行春徑蘼蕪緑，織素那復解琴心。」戎昱詩：「今朝促軫爲君奏。」按軫，琴下轉絃者，以玉石爲之，爲調聲之用。**醉羅驚夢枕，**李商隱《鏡檻》詩：「想像鋪芳縟，依稀解醉羅。」殷堯藩詩：「雞催夢枕司晨早，更咽寒城報點遲。」**愁黛怯妝臺。**《釋名》：「黛，代也。滅去眉毛，以此畫代其處也。」温庭筠詩：「西蛾愁黛淺，故國吴宮遠。」盧照鄰詩：「雜粉向妝臺。」**風細傳疎漏，**梁元帝詩：「風細雨聲遲，夜短更漏急。」**猶歌起夜來。**《樂府解題》：「起夜來，其辭意猶念疇昔思君之來也。」李商隱詩：「背燈獨共餘香語，不覺猶歌起夜來。」

劉筠

玳押風簾薄，《漢武故事》：「以白珠爲簾箔，玳瑁押之。」《三輔黃圖》：「未央宮西有桂宮，中有明光殿，皆金玉珠璣爲簾箔。」徐陵《玉臺新詠序》：「玉樹以珊瑚作枝，珠簾以玳瑁爲押。」庾信詩：「玉押珠簾捲。」謝脁詩：「風簾入雙燕。」白居易詩：「月砌漏幽影，風簾飄暗香。」**金徒漏箭長。**張衡《渾天儀》：「蓋上又鑄金銅仙人居左壺，爲金胥徒居右壺，皆以左手抱箭，右手指刻，以別天時早晚。」陸倕《新刻漏銘》：「銅史司刻，金徒抱箭。」《續漢書·律曆志》：「孔壺爲漏，浮箭爲刻。」孔穎達《周禮》疏：「漏之箭晝夜共百刻，冬夏之間有長短焉。太史立成法，有四十八箭。」**食魚齊上客，**《戰國策》：「齊人有馮諼者，貧乏不能自存，使人屬孟嘗君，願寄食門下。居有頃，倚柱彈其劍，歌曰：『長鋏歸來乎！食無魚。』左右以告，孟嘗君曰：『食之比門下之客。』」《史記·晏嬰列傳》：「於是延入爲上客。」**置醴漢元王。**《漢書·楚元王交傳》：「初元王敬禮申公等。穆生不嗜酒，元王每置酒，常爲穆生設醴。」江總《華貂賦》：「蔑置醴之殊私，誇賜田之薄潤。」**蒟醬辛初和，**《史記·西南夷列傳》：「然南夷之端，見枸醬番禺，大夏杖邛竹。」左思《蜀都賦》：「蒟醬流味於番禺之鄉。」劉淵林注：「蒟醬，緣木而生，其子如桑椹，熟時正青，長二三寸，以蜜及鹽藏而食之，辛香，温調五藏。」《御覽》卷九百七十三引《廣志》：「蒟子，蔓生依樹，子似桑椹，長數寸，色黑，辛如薑，以鹽淹之，下氣消食，出南安。」**萍齏冷乍嘗。**《晉書·石崇傳》：「崇爲客作豆羹，咄嗟便辦，每冬得韭蓱齏。王愷密貨崇帳下，問其所以，答云：『豆至難煮，豫作熟末，客來但作白粥投之。韭蓱齏，是擣韭根，雜以麥苗耳。』」**巢笙傳曲沃，**《爾雅》：「大笙謂之巢。」潘岳《笙賦》：「河汾之寶，有曲沃之懸匏焉。」《古今注》：「瓠，壺蘆也。懸瓠可作笙，曲沃者尤善。秋乃可用，則漆其裏。」**摻鼓發漁陽。**《世説新語》：「禰衡被謫爲鼓吏，正月半試鼓，衡揚枹爲漁陽摻撾，淵淵有金石聲。」**吟燭唯憂盡，**《南史·王僧孺傳》：「竟陵王子良嘗夜集學士，刻燭爲詩。

四韻者則刻一寸，以此爲率。」**杯籌豈易防。** 李賀詩：「飛窗複道傳籌飲，十夜銅盤膩燭黄。」趙嘏詩：「觥籌不盡須歸去，路在春風縹緲間。」**齒犀融嵰雪，**《詩·衛風·碩人》：「齒如瓠犀。」《御覽》卷十二引《拾遺記》：「嵰州，去玉門三萬里，地多寒雪，著木石之上，皆融而甘，可以爲菓。」又云：「穆王集方士春霄宫，設鳳腦之燈，螭膏之燭。西王母來進洞淵紅藕，嵰山甜雪，萬歲冰桃，千年碧藕。」**柏麝薦荀香。** 嵇康《養生論》：「麝食柏而香。」《襄陽記》：「荀令君至人家，坐幕三日香氣不息。」按荀令君謂荀彧也，彧字文若。蕭統賦：「粤文若之留香。」**笑逐呼盧勝，**《晉書·劉毅傳》：「後於東府聚摴蒱大擲，一判應至數百萬。餘人并黑犢以還，唯劉裕及毅在後。毅次擲得雉，大喜，褰衣繞牀，叫謂同坐曰：『非不能盧，不事此耳。』裕惡之，因挼五木久之，曰：『老兄試爲卿答。』既而四子俱黑，其一子轉躍未定，裕厲聲喝之，即成盧焉。」李白詩：「呼盧百萬終不惜。」**歌隨解佩狂。**《韓詩内傳》：「鄭交甫遵彼漢臯臺下，遇二女，與言曰：『願請子之佩。』二女與交甫。交甫受而懷之，超然而去，十步循探之，即亡矣。迴顧二女，亦即亡矣。」**遺簪兼墮珥，**《史記·滑稽列傳》：「前有墮珥，後有遺簪。」**流眄復回腸。** 阮籍詩：「流眄發姿媚。」宋玉《高唐賦》：「回腸傷氣。」**綵鳳隨仙史，**《列仙傳》：「蕭史善吹簫，能致孔雀白鶴於庭。秦穆公有女字弄玉，好之，公遂以女妻焉。日教弄玉作鳳鳴。居數年，吹成鳳聲，鳳凰來止其屋。公爲築鳳臺，夫婦止其上不下。數年，一旦皆隨鳳凰飛去。」謝朓樂府：「綵鳳鳴朝陽，玄鶴鳴清商。」**斑騅待陸郎。** 樂府《明下童曲》：「陳孔驕赭白，陸郎乘斑騅。」李商隱詩：「腸斷斑騅送陸郎。」**主歡殊未已，**杜甫詩：「兼盡賓主歡。」**投轄在銀牀。**《漢書・游俠・陳遵傳》：「遵嗜酒，每大飲，賓客滿堂，輒關門取客車轄投井中。雖有急，終不得去。」按轄，車軸兩端之鍵，所以貫軸者。古樂府《淮南王篇》：「後園鑿井銀作牀，金瓶素綆汲寒漿。」

錢惟演

昨夜讌南堂，李商隱詩：「昨夜星辰昨夜風。」**華燈燭九光。**《漢武帝内傳》：「然九光之燈。」李賀詩：「華燈九枝懸鯉魚。」**削青争落筆，**劉向《戰國策》書録：「二百四十五年之事皆定，以殺青，書可繕寫。」劉向《别録》：「殺青者，直治竹作簡書之耳。新竹有汗，善朽蠹，凡作簡者，皆於火上炙乾之。」《後漢書・吴祐傳》：「父恢，爲南海太守。欲殺青簡以寫經書。」李賢注：「殺青者，以火炙簡令汗，取其青，易書，復不蠹。」李白詩：「興酣落筆摇五嶽，詩成嘯傲凌滄洲。」**舉白鬬飛觴。**《漢書・叙傳》：「諸侍中皆引滿舉白。」左思《吴都賦》：「里讌巷飲，飛觴舉白。」**祇覺輝裴玉，**《世説新語》：「裴令公有儁容儀，脱冠冕，麤服亂頭皆好，時人以爲玉人。見者曰：『見裴叔則，如玉山上行，光映照人。』」按裴楷字叔則。**寧思夢謝塘。**《南史・謝方明傳》：「子惠連，能屬文，族兄靈運加賞之，云每有篇章，對惠連輒得佳語。嘗於永嘉西堂思詩，竟日不就。每夢見惠連，便得池上生春草，大以爲工，常云『此語有神功，非吾語也。』」**解煩多蜜勺，**《荀子・君道》：「辯説足以解煩。」傅玄《瓜賦》：「愈得冷而益甘兮，怡神爽而解煩。」《楚辭・招魂》：「瑶漿蜜勺，實羽觴些。」**藉俎半蘭芳。**《楚辭・九歌・東皇太一》：「蕙肴蒸兮蘭藉，奠桂酒兮椒漿。」《楚辭・招魂》：「結撰至思，蘭芳假些。」**促席風絃怨，**左思《蜀都賦》：「合尊促席，引滿相發。」陶潛詩：「安得促席，説彼平生。」王融散曲：「楚調廣陵散，瑟柱秋風絃。」李商隱詩：「露索秦宫井，風絃漢殿箏。」**開簾月露涼。**謝惠連《雪賦》：「始緣甍而冒棟，終開簾而入隙。」何遜詩：「開簾覺水動，映竹見牀空。」徐悱妻劉氏詩：「落日更新妝，開簾對春樹。」鮑照詩：「月露依草白。」**酡顔君莫訴，**《楚辭・招魂》：「美人既醉，朱顔酡些。」王逸注：「朱，赤也。酡，著也。言美女飲啗醉飽，則面著赤色而鮮好也。」**西北轉銀潢。**銀潢，銀河也。

鶴

劉筠

碧樹陰濃釦砌平，《淮南子・地形訓》：「崑崙上有碧樹瑶樹在其北。」班固《西都賦》：「珊瑚碧樹，周阿而生。」蕭統《七契》：「碧樹初蕊，緑草含滋。」班固《西都賦》：「於是玄墀釦砌，玉階彤庭。」《文選》李善注：「釦砌，以玉飾砌也。」**華亭歸夢曉頻驚。**《世説新語》：「陸平原河橋敗，爲盧志所讒，被誅。臨刑，嘆曰：『欲聞華亭鶴唳，可復得乎！』」劉峻注引《八王故事》曰：「華亭，吴由拳縣郊外墅也，有清泉茂林。吴平後，陸機兄弟共游於此十餘年。」謝朓詩：「歸夢相思夕。」**仙經若未標奇相**，樂府《淮南王篇》：「淮南王，好長生，服食煉氣讀仙經。」《舊唐書·經籍志》：「浮丘公相鶴經一卷。」《文選》李善注：「相鶴經者，出自浮丘公。公以自授王子晉。崔子文者，學仙於子晉，得其文，藏嵩高山石室。及淮南八公採藥得之，遂傳於世。相鶴經：『鶴，陽鳥也。因金氣，依火精，火數七，金數九，故十六年小變，六十年大變，千六百年形定而色白。』」注「又云：『二年落子毛，易黑點。三年頭赤。七年飛薄雲漢。又七年學舞。復三年，應節晝夜十二鳴。六十年大毛落，茸毛生，色雪白，泥水不能汙。百六十年，雌雄相見，目精不轉，孕。千六百年，飲而不食。食於水，故喙長，軒於前，故後短。棲於陸，故足高而尾凋。翔於雲，故毛豐而肉疎。行必依洲嶼，止必集林木，蓋羽族之宗長，仙人之騏驥也。隆鼻短口則少眠，露眼赤睛則視遠，頭鋭身短則喜鳴，四翎亞膺則體輕，鳳翼雀毛則善爬，龜背鼈腹則能産，軒前垂後則善舞，洪髀纖趾則能行。』」《水經·瀔水注》：「昔慕容廆有駿馬，赭白，有奇相逸力。」**琴操何因寄恨聲**。《古今注》：「《别鶴操》，琴曲名。商陵牧子娶妻五年而無子，父兄將爲之改娶。妻聞之，中夜起，倚户而悲嘯。牧子聞之，愴然而悲，乃援琴而歌，後人因爲樂章焉。」《風俗通》：「凡琴曲，憂愁而作，命之曰操。操者，言困阨窮迫，猶不失其操。」梁元帝《纂要》：「琴曲有暢有操，有引有弄。」**養氣自憐雞善勝**，《周禮·天官·瘍醫》：「凡藥以苦養氣。」《老子》：「天道不争而善勝。」鮑照《舞鶴賦》：「感寒雞之早晨，憐霜雁之違漠。」**全身卻許雁能鳴**。《漢武帝内傳》：「修絶穀全身之術。」《莊子·

山木》：「莊子行於山中，見大木，枝葉盛茂，伐木者止其旁而不取也。問其故，曰：『無所可用。』莊子曰：『此木以不材得終其天年。』夫子出於山，舍於故人之家，故人喜，命豎子殺雁而烹之。豎子請曰：『其一能鳴，其一不能鳴，請奚殺？』主人曰：『殺不能鳴者。』明日，弟子問於莊子曰：『昨日山中之木，以不材得終其天年；今主人之雁，以不材死。先生將何處？』莊子笑曰：『周將處乎材與不材之間。』」**芝田玉水春雲伴，**《拾遺記》：「崑崙山第九層，山形漸小狹，下有芝田蕙圃，皆有數百頃，群仙耕焉。」鮑照《舞鶴賦》：「朝戲於芝田，夕飲乎瑤池。」顔延之詩：「玉水記方流，璇源載圓折。」《淮南子·地形訓》：「水圓折者有珠，方折者有玉。」岑參詩：「潭樹暖春雲。」**可得乘軒是所榮。**《左氏傳》閔公二年：「衛懿公好鶴，鶴有乘軒者。」杜預注：「軒，大夫車。」

楊　億

悵望青田碧草齊，謝朓詩：「停驂我悵望，輟棹子夷猶。」《初學記》卷三十引《永嘉郡記》：「有沐溪，去青田九里。此中有一雙白鶴，年年生子，長大便去，只惟餘父母一雙在耳。精白可愛，多云神仙所養。」《洞冥記》：「瑶琨去玉門九萬里，有碧草如麥。」陳子昂《春臺引》：「感陽春兮生碧草之油油。」**帝鄉歸路阻丹梯。**《莊子·天地》：「乘彼白雲，至於帝鄉。」鮑照《舞鶴賦》：「去帝鄉之岑寂，歸人寰之喧卑。」《文選》五臣注：「帝鄉，天帝之鄉也。」陶潛詩：「行行循歸路，計日望舊居。」謝朓詩：「要欲追奇趣，即此陵丹梯。」**露濃漢苑宵猶警，**周處《風土記》：「鶴性警，八月露降，流於草上，滴滴有聲，即高鳴相警，移徙所宿處，慮有變害也。」錢起詩：「荷衣白露濃。」《三輔故事》：「漢苑中柳，一日三眠三起。」張九齡詩：「雙凫侶晨泛，獨鶴參宵警。」**雪滿梁園晝乍迷。**鮑照《舞鶴賦》：「冰塞長河，雪滿群山。」《西京雜記》：「梁孝王好營宫室苑囿之樂，築兔園，王日與宫人賓客弋釣其中。」李嶠詩：「梁園映雪輝。」謝惠連《雪賦》：「歲將暮，時既昏，寒風積，愁雲繁。梁王不悦，游于兔園。乃置旨酒，命賓友，召鄒生，延枚叟。相如末至，居客之右。俄而微霰零，密雪下，王乃歌北風於衛詩，詠南山於周雅。」**瑞世鸞皇徒自許，**《離騷》：「鸞皇爲予先戒兮，雷師告予以未具。」《楚辭・大招》：「孔雀盈園，畜鸞皇只。」《山海經・西山經》：「女牀之山，有鳥焉，其狀如翟而五采文，名曰鸞鳥。見則天下安寧。」又《南山經》：「丹穴之山，有鳥焉，其狀如雞，五采而文，名曰鳳皇。是鳥也，飲食自然，自歌自舞。見則天下安寧。」**繞枝烏鵲未成棲。**魏武帝《短歌行》：「月明星稀，烏鵲南飛。繞樹三匝，無枝可依。」**終年已結雲羅恨，**鮑照《舞鶴賦》：「厭江海而遊澤，掩雲羅而見羈。」**忍送西樓曉月低。**庾肩吾詩：「天禽下北閣，織女入西樓。」鮑照《舞鶴賦》：「星翻漢迴，曉月將落。」

張　詠

共憐潔白本天姿，《詩序》：「白華，孝子之潔白也。」《史記・儒林列傳》：「徐襄，其姿善爲客。」**縱**

在泥塵性不卑。韓愈詩：「願書巖上石，勿使泥塵涴。」**況是稻粱厭足日，**《詩・唐風・鴇羽》：「王事靡盬，不能蓺稻粱。」杜甫詩：「君看隨陽雁，各有稻粱謀。」《孟子》：「此其爲饜足之道也。」《漢書・成帝紀》：「方今世俗，侈僭罔極，靡有厭足。」**好看烟月卻歸時。**張九齡詩：「烟月賞恒餘。」**跡參詩雅何年盡，**《詩・小雅・鴻雁之什・鶴鳴》：「鶴鳴於九皐，聲聞于天。」**名系仙經四海知。**見前劉筠詩「仙經若未標奇相」句下注。**應到崑丘數來歷，**《山海經・西山經》：「崑崙之丘，是實惟帝之下都。」《莊子・天地》：「黃帝游乎赤水之北，登乎崑崙之丘。」《穆天子傳》：「吉日辛酉，天子升於崑崙之丘，以觀黃帝之宮。」鮑照《舞鶴賦》：「指蓬壺而翻翰，望崑閬而揚音。」李白詩：「學得崑丘彩鳳鳴。」**曾陪鴛鷺浴華池。**梁簡文帝《南郊頌序》：「運謐時平，鵷鷺咸修其文德。」《論衡・談天》：「太史公曰：『《禹本紀》言河出崑崙，其高三千五百里，其上有玉泉華池。』」又云：「崑崙之高，玉泉華池，世所共聞。」按今本《史記・大宛傳》作「其上有醴泉瑶池」，疑王充《論衡》所據，猶是古本。孫綽《游天台山賦》：「挹以玄玉之膏，漱以華池之泉。」《文選》李善注：「《史記》曰：『崑崙其上有華池。』」按李善所據《史記》，亦是古本。

任隨

何年玉羽別崑丘，鮑照《舞鶴賦》：「疊霜毛而弄影，振玉羽而臨霞。」李白詩：「黃鶴振玉羽，西飛帝王洲。」杜甫《鶴》詩：「却思翻玉羽，隨意點春苗。」崑丘注已見前首。**飛舞長親十二樓。**《相鶴經》：「七年飛薄雲漢，復七年學舞，又七年舞應節。」鮑照詩：「飛舞兩楹前。」《史記・封禪書》：「方士上言『黄帝時爲五城十二樓，以候神人於執期，命曰迎年。』」《十洲記》：「崑崙山，其一角有積金，爲天墉城，面方千里。城上安金臺五所，玉樓十二所。」**警露夜窺瑶圃月，**《風土記》：「鶴性警，八月露降，流於草上，滴滴有聲，即高鳴相警，移徙所宿處，慮有變害也。」李商隱詩：「警露鶴辭侶。」《楚辭・九章》：「吾與重華游兮瑶之圃，登崑崙兮食玉英。」陸雲《九愍》：「樹椒蘭於瑶圃。」**翔雲高憶海天秋。**曹植《幽思賦》：「望翔雲之悠悠，羌朝霽而夕陰。」李白《送夢贊還都序》：「海雁嘶月，孤鶴翔雲。」**肯教渠略知遐壽，**《爾雅》：「蜉蝣渠略。」郭璞注：「似蛣蜣，身狹而長，有角，黄黑色，叢生糞土中，朝生暮死。」陸璣《毛詩草木鳥獸蟲魚疏》：「蜉蝣，方土語也，通謂之渠略。似甲蟲，有角，大如指，長三四寸。甲下有翅，能飛。夏月陰雨時，地中出，朝生而夕死。」《晉書・葛洪傳》：「欲練丹以祈遐壽。」**會向神區更遠游。**鮑照《舞鶴賦》：「踐神區其既遠，積靈祀而方多。」《文選》李善注：「一舉千里，故云既遠。壽踰千歲，故云方多。」五臣注：「神區，神明之區域。」《史記・河渠書》：「蛟龍騁兮方遠游。」**正是溶溪烟水碧，**温庭筠詩：「五湖烟水獨忘機。」**好陪青鳳飲澄流。**《初學記》卷三十引《拾遺記》：「周昭王時，塗脩國獻青鳳丹鶴各一雄一雌。以潭皐之粟飼之，以溶溪之水飲之。」李賀《天上謡》：「秦妃卷簾北窗曉，窗前植桐青鳳小。」虞世南詩：「高臺臨茂苑，飛閣跨澄流。」

錢惟演

碧樹陰濃接玉墀，班固《西都賦》：「珊瑚碧樹，周阿而生。」鮑照《擬行路難》：「璇閨玉墀上椒閣，文窗繡户垂羅幕。」**幾年飛舞伴長離。**司馬相如《大人賦》：「前長離而後矞皇。」如淳曰：「長離，朱鳥也。」張衡《思玄賦》：「前長離使拂羽兮。」《文選》五臣注：「長離，南方朱鳥，鳳也。」**天淵風雨多秋意，**《三國志·魏志·文帝紀》：「黄初五年，穿天淵池。」《詩·鄭風·風雨》：「風雨凄凄。」王維詩：「暑氣微清秋意多。」韋應物詩：「河漢多秋意，南宫生早涼。」**遼海烟波失舊期。**《藝文類聚》卷七十八引《搜神記》：「遼東城門有華表柱，忽有一白鶴集柱頭。時有少年，舉弓欲射之，鶴乃飛，徘徊空中而言曰：『有鳥有鳥丁令威，去家千歲今來歸。城郭如故人民非，何不學仙冢纍纍。』遂高上沖天。」桓温《薦譙秀表》：「雖園綺之棲商洛，管寧之默遼海，方之于秀，殆無以過。」許渾《鶴》詩：「緱山去遠雲霄迥，遼海歸遲歲月多。」江總詩：「霧開樓闕近，日向烟波長。」**自許一鳴聞迥漢，**《史記·滑稽列傳》：「不鳴則已，一鳴驚人。」馬戴詩：「迥漢銜天闕，遥泉響御溝。」《詩·小雅·鴻雁之什·鶴鳴》：「鶴鳴于九皋，聲聞于天。」**可隨三匝繞空枝。**魏武帝《短歌行》：「月明星稀，烏鵲南飛。繞樹三帀，無枝可依。」王建詩：「宿葉守空枝。」**從來腐鼠何曾顧，不似鵷鶵枉見疑。**《莊子·秋水》：「惠子相梁，莊子往見之。或謂惠子曰：『莊子來，欲代子相。』於是惠子恐，搜於國中三日三夜。莊子往見之曰：『南方有鳥，其名鵷鶵，子知之乎？夫鵷鶵發於南海，而飛於北海，非梧桐不止，非練實不食，非醴泉不飲。於是鴟得腐鼠，鵷鶵過之，仰而視曰：「嚇！」今子欲以子之梁國而嚇我耶！』」鄒陽《獄中上書》：「臣聞忠無不報，而信不見疑。」李商隱詩：「不知腐鼠成滋味，猜意鵷鶵竟未休。」

公子

楊億

夾道青樓拂綵霓，《周禮·秋官·鄉士》：「帥其屬夾道而蹕。」曹植詩：「青樓臨大路，高門結重關。」《晉書·忠義·麴允傳》：「南開朱門，北望青樓。」李商隱詩：「祕殿崔嵬拂綵霓。」**月軒宫袖按前溪。**王勃《乾元殿頌序》：「月軒宵佇。」《後漢書·馬援傳》：子防，「傳曰：『楚王好細腰，宫中多餓死。』長安語曰：『城中好大袖，四方全匹帛。』」梁簡文帝詩：「且復小垂手，廣袖拂紅塵。」《史記·范雎蔡澤列傳》贊：「長袖善舞。」《宋書·樂志》：「《前溪歌》者，晉車騎將軍沈充所製。」《樂府解題》：「《前溪》，舞曲也。」《前溪歌》：「憂思出門倚，逢郎前溪渡。莫作流水心，引新都舍故。」**錦鱗河伯供烹鯉，**李白詩：「漢口雙魚白錦鱗，令傳尺素報情人。」王逸《楚辭·九歌·河伯》注引《抱朴子·釋鬼篇》

佚文：「馮夷以八月上庚日渡河溺死，天帝署爲河伯。」江淹《丹砂可學賦》：「河供鯉兮靈之安。」古詩：「呼兒烹鯉魚，中有尺素書。」**金距鄰翁逐鬬雞。**《左氏傳》昭公二十五年：「季郈之雞鬬，季氏介其雞，郈氏爲之金距。」高誘《吕氏春秋·先識覽·察微》注：「介，甲也。作小鎧著雞頭也。金距，以利鐵作鍛距，沓其距上。」杜甫詩：「肯與鄰翁相對飲。」《史記·袁盎列傳》：「鬬雞走狗。」**細雨墊巾過柳市，**梁簡文帝詩：「冷風雜細雨。」《後漢書·郭太傳》：「太嘗以陳梁間行，遇雨，巾一角墊，時人乃故折巾一角，以爲林宗巾，其見慕皆如此。」韓愈文：「墊巾效郭。」《漢書·游俠列傳》：「萬章字子夏，長安人也。長安熾盛，街閭各有豪俠，章在城西柳市。」顔師古注：「《漢宮闕疏》云：『細柳倉有柳市。』」**輕風側帽上銅隄。**杜甫詩：「輕風生浪遲。」《北史·獨孤信傳》：「信美風度。在秦州，嘗田獵，日暮馳馬入城，其帽微側，詰旦而吏人有戴帽者，咸慕信而側帽焉，其爲士庶取重如此。」按銅隄一本作銅鞮，銅鞮，晉離宫名，與此無關。銅隄即金隄也，作銅隄爲是。孟郊詩：「襄陽青山郭，漢江白銅隄。」《世説新語》：「山季倫爲荆州，時出酣暢。人爲之歌曰：『山公時一醉，徑造高陽池。日暮倒載歸，茗艼無所知。復能騎駿馬，倒著白接籬。舉手問葛彊，何如并州兒。』高陽池在襄陽。」《襄陽記》：「漢侍中習郁於峴山南作魚池，池邊有高隄，種竹及長楸，芙蓉覆水，是游燕名處也。山簡每臨此池，未嘗不大醉而還。」**珊瑚擊碎牛心熟，**《世説新語》：「石崇與王愷争豪，並窮綺麗，以飾輿服。武帝，愷之甥也，每助愷，嘗以一珊瑚樹高二尺許賜愷，枝柯扶疏，世罕其比。愷以示崇，崇視訖，以鐵如意擊之，應手而碎。愷既惋惜，又以爲疾己之寶，聲色甚厲。崇曰：「不足恨，今還卿。」乃命左右悉取珊瑚樹，有三尺、四尺，條幹絶世，光彩溢目者六七枚，如愷許比甚衆。愷惘然自失。」又曰：「王君夫有牛名八百里駮，常瑩其蹄角。王武子語君夫：『我射不如卿，今指賭卿牛，以千萬對之。』君夫既恃手快，且謂駿物無有殺理，便相然可。令武子先射，武子一起便破的，却據胡牀，叱左右速探牛心來。須臾炙至，一臠便去。」按君夫，王愷字，武子，王濟字。**香棗蘭芳客自迷。**《世説新語》：「王敦初尚主，如厠，見漆箱盛乾棗，本以塞鼻，王謂厠上亦下果，食遂至盡。」李商隱詩：「香棗何勞問石崇。」《楚辭·招魂》：「結撰至思，蘭芳假些。」《漢書·禮樂志》：「茝蘭芳。」李商隱詩：「不是花迷客自迷。」

劉　筠

油壁春車隔渭橋，春車，一本作香車。樂府《蘇小小歌》：「我乘油壁車，郎乘青驄馬。」温庭筠詩：「油壁車輕金犢肥，流蘇帳曉春雞早。」《三輔黄圖》：「秦始皇造渭橋。」**黄山路遠苦相邀。**《漢書·地理志》：「右扶風槐里，有黄山宫，孝惠二年起。」張衡《西京賦》：「掩長楊而聯五柞，繞黄山而欵牛首。」江總《洛陽道》：「緑珠銜淚舞，孫秀强相邀。」**行庖爨蠟雕胡熟，**左思《魏都賦》：「豐肴衍衍，行庖皤皤。」李賀詩：「丹穴取鳳充行庖。」《世説新語》：「石季倫用蠟燭作炊。」宋玉《諷賦》：「主人之女爲臣炊雕胡之飯。」司馬相如《子虚賦》：「其埤濕則生藏莨蒹葭，東蘠雕胡。」《西京雜記》：「太液池邊皆是雕胡紫蘀緑節之類。菰之有米者，長安人謂爲雕胡。」**永埒鋪金汗血驕。**顔延之《赭白馬賦》：「分馳迥場，角壯永埒。」《文選》五臣注：「長埒也。」《世説新語》：「王武子被責，移第北邙下。于時人多地貴，濟好馬，買地作埒，編錢匝地竟埒，時人號曰金溝。」沈佺期詩：「買地鋪金曾作埒。」《漢書·武帝紀》：「太初四年春，貳師將軍廣利獲汗血馬來，作西極天馬之歌。」應劭曰：「大宛舊有天馬種，蹋石汗血，汗從前肩髆出如血，號一日千里。」**別館横陳張浄婉，**司馬相如《上林賦》：「離宫別館，彌山跨谷。」李商隱《少年》詩：「別館覺來雲雨夢，後門歸去蕙蘭叢。」宋玉《諷賦》：「内怵惕兮徂玉牀，横自陳兮君之旁。」司馬相如《好色賦》：「花容自獻，玉體横陳。」《南史·羊侃傳》：「儛人張浄婉，腰圍一尺六寸，時人咸推能掌上舞。」**期門長揖霍嫖姚。**《漢書·東方朔傳》：「建元三年，微行始出。微行常用飲酎已，八九月中，與侍中常侍武騎及待詔隴西北地良家子能騎射者，期諸殿門，故有期門之號。」《漢書·百官志》：「期門，掌執兵送從，武帝建元三年初置。」《漢書·高帝紀》：「酈生不拜，長揖。」《漢書·霍去病傳》：「再從大將軍，受詔予壯士爲嫖姚校尉。」**注鉤握槊曾無憚，**《莊子·達生》：「以鉤注者憚。」《列子·黄帝》：「以鉤摳者憚。」張湛注：「互有所投曰摳。」殷敬順釋文：「摳，探也。以手藏物，探而取之。」《三秦記》：「鉤弋夫人手拳，時人效之，目爲藏鉤也。」《酉陽雜俎》：「山人石旻猶妙打彄，彄注之必中。」《魏書·藝術傳》：「趙國李幼序，洛陽丘何奴，並工握槊。」張説詩：「十五紅妝侍綺樓，朝承握槊夜藏鉤。」《通雅》：「握槊，長行局，波羅塞，雙陸，要一類也。後魏李邵曰：『曹植作長行局，胡王作握槊，亦雙陸也。』」**緑桂膏濃曉未銷。**《拾遺記》：「王母與燕昭王游於燧林之下，取緑桂之膏，燃以照夜。」

錢惟演

蓮勺交衢接荻園，《漢書·宣帝紀》：「常困於蓮勺鹵中。」鄭玄《周禮·地官·保氏》注：「舞交衢。」杜甫詩：「且復長語臨交衢。」《爾雅》：「四達謂之衢。」郭璞注：「道四出也。」蘇頲《高安公主碑》：「望槐里而西馳，去荻園而不顧。」《漢書·東方朔傳》：「初帝姑館陶公主近幸董偃，爰叔謂偃曰：『顧成廟遠，無宿宫，又有萩竹籍田，足下何不白主獻長門園。』偃入言之主，主立奏書獻之，上大悦，更名竇太主園爲長門宫。」按萩竹之萩，古本本作荻字，《藝文類聚》卷八十二草部下荻字引《漢書》，《御覽》卷一千百卉部蘆荻下引《漢書》，並作荻字，則唐宋古本正作荻字也。自顔師古注作萩字，謂即楸字，自此《漢書》多作萩字。竊謂當作荻字，於義爲長。**來時十里一開筵。**《説苑·政理》：「違山十里，蟪蛄之聲，猶尚存耳。」《晉書·車胤傳》：「謝安游集之日，輒開筵待之。」**歌翻南國桃根曲，**孟浩然詩：「歌翻子夜聲。」《詩·小雅·谷風之什·四月》：「滔滔江漢，南國之紀。」《古今樂録》：「桃葉歌者，晉王子敬所作也。桃葉，子敬妾名。」樂府《桃葉歌》：「桃葉復桃葉，桃樹連桃根。相憐兩樂事，獨使我殷勤。」**馬過章臺杏葉韉。**《漢書·張敞傳》：「時罷朝會，過走馬章臺街，使御史驅，自以便面拊馬。」王勃

《春思賦》：「杏葉裝金轡。」白居易詩：「塵土空留杏葉鞲。」**別殿對迴雙綬貴，**顔延之《三月三日曲水詩序》：「離宫設衛，別殿周徼。」《漢書·金日磾傳》：「日磾兩子賞、建，俱侍中。與昭帝略同年，共卧起。賞爲奉車，建駙馬都尉。及賞嗣侯，佩兩綬，上謂霍將軍曰：『金氏兄弟兩人，不可使俱兩綬邪？』霍光對曰：『賞自嗣父爲侯耳。』上笑曰：『侯不在我與將軍乎？』光曰：『先帝之約，有功乃得封侯。』時年俱八九歲。」**後門歸去九枝然。**李商隱詩：「别館覺來雲雨夢，後門歸去蕙蘭叢。」《漢武帝内傳》：「七月七日，燃九光之燈。」李商隱詩：「六曲屏風江雨急，九枝燈檠夜珠圓。」**閒隨翠幰欹烏帽，**盧照鄰詩：「遥遥翠幰没金隄。」韋莊《少年行》：「醉下酒家樓，美人雙翠幰。」杜甫詩：「烏帽拂塵青螺粟。」韓翃詩：「烏帽背斜暉，青驪踏春草。」**紫陌三條入柳烟。**謝莊詩：「紫陌協笙鏞。」岑參詩：「雞鳴紫陌曙光寒。」班固《西都賦》：「披三條之廣路，立十二之通門。」《文選》五臣注：「三條，三達之路也。」段成式詩：「柳烟梅雪隱青樓，殘日黄鸝語未休。」

舊將

按既云舊將，當有所指。春窗夢曉，失風雪之陽關；南山歸獵，遇霸陵之呵尉。固英雄之所搤腕，老驥爲之長嘶者也。然較之楊無敵輩，以北漢降將，爲天水虎臣，而赤心不見諒於新主，勳績則見嫉於群輩，卒至身沒敵境，馬革裹屍，固猶去一間也。

楊　億

平生苦戰憶山西，《論語》：「久要不忘平生之言。」孔安國云：「平生，少時也。」李白詩：「苦戰竟不侯，當年頗惆悵。」《漢書·趙充國辛慶忌傳》贊：「秦漢以來，山東出相，山西出將。何則？山西天水、隴西、安定、北地，處勢迫近羌胡，民俗脩習戰備，高上勇力，鞍馬騎射，其風聲氣俗，自古而然。」**撫劍臨風氣吐霓。**《左氏傳》襄公二十六年：「子朱怒，撫劍從之。」曹植《求自試表》：「撫劍東顧，而心已馳于吴會矣。」謝莊賦：「臨風嘆兮將焉歇。」曹植《七啓》：「慷慨則氣成虹蜺。」《文選》李善注引劉邵《趙郡賦》：「煦氣成虹霓，揮袂起風塵。」江淹詩：「吐氣作虹霓。」**戟户當衢容駟馬，**高適詩：「向風扃戟户，當署近棠陰。」皇甫曾詩：「戟户槐陰滿，書窗竹葉垂。」按《周禮·天官·掌舍》：「爲壇壝宫棘門。」鄭司農云：「棘門，以戟爲門。」元稹《奉誠園》詩：「秋來古巷無人掃，樹滿空牆閉戟門。」戟户即此戟門也。《野客叢談》：「唐制，光禄大夫，許門設棨戟。」《宋史·輿服志》：「門戟，木爲之而無刃，門設架而列之。」又云：「京兆、河南、太原府、大都督府、都護，門十四戟。若中都督，上都護，門十二戟。下都督、諸州，門各十戟。並官給。」左思《蜀都賦》：「亦有甲第，當衢并術。」《詩·秦風·駟鐵》：「游于北園，四馬既閑。」《漢書·于定國傳》：「始定國父于公，其閭門壞，父老方共治之。于公謂曰：『少高大門閭，令容駟馬高蓋車。我治獄多陰德，未嘗有所冤，子孫必有興者。』」**髯奴繞帳列生犀。**王褒有《責髯奴文》。《三國志・吴志・孫賁傳》：「召還爲繞帳督。」陸龜蒙詩：「繞帳生犀一萬枝。」《考工記・函人》：「犀甲七屬。」《楚辭・九歌・國殤》：「操吴戈兮被犀甲。」《荀子・議兵》：「楚人鮫革犀兕以爲甲，鞈如金石。」**新豐酒滿清商咽，**《三輔舊事》：「太上皇不樂關中，思慕鄉里，高祖徙豐沛屠兒沽酒煮餅商人立爲新豐。」梁元帝詩：「試酌新豐酒。」王維詩：「新豐美酒斗十千。」李白詩：「君歌楊叛兒，妾勸新豐酒。」鮑照詩：「但使樽酒滿，朋舊數相過。」《韓非子・十過》：「師涓鼓新聲，平公問師涓曰：『此所謂何聲也？』師曠曰：『此所謂清商也。』公曰：『清商固最悲乎？』師曠曰：『不如清徵。』」張衡《西京賦》：「嚼清商而却轉。」**武庫兵銷太白低。**《漢書・高帝紀》：「七年二月，蕭何治未央宫，立武庫。」《三輔黄圖》：「武庫在未央宫，蕭何造，以藏兵器。」張衡《西京賦》：「武庫禁兵，設在蘭錡。」常建《塞下曲》：「兵氣銷爲日月光。」《漢書・天文志》：「太白星圓，天下和平。」**髀肉漸生衣帶緩，**《三國志・蜀志・先主傳》注引《九州春秋》：「備住荆州數年，嘗于劉表坐起至厠，見髀裏肉生，慨然流涕。還坐，表怪問備。備曰：『平常身不離鞍，髀生皆消。今不復騎，髀裏肉生。日月若馳，老將至矣，而功業不立，是以悲耳。』」古詩：「相去日已遠，衣帶日已緩。」**早朝空聽汝南雞。**《國語・越語》：「范蠡曰：『孰使我蚤朝而晏罷者非吴乎？』」江總詩：「五侯新拜寵，七貴蚤朝歸。」李商隱詩：「辜負香衾事早朝。」《漢舊儀》：「汝南出長鳴雞。」古樂府《雞鳴歌》：「東方欲明星爛爛，汝南晨雞登壇唤。」徐陵《烏棲曲》：「惟憎無賴汝南雞，天河未落猶争啼。」

劉　筠

丈八蛇矛戰血乾，蛇矛邵武徐氏叢書諸本作長矛，今從明嘉靖玩珠堂本。《晉書・劉曜載記》：「陳安左手奮七尺大刀，右手執丈八蛇矛。近交則刀矛俱發，輒害五六，遠則雙帶鞬服，左右馳射而走。」《隴上壯士歌》：「丈八蛇矛左右盤。」杜甫詩：「戰血流已舊，軍書動至今。」**子孫今已列材官。**《漢書・申屠嘉傳》：「以材官蹶張，從高帝擊項籍。」《通典・職官典》：「雜號將軍，材官，漢李息爲之，掌理宫室。」**青烟碧瓦開新第，**陸機賦：「淩青烟而薄天際。」杜甫詩：「孤城西北起高樓，碧瓦朱甍照城郭。」李商隱詩：「涼風銜碧瓦，曉暈落金莖。」又《碧瓦》詩：「碧瓦銜珠樹，紅輪結綺寮。」《史記・孟子荀卿列傳》：「騶奭者，齊王命曰列大夫，爲開第康莊之衢，高門大房，尊寵之。」**白草黄雲廢舊壇。**《漢書・西域傳》：「鄯善國多蒹葭檉柳，胡桐白草。」《淮南子・地形訓》：「黄泉之埃，上爲黄雲。」謝靈運詩：「風悲黄雲起。」高適詩：「黄雲白草無前後，朝建旌旗夕刁斗。」《史記・淮陰侯列傳》：「漢王曰：『以爲大將。』蕭何曰：『王素慢無禮，今拜大將如呼小兒耳，此乃信所以去也。王必欲拜之，擇良日，齋戒，設壇場，具禮，乃可耳。』王許之。」**勞薄可甘先藺舌，**《史記・廉頗藺相如列傳》：「趙王既罷歸國，以相如功大，拜爲上卿，位在廉頗之右。廉頗曰：『我爲趙將，有攻城野戰之大功，而藺相如徒以口舌爲勞，而位居我上。且相如素賤人，吾羞，不忍爲之下。』宣言曰：『我見相如，必辱之。』相如聞，不肯與會。」**功高還許戴劉冠。**《史記·項羽本紀》：「勞苦而功高如此。」《史記·高祖本紀》：「高祖爲亭長，乃以竹皮爲冠，令求盜至薛治之，時時冠之。及貴常冠，所謂『劉氏冠』乃是也。」《漢書·高祖紀》：「八年春三月，令爵非公乘以上，毋得冠劉氏冠。」**秋來從獵長楊樹，**《漢書·司馬相如傳》：「嘗從上至長楊獵。」張籍詩：「少年從獵出長楊，禁中初拜羽林郎。」《三輔黄圖》：「長楊樹，在長楊宫。秋冬校獵其下，命武士搏射禽獸，天子登此以觀焉。」班固《西都賦》：「天子乃登屬玉之館，歷長楊之樹。」**矍鑠猶能一據鞍。**《後漢書·馬援傳》：「建武二十四年，武威將軍劉尚深入軍没，援因復請行，時年六十二。帝愍其老，未許之。援自請曰：『臣尚能被甲上馬。』帝令試之。援據鞍顧眄，以示可用。帝笑曰：『矍鑠哉是翁也。』」李賢注：「矍鑠，勇貌也。」

任隨

幾年鏖虜復征蠻，鏖虜，邵武徐氏叢書諸本作掃寇，蓋以清初諱虜字而改，今從明嘉靖玩珠堂本改正。《漢書·霍去病傳》：「合短兵鏖皋蘭下。」顔師古注：「鏖謂苦擊而多殺也。」鄭谷詩：「漢庭無事不征蠻。」**分閫功成兩鬢斑。**《史記·馮唐列傳》：「唐對曰：『臣聞上古王者之遣將也，跪而推轂。曰：閫以内者，寡人制之；閫以外者，將軍制之。』」《宋書·文帝紀》論：「授將遣師，乖分閫之命。」鄭玄

《禮記》注：「閫，門限也。」《老子》：「功成而不居。」陶潛詩：「白髮被兩鬢，肌膚不復實。」**新畫儀形當漢閣，**孟郊詩：「遥看新畫出，三十六扇屏。」《南齊書・禮志》：「淑慎儀形。」《漢書・蘇武傳》：「甘露三年，單于始入朝。上思股肱之美，乃圖畫其形於麒麟閣，法其形貌，署其官爵姓名。曰大司馬大將軍博陸侯姓霍氏，次張安世、韓增、趙充國、魏相、丙吉、杜延年、劉德、梁丘賀、蕭望之、蘇武，凡十一人。」**舊銘勳業在燕山。**《三國志・魏志・傅嘏傳》：「子志大其量，而勳業難爲也。」《後漢書・竇憲傳》：「憲遂登燕然山，去塞三千餘里，刻石勒功，紀漢威德，令班固作銘，乃班師而還。」**龍泉照步文犀澀，**《越絶書》：「楚王令風胡子之吴見歐冶子干將，使人作鐵劍。歐冶子干將鑿茨山，洩其溪，取鐵英，作爲鐵劍三枚。一曰龍淵，二曰太阿，三曰工布。」唐人諱淵，改龍淵曰龍泉。郭元振《寶劍篇》：「良工鍛鍊凡幾年，鑄得寶劍名龍泉。」杜甫詩：「徒勞望牛斗，無計斸龍泉。」《國語・吴語》：「奉文犀之渠。」《後漢書・馬援傳》：「援載薏苡歸，人以爲明珠文犀。」**馬埒堆金駿足閒。**《世説新語》：「王武子好馬射，買地作埒，編錢匝地竟埒，時人號曰金溝。」韓愈詩：「堆金疊玉光青熒。」張協《七命》：「田游馳蕩，利刃駿足。」何承天《君馬篇》：「駿足躡流景，高步追輕風。」**時泰何因問充國，**潘岳詩：「徒因良時泰，小人道遂消。」任昉詩：「時泰玉階平。」《漢書・趙充國傳》：「充國乞骸骨，罷就第。朝庭每有四夷大議，常與參兵謀，問籌策焉。」**曉窗風雪夢陽關。**李山甫詩：「碧峰來曉窗。」《漢書・西域傳》：「西域以孝武時始通，東則接漢，阸以玉門、陽關。」李嶠詩：「春夢失陽關。」

劉隲

彊弩當年討不庭，《史記·衛將軍列傳》：「元朔五年春，令青將三萬騎出高闕，左内史李沮爲彊弩將軍，俱出北方擊匈奴。」《漢書·司馬遷傳》：「當年不能究其禮。」《左氏傳》隱公十年：「以王命討不庭。」**功成身退炳丹青。**《老子》：「功成名遂身退，天之道也。」《漢書·蘇武傳》：「竹帛所載，丹青所畫。」**囊沙澤畔知兵法，**《史記·淮陰侯列傳》：「齊王廣、龍且與信夾濰水陳。韓信乃夜令人爲萬餘囊，滿盛沙，壅水上流，引軍半渡，擊龍且，詳不勝，還走。龍且遂追信渡水。信使人決壅囊，水大至。龍且軍大半不得渡，即急擊，殺龍且。龍且水東軍散走，齊王廣亡去。」《史記·屈原列傳》：「行吟澤畔。」《孫子兵法》：「客絶水而來，勿迎之於水内，令半濟而擊之，利。」**聚米山前識陣形。**《後漢書·馬援傳》：「援因説隗囂將帥有土崩之勢，兵進有必破之狀。又於帝前聚米爲山谷，指畫形勢，開示衆軍所從道徑往來，分析曲折，昭然可曉。帝曰：『虜在吾目中矣。』」**驥老未甘秋伏櫪，**《漢書·李尋傳》：「馬不伏櫪，不可以趨道。」魏武帝《短歌行》：「老驥伏櫪，志在千里。烈士暮年，壯心不已。」**劍閒猶覺夜衝星。**《晉書·張華傳》：「吴之未滅也，斗牛之間，常有紫氣。及吴平之後，紫氣愈明。華聞豫章人雷焕妙達緯象，乃要焕宿，因登樓仰觀。焕曰：『僕察之久矣。惟斗牛之間，頗有異氣。』華曰：『是何象也？』煥曰：『寶劍之精，上徹于天耳。』華曰：『在何郡？』煥曰：『在豫章豐城。』華即補煥爲豐城令。煥到縣，掘獄屋基，入地四丈餘，得一石函，光氣非常。有雙劍，並刻題，一曰龍泉，一曰太阿。其夕，斗牛間氣不復見焉。煥遣使送一劍與華，留一自佩。」王勃文：「辨鍔横霜，直上衝星之氣。」杜甫詩：「佩劍衝星聊暫拔，匣琴流水自須彈。」**分茅錫土傳家牒，**《三國志·魏志·董昭傳》注引《獻帝春秋》：「昔周旦吕望，功勳若彼，猶受上爵，錫土開宇。」《晉書·八王傳》贊：「分茅錫社，道光恒典。」《藝文類聚》卷五十一引《漢雜事》：「天子太社，以五色爲壇。封諸侯者，封其土，苴以白茅，授之，各以所封方之色，以立社於其國，故謂之受茅土。漢興，唯皇子封爲王者得茅土，其他臣，以户賦租入爲節，不受茅土，不立社。」宇文逌《庾信集序》：「國史家牒，世莫詳焉。」**鍾鼎還須爲勒銘。**《禮記·祭統》：「夫鼎有銘，銘者，自名也。自名以稱揚其先世之美，而明著之後世者也。銘者，論譔其先祖之有德善功烈，勳勞慶賞，聲名列於天下，而酌之祭器，自成其名焉，以祀其先祖者也。」《國語·晉語》：「昔克潞之役，秦來圖敗晉功，魏顆以其身却退秦師于輔氏，親止杜回，其勳銘于景鍾。」《墨子·兼愛》下：「以其所書於竹帛、鏤於金石、琢之盤盂、銘於鍾鼎、傳遺後世子孫者知之。」蔡邕《銘論》：「鍾鼎，禮樂之器，昭德紀功，以示子孫。」

宣曲二十二韻

按《三輔黄圖》：「宣曲宫，在昆明池西。」楊億此詩首句云「宣曲更衣寵」，遂以宣曲二字名篇，與無題詩義同。據《續資治通鑑長編》：「大中祥符二年春正月己巳，御史中丞王嗣宗言：『翰林學士楊億、知制誥錢惟演、秘閣校理劉筠唱和宣曲詩，述前代掖庭事，事涉浮靡。』上曰：『詞臣，學者宗師也。安可不戒其流宕。』乃下詔風勵學者，自今有屬詞浮靡，不遵典式者，當加嚴譴。」陸游亦云：「祥符中，嘗下詔禁文體浮豔。議者謂是時館中作《宣曲》詩。《宣曲》見《東方朔傳》。其詩盛傳都下，而劉、楊大幸，或謂頗指宫掖。又二妃皆蜀人，詩中有『取酒臨邛遠』之句，賴天子愛才士，皆置而不問，獨下詔諷切而已。不然，亦殆哉。」又《續資治通鑑長編》大中祥符二年春正月己巳詔誡屬詞浮靡下原注：「江休復云：『上在南衙，嘗召散樂伶丁香，晝承恩倖。楊、劉在禁林，作《宣曲》詩，王欽若密奏，以爲寓諷，遂著令誡僻文字。』今但從國史。」則《宣曲》詩江休復謂指散樂伶丁香，陸游謂指劉、楊二妃，兩説歧異。江休復所云，蓋載其所著《嘉祐雜志》中，書成於宋仁宗嘉祐中，去景德末才五十載，故老傳聞，或有所據，其説似較陸游所謂專指劉、楊二妃者爲可靠。且楊億《宣曲》詩結句有「銷魂璧臺路，千古樂池平」，錢惟演《宣曲》詩結句有「祇應金帶枕，聊爲達微辭」之語，則似丁香已死，不僅殿頭涼風，秋扇被捐而已。故《宣曲》詩中雖有劉、楊二妃在，而詩中所詠之人，則是丁香而非劉、楊二妃也。劉、楊二妃之結局，一立爲皇后，一册爲淑妃，仁宗呼劉爲大孃孃，呼楊爲小孃孃。真宗死，仁宗立，年幼，劉且以皇太后處分軍國事，垂簾聽政者達十一年之久，即史所謂章獻明肅太后者也。楊淑妃亦被尊爲皇太妃，章獻既殂，仁宗且尊楊爲皇太后。而《宣曲》詩中所用周穆王葬盛姬於樂池之南，吕雉斷戚夫人手足號之曰人彘，曹植感洛神玉縷金帶枕之賦，並擬之不於其倫矣。故陸游所謂劉、楊二妃之説，似無的證。豈真宗在潛邸時，曾召幸丁香，及後爲帝，丁香仍入掖庭。景德之末，郭后死，劉、楊並有盛寵，而丁香或不復見幸，遂愁悶悲思以終，故館臣因以爲詠也。

宣曲更衣寵，

楊　億

《漢書·東方朔傳》：「建元三年，微行始出。後乃私置更衣，從宣曲以南十二所中休更衣。投宿諸宫，長楊、五柞、倍陽、宣曲尤幸。」顔師古注：「宣曲，宫名。在昆明池西。」更衣「爲休息易衣之處，亦置宫人。」司馬相如《上林賦》：「西馳宣曲，濯鷁牛首。」《漢書·孝武衛皇后傳》：「字子夫，爲平陽君主謳者。武帝祓霸上，還過平陽主，主見所侍美人，帝不悦。既飲，謳者進，帝獨悦子夫。帝起更衣，子夫侍尚衣，軒中得幸。還坐，驩甚，主因奏子夫送入宫。」**高堂薦枕榮。**古樂府《相逢行》：「小婦獨無事，挾瑟上高堂。」宋玉《高唐賦》：「昔者先王嘗游高唐，怠而晝寢，夢見一婦曰：『妾巫山之女也，爲高唐之客。聞君游高唐，願薦枕席。』」王勃《雜曲》：「若向陽臺薦枕，何啻得勝朝雲。」李白詩：「薦枕嬌夕月。」李商隱詩：「楚妃交薦枕。」**十洲銀闕峻，**《十洲記》：「漢武帝聞王母説，八方巨海之中有祖洲、瀛洲、玄洲、炎洲、長洲、元洲、流洲、生洲、鳳麟洲、聚窟洲。」《史記·封禪書》：「蓬萊、方丈、瀛洲此三神山者，其物鳥獸盡白，而黄金銀爲宫闕。」**三閣玉梯横。**《陳書·皇后傳》論：「至德二年，乃於光照殿前起臨春、結綺、望仙三閣，閣高數丈，並數十間。」李商隱詩：「玉梯横絶月中鈎。」**鸞扇裁紈製，**庾信《苦熱行》：「思爲鸞翼扇，願借明光宫。」温庭筠《雍臺歌》：「帳殿臨流鸞扇開。」班婕妤《怨歌行》：「新裂齊紈素，皎潔如霜雪。裁爲合歡扇，團團似明月。」虞世南《怨歌行》：「裁紈悽斷曲，織素別離心。」**羊車插竹迎。**《晉書·后妃傳》：「時帝多内寵，平吴之後，復納孫晧宫人數千，自此掖庭殆將萬人。而並寵者甚衆，帝莫知所適，常乘羊車，恣其所之，至便宴寢。宫人乃取竹葉插户，以鹽汁灑地，而引帝車。」**南樓看馬舞，**《舊唐書·讓皇帝傳》：「玄宗於興慶宫西南置樓，西面題曰花萼相輝之樓，南面題曰勤政務本之樓。」《新唐書·禮樂志》：「玄宗又嘗以馬百匹，盛飾，分左右，施三重榻，舞《傾杯》數十曲。壯士舉榻，馬不動。樂工少年姿秀者十數人，衣黄衫文玉帶，立左右。每千秋節，舞於勤政樓下。」**北埭聽鷄鳴。**《南齊書·武穆裴皇后傳》：「車駕數幸琅邪城，宮人常從，早發至湖北埭，鷄始鳴。」**綵縷知延壽，**《藝文類聚》卷四引《風俗通》：「五月五日，以五綵絲繫臂者，辟兵及鬼，令人不病温。」又：「五月五日，續命縷，俗説以益人命。」《史記·封禪書》：「果有獻玉杯者，刻曰：『人主延壽。』」**靈符爲辟兵。**曹植詩：「迴駕觀紫微，與帝合靈符。」《藝文類聚》卷四、《初學記》卷四、《御覽》卷三十一引《抱朴子》：「或問辟五兵之道，答曰：『以五月五日，作赤靈符著心前。』」**粟眉長占額，**《後漢書·明德馬皇后紀》注引《東觀漢記》：「明帝馬皇后美髮，爲四起大髻，但以髮成，尚有餘，繞髻三匝。眉不施黛，獨左眉角小缺，補之如粟。嘗稱疾，而終身得意。」**蠆髮俯侵纓。**《詩·小雅·魚藻之什·都人士》：「卷髮如蠆。」按纓，冠繫也。然婦人無冠，則此纓蓋指香纓言之也。古者女子許嫁之後多佩香纓，以五采絲爲之。**蓮的沉寒水，**《爾雅》：「荷芙渠，其莖茄，其葉蕸，其本蔤，其華菡萏，其實蓮，其根藕，其中的，的中薏。」陸璣《毛詩草木鳥獸蟲魚疏》：「蓮，青皮，裏白。子爲的。的中有青，長三分，如鈎爲薏，味甚苦。故俚語云苦如薏是也。的五月中生，生啖脆。至秋，表皮黑。的成實，或可磨以爲飯如粟也。」按蓮今江南稱蓮蓬，的今江南稱蓮心或蓮子。《種樹書》：「蓮的投靛甕中，經年移種，發碧花。」李商隱詩：「剩結茱萸子，多擘秋蓮的。」王僧孺詩：「夜風入寒水。」**芝房照畫楹。**《漢書·武帝紀》：「元封二年六月，詔曰：『甘泉宮内中産芝，九莖連葉。上帝博臨，不異下房，賜朕弘休。其赦天下。』」作《芝房之歌》。」吴融詩：「老狖尋危棟，秋蛇束畫楹。」李洞詩：「紅蠟香烟撲畫楹。」

麝臍薰翠被，《酉陽雜俎》：「水麝，臍中皆水，瀝一滴於斗水中，用灑衣服，其香不歇。」《左氏傳》昭公十二年：「楚子翠被豹舄。」杜預注：「以翠羽飾被。」班固《西都賦》：「大駕幸乎平樂之館，張甲乙而襲翠被。」庾丹詩：「翠被夜徒薰。」**鹿爪試銀箏。**《梁書·羊侃傳》：「侃性豪侈，善音律，姬妾列侍。有彈箏人陸太喜，著鹿角爪，長七寸。」《樂録》：「彈箏者，以鹿角爲爪彈之，謂之繫爪。」《南史·何承天傳》：「承天又善彈箏，文帝賜以銀裝箏。」**秦鳳來何晚，**《列仙傳》：「蕭史善吹簫，作鸞鳳之響。秦穆公有女字弄玉好之，公遂以女妻焉。日教弄玉作鳳鳴，鳳皇來止其屋。公爲築鳳臺，夫婦止其上不下，一旦皆隨鳳皇飛去。」**燕蘭夢未成。**《左氏傳》宣公三年：「鄭文公有賤妾曰燕姞，夢天使與己蘭，曰：『予，而祖也。以是爲而子。以蘭有國香，人服媚之如是。』既而文公見之，與之蘭而御之。辭曰：『妾不才，幸而有子，將不信，敢徵蘭乎。』公曰：『諾。』生穆公，名之曰蘭。」按味此句蓋言丁香未嘗就館生子。然劉、楊二妃亦並無出，宋仁宗，後宫李宸妃所生，故此句亦可泛指言宋真宗之尚無子也。**絲囊晨露濕，**《續齊諧記》：「宏農鄧紹嘗八月旦入華山，見一童子執五采囊，承柏葉上露，皆如珠，滿囊。紹問曰：『用此何爲？』答曰：『赤松先生取以明目。』言終便失所在。今世人八月旦作眼明囊袋，此其遺意也。」《唐會要》：「開元十七年八月五日，左丞相源乾曜等上表，請以『是日爲千秋節，群臣當以是日進萬壽酒，王公戚里進金鏡綬帶，士庶以絲結承露囊，更相遺問，村社作壽酒宴樂。』制曰可。」唐玄宗《千秋節》詩：「月銜花綬鏡，露綴綵絲囊。」鮑照詩：「晨露夕陰。」**椒壁夜寒輕。**《西京雜記》：「温室以椒塗壁。」《三輔黄圖》：「漢成帝趙皇后居昭陽殿，蘭房椒壁。」《後漢書·第五倫傳》李賢注：「后妃以椒塗壁，取其繁衍多子，故曰椒房。」**綺段餘霞散，**謝朓詩：「餘霞散成綺。」李商隱詩：「霞綺空留段。」慧琳《一切經音義》：「綺，有文繒也。有以二色綵絲織成，次於錦也。」**瑶林密雪晴。**《世説新語》：「如瑶林瓊樹。」謝惠連《雪賦》：「微霰零，密雪下。」**流風袨舞罷，**曹植《洛神賦》：「飄飄兮若流風之回雪。」張衡《西京賦》：「袨舞更奏，妙材騁奇。」王粲《七釋》：「名唱袨舞，承閑並理。」梁簡文帝《七勵》：「表流歌于東夏，出袨舞於京華。」**初日靚妝明。**曹植《洛陽賦》：「其始進也，皓若初日之照屋梁。」《陳書·皇后傳》論：「張貴妃髮長七尺，鬒黑如漆，其光可鑑。常於閣上靚妝，臨于軒檻，宫中遥望，飄若神仙。」司馬相如《上林賦》：「靚妝刻飾，便嬛綽約。」左思《蜀都賦》：「都人士女，袨服靚妝。」鮑照樂府：「靚妝坐帷裏，當户弄清絃。」**雷響金車度，**司馬相如《長門賦》：「雷殷殷而響起兮，聲象君之車音。」傅玄詩：「雷殷殷，感妾心。傾耳聽，非車音。」司馬彪《續漢書·輿服志》：「秦并天下，閲三代之禮，或曰殷瑞山車，金根之色。漢承秦制，御爲乘輿，所謂孔子乘殷之路也。」劉昭注：「殷人以爲大路，於是始皇作金根之車。《乘輿馬賦》注曰：『金根，以金爲飾。』」按金車即指乘輿之金根車也。車音已度而君不見幸，則絶望矣。**梅殘玉管清。**《樂府詩集》：「《梅花落》，本笛中曲也。」《漢書·律曆志》：「竹曰管。」孟康曰：「禮樂器記，管，漆竹，長一尺，六孔。」《尚書大傳》：「『西王母來獻白玉琯。』漢章帝時，零陵文學奚景於泠道舜祠下得白玉琯。古以玉作，不但竹也。」庾信《春賦》：「玉琯初調。」**銀鐶添舊恨，**《詩・邶風・静女》：「貽我彤管。」《毛傳》：「古者后妃群妾，以禮御於君所，女史書其日月，授之以環以進退之。生子月辰，則以金環退之。當御者，以銀環進之，著於左手。既御，著於右手。」《漢舊儀》：「宮人御幸，賜銀環。」杜牧詩：「的的新添恨。」盧綸詩：「舊恨尚填膺。」**瓊樹怯新聲。**《陳書・皇后傳》論：「後主每引賓客對貴妃等遊宴，則使諸貴人及女學士與狎客共賦新詩，互相贈答。採其尤豔麗者，以爲曲詞，被以新聲。其曲有玉樹、後庭花、臨春樂等。大指所歸，皆美張貴妃、孔貴嬪之容色也。其略曰：『璧月夜夜滿，瓊樹朝朝新。』」**洛媛迷芝館，**《文選・洛神賦》李善注：「宓妃，宓羲氏之女，溺洛水爲神。」曹植《洛神賦》：「予從京城，言歸東藩。背伊闕，越轘轅，經通谷，陵景山。日既西傾，車殆馬煩。爾乃税駕乎蘅皋，秣駟乎芝田，容與乎楊林，流眄乎洛川。……覩一麗人，于巖之畔。……彼何人斯？若此之豔也。御者對曰：『臣聞河洛之神，名曰宓妃。則君王之所見也，無乃是乎。』」《文選》五臣注：「芝田，地名。」李商隱詩：「宓妃愁坐芝田館，用盡陳王八斗才。」**星妃滯斗城。**《三輔黄圖》：「長安城，城南爲南斗形，北爲北斗形，至今人呼漢京城爲斗城。」李商隱詩：「直教銀漢墮懷中，未遣星妃鎮來去。」**七絲組緑綺，**桓譚《新論》：「昔神農氏王天下，始削桐爲琴，繩絲爲絃。琴長三尺六寸有六分，厚寸有八，廣六寸。五絃，第一絃爲宫，其次商角徵羽。文王武王各加一絃，以爲少宫少商。下徵七絃，總會樞要。八音之中，唯絲最密，而琴爲之首。」《楚辭・九歌・東君》：「絙瑟兮交鼓。」王逸注：「絙，急張絃也。」傅玄《琴賦》序：「中世，司馬相如有琴曰緑綺。」張載《擬四愁詩》：「佳人遺我緑綺琴，何以贈之雙南金。」**六箸鬭明瓊**。《楚辭·招魂》：「菎蔽象棊，有六簙些。分曹並進，遒相迫些。成梟而牟，呼五白些。」王逸注：「菎，玉也。蔽，簙箸，以玉飾之也。投六箸，行六棊，故爲六簙也。言宴樂既畢，乃設六簙，以菎落作箸，象牙爲棊，麗而且好也。遒亦迫，言分曹列偶，並進技巧，投箸行棊，轉相遒迫，使不得擇行也。倍勝爲牟。五白，簙齒也。言己棊已梟，當成牟，故呼五白以助也。」洪興祖補注：「《説文》云：『博，局戲也。六箸十二棊也。』鮑宏《博經》云：『所擲頭謂之瓊，瓊有五采。刻爲一畫者謂之塞，刻爲兩畫者謂之白，刻爲三畫者謂之黑，一邊不刻者，五塞之間謂之五塞。』古《博經》云：『博法，二人相對坐，向局，局分爲十二道，兩頭當中名爲水。用棊十二枚，六白六黑。又用魚二枚，置於水中。其擲采，以瓊爲之。瓊畟方寸三分，長寸五分，鋭其頭，鑽刻瓊四面爲眼，亦名爲齒。二人互擲采行棊。棊行到處即竪之，名爲驍。棊即入水食魚，亦名牽魚。每牽一魚，獲二籌，翻一魚，獲三籌。』」《西京雜記》：「許博昌善陸博，竇嬰好之，常與居處。法用六箸，或謂之究，以竹爲之，長六分。」《列子·説符》：「樓上博者射明瓊。」張湛注：「明瓊，齒五白也。」**慣聽端門漏**，《南齊書·武穆裴皇后傳》：「宮内深隱，不聞端門鼓漏聲。」**愁聞上苑鶯**。李商隱詩：「會與秦樓鳳，俱聽漢苑鶯。」按漢之上林苑簡稱上苑也。《三輔黄圖》：「漢上林苑，即秦之舊苑也，建元三年開。周袤三百里。」**虚廊偏響屧**，温庭筠詩：「古樹風吹馬，虚廊日照旗。」《吴郡志》：「響屧廊，相傳吴王建廊而虚其下，令西施與宫人步屧繞之則響。今靈巖寺圓照塔前小斜廊，即其址。」**近署鎮嚴更**。《後漢書·竇武傳》：「黃門常侍但常給事省內，典門户，主近署財物耳。」班固《西都賦》：「周以鉤陳之位，衛以嚴更之署。」張衡《西京賦》：「重以虎威章溝嚴更之署。」薛綜曰：「嚴更，督行夜鼓也。」李白詩：「嚴更千户肅，天樂九霄聞。」**剉蘗心長苦，**鮑照《擬行路難》：「剉蘗染黃絲，黃絲歷亂不可治。我昔與君始相值，爾時自謂可君意。結帶與君言，生死好惡不相置。今朝見我顔色衰，意中索寞與先異。還君金釵玳瑁簪，不忍見之益愁思。」《子夜歌》：「高山種芙蓉，復經黃蘗塢。果得一蓮時，流離嬰辛苦。」**投籤夢亦驚。**《陳書·世祖紀》：「每鷄人伺漏，傳更籤於殿中，乃敕送者必投籤於階石之上，令鎗然有聲。云『吾雖眠，亦令驚覺也』。」**雲波誰託意，**王僧孺《與陳居士書》：「雲波遥夐，燕越數千。」李商隱詩：「京華他夜夢，好好寄雲波。」曹植《洛神賦》：「無良媒以接歡兮，託微波而通辭。」陳機《婕妤怨》：「寄情在玉階，託意惟團扇。」**璧月久含情。**梁簡文帝《南郊頌》：「即璧月之遐照。」《陳書·皇后傳》論：「後主使諸貴人及女學士與狎客共賦新詩，互相贈答。其曲有玉樹、後庭花、臨春樂等，大指所歸，皆美張貴妃、孔貴嬪之容色也。其略曰：『璧月夜夜滿，瓊樹朝朝新。』」王粲詩：「含情欲待誰。」**海闊桃難熟，**庾信《步虛詞》：「麟洲一海闊，玄圃半天高。」《漢武帝內傳》：「元封元年七月七日，王母暫來。王母自設天厨，非地上所有。又命侍女更索桃果，須臾，以玉盤盛仙桃七顆，大如鴨卵，形圓，青色，以呈王母。母以四顆與帝，三顆自食。桃味甘美，口有盈味。帝食輒收其核，王母問帝，帝曰：『欲種之。』母曰：『此桃三千年一生實，中夏地薄，種之不生。』帝乃止。」**天高桂漸生。**《楚辭·九辯》：「泬寥兮天高而氣清。」《西陽雜俎》:「舊言月中有桂,高五百丈。下有一人常砍之,樹創隨合。人姓吴名剛,西河人,學仙有過,謫令伐樹。」**銷魂璧臺路,**江淹《别賦》:「夫黯然銷魂者,唯别而已矣。」徐陵《玉臺新詠序》:「周王璧臺之上,漢帝金屋之中。」**千古樂池平。**《穆天子傳》:「甲戌,天子西北□姬姓也。盛伯之子也。天子賜之上姬之長,是曰盛門。天子乃爲之臺,是曰重璧之臺。戊寅,天子東狃于澤中,逢寒疾。天子舍于澤中,盛姬告病,天子憐之,□澤曰寒氏。天子西至于重璧之臺,盛姬告病□,天子哀之,是曰哀次。天子乃殯盛姬于轂丘之廟。甲辰,天子南葬盛姬于樂池之南。天子乃命盛姬□之喪,視皇后之葬法,爲盛姬謚曰哀淑人。仲冬甲申,天子北升于大北之隥,而降休于兩柏之下。天子永念傷心,乃思淑人盛姬。七萃之士葽豫上諫於天子曰:『自古有死有生,豈獨淑人。天子不樂,出於永思。永思有益,莫忘其新。』天子哀之,乃又流涕。」

劉筠

八月收民算,《文選》范曄《後漢書·皇后紀論》李善注引應劭《風俗通》:「采女,按采者,擇也。以歲八月算雒陽民,遣中大夫與掖庭丞、相工閲視童女,年十三以上,二十以下,長壯妖絜,有法相者,載入後宫。」《後漢書·皇后紀》論:「漢法,常因八月算民,遣中大夫與掖庭丞及相工,於雒陽鄉中,閲視良家童女,年十三以上,二十以下,姿色端麗,合法相者,載還後宫。擇視可否,乃用登御。所以明慎聘納,詳求淑哲。」**三千異典章。**《後漢書·皇后紀》論：「漢興，選納尚簡，飾玩少華。自武、元之後，世增淫費，至乃掖庭三千，增級十四。」《隋書·牛弘傳》：「成一代之典章。」**天機從此淺，**《莊子·大宗師》：「其耆欲深者，其天機淺。」**國豔或非良。**《方言》：「美色爲豔。」「宋衛晉鄭之間曰豔。」按良謂良家子也。劉筠蓋站在地主階級立場，以諷丁香。不獨丁香出身散樂伶，即劉、楊二妃亦均出自寒賤，徒以姿貌，見寵專房，遂登后妃之位。史載劉后先家太原，後徙益州爲華陽人，幼孤鞠養於外氏。善播鼗，中表兄龔美者，以鍛銀爲業，攜之入京師。時年十五，美家貧，欲嫁之。時真宗爲襄王，嘗謂左右曰：「蜀婦人多材慧，吾欲求之。」張耆時給事襄邸，因言后於王，得召入，遂有寵。王乳母秦國夫人，性嚴整，不悦，固令王斥去。王不得已，出置耆家，耆亦避嫌不敢下直。王乃以銀五百兩與耆，使别作館居之。其後請於秦國夫人，得復召入。太宗崩，真宗即位，立爲美人。以其無宗族，乃使龔美改姓劉，更以美爲后兄云。景德四年，郭皇后死，帝欲立劉美人爲后，大臣以其寒微，帝依違久之。大中祥符二年，進爲修儀，五年五月，進封德妃，十一月，遂立爲皇后。楊妃，亦益州郫人，年十二，入襄邸，真宗即位，拜才人。大中祥符二年，又拜婕妤，六年正月，進婉儀。後又進位淑妃。陸游所謂劉、楊二妃皆蜀人，故有「取酒臨邛遠」之句，蓋謂此也。沈括《夢溪筆談》：「劉美少時，善鍛金。後貴顯，賜與中有尚方金銀器，皆刻工名，其間多有美所造者。」又云「楊景宗微時，嘗荷畚爲丁晉公築第。後晉公家籍没，以其第賜景宗。二人者，方其微時，一造尚方器，一爲宰相築第，安敢自期身饗其用哉。」劉美即龔美，楊景宗，楊淑妃弟也。以二族寒微，故館臣所謂「國豔或非良」，不僅指散樂伶丁香，亦兼指劉、楊二妃言之也。

玉户銅爲沓，司馬相如《長門賦》：「擠玉户而撼金鋪兮，聲噌吰而似鐘音。」揚雄《甘泉賦》：「挑玉户而颺金鋪兮，發蕙蘭與芎藭。」《三輔黄圖》：「未央宫以木蘭爲棼橑，文杏爲梁柱，金鋪玉户，華榱璧璫。」《漢書·外戚傳》：「趙昭儀居昭陽舍，其中庭彤朱，而庭上髹漆，砌皆銅沓冒，黄金塗，白玉階。壁帶往往爲黄金釭，函藍田璧、明珠，翠羽飾之。」**羅幬象作牀。**《楚辭·招魂》：「蒻阿拂壁，羅幬張些。」按羅幬，羅帳也。《戰國策》：「孟嘗君出行國，至楚，獻象牀。」鮑照《白紵舞歌辭》：「象牀瑶席鎮犀渠。」**驪姬初悔泣，**《莊子·齊物論》：「驪之姬，艾封人之子也。晉國之始得之也，涕泣沾襟。及其至于王所，與王同筐牀，食芻豢，而後悔其泣也。」**飛燕近專房。**《漢書·外戚傳》：「孝成趙皇后，本長安宫人，及壯，屬陽阿主家，學歌舞，號曰飛燕。成帝嘗微行出過陽阿主，作樂，上見飛燕而樂之，召入宫，大幸，貴傾後宫。」《晉書·后妃·胡貴嬪傳》：「最蒙賞幸，殆有專房之寵焉。」**蓮小纔承步，**《南史·齊東昏侯紀》：「又鑿金爲蓮華以帖地，令潘妃行其上，曰：『此步步生蓮華也。』」**梅新競試妝。**庾肩吾詩：「梅新雜柳故，粉白映綸紅。」鄭谷詩：「畫閣看紅正試妝。」《御覽》卷九百七十引《宋書》：「宋武帝女壽陽公主，人日卧於含章殿簷下，梅花落公主額上，成五出之花，拂之不去，皇后留之，自後有梅花妝，後人多效之。」**盡知春可樂，**夏侯湛《春可樂賦》：「春可樂兮，樂東作之良時。」古詩：「努力愛春華，莫忘歡樂時。」**終歎夜何長。**古詩：「晝短苦夜長。」司馬相如《長門賦》：「日黄昏而絶望兮，帳獨託於空堂。懸明月以自照兮，徂清夜於洞房。忽寢寐而夢想兮，魂若君之在傍。惕寐覺而無見兮，魂迋迋若有亡。衆鷄鳴而愁予兮，起視月之精光。觀衆星之行列兮，畢昴出於東方。夜曼曼其若歲兮，懷鬱鬱其不可再更。澹偃蹇而待曙兮，荒亭亭而復明。妾人竊自悲兮，究年歲而不敢忘。」**取酒臨邛遠**，《漢書·司馬相如傳》：「文君夜亡奔相如，相如與馳歸成都，家徒四壁立。久之，相如與俱之臨邛，盡賣車騎，買酒舍，乃令文君當盧，相如身自著犢鼻褌，與庸保雜作，滌器於市中。」《文選·長門賦序》：「孝武皇帝陳皇后時得幸，頗妬。别在長門宮，愁悶悲思。聞蜀郡成都司馬相如，天下工爲文，奉黄金百斤，爲相如文君取酒，因于解悲愁之辭，而相如爲文以悟主上，皇后復得親幸。」五臣注：「陳皇后復得親幸，案諸史傳，並無此文，恐叙事之誤。」**吞聲息國亡**。馬融《長笛賦》：「緜駒吞聲，伯牙毁絃。」鮑照詩：「吞聲躑躅不敢言。」《左氏傳》莊公十四年：「蔡哀侯爲莘故，繩息嬀以語楚子。楚子如息，以食入享，遂滅息，以息嬀歸。生堵敖及成王焉。未言，楚子聞之，對曰：『吾一婦人，而事二夫，縱弗能死，其又奚言。』楚子以蔡侯滅息，遂伐蔡。秋七月，楚入蔡。」按此句不知何所指，或者散樂伶丁香亦自有夫，故爾云然。又據《續資治通鑑長編》真宗景德元年載：「章獻劉后「始嫁蜀人龔美，美攜以入京，既而家貧，欲更嫁之。」張旻時給事襄王邸，遂言之於王，得召入，遂有寵。襄王後即帝位，即真宗也。是章獻本亦有夫之婦，或亦指章獻言邪？若楊淑妃十二歲入襄邸，當非所擬。**難銷守宮血**，顔師古《漢書·東方朔傳》注：「守宮，蟲名也。術家云：『以器養之，食以丹砂，滿七斤，擣治萬杵，以點女子體，終身不滅，若有房室之事，則滅矣。』言可以防閑淫逸，故謂之守宮也。」**易斷舞鸞腸。**范泰《鸞鳥詩序》：「昔罽賓王結罝峻祁之山，獲一鸞鳥，三年不鳴。其夫人曰：『嘗聞鳥見其類而後鳴，何不懸鏡以映之。』王從其言。鸞覩影感契，慨然悲鳴，哀響沖霄，一奮而絶。」李賀《神絃曲》：「相思木帖金舞鸞。」**百草兼花鬬，**《荆楚歲時記》：「五月五日，四民並蹋百草。今人又有鬬百草之戲。」**雙鈎映燭藏。**《御覽》卷三十三引《辛氏三秦記》：「漢昭帝母鈎弋夫人，手拳，有國色。世人藏鈎法，因此也。」《列仙傳》：「鈎翼夫人少時右手拳屈，姿色甚偉。武帝披其手，得一玉鈎，而手尋展。遂幸而生昭帝。」《玉燭寶典》引周處《風土記》：「進清醇以告蜡，竭恭敬於明祀，乃有行𣄃。」注云：「𣄃蓋婦人所作金環，以錔指而縫者也。臘日祭祀後，叟嫗兒童，各隨其儕，爲藏𣄃之戲。分二曹以校勝負，以酒食具。如人偶即敵對，人奇者即使奇人爲游附，或屬上曹，或屬下曹，名爲飛鳥，以齊二曹人數。一𣄃藏在數十手中，曹人當射知所在。一藏爲一籌，五籌爲一賭。提者捕得，推手出𣄃。五籌盡，最後失爲負。賭主部便起拜謝勝曹。」按藏鈎古亦作藏彄、藏𣄃、藏鬮。李商隱詩：「昨夜雙鈎敗，今朝百草輸。」又「楚妃交薦枕，漢后共藏鬮。」項斯詩：「竹光遥映竹。」**金人須手鑄，**《北史·后妃傳》序：「魏故事，將立皇后，必令手鑄金人，以成者爲吉，不則不得立也。」**虎圈更身當。**《漢書·外戚傳》：「孝元馮昭儀，以選入後宮，始爲長使，數月，至美人。後五年，就館，生男，拜爲婕妤。建昭中，上幸虎圈鬬獸，後宮皆坐。熊佚出圈，攀檻欲上殿，左右貴人傅昭儀等皆驚走，馮婕妤直前當熊而立。左右格殺熊，上問『人情驚懼，何故前當熊？』婕妤對曰：『猛獸得人而止。妾恐熊至御坐，故以身當之。』元帝嗟嘆，以此倍敬重焉。傅昭儀等皆慙。」**步輦回長樂**，班固《西都賦》：「乘茵步輦，惟所息晏。」《漢官儀》：「皇后婕妤乘輦，餘皆以茵，四人輿以行。」《史記・高祖本紀》：「七年，長樂宫成。」**飛除接未央**。曹植《七啓》：「踐飛除，即閑房。」《文選》五臣注：「飛除，高陛也。」《史記・高祖本紀》：「蕭丞相營作未央宫。」**琳珉飾歡館**，司馬相如《子虛賦》：「其石則赤玉玫瑰，琳珉昆吾。」班固《西都賦》：「碝碱綵緻，琳珉青熒。」張衡《西京賦》：「歷掖庭，適歡館。捐衰色，從燕婉。」《文選》五臣注：「擇所歡者乃幸之。」**藻繡裛周牆**。班固《西都賦》：「昭陽特盛，隆於孝成。屋不呈材，牆不露形。裛以藻繡，絡以綸連。」《文選》五臣注：「裛，纏，絡，繞也。言皆以藻繡編綬纏繞，不露其土木。」張衡《西京賦》：「故其館室次舍，采飾纖縟。裛以藻繡，文以朱緑。」《文選》五臣注：「謂館室之上，纏飾藻繡朱緑之文。」班固《西都賦》：「西郊則有上囿禁苑，林麓藪澤陂池，連乎蜀漢。繚以周牆，四百餘里。」《文選》五臣注：「周牆，謂苑牆周匝。」按此但言館室之牆周匝。**厭火雙魚尾**，王延壽《魯靈光殿賦》：「爾乃懸棟結阿，天窗綺疏。圓淵方井，反植荷蕖。」《文選》五臣注：「又爲方井，圖以圓淵及芙蕖花葉。花葉下垂，故曰反植。」《宋書・禮志》：「殿屋之爲圓淵方井，兼植荷花者，以厭火祥也。」《藝文類聚》卷六十二引《風俗通》：「殿堂象東井形，刻作荷菱。菱，水物也，所以厭火。」《詩・周南・汝墳》：「魴魚赬尾。」按古人藻井，繪以芰荷等水物，用以厭火，此則刻作魚尾，故曰「厭火雙魚尾」也。**鳴絃小雁行**。陸雲《榮啓期贊》：「鳴絃清泛，撫節高徽。」陶潛《閒情賦》：「仰睇天路，俯促鳴絃。」《詩・鄭風・太叔于田》：「兩驂雁行。」按絃柱斜列，差如雁飛，亦稱雁行也。**雲甍澄顥氣，**謝朓詩：「雲甍蔽層嶠。」杜預《左傳》注：「甍，屋棟也。」班固《西都賦》：「軼埃壒之混濁，解顥氣之清英。」**綺井激回光。**蕭子良詩：「雕檐結彩，綺井生文。」梁簡文帝《東飛伯勞歌》：「天窗綺井暖徘徊。」《夢溪筆談》：「屋上覆橑，古人謂之綺井，亦曰藻井。」按此詩前有「厭火雙魚尾」句，已言藻井，今又云「綺井激回光」，藻井綺井，實即一事，重複用典，亦詩之病也。傅玄《李賦》：「夕景回光。」**路有斯須隔，**李陵詩：「長當從此別，且復立斯須。」鄭玄《禮記》注：「斯須，猶須臾也。」**憂難頃刻忘。**杜預《左傳》注：「樂以忘憂。」韓愈詩：「頃刻青紅浮海蜃。」**新聲來樂府，**《國語・晉語》：「平公悦新聲。」《史記・佞幸・李延年列傳》：「延年善歌，爲變新聲。」《漢書・禮樂志》：「至孝武定郊祀之禮，乃立樂府，采詩夜誦，有趙代秦楚之謳。」**別寢近温湯。**班固《西都賦》：「徇以離宮別寢，承以崇臺閒館。」《長安志》：「驪山，在臨潼縣東南二里，温湯在山下。」**虹跨層臺晚，**庾信詩：「跨虹連絶岸。」《説苑・正諫》：「楚莊王築層臺，延石千里，延壤百里。」**螢飛下苑涼。**梁簡文帝詩：「朧朧月色上，的的夜螢飛。」《漢書・元帝紀》：「水衡禁囿，宜春下苑。」顔師古注：「宜春下苑，即今京城東南隅曲江池是。」**錦帷迎七夕，**李商隱詩：「錦帷初卷衞夫人。」傅玄《擬天問》：「七月七日，牽牛織女會天河。」《玉燭寶典》引《風土記》云：「七月俗重是日。其夜灑掃於庭，露施几筵，設酒脯時菓，散香粉於筵上，祈請於河鼓織女，言此二星神當會。守夜者咸懷私願，云見天漢中有奕奕正白氣，如地河之波瀁，而輝輝有光耀五色，以此爲徵應。見者便拜而願乞富乞壽，無子乞子，唯得乞一，不得兼求。見者三年乃得言之。或云頗有受其祚者。」《荊楚歲時記》：「七夕，婦人結綵縷，穿七孔針，或以金銀鍮石爲針，陳瓜果於庭中以乞巧。有蟢子網於瓜上，則以爲得。」**蓬餌薦重陽。**《西京雜記》：「戚夫人侍兒賈佩蘭説在宮内時，九月九日，佩茱萸，食蓬餌，飲菊花酒，令人長壽。」魏文帝《與鍾繇書》：「歲復月來，忽復九月九日，九爲陽數，而日月並應，故曰重陽。」**九畹蘭承露，**《離騷》：「予既滋蘭之九畹兮，又樹蕙之百畝。」王逸注：「十二畝曰畹。」**三江橘帶霜。**《書·禹貢》：「三江既入，震澤底定。」《吕氏春秋·孝行覽·本味》：「江浦之橘，雲夢之柚。」吴均《餅説》：「洞庭負霜之橘。」李頎詩：「白雁暮衝雪，青林寒帶霜。」賈至詩：「江畔楓葉初帶霜。」**方資裂繒笑，**《帝王世紀》：「妹喜好聞裂繒之聲而笑，桀爲發繒裂之，以順適其意。」李商隱詩：「傾城惟待笑，要裂幾多繒。」**可要蕩舟狂。**《左氏傳》僖公四年：「齊侯與蔡姬乘舟于囿，蕩公，公懼變色，禁之不可。公怒，歸之，蔡人嫁之。齊侯以諸侯之師入蔡，蔡潰。」梁元帝《採蓮賦》：「妖童媛女，蕩舟心許。」**並釣池魚小，**《宋會要輯稿》禮四十五：「景德四年三月七日，曲宴後苑，初臨水閣垂釣。」「十六日，詔近臣曲宴於後苑，賞花釣魚。」歐陽修《歸田録》：「真宗朝，歲歲賞花釣魚，群臣應制。嘗一歲臨池，久而御釣不食，時丁晉公謂應制詩曰：『鶯驚鳳輦穿花去，魚畏龍顔上釣遲。』真宗稱賞，群臣皆自以爲不及也。」按據上引書，則真宗在禁苑固常釣魚，劉筠此句則言其與妃嬪共釣耳。**重衾穴鳳翔。**陸機詩：「夕息憶重衾。」陸龜蒙詩：「皆能取穴鳳，盡擬乘雲螭。」按《開元天寶遺事》：「明皇避暑遊興慶池，與妃子晝寢水殿中，宮嬪輩憑欄倚檻争看雌雄二鸂鶒戲於水中。帝時擁貴妃於銷金帳内，謂宮嬪曰：『爾等愛水中鸂鶒，争如我被底鴛鴦。』」劉筠此句蓋取其意。**珊瑚分碧樹，**班固《西都賦》：「珊瑚碧樹，周阿而生。」**火齊列清防。**《三輔黄圖》：「漢温室殿，香桂爲柱，設火齊屏風，鴻羽帳。」班固《西都賦》：「翡翠火齊，流耀含英。」左思《吴都賦》：「火齊之寶。」劉逵注引《異物志》：「火齊如雲母，重沓而可開，色黄赤似金，出日南。」《演繁露》續集：「天竺有火齊，如雲母，而色紫。裂之則薄如蟬翼，積之則如紗縠之重。」顔延之詩：「踟躕清防密。」《文選》李善注：「清防，謂屏風也。」温庭筠詩：「腥鮮龍氣連清防。」**背枕多幽怨，**徐悱妻劉氏詩：「欲知幽怨多，春閨深且暮。」**登樓更遠傷。**王粲《登樓賦》：「登兹樓以四望兮，聊假日以銷憂。」謝靈運《撰征賦》：「投前蹤以永冀，省輶質以遠傷。」**下陳無自愧，**《晏子春秋》：「願得充數乎下陳。」班婕妤賦：「登薄軀於宫闕兮，充下陳於後庭。」**人彘劇豺狼。**《漢書·外戚傳》：「高祖得定陶戚姬，愛幸，生趙隱王如意，幾代太子者數。高祖崩，惠帝立，吕后爲皇太后，乃令永巷囚戚夫人，復召趙王使人持鴆飲之，趙王死。太后遂斷戚夫人手足，去眼，熏耳，飲瘖藥，使居鞠域中，名曰人彘。」《孟子》：「嫂溺不援，是豺狼也。」

錢惟演

絳縷初分後，《晉書·后妃·胡貴嬪傳》：「泰始九年，帝多簡良家子女，以充内職。自擇其美者，以絳紗繫臂。」杜牧詩：「十年一夢歸人世，絳縷猶封繫臂紗。」**銀鐶未解時。**注已見前楊億詩「銀鐶添舊恨」句下。**已障紈扇笑，**班婕妤《怨歌行》：「新裂齊紈素，皎潔如霜雪。裁爲合歡扇，團團似明月。」**猶捧玉壺悲。**《拾遺記》：「魏文帝所愛美人姓薛名靈芸，年至十五，容貌絶世。文帝以千金寶賂聘之，靈芸聞别父母，淚下沾衣。以玉唾壺承淚，壺則紅色，及至京師，壺中淚凝如血。」**乞巧長生殿，**《荆楚歲時記》：「七月七日，牽牛織女會天河，人家婦女結綵縷，穿七孔針，陳瓜果於中庭以乞巧。」《唐會要》：「華清宫，天寶元年十月，造長生殿，名爲集仙臺以祀神。」白居易《長恨歌》：「七月七日長生殿，夜半無人私語時。」**迎風太液池。**《史記·封禪書》：「於是作建章宫，度爲千門萬户。其北治大池，漸臺高二十餘丈，命曰太液池。」《三輔舊事》：「太液池，在建章宫北，池周四十頃。成帝常以秋日與趙飛燕戲於太液池，每輕風時至，飛燕殆欲隨風入水，帝以翠纓結飛燕之裾。今太液池尚有避風臺，即飛燕結裾之處。」張協《七命》：「嶢榭迎風。」**雕屏涵火齊，**屏，邵武徐氏本、桐鄉汪氏本作扉，誤。今從明嘉靖玩珠堂本。鄒陽《酒賦》：「安廣坐，列雕屏。」鮑照《白紵舞歌》：「雕屏匼匝組帷舒。」

《三輔黃圖》：「漢温室殿設火齊屏風。」《文選》李善注：「火齊，珠也。」按火齊有二説，一謂雲母之屬，一謂珠。上劉筠詩「火齊列清防」，釋謂雲母之屬，此句「雕屏涵火齊」，從李善説釋爲珠。**寶帳隔琉璃。**《南史·后妃·張貴妃傳》：「内有寶牀寶帳。」鮑照詩：「寶帳三千所，爲爾一朝容。」江淹《翡翠賦》：「備寶帳之光儀，登美女之麗飾。」《拾遺記》：「董偃以畫石爲牀，上設紫瑠璃帳、火齊屏風。侍者於户外扇偃，偃曰：『玉石豈須扇而後涼邪！』侍者乃却扇以手摸，方知有屏風。」蕭統詩：「玉帳水瑠璃。」**欲買詞人賦，**《漢書·司馬相如傳》贊：「辭人之賦麗以淫。」此用孝武陳皇后爲相如文君取酒事，注已見前劉筠詩「取酒臨邛遠」句下。**空傳狎客詩。**《南史·陳後主紀》：「後主荒於酒色，常使張貴妃、孔貴人等八人夾坐，江總、孔範等十人預宴，號曰狎客。先令八婦人襞采箋，製五言詩，十客一時繼和，遲則罰酒。君臣酣飲，從夕達旦，以此爲常。」**蔗漿銷内熱，**《楚辭·招魂》：「胹鼈炮羔，有柘漿些。」王逸注：「柘，藷蔗也。言取藷蔗之汁爲漿飲也。」《左氏傳》昭公元年：「女陽物而晦時淫，則生内熱惑蠱之疾。」《莊子·人間世》：「今吾朝受命而夕飲冰，我其内熱與？」王維詩：「飽食不須愁内熱，太官還有蔗漿寒。」**瓊蕊療朝飢。**班固《西都賦》：「屑瓊蕊以朝餐，必性命之可度。」曹植詩：「瓊蕊可療飢，仰首吸朝霞。」《詩·周南·汝墳》：「未見君子，惄如調飢。」《毛傳》：「調，朝也。」鄭玄箋：「如朝飢之思賢。」白居易詩：「素飯療朝飢。」**綺蔕桃初熟，**《西京雜記》：「初修上林苑，群臣遠方各獻名果異樹，亦有製爲美名，以標奇麗。桃十：秦桃、榹桃、緗核桃、金城桃、綺葉桃、紫文桃、霜桃、胡桃、櫻桃、含桃。」杜牧詩：「遊女花簪紫蒂桃。」**紅心草欲拔。**《異聞録》：「王生夢侍吴王，聞葬西施，生應教爲詩曰：滿地紅心草，三層碧玉階。春風無處所，悽恨不勝懷。」**淩波渡羅襪，**曹植《洛神賦》：「陵波微步，羅韈生塵。」**向日翳華芝。**杜預《左傳》注：「葵傾葉向日以蔽其根。」揚雄《甘泉賦》：「於是乘輿乃登夫鳳皇兮而翳華芝。」《文選》李善注：「華芝，蓋也。言以華蓋自翳也。」**素臉分丹柰，**左思《蜀都賦》：「素柰夏成。」《晉書·王祥傳》：「有丹柰結實。」《晉書·成恭杜皇后傳》：「三吴女子相與簪白花，望之如素柰。」**香津滴紫梨。**《西京雜記》：「初修上林苑，群臣遠方各獻名果異樹，亦有製爲美名，以標奇麗。梨十：紫梨、青梨、芳梨、大谷梨、細葉梨、縹葉梨、金葉梨、瀚海梨、東王梨、紫條梨。」《洞冥記》：「果則有塗陰紫梨，琳國碧柰。」左思《蜀都賦》：「紫梨津潤。」**龍梭隨振素，**《晉書·陶侃傳》：「侃少時魚於雷澤，網得一織梭，以掛於壁。有頃，雷雨，自化爲龍而去。」陸雲賦：「黄裳皓而振素。」**獺髓補凝脂。**《拾遺記》：「孫和悦鄧夫人，常置膝上。和於月下舞水精如意，誤傷鄧夫人頰，血流汙袴，嬌姹彌苦。自舐其創，命太醫合藥。醫曰：『得白獺髓，雜玉和琥珀屑，當滅此痕。』即購致百金，能得白獺髓者厚賞之。有富春漁人云：『此物知人欲取，則逃入石穴。伺其祭魚之時，獺有鬭死者，穴中應有枯骨。雖無髓，其骨可合玉，舂爲粉，歕於創上，其痕則滅。』和乃命合此膏，琥珀太多，及差，而有赤點如朱，逼而視之，更益其妍。諸嬖人欲要寵，皆以丹脂點頰，而後進幸。妖惑相動，遂成淫俗。」《詩·衛風·碩人》：「膚如凝脂。」**蓬餌重陽節，**《西京雜記》：「宫内九月九日，佩茱萸，食蓬餌，飲菊華酒，令人長壽。」**金針七夕期。**《西京雜記》：「漢綵女常以七月七日，穿七孔針於開襟樓。」**玉膏嘗溶溢，**《山海經·西山經》：「峚山，其中多白玉，是有玉膏，其源沸沸湯湯，黄帝是食是饗。是生玄玉，玉膏所出，以灌丹木。」《博物志》：「名山大川，孔穴相内，和氣所出，則生石脂玉膏，食之不死。」張衡《南都賦》：「芝房菌蠢生其隈，玉膏溶溢流其隅。」**翠蓋逐葳蕤。**《淮南子·原道訓》：「故雖游於江潯海裔，馳要褭，建翠蓋。」許慎注：「翠蓋，以翠鳥羽飾蓋。」揚雄《甘泉賦》：「流星旄以電爥兮，咸翠蓋而鸞旗。」司馬相如《子虚賦》：「錯翡翠之葳蕤。」張衡《東京賦》：「羽蓋葳蕤。」薛綜注：「羽蓋，以翠羽覆車蓋也。葳蕤，羽貌。」左思《蜀都賦》：「敷蕊葳蕤，落英飄飖。」**絃急哀隨指，**古詩：「音響一何悲，絃急知柱促。」**歌長恨入眉。**《古今注》：「魏宫人好畫長眉。」王建詩：「越女歌長君且聽，芙蓉香滿水邊城。」白居易詩：「歌眉斂黛不關愁。」**青鸞惟有舞，**青鸞指銅鏡也，謂對鏡而舞也。李賀詩：「銅鏡立青鸞，燕脂拂紫錦。」**赤鳳可能疑。**《西京雜記》：「宫内十月十五日，共入靈女廟，以豚黍樂神。吹笛擊筑，歌上靈之曲。既而相與連臂踏地爲節，歌赤鳳凰來。」《飛燕外傳》：「后所通宫奴燕赤鳳者，雄捷能超觀閣。兼通昭儀，赤鳳始出少嬪館，后適來幸。時十月十五日，宫中故事，上靈安廟，是日吹塤擊鼓，連臂踏地歌赤鳳來曲。后謂昭儀曰：『赤鳳爲誰來？』昭儀曰：『赤鳳自爲姊來，寧爲他人乎！』后怒，以杯抵昭儀，曰：『鼠子能嚙人乎？』帝微聞其事，畏后，不敢問，以問昭儀。昭儀曰：『后妒我爾。以漢家火德，故以帝爲赤龍鳳。』帝信之，大悦。」**下蔡迷還易，**宋玉《登徒子好色賦》：「臣東家之子，眉如翠羽，肌如白雪，腰如束素，齒如含貝。嫣然一笑，惑陽城，迷下蔡。」**平陽破未知。**《北史・齊馮淑妃傳》：「周師之取平陽，帝獵於三堆。晉州亟告急，帝將還，淑妃請更殺一圍，帝從其言。」

髻高釵自墮，《後漢書・馬廖傳》：「長安語曰：『城中好高髻，四方且一尺。』」《風俗通》：「桓帝元嘉中，京師婦人作墮馬髻。墮馬髻者，側在一邊。」白居易詩：「風流誇墮髻，時勢鬬愁眉。」**腰細佩長垂。**《韓非子・二柄》：「楚靈王好細腰，而國中多餓人。」梁元帝《蕩婦秋思賦》：「露萎庭蕙，霜封階砌。坐視帶長，轉看腰細。」《禮記・曲禮》：「立則磬折垂佩。」李商隱詩：「已聞佩響知腰細，更辨絃聲覺指纖。」**出恐嚴妝晚，**《南齊書・武穆裴皇后傳》：「上數遊幸諸苑囿，載宮人從後車。宮内深隱，不聞端門鼓漏聲，置鐘於景陽樓上，宮人聞鐘聲，早起妝飾。至今此鐘惟應五鼓及三鼓也。」按嚴妝，明嘉靖玩珠堂本作嚴鍾。**歸嫌鈿幰遲。**白居易詩：「曲江碾草鈿車行。」《文選・藉田賦》李善注：「幰，車幰也。《釋名》曰：『車幰，所以禦熱也。』」**轆轤驚曉夢，**蕭統詩：「銀牀繫轆轤。」吴均詩：「玉欄金井牽轆轤。」《廣韻》：「轆轤，圓轉木也。」《集韻》：「轆轤，井上汲水木。」李商隱詩：「莊生曉夢迷胡蝶。」**鸚鵡漏春思。**《明皇雜録》：「開元中，嶺南獻白鸚鵡，養之宮中。歲久，頗聰慧，洞曉言詞。上及貴妃，皆呼雪衣女。」王建宮詞：「鸚鵡誰教轉舌關，内人手裏養來姦。語多更覺成恩澤，數對君王憶隴山。」**魂怨惟愁斷，**李華文：「魂魄怨兮天沉沉。」**腸柔已自危。**傅玄詩：「青雲徘徊，爲我柔腸。」

璧璫螢影度，司馬相如《上林賦》：「華榱璧璫，輦道相屬。」張衡《西京賦》：「飾華榱與璧璫。」《三輔黄圖》：「未央宫前殿，金鋪玉户，華榱璧璫，雕楹玉碣。」錢起詩：「一葉兼螢度，孤雲帶雁來。」白居易詩：「一聲早蟬發，數點新螢度。」《爾雅》：「螢火，即炤。」犍爲舍人云：「螢火，即夜飛有火蟲也。」按宫庭少人，則螢火飛行。**瓊户蘚花滋**。宋之問《明河篇》：「複道連甍共蔽虧，畫堂瓊户特相宜。」喻鳧《夜雨滴空階詩》：「氣蒙蛛網檻，聲疊蘚花階。」《御覽》卷一千引《古今注》：「苔蘚，空室無人行生苔，或紫或青，一名圓蘚，一名緑錢，一名緑蘚，一名緑苔。」《漢書・外戚傳》：「班婕妤求共養長信宫，作賦自傷悼。其辭曰：『華殿塵兮玉階苔，中庭萋兮緑草生。』『俯視兮丹墀，思君兮履綦。』」按宫庭中帝王久不見幸，少人行走，則苔蘚滋生也。**掩鼻讒難訴**，《孟子》：「西施蒙不潔，則人皆掩鼻而過之。」梁簡文《怨歌行》：「蛾眉本多嫉，掩鼻特成虚。」《戰國策》：「魏王遺楚王美人，楚王悦之。夫人鄭褎知王之悦新人也，甚愛新人。衣服玩好，擇其所喜而爲之，宫室卧具，擇其所善而爲之，愛之甚於王。王曰：『婦人所以事夫者色也，而妬者其情也。今鄭褎知寡人之悦新人也，其愛之甚於寡人。此孝子之所以事親，忠臣之所以事君也。』鄭褎知王以己爲不妬也，因謂新人曰：『王愛子美矣。雖然，惡子之鼻。子爲見王，則必掩子鼻。』新人見王，因掩其鼻。王謂鄭褎曰：『夫新人見寡人，則掩其鼻，何也？』鄭褎曰：『妾知也。』王曰：『雖惡，必言之。』鄭褎曰：『其似惡聞君王之臭也。』王曰：『悍哉！令劓之，無使逆命。』」**披圖悔豈追**。《穆天子傳》：「天子乃披圖視典。」《世説新語》：「漢元帝宫人既多，乃令畫工圖之，欲有呼者，輒披圖召之。其中常者，皆行貨賂。王明君姿容甚麗，志不苟求，工遂毁爲其狀。後匈奴來和，求美女於漢帝，帝以明君充行。既召見而惜之，但名字已去，不欲中改，於是遂行。」劉峻注引《琴操》：「王昭君者，年十七，儀形絶麗，乃獻漢元帝。帝造次不能別房帷，昭君恚怒之。會單于遣使，帝令宫人裝出，使者請一女，帝乃謂宫中曰：『欲至單于者起。』昭君喟然越席而起，帝視之，大驚悔。是時使者並見，不得止，乃賜單于。」**祗應金帶枕，**《文選·洛神賦》李善注：「魏東阿王漢末求甄逸女既不遂，太祖回與五官中郎將，植殊不平，晝夜思想，廢寢與食。黄初中入朝，帝示植甄后玉鏤金帶枕，植見之，不覺泣。時已爲郭后讒死，帝意亦尋悟，因令太子留宴飲，仍以枕賚植。植還度轘轅，少許時，將息洛水上，思甄后。忽見女來，自云：『我本託心君王，其心不遂。此枕是我在家時從嫁，前與五官中郎將，今與君王。』遂用薦枕席，歡情交集，豈常辭能具。遂作《感甄賦》，後明帝見之，改爲《洛神賦》。」**聊爲達微辭。**宋玉《登徒子好色賦》：「大夫登徒子侍於楚王，短宋玉曰：『玉爲人，體貌閑麗，口多微辭。』」曹植《洛神賦》：「予情悦其淑美兮，心振蕩而不怡。無良媒以接歡兮，託微波而通辭。」《文選》五臣注：「既無良媒，通接歡情，故假託風波以達言辭。」

赤日

楊億

赤日亭亭晝正賒，王維《苦熱詩》：「赤日滿天地，火雲成山岳。」杜甫詩：「有時浴赤日，光抱空中樓。」張衡《西京賦》：「干雲霧而上達，狀亭亭以苕苕。」薛綜注：「亭亭，高貌。」按賒，長也。**長風萬里憶星槎。**《宋書·宗慤傳》：「願乘長風破萬里浪。」《博物志》：「舊説云，天河與海通。近世有人居海渚者，年年八月，有浮槎去來不失期。人有奇志，立飛閣於槎上，多齎糧，乘槎而去。十餘日中，猶觀星月日辰，自後芒芒忽忽，亦不覺晝夜。去十餘日，奄至一處，有城郭狀，屋舍甚嚴。遥望宫中多織婦，見一丈夫牽牛渚次飲之。牽牛人乃驚問曰：『何由至此？』此人具説來意，並問：『此是何處？』答曰：『君還至蜀郡，訪嚴君平則知之。』竟不上岸，因還如期。後至蜀聞君平，曰：『某年月日，有客星犯牽牛宿。』計年月，正是此人到天河時也。」《拾遺記》：「堯登位三十年，有巨查浮於西海。查上有光若星月，夜明晝滅，常浮繞四海，十二年一周天，周而復始，名曰貫月查，亦謂挂星查。」按查、楂即槎字，古並通用，水上浮木也。宋之問詩：「賓至星槎落，仙來玉宇空。」**銅盤瓊蕊三危露，**《三輔黄圖》：「建章宫承露盤，高二十餘丈，大七圍，以銅爲之。上有仙人掌承露，和玉屑飲之。」《三輔故事》：「武帝作銅露盤，承天露，和玉屑飲之，欲以求仙。」張衡《西京賦》：「立脩莖之仙掌，承雲表之清露。屑瓊蕊以朝餐，必性命之可度。」《吕氏春秋·孝行覽·本味》：「水之美者，三危之露。」**素綆寒漿五色瓜。**古樂府《淮南王篇》：「後園鑿井銀作牀，金瓶素綆汲寒漿。」《史記·蕭相國世家》：「召平者，故秦東陵侯。秦破，爲布衣，貧，種瓜於長安城東，瓜美，故世俗謂之東陵瓜，從召平以爲名也。」阮籍《詠懷》詩：「昔聞東陵瓜，近在青門外。連畛距阡陌，子母相拘帶。五色曜朝日，嘉賓四面會。」《述異記》：「吴桓王時，會稽生五色瓜。今吴中有五色瓜，歲充貢賦。」李嶠詩：「欲識東陵味，青門五色瓜。」**蘭室冷光浮玉簟，**陸機詩：「邃宇列綺窗，蘭室接羅幕。」張華詩：「蘭室無容光。」《文選》李善注引古詩：「盧家蘭室桂爲梁。」孟郊《苦寒吟》：「厚冰無裂文，短日有冷光。」方干詩：「泉澄寒魄瑩，露滴冷光浮。」《洞冥記》：「起神明臺，上有九天道，金牀象席，虎珀鎮，雜玉爲簟。」劉禹錫詩：「玉簟微涼宜白晝，金笳入暮應清商。」**柳營清吹逐金笳。**盧綸詩：「群鶴棲蓮府，諸戎拜柳營。」按柳營用周亞夫細柳軍事。《史記·絳侯周勃世家》：「子亞夫，文帝之後六年，匈奴大入邊。乃以亞夫爲將軍，軍細柳以備胡。上自勞軍，至霸上及棘門軍，直馳入，將以下自迎送。已而至細柳軍，天子先驅至，不得入。上至，又不得入。於是上乃使使持節詔將軍曰：『吾欲入勞軍。』亞夫乃傳言開壁門。於是天子乃按轡徐行，至營，成禮而去。」《三輔黄圖》：「細柳觀在長安西北。」陶潛詩：「王子愛清吹，日中翔河汾。」謝朓《送遠曲》：「一爲清吹激，潺湲傷别神。」齊高帝《塞客吟》：「金笳夜厲，羽轊晨征。」褚亮詩：「金笳催别景，玉琯切離聲。」**翠微泉石終南路，**《爾雅》：「山未及上曰翠微。」左思《蜀都賦》：「鬱葐蒕以翠微，崛巍巍以峨峨。」《新論》：「被麗絃歌，取媚泉石。」劉孝綽詩：「反景入池林，餘光映泉石。」《書·禹貢》：「荆岐既旅，終南惇物，至於鳥鼠。」張衡《西京賦》：「於前則終南太乙，隆崛崔崒，隱轔鬱律。」**千古離宫倚曙霞。**《漢書·枚乘傳》：「修治上林，雜以離宫。」沈佺期詩：「北闕彤雲掩曙霞，東風吹雪舞山家。」錢起詩：「孤樹延春日，他山捲曙霞。」温庭筠《陳宫詞》：「淅瀝湘風外，紅輪映曙霞。」

劉筠

芒熛盛德正渾儀，張衡《思玄賦》：「揚芒熛而絳天兮，水泫沄而湧濤。」《文選》李善注：「芒，光芒也。熛，火飛也。」《禮記·月令》：「孟夏之月盛德火。」《後漢書·張衡傳》：「研覈陰陽，妙盡璇璣之正，作渾天儀。」孔穎達《尚書》疏：「璣衡者，璣爲轉運，衡爲簫。運璣使動於下，以衡望之，是王者正天文之器。漢世以來，謂之渾天儀者是也。」**休問探湯向小兒。**《列子·湯問》：「孔子東遊，見兩小兒辯鬭，問其故。一兒曰：『我以日始出時去人近，而日中時遠也。』一兒以『日初出遠，而日中時近也。』一兒曰：『日初出，大如車蓋。及日中，則如盤盂。此不爲遠者小而近者大乎？』一兒曰：『日初出，滄滄涼涼。及其日中，如探湯。此不爲近者熱而遠者涼乎？』孔子不能決也。兩小兒笑曰：『孰爲汝多知乎！』」**盡日羽陵開蠹簡，**《穆天子傳》：「蠹書于羽陵。」郭璞注：「謂暴書中蠹魚，因云蠹書也。」李白詩：「飢從漂母食，閑綴羽陵簡。」陸龜蒙詩：「蠹簡開塵篋，寒燈立曉檠。」**幾人河朔引芳巵。**《典略》：「袁紹與子弟日共宴飲，常以三伏之際，晝夜酣飲，極醉至於無知，以避一時之暑。故河朔有避暑飲。」**堯厨萐莆頻摇處，**《説文解字》：「萐莆，瑞草也。堯時生於庖厨，扇暑而涼。」《論衡·是應》：「儒者言萐莆生於庖厨者，厨中自生肉脯，薄如萐形，摇鼓生風，寒涼食物，使之不臭。」《宋書·符瑞志》：「帝堯厨中自生肉，其薄如萐，摇動則風生，食物寒而不臭，名曰箑脯。」又云：「箑莆，一名倚扇，狀如蓬，大枝葉，小根，根如絲。轉而成風，殺蠅。堯時生於廚。」《御覽》卷八百七十三引《孫氏瑞應圖》：「萐莆，王者不徵滋味，庖厨不踰深盛，則生於厨。一名倚扇，一名實閭，一名倚萐。生如蓮，枝多葉少，根如絲。轉而風生，主於飲食清涼，驅殺蟲蠅。舜時生於厨。又堯時冬死夏生，又舜時生於厨右階左。」宋之問詩：「貝花明漢果，芝草入堯厨。」**漢殿相風未轉時。**相風，明嘉靖玩珠堂本譌作桐風，今從粵雅堂等諸本改正。《西京雜記》：「長安南有靈臺，高十仞。有相風銅烏，遇千里風則動。」**爭得琴高借雙鯉，**《列仙傳》：「琴高者，趙人也。能鼓琴，爲宋康王舍人。行涓彭之術，浮遊冀州涿郡間二百餘里。後辭入涿水取龍子，與諸弟子期。期日，皆齋潔待於水傍，設祀果。乘赤鯉來坐祠中，且有萬人觀之。留一月，復入水去。」古詩：「客從遠方來，遺我雙鯉魚。」**暫游姑射對冰姿。**鮑照樂府：「暫游越萬里。」《莊子·逍遥遊》：「藐姑射之山，有神人居焉。肌膚若冰雪，淖約若處子，不食五穀，吸風飲露，乘雲氣，御飛龍，而遊乎四海之外。」

夜意

此首諸本同上題「赤日」，次序亦在楊億詩後，劉筠詩前。獨明嘉靖玩珠堂本題作「夜意」，次序劉筠詩後。按此詩首句云「漏淺風微夜未勝」，第三句及簟，第四句及帳及背燈，則題同「赤日」，自非所安。故仍從玩珠堂本題作「夜意」，且次於劉筠詩之後云。

錢惟演

漏淺風微夜未勝，杜甫詩：「宮殿風微燕雀高。」鮑照詩：「風輕桃欲開，露重蘭未勝。」**雨雲無跡火雲凝。**李商隱詩：「江上晴雲雜雨雲。」《莊子·知北遊》：「其來無跡，其往無崖。」盧思道《納涼賦》：「火雲赫而四舉。」李商隱詩：「千里火雲燒益州。」**簟鋪寒水頻移枕，**《説文解字》：「簟，竹席也。」王僧孺詩：「夜風入寒水，晚露拂秋花。」**帳卷輕烟更背燈。**張正見詩：「玉牀珠帳卷，金樓鏡月斜。」《新論》：「天之始旭，則目察輕烟。」白居易詩：「南窗背燈坐，風霰闇紛紛。」李商隱詩：「背燈獨共餘香語，不覺猶歌起夜來。」**沃頂幾思金掌露，**沃猶澆也，以水澆頂也。《三輔黄圖》：「神明臺，在建章宮中，武帝造，祭仙人處。上有承露盤，有銅仙人舒掌捧銅盤玉杯，以承雲表之露。」張九齡詩：「樹摇金掌露，庭徙玉樓陰。」杜甫詩：「卿月升金掌，陽春度玉墀。」**滌煩誰借玉壺冰。**宋之問詩：「搜對滌煩囂。」陸機《白頭吟》：「清如玉壺冰。」**蘭臺知有披襟處，**宋玉《風賦》：「楚襄王遊於蘭臺之宮，宋玉、景差侍。有風颯然而至，王乃披襟而當之，曰：『快哉此風！』」**宋玉多才獨自登。**《史記·屈原列傳》：「屈原既死之後，楚有宋玉、唐勒、景差之徒者，皆好辭而以賦見稱。」王逸《楚辭》序：

「宋玉，屈原弟子。」《文選·風賦》五臣注：「宋玉爲楚大夫，時襄王驕奢，故宋玉作此賦以諷之。」

明皇

此數首大抵詠唐玄宗弘農得寶，東封泰山，末節以天下久晏安，遂極聲色之娱，寵惑楊太真，馴致安史之亂，馬嵬兵諫，西狩劍南數事。蓋館臣欲借鑑玄宗之事以諷切時事也。詩當作於景德三年，時劉、楊二妃已有盛寵，迨後祥符改元，真宗且東封泰山，其行事固絶有類似唐玄宗處也。然唐玄宗早年殺韋庶人，誅太平公主，重用姚崇、宋璟等，致開元之盛，不可不謂高才之主也。及其晚節，幾以亡國。而宋真宗以中才之主，享國二十五年，身死之後，國基未摇者。則唐玄宗時，均田制已破壞，折衝府已無兵可交，募兵制代興，外重内輕局面已形成，正際中國封建社會内部變化絶續之交故也。且玄宗晚年又信任李林甫、楊國忠輩，重用安禄山，使久擅方面之威，故終以導致安史之亂。而宋真宗世，邦計國力，皆尚可支持，州鎮俯首貼耳，又無跋扈之雄，雖有佞臣如丁謂，内侍如雷允恭輩，欲乘真宗彌留之際，思竊大柄，亦旋爲章獻太后貶誅殆盡。故唐玄宗宋真宗兩帝行事雖有絶相類似之處，而結局全異，蓋人事爲之。

楊　億

玉牒開觀檢未封，《史記・封禪書》：「封泰山下東方，封廣丈二尺，高九尺，其後則有玉牒書，書祕。」《續漢書・祭祀志》：「尚書令藏玉牒已，復石覆訖。尚書令以五寸印封石檢。」《舊唐書・禮儀志》：「玄宗開元十二年，有事於泰山。玄宗因問：『玉牒之文，前代帝王何故祕之？』賀知章對曰：『玉牒本通於神明之意，前代帝王所求各異，或禱年算，或思神仙，其事微密，是故莫知之。』玄宗曰：『朕今此行，皆爲蒼生祈福，更無祕請，宜將玉牒出示百寮，使知朕意。』」**鬬雞三百遠相從。**陳鴻《東城老父傳》：「玄宗在藩邸時，樂民間清明節鬬雞戲。及即位，治雞坊於兩宫間，索長安雄雞，金毫、鐵距、高冠、昂尾千數，養於雞坊。選六軍小兒五百人，使馴擾教飼。開元十三年，籠雞三百，從封東嶽。」**紫雲度曲傳浮世，**《太真外傳》：「上嘗夢十仙子，乃製紫雲迴。」《明皇雜録》：「玄宗嘗夢仙子十餘輩，御卿雲而下，各執樂器懸奏之，曲度清越，真仙府之音。有一仙人曰：『此神仙紫雲迴，今傳受陛下，爲正始之音。』上喜而傳受。寤後，餘響猶在。旦命玉笛習之，盡得其節奏也。」《吹笛記》：「上嘗坐朝，以手指上下按其腹。朝退，高力士進曰：『陛下向來數以手指按其腹，豈非聖體小不安邪？』上曰：『非也。吾昨夜夢游月宫，諸仙娱予以上清之樂，寥越清越，殆非人間所聞也。酣醉久之，合奏諸樂以送吾歸。其曲悽楚動人，杳杳在耳。吾回，以玉笛尋之，盡得之矣。坐朝之際，慮忽遺忘，故懷玉笛，時以手指上下尋之，非不安也。』力士再拜賀曰：『非常之事也，願陛下爲臣一奏之。』上試奏，其聲寥寥然不可名言也。力士又再拜，且請其名，上笑曰：『此曲名《紫雲迴》。』」《漢書・元帝紀》贊：「帝多才藝，善史書，鼓琴瑟，吹洞簫，自度曲被新聲。」張衡《西京賦》：「度曲未終，雲飛雪起。」阮籍《大人先生傳》：「逍遥浮世，與道俱成。」**白石標年鑿半峰。**《詩・唐風・揚之水》：「揚之水，白石鑿鑿。」江總《大莊嚴寺碑》：「標年刹土，比數恒河。」李洞詩：「全家老半峰。」《開天傳信記》：「開元末，於弘農古函谷關得寶符，白石赤文，正成桒字。識者解之云：『桒者四十八，所以示聖人御歷之數也。』及帝幸蜀之來歲，正四十八歲。得寶之時，天下歌之曰：『得寶邪！弘農邪！弘農邪！得寶邪！』得寶之年，遂改元爲天寶。」《開天傳信記》：「華嶽雲臺觀中方之上有山崛起半甕之狀，名曰甕肚峰。唐明皇嘉其高聳，欲於峰腹大鑿開元二字，填之白石，令百餘里望見之，諫官上書而止。」**河朔叛臣驚舞馬，**《明皇雜録》：「玄宗常命舞馬四百蹄，各爲左右，目爲某龍、某家驕。時塞外亦有善馬來貢者，上俾之教習，無不曲盡其妙。因命衣以文繡，絡以金銀，飾其鬃鬣，間雜珠玉。其曲謂之傾盃樂，數十回，奮首鼓尾，縱横應節。又施三層板牀，乘馬而上，旋轉如飛。或命壯士舉一榻，馬舞於榻上。每千秋節，命舞於勤政樓下。其後上既幸蜀，馬亦散在人間，禄山常覩其舞而心愛之，自是因以數四賣於范陽。其後轉爲田承嗣所得，不之知也，雜之戰馬，置之外棧。忽一日，軍中享士，樂作，馬舞不能已。厮養者謂其爲妖，擁篲以擊之。馬謂其舞不中節，抑揚頓挫，猶存故態。厩吏遽以馬怪白承嗣，命箠之甚酷，馬舞甚整，而鞭撻愈加，竟斃於櫪下。時人亦有知其爲舞馬者，懼暴而終不敢言。」**渭橋遺老識真龍。**《三輔黄圖》：「秦始皇造渭橋。」《史記·樊酈滕灌列傳》贊：「吾適豐沛，問其遺老。」《資治通鑑》唐肅宗至德二載：「十二月丙午，上皇至咸陽，上備法駕迎於望賢宫。上皇在宫南樓，父老在仗外歡呼且拜，上令開仗，縱千餘人入謁上皇，曰：『臣等今日復睹二聖相見，死無恨矣。』」按「渭橋遺老識真龍」事未詳。據《雍録》，望賢宫在咸陽縣東數里，自望賢宫入長安，必度渭橋，所謂「渭橋遺老」者，或是指望賢宫仗外父老言之邪？

蓬山鈿合愁通信，陳鴻《長恨歌傳》：「有道士自蜀來，知上皇心念楊妃如是，自言有李少君之術，明皇大喜，命致其神。方士乃竭其術，旁求四虚上下，東極大海，跨蓬壺。見最高仙山上多樓闕，西廂下有洞户東向，闔其門，署曰『玉妃太真院』。方士抽簪叩扉，因稱唐天子使者，且致其命。久之，而碧衣延入，且曰：『玉妃出見。』一人冠金蓮，披紫綃，佩紅玉，曳鳳舃，左右侍者七八人。揖方士，問：『皇帝安不？』次問天寶十四年己還事，言訖，憫然。指碧衣取金釵鈿合，各析其半，授使者曰：『爲謝太上皇，謹獻是物，尋舊好也。』」白居易《長恨歌》：「惟將舊物表深情，鈿合金釵寄將去。」《晉書·王澄傳》：「何與杜弢通信？」**迴首風濤一萬重。**《史記·司馬相如列傳》：「昆蟲凱澤，迴首面内。」杜甫詩：「江湖天闊足風濤。」白居易詩：「別有深情一萬重。」

錢惟演

山上湯泉駕玉梁，《易·蹇》：「山上有水，蹇。」《抱朴子·論仙》：「水主純冷，而有温谷之湯泉。」劉義恭詩：「秦都壯温谷，漢京麗湯泉。」《拾遺記》：「岱輿山，有玉梁千丈，駕玄流之上。」《明皇雜録》：「玄宗幸華清宫，新廣湯池，制作宏麗。安禄山於范陽以白玉石爲魚龍鳧雁，仍爲石梁及石蓮花以獻。雕鐫巧妙，殆非神工。上大悦，命陳於湯中。又以石梁横亘湯上，而蓮花纔出於水際。其魚龍鳧雁，皆若奮鱗舉翼，狀欲飛動。」**雲中複道拂瑶光。**《神仙傳》：「雞鳴天上，犬吠雲中。」《史記·秦始皇本紀》：「秦每破諸侯，寫放其宫室，作之咸陽北阪上，南臨渭，自雍門以東至涇渭，殿屋複道周閣相屬。」張衡《西京賦》：「上飛闥而仰眺，正覩瑶光與玉繩。」《春秋運斗樞》：「北斗七星，第七曰瑶光。」按此句指驪山華清宫而言。白居易《長恨歌》：「驪宫高處入青雲，仙樂風飄處處聞。」**絲囊暗結三危露，**《唐會要》：「開元十七年八月五日，左丞相源乾曜等上表，請以『是日爲千秋節。群臣當以是日進萬壽酒，王公戚里進金鏡綬帶，士庶以絲結承露囊，更相遺問，村社作壽酒宴樂。』制曰可。」唐玄宗《千秋節》詩：「月銜花綬鏡，露綴綵絲囊。」杜牧詩：「千秋佳節名空在，承露絲囊世已無。」《吕氏春秋·孝行覽·本味》：「水之美者，三危之露。」**翠幰時遺百和香。**盧照鄰詩：「隱隱朱城臨玉道，遥遥翠幰没金隄。」《漢武帝内傳》：「七月七日，設座殿上，以紫羅薦地，燔百和之香。」古樂府：「博山鑪中百和香，鬱金蘇合及都梁。」《太真外傳》：「國忠賜第在宫東門之南，虢國相對，韓國秦國甍棟相接。天子幸其第，必過五家，賞賜燕樂。扈從之時，每家爲一隊，隊著一色衣，五家合隊，相映如百花之焕發。遺簪墮舄，瑟瑟珠翠，燦於路歧可掬。曾有人俯身一窺其車，香氣數日不絶。」**枉是金雞近便坐，**《舊唐書·安禄山傳》：「上御勤政樓，於御坐東爲設一大金雞障，前置一榻坐之，卷去其簾。」《開元天寶遺事》：「明皇每宴，使禄山坐於御側，以金雞障隔之。」《漢書・張禹傳》：「禹見之於便坐。」顔師古注：「便坐，謂非正寢，在於旁側，可以延賓者也。」**更抛珠被掩方牀。**《楚辭・招魂》：「翡翠珠被，爛齊光些。」蕭子範詩：「入帳華珠被，斜筵照寶瑟。」《南史・賀革傳》：「革有六尺方牀。」《舊唐書・讓皇帝憲傳》：「玄宗嘗製一大被長枕，將與成器等共申友悌之好。」**匆匆一曲涼州罷，**《晉書・王彪之傳》：「無故匆匆先自猖獗。」嵇康《與山濤書》：「濁酒一杯，彈琴一曲。」《開天傳信記》：「西涼州俗好音樂，製新曲曰涼州，開元中列上獻之。上召諸王於便殿同觀焉，諸王拜賀蹈舞稱善，獨寧王不拜。上顧問之，寧王進曰：『此曲雖佳，宫離而少徵，商亂而加暴。臣聞宫，君也。商，臣也。宫不勝則君勢卑，商有餘則臣事僭，卑則逼下，高則犯上。臣恐一日有播越之禍，莫不兆於斯曲也。』上聞之默然。及安史亂作，華夏鼎沸，見寧王審音之妙。」**萬里橋邊見夕陽。**《華陽國志》：「蜀都城南有江橋南渡，曰萬里橋。」《元和郡縣志》：「萬里橋架大江水，在成都南八里。蜀使費禕聘吴，諸葛亮祖之，禕歎曰：『萬里之路，始於此矣。』橋因以名。」《松窗雜録》：「玄宗幸東都，偶因秋霽，與一行師共登天宫寺閣，臨眺久之。上遐顧悽然，發歎數四。謂一行曰：『吾甲子得終無患乎？』一行進曰：『陛下行幸萬里，聖祚無疆。』及西行，初至成都，前望大橋，上舉鞭問左右曰：『是橋何名？』節度使崔圓躍馬前進曰：『萬里橋。』上因追歎曰：『一行之言，今果符之，吾無憂矣。』」

劉　筠

歲歲南山見壽星，盧照鄰詩：「寂寂寥寥揚子居，年年歲歲一牀書。」《詩·小雅·鹿鳴之什·天保》：「如南山之壽。」《爾雅》：「壽星，角亢也。」郭璞注：「數起角亢，列宿之長，故曰壽。」**百蠻回首奉威靈。**班固《東都賦》：「内撫諸夏，外綏百蠻。」《漢書·叙傳》：「柔遠能邇，燀燿威靈。」《舊唐書·玄宗紀》論：「于斯時也，烽燧不驚，華戎同軌。西蕃君長，越繩橋而競欵玉關；北狄酋渠，捐毳幕而爭趨雁塞。象郡炎洲之玩，雞林鯷海之珍，莫不結轍於象胥，駢羅於典屬，膜拜丹墀之下，夷歌立仗之前。可謂冠帶百蠻，車書萬里。」**梨園法部兼胡部，**《舊唐書·音樂志》：「玄宗又於聽政之暇，教太常樂工子弟三百人，爲絲竹之戲。音響齊發，有一聲誤，玄宗必覺而正之，號爲皇帝弟子，又云梨園弟子，以置院近於禁苑之梨園。」《新唐書·禮樂志》：「宫女數百，亦爲梨園弟子，居宜春北院。梨園法部更置小部音聲三十餘人。開元二十四年，升胡部於堂上。又詔道調、法曲與胡部新聲合作。明年，安禄山反。唐之盛時，凡樂人、音聲人、太常雜户子弟隸太常及鼓吹署，皆番上，總號音聲人，至數萬人。」白居易新樂府法曲：「法曲法曲合夷歌，夷聲邪亂華聲和。以亂干和天寶末，明年胡塵犯宫闕。」本注：「法曲雖似失雅音，蓋諸夏之聲也，故歷朝行焉。明皇雖雅好度曲，然未嘗使蕃漢雜奏。天寶十三載，始詔諸道調法曲與胡部新聲合作，識者深異之。明年冬，安禄山反。」**玉輦長亭復短亭。**潘岳《藉田賦》：「天子乃御玉輦，蔭華蓋。」《白帖》：「十里一長亭，五里一短亭。」按此言玄宗逃蜀也。**河鼓暗期隨日轉，**《爾雅》：「河鼓謂之牽牛。」温庭筠詩：「窗間斷暗期。」徐彦伯《南郊賦》：「天旋日轉。」陳鴻《長恨歌傳》：「方士受辭與信，將行，色有不足。玉妃固徵其意，復前跪致辭：『請當時一事不爲他人聞者，驗於太上皇，不然，恐鈿合金釵，負新垣平之詐也。』玉妃茫然退立，若有所思，徐而言之曰：『昔天寶十載，侍輦避暑驪山宫。秋七月，牽牛織女相見之夕，秦人風俗，是夜張錦繡，陳飲食，樹瓜果，焚香於庭，號爲乞巧，宫掖間尤尚之。夜殆半，休侍衞於東西廂，獨侍上。上憑肩而立，因仰天感牛女事，密相誓心，願世世爲夫婦。言畢，執手各嗚咽，此獨君王知之耳。』因自悲曰：『由此一念，又不得居此，復墮下界，且結後緣，或爲天，或爲人，決再相見，好合如舊。』因言：『太上皇亦不久人間，幸惟自安，無自苦耳。』使者還奏太上皇，皇心震悼，日日不豫。其年夏四月，南宫晏駕。」**馬嵬恨血染塵腥。**《元和郡縣志》：「馬嵬故城，在興平縣西北二十三里，馬嵬於此築城以避難，未詳何代人也。」按在今陝西興平縣馬嵬坡。《太真外傳》：「天寶十四載十一月，禄山反幽陵，以誅楊國忠爲名。十五載六月，潼關失守，上幸巴蜀，貴妃從。至馬嵬，右龍武將軍陳玄禮懼兵亂，乃謂軍士曰：『今天下崩離，萬乘震蕩，豈不由楊國忠割剥甿庶，以至於此。若不誅之，何以謝天下。』衆曰：『念之久矣。』會吐蕃和好使在驛門，遮國忠訴事。軍士呼曰：『楊國忠與蕃人謀叛。』諸軍乃圍驛四合，殺國忠并男暄等。上乃出驛門勞六軍，六軍不解圍。上顧左右，責其故，高力士對曰：『國忠負罪，諸將討之。貴妃即國忠之妹，猶在陛下左右，群臣能無憂怖，伏乞聖慮裁斷。』上迴入驛，驛門内傍有小巷，上不忍歸行宮，於巷中倚杖欹首而立，聖情昏默，久而不進。京兆司録韋鍔進曰：『乞陛下割恩忍斷，以寧國家。』逡巡，上入行宮，撫妃子出於廳門，至道北牆口而別之，使力士賜死。妃涕泣嗚咽，語不勝情，乃曰：『願大家好住。妾誠負國恩，死無恨矣。乞容禮佛。』帝曰：『願妃子善地受生。』力士遂縊妃於佛堂前之梨樹下。纔絶，而南方進荔枝至，上覩之，長號數息。使力士曰：『與我祭之。』瘞於西郭之外一里許道北坎下。上持荔枝，於馬上謂張野狐曰：『此去劍門，鳥啼花落，水緑山青，無非助朕悲悼妃子之由也。』」李賀詩：「恨血千年土中碧。」**西歸重按淩波舞，故老相看但涕零。**《詩·檜風·匪風》：「誰將西歸，懷之好音。」《漢書·叙傳》：「孝元賓禮故老。」梁簡文帝《對燭賦》：「迴看金屏裏，脈脈兩相看。」《詩·小雅·谷風之什·小明》：「念彼共人，涕零如雨。」《太真外傳》：「新豐有女伶謝阿蠻，善舞淩波曲。舊出入宫禁，貴妃厚焉。至德中，上皇幸華清宮，是日，詔令舞，舞罷，阿蠻因進金粟裝臂環，曰：『此貴妃所賜。』上持之，凄然垂涕，曰：『朕今再覩之，但興悲念矣。』言訖又涕零。」又《太真外傳》：「上皇既居南内，妃侍者紅桃在焉，歌涼州之詞。上親御玉笛，曲罷相視，無不掩泣。」

別墅

楊億

別墅過從數，《晉書·謝安傳》：「苻堅次于淮淝，安遂命駕出山墅，親朋畢集，方與張玄圍棋賭別墅，玄不勝，安顧謂其甥羊曇曰：『以墅乞汝。』」《南齊書・周山圖傳》：「山圖於新林立墅舍，晨夜往還。」令狐楚詩：「休澣許過從。」**當年意氣豪。**《史記・太史公自序》：「當年不能究其禮。」《史記・管晏列傳》：「意氣揚揚，甚自得也。」盧湛《贈劉琨詩序》：「意氣之間，靡軀不悔。」王褒詩：「勳多意氣豪。」**象筵開旭日，**顔延之《皇太子釋奠會詩》：「堂設象筵。」《文選》五臣注：「象筵，以象牙爲席也。」梁武帝白紵詞：「朱絲玉柱羅象筵，飛琯促節舞少年。」沈約詩：「象筵鳴寶瑟，金瓶泛羽巵。」《詩・邶風・匏有苦葉》：「雝雝鳴雁，旭日始旦。」《説文解字》：「旭，日旦出貌也。」**金絡騁平皐。**梁簡文帝《西齋行馬》詩：「晨風白金絡，桃花紫玉珂。」梁元帝詩：「長安美少年，金絡鐵連錢。」何遜詩：「玉羈瑪瑙勒，金絡珊瑚鞭。」司馬相如《哀秦二世賦》：「汩減靸以永逝兮，注平皐之廣衍。」孟浩然詩：「積雪覆平皐。」**託乘争飛蓋，**《楚辭・遠游》：「質菲薄而無因兮，焉託乘而上浮。」魏文帝《與吴質書》：「從者鳴笳以啓路，文學託乘於後車。」曹植詩：「清夜游西園，飛蓋相追隨。」**銜杯更藉糟。**司馬遷《報任安書》：「僕與李陵，趣舍異路，未嘗銜杯酒接殷勤之歡。」劉伶《酒德頌》：「捧甖承槽，銜杯漱醪。奮髯踑踞，枕麴藉糟。」**麝烟凝藻棁，**《禮記・雜記》：「山節藻棁，複廟重檐。」《論語》：「臧文仲居蔡，山節藻棁，何如其智也。」白居易詩：「照梁迷藻棁。」按《經典釋文》：「藻，水草有文者也。棁，梁上短柱也。」言梁上短楹，畫爲藻文。**鱠縷落霜刀。**杜甫詩：「豉化蓴絲熟，刀鳴鱠縷飛。」又杜甫《觀打魚歌》：「饔子左右揮霜刀，鱠飛金盤白雪高。」**雞聳花冠鬬，**魏文帝《與鍾大理繇書》：「赤擬雞冠。」徐陵《鬬雞》詩：

「花冠已衡力，金爪復驚媒。」温庭筠詩：「翠羽花冠碧樹雞。」**猿驚柘彈號。**《西京雜記》：「長安五陵人以柘木爲彈，真珠爲丸，以彈鳥雀。」何遜詩：「柘彈隨金丸，白馬黄金勒。」《淮南子·説山訓》：「楚王有白猿，王自射之，則搏矢而熙。使養由基射之，始調弓矯矢，未發，而猿擁柱號矣。」**光風微轉蕙，**《楚辭·招魂》：「光風轉蕙，泛崇蘭些。」**露井正開桃。**古樂府：「桃生露井上，李樹生桃傍。」王昌齡詩：「昨夜風開露井桃。」**武子牛探炙，**《世説新語》：「王君夫有牛名八百里駮，常瑩其蹄角。王武子語君夫：『我射不如卿，今指賭卿牛，以千萬對之。』君夫既恃手快，且謂駿物無有殺理，便相然可。令武子先射，武子一起便破的，郤據胡牀，叱左右速探牛心來。須臾炙至，一臠便去。」**梁家兔刻毛。**《後漢書·梁冀傳》：「冀起兔苑於河南城西，經亘數十里，移檄所在，調發生兔，刻其毛以爲識。人有犯者，罪至刑死。」**東城歸路晚，**李商隱詩：「少減城東飲，時看北斗杓。」陶潛詩：「行行循歸路，計日望舊居。」**飛絮撲雲袍。**庾信《楊柳歌》：「獨憶飛絮鵝毛下，非復青絲馬尾垂。」李商隱詩：「鄴城新淚濺雲袍。」

劉筠

感慨復風流，《史記·季布欒布列傳》：「太史公曰：『夫婢妾賤人感慨而自殺者，非能勇也，其計劃無復之耳。』」《三國志·蜀志·劉琰傳》：「先主以其宗姓，有風流，善談論，厚親善之。」**交通徧五侯。**《史記·魏其武安侯列傳》：「灌夫不喜文學，好任俠，已然諾。諸所與交通，無非豪桀大猾。」《漢書·元后傳》：「河平二年，上悉封舅，譚爲平阿侯，商成都侯，立紅陽侯，根曲陽侯，逢時高平侯。五侯同日封，故世謂之五侯。」《漢書·樓護傳》：「其時王氏方盛，賓客滿門。五侯兄弟争名，其客各有所厚，不得左右。唯護盡入其門，咸得其驩心，與谷永俱爲五侯上客。」**鳴鐘平樂宴，**張衡《西京賦》：「升觴舉燧，既爝鳴鐘。」《漢書·東方朔傳》：「於是董君貴寵，常從游戲北宫，馳逐平樂觀，雞鞠之會，角狗馬之足，上大歡樂之。」張衡《西京賦》：「大駕幸乎平樂之館。」耿湋詩：「首登平樂宴，新破大宛歸。」**蹵鞠茂陵游。**《漢書·東方朔傳》：「郡國狗馬蹵鞠劍客輻湊董氏。」《漢書·枚乘傳》：「游觀三輔離宫館，臨山澤弋獵，射馭狗馬蹵鞠刻鏤，上有所感，輒使賦之。」《漢書·霍去病傳》：「其在塞外，卒乏糧，或不能自振，而去病尚穿域蹋鞠也。」顔師古注：「蹵，足蹵之也。鞠，以韋爲之，中實以物，蹵蹋之爲戲樂也。」《漢書·藝文志》：「蹵鞠二十五篇。」劉向《別録》：「蹵鞠者，傳言黄帝所作，或曰起戰國之時。蹵鞠，兵勢也。所以練武士知有材也。皆因嬉戲而講習之。今軍士無事，得使蹵鞠。有書二十五篇。」郭璞注《三蒼》云：「毛丸可蹋戲者曰鞠。」按蹵鞠，以足蹋毬，今之足球是已。曹植《名都篇》：「連翩擊鞠壤，巧捷惟萬端。」《文選》五臣注：「擊鞠，今之打毬。」按《夢溪筆談》：「《西京雜記》云：『漢元帝好蹵鞠，以蹵鞠爲勞，求相類而不勞者，遂爲彈棊之戲。』」予觀彈棊絶不類蹵鞠，頗與擊鞠相近，疑是傳寫誤耳。」據沈君之説，蹵鞠與擊鞠，明爲兩事，擊鞠以杖擊鞠，與彈棊以手巾拂棊，雖輕重不同，而形象相類，故以爲比耳。然曹植《名都篇》之擊鞠，疑與唐宋之擊鞠，又自不同。曹植所云之擊鞠，蓋以杖擊實以羽毛之韋鞠，爲步打而非馬上之戲也。唐宋以來之擊鞠，實即馬上所戲之波羅毬也，借漢代之舊名，名之謂擊鞠耳。嚴格繩之，應名之曰打波羅毬也。其打毬之法，《宋史》言之綦詳，以其過繁，今録《金史·禮志》擊毬一段，可略見其梗概。「已而擊毬，各乘所常習馬，持鞠杖。杖長數尺，其端如偃月。分其衆兩隊，共争擊一毬。先於毬場南立雙桓，置板，下開一孔爲門，而加網爲囊。能奪得鞠，擊入網囊者爲勝。或曰兩端對立二門，互相排擊，各以出門爲勝。毬狀小如拳，以輕韌木枵其中而朱之。皆所以習蹻捷也。」唐帝王皆好打毬，《通鑑》稱唐玄宗「好擊毬，由是風俗相尚。駙馬武崇訓、楊慎交灑油以築毬場。」《唐語林》稱：「宣宗弧矢擊鞠皆盡其妙。所御馬尤矯捷。每持鞠杖乘勢奔躍，運鞠於空中，連擊至數百而馬馳不止，迅若流電。兩軍老手咸服其能。」所謂兩軍老手，指左右神策軍而言也。《新五代史·梁太祖紀》：「光化三年十月辛巳，護駕指揮使朱友倫，因擊鞠墮馬，卒于長安。」擊鞠《通鑑》作擊毬，蓋擊鞠爲當時雅言，而世人固通謂之擊毬也。《東京夢華録》稱北宋末，三月三日，駕登寶津樓，諸軍呈百戲，中有打毬。「有花裝男子百餘人，各跨雕鞍花韉驢子，分爲兩隊，各執綵畫毬杖，謂之小打。續有宫監百餘，珠翠裝飾，各跨小馬，謂之大打。人人乘騎精熟，馳驟如神。」**狡兔方多穴，**《戰國策》：「馮煖曰：『狡兔有三窟，僅得免於死耳。今君有一窟，未得高枕而卧也。請爲君復鑿二窟。』」**蒼鷹始**

下鞲。《戰國策》：「要離之刺慶忌也，蒼鷹擊於殿上。」《東觀漢記》：「良吏如使良鷹，下鞲命中。」王粲《羽獵賦》：「鷹犬競逐，奕奕霏霏。下鞲窮緤，搏肉噬肌。」**鉗奴藏廣柳，**《史記·季布列傳》：「季布，楚人也。爲氣任俠。項籍使將兵，數窘漢王。及項羽滅，高祖購求布千金，敢有舍匿，罪三族。季布匿濮陽周氏。周氏乃髡鉗季布，衣褐衣，置廣柳車中，并與其家僮數十人，之魯朱家所賣之。朱家心知是季布，乃買而置之田。朱家乃乘軺車之洛陽，見汝陰侯滕公，因謂滕公曰：『季布何大罪而上求之急也？項氏臣可盡誅邪？且以季布之賢而漢求之急如此，此不北走胡即南走越耳。』汝陰侯滕公心知朱家大俠，意季布匿其所，乃許曰：『諾。』待閒，果言如朱家指。上乃赦季布。當是時，諸公皆多季布能摧剛爲柔，朱家亦以此名聞當世。」顔師古《漢書》注：「服虔曰：『東郡謂廣轍車爲廣柳車。』鄭玄曰：『大柳衣車，若周禮喪車也。』晉灼曰：『周禮説衣翣柳，柳，聚也。衆飾之所聚也。此謂載以喪車，欲人不知也。』」**劍騎騁長楸。**袁淑詩：「劍騎何翩翩，長安五陵間。」《楚辭·九章·哀郢》：「望長楸而太息兮，涕淫淫其若霰。」曹植《名都篇》：「鬬雞東郊道，走馬長楸間。」按古人於大道上種楸樹，故曰長楸。**雲際尋橦技，**《楚辭·九歌·少司命》：「夕宿兮帝郊，君誰須兮雲之際。」張衡《西京賦》：「都盧尋橦。」《漢書音義》：「都盧，體輕善緣橦。」**花間笑躄樓。**《史記·平原君列傳》：「平原君家樓臨民家。民家有躄者，槃散行汲。平原君美人居樓上，臨見，大笑之。明日，躄者至平原君門，請曰：『臣不幸有罷癃之病，而君之後宮臨而笑臣，臣願得笑臣者頭。』平原君笑應曰：『諾。』躄者去，平原君笑曰：

『觀此豎子，及欲以一笑之故殺吾美人，不亦甚乎！』終不殺。居歲餘，賓客門下舍人稍稍引去者過半。平原君怪之，門下一人前對曰：『以君之不殺笑躄者，以君爲愛色而賤士，士即去耳。』於是平原君乃殺笑躄者美人頭，自造門進躄者，因謝焉。其後門下乃復稍稍來。」**害先除白額，**《世説新語》：「周處年少時，兇彊俠氣，爲鄉里所患。又義興水中有蛟，山中有白額虎，並皆暴犯百姓，義興人謂爲三横，而處尤劇。或説處殺虎斬蛟，實冀三横惟餘其一。處即刺殺虎，又入水擊蛟。蛟或浮或没，行數十里，處與之俱，經三日三夜，竟殺蛟而出。」**夢已應黄頭。**《漢書·佞幸傳》：「鄧通，蜀郡南安人也。以濯船爲黄頭郎。文帝嘗夢欲上天，不能，有一黄頭郎推上天，顧見其衣尻帶後穿。覺而之漸臺，以夢中陰自求推者郎，見鄧通，其衣後穿，夢中所見也。召問其名姓，姓鄧名通，鄧猶登也。文帝甚悦，尊幸之日日異。」**燕酒惟增氣，**《史記·刺客列傳》：「荆軻既至燕，愛燕之狗屠及善擊筑者高漸離。荆軻嗜酒，日與狗屠及高漸離飲於燕市。酒酣以往，高漸離擊筑，荆軻和而歌於市中，相樂也，已而相泣，旁若無人者。」袁宏《三國名臣序贊》：「後生擊節，懦夫增氣。」**秦箏漫送愁。**古詩：「秦箏奮逸響，新聲妙入神。」許渾《蟬》詩：「朱門未有長吟處，剛被愁人又送愁。」**鴻毛輕一死，**司馬遷《報任安書》：「人固有一死，死或重於泰山，或輕於鴻毛，用之所趣異也。」《文選》李善注引《燕丹子》：「荆軻謂太子曰：『烈士之節，死有重於太山，有輕於鴻毛者，但問用之所在耳。』」**祇待報私讎。**《左氏傳》哀公五年：「私讎不及公。」《史記·廉頗藺相如列傳》：「先國家之急而後私讎也。」

錢惟演

別館斗城傍，司馬相如《上林賦》：「離宮別館，彌山跨谷。」《晉書・石崇傳》：「崇時在金谷別館，方登涼臺，臨清流，婦人侍側。」《晉書・王導傳》：「導密營別館，以處衆妾。」《三輔黄圖》：「長安城，南爲南斗形，北爲北斗形，至今人呼漢京城爲斗城。」謝靈運《山居賦》：「古巢居穴處曰巖棲，棟宇居山曰山居，在林野曰丘園，在郊郭曰城傍。四者不同，可以理推。」**斜軒映曲房。**《文選》李善注：「軒，窗也。」枚乘《七發》：「往來遊讌，縱恣乎曲房隱閒之中。」陸機詩：「涼風繞曲房。」**蒼頭冠緑幘，**《漢書・鮑宣傳》：「蒼頭廬兒，皆用致富。」孟康曰：「漢名奴爲蒼頭，非純黑，以別於良人也。」《漢書・東方朔傳》：「帝姑館陶公主寡居，近幸董偃。主稱疾不朝，有頃疾愈，上以錢千萬從主飲。董君緑幘傅韝，隨主前伏殿下。」顔師古注：「緑幘，賤人之服也。」**中婦織流黄。**古樂府《相逢行》：「大婦織綺羅，中婦織流黄。」《西京雜記》：「會稽歲時獻竹簟供御，世號爲流黄簟。」**複道登平樂，**《史記・秦始皇本紀》：「自雍門以東至涇渭，殿屋複道周閣相屬。」張衡《西京賦》：「大駕幸乎平樂之館。」**期門集未央。**《漢書・百官表》：「期門，掌執兵送從，武帝建元三年初置。比郎，無員，多至千人。平帝元始元年，更名虎賁郎。」《漢書・東方朔傳》：「建元三年，微行始出。常八九月中，與侍中常侍武騎及待詔隴西北地良家子能騎射者，期諸殿門，故有期門之號。」《漢書・高祖紀》：「蕭何治未央宮。」**意錢梁冀宅**，《後漢書・梁冀傳》：「冀少爲貴戚，逸遊自恣。性嗜酒，能挽滿彈棊格五六博蹴鞠意錢之戲。」李賢注：「何承天《纂文》曰：詭億，一曰射意，一曰射數，即攤錢也。」**挾瑟莫愁堂**。古樂府《相逢行》：「小婦無所爲，挾瑟上高堂。」沈約詩：「挾瑟叢臺下，徙倚愛容光。」《樂府古題要解》：「石城有女子名莫愁，善歌謡，故《石城樂》和中復有莫愁聲。其辭曰：『莫愁在何處，莫愁石城西。艇子打兩槳，催送莫愁歸。』」李商隱詩：「重幃深下莫愁堂。」**走馬章臺柳**，《漢書・張敞傳》：「爲京兆尹，時罷朝會，過走馬章臺街，使御史驅，自以便面拊馬。」曹植詩：「走馬長楸間。」李白詩：「章臺折楊柳，春日路傍情。」《本事詩》：「韓翃，天寶末舉進士，妓柳氏事之。後數年，淄青節度侯希逸奏爲從事，以世方擾，不敢以柳自隨，置之都下。連三歲不果迓。因以良金買練囊中寄之，題詩曰：『章臺柳，章臺柳，往日依依今在否？縱使長條似舊垂，亦應攀折他人手。』柳復書答曰：『楊柳枝，芳菲節，可恨年年贈離別。一葉隨風忽報秋，縱使君來豈堪折。』」**停車陌上桑**。庾信《春賦》：「停車小苑，連騎長楊。」《古今注》：「《陌上桑》，出秦氏女子。秦氏，邯鄲人，有女名羅敷，出採桑於陌上，趙王見而悦之，因欲奪焉。羅敷乃彈箏作陌上桑以自明焉。」**彀弓隨寶障**，《禮記・檀弓》：「子手弓而可。」孔穎達疏：「言手弓者，令其彀弓而射之。」《西京雜記》：「茂陵文固陽善馴野雉爲媒，用以射雉。每以三春之月，爲茅障以自翳，用觟矢以射之，日連百數。茂陵輕薄者化之，皆以雜寶錯廁翳障，以青州蘆葦爲弩矢。輕騎妖服，追隨於道路，以爲歡娛也。」**投轄付銀牀。**《漢書·游俠·陳遵傳》：「遵嗜酒，每大飲，賓客滿堂，輒關門取客車轄投井中。雖有急，終不得去。」古樂府《淮南王篇》：「後園鑿井銀作牀。」《名義考》：「銀牀乃轆轤架，非井欄也。」**出戴繁星急，**《詩·秦風·車鄰》：「有馬白顛。」孔穎達疏：「額有白毛，今之戴星馬也。」《御覽》卷六引《家語》：「巫馬期爲單父令，戴星出入以治人。」王逸《荔支賦》：「離離如繁星之著天。」**歸衝細雨忙。**白居易詩：「可憐衝雨客，來訪阻風人。」梁簡文帝詩：「冷風雜細雨。」

曾過阿君宿，醉舞起跳梁。《詩·魯頌·有駜》：「鼓咽咽，醉言歸，于胥樂兮。」岑參詩：「醉舞傾金罍。」《莊子·秋水》：「埳井之鼃謂東海之鼈曰：『吾樂與吾跳梁乎井幹之上。』」按跳梁猶跳擲也。《漢書·游俠·陳遵傳》：「初，遵爲河南太守，而弟級爲荆州牧，當之官，俱過長安富人故淮陽王外家左氏，飲食作樂。後司直陳崇聞之，劾奏：『遵兄弟幸得蒙恩，超等歷位。遵爵列侯，備郡守，級州牧奉使，皆以舉直察枉爲職。不正身自慎，始遵初除，乘藩車入閭巷，過寡婦左阿君，置酒歌謳。遵起舞跳梁，頓仆坐上，暮因留宿，爲侍婢扶臥。遵知飲酒飫宴有節，禮不入寡婦之門，而湛酒溷肴，亂男女之別。輕辱爵位，羞汙印韍，惡不可忍聞。臣請皆免。』遵既免，歸長安，賓客愈甚，飲食自若。」

無題三首

楊億

曲池波暖蕙風輕，左思《魏都賦》：「右則疎圃曲池。」江總詩：「雕軒傍曲池。」《楚辭·招魂》：「光風轉蕙，氾崇蘭些。」謝朓詩：「緩步遵莓渚，披襟待蕙風。」**頭白鴛鴦占緑萍。**《史記·刺客列傳》索隱引《燕丹子》曰：「丹求歸，秦王曰：『烏頭白，馬生角，乃許耳。』丹乃仰天嘆，烏頭即白，馬亦生角。」李商隱詩：「秦中久已烏頭白。」按此句「頭白鴛鴦」，猶言鴛鴦之能白頭偕老也。《西京雜記》：「司馬相如將娶茂陵人女爲妾，卓文君作《白頭吟》以自絶，相如乃止。」《詩·小雅·甫田之什·鴛鴦》：「鴛鴦在梁，戢其左翼。」古樂府：「鴛鴦七十二，羅列自成行。」《古今注》：「鴛鴦，水鳥，鳧類也。雌雄未嘗相離，故曰匹鳥。」梁武帝詩：「金波揚素沬，銀浪翻緑萍。」温庭筠詩：「瀲灔交交塘水滿，緑萍金粟蓮莖短。」**纔斷歌雲成夢雨，**盧照鄰《中和樂》歌：「歌雲佐漢。」《列子·湯問》：「秦青撫節悲歌，聲振林木，響遏行雲。」李商隱詩：「一春夢雨常飄瓦。」按夢雨實用宋玉《高唐賦》巫山神女「旦爲朝雲暮爲行雨」事，注已見。**斗迴笑電作嗔霆。**庾信詩：「山梁乍斗迴。」《神異經》：「東方山中有大石室，東王公居焉。恒與一玉女投壺，每投千二百矯。設有入不出者，天爲之釂噓。矯出而脱誤不接者，天爲之笑。」原注：「天口流光灼灼，今天不下雨而有電光者，是天笑也。」沈約詩：「笑時應無比，嗔時更可憐。」

陸龜蒙詩:「其如玉女正投壺,笑電霏霏作天喜。」《穀梁傳》隱公九年:「三月癸酉,大雨震電。震,雷也。電,霆也。」**湘蘭自古傳幽怨,**李商隱詩:「湘蘭怨紫莖。」徐悱妻劉氏詩:「欲知幽怨多,春閨深且暮。」按湘蘭實用《離騷》滋蘭九畹,「冀枝葉之峻茂兮,願俟時乎吾將刈。雖萎絶其亦何傷兮,哀衆芳之蕪穢。」言憂傷令人老,容華將凋落也。**秦鳳何年入杳冥。**《列仙傳》:「蕭史善吹簫,作鸞鳳之響。秦穆有女字弄玉好之,公遂以女妻焉。日教弄玉作鳳鳴,鳳凰來止其屋。公爲築鳳臺,夫婦止其上不下。一旦皆隨鳳凰飛去。」《老子》:「窈兮冥兮。」賈至詩:「北雁歸飛入杳冥。」**不待萱蘇蠲薄怒,**《初學記》卷二十七引王朗《與魏太子書》:「不遺惠書,所以慰沃,奉讀歡笑,以藉飢渴。雖復萱草忘憂,皋蘇釋勞,無以加也。」徐陵《玉臺新詠序》:「代彼萱蘇,微蠲愁疾。」魏收詩:「良交契金水,上客慰萱蘇。」宋玉《神女賦》:「顔薄怒以自持兮,曾不可乎犯干。」李商隱詩:「幾時銷薄怒。」**閒階鬬雀有遺翎。**何思澄詩:「閒階花蕊香。」江總詩:「閒階蕥宿薺。」元稹詩:「雙雙鬬雀動階塵。」李群玉詩:「樹静鳥遺翎。」

合歡蠲忿亦休論,《古今注》:「欲蠲人之忿,則贈之青堂。青堂一名合歡。合歡則忘忿。」又云:「合歡樹似梧桐,葉繁,互相交結。每一風來,輒自相解,了不相牽綴。樹之階庭,使人不忿。」嵇康《養生論》:「合歡蠲忿,萱草忘憂。」按今之馬纓花樹,即合歡也。**夢蝶翩翩逐怨魂。**莊子《齊物論》:

「昔者，莊周夢爲胡蝶，栩栩然胡蝶也，自喻適志與，不知周也。俄然覺，則蘧蘧然周也。不知周之夢爲胡蝶與？胡蝶之夢爲周與？周與胡蝶，則必有分矣。此之謂物化。」李商隱詩：「莊生曉夢迷胡蝶。」《詩·小雅·鹿鳴之什·四牡》：「翩翩者鵻，載飛載下，集於苞栩。」《北史·魏收傳》：「收昔在京洛，輕薄尤甚，人號云魏收驚蛺蝶。文襄曾游東山，楊愔從容曰：『若遇當塗，恐翩翩遂逝。』當塗者魏，翩翩者蝶也。文襄大笑稱善。」李商隱詩：「怨魂迷恐斷。」**祇待傾城終未笑，**《漢書·外戚傳》：「孝武李夫人，兄延年，性知音，善歌舞。侍上起舞，歌曰：『北方有佳人，絶世而獨立。一顧傾人城，再顧傾人國。寧不知傾城與傾國，佳人難再得。』」**不曾亡國自無言。**用息嬀事，注見前劉筠《宣曲》詩「吞聲息國亡」句下。**風翻林葉迷歸燕，**李嶠詩：「日薄蛟龍影，風翻鳥隼文。」盧綸詩：「稍稍林葉墮，豔豔月波流。」白居易詩：「不見山苗與林葉，迎春先緑亦先枯。」潘岳《秋興賦》：「野有歸燕。」**露裛池荷觸戲鴛。**梁簡文帝詩：「林花初墮蔕，池荷欲吐心。」蕭子雲詩：「池荷正卷葉，庭柳復垂簷。」**湘水東流何日竭，**《山海經·海内東經》：「湘水出舜葬東南陬，西環之，入洞庭下。」《水經》：「湘水出零陵始安縣陽海山，北至巴丘山，入江。」《書·禹貢》：「嶓冢導漾，東流爲漢。」**烟篁千古見啼痕。**皇甫松《大隱賦》：「移風桂於嶺頭，種烟篁於澗裏。」按烟篁，謂竹也。岑參《長門怨》：「緑錢生履跡，紅粉濕啼痕。」《博物志》：「堯之二女，舜之二妃，曰湘夫人。舜崩，二妃啼，以涕揮竹，竹盡斑。」《述異記》：「湘水岸有相思宮，望帝臺。舜没，葬蒼梧，二妃追之不及，慟哭，淚下沾竹，文悉斑斑然。」

滿天飛絮罥游絲，蕭子顯詩：「黃塵不見景，飛蓬恒滿天。」庾信《楊柳歌》：「獨憶飛絮鵝毛下，非復青絲馬尾垂。」沈約詩：「遊絲映空轉。」杜甫詩：「落花遊絲白日静。」**釦砌苔錢晦履綦。**班固《西都賦》：「玄墀扣砌。」《文選》李善注：「釦砌，以玉飾砌也。」《御覽》卷一千引《古今注》：「苔蘚，空室無人行，生苔，或紫或青，一名圓蘚，一名緑錢，一名緑蘚，一名緑苔。」劉孝威詩：「丹庭斜草徑，素壁點苔錢。」李賀詩：「曉風吹雨生苔錢。」韓偓詩：「更無人跡有苔錢。」班婕妤賦：「思君兮履綦。」顔師古《漢書》注：「綦，履下飾也。言想君履綦之迹也。」陸機詩：「黃昏履綦絶，愁來空面雨。」**北渚自應流怨淚，**《楚辭·湘夫人》：「帝子降兮北渚，目眇眇兮愁予。」羅隱《湘妃廟》詩：「已將怨淚流斑竹，又感悲風入白蘋。」**東鄰誰敢效顰眉。**《易·既濟》：「東鄰殺牛。」李白詩：「自古有秀色，西施與東鄰。」《莊子·天運》：「故西施病心而矉其里，其里之醜人見而美之，歸亦捧心而矉其里。其里之富人見之，堅閉門而不出。貧人見之，挈妻子而去之走。」按矉即顰字，攢眉曰顰。《晉書·戴逵傳》：「是猶美西施而學其顰眉。」**嫦娥桂獨成幽恨，**《淮南子·覽冥訓》：「羿請不死之藥於西王母，姮娥竊以奔月。」《酉陽雜俎》：「月中有桂，高五百丈。」李商隱詩：「月娥孀獨好同遊。」元稹詩：「各自埋幽恨，江流終宛然。」韓偓詩：「相思不相信，幽恨更誰知。」**素女絃多有剩悲。**《史記·封禪書》：「太帝使素女鼓五十絃瑟，悲，帝禁不止，故破爲二十五絃。」王灣詩：「絃多弄委曲，柱促語分明。」**幾夕空機愁促織，**庾肩吾《七夕詩》：「離前看促夜，別後對空機。」《古今注》：「莎雞，一名促織，一名絡緯，謂鳴聲如急織也。」古詩：「明月皎夜光，促織鳴東壁。」**銀河休問報章遲。**《白帖》：「天河，謂之銀漢，亦曰銀河。」《詩・小雅・谷風之什・大東》：「跂彼織女，終日七襄，雖則七襄，不成報章。」按報章者，言織之行緯往復，報反成章也。

錢惟演

誤語成疑意已傷，春山低斂翠眉長。《西京雜記》：「文君姣好，眉色如望遠山，臉際常若芙蓉。」李商隱詩：「總把春山掃眉黛，不知供得幾多愁。」《古今注》：「魏宮人多作翠眉。」梁簡文帝詩：「長顰串翠眉。」梁元帝樂府：「翠眉漸斂千重結。」**鄂君繡被朝猶掩，**《說苑・善說》：「鄂君子晳之泛舟於新波之中也，乘青翰之舟，極萵芘，張翠蓋而擒犀尾。會鐘鼓之音畢，榜枻越人擁楫而歌。歌辭曰：『今夕何夕兮？搴洲中流。今日何日兮？得與王子同舟。蒙羞被好兮，不訾詬恥。心幾煩而不絶兮，知得王子。山有木兮木有枝，心悦君兮君不知。』於是鄂君乃揄脩袂行而擁之，舉繡被而覆之。」**荀令薰爐冷自香。**習鑿齒《襄陽記》：「劉季和曰：『荀令君至人家，坐處三日香。』」李商隱詩：「荀令香爐可待薰。」又「荀令薰爐更換香。」謝惠連《雪賦》：「燎薰爐兮炳明燭。」**有恨豈因燕鳳去？**《史記・李將軍列傳》：「將軍豈嘗有所恨乎？」李白詩：「有恨同湘女。」按燕鳳蓋用《飛燕外傳》趙飛燕愛幸赤鳳事，注見前錢惟演《宣曲》詩「赤鳳可能疑」句下。**無言寧爲息侯亡？**用息嬀三年不言事，注已見前劉筠《宣曲》詩「吞聲息國亡」句下。按上楊億詩第二首云「不曾亡國自無言」，此錢惟演詩又云「無言寧爲息侯亡」，蓋此女本已有夫，而豪家强致之，故雖處以華棟雕梁，被以珠翠文繡，而仍愁眉長顰，紅蘭泣露也。**合歡不驗丁香結，**嵇康《養生論》：「合歡蠲忿，萱草忘憂。」《史記·日者列傳》：「言不信，行不驗。」《本草》：「丁香，二月三日開花，紫白色，至七月方始成實。」杜甫詩：「丁香體柔弱，亂結枝猶墊。」李商隱詩：「芭蕉不展丁香結，同向春風各自愁。」**祇得悽涼對燭房。**李白詩：「懷歸路綿邈，覽古情悽涼。」李賀詩：「悽涼四月闌，千里一時緑。」謝莊《月賦》：「去燭房，即月殿。」

耿耿寒燈照醉羅，《詩·邶風·柏舟》：「耿耿不寐，如有隱憂。」謝朓詩：「寒燈耿宵夢，清鏡悲曉髮。」李商隱詩：「想像鋪芳褥，依稀解醉羅。」**看朱成碧意如何。**王僧孺詩：「誰知心眼亂，看朱忽成碧。」李白《前有一樽酒行》：「催絃拂柱與君飲，看朱成碧顔始紅。」**虎頭辟惡何妨枕，**《御覽》卷七百七引《拾遺録》：「魏咸熙二年，搜覓藏中，得玉虎枕。帝問諸大臣，答云：『昔誅梁冀，得玉虎枕一枚，云此枕單池國所獻，臆下有題云帝辛九年獻。』帝辛，紂也。」《本草綱目》卷五十一獸部虎下引陶弘景云：「虎頭骨作枕，辟惡。夢魘，置户上，辟鬼。」**犀角涼心更待磨。**《漢書·西域傳》：「桓帝延熹九年，大秦獻象牙、犀角、瑇瑁。」左思《蜀都賦》：「拔象齒，戾犀角。」庾信《傷心賦》：「石華空服，犀角虚篸。」《本草綱目》：「犀角，治心煩，止驚，以西番生犀，磨服爲佳。」**惟有幽蘭啼月露，**《離騷》：「時曖曖其將罷兮，結幽蘭而延佇。」鮑照詩：「月露依草白。」謝瞻詩：「開軒滅華燭，月露皓已盈。」温庭筠詩：「裊枝啼露動芳春。」**可將尺素託雲波。**陸機《文賦》：「含緜邈于尺素。」王僧孺《與陳居士書》：「雲波遥夐，燕越數千。」**山屏六曲歸來夜，**韓熙載詩：「山屏四面開。」李賀《屏風曲》：「團迴六曲抱膏蘭。」**祇恐重投折齒梭。**《晉書·謝鯤傳》：「鯤字幼輿。任達不拘。鄰家高氏女有美色，鯤嘗挑之，女投梭，折其兩齒。時人謂之語曰：『任達不已，幼輿折齒。』」

香歇環沉無限猜，傅玄詩：「香亦不可燒，環亦不可沉。香燒日有歇，環沉日自深。」**春陰濃淡畫簾開。**畫，明嘉靖玩珠堂本作晝，誤，今從粵雅堂本、邵武徐氏本。梁簡文帝詩：「沙文浪中積，春陰江上來。」常建詩：「晴天無纖翳，郊野浮春陰。」杜牧詩：「霧冷侵紅粉，春陰撲翠鈿。」杜甫詩：「杳冥籐上下，濃淡樹榮枯。」杜牧詩：「四面朱樓卷畫簾。」韓偓詩：「畫簾紋細鳳雙盤。」**有時盤馬看猶懶，**《世説新語》：「庾小征西常出未還，婦母阮與女上安陵城樓。俄頃翼歸，阮語女：『聞庾郎能騎，我何由得見。』婦告翼。翼便於道盤馬，始兩轉，墜馬墮地，意氣自若。」**盡日投壺笑未迴。**《白帖》：「石崇有妓，善投壺，隔屏風投之。」李白詩：「帝旁投壺多玉女。」按此亦用玉女投壺事，出《神異經》，注見前楊億詩「斗迴笑電作嗔霆」句下。**蝶怨豈能重傅粉，**庾信《行雨山銘》：「蝶粉生塵。」李商隱詩：「何處拂胷資蝶粉，幾時塗額藉蜂黃。」《語林》：「何平叔美姿儀，面純白，魏文帝疑其傅粉。」**雉嬌疑待更求媒。**李商隱詩：「春塲鋪艾張，下馬雉媒嬌。」潘岳《射雉賦序》：「余徙家琅邪，其俗實善射。聊以講肄之餘暇，而習媒翳之時，遂樂而賦之也。」徐爰注：「媒者，少養雉子，至長狎人，能招引野雉，因名曰媒。翳者，所隱以射者也。」**啼妝不洽金翹闇，**《續漢書·五行志》：「桓帝元嘉中，婦人作愁眉啼妝。啼妝者，薄拭目下若啼處。」江總《木槿賦》：「啼妝梁冀婦。」《易·繫辭》：「冶容誨淫。」《子夜歌》：「冶容多姿鬢。」陸機《白雲賦》：「紅蕊發而菡萏，金翹援而合葩。」按金翹，婦人首飾。**腸斷温郎玉照臺。**《世說新語》：「温公喪婦，從姑劉氏家值亂離散，唯一女，甚有姿慧，屬公覓婚。公密有自婚意，答曰：『佳壻難得，但如嶠比云何？』姑曰：『喪敗之餘，乞粗存活，何敢希汝比。』却後少日，公報姑云：『已覓得壻處。』因下玉鏡臺一枚，姑大喜。既婚，交禮，女以手披紗扇，撫掌大笑曰：『我固疑是老奴，果如所卜。』玉鏡臺，公爲劉越石長史，北征劉聰所得。」李商隱詩：「温嶠終虚玉鏡臺。」按鏡字是趙宋祖宗嫌諱，故改作「玉照臺」。

劉筠

走馬章臺冒雨歸，《漢書·張敞傳》：「敞爲京兆，時罷朝會，過走馬章臺街，使御史驅，自以便面拊馬。」魏文帝《黎陽作》：「蒙塗冒雨，沾衣濡裳。」**後門猶歎滯前期。**李商隱詩：「後門歸去蕙蘭叢。」沈約詩：「分手易前期。」**荷心出水終無定，**薛道衡詩：「荷心宜露泫。」温庭筠詩：「荷心有露似驪珠，不似真圓亦摇蕩。」孟郊詩：「怨彼浮花心，飄飄無定所。」**蘿蔓從風莫自持。**謝靈運《嶺表賦》：「蘿蔓絶攀，苔衣深滑。」盧綸詩：「松高蘿蔓輕。」《漢書·主父偃傳》：「陳涉大呼而天下從風。」宋玉《神女賦》：「頩薄怒以自持兮，曾不可乎妄干。」曹植《洛神賦》：「申禮防以自持。」盧思道詩：「曲浦戲妖姬，輕盈不自持。」**複帳麝輕難辟惡，**《鄴中記》：「石虎冬月施熟錦流蘇斗帳，或用青綈光錦，或用緋綈登高文錦，或紫綈大小錦絲。以房子綿百二十斤，以白縑爲裏，名曰複帳。帳四角，安純金銀鑿鏤香罏，爇以百和香。」吳均詩：「初芳薰複帳，餘輝耀玉牀。」李賀《夜來樂》：「紅羅複帳金流蘇，華燈九枝懸鯉魚。」《本草》：「麝香辟惡。」**曲房蠶嬾不成絲。**枚乘《七發》：「往來遊讌，縱恣於曲房隱間之中。」陸機詩：「涼風繞曲房。」樂府：「春蠶不應老，晝夜常懷絲。何惜微軀盡，纏綿自有時。」李商隱詩：「春蠶到死絲方盡。」**漸漸隴麥藏鳴雉，**《史記·微子世家》：「作《麥秀》之詩，曰：『麥秀漸漸兮，禾黍油油。』」潘岳《射雉賦》：「麥漸漸而擢芒，雉鷕鷕而朝雊。」虞世南詩：「隴麥霑餘翠，山花濕更燃。」鮑照《園葵賦》：「游塵曝日，鳴雉依隴。」**更恨如皋一箭遲。**《左氏傳》昭公二十八年：「昔賈大夫惡，娶妻而美，三年不言不笑。御以如皋，射雉，獲之，其妻始笑而言。賈大夫曰：『才之不可以已，我不能射，女遂不言不笑夫。』」杜預注：「惡，醜也。」如皋，「爲妻御之皋澤。」潘岳《射雉賦》：「昔賈氏之如皋，始解顔於一箭。醜夫爲之改貌，憾妻爲之釋怨。」

簾聲竹影浪多疑，《西京雜記》：「昭陽殿織珠爲箔，風至則鳴，如珩佩之聲。」庾信《至仁山銘》：「窗銜竹影。」温庭筠詩：「星漢漸移庭竹影。」**仙穀何能爲解迷。**《山海經·南山經》：「招摇之山，有木焉，其狀如穀而黑理，其花四照，其名曰迷穀，佩之不迷。」郭璞注：「穀，楮也，皮作紙。」按味此兩句，則知此女精神受刺激甚深，故聞簾聲，對竹影，皆疑懼失常態。**藻井風高蛛壞網，**張衡《西京賦》：「蔕倒茄於藻井，披紅葩之狎獵。」薛綜注：「藻井，當棟中交木方爲之如井幹也。」高適詩：「歸去北風高。」柳宗元詩：「風高榆柳疎。」薛道衡詩：「暗牖懸珠網。」**杏梁春曉燕争泥。**春曉，明嘉靖玩珠堂本作春晚，今從桐鄉汪氏本、粤雅堂本、邵武徐氏叢書本。司馬相如《長門賦》：「刻木蘭以爲榱兮，飾文杏以爲梁。」謝朓詩：「杏梁賓未散，桂宫明欲沉。」古詩：「思爲雙飛燕，銜泥巢君屋。」薛道衡詩：「空梁落燕泥。」南唐中主《浣溪紗》詞：「乍晴池館燕争泥。」**更看山遠惟凝黛，**《西京雜記》：「文君姣好，眉色如望遠山。」《飛燕外傳》：「飛燕女弟合德，爲薄眉，號遠山黛。」李群玉詩：「九疑凝黛隔湘川。」**縱許犀靈祇駭雞。**《戰國策》：「楚王乃遣使，獻駭雞之犀、夜光之璧於秦王。」《韓詩外傳》：「太公使南宫括往義渠，得駭雞犀以獻紂。」《抱朴子·登涉》：「通天犀，角有一赤理如綖，有自本徹末。以角盛米，置群雞中，雞欲啄之，未至數寸，即驚却退，故南人或名通天犀爲駭雞犀。他犀亦辟惡解毒耳，然不能如通天者之妙也。」傅咸《犀鉤銘序》：「世稱駭雞之犀，聞之父常侍曰：『犀之美者有光，雞見影而驚，故曰駭雞。』有以此鉤見遺者，乃爲之銘。」**枉裂霜繒幾千尺，**《帝王世紀》：「妹喜聞裂繒之聲而笑，桀爲發繒裂之，以順適其意。」**紅蘭終夕露珠啼。**江淹《别賦》：「見紅蘭之受露。」又「秋露如珠。」按此言枉裂霜繒，欲發一笑，而女仍啼泣終夕不止也。

麝烈初難和，范曄《和香方序》：「麝本多忌，過分必害。沉實易和，盈斤無傷。」**烏驚每易傷。**庾信《鏡賦》：「鶯噪吴王，烏驚御史。」李百藥詩：「荒堞晚烏驚。」**蕩舟殊不禁，**《左氏傳》僖公四年：「齊侯與蔡姬乘舟於囿，蕩公，公懼變色，禁之，不可。」**奔月可能防。**《文心雕龍·諸子》：「按《歸藏》之經，大明迂怪。乃稱羿斃十日，姮娥奔月。」《淮南子·覽冥訓》：「譬若羿請不死之藥於西王母，姮娥竊以奔月。」**洛浦多遺翠，**古詩：「錦衾遺洛浦，同袍與我違。」曹植《洛神賦》：「或採明珠，或拾翠羽。」**秦樓滯采桑。**《古今注》：「《陌上桑》出秦氏女子。秦氏，邯鄲人，有女名羅敷，爲邑人千乘王仁妻，仁後爲趙王家令。羅敷出採桑於陌上，趙王登臺，見而悦之，因飲酒，欲奪焉。羅敷乃彈箏作《陌上桑》以自明焉。」秦羅敷《陌上桑》歌：「日出東南隅，照我秦氏樓。」沈約文：「巫岫斂雲，秦樓開照。」李白詞：「秦娥夢斷秦樓月。」**飛蛾攢釭燭，**《拾遺記》：「王母與燕昭王遊於燧林之下，取緑桂之膏，燃以照夜。忽有飛蛾銜火，狀如丹雀，來拂於桂膏之上。」《古今注》：「飛蛾善拂燈，一名火花，一名慕光。」鮑照賦：「仙鼠伺暗，飛蛾候明。」何遜詩：「飛蛾拂夜火。」李商隱詩：「屏風臨燭釭，捍撥倚香臍。」**緑鴨鬬銀塘。**李賀《屏風曲》：「水凝緑鴨瑠璃殿。」温庭筠詩：「沙時緑鴨鳴咬咬。」李商隱詩：「緑鴨横塘養龍水。」梁簡文帝詩：「銀塘瀉清溜。」**夜合花含霧，**《本草》：「合歡，一名合昏，一名夜合。」嵇康《養生論》：「合歡蠲忿，萱草忘憂。」韋應物詩：「夜合花開香滿庭，夜深微雨醉初醒。」李白詩：「瑶臺含霧星辰滿。」**宜男草帶霜。**《風土記》：「花曰宜男，妊婦佩之必生男，又名萱草。」嵇含《宜男花賦序》：「宜男花者，世有之久矣。多殖幽皐曲隰之側，或華林玄圃，非衡門蓬宇所宜序也。世人多女欲求男者，取此草服之尤良也。」梁元帝詩：「可愛宜男草，垂采映倡家。」李頎詩：「白雁暮銜雪，青林寒帶霜。」賈至詩：「江畔楓葉初帶霜。」**琅玕餘舊實，**《山海經·海内西經》：「崑崙之墟有琅玕樹。」郭璞注：「琅玕子似珠。」《藝文類聚》卷九十、《御覽》卷九百十五引《莊子》：「南方有鳥，其名爲鳳，所居積石千里。天爲生食，其樹名瓊枝，高百仞，以璆琳琅玕爲實。」按今本《莊子》無此，蓋佚文也。

阮籍詩：「朝餐琅玕實，夕宿丹山陰。」**須要鳳求皇。**司馬相如《琴歌》：「鳳兮鳳兮歸故鄉，遨遊四海求其皇。時未遇兮無所將，何悟今夕兮升斯堂。有艷淑女兮在閨房，室邇人遐毒我腸。何緣交頸爲鴛鴦，胡頡頏兮共翱翔。」按此無題詩九首，蓋詠一身世極畸零精神亦失常之女子者也。九首中，再用息嬀不言事，一用羅敷採桑事，一用飛燕赤鳳來事，疑此女已有夫，或已有所愛，而時之勳貴戚里子弟乃以力强取之。詩有「荷心出水終無定，蘿蔓從風莫自持」語，則其女子雖雅不欲以身屬之，而威力之下，蓋已委曲從之矣。此女經此挫折，精神上似受刺激甚深，故常日傾城未笑，亡國無言，翠眉常顰，斑竹染淚。裂繒如帛，未能博其一笑；麝香犀角，豈可療此心疾。仙穀解迷，徒聞南山之經；蠶懶成絲，不出桐君之録。紅蘭滴露，聽終夕之長啼；萱蘇忘憂，閉重闉而永歎，一弱女子，處此境地，亦可爲之悽愴傷心者矣。

荷花

劉筠

水國開良宴，顔延之詩：「水國周地險，河山信重複。」宋之問《秋蓮賦》：「既有芳兮莎城，長無依兮水國。」古詩：「今日良宴會，歡樂難具陳。」**霞天湛晚暉。**何遜詩：「江水映霞暉。」隋煬帝詩：「日落暝霞暉。」吴融詩：「一字横來背晚暉。」**淩波宓妃至，**《離騷》：「吾令豐隆乘雲兮，求宓妃之所在。」曹植《宓神賦》：「陵波微步，羅韈生塵。」《文選·洛神賦》李善注：「宓妃，宓犧氏女，溺洛水而死，遂爲河神。」**盪槳莫愁歸。**陸龜蒙詩：「風前莫怪携詩藁，本是吴吟蕩槳郎。」《舊唐書·音樂志》：「《莫愁樂》，出於《石城樂》，石城有女子名莫愁，善歌謡，《石城樂》和中復有莫愁聲，故歌云：『莫愁在何處，莫愁石城西。艇子打兩槳，催送莫愁來。』」**妝淺休啼臉，**《續漢書·五行志》：「桓帝元嘉中，京都婦女作愁眉啼妝。所謂啼妝者，薄拭目下若啼處。」温庭筠詩：「小婦歸晚紅妝淺。」劉憲詩：「露葉憐啼臉，風花思舞巾。」**香清願襲衣。**王維詩：「澗芳襲人衣。」**即時聞鼓瑟，**《詩·秦風·車鄰》：「既見君子，並坐鼓瑟。」《楚辭·遠遊》：「使湘靈鼓瑟兮，令海若舞馮夷。」**他日問支機。**《御覽》卷八引《集林》：「昔有一人尋河源，見婦人浣紗，以問之，曰：『此天河也。』乃與一石而歸。問嚴君平，云：『此織女支機石也。』」**繡騎翩翩過，**袁淑《效白馬篇》：「劍騎何翩翩。」**珍禽兩兩飛。**陳子昂詩：「歎息此珍禽。」《史記·天官書》：「魁下六星，兩兩相比者，名曰三能。」**牢收交甫佩，**《韓詩内傳》：「鄭交甫遵彼漢皋臺下，遇二女，與言曰：『願請子之佩。』二女與交甫，交甫受而懷之，超然而去。十步循探之，即亡矣。迴顧二女，亦即亡矣。」**莫遣此心違。**杜甫詩：「談笑寸心違。」徐鉉詩：「半生談笑此心違。」

楊億

絶岸疎烟合，郭璞《江賦》：「巴東之峽，夏后疎鑿。絶岸萬丈，壁立赮駮。」庾信詩：「跨虹連絶岸，浮黿續斷航。」杜甫詩：「荆扉深蔓草，土銼冷疎烟。」梁簡文帝詩：「溶溶紫烟合。」**回塘夕照和。**張衡《南都賦》：「分背回塘。」梁簡文帝詩：「回塘遶碧莎。」又「泛水入回塘。」江淹《蓮花》賦：「見綵霞之夕照。」**水仙猶度曲，**《琴苑要録》：「《水仙操》，伯牙之所作也。」《樂府詩集》：「古琴曲有十二操，十一曰《水仙操》。」《漢書・元帝紀》贊：「自度曲被歌聲。」**川后自收波。**曹植《洛神賦》：「屏翳收風，川后静波。」**銀漢橋横鵲，**鮑照詩：「銀漢傾露落。」《歲華紀麗》引《風俗通》：「織女七夕當渡河，使鵲爲橋。」《白帖》：「烏鵲填河成橋而渡織女。」**蘅皐襪濺羅。**曹植《洛神賦》：「税駕乎蘅皐，秣駟乎芝田。」又「陵波微步，羅襪生塵。」**玉杯承露重，**郭璞詩：「陵陽挹丹溜，容成揮玉杯。」張衡《西京賦》：「立修莖之仙掌，承雲表之清露。」**鈿扇起風多。翠羽芳洲近，**曹植《洛神賦》：「或戲清流，或翔漢渚。或採明珠，或拾翠羽。」《楚辭・九歌・湘君》：「采芳洲兮杜若，將以遺兮下女。」杜甫詩：「杜若芳洲翠。」**青絲快騎過。**劉孝綽詩：「未見青絲騎，徒勞紅粉妝。」**石城秋信斷，**《舊唐書・音樂志》：「石城，宋臧質所作也。石城在竟陵，質嘗爲竟陵郡，於城上眺矚，見群少年歌謠通暢，因作此曲。歌云：『生長石城下，開門對城樓。城中美年少，出此見依投。』《莫愁樂》，出於《石城樂》，石城有女子名莫愁，善歌謠。《石城樂》和中復有莫愁聲，故歌云：『莫愁在何處，莫愁石城西。艇子打兩槳，催送莫愁來。』」賈島詩：「一點新螢報秋信。」**搔首奈愁何。**《詩·邶風·静女》：「愛而不見，搔首踟躕。」

錢惟演

水闊雨蕭蕭，劉孝威詩：「水闊牽牛遥。」《楚辭·九歌·山鬼》：「風颯颯兮木蕭蕭，思公子兮徒離憂。」**風微影自摇。**杜甫詩：「宫殿風微鷰雀高。」《荀子·解蔽》：「水動而影摇。」王羲之《石脾帖》：「獨活有風不動，無風自摇。」**徐娘羞半面，**《南史·梁元帝徐妃傳》：「妃無容質，不見禮，帝三二年一入房。妃以帝眇一目，每知帝將至，必爲半面妝以俟，帝見則大怒而出。帝左右暨季江有姿容，又與淫通。季江每歎曰：栢直狗雖老，猶能獵；蕭溧陽馬雖老，猶駿；徐娘雖老，猶尚多情。」**楚女妬纖腰。**《韓非子·二柄》：「楚靈王好細腰，而國中多餓人。」杜牧詩：「楚女梅簪白雪姿。」張衡《觀舞賦》：「搦纖腰以互折，嬛傾倚兮低昂。」陸機《七徵》：「矯纖腰以逐節，頓皓足於鼓盤。」**别恨抛深浦，**王勃詩：「琴聲銷别恨。」江淹《别賦》：「送君南浦，傷如之何。」**遺香逐畫橈。**陸龜蒙詩：「冷翠遺香愁向人。」儲光羲詩：「輕輕動畫橈。」方干《採蓮曲》：「畫橈輕撥蒲根月。」**華燈連霧夕，**《楚辭·招魂》：「蘭膏明燭，華燈錯些。」劉楨詩：「華燈散炎輝。」何遜詩：「霧夕蓮出水，霞朝日照梁。」李商隱詩：「霧夕詠芙蕖，何郎得意初。」**鈿合映霞朝。**李賀《春懷引》：「寶枕垂雲選春夢，鈿合碧寒龍腦凍。」何遜詩：「霞朝日照梁。」**淚有鮫人見，**《御覽》卷八百三引張華《博物志》：「鮫人水居，出寓人家積日，賣絹將去，從主人索一器，泣而成珠滿盤，以與主人。」**魂須宋玉招。**《楚辭·招魂序》：「宋玉憐哀屈原，忠而斥棄，厥命將落。故作招魂，欲以復其精神，延其年壽也。」**淩波終未渡，**《曹植·洛神賦》：「陵波微步，羅襪生塵。」**疑待鵲爲橋。**《歲華紀麗》引《風俗通》：「織女七夕當渡河，使鵲爲橋。」

丁謂

相倚秋風立，李商隱詩：「濃翠遥相倚。」**蘭言似有無。**駱賓王啓：「挹蘭言於斷金，效蓬心於匪石。」**未饒霜女俊，**《淮南子·天文訓》：「秋三月，地氣下藏，百蟲蟄伏，青女乃出，以降霜雪。」按青女乃玉女主霜雪者，即此霜女也。杜甫賦：「霜女江妃，乍紛綸而晻曖。」**不愛月娥孤。**李商隱詩：「月娥孀獨好同遊。」**力弱烟披素，**披，明嘉靖玩珠堂本作被。《論衡·效力》：「力弱智劣。」陸機《瓜賦》：「或攄文而抱緑，或披素而懷丹。」**心危露泣珠。**《孟子》：「其操心也危。」**剪裁隨楚思，**徐凝詩：「珠蕊瓊花鬬剪裁。」吴邁遠《胡笳曲》：「越情結楚思。」**幽怨寄吴歈。**徐悱妻劉氏詩：「欲知幽怨多，春閨深且暮。」《楚辭・招魂》：「吴歈蔡謳，奏大呂些。」**半坼香囊解，**《古詩爲焦仲卿妻作》：「紅羅複斗帳，四角垂香囊。」**微傾醉弁扶。**《詩・小雅・甫田之什・賓之初筵》：「側弁之俄，屢舞傞傞。」鄭玄箋：「側，傾也。」**涉江如可採，**《楚辭・招魂》：「涉江采菱，發陽阿些。」古詩：「涉江采芙蓉，蘭澤多芳草。采之欲遺誰，所思在遠道。」**百琲答輕軀。**《拾遺記》：「石崇常飾美容姿相類者十人，裝飾衣服，大小一等。又屑沉水之香爲塵末，布象席上，使所愛者踐之。無跡者，賜以真珠百琲；有跡者，節其飲食，令身輕弱。故閨中相戲曰：『爾非細骨輕軀，安得百琲真珠。』」

再賦

劉筠

暮雨過湘渚，盧照鄰詩：「江前飛暮雨。」沈約《郊居賦》：「延二妃於湘渚。」**微涼滿楚宫。**王勃《採蓮賦》：「麥雨微涼，梅飈淺燠。」杜甫詩：「最是楚宫俱泯滅，舟人指點到今疑。」**濺裙無限水，**《玉燭寶典》：「元日至晦日，爲餔食，士女濺裙渡厄。」李商隱詩：「濯錦桃花水，湔裙杜若洲。」**障袂幾多風。**宋玉《神女賦》：「毛嬙障袂，不足程式；西施掩面，比之無色。」**浪跡嫌萍實，**江淹詩：「浪跡無蚩妍。」李白詩：「浪跡寄滄洲。」《説苑・辨物》：「楚昭王渡江，有物大如斗，直觸王舟，止於舟中，昭王大怪之，使聘問孔子。孔子曰：『此名萍實，令剖而食之，惟霸者能獲之，此吉祥也。』」蕭統《七契》：「西母靈桃，南楚萍實。」**塵勞笑菊叢。**耿湋詩：「塵事日爲勞。」《藝文類聚》卷四引《續晉陽秋》：「陶潛嘗九月九日無酒，坐宅邊菊叢中，摘菊盈把，坐其側久。望見白衣至，乃王弘送酒也，即便就酌，醉而後歸。」**氣清防麝損，**《楚辭·九辯》：「泬寥兮天高而氣清。」**信密待魚通。**古詩：「客從遠方來，遺我雙鯉魚。呼兒烹鯉魚，中有尺素書。」**游女歌爭發，**《詩·周南·漢廣》：「漢有游女。」**騷人思未窮。**李白詩：「正聲何微茫，哀怨起騷人。」**休傳江北意，**謝朓詩：「江北曠周旋。」**月冷魏池空。**薛道衡詩：「月冷疑秋夜。」曹植《遊芙蓉池》詩：「逍遥芙蓉池，翩翩戲輕舟。」按魏池即用曹植詩意，謂芙蓉池也。

楊億

舒女清泉滿，《文選》劉孝標《答劉秣陵沼書》李善注引《宣城記》：「臨城縣南四十里蓋山，高百餘丈，有舒姑泉。昔有舒氏女，與其父析薪，於泉處坐，牽挽不動。乃還告家，比還，唯有清泉湛然。女母曰：『吾女本好音樂。』乃絃歌，泉涌迴流，有朱鯉一雙。今作樂嬉戲，泉故涌出也。」魏文帝《與吳質書》：「浮甘瓜於清泉。」**黄姑別渚通。**《荆楚歲時記》：「河鼓、黄姑，牽牛也，皆語之轉。」古樂府：「黄姑織女時相見。」杜甫詩：「星落黄姑渚。」按黄姑渚謂天河也。謝朓詩：「別渚金樽傾。」**巴天迷峽

雨，用宋玉《高唐賦》巫山神女「旦爲朝雲，暮爲行雨」事，注已見。杜甫詩：「蜀天常夜雨。」又「峽雨落餘飛。」李賀詩：「蜀烟飛重錦，峽雨濺輕容。」**楚澤映江楓。**司馬相如《子虛賦》：「臣聞楚有七澤，嘗見其一，名曰雲夢。」劉長卿詩：「楚澤怨青蘋。」《楚辭·招魂》：「湛湛江水兮上有楓。」錢起詩：「泊舟應自愛江楓。」**思逐鮫絲亂，**李商隱詩：「鮫絲熨下裳。」**香愁翠被空。**《左氏傳》昭公十二年：「楚子翠被豹舄。」杜預注：「翠被，翠羽飾被。」張衡《西京賦》：「張甲乙而襲翠被。」**灑從瓊蕊露，吹任石尤風。**《江湖記聞》：「石氏女嫁爲尤郎婦，尤遠商不歸，妻憶之病，臨亡，歎曰：『恨不能阻其行，以至於此。今凡有商旅遠行，吾當作大風阻之。』自後商旅發船，值打頭逆風，則曰：『此石尤風也。』」樂府《丁都護歌》：「都護初征時，儂亦惡聞許。願作石尤風，四面斷行旅。」陳子昂《入峽苦風》詩：「寧知巴峽路，辛苦石尤風。」戴叔倫詩：「瀟水連湘水，千波萬浪中。知君未得去，慚愧石尤風。」司空曙詩：「無將故人酒，不及石尤風。」按石尤風亦作石郵風。李商隱詩：「來風貯石郵。」又楊億詩：「石郵風惡客心驚。」《困學紀聞》云：「石尤，李義山作石郵，楊文公亦作石郵。」蓋謂此也。然億詩此處作石尤，而別處作石郵，當並有所據。**怨淚連疎竹，**羅隱《湘妃廟》詩：「已將怨淚流斑竹，又感悲風入白蘋。」何遜詩：「清池映疎竹。」**私書託過鴻。**《史記·酷吏·郅都傳》：「都爲人勇，公廉，不發私書。」李商隱詩：「私書幽夢約忘機。」蕭子良《賓僚七要》：「哀過鴻於月曉。」**雙魚應共戲，**古詩：「遺我雙鯉魚。」段成式詩：「不要蓮東雙鯉魚。」古詩《江南可採蓮》：「江南可採蓮，蓮葉何田田。魚戲蓮葉間，魚戲蓮葉東，魚戲蓮葉西，魚戲蓮葉南，魚戲蓮葉北。」**休問葉西東。**

錢惟演

玉甃引清泉，杜甫詩：「翠瓜碧李沉玉甃。」按《字林》：「甃，井壁也。」魏文帝《與吴質書》：「浮甘瓜於清泉。」**風高白露天。**柳宗元詩：「風高榆柳疎。」李白詩：「山明月露白。」**盈盈臨一水，**古詩：「盈盈一水間，脉脉不得語。」**冪冪隔長烟。**謝朓詩：「生烟紛漠漠。」郭璞詩：「升降隨長烟。」**已分蘭芝溺，**《古詩爲焦仲卿妻作》之序：「漢末建安中，廬江府小吏焦仲卿妻劉氏，爲仲卿母所遣，自誓不嫁，其家逼之，乃没水而死。仲卿聞之，亦自縊於庭樹。時傷之，爲詩云爾。」按蘭芝，焦仲卿妻劉氏名也。詩云：「蘭芝慙阿母，兒實無罪過。」又「攬裙脱絲履，舉身赴清池。」**仍憂趙后仙。**《三輔黄圖》：「成帝常以秋日與趙飛燕戲於太液池，以金鎖攬雲舟於波上。每輕風時至，飛燕殆欲隨風入水。帝以翠縷結飛燕之裾。」《飛燕外傳》：「帝於太液池作千人舟，中流歌酣，風大起。后揚袖曰：『仙乎！仙乎！去故而就新，寧忘懷乎！』帝令侍郎馮無方曰：『無方爲我持后。』無方捨吹持后履。久之風霽，后泣曰：『帝恩我，使我仙去不待。』悵然曼嘯，泣數行下，帝益愧愛。」**鮫綃衣更密，**李商隱詩：「鮫綃熨下裳。」**珠串淚長圓。**珠串，明嘉靖玩珠堂本作珠蚌，今從粤雅堂本、邵武徐氏叢書本、桐鄉汪氏刻本。按此用鮫人泣珠事，注見錢惟演前首「淚有鮫人見」句下。**琴怨來湘浦，**《琴曲譜録》：「上古琴弄名有《湘妃怨》，女英製。」崔駰《杖頌》：「爰植根於湘浦。」謝靈運《緩歌行》：「皇娥發湘浦。」**鴻驚近洛川。**曹植《洛神賦》：「翩若飛鴻，婉若遊龍。」又「容與乎陽林，流眄乎洛川。」**金塘正斜照，**劉楨詩：「菡萏溢金塘。」《文選》李善注：「金塘，猶金隄也。」庾信樂府：「紫微斜照影徘徊。」**誰倚木蘭船。**劉孝威詩：「金槳木蘭船，戲采江南蓮。」

丁謂

彼美秋江上，《詩·陳風·東門之池》：「彼美淑姬，可與晤歌。」杜甫詩：「魚龍寂寞秋江冷。」**塵埃恥託根。**《禮記·曲禮》：「前有塵埃，則載鳴鳶。」《晉書·王濬傳》：「靈基託根於南垂。」岑參詩：「此君託根幸得地。」**笑傾行雨國，**宋玉《高唐賦》：「旦爲朝雲，暮爲行雨。朝朝暮暮，陽臺之下。」《漢書·外戚傳》：「孝武李夫人，兄延年，性知音，善歌舞。侍上起舞，歌曰：『北方有佳人，絶世而獨立。一顧傾人城，再顧傾人國。寧不知傾城與傾國，佳人難再得。』」**香返夢蘭魂。**《左氏傳》宣公三年：「鄭文公有賤妾曰燕姞，夢天使與己蘭。曰：『以是爲而子。以蘭有國香，人服媚之如是。』」**蛺蝶無媒妁，**何遜詩：「蛺蝶縈空戲。」《孟子》：「不待父母之命，媒妁之言。」**鴛鴦見子孫。**《古今注》：

「鴛鴦，水鳥，鳧類也。雌雄未嘗相離。人得其一，則一思而至死，故曰匹鳥。」《詩・大雅・生民之什・假樂》：「子孫千億。」**偏窺思兩槳，**《莫愁歌》：「莫愁在何處，莫愁石城西。艇子打兩槳，催送莫愁來。」**深鎖憶重門。**羅鄴詩：「深鎖笙歌巢燕聽。」《易・繫辭》：「重門擊柝。」左思《蜀都賦》：「重門洞開。」**怯徇風波性，**《楚辭・九章》：「順風波以從流兮。」**慰留月露痕。**謝朓賦：「當月露而留影。」**枉將金試步，千古怨東昏。**《南史・齊東昏侯紀》：「又鑿金爲蓮華以帖地，令潘妃行其上，曰：『此步步生蓮華也。』」

再賦七言

劉　筠

紉蘭爲佩桂爲舟，《離騷》：「扈江離與薜芷兮，紉秋蘭以爲佩。」《楚辭・九歌・湘君》：「美要眇兮宜脩，沛吾乘兮桂舟。」《文選》五臣注：「舟用桂者，取香潔之異。」**北渚雲飛發櫂謳。**《離騷》：「夕弭節兮北渚。」《楚辭・九歌・湘夫人》：「帝子降兮北渚。」漢武帝《秋風辭》：「秋風起兮白雲飛。」又「蕭歌鳴兮發櫂歌。」**已有萬絲能結怨，**吴融詩：「溪柳回頭萬萬絲。」《韓非子・大體》：「心無結怨，口無煩言。」**不須千蓋强障羞。**古之蓋，猶今之傘也。江總詩：「新梅嫩柳未障羞。」李商隱詩：「月扇未障羞。」**金隄教窣誰同上，**司馬相如《子虛賦》：「於是乃相與獠於蕙圃，媻姍勃窣而上乎金隄。」《文選》李善注：「《説文》曰：『獠，獵也。』韋昭曰：『媻姍勃窣，匍匐上也。』」**翠帟繽紛客自留。**蕭至忠詩：「翠帟俯秦墟。」《離騷》：「佩繽紛其繁飾兮，芳菲菲其彌章。」班固《西都賦》：「綺組繽紛。」**欲選浣紗傾敵國，**《吴越春秋》：「越王得苧羅山鬻薪之女曰西施、鄭旦，而獻於吴。」《寰宇記》：「會稽縣東，西施浣紗石。」**越王更起近江樓。**《史記·越王句踐世家》：「吴王擊越，敗之夫椒。越王乃以餘兵五千人保棲於會稽。於是句踐乃以美女寶器令大夫種獻吴太宰嚭。」謝靈運詩：「繫纜臨江樓。」

楊　億

翠幄飄香映綺襦，左思《吴都賦》：「藹藹翠幄。」陸機詩：「密葉成翠幄。」張正見詩：「飄香入桂舟。」《漢書·叙傳》：「在於綺襦紈袴之間，非其好也。」**鈿盤清曉露成珠。**杜甫詩：「力疾坐清曉。」**休啼爲近鮫人室，**《博物志》：「鮫人水居，出寓人家積日，賣絹將去，從主人索一器，泣而成珠滿盤，以與主人。」**欲笑誰投玉女壺。**《神異經》：「東荒山中有大石室，東王公居焉。恒與一玉女投壺。每投千二百矯，設有入不出者，天爲之噏噓。矯出而脱誤不接者，天爲之笑。」**雲氣乍迴巫峽夢，**宋玉《高唐賦》：「昔者楚襄王與宋玉游於雲夢之臺，望高唐之觀。其上獨有雲氣，崪焉直上，忽焉改容，須臾之間，變化無窮。王問玉曰：『此何氣也？』玉對曰：『所謂朝雲者也。昔者先王嘗游高唐，夢見一婦人，曰：「妾巫山之女也。在巫山之陽，高丘之岨。旦爲朝雲，暮爲行雨。朝朝暮暮，陽臺之下。」旦朝視之，如言。故爲立廟，號曰朝雲。』」《水經注》：「帝使鼈令鑿巫峽通水，蜀得陸處。」郭璞《江賦》：「衝巫峽以迅激。」**水嬉猶記曲池圖。**《述異記》：「吴王作天池，池中造青龍舟，舟中盛陳伎樂，日與西施爲水嬉。」張協《七命》：「乘鳧舟兮爲水嬉。」白居易詩：「粉黛凝春態，金鈿耀水嬉。」《楚辭·招魂》：「坐堂伏檻，臨曲池些。芙蓉始發，雜芰荷些。」左思《魏都賦》：「右則疎圃曲池。」**金花卻薦何人步，**《南史·齊東昏侯紀》：「又鑿金爲蓮華以帖地，令潘妃行其上，曰：『此步步生蓮華也。』」**枉遣淩波襪縷濡。**曹植《洛神賦》：「陵波微步，羅襪生塵。」

錢惟演

欲網珊瑚碧浪深，張衡《西都賦》：「珊瑚碧樹，周阿而生。」《翻譯名義集》引任昉《述異記》：「珊瑚樹，碧色，生海底。一株數十枝，枝間無葉。大者高五六尺，小者尺餘。」《新唐書·拂菻傳》：「海中有珊瑚洲，海人乘大舶墮鐵網水底。珊瑚初生磐石上，白如菌，一歲而黄，三歲赤，枝格交錯，高三四尺。鐵發其根，繫網舶上，絞而出之。」許敬宗詩：「錦鱗文碧浪。」**橫塘斜日帶秋陰。**左思《吴都賦》：「橫塘查下，邑屋隆夸。」《六朝事迹編類》：「吴大帝時，自江口沿淮築隄，謂之橫塘。」梁簡文帝詩：「斜日晚騣騣。」顏延之《陶徵士誄》：「春煦秋陰。」**漢宮此地留金餅，**李白詩：「蒲桃出漢宮。」《南史·褚淵回傳》：「有人求官，密袖中將一餅金。」**洛浦何人遺錦衾。**古詩：「錦衾遺洛浦，同袍與我違。」**舞學西城迴雅態，**陸雲詩：「西城擅雅舞。」陸機《洛陽記》：「金墉城在宮之西北角，魏故宮人皆在中。」《古今注》：「魏文帝宮人田尚衣，能歌舞。」李咸用詩：「祇應憐雅態。」**歌傳南國有餘音。**《楚辭·九章·橘頌》：「受命不遷，生南國兮。」王逸注：「南國，江南也。」按此謂江南可採蓮曲也。注見前楊億詩「雙魚應共戲」句下。曹植詩：「南國有佳人，容華若桃李。朝遊江北岸，日夕宿湘沚。」《列子·湯問》：「而餘音繞梁欐三日不絶。」**韓憑恨魄如長在，**《搜神記》：「宋康王舍人韓憑娶妻美，康王奪之。憑怨，王囚之，憑自殺。妻乃陰腐其衣。王與之登臺，遂自投臺下，左右攬之，衣不中手而死。」按今本《搜神記》不言韓憑妻衣化爲蝶事。據《寰宇記》：「鄆城縣韓憑冢。《搜神記》：『宋大夫韓憑娶妻美，宋康王奪之，憑怒王，自殺。妻陰腐其衣，與王登臺，自投臺下，左右攬之，着手化爲蝶。』」是古本《搜神記》確有韓憑妻衣化爲蝶之神話傳説也。恨魄，謂蝴蝶也。《山堂肆考》：「俗傳大蝶必成雙，乃韓憑夫婦之魂。」是民間傳説，韓憑夫婦之魂，並化爲蝴蝶，不僅韓憑妻衣着手變成蝴蝶。每一民間神話之發展過程，往往如此。顧況詩：「若教恨魄皆能化，何樹何山著子規。」**青骨香銷亦見尋。**《藝文類聚》卷七十九引《搜神記》：「蔣子文者，廣陵人也。嗜酒好色，常自謂己骨青，死當爲神。」按荷花莖葉並青色，故以青骨喻之。常衮詩：「香銷蠹字魚。」

又贈一絶

劉　筠

粉白朱紅翡翠翹，《戰國策》：「鄭之美者，粉白黛黑而立於衢，不知者謂之神仙。」宋玉《登徒子好色賦》：「著粉則太白，施朱則太赤。」《古今注》：「芙蓉，一名荷花，花之最秀異者。色有赤白紅紫青黃，紅白二色差多。」《説文解字》：「翡，赤羽雀也，翠，青羽雀也。」《楚辭·招魂》：「砥室翠翹，絓曲瓊些。」王逸注：「翠，鳥名，翹，羽也。」韋應物詩：「麗人綺閣情飄飄，頭上鴛釵雙翠翹。」白居易詩：「翠翹金錯玉搔頭。」《山堂肆考》：「翡翠鳥尾上長毛曰翹，美人首飾如之，因名翠翹。」**漢宫等級不相饒。**《後漢書·皇后紀序》：「漢自武、元之後，至乃掖庭三千，增級十四。」張衡《西京賦》：「列爵十四，競媚取榮。」薛綜注：「後宫官從皇后以下凡十四等。」《續漢書·輿服志》：「尊卑上下，各有等級。」鮑照樂府：「日月流邁不相饒。」按不相饒，猶言不肯寬恕也。**風波若未乖前約，**《楚辭·九章》：「順風波以從流兮。」《集異記》：「復堅前約。」**一死何曾更抱橋。**李商隱詩：「荷欹更抱橋。」《莊子·盜跖》：「尾生與女子期於梁下，女子不來，水至不去，抱梁柱而死。」

楊億

瑶水霓旌綺宴開，江淹詩：「瑶水雖未合，珠霜竊過中。」庾信詩：「停鸞讌瑶水，歸路上鴻天。」司馬相如《上林賦》：「拖蜺旌，靡雲旗。」孫元晏詩：「三閣相通綺宴開。」**漢宫渠怨露華新。**《飛燕外傳》：「婕妤浴豆蔻湯，傅露華百英粉。」李白清平調：「春風拂檻露華濃。」皮日休詩：「玉顆珊珊下月輪，殿前拾得露華新。」**誰然百炬金花燭，**《南史·羊侃傳》：「侃性豪侈，侍婢百餘人，俱執金花燭。」**渡襪歌梁落暗塵。**曹植《洛神賦》：「陵波微步，羅韈生塵。」謝朓詩：「舞館識餘基，歌梁想遺囀。」劉向《別録》：「漢興以來，善雅歌者魯人虞公，發聲清哀，遠動梁塵。」

錢惟演

唾露金銷月似霜，令狐楚詩：「青天月似霜。」**雲屏玉簟剩清光。**張協《七命》：「雲屏爛汗，瓊壁青葱。」《洞冥記》：「雜玉爲簟。」劉禹錫詩：「玉簟微涼宜白晝。」謝朓詩：「秋日懸清光。」**不知誰有高唐夢，**用宋玉《高唐賦》巫山神女事，注見前楊億詩「雲氣乍迴巫峽夢」句下。**翠被華燈徹曙香。**《左氏傳》昭公十二年：「楚子翠被豹舄。」杜預注：「以翠羽飾被。」樂府《相逢行》：「華燈何煌煌。」《三國志·魏志·常林傳》注引《魏略》:「叫呼嗷嗷徹曙。」

丁　謂

夢散高唐夜正遥，用宋玉《高唐賦》事，注見上。**楚天無處不無憀。**杜甫詩:「楚天不斷四時雨。」韓偓《春晝》詩:「絲纏露泣，各自無憀。」**秋風似會荆王意，**鮑照《代白紵舞歌辭》:「荆王流歎楚妃泣。」**露渚烟汀養細腰。**王勃文:「動宵吟於露渚。」張佖詩:「老松瘦竹臨烟汀。」《韓非子·二柄》:「楚靈王好細腰，而國中多餓人。」

梨

錢惟演

紫花青蔕壓枝繁，庾肩吾《答陶隱居賚木煎啓》:「紫花標色，出自鄭巖之下。」杜甫詩:「千朵萬朵壓枝低。」**秋實離離出上蘭。**《楚辭·七諫》:「食草木之秋實。」《南齊書·謝朓傳》:「效蓬心於秋實。」《詩·小雅·南有嘉魚之什·湛露》:「其桐其椅，其實離離。」《毛傳》:「離離，垂也。」張衡《西京賦》:「朱實離離。」《漢書·元后傳》:「校獵上蘭。」顔師古注:「上蘭，觀名也，在上林中。」《西京雜記》:

「初修上林苑，群臣遠方各獻名果異樹，梨十，紫梨、青梨、芳梨、大谷梨、細葉梨、縹蔕梨、金柯梨、瀚海梨、東王梨、紫條梨。」**東海圓珪無奈碧，**《遁甲開山圖》：「禹遊東海，得玉珪，碧色，圓如日月。以自炤，目達幽冥。」韋莊詩：「皎潔如圓珪。」**嵰州甜雪不勝寒。**《御覽》卷十二引《拾遺記》：「穆王東至大巇之谷，西王母來進嵰州甜雪。嵰州去玉門三十萬里，地多寒雪，霜露著木石之上，皆融而甘，可以爲菓也。」**已憂仙佩懸珠重，**《文選·南都賦》注引《韓詩外傳》：「鄭交甫適南楚，遵彼漢皋臺下，乃遇二女，佩兩珠，大如荊雞卵。」駱賓王賦：「點綴懸珠之網。」**更恐金刀切玉難。**錢起詩：「三軍版築脱金刀。」《列子·湯問》：「周穆王大征西戎，西戎獻錕鋙之劍，其劍長尺有咫，鍊鋼赤刃，用之切玉如切泥焉。」《博物志》：「昆吾獻切玉刀，刀切玉如臘。」**自與相如解痟渴，**《史記·司馬相如傳》：「常有消渴疾。」《釋名》：「消澈，澈，渴也。腎氣不周於胸胃中，津潤消渴，故欲得水也。」**何須瓊蕊作朝餐。**張衡《西京賦》：「立脩莖之仙掌，承雲表之清露。屑瓊蕊以朝餐，必性命之可度。」慧琳《一切經音義》：「花蕊，《集訓》云花鬚也。」

楊億

繁花如雪早傷春，駱賓王詩：「繁花明日柳，疎蕊落風梅。」《詩·曹風·蜉蝣》：「麻衣如雪。」**千樹**

封侯未是貧。《史記・貨殖列傳》:「安邑千樹棗,蜀漢江陵千樹橘,淮北常山已南河濟之間千樹萩,此其人皆與千户侯等。」**漢苑漫傳盧橘賦,**司馬相如《上林賦》:「盧橘夏熟。」李善注:「盧,黑也。」

驪山誰識荔枝塵。《太真外傳》:「妃子既生於蜀,嗜荔支。南海荔支,勝於蜀者,故每歲馳驛以進。」《新唐書・禮樂志》:「帝幸驪山,楊貴妃生日,命小部張樂長生殿,因奏新曲,未有名。會南方進荔支,因名曰荔支香。」**九秋青女霜添味,**張衡《南都賦》:「結九秋之增傷。」《御覽》卷二十五引《陰陽五行曆》:「一時皆三月,又以一月爲三秋,故三月有九秋之名也。」《淮南子・天文訓》:「秋三月,地氣下藏,百蟲蟄伏,青女乃出,以降霜雪。」許慎注:「青女,玉女主霜雪也。」**五夜方諸月溜津。**《漢舊儀》:「晝漏盡,夜漏起,省中黄門持五夜。五夜者,甲夜,乙夜,丙夜,丁夜,戊夜。」《淮南子・天文訓》:「方諸見月則津而爲水。」《周禮・秋官・司烜氏》:「以鑑取明水於月。」鄭玄箋:「鑑,鏡屬,取水者,世謂之方諸。」《文選》李善注:「溜,水流貌。」**楚客狂酲朝已解,**《左氏傳》襄公二十六年:「楚客聘于晉。」《莊子・人間世》:「嗅之則使人狂酲三日而不已。」《漢書・禮樂志》:「泰尊柘漿析朝酲。」《詩毛傳》:「病酒曰酲。」**水風猶自獵汀蘋。**温庭筠詩:「水風空落眼前花。」李商隱詩:「獨得詠汀蘋。」

劉筠

玄光仙樹阻丹梯，《漢武帝内傳》：「太上之果，有玄光梨。」劉潛《謝東宮賚酒啓》：「試儔仙樹，葛玄泥首。」謝朓詩：「即此陵丹梯。」**御宿嘉名近可齊。**揚雄《羽獵賦》序：「武帝廣開上林，東南至宜春、鼎湖、御宿、昆吾。」《三輔黄圖》：「御宿苑，在長安城南御宿川中。漢武帝爲離宮別館，禁禦人不得入。往來遊觀，止宿其中，故曰御宿。」《辛氏三秦記》：「漢武帝園曰樊川，一名禦宿。有大梨如五升瓶，落地則破。其主取者，先以布囊盛之。名含消梨。」《離騷》：「肇錫予以嘉名。」**真定早寒霜葉薄，**何晏《九州論》：「真定好梨。」左思《魏都賦》：「真定之梨。」劉逵注：「真定出御梨。」《御覽》卷九百六十九引《魏文帝詔》：「真定御梨，大若拳，甘若蜜，脆若凌，可以解煩釋渴。」顏延之詩：「秋至恒早寒。」劉長卿詩：「青楓霜葉稀。」**樊川初曉露枝低。**露枝，粤雅堂本、桐鄉汪氏刻本作露珠，今從明嘉靖玩珠堂本。《辛氏三秦記》：「漢武帝園曰樊川，一名禦宿。有大梨如五升瓶。名含消梨。」杜甫詩：「千朵萬朵壓枝低。」**先時櫻熟煩羊酪，**《漢書·叔孫通傳》：「方今櫻桃熟。」《世説新語》：「陸機詣王武子，武子前置數斛羊酪，指以示陸曰：『卿江東何以敵此。』陸云：『有千里蓴羹，但未下鹽豉耳。』」儲光羲詩：「杏色滿林羊酪熟。」**遠信梅酸損瓠犀。**鮑照詩：「食梅常苦酸。」韓偓詩：「齒軟越梅酸。」《詩·衛風·碩人》：「齒如瓠犀。」**宋玉有情終未識，**盧諶《與劉琨書》：「苟曰有情，孰能不懷。」**蔗漿無奈楚魂迷。**《楚辭·招魂》：「胹鼈炮羔，有柘漿些。」王逸注：「取藷蔗之汁爲漿飲也。」杜甫詩：「難招楚客魂。」李賀詩：「楚魂尋夢風颸然。」

丁謂

搖搖繁實弄秋光，《詩·王風·黍離》：「行邁靡靡，中心搖搖。」傅玄《桑椹賦》：「繁實離離。」杜甫詩：「秋光近青岑。」**曾伴青楟薦武皇。**《西京雜記》：「上林苑，楟三，赤楟，赤葉楟，烏楟。」武皇謂漢武帝，武帝起上林苑。**玄圃雲腴滋紺質，**《初學記》卷二十八引王讚《梨頌》：「太康十年，梨樹四株，其條與中枝合，生於玄圃園。皇太子令侍臣作頌。」《雲笈七籤》卷七十四：「雲腴之味，香甘異美，强骨補精，鎮生五藏，守氣凝液，長魂養魄，真上藥也。」**上林風馭獵清香。**《西京雜記》：「初修上林苑，群臣遠方，各獻名果異樹，亦有製爲美名，以標奇麗。」庾信《祀圓丘歌》：「風爲馭。」温庭筠詩：「短景催風馭。」謝靈運《山居賦》：「怨清香之難留。」**尋芳尚憶瓊爲樹，**姚合詩：「尋芳行不困。」任昉詩：「騷人貶瓊樹。」《漢武故事》：「前庭植玉樹，以珊瑚爲枝，碧玉爲葉，華子或青或赤，悉以珠玉爲之。子皆空其中，如小鈴，鎗鎗有聲。」**蠲渴因知玉有漿。**《荔支譜》：「荔支食之有益於人。葛洪云蠲渴補髓。」魏武帝樂府：「驂駕六龍飲玉漿。」**多少好枝誰最見，**王建詩：「君家樹頭多好枝。」**冒霜丹頰倚鄰牆。**鍾會《菊花賦》：「冒霜吐穎。」《子夜歌》：「夜半冒霜來，見我輒怨唱。」許渾《高尚書睨大梨白鵬》詩：「霜合凝丹頰，風披斂素襟。」宋玉《登徒子好色賦》：「天下之佳人，莫若臣東家之子，然此女登牆窺臣三年，至今未許也。」

淚二首

楊　億

錦字梭停掩夜機，江淹《別賦》：「織錦曲兮泣已盡，迴文詩兮影獨傷。」《文選》李善注引《織錦迴文詩序》曰：「竇滔秦州被徙沙漠，其妻蘇氏，秦州臨去，誓不更娶。至沙漠，更娶婦。蘇氏織錦端中作此迴文詩以贈之。苻國時人也。」《侍兒小名録》：「前秦安南將軍竇滔，有寵姬趙陽臺，置之別所，妻蘇求而獲焉，苦加撻辱，滔深恨之。滔鎮襄陽，與陽臺之任，絶蘇氏音問。蘇悔恨自傷，因織錦迴文題詩二百餘首，計八百餘字，縱橫反覆，皆爲文章，名璇璣圖。遣蒼頭賫至襄陽。滔覽錦字，感其妙絶，因具車從迎蘇氏。」王筠詩：「爾時思錦字，持製行人衣。」梁元帝詩：「停梭還斂色。」張文恭詩：「龍梭静夜機。」**白頭吟苦怨新知。**《西京雜記》：「司馬相如將聘茂陵人女爲妾，卓文君作白頭吟以自絶，相如乃止。」《楚辭·九歌·少司命》：「悲莫悲兮生別離，樂莫樂兮新相知。」**誰聞隴水回腸後，**《辛氏三秦記》：「隴西關其阪九迴，不知高幾里，欲上者七日乃越。其上有清水四注，俗歌曰：『隴頭流水，鳴聲幽咽。遥望秦川，心肝斷絶。』」**更聽巴猨拭袂時。**《水經・江水注》：「故漁者歌曰：『巴東三峽巫峽長，猿鳴三聲淚沾裳。』」張九齡詩：「惟有巴猨嘯，哀音不可聽。」姚鵠詩：「蜀道重來老，巴猿此去聞。」李中詩：「隴笛悲猶少，巴猨恨未多。」**漢殿微涼金屋閉，**王勃賦：「麥雨微涼。」《漢武故事》：「帝爲膠東王，年數歲，長公主抱著膝上，問曰：『兒欲得婦否？』曰：『欲得。』因指其女問曰：『阿嬌好否？』乃笑曰：『好！若得阿嬌作婦，當作金屋貯之。』」按阿嬌即陳皇后，武帝即位，爲皇后，以妒别處長門宫，愁悶悲思，故詩云漢殿微涼金屋閉也。**魏宫清曉玉壺欹。**魏文帝詩：「巾車出鄴宫。」杜甫詩：「力疾坐清曉。」《拾遺記》：「魏文帝所愛美人姓薛名靈芸，以千金寶賂聘之。靈芸聞别父母，歔欷累日，淚下沾衣。至升車就路之時，以玉唾壺承淚，壺則紅色。既發常山，及至京師，壺中淚凝如血。」**多情不待悲秋氣，**氣，粵雅堂本、桐鄉汪氏刻本作意，今從明嘉靖玩珠堂本。韓愈詩：「多情懷酒伴。」《楚辭・九辯》：「悲哉秋之爲氣也。」**祇是傷春鬢已絲。**《詩・豳風・七月》：「采蘩祁祁，女心傷悲。」李商隱詩：「鬢絲休歎雪霜垂。」

寒風易水已成悲，《吕氏春秋・有始覽・有始》：「北方曰寒風。」《史記・刺客列傳》：燕太子丹使荆軻刺秦王，「太子及賓客知其事者，皆白衣冠以送之。至易水之上，既祖，取道，高漸離擊筑，荆軻和而歌，爲變徵之聲，士皆垂淚涕泣。又前而爲歌曰：『風蕭蕭兮易水寒，壯士一去兮不復還。』」**亡國何人見黍離。**《詩·王風·黍離》：「彼黍離離，彼稷之苗。」《詩·小序》：「黍離，閔宗周也。」**枉是荆王疑美璞，**《韓非子·和氏》：「楚和氏得玉璞楚山中，奉而獻之厲王，厲王以和爲誑，而刖其左足。及厲王薨，武王即位，和又奉其璞而獻之武王，武王又以和爲誑，而刖其右足。武王薨，文王即位，和乃抱其璞而哭於楚山之下，三日三夜，淚盡而繼之以血。王聞之，使人問其故，曰：『子奚哭之悲？』和曰：『吾非悲刖也，悲夫寶玉而題之以石，貞士而名之以誑，此吾所以悲也。』王乃使玉人理其璞而得寶焉，遂名曰和氏之璧。」鮑照《代白紵舞歌辭》：「荆王流歎楚妃泣。」**更令楊子怨多歧。**《淮南子·説林訓》：「楊子見逵路而哭之，謂其可以南，可以北。」《列子·説符》：「楊子之鄰人亡羊，既率其黨，又請楊子之豎追之。楊子曰：『嘻！亡一羊，何追者之衆。』鄰人曰：『多歧路。』既反，問『獲羊乎？』曰：『亡之矣。』曰：『奚亡之？』曰：『歧路之中，又有歧焉。吾不知所之，所以反也。』楊子戚然變容，不言者移時，不笑者竟日。心都子曰：『大道以多歧亡羊，學者以多方喪生。』」**胡笳暮應三撾鼓，**《晉書·劉琨傳》：「在晉陽，嘗爲胡騎所圍數重，城中窘迫無計，琨乃乘月登樓清嘯，賊聞之，皆悽然長歎。中夜奏胡笳，賊又流涕歔欷，有懷土之切。向曉復吹之，賊並棄圍而走。」岑參詩：「軍中置酒夜撾鼓。」**楚舞春臨百子池。**《史記·留侯世家》：「戚夫人泣，上曰：『爲我楚舞，我爲若楚歌。』」《西京雜記》：「戚夫人侍兒賈佩蘭説，在宫内時，見戚夫人侍高帝。至七月七日，臨百子池，作于闐樂。樂畢，以五色縷相羈，謂爲相連愛。」**未抵索居愁翠被，**《禮記·檀弓》：「子夏曰：『吾離群而索居，亦已久矣。』」《左氏傳》昭公二十二年：「楚子翠被豹舄。」杜預注：「翠被，以翠羽爲被。」**圓荷清曉露淋漓。**杜甫詩：「圓荷浮小葉，細麥落輕花。」又《畫障歌》：「元氣淋漓障猶濕。」

錢惟演

鮫盤千點怨吞聲，《御覽》卷八百三引《博物志》：「鮫人從水出寓人家積日，賣綃將去，從主人索一器，泣而成珠滿盤，以與主人。」鄭谷詩：「蒙頂茶畦千點露。」馬融《長笛賦》：「綿駒吞聲，伯牙毀絃。」**蠟炬風高翠箔輕。**杜甫詩：「獨宿江城蠟炬殘。」王鎡詩：「翠箔桑空蠶又眠。」**夜半商陵聞別鶴，**甯戚《飯牛歌》：「從早飯牛至夜半。」《古今注》：「《別鶴操》，商陵牧子所作也。娶妻五年而無子，父兄將爲之改娶，妻聞之，中夜起，倚户而悲嘯。牧子聞之，愴然而悲，乃援琴而歌，後人因爲樂章焉。」**酒闌安石對哀箏。**《晉書·桓伊傳》：「時謝安女壻王國寶專利無檢行，安惡其爲人，每抑制之。及孝武末年，嗜酒好內，而會稽王道子昏醟尤甚，於是國寶讒諛之計稍行於主相之間。而好利險詖之徒，以安功名盛極而構會之，嫌隙遂成。帝召伊飲讌，安侍坐。帝命伊吹笛，伊即吹爲一弄，乃放笛云：『臣於箏分，乃不及笛，然自足以韻合歌管，請以箏歌。』伊便撫箏而歌怨詩曰：『爲君既不易，爲臣良獨難。忠信事不顯，乃有見疑患。周旦佐文武，金縢功不刊。推心輔王政，二叔反流言。』聲節慷慨，俯仰可觀。安泣下沾衿，乃越席而就之，捋其鬚曰：『使君於此不凡。』帝甚有愧色。」《史記・高祖本紀》：「酒闌，呂公因目固留高祖。」文穎曰：「闌言希也。謂飲酒者半罷半在，謂之闌。」魏文帝《與吳質書》：「高譚娛心，哀箏順耳。」**銀屏欲去連珠迸，**温庭筠《湘東宴曲》：「欲上香車俱脈脈，清歌響斷銀屏隔。」王褒《洞簫賦》：「揚素波而揮連珠兮。」《古詩爲焦仲卿妻作》：「初與小姑別，淚落連珠子。」按連珠子猶言淚多。**金屋初來玉筯横。**《漢武故事》：「若得阿嬌作婦，當作金屋貯之。」劉孝威詩：「誰言雙玉筯，流面復沾襟。」**馬上悲歌寄黄鵠，**《史記・陸賈列傳》：「乃公居馬上而得之。」古詩：「悲歌可以當泣。」《漢書・西域傳》：「漢元封中，遣江都王建女細君爲公主以妻烏孫。公主至其國，昆莫年老，語言不通，公主悲愁，自爲作歌曰：『吾家嫁我兮天一方，遠託異國兮烏孫王。穹廬爲室兮旃爲牆，以肉爲食兮酪爲漿。居常土思兮心内傷，願爲黄鵠兮歸故鄉。』」**紫臺迴首暮雲平。**江淹《恨賦》：「若夫明妃去時，仰天太息，紫臺稍遠，關山無極。摇風忽起，白日西匿。隴雁少飛，代雲寡色。望君王兮無期，終蕪絶兮異域。」《文選》李善注：「紫臺，猶紫宫也。」王維詩：「迴看射雕處，千里暮雲平。」

家在河陽路入秦，曹植《送應氏詩》：「親昵並集送，置酒此河陽。」江淹《別賦》：「又若君居淄右，妾家河陽。同瓊佩之晨炤，共金爐之夕香。君結綬兮千里，惜瑤草之徒芳。」《史記・孟嘗君列傳》：「馮驩曰：『借臣專一乘，可以入秦者，必令君重於國，而封邑益廣。』」梁簡文帝詩：「挾瑟嘗遊趙，吹簫屢入秦。」李白詩：「余亦辭家西入秦。」按此入秦實用荆軻刺秦王事。**樓頭相望祇酸辛。**韓愈詩：「樓頭完月不共宿。」《漢書·文帝紀》：「冠蓋相望。」李商隱詩：「紅樓隔雨相望冷。」杜甫詩：「萬事益酸辛。」**江南滿目新亭宴，**《爾雅》：「江南曰揚州。」《楚辭·招魂》：「湛湛江水兮上有楓，目極千里兮傷春心，魂兮歸來哀江南。」魏文帝書：「爛然滿目。」《世説新語》：「過江諸人，每至美日，輒相邀新亭，藉卉飲宴。周侯中坐而歎曰：『風景不殊，正自有江山之異。』皆相視流淚。」**旗鼓傷心故國春。**《三國志·魏志·臧洪傳》：「袁紹令洪邑人陳琳書與洪，洪答曰：『望主人之旗鼓，感故友之周旋。』」丘遲《與陳伯之書》：「見故國之旗鼓，感平生於疇日，撫弦登陴，豈不愴恨。」司馬遷《報任安書》：「悲莫痛於傷心。」**仙掌倚天頻滴露，**《史記·封禪書》：「其後又作柏梁、銅柱、承露仙人掌之屬矣。」班固《西都賦》：「抗仙掌以承露，擢雙立之金莖。」張衡《西京賦》：「立修莖之仙掌，承雲表之清露。」宋玉《大言賦》：「長劍耿耿倚天外。」《酉陽雜俎》：「蒟弱根大如椀，至秋葉滴露。」**方諸待月自涵津。**《淮南子·天文訓》：「方諸見月，則津而爲水。」**荆王未辨連城價，**用卞和獻璞事，注已見前首楊億詩「枉是荆王疑美璞」句下。《史記·廉頗藺相如列傳》：「趙惠文王時，得楚和氏璧，秦昭王聞之，使人遺趙王書，願以十五城請易璧。」盧諶詩：「連城既僞往，荆玉亦真還。」魏文帝《與鍾繇謝玉玦書》：「不損連城之價。」**腸斷南州抱璧人。**《楚辭·遠遊》：「嘉南州之炎德兮。」潘岳《西征賦》：「想趙使之抱璧，瀏睨楹以抗憤。」

劉筠

雍門琴罷已浪浪，《説苑·善説》：「雍門子周以琴見乎孟嘗君，孟嘗君曰：『先生鼓琴，亦能令文悲乎？』雍門子周曰：『夫以秦楚之强，而報讎於弱薛，天下有識之士，無不爲足下寒心酸鼻者。千歲萬歲之後，廟堂必不血食矣。高堂既已壞，曲池既已漸，墳墓既以嬰兒竪子樵採薪蕘者蹢躅其足而歌其上。』於是孟嘗君泫然流涕承睫而未殞。雍門子周引琴而鼓之，徐動宫徵，微揮羽角，切終而成曲，孟嘗君涕浪汗增欷而就之曰：『先生之鼓琴，令文立若破國亡邑之人也。』」《離騷》：「攬茹蕙以掩涕兮，霑予襟之浪浪。」曹植《洛神賦》：「抗羅袂以掩涕兮，淚流襟之浪浪。」**更上牛山半夕陽。**《晏子春秋》：「景公遊于牛山，北臨其國城而流涕曰：『若何滂滂去此而死乎！』艾孔、梁丘據皆從而泣。」**楚澤雲迷千里目，**《楚辭·招魂》：「目極千里兮傷春心。」司馬相如《子虛賦》：「楚有七澤，嘗見其一，名曰雲夢。」方干詩：「平明失去被雲迷。」謝朓詩：「已惕慕歸心，復傷千里目。」**薊門歌斷九迴腸。**用荆軻事，注已見。唐太宗詩：「寒鶯薊門葉。」**寒梅帶雨飄離席，**李紳詩：「數株臨水是寒梅。」韋應物詩：「春潮帶雨晚來急。」謝朓詩：「日暮有重城，何由盡離席。」**尺素停燈作報章。**素，生帛也。顔師古《急就篇》注：「素謂絹之精白，即所用寫書之素也。」古詩：「呼兒烹鯉魚，中有尺素書。」《詩·小雅·

谷風之什·大東》："跂彼織女，終日七襄。雖則七襄，不成報章。"**湘水未乾終未盡，豈徒萬點寄疎篁。**任昉《述異記》："湘水去岸三十里許，有相思宫、望帝臺。舜南巡不返，殁葬於蒼梧之野。堯之二女娥皇女英追之不及，相思痛哭，淚下沾竹，文悉爲之斑斑然。"杜甫詩："風飄萬點更愁人。"《漢書》注服虔曰："篁，叢竹也。"柳宗元詩："簷下疎篁十二莖。"陸龜蒙詩："曉來衝雪撼疎篁。"

含酸茹歎幾傷神，江淹《恨賦》："或有孤臣危涕，孽子墜心。遷客海上，流戍隴陰。此人但聞悲風汩起，血下霑衿。亦復含酸茹歎，銷落烟沉。"《晉陽秋》："荀粲婦亡，粲不哭而神傷。"**嗚咽交流忽滿巾。**蔡琰《悲憤詩》："觀者皆歔欷，行路亦嗚咽。"杜甫詩："喜心翻倒極，嗚咽淚沾巾。"阮籍詩："齊景升丘山，涕泗紛交流。"**建業江山非故國，**《三國志·吴志·孫權傳》："建安十六年，權徙治秣陵。明年，改秣陵爲建業。"按此句蓋用《世説新語》新亭對泣事，周顗所謂"風景不殊，正自有山河之異。"注見前首。**灞陵風雨又殘春。**《史記·李將軍列傳》："廣家與故潁陰侯孫屏野居藍田南山中射獵。嘗夜從一騎出，從人田間飲，還至霸陵亭，霸陵尉醉，呵止廣。廣騎曰：『故李將軍。』尉曰：『今將軍尚不得夜行，何乃故也！』止廣宿亭下。"《易·繫辭》："潤之以風雨。"李嘉祐詩："山水暗殘春。"

虞歌訣别知亡楚，《史記·項羽本紀》："項王軍壁垓下，兵少食盡，漢軍及諸侯兵圍之數重。夜聞漢軍四面皆楚歌，項王乃大驚曰：『漢皆已得楚乎！　是何楚人之多也。』項王則夜起，飲帳中。有美人名虞，常幸從。駿馬名騅，常騎之。於是項王乃悲歌忼慨，自爲詩曰：『力拔山兮氣蓋世，時不利兮騅不逝。騅不逝兮可奈何！　虞兮虞兮奈若何！』歌數闋，美人和之，項王泣數行下，左右皆泣，莫能仰視。」《後漢書·獨行·范冉傳》：「今子遠適千里，會面無期，故輕行相候，以展訣別。」李商隱詩：「兵殘楚帳夜聞歌。」**燕酒初酣待報秦。**《史記·刺客列傳》：「荆軻既之燕，日與屠狗及高漸離飲於燕市。酒酣以往，高漸離擊筑，荆軻和而歌於市中，相樂也，已而相泣，傍若無人者。」左思《詠史》詩：「荆軻飲燕市，酒酣氣益振。」元稹詩：「日夜思報秦。」**欲訴青天銷積恨，**《莊子·逍遥遊》：「絶雲氣，負青天。」《淮南子·繆稱訓》：「壹恨不足以成非，積恨而成怨。」**月娥孀獨更愁人。**　李商隱詩：「月娥孀獨好同遊。」又「嫦娥應悔偷靈藥，碧海青天夜夜心。」

七夕

《文選》李善注引曹植《九詠》注：「牽牛爲夫，織女爲婦，織女牽牛之星，各處一方。七月七日，得一會同矣。」吴均《續齊諧記》：「桂陽成武丁有仙道，常在人間。忽謂其弟曰：『七月七日，織女當渡河。』弟問曰：『何事渡河？』答曰：『織女暫詣牽牛。』世人至今云織女嫁牽牛也。」

楊億

清淺銀河暝靄收，古詩：「河漢清且淺，相去復幾許。」《白帖》：「天河謂之銀漢，亦曰銀河。」**漢宮還起曝衣樓。**《御覽》卷三十一引宋卜子楊《園苑疏》：「太液西池有武帝曝衣閣。常至七月七日，宮人出后衣登樓曝之。」**共瞻月樹憐飛鵲，**《酉陽雜俎》：「舊言月中有桂，高五百丈，有一人常斫之，樹創隨合。」盧照鄰《至真觀碑》：「栽松蒔柏，與月樹而交輪。」《歲華紀麗》引《風俗通》：「織女七夕當渡河，使鵲爲橋。」《白帖》：「烏鵲填河成橋而渡織女。」庾信《華林園馬射賦》：「紅陽飛鵲，紫燕晨風。」**誰泛星槎見飲牛。**《博物志》：「舊傳天河與海通。近世有人居海渚者，年年八月，有浮槎去來，甚大，往反不失期。人有奇志者，乃立飛閣於槎上，多齎糧，乘槎而去。奄至一處，有城郭狀，屋舍甚嚴，遥望宮中多織婦。見一丈夫牽牛渚次飲之。問：『此是何處？』答曰：『君還至蜀郡，訪嚴君平則知之。』竟不上岸，因還如期。後至蜀問君平，曰：『某年月日，有客星犯牽牛宿。』計年月，正是此人到天河時也。」《拾遺記》：「堯登位三十年，有巨查浮于西海。查常浮繞四海，十二年一周天，周而復始。名曰貫月查，亦謂掛星查。」宋之問詩：「賓至星槎落。」**弄杼暫應停素手，**古詩：「迢迢牽牛星，皎皎河漢女。纖纖擢素手，札札弄機杼。終日不成章，泣涕零如雨。河漢清且淺，相去復幾許。盈盈一水間，脈脈不得語。」**穿針空待眖明眸。**《西京雜記》：「漢綵女常以七月七日，穿七孔鍼於開襟樓。」《御覽》卷三十一引《輿地志》：「齊武帝起層城觀，七月七日，宮人多登之穿針，世謂之穿針樓。」曹植《洛神賦》：「明眸善睞。」**匆匆一夕填橋苦，**《歲華紀麗》引《風俗通》：「織女七夕當填河，使鵲爲橋。」《白帖》：「烏鵲填河成橋而渡織女。」**不似人間有造舟。**《詩・大雅・文王之什・大明》：「造舟爲梁。」

劉　筠

靈匹迢迢駕七襄，謝惠連《七月七日夜詠牛女》詩：「雲漢有靈匹，彌年闕相從。」古詩：「迢迢牽牛星，皎皎河漢女。」《詩・小雅・谷風之什・大東》：「跂彼織女，終日七襄。」何遜《七夕》詩：「仙車駐七襄，鳳駕出天潢。」**暫陳雲幄對星潢。**《西京雜記》：「成帝設雲帳、雲幄、雲幕於甘泉紫殿，世謂之三雲殿。」謝惠連《七月七日夜詠牛女》詩：「沃若靈駕旋，寂寥雲幄空。」謝朓《七夕賦》：「清絃陳兮桂觴酬，雲幄静兮香風浮。」按星潢，銀河也。**已看素魄過三讓，**宋孝武帝詩：「月羽皎素魄。」梁簡文帝《京洛篇》：「夜輪懸素魄。」按素魄，亦謂月也。《禮記・聘禮》：「三讓而後升。」**何用華燈更九光。**《漢武故事》：「王母遣謂帝曰：『七月七日，我當暫來。』帝至日，掃宮內，燃九華之燈。」**玉腕雙絲輕宛轉，**《西京雜記》：「戚夫人侍兒賈佩蘭云在宮內時，至七月七日，臨百子池，作于闐樂。樂畢，以五色縷相羈，謂爲相連愛。」棗腆《贈石季倫》詩：「執手攜玉腕。」劉鑠《白紵曲》：「僊僊徐動何盈盈，玉腕俱凝若雲行。」庾信《謝絲布啓》：「關尹津梁之織，鄴地雙絲。扶風綵文之機，仙園獨繭。」《酉陽雜俎》：「北朝婦人，五日進長命縷、宛轉繩。」**霞衣雜佩暗丁當。**曹唐詩：「茅君夜著紫霞衣。」《詩·鄭風·女曰雞鳴》：「知子之順之，雜佩以問之。」劉向《九歎》：「結瓊枝以雜佩兮，立長庚以繼日。」杜牧詩：「劍佩嘗丁當。」**誰言巧意能勝拙，**《韓非子·説林》：「故曰巧詐不如拙誠。」白居易《宿竹閣》詩：「巧未能勝拙，忙應不及閑。」**祇見鳩閑鵲自忙。**《詩·召南·鵲巢》：「維鵲有巢，維鳩居之。」《毛傳》：「鳲鳩不自爲巢，居鵲之成巢。」《歲華紀麗》引《風俗通》：「織女七夕當渡河，使鵲爲橋。」

錢惟演

紫天銀水渡辛夷，江淹《報袁叔明書》：「紫天爲宇。」按銀水，即銀河也。《楚辭·九歌·山鬼》：「乘赤豹兮從文貍，辛夷車兮結桂旗。」**藻帳雕屏解佩時。**鄒陽《酒賦》：「安廣坐，列雕屏。」鮑照《白紵舞歌》：「雕屏匼匝組帷舒。」解佩用漢上游女事，注已見。**金朔窗中窺阿母，**《博物志》：「七月七日夜，王母降於九華殿，時東方朔竊從殿南廂朱鳥牖中窺母。」《御覽》卷六引《風俗通》：「東方朔，太白星精。」《論衡·道虛》：「世或言東方朔姓金氏，字曼倩，變姓易名，游宦漢朝。」江總《建初寺瓊法師碑》：「學非金朔，無待冬春。」按太白星即金星，故稱金朔，未必姓金也。**小姑堂上憶蘭芝。**《古詩爲焦仲卿妻作》：「初與小姑别，淚落連珠子。」按蘭芝，焦仲卿妻名。**初宵已有穿針樂，**《荆楚歲時記》：「七夕，婦人結綵縷，穿七孔針，或以金銀鍮石爲針，陳瓜菓於中庭，以乞巧。」杜甫詩：「初宵鼓大爐。」**欲曙還成弄杼悲。**白居易《長恨歌》：「耿耿星河欲曙天。」古詩：「迢迢牽牛星，皎皎河漢女。纖纖擢素手，札札弄機杼。」**若比人間更腸斷，萬重雲浪寄微辭。**李商隱詩：「錦水湔雲浪，黄山掃地春。」宋玉《登徒子好色賦》：「蓋徒以微辭相感動。」曹植《洛神賦》：「託微波而通辭。」

成都

五代之際，王氏、孟氏先後據蜀。宋太宗淳化四年，王小波起義於蜀，曰：「我疾貧富不均，今爲汝均之！」小波死，李順繼其志業，稱大蜀王，衆至數十萬。真宗咸平三年，王均起義於成都，國號大蜀，衆又至數萬，川蜀震動。館臣懾其餘威，故有賦成都之作。然公孫述、劉備、王建、孟知祥，割據者也；王小波、李順、王均，起義者也。而館臣同一視之，混淆兩類不同矛盾。此階級局限，時代局限，不能强求之於古人者也。

楊億

五丁力盡蜀川通，揚雄《蜀王本紀》：「秦惠王欲伐蜀，乃刻五石牛，置金其後，蜀人見之，以爲牛能大便金。牛下有養卒以爲此天牛也，能便金。蜀王以爲然，即發卒千人，使五丁力士拖牛成道，致三枚於成都。秦道得通，石牛之力也。後遣丞相張儀等隨石牛道伐蜀焉。」《水經・沔水注》：「來敏《本蜀論》云：『秦惠王欲伐蜀，而不知道，作五石牛，以金置尾下，言能屎金。蜀王負力，令五丁引之成道，秦使張儀、司馬錯尋路滅蜀，因曰石牛道。』厥蓋因而廣之矣。」《舊唐書・畢構傳》：「自臨蜀川，弊化頓易。」《說文解字》：「蜀江之水非一，而岷瀘雒巴爲四大川，四川之名昉此。」**千古成都緑酎醲**。《成都古今記》：「十月酒市。」李商隱詩：「開樽緑酎醲。」**白帝倉空蛙在井**，《後漢書・公孫述傳》：「建武八年，帝使諸將攻隗囂，囂敗，蜀地聞之恐動。述懼，欲安衆心，成都郭外有秦時舊倉，述改名白帝倉，自王莽以來常空，述即詐使使言白帝倉出穀如山陵，百姓空市里往觀之。述乃大會群臣，問曰：『白帝倉竟出穀乎？』皆對言無，述曰：『訛言不可信，道隗王破者，亦如此矣。』」《後漢書・馬援傳》：「公孫述稱帝於蜀，隗囂使援往觀之，歸謂囂曰：『子陽，井底蛙耳，而妄自尊大，不如專意東方。』」按公孫述字子陽，東方指漢光武。**青天路險劍爲峰**。李白《蜀道難》：「蜀道之難，難於上青天。」王粲詩：「路險不得征。」《水經・漾水注》：「白水又東南逕小劍戍北，西去大劍三十里。連山絶險，飛閣通衢，故謂之劍閣也。」李商隱詩：「井絡天彭一掌中，漫誇天設劍爲峰。」**漫傳西漢祠神馬，**《漢書·地理志》：「越巂郡青蛉禺同山，有金馬碧雞。」《漢書·王褒傳》：「宣帝擢褒爲諫大夫。後方士言益州有金馬碧雞之寶，可祭祀致也。宣帝使褒往祀焉。褒於道病死。」**已見南陽起卧龍。**《三國志·蜀志·諸葛亮傳》：「徐庶謂先主曰：『諸葛孔明，卧龍也。』」裴松之注引《漢晉春秋》：「亮家於南陽之鄧縣，在襄陽城西二十里，號曰隆中。」又注引《襄陽記》：「劉備訪世事於司馬德操，德操曰：『儒生俗士，豈識時務。識時務者，在乎俊傑。此間自有伏龍、鳳雛。』備問爲誰，曰：『諸葛孔明、龐士元也。』」**張載勒銘堪作戒，**臧榮緒《晉書》：「張載父收爲蜀郡太守，載隨父入蜀，作《劍閣銘》，益州刺史張敏見而奇之，乃表上其文，世祖遣使鐫石記焉。」《劍閣銘》：「巖巖梁山，積石峩峩。遠屬荆衡，近綴岷嶓。南通邛僰，北達褒斜。狹過彭碣，高踰嵩華。惟蜀之門，作固作鎮。是曰劍閣，壁立千仞。窮地之險，極路之峻。世濁則逆，道清斯順。閉往由漢，開自有晉。秦得百二，并吞諸侯。齊得十二，田生獻籌。矧茲狹隘，土之外區。一人荷戟，萬夫趑趄。形勝之地，匪親勿居。昔在武侯，中流而喜。山河之固，見屈吴起。興實在德，險亦難恃。洞庭孟門，二國不祀。自古迄今，天命匪易。憑阻作昏，鮮不敗績。公孫既滅，劉氏銜璧。覆車之軌，無或重迹。勒銘山阿，敢告梁益。」**莫矜函谷一丸封。**《後漢書·隗囂傳》：「囂據天水，王元説囂曰：『今天水完富，士馬最强。北收西河上郡，東收三輔之地，按秦舊迹，表裏河山。元請以一丸泥，爲大王東封函谷關，此萬世一時也。』」按楊億此句，謂天險不可恃也。

劉　筠

鏤膚剽俗恣遊遨，左思《魏都賦》：「或魋髻而左言，或鏤膚而鑽髮。」按鏤膚，謂於人皮膚刻鏤人物花樹也。《酉陽雜俎》：「蜀人工於刺，分明如畫。或言以黛則色鮮，成式問奴輩言，但用好墨而已。」又「蜀小將韋少卿嗜好劄青，胸上刺一樹，樹杪集鳥數十，其下懸鏡，鏡鼻繫索，有人止於側牽之，曰張燕公詩『挽鏡寒鴉集』耳。」又「蜀市人趙高好鬬，常入獄。滿背鏤毗沙門天王，吏欲杖背，見之輒止。」剽俗，俗甚輕剽也。《漢書・地理志》：「巴蜀廣漢，土地肥美，亡凶年憂，俗不愁苦，而輕易淫佚，柔弱褊阨。」《詩・邶風・柏舟》：「以敖以游。」**可得蹲鴟號富饒。**《史記・貨殖列傳》：「蜀卓氏，趙人也。秦破趙，卓氏見虜略。卓氏曰：『吾聞汶山之下，沃野，下有蹲鴟，至死不饑。民工於市，易賈。』乃求遠遷，致之臨邛，大喜。即鐵山鼓鑄，運籌策，傾滇蜀之民。富至僮千人，田池射獵之樂，擬於人君。」《三國志・蜀志・諸葛亮傳》：「國以富饒。」**井絡共知天與險，**《河圖括地象》：「岷山之地，上爲東井絡。帝以會昌，神以建德。」左思《蜀都賦》：「遠則岷山之精，上爲井絡。」《易・坎》：「天險不可升也。」**蠶叢無奈世興妖。**揚雄《蜀王本紀》：「蜀王之先稱王者，有蠶叢、柏濩、魚鳧、蒲澤、開明。是時人萌椎髻左衽，不曉文字。」《華陽國志》：「周失紀綱，蜀先稱王。有蜀侯蠶叢，其目縱，始稱王。次王曰柏灌，次王曰魚鳧，後有王曰杜宇。」《舊唐書・韓弘傳》：「齊境興妖。」**杜鵑積恨花如血，**揚雄《蜀王本紀》：「蜀有王曰杜宇，從天墮山。又有朱提氏女子名利，自江源井中出，爲杜宇妻。乃自立爲蜀王，號曰望帝。」《御覽》卷一百六十六引《十三州志》：「當七國稱王，獨杜宇稱帝於蜀，以荆人鼈泠爲蜀相。時巫山壅江，蜀地洪水。望帝使鼈泠鑿巫山治水有功。望帝自以德薄，乃委國鼈泠，號曰開明。」又云：「望帝使鼈泠治水，而淫其妻。泠還，帝慙，遂化爲子規。杜宇死時，適二月而子規鳴。故蜀人聞子規鳴皆起，曰『我望帝也。』」《成都記》：「杜宇死，其魂化爲鳥，名杜鵑。」按巴蜀舊記皆言杜宇死，魂化爲子規鳥，未嘗言杜鵑花之紅色亦爲杜宇之血所染而成。自李白詩：「蜀國時聞子規鳥，宣城又見杜鵑花。」吴融《送杜鵑花》詩：「應是蜀寃啼不盡，更憑顔色訴西風。」韓偓《淨興寺杜鵑花》詩：「蜀魄未歸長滴血，祇應偏滴此叢多。」自此始有杜鵑花爲杜鵑鳥啼血所染成之傳説。故寇準有「杜鵑啼處花成血。」劉筠有此「杜鵑積恨花如血」之句也。杜鵑花一名紅躑躅，今通稱映山紅。暮春三月，吾故鄉越中，遍山皆是。《淮南子·繆稱訓》：「壹恨不足以成非，積恨而成怨。」**諸葛遺靈柏半燒。**杜甫《古柏行》：「孔明廟前有古柏，柯如青銅根如石。」夏侯湛《東方朔畫贊》：「罔不遺靈。」**才似文園何足道，**《漢書·司馬相如傳》：「相如拜爲孝文園令。」**一生琴意祇成痟。**《中説》：「美者琴意，傷而和，怨而静。」《漢書·司馬相如傳》：「臨邛富人卓王孫請司馬相如，酒酣，臨邛令前奏琴曰：『竊聞長卿好之，願以自娱。』相如爲鼓一再行。是時卓王孫有女文君新寡，好音，故相如繆與令相重而以琴心挑之。」又云：「相如常有消渴疾，與卓氏婚，饒於財，故其事宦，未嘗肯與公卿國家之事，常稱疾閑居。」

《西京雜記》：「司馬相如素有消渴疾，及還成都，悦文君之色，遂以發痼疾，卒以此疾致死。文君爲誄傳於世。」

錢惟演

武侯千載有遺靈，盤石刀痕尚未平。《華陽國志》：「諸葛亮相蜀，鑿石架空，爲飛梁閣道，以通蜀漢。」宋玉《高唐賦》：「盤石險峻。」《擬蔡琰胡笳十八拍》：「沙場白骨兮，刀痕箭瘢。」**巴婦自饒丹穴富，**《史記·貨殖列傳》：「巴蜀寡婦清，其先得丹穴，而擅其利數世，家亦不訾。清，寡婦也。能守其業，用財自衛，不見侵犯。秦皇帝以爲貞婦而客之，爲築女懷清臺。」**漢庭還責碧砮征。**潘岳《西征賦》：「竊七貴於漢庭。」《孔子家語·辨物》：「昔武王克商，通道于九夷百蠻，使各以其方賄來貢。於是肅慎氏貢楛矢石砮，其長尺有咫。」王沉《魏書》：「東夷矢用楛，青石爲矢。」王融《三月三日曲水詩序》：「文鉞碧砮之琛。」**雨經蜀市應和酒，**《成都古今記》：「十月酒市。」**琴到臨邛別寄情。**用司馬相如琴心事，注已見上首。張九齡詩：「幽閒欲寄情。」**知有忠臣能叱馭，**《漢書·王尊傳》：「尊遷益州刺史。先是琅邪王陽爲益州刺史，行部至邛崍九折阪，歎曰：『奉先人遺體，奈何數乘此險。』後以病去。及尊爲刺史，至其阪，問吏曰：『此非王陽所畏道邪！』吏對曰：『是。』尊叱其馭曰：『驅之！』王陽爲孝子，王尊爲忠臣。」**不論雲棧更峥嶸。**白居易《長恨歌》：「雲棧縈紆登劍閣。」許渾詩：「霧黑連雲棧。」揚雄《甘泉賦》：「似紫宫之崢嶸。」《水經·江水注》：「崍山，邛崍山也。在漢嘉嚴道縣。有九折阪，夏則凝冰，冬則毒寒，王陽按輿處也。」

秋夜對月

楊　億

孤雲飛隴首，陶潛詩：「孤雲獨無依。」《詩品》：「清晨登隴首，羌無故實。」柳惲詩：「亭皐木葉下，隴首孤雲飛。」**顥氣滿商中。**班固《西都賦》：「鮮顥氣之清英。」《漢書·郊祀志》：「於是作建章宫，千門萬户。其西則商中數十里。」顔師古注：「商中，商庭也。商於序爲秋，故謂西方之庭爲商庭。」**警鶴仙盤外，**《風土記》：「鶴性警，八月露降，流於草上，滴滴有聲，即高鳴相警，徙移所宿處，慮有變害也。」《三輔故事》：「建章宫承露盤，高二十丈，大七圍，以銅爲之。上有仙人掌，承露和玉屑飲之。」**圓蟾浴殿東。**《淮南子·精神訓》：「月中有蟾蜍。」《續漢書·天文志》劉昭注：「羿請無死之藥於西王母，姮娥竊之以奔月，是謂蟾蜍。」按圓蟾謂月。白居易詩：「浴殿西頭鐘漏深。」**浦寒珠有淚，**崔峒詩：「蟲聲夜浦寒。」《後漢書·循吏·孟嘗傳》：「嘗遷合浦太守，郡不産穀實，而海出珠寶。先是宰守並多貪穢，詭人採求，不知紀極，珠遂漸徙於交阯郡界。嘗到官，革易前敝，曾未踰歲，去珠復還，百姓皆反其業。」《述異記》：「南海中有鮫人，泣則出珠。」**巖迴樹生風。**《酉陽雜俎》：「舊言月中有桂，高五百丈。」**星彩沉榆莢，**蕭統啓：「金隄翠柳，帶星彩而均調。」吴融詩：「星彩迴分台。」《四民月令》：「二月，榆莢成。」古詩：「天上何所有，歷歷多白榆。」**霜華襲桂叢。**鮑照詩：「徒有霜華無霜質。」《楚辭・招隱士》：「桂樹叢生兮山之幽。」庾肩吾詩：「淹留攀桂叢。」**光摇銀燭亂，**唐太宗詩：「珠光摇素月。」鮑照《芙蓉賦》：「潤蓬山之瓊膏，輝葱河之銀燭。」梁元帝《爲湘東王時謝東宫賚辟邪子錦白褊等啓》：「試以炤花，含銀燭之狀，將持比月，亂合璧之暉。」薛德音詩：「玉虹纔照日，銀燭已隨風。」王建詩：「銀燭秋光冷畫屏。」**影射玉壺空。**《飛燕外傳》：「后報合德以沉水香玉壺。」王昌齡詩：「一片冰心在玉壺。」**露館迷秦甸，**《三輔黄圖》：「武帝作露寒、儲胥二館。」王維詩：「渭水明秦甸。」**冰臺接魏宫。**《文選・魏都賦》劉逵注：「銅爵園西有三臺，南則金鳳臺，北則冰井臺、銅爵臺。冰井臺有屋百四十五間，上有冰室。三臺與涼殿，皆閣道相通。」**繞枝驚暗鵲，**魏武帝《短歌行》：「月明星稀，烏鵲南飛。繞樹三匝，無枝可依。」**促杼思陰蟲。**李咸詩：「促杼聲繁螢影多。」孫綽賦：「靈虬吐注，陰蟲承瀉。」顔延年詩：「陰蟲先秋聞。」**更想離居恨，**《楚辭・九歌・大司命》：「折疎麻兮瑶華，將以遺兮離居。」**回腸幾處同。**

劉　筠

瑤席留懽友，《楚辭·九歌·大司命》：「瑤席兮玉瑱，盍將把兮瓊芳。」陸機詩：「開夜命懽友，置酒迎風館。」又「懽友蘭時往，迢迢匿音徽。」**金波對廣庭。**《漢郊祀歌》：「月穆穆以金波。」按金波，月光也。張衡《東京賦》：「并夾既設，儲乎廣庭。」左思《吴都賦》：「廓廣庭之漫漫。」曹植《大魏篇》：「玉樽列廣庭。」**重簾和霧卷，**《古子夜歌》：「重簾持自鄣，誰知許厚薄。」李嶠詩：「霧卷晴山出。」**六幕極天青，**《漢書·禮樂志》：「專精勵意逝九閡，紛紜六幕浮大海。」顔師古注：「六幕，猶言六合也。」杜甫詩：「潮來天地青。」**屬玉東西館，**班固《西都賦》：「天子乃登屬玉之館。」《三輔黄圖》：「屬玉觀，在扶風。屬玉，水鳥，似鵁鶄，以名觀也。」**琉璃左右屏。**《西京雜記》：「趙飛燕爲皇后，其女弟上琉璃屏風。」《拾遺記》：「孫亮作琉璃屏風，甚薄而瑩澈。每於月下清夜舒之，外望之如無隔，惟香氣不通於外。」**梁園休賦雪，**謝惠連《雪賦》：「歲將暮，時既昏，寒風積，愁雲繁。梁王不悦，游於兔園，相如末至，居客之右。俄而微霰零，密雪下。王乃授簡於司馬大夫，曰：『爲寡人賦之。』」《文選》李善注：「此假主客以爲辭也。」**隋苑漫飛螢。**杜牧詩：「烟籠隋苑暮鐘聲。」《北史·隋煬帝紀》：「大業十二年五月壬午，上於景華宫徵求螢火，得數斛，夜出遊山而放之，光徧巖谷。」何遜詩：「簾外隔飛螢。」**蟾**

滴全供硯，《淮南子·精神訓》：「月中有蟾蜍。」按蟾滴，月露也。**牛津不見星。**韓偓詩：「槎入飲牛津。」牛津，謂銀河也。**綺窗分皎皎，**夏侯惠《景福殿賦》：「仰觀綺窗，周覽菱荷。」左思《蜀都賦》：「列綺窗而瞰江。」古詩：「交疏結綺窗。」古詩：「盈盈樓上女，皎皎當窗牖。」**苔閣共亭亭。**謝莊《月賦》：「緑苔生閣。」宋之問《陪武駙馬宴唐卿山亭序》：「苔閣茅軒，髣髴入神仙之境。」謝惠連《玩月》詩：「亭亭映江月。」**已喪應劉魄，**謝莊《月賦》：「陳王初喪應、劉，端憂多暇。」李善曰：「假設陳王、應、劉以起賦端也。應劉，應瑒、劉楨也。」**誰通鮑謝靈。**鮑謂鮑照，謝謂謝靈運也。**欲消千里恨，**謝莊《月賦》：「美人邁兮音塵闕，隔千里兮共明月。臨風歎兮將焉歇，川路長兮不可越。」**魯酒薄還醒。**《莊子·胠篋》：「魯酒薄而邯鄲圍。」《淮南子·繆稱訓》許慎注：「趙與魯俱朝楚，獻酒於楚，魯酒薄而趙酒厚。楚之主酒吏求酒於趙，不與。楚吏怒，以趙所獻酒易魯薄酒。楚王以爲趙酒薄，而圍邯鄲。」

錢惟演

顥氣中秋正，班固《西都賦》：「鮮顥氣之清英。」《書·堯典》：「宵中星虛，以殷中秋。」**明河左界長。**宋之問《明河篇》：「明河可望不可親，願得乘槎一問津。」謝莊《月賦》：「于是斜漢左界，北陸南纏。白露曖空，素月流天。」**桂孤香易散，**《酉陽雜俎》：「舊言月中有桂，高五百丈。」**蚌冷淚先汪。**用鮫人泣珠事。**飛蓋傾蘭坂，**曹植詩：「清夜游西園，飛蓋相追隨。」褚亮詩：「息駕游蘭坂，雕文折桂叢。」駱賓王詩：「風佩摇蘭坂。」**鳴琴厭燭房。**張華詩：「端坐鼓鳴琴。」陸機詩：「閒夜鼓鳴琴。」謝莊《月賦》：「去燭房，即月殿。芳酒登，鳴琴薦。」**玉盤浮浩露，**《漢官儀》：「封禪壇有白玉盤。」陸雲《九愍》：「挹浩露於蘭林。」**素綆冰寒漿。**古樂府《淮南王篇》：「後園鑿井銀作牀，金瓶素綆汲寒漿。」**浪白江連楚，**梁簡文帝詩：「疎紅分浪白。」杜甫詩：「楚江巫峽半雲雨。」**風凄笛怨羌。**《詩·邶風·緑衣》：「凄其以風。」馬融《笛賦》：「近世雙笛從羌起，羌人伐竹未及已。龍鳴水中不見己，截竹吹之聲相似。」梁元帝賦：「聞羌笛之哀怨。」**庾樓聊顧慕，**《晉書·庾亮傳》：「亮在武昌，諸佐吏殷浩、王胡之之徒，乘秋夜往共登南樓。俄而不覺亮至，諸人將起避之。亮徐曰：『諸君少住，老子於此處興復不淺。』便據胡牀，與浩等談詠竟坐。其坦率行己，多此類也。」段成式詩：「庾樓吹笛裂。」嵇康《琴賦》：「或徘徊顧慕，擁鬱抑按。」**潘省更悲涼。**潘岳《秋興賦》：「以太尉掾兼虎賁中郎將，寓直於散騎之省。」又賦：「善乎宋玉之言曰，悲哉秋之爲氣也。」杜甫詩：「謝庭瞻不遠，潘省會于斯。」張華詩：「悲涼貫年節。」**雪漫詩圓璧，**李商隱詩：「漫誇鶖子真羅漢。」謝惠連《雪賦》：「既因方而爲珪，亦遇圓而成璧。」**珠休號夜光。**《墨子·耕柱》：「和氏之璧，隨侯之珠，三棘六異，此諸侯所謂良寶。」按《御覽》卷八百三引《墨子》，「隨侯之珠」作「夜光之珠」。張衡《南都賦》：「隨珠夜光」左思《吴都賦》：「隨侯於是鄙其夜光。」魚豢《魏略》：「大秦國出夜光珠。」**嫦娥悔孀獨**，李商隱詩：「嫦娥孀獨成幽怨。」**空見海生桑**。《神仙傳》：「麻姑云：『吾見東海三爲桑田。』」

前檻十二韻

楊 億

前檻瓊鈎挂，李商隱詩：「後門前檻思無窮。」梁簡文帝詩：「網户珠綴申瓊鈎，芳茵翠被香氣流。」庾信《燈賦》：「瓊鈎半上。」又庾信詩：「瓊鈎銀蒜條。」《楚辭·招魂》：「砥室翠翹，絓曲瓊些。」王逸注：「曲瓊，玉鈎也。」按瓊鈎即玉鈎也。**深房斗帳褰**。白居易詩：「熨衣燈火映深房。」樂府：「紅羅複斗帳，四角垂珠璫。」按小帳謂之斗帳，形如覆斗。**梨花飛白雪**，李白詩：「梨花白雪香。」**蕙草吐青烟**。《山海經·中山經》：「升山其草多蕙。」《廣志》：「蕙草，緑葉紫花，魏武以爲香燒之。」謝莊詩：「橘露靡兮蕙烟輕。」江淹《别賦》：「襲青氣之烟煴。」《文選》五臣注：「青氣，薰爐中香青烟也。」**彩鳳依珠樹**，謝脁樂府：「彩鳳鳴朝陽。」《山海經·海外南經》：「三珠樹，在壓火北，生赤水上。其爲樹如柏，葉皆爲珠。」**神龍護玉蓮**。《楚國先賢傳》：「宋玉對楚王曰：『神龍朝發崑崙之墟。』」梁武帝詩：

「心如玉池蓮。」**驚禽時格磔，**王融《策秀才文》：「危葉畏風，驚禽易落。」李群玉詩：「方穿結曲崎嶇路，又聽鉤輈格磔聲。」《本草》：「鉤輈格磔，皆鷓鴣聲也。」**戲蝶自翩翾。**盧照鄰詩：「戲蝶亂依叢。」張華《鷦鷯賦》：「育翩翾之陋體兮，無玄黄以自貴。」**度繡金針澀，**《詩・秦風・終南》：「黻衣繡裳。」《毛傳》：「五采備謂之繡。」裴説詩：「愁捻金針信手縫。」**迷鉤畫蠟煎。**迷鉤當指藏鉤之戲，注已見劉筠《宣曲》詩「雙鉤映燭藏」句下。羅鄴詩：「金鈿座上歌春酒，畫蠟尊前滴曉風。」**怨眉顰翠羽，**宋玉《登徒子好色賦》：「眉如翠羽。」傅玄《豔歌行》：「娥眉分翠羽。」《廣韻》：「顰，眉蹙也。」**危涕迸朱絃。**江淹《恨賦》：「孤臣危涕。」《禮記・樂記》：「清廟之瑟，朱絃而清越，壹唱而三歎，有遺音者矣。」**遠信三年字，**元稹詩：「解怪還家晚，長將遠信呈。」古詩：「客從遠方來，遺我一書札。上言長相思，下言久離别。置書懷袖中，三年字不滅。一心抱區區，懼君不識察。」**空庭尺五天。**鮑照詩：「空庭聚山雀。」《雞蹠集》：「長安諺云：『城南韋杜，去天尺五。』」杜甫詩：「時論同歸尺五天。」**行雲愁夢徹，**宋玉《高唐賦》：「旦爲朝雲，暮爲行雨。」**初日妬妝妍。**曹植《洛神賦》：「其始進也，皓若初日照屋梁。」**織爲回文亂，**江淹《别賦》：「織錦曲兮泣已盡，迴文詩兮影獨傷。」**鬟非墮馬偏。**《後漢書・梁冀傳》：「冀妻孫壽，色美而善爲妖態，作愁眉、啼妝、墮馬髻、折腰步、齲齒笑。」李賢注引《風俗通》云：「墮馬髻者，側在一邊。」徐陵《玉臺新詠序》：「妝鳴蟬之薄鬢，照墮馬之垂鬟。」**風車來未定，**李商隱詩：「風車雨馬不持去，蠟燭啼紅怨天曙。」《詩・小雅・鹿鳴之什・采薇》：「我戍未定。」**月杵望長懸。**傅咸《擬天問》：「月中何有，玉兔擣藥。」李商隱詩：「月杵散靈氛。」柳宗元《爲崔中丞乞朝覲狀》：「班超之望長懸。」**寶鑑腸空斷，**王逢詩：「鸞影不曾離寶鑑。」**銀潢眼欲穿。**銀潢，銀河也。杜甫詩：「舊好腸堪斷，新愁眼欲穿。」**曾波自東注，**《楚辭・招魂》：「娭光眇視，目層波些。」《詩・大雅・文王之什・文王有聲》：「豐水東注。」**微意若爲傳。**魏武帝《與諸葛亮書》：「今奉雞舌香五斤，以表微意。」

劉筠

垂柳陰岑院，梁元帝樂府：「巫山巫峽長，垂柳復垂楊。」何遜詩：「陰岑自爾悦，寂寥子罕奇。」**游絲曠蕩春。**梁武帝詩：「晻曖矚遊絲。」沈約詩：「遊絲映空轉。」《後漢書・馬融傳》：「融上《廣成頌》以諷諫，其辭曰：『徒觀其坰場區宇，恢昭曠蕩。』」**蘅皋誰駐馬，**曹植《洛神賦》：「税駕乎蘅皋，秣駟乎芝田。」《文選》五臣注：「蘅皋，香草之澤也。」魏文帝《臨渦賦序》：「駐馬題鞭。」**羅襪自生塵。**曹植《洛神賦》：「陵波微步，羅韈生塵。」**四姓良家子，**《後漢書・明帝紀》：「永平九年，爲四姓小侯開立學校。」李賢注：「袁宏《後漢紀》，爲外戚樊氏、郭氏、陰氏、馬氏諸子弟立學，號四姓小侯，置五經學。」徐陵《玉臺新詠序》：「四姓良家，馳名永巷。」薛道衡《昭君辭》：「我本良家子，充選入椒庭。」**三年賦**

客鄰。宋玉《登徒子好色賦》："宋玉曰：『臣里之美者，莫若臣東家之子。臣東家之子，增之一分則太長，減之一分則太短，著粉則太白，施朱則太赤。眉如翠羽，肌如白雪，腰如束素，齒如編貝。嫣然一笑，惑陽城，迷下蔡。然此女登牆窺臣三年，至今未許也。』」**折腰行太緩，**《後漢書·梁冀傳》：「冀妻孫壽，色美而善爲妖態。作愁眉、啼妝、墮馬髻、折腰步、齲齒笑，以爲媚態。」李賢注引《風俗通》：「折腰步者，足不任體。」**連瑣語何頻。**左思詩：「嬌語玉連瑣。」**倭墮雲争媚，**《中華古今注》：「倭墮髻，一云墮馬之餘形也。」曹植《洛神賦》：「雲髻峩峩。」張衡《西京賦》：「競媚取榮。」**便娟月鬭新。**《楚辭·大招》：「豐肉微骨，體便娟只。」邊讓《章華臺賦》：「形便娟以嬋媛兮，若流風之靡草。」駱賓王詩：「眉頭畫月新。」**滅瘢難辨玉，**《漢書·王莽傳》：「美玉可以滅瘢。」《拾遺記》：「蜀先主甘后，玉質柔肌，態媚容冶。河南獻玉人高三尺，乃取玉人致后側，后與玉人潔白齊潤，嬖寵者非惟妬甘后，亦妬於玉人。」**約指不勝銀。**繁欽詩：「約指一雙銀。」**電笑投壺勝，**《神異經》：「東荒山中有大石室，東王公居焉。恒與一玉女投壺，每投千二百矯。設有入不出者，天爲之嚱嘘，矯出而脱誤不接者，天爲之笑。」原注：「天口流光灼灼，今天下不雨而有電光者，是天笑也。」**江澄擣練匀。**謝朓詩：「澄江淨如練。」《述異記》：「擣衣山，昔有神女，於此擣衣，其石明瑩，謂之玉女擣練砧。」**東南勞鶴望，**《三國志·蜀志·張飛傳》：「思漢之士，延頸鶴望。」**西北限牛津。**《史記·日者列傳》：「天不足西北。」牛津，銀河也。**寶唾凝蘭氣，**韓愈詩：「寶唾拾未盡。」庾信詩：「美酒含蘭氣。」**鳴簧咽絳脣。**陸雲詩：「鳴簧發丹脣。」王褒《洞簫賦》：「鎪鏤離灑，絳脣錯雜。」鮑照《蕪城賦》：「玉貌絳脣。」**籠禽思隴樹，**《山海經·西山經》：「黄山有鳥焉，其狀如鴞，青羽赤喙，人舌能言，名曰鸚鵡。」按《西山經》之黄山，當在隴上。何遜詩：「籠禽恨跼促，逸翮超容與。」孔稚珪《白馬篇》：「隴樹枯無色，沙草不常青。」王建宫詞：「鸚鵡誰教轉舌關，内人手裏養來姦。語多更覺承恩澤，數對君王憶隴山。」**洞犬謝秦人。**此蓋用桃源避秦事，注已見。孟浩然詩：「秦人辨雞犬。」**詠絮才無對，**《世説新語》：「謝太傅寒雪日内集，曰：『白雪紛紛何所似？』兄子胡兒曰：『撒鹽空中差可擬。』兄女曰：『未若柳絮因風起。』」按兄女，謂謝安兄女道藴也。張佖詩：「詠絮知難敵，傷春不易裁。」《南史·任昉傳》：「時琅邪王融有才雋，自謂無對當時。」**聞琴意始真。**用司馬相如琴心事，注已見。庾信詩：「聞琴鶴倒回。」**長安足輕薄，**《後漢書·馬援傳》：「陷爲天下輕薄子。」江總傳：「長安年少足輕薄。」**慎勿走瓊輪。**

小園秋夕

錢惟演

潘鬢秋來已自傷，潘岳《秋興賦序》：「予春秋三十有二，始見二毛。」又賦云：「斑鬢髟以承弁兮，素髮颯以垂領。」趙嘏詩：「潘鬢今日水邊愁。」**庾園時物更荒涼。**庾信有《小園賦》。《易・繫辭》：「六爻相雜，惟其時物也。」孔稚圭《北山移文》：「石徑荒涼徒延佇。」**紫梨半熟連紅樹，**左思《蜀都賦》：「紫梨津潤。」謝朓詩：「紅樹巖舒，青莎水被。」**碧蘚初圓亂縹牆。**《御覽》卷一千引《古今注》：「苔蘚，空室無人行，生苔，或紫或青，一名圓蘚，一名綠錢，一名綠蘚，一名綠苔。」李商隱詩：「白石巖扉碧蘚滋。」按縹，淡青色。縹牆，淡青色之牆也。**月露暗從孤桂滴，**李商隱詩：「月露誰教桂葉香。」《酉陽雜俎》：「舊言月中有桂，高五百丈。」**水風猶獵敗荷香。**庾肩吾詩：「窗含度水風。」李商隱詩：「餘香猶入敗荷風。」**滑稽還喜鴟夷在，**揚雄《酒箴》：「鴟夷滑稽，腹大如壺。」**欲取臨邛美酒嘗。**《漢書・司馬相如傳》：「文君亡奔相如。久之，相如與俱之臨邛，買酒舍，乃令文君當盧，相如身自著犢鼻褌，滌器於市中。」曹植詩：「美酒斗十千。」

楊　億

鴻都歸晚直城賒，《後漢書・儒林傳叙》：「自辟雍、東觀、蘭臺、石室、宣明、鴻都諸藏，典策文章。」《三輔黃圖》：「長安城西，南頭第二門名直城。」**牆外連營咽暮笳。**劉長卿詩：「暮笳吹塞月。」**玉井梧傾猶待鳳，**《三國志・魏志・明帝紀》注引《魏略》：「爲玉井綺欄。」《詩・大雅・生民之什・卷阿》：「鳳皇鳴矣，于彼高岡。梧桐生矣，于彼朝陽。」顔延之詩：「椅梧傾高鳳。」**金塘柳密更藏鴉。**虞世南詩：「舞館接金塘。」古樂府：「暫出白門前，楊柳可藏烏。」梁簡文帝詩：「楊柳正藏鴉。」**心揺雲闕傳疎漏，**《文心雕龍・物色》：「物色之動，心亦揺焉。」宋之問詩：「心揺待漏車。」鮑照詩：「東下望雲闕。」《漢書・佞幸・董賢傳》：「哀帝立，賢隨太子官爲郎，二歲餘，賢傳漏在殿下。」顔師古注：「傳漏，奏時刻。」**目斷星津過迴槎。**李嶠詩：「目斷兮烟霧。」陳後主詩：「星津雖可望。」《拾遺記》：「堯登位三十年，有巨查浮於西海。查上有光若星月，夜明晝滅。常浮繞四海，十二年一周天，周而復始，名曰貫月查，亦曰挂星查。」**已是秋來移帶眼，**《梁書・沈約傳》：「約以書陳情於徐勉曰：『開年以來，病增慮切。百日數旬，革帶常應移空，以手握臂，率計月小半分。』」**可堪玄鬢有霜華。**《淮南子・道應訓》：「深目而玄鬢。」按此句言黑鬢之中又間白髮，所謂始見二毛也。

劉　筠

枳落莎渠急夜蟲，《本草》：「蘇頌曰：『枳，木似橘而小，高五六尺，春開白花，至秋成實。七八月采者爲實，九月十月采者爲殼。』」李商隱詩：「沙渠水下遲。」干寶《晉紀總論》：「如夜蟲之赴火。」韋莊詩：「詩樓吟夜蟲。」**翛然平子四愁中。**《世説新語》：「翛然而退。」《後漢書・張衡傳》：「衡字平子，南陽西鄂人也。少善屬文，公車特徵，後遷侍中。永和中，出爲河間相，視事三年，上書乞骸骨，徵拜尚書，卒。」《文選》張衡《四愁詩》序：「張衡不樂久處機密，陽嘉中，出爲河間相。時天下漸弊，鬱鬱不得志，爲四愁詩。」**栗林忽感雕陵鵲，**《莊子・山木》：「莊周遊乎雕陵之樊，覩一異鵲，自南方來者。翼廣七尺，目大運寸，感周之顙，而集於栗林。莊周曰：『此何鳥哉。』蹇裳躩步，執彈而留之。覩一蟬方得美蔭而忘其身，螳螂執翳而搏之，見得而忘其形，異鵲從而利之，見利而忘其真。莊周怵然曰：『噫！物固相累，二類相召也。』捐彈而反走。」**雲表初過代嶺鴻。**張衡《西京賦》：「承雲表之清露。」《山海經・海内西經》：「雁門山，雁出其間，在高柳北。」《水經・㶟水注》：「《山海經》：『雁門之水，出于雁門之山。雁門在高柳北。』高柳在代中。其山重山疊巘，霞舉雲高，連山隱隱，東出遼塞。」**阮籍卧帷踈鑒月，**阮籍《詠懷》詩：「薄帷鑒明月。」李商隱詩：「有人惆悵卧遥帷。」**馬融横笛遠含風。**《後漢書・馬融傳》：「融字季長，扶風茂陵人也。有俊才，好吹笛。爲校書郎，遷南郡太守，後拜議郎，卒。」《文選》馬融《長笛賦》序：「融既博覽典雅，精核數術，又性好音律，能鼓琴吹笛。而爲督郵，無留事，獨卧郿縣平陽鄔中。有雒客舍逆旅，吹笛爲氣出，精列相和，融去京師踰年，暫聞，甚悲而樂之，作《長笛賦》。」王昌齡詩：「横笛怨江月。」沈約詩：「巖間有佚女，垂袂似含風。」虞羲《竹》詩：「含風自颯颯。」**郎潛吏隱前賢事，**張衡《思玄賦》：「尉龐眉而郎潛兮，逮三葉而遘武。」宋之問詩：「宦游非吏隱。」《晉書・周嵩傳》：「方之前賢，猶有所後。」**猶勝楊歧泣斷蓬。**楊歧，粤雅堂本、邵武徐氏刻本均誤作楊朱，今從明嘉靖玩珠堂本。《淮南子·説林訓》：「楊子見逵路而哭之，爲其可以南，可以北。」《列子·説符》：「楊子之鄰人亡羊，既率其黨，又請楊子之豎追之。楊子曰：『嘻！亡一羊，何追者之衆？』鄰人曰：『多歧路。』既反，問：『獲羊乎？』曰：『亡之矣。』曰：『奚亡之？』曰：『歧路之中，又有歧焉，吾不知所之，所以反也。』楊子戚然變容，不言者移時，不笑者竟日。心都子曰：『大道以多歧亡羊，學者以多方喪生。』」《説苑·敬慎》：「魯哀侯曰：『是猶秋蓬，惡其根本而美其枝葉，秋風一起，根本拔矣。』」曹植詩：「轉蓬離本根，飄飖隨長風。何意迴飈舉，吹我入雲中。高高上無極，天路安可窮。」

始皇

楊億

按館臣亦借始皇以諷宋真宗也。

衡石量書夜漏深，《史記·秦始皇本紀》：「侯生盧生相與謀曰：『天下之事無大小皆決於上，上至以衡石量書，日夜有呈。不中呈，不得休息。』」**咸陽宫闕杳沉沉。**《史記·秦本紀》：「孝公十二年，作爲咸陽，築冀闕，秦徙都之。」《史記·陳涉世家》：「夥頤！涉之爲王沉沉者。」應劭曰：「沉沉，宫室深邃之貌也。」**滄波沃日虚鞭石，**王儉《褚淵碑文》：「鼓棹則滄波振蕩。」木華《海賦》：「蕩雲沃日。」《藝文類聚》卷七十九引《三齊略記》：「始皇於海中作石橋，欲過海觀日出處。于時有神人能驅石下海，城陽一山，石盡起立，嶷嶷東傾，狀似相隨而去。云石去不速，神人輒鞭之，盡流血，石莫不悉赤，至今猶爾。」《初學記》卷一百五十六引《齊地記》：「秦始皇作石橋，欲渡海觀日出處。舊説始皇以術召石，石自行，至今皆東首，隱軫似鞭撻瘢，勢似馳逐。」庾信《哀江南賦》：「東門則鞭石成橋。」**白刃凝霜枉鑄金。**《禮記·中庸》：「白刃可蹈也。」《楚辭·九章·悲回風》：「吸湛露之浮涼兮，漱凝霜之雰雰。」《考工記》：「凡鑄金之法。」賈誼《過秦論》：「於是收天下之兵，聚之咸陽，銷鋒鍉，鑄以爲金人十二，以弱天下之民。」《史記·秦始皇本紀》：「二十六年，收天下兵，聚之咸陽，銷以爲鍾鐻。金人十二，重各千石，置廷宫中。」**萬里長城穿地脈，**《史記·蒙恬列傳》：「秦已并天下，乃使蒙恬將三十萬衆築長城，因地形，用制險塞，起臨洮，之遼東，延袤萬餘里。」又「始皇至沙丘崩，二世又遣使者之陽周。使者曰：『臣受詔，行法於將軍。』蒙恬喟然太息曰：『我何罪於天，無過而死乎？』良久，徐曰：『恬罪固當死矣。起臨洮，屬之遼東，城壍萬餘里，此其中不能無絶地脈哉！此乃恬之罪也。』乃吞藥自殺。」**八方馳道聽車音。**《史記·司馬相如傳》：「六合之内，八方之外，浸潯衍溢。」《史記·秦始皇本紀》：「二十七年，是歲，治馳道。」《漢書·賈山傳》：「秦爲馳道於天下，東窮燕齊，南極吴楚。江湖之上，濱海之觀畢至。道廣五十步，三丈而樹，厚築其外，隱以金椎，樹以青松。」司馬相如《長門賦》：「雷隱隱兮而響起兮，聲象君之車音。」**儒坑未冷驪山火，**《史記・秦始皇本紀》：「三十五年，始皇曰：『吾前收天下書不中用者盡去之，悉召文學方術士甚衆，欲以興太平。盧生等吾尊賜之甚厚，今乃誹謗我。諸生在咸陽者，吾使人廉問，或爲妖言以亂黔首。』於是使御史悉案問諸生，諸生傳相告引，乃自除犯禁者四百六十餘人，皆坑之咸陽。」《三輔黄圖》：「秦始皇葬驪山，六年之間，爲項王所發。牧兒墮羊冢中，然火求羊，燒其椁藏。」**三月青烟繞翠岑。**《史記・項羽本紀》：「燒秦宮室，火三月不滅。」王朗《與許靖書》：「瞻燔燎焜曜之青烟。」李嶠詩：「淄亭掩翠岑。」

劉　筠

利觜由來得擅場，張衡《東京賦》：「周姬之末，政用多僻。嬴氏搏翼，擇肉西邑。是時也，七雄並爭，秦政利觜長距，終得擅場。」薛綜注：「言秦以天下爲大場，喻七雄爲鬬雞。利喙長距者，終擅一場也。」**盡遷豪富入咸陽。**《史記・秦始皇本紀》：「二十六年，秦初併天下，徙天下豪富於咸陽十二萬户。」**屬車夜出迷雲雨，**《漢書・賈捐之傳》：「鸞旗在前，屬車在後。」《三輔黄圖》：「天子出，車駕次第，謂之鹵簿。有大駕，有法駕，有小駕。大駕屬車八十一乘，作三行。法駕屬車三十六乘。屬者，言相聯屬不斷也。」《史記・秦始皇本紀》：「三十五年，乃令咸陽之旁二百里内宫觀二百七十，複道甬道相連，帷帳鍾鼓美人充之，各案署不徙移。行所幸，有言其處者，罪死。自是後，莫知行之所在。」宋玉《高唐賦序》：「旦爲朝雲，暮爲行雨。」**峻令朝行劇虎狼。**《史記・秦始皇本紀》：「秦初并天下，事皆決於法，刻削無仁恩和義，於是急法，久者不赦。」《史記・蘇秦列傳》：「夫秦，虎狼之國也。」《史記・秦始皇本紀》：「尉繚曰：『秦王爲人，蜂準長目，摯鳥膺，豺聲，少恩而虎狼心。居約易出人下，得志亦輕食人。』」**前殿建旗淩紫極，**《史記・秦始皇本紀》：「三十五年，於是始皇以爲咸陽人多，先王之宮廷小，乃營作朝宮渭南上林苑中。先作前殿阿房，東西五百步，南北五十丈，上可以坐萬人，下可以建五丈旗。」《史記・天官書》：「中宮，天極星，其一明者，太一常居也。旁三星，三公。後句四星，末大星，正妃，餘三星，後宮之屬也。環之匡衞十二星，藩臣。皆曰紫宮。」**東門立石見扶桑。**《史記・秦始皇本紀》：「三十五年，於是立石東海上朐界中，以爲秦東門。」《漢書・地理志》：「東海郡朐，秦始皇立石海上，以爲東門闕。」《離騷》：「總余轡乎扶桑。」《山海經・海外東經》：「湯谷上有扶桑，十日所浴。有大木，九日居下枝，一日居上枝。」《十洲記》：「扶桑在碧海中，樹長數千丈，一千餘圍。兩幹同根，更相依倚，是以名扶桑。」**從臣嘉頌徒虚美，**《史記・秦始皇本紀》：「二十八年，始皇東行郡縣，上鄒嶧山。立石，與魯諸儒生議，刻石頌秦德，議封禪望祭山川之事。乃遂上泰山，立石，封，祠祀。於是乃並勃海以東，過黄腄，窮成山，登之罘，立石頌秦德焉而去。南登琅邪，大樂之，留三月。作琅邪臺，立石刻，頌秦德，明德意。二十九年，始皇東游，登之罘，刻石。三十二年，始皇之碣石，刻碣石門。三十七年，始皇出游，上會稽，祭大禹，望于南海，而立石刻，頌秦德。」班固《西都賦》：「第從臣之嘉頌。」《三國志・魏志・荀彧傳》：「不爲虛美。」**不奈盧生讖國亡。**《史記・秦始皇本紀》：「燕人盧生使入海還，以鬼神事，因奏録圖書，曰：『亡秦者胡也。』始皇乃使將軍蒙恬發兵三十萬北擊胡。」

錢惟演

天極周環百二都，《史記・秦始皇本紀》：「二十七年，作信宮渭南，已更命信宮爲極廟，象天極。三十五年，始皇乃營作朝宮渭南上林苑中。先作前殿阿房。周馳爲閣道，自殿下直抵南山。表南山之顛以爲闕。爲複道，自阿房渡渭，屬之咸陽，以象天極閣道絶漢抵營室也。」王延壽《魯靈光殿賦》：「馳道周環。」《史記・高祖本紀》：「田肯曰：『秦，形勝之國，帶河山之險，縣隔千里，持戟百萬，秦得百二焉。』」《史記索隱》：「虞喜曰：『百二者，得百之二。言諸侯持戟百萬，秦地險固，一倍於天下，故云得百二焉，言倍之也。蓋言秦兵當二百萬也。』」《史記集解》：「蘇林曰：『百二，得百中之二，二萬人也。秦地險固，二萬人足當諸侯百萬人也。』」**六王鍾鐻接劉蘇。**《三輔黄圖》：「始皇收天下兵，聚之咸陽，銷以爲鍾鐻，高三丈。鍾小者皆千石也。」《史記・秦始皇本紀》：「秦初并天下，分天下以爲三十六郡。收天下兵，聚之咸陽，銷以爲鍾鐻，金人十二，重各千石，置廷宮中。」應劭曰：「古者以銅爲兵。」按此言戰國以來之兵器，至秦并天下，而並被銷毀以爲鍾鐻，至漢劉氏，始又蘇復也。**金椎漫築甘泉道，**《漢書・賈山傳》：「秦爲馳道於天下，道廣五十步，三丈而樹。厚築其外，隱以金椎，樹以青松。」服虔曰：「隱，築也。以鐵椎築之。」《史記・秦始皇本紀》：「二十七年，作甘泉前殿，築甬道，自咸陽屬之。」

匕首還獻督亢圖。《史記・刺客・荆軻列傳》：「荆軻曰：『誠得樊將軍首與燕督亢之地圖，奉獻秦王，秦王必悦見臣，臣乃得有以報。』乃遂盛樊於期首，函封之。於是太子豫求天下之利匕首，得趙人徐夫人匕首，取之百金。使工以藥焠之，以試人，血濡縷，人無不立死者。乃裝爲遣荆卿，遂至秦。秦王乃朝服，設九賓，見燕使者咸陽宫。軻既取圖奏之。秦王發圖，圖窮而匕首見。因左手把秦王之袖，而右手持匕首揕之。未至身，秦王驚，自引而起，袖絶。拔劍，劍長，操其室。時惶急，劍堅，故不可立拔。荆軻逐秦王，秦王環柱而走。左右乃曰：『王負劍。』負劍，遂拔以擊荆軻，斷其左股。荆軻廢，於是左右既前殺軻。秦王不怡者良久。」**已覺副車驚博浪，**《史記・留侯世家》：「韓破，良悉以家財求客刺秦王，爲韓報仇，以大父、父五世相韓故。良嘗學禮淮陽，東見倉海君，得力士，爲鐵椎重百二十斤。秦皇帝東游，良與客狙擊秦皇帝博浪沙中，誤中副車。秦皇帝大怒，大索天下，求賊甚急，爲張良故也。」《史記索隱》：「《漢官儀》：『天子屬車三十六乘。』屬車即副車。」**更携連弩望蓬壺。**《史記・秦始皇本紀》：「三十七年，始皇出游，並海上，北至琅邪。方士徐市等入海求神藥，數歲不得，費多，恐譴。乃詐曰：『蓬萊藥可得，然常爲大鮫魚所苦，故不得至。願請善射與俱，見則以連弩射之。』始皇乃令入海者齎捕巨魚具，而自以連弩候大魚出射之。自琅邪北至榮成山，弗見。至之罘，見巨魚，射殺一魚。」鮑照《舞鶴賦》：「指蓬壺而翻翰。」《拾遺記》：「海中三山，一曰方壺，則方丈也。二曰蓬壺，則蓬萊也。三曰瀛壺，則瀛洲也。」**不將寸土封諸子，**《史記·秦始皇本紀》：「二十六年，秦初并天下，丞相琯等言：『諸侯初破，燕、齊、荆地遠，不爲置王，毋以填之。請立諸子，唯上幸許。』始皇下其議於群臣，群臣皆以爲便。廷尉李斯議曰：『周文武所封子弟同姓甚衆，然後屬疏遠，相攻擊如仇讎。諸侯更相誅伐，周天子弗能禁止。今海内一統，皆爲郡縣，諸子、功臣，以公賦税重賞賜之，甚足易制。天下無異意，則安寧之術也。置諸侯不便。』始皇曰：『天下共苦戰鬬不休，以有侯王。賴宗廟，天下初定，又復立國，是樹兵也，而求其寧息，豈不難哉。廷尉議是。』分天下爲三十六郡，郡置守、尉、監。」又「三十四年，始皇置酒咸陽宫，博士齊人淳于越進曰：『臣聞殷周之王千餘歲，封子弟功臣，自爲枝輔。今陛下有海内，而子弟爲匹夫，卒有田常、六卿之臣，無輔弼，何以相救哉！事不師古而能長久者，非所聞也。』始皇下其議。丞相李斯曰：『五帝不相復，三代不相襲，各以治，非其相反，時變異也。今陛下創大業，建萬世之功，固非愚儒所知。且越言乃三代之事，何足法也。』」**劉項由來是匹夫。**《漢書·諸侯王表叙》：「秦竊自號爲皇帝，而子弟爲匹夫。内無骨肉本根之固，外無尺土藩翼之衛，陳、吴奮其白梃，劉、項隨而斃之。故曰周過其曆，秦不及期，國勢然也。」《論語》：「豈若匹夫匹婦之爲諒也。」孔穎達疏：「匹夫匹婦，謂庶人也。」《史記·淮陰侯列傳》：「韓信曰：『項王喑噁叱咤，千人皆廢。然不能任屬賢將，此特匹夫之勇耳。』」

初秋屬疾

劉　筠

《宋書·王僧達傳》:「坐屬疾，而於揚列橋觀鬭鴨，爲有司所糾。」按屬疾，猶今言請病假。

秋陰淒淡隔重城，顔延之《陶徵士誄》:「春煦秋陰。」左思《吴都賦》:「重城結隅。」**一畝居仍近禁營。**《禮記·儒行》:「儒有一畝之宫，環堵之室。」潘岳《閒居賦》:「其西則有元戎禁營，玄幙綠徽。」**漢苑樓臺沉暮影**，漢苑，注已見。李白詩:「樓臺成海氣。」**謝家鼓吹發新聲。**《宋書·樂志》:「鼓吹，蔡邕曰:『軍樂也。』孫權觀魏武軍，作鼓吹而還，此又應是今之鼓吹。魏晉世，又假諸將帥及牙門曲蓋鼓吹，斯則其時謂之鼓吹矣。魏晉世給鼓吹甚輕，牙門督將五校悉有鼓吹，今則甚重矣。」《晉書·謝尚傳》:「轉督江夏義陽隨三郡軍事、江夏相，建武將軍如故。時安西將軍庾翼鎮武昌，尚數詣翼諮謀軍事。嘗與翼共射，翼曰:『卿若破的，當以鼓吹相賞。』尚應聲中之，翼即以其副鼓吹給之。」**烟昏露井殘桃墜**，温庭筠詞:「堤柳動，島烟昏，兩行征雁分。」古樂府:「桃生露井上。」劉孝綽詩:

「躊躇未敢進，畏欲比殘桃。」**葉下涼波獨鳥驚。**《楚辭·九歌·湘夫人》：「洞庭波兮木葉下。」李賀詩：「江中綠霧起涼波。」何遜詩：「獨鳥赴行槎。」**節物變衰吟更苦，**陸機詩：「踟蹰感節物。」《楚辭·九辯》：「悲哉秋之爲氣也，草木摇落而變衰。」**可堪漳浦臥劉楨。**劉楨詩：「予嬰沉痼疾，竄身清漳濱。自夏涉玄冬，彌曠十餘旬。」

楊億

潘郎已是入秋悲，潘岳《秋興賦》：「善乎宋玉之言曰：『悲哉秋之爲氣也。』」**屬疾猶貪桂浦羸。**鮑照《采菱歌》：「鶩舲馳桂浦，息棹偃椒潭。」《禮記·問喪》：「身病體羸。」《釋文》：「羸，劣也，疲也。」**密雪才高閒賦筆，**謝惠連《雪賦》：「微霰零，密雪下。」《晉書·盧湛傳》：「才高行潔。」羅隱詩：「狂抛賦筆琉璃冷。」**流波意遠託琴絲。**宋玉《神女賦》：「望予帷而延視兮，若流波之將瀾。」向秀《思舊賦序》：「予與嵇康、吕安，居止接近，其人並有不羈之才，然嵇意遠而疎，吕心曠而放，其後各以事見法。嵇博綜技藝，於絲竹特妙。臨當就命，顧視日影，索琴而彈之。」武元衡詩：「琴絲簫管怨津樓。」**離愁盡日吟青案，**杜牧詩：「當筵雖一醉，甯復緩離愁。」張衡《四愁詩》：「美人贈我錦繡段，何以報之青玉案。」**蠲渴何人寄紫梨。**《荔支譜》：「荔支食之有益於人。葛洪云：『蠲渴補髓。』」《西京雜記》：「上林苑有紫梨。」左思《蜀都賦》：「紫梨津潤。」**昨夜西樓涼月滿，**庾肩吾詩：「天禽下北閣，織女入西樓。」王融詩：「璧門涼月舉，珠殿秋風迴。」**清談偏憶庾元規。**《後漢書・鄭太傳》：「孔公緒清談高論，噓枯吹生。」《世説新語》：「庾太尉在武昌，秋夜氣佳景清，使吏殷浩、王胡之之徒，登南樓理詠。音調始遒，聞函道中有屐聲甚厲，定是庾公。俄而率左右十許人步來，諸賢欲起避之，公徐云：『諸君少住，老子於此處興復不淺。』因便據胡牀，與諸人詠謔竟坐，甚得任樂。」《晉陽秋》：「庾亮字元規，潁川鄢陵人，明穆皇后長兄也。累遷征西大將軍荆州刺史。」

錢惟演

蜜房初滿若榴紅，若榴，明嘉靖玩珠堂本作石榴。班固《終南山賦》：「蜜房溜其巔。」劉楨《瓜賦》：「甘逾蜜房。」左思《蜀都賦》：「蜜房郁毓被其阜。」《御覽》卷八百五十七引《荆州圖記》：「赤馬山有蜜房二百所，羅綴相望。」張衡《南都賦》：「乃有櫻梅山柹，候桃梨栗，梬棗若榴，穰橙鄧橘。」《文選・南都賦》李善注引《廣雅》：「石榴，若榴也。」左思《蜀都賦》：「蒲桃亂潰，若榴競裂。」**秋意先侵玉井桐。**王維詩：「暑氣微清秋意多。」《三國志・魏志・明帝紀》注引《魏略》：「通引穀水過九龍前，爲玉井綺欄。」魏明帝詩：「雙桐生枯井，枝葉自相加。」李嶠桐詩：「雙倚玉井深。」**薤簟自憑南郭几，**陸龜蒙詩：「堪臨薤簟閒憑月，好向松窗卧跂風。」莊子《齊物論》：「南郭子綦隱几而坐，仰天而噓，嗒然似喪其耦。」梁簡文帝賦：「岸林宗之巾，憑南郭之几。」**縠巾猶卧北窗風。**《南史·張充傳》：「充縠巾葛帔。」《宋書·隱逸·陶潛傳》：「嘗言五六月北窗下卧，遇涼風暫至，自謂是羲皇上人。」**雲迷候雁辭遥塞，**方干詩：「平明失去被雲迷。」《淮南子·時則訓》：「季秋之月，候雁來賓。」張正見詩：「高柳横遥塞。」**露濕飛螢起暗叢。**何遜詩：「露濕寒塘草，月映清淮流。」又遜詩：「窗中度落葉，簾外隔飛螢。」張協《七命》：「扣跋幽叢。」《文選》五臣注：「幽叢，深木林也。」**病已不須傳七發，**枚乘《七發》：「於是太子據几而起，曰：『涣乎若一聽聖人辯士之言，涊然汗出，霍然病已。』」**粉牋香墨寄詩筒。**《東宮故事》：「皇太子初拜，給香墨四丸。」韋應物詩：「白水浮香墨。」《唐語林》：「白居易爲杭州刺史，時吴興守錢徽、吴郡守李穰，悉平生舊交，日以詩相寄贈。後元稹領會稽，參其酬唱，多以竹筒盛詩往來。」按白居易爲杭州刺史，元稹領浙東觀察使，杭越鄰郡，居易常以竹筒封詩送稹，白集有《醉封詩筒送微之》詩云：「爲向兩州郵吏道，莫辭來去遞詩筒。」又有詩題《與微之唱和來去，常以竹筒貯詩，陳協律美而成篇，因以詩答》詩句云：「揀得琅玕截竹筒，緘題章句寫心胸。」及居易除京官，有《留題微之》詩云：「從此津人應省事，寂寥無復遞詩筒。」亦一時佳話也。

西崑酬唱集注卷下

寄靈仙觀舒職方學士

職方員外郎秘閣校理舒雅出知舒州，郡秩滿，以州之灊山靈仙觀有勝迹，即請掌觀事。至大中祥符二年春正月癸未，以雅淡於榮利，復命雅直昭文館。

楊　億

緑髮郎潛不記年，李白詩：「中有緑髮翁，披雲卧松雪。」《文選》張衡《思玄賦》李善注引《漢武故事》：「顏駟，不知何許人，漢文帝時爲郎。至武帝輦過郎署，見駟龐眉皓髮。上問曰：『叟何時爲郎？何其老也！』答曰：『臣文帝時爲郎。文帝好文而臣好武；至景帝好美而臣貌醜；陛下即位，好少而臣已老。是以三世不遇，故老於郎署。』上感其言，拜爲會稽都尉。」張衡《思玄賦》：「尉龐眉而郎潛兮，逮三葉而遘武。」王勃詩：「松石偏宜古，藤蘿不記年。」**卻尋丹竈味靈篇。**江淹《別賦》：「守丹竈而不顧，煉金鼎而方堅。」《楚辭・九懷・株昭》：「神章靈篇兮，赴曲相和。」班固《白雉詩》：「啓靈篇兮披瑞圖。」**華陰學霧還成市，**劉禹錫詩：「晚日華陰霧。」《後漢書・張霸傳》：霸中子「楷字公超，隱居弘農山中，學者隨之，所居成市，後華陰山南遂有公超市。性好道術，能作五里霧。」**彭澤横琴豈要絃。**《宋書・隱逸・陶潛傳》：「謂親朋曰：『聊欲絃歌，以爲三逕之資，可乎？』執事者聞之，以爲彭澤令。解印綬去職。潛不解音聲，而畜素琴一張，無絃，每有酒適，輒撫弄以寄其意。」李白詩：「横琴倚高松。」**曉案祇應飡沆瀣，**《楚辭・遠游》：「飡六氣而飲沆瀣兮，漱正陽而含朝霞。」王逸注：「沆瀣，北方夜半子時氣也。」《文選》五臣注：「沆瀣，清露也。」**夜灘誰見弄潺湲。**岑參詩：「隔簾問夜灘。」《楚辭・九歌・湘夫人》：「觀流水兮潺湲。」謝靈運詩：「乘月弄潺湲。」**須知吏隱金門客，**《晉書・孫綽傳》：「嘗鄙山濤，謂人曰：『山濤，吾所不解。吏非吏，隱非隱。』」宋之問詩：「宦游非吏隱。」揚雄《解嘲》：「歷金門，上玉堂。」《文選》李善注引應劭曰：「待詔金馬門。」《史記・滑稽列傳》：「東方朔行殿中，郎謂之曰：『人皆以先生爲狂。』朔曰：『如朔等，所謂避世於朝廷間者也。古之人，乃避世於深山中。』時坐席中，酒酣，據地歌曰：『陸沉於俗，避世金馬門。宮殿中可以避世全身，何必深山之中，蒿廬之下。』」**待乞刀圭作地仙。**《抱朴子・金丹》：「第九之丹名寒丹，服一刀圭，百日，仙也。」庾信詩：「量藥用刀圭。」按刀圭，量藥之具。古刀布，其上一圈，如圭璧之形，中有一孔，可以貫索。蓋服食家以刀布之圭取藥，僅滿其上之圭，極言藥量之少耳。《本草綱目·序例》：「凡散藥云刀圭者，十分方寸匕之一，準如梧桐子大也。方寸匕者，作匕正方一寸。抄散取不落爲度。」《列仙傳》：「馬明生從安期先生受金液神丹方，入華陰山合金液，不樂昇天，但服半劑爲地仙。」《抱朴子·論仙》：「按仙經云，上士舉形昇虛，謂之天仙。中士遊於名山，謂之地仙。下士先死後蜕，謂之尸解仙。」又《抱朴子·祛惑》：「五原有蔡誕者，欺家云，吾未能昇天，但爲地仙也。」

錢惟演

方瞳玄鬢粉闈郎，《神仙傳》：「李根兩目瞳子皆方。仙經云：『八百歲則瞳子方。』」《抱朴子·祛惑》：「仙經云：『仙人目瞳皆方。』洛中見之白仲理者，爲予説其瞳正方。如此，果是異人也。」《南史·隱逸·陶弘景傳》：「仙書云：『眼方者壽千歲。』弘景末年，一眼有時而方。」《淮南子·道應訓》：「深目而玄鬢。」段玉裁《説文解字注》：「鬢，謂髮之在面旁者。」按玄，黑色。玄鬢，言無白髮也。人髮白先自鬢始。又按《漢官儀》：「省中皆胡粉塗壁」，故曰粉署。粉闈，猶粉署也。李山甫詩：「每向人間問粉闈。」**絳闕齋心奉紫皇。**傅玄《北都賦》：「巍巍絳闕。」王昌齡詩：「齋心問易太陽宫。」《文選·西都賦》李善注引《春秋合誠圖》：「紫宫，太帝室，太一之精也。」沈約《郊居賦》：「降紫皇於天闕。」**徵士高懷雲在嶺，**顔延之《陶徵士誄》：「有晉徵士潯陽陶淵明，南嶽之幽居者也。」杜甫詩：「高懷見物理。」

陶弘景《答詔》詩：「山中何所有，嶺上多白雲。」**騷人秋思水周堂。**李白詩：「正聲何微茫，哀怨起騷人。」白居易詩：「引琴彈秋思。」《楚辭·九歌·湘君》：「水周兮堂下。」**閒園露草開三逕，**江拱詩：「閒園有孤鶴，摧藏信可憐。」武三思詩：「露草侵階長。」《三輔決録》：「蔣詡字元卿，舍中竹下開三逕。」陶潛《歸去來辭》：「三逕就荒，松菊猶存。」**靈宇華燈燭九光。**按此指雅提舉之靈仙觀言之。蔡邕《胡栗賦》：「樹遐方之嘉木兮，於靈宇之前庭。」崔駰《同聲歌》：「高下華燈光。」《漢武帝内傳》：「燃九光之燈。」**知有美田堪種玉，**《後漢書·馬防傳》：「防兄弟貴盛，皆買京師膏腴美田。」范子《計然》：「玉英出藍田。」班固《西都賦》：「藍田美玉。」《搜神記》：「羊公葬父母無終山，山高無水，作義漿於坂頭。有人就飲，飲訖出石子一斗與之，云：『可以種玉，且得婦。』羊公求徐氏女，徐戲曰：『得白璧一雙來，當爲婚。』公至所種田中，得五雙。以聘，遂娶焉。其地名曰玉田。」**幾時春渚逐歸艎。**《南齊書·謝朓傳》：「朓牋辭隨王子隆曰：『惟待清江可望，候歸艎於春渚。』」

劉筠

石渠仙署久離群，《三輔故事》：「石渠閣在未央大殿北，藏祕書之所。」班固《西都賦序》：「内設金馬石渠之署。」《三輔黄圖》：「石渠閣，蕭何造。其下礲石爲渠以道水，若今御溝，因爲閣名。所藏入關得秦之圖籍。至於成帝，又於此藏秘書焉。」《白帖》：「諸曹郎曰粉署，亦曰仙署。」《禮記·檀弓》：「子夏曰：『吾離群索居，亦已久矣。』」**抗跡丹臺世絶倫。**何劭詩：「抗跡遺萬里。」《列仙傳》：「紫陽真人周季道遇羨門子，乞長生訣。羨門子曰：『名在丹臺石室中，何憂不仙。』」按此丹臺亦指靈仙觀言之。《三國志·蜀志·馬超傳》：「未若髯之絶倫逸群也。」**揚子不甘嘲尚白，**揚雄《解嘲》：「哀帝時，丁、傅、董賢用事，諸附離之者，起家至二千石。時玄方草《太玄》，有以自守，泊如也。人有嘲雄以玄之尚白，雄解之，號曰《解嘲》。其辭曰：客嘲揚子曰：『今吾子幸得遭明盛之世，處不諱之朝，與群賢同行，歷金門，上玉堂，有日矣。曾不能畫一奇，出一策，上説人主，下談公卿，顧默而作太玄五千文。然而位不過侍郎，擢纔給事黄門，意者玄得無尚白乎？何爲官之拓落也。』」**漆園終許自全真。**《史記·老子韓非列傳》：「莊子者，蒙人也，名周。周嘗爲蒙漆園吏。」《莊子·大宗師》：「何謂真人？古之真人，其寢不夢，其覺無憂，其食不甘，其嗜欲深者其天機淺。古之真人，不知悦生，不知惡死，其出不訢，其入不距，翛然而往，翛然而來而已矣。是之謂不以心捐道，不以人助天，是之謂真人。」《晉書·曹毗傳》：「因能全真養和，夷迹洞庭。」**紫烟深處鸞雙舞，**郭璞《遊仙詩》：「赤松臨上遊，駕鳳乘紫烟。」阮籍《東平賦》：「翔鸞自舞。」**朱髓成來鳥共伸。**皮日休詩：「嘗聞擇骨録，仙志非可作。緑腸既朱髓，青肝復紫絡。」《莊子·刻意》：「吹呴呼吸，吐故納新，熊經鳥申，爲壽而已矣。」**若向雲中見雞犬，**《論衡·道虚》：「儒書言淮南王學道，是以道術之士並會淮南，奇方異術，莫不争出。王遂得道，舉家昇天，畜産皆仙，犬吠於天上，雞鳴於雲中，此言仙藥有餘，犬雞食之，并隨王而仙也。」葛洪《神仙傳》：

「漢淮南王劉安白日昇天。人傳去時餘藥器置在中庭，雞犬舐啄之，盡得昇天。故雞鳴天上，犬吠雲中也。」**可能渾忘姓劉人。**姓劉人，劉筠自謂也。

答内翰學士

內翰學士謂楊億。

舒雅

清貴無過近侍臣，《神仙傳》：「疎廣父子，散金布惠，保其清貴。」《漢書·王嘉傳》：「近侍帷幄。」宋之問詩：「花落侍臣衣。」**多情猶憶舊交親。**陳子昂詩：「使星入東井，云是故交親。」**金蓮燭下裁詩句，**《新唐書·令狐綯傳》：「爲翰林承旨，夜對禁中，燭盡，帝以乘輿金蓮華炬送還院。」朱慶餘詩：「見酒聯詩句。」杜甫詩：「排悶强裁詩。」**麟角峰前寄隱淪。**《春秋感精符》：「麟一角，明海內共一主也。」按麟角峰疑是汴都祕閣或翰林院山石之名。桓譚《新論》：「天下神人五，一曰神仙，二曰隱淪，三曰使鬼物，四曰先知，五曰鑄凝。」郭璞《江賦》：「納隱淪之列真。」**和氣忽飄燕谷暖，**《禮記·祭義》：「孝子之有深愛者，必有和氣。」郭璞詩：「青陽暢和氣，谷風穆以温。」劉向《别録》：「方士傳言，鄒衍在燕，燕有谷，地美而寒，不生五穀。鄒子居之，吹律而温氣至，而黍生，今名黍谷。」《論衡・寒温》：「燕有寒谷，不生五穀，鄒衍吹律，寒谷可種，燕人種黍其中，號曰黍谷。」**好風徐起謝庭春。**陶潛詩：「微雨從東來，好風與之俱。」駱賓王詩：「謝庭賞方逸，袁扉掩未開。」《世説新語》：「謝太傅寒雪日内集，俄而驟，公欣然曰：『白雪紛紛何所似？』兄子胡兒曰：『撒鹽空中差可擬。』兄女曰：『未若柳絮因風起。』」**緘藏便是山家寶，**《家語・觀周》：「孔子觀周，遂入太祖后稷之廟。廟堂右階之前，有金人焉，三緘其口，而銘其背曰，古之慎言人也。」按緘藏雖異三緘其口，猶言不欲以才能自表見於世。杜甫詩：「山家蒸果暖。」**留與兒孫世不貧。**王勣賦：「弄兒孫於襁褓。」《史記・游俠列傳》：「上曰：『布衣權至使將軍爲言，此其家不貧。』」

答錢少卿

少卿謂太僕少卿錢惟演也。

舒　雅

蓬萊閣下舊鄰居，《後漢書·竇章傳》：「是時學者稱東觀爲老氏藏室，道家蓬萊山。」《晉中興書》：「吴隱之與韓康伯鄰居。」**偶别俄驚四載餘。每見寒葭思倚玉，**《世説新語》：「魏明帝使后弟毛曾與夏侯太玄共坐，時人謂蒹葭倚玉樹。」吴均詩：「露下寒葭中。」**忽臨秋水得雙魚。**《莊子·秋水》：「秋水時至，百川灌河。」古詩：「客從遠方來，遺我雙鯉魚。呼兒烹鯉魚，中有尺素書。」**人間貴盛君誰及，**《史記·留侯世家》：「願棄人間事，從赤松子遊耳。」《史記·蔡澤列傳》：「然而君之禄位貴盛。」按錢惟演一門以舉吴越地歸朝，貴盛當世，故詩云然。**物外優閒我自如。**如，明嘉靖玩珠堂本作餘。梁簡文帝神山寺碑：「智周物外。」《舊唐書·姜謩傳》：「南陽故人，並以優閒自保。」《漢書·李廣傳》：「而廣意氣自如。」**聞認歸艎向春渚，**惟演贈寄詩有「幾時春渚逐歸艎」之句，故舒雅答詩云然。**深知不與道情疎。**謝靈運詩：「拯溺由道情。」

答劉學士

答劉筠也。

往歲別京畿，《左氏傳》隱公六年：「往歲鄭伯請成于陳。」虞世南樂府：「鼓吹入京畿。」**棲山與衆違。**郭璞詩：「山林隱遯棲。」《莊子·則陽》：「方且與世違，而心不屑與之俱，是陸沉者也。」**君心似松柏，**鮑照樂府：「如今君心一朝異。」《論語》：「歲寒然後知松柏之後凋也。」《禮記·禮器》：「如松柏之有心也。」**雁足寄珠璣。**《漢書·蘇武傳》：「使者謂單于言：『天子射上林中，得雁足，有係帛書，言武等在某澤中。』」東方朔《七諫》：「玉與石其同匱兮，貫魚眼于珠璣。」按珠璣指筠贈詩。**學道情雖篤，**《禮記·燕義》：「使之修德學道。」杜預《左傳》注：「情之所篤。」**燒丹力尚微。**徐陵《答周處士書》：「煮石紛紜，終年不爛。燒丹辛苦，垂老方成。」《吴越春秋》：「要離力微，坐於上風，因風勢，以矛鈎其冠。」《抱朴子·金丹》：「昔左元放於天柱山中精思，而神人授之金丹仙經。余從祖仙公又從元放受之。余師鄭君者，則余從祖仙公之弟子也，又於從祖受之。而家貧無用買藥。余親事之，然余受之已二十餘年矣，資無擔石，無以爲之，但有長歎耳。」又「《抱朴子》曰：九丹誠爲仙藥之上法，然合作之，所用雜藥甚多，若四方清通者，市之可具。若九域分隔，則物不可得也。故不及金液之易也。合金液，唯金爲難得耳。古秤金一斤，於金爲二斤，率不過直三十許萬。都合可用四十萬而得一劑，可足八仙人也。」又「《抱朴子》曰：合此金液九丹，既當用錢，又宜入名山，絶人事，故能爲之者少。」**雲中雞犬在，**

祇候主人歸。按劉筠寄詩有「若向雲中見雞犬，可能渾忘姓劉人」之句，故雅答詩言筠姓劉氏，即雲中雞犬之主人，此雞鳴天上，犬吠雲中，正等候主人歸此白雲帝鄉以調之也。

宋玉

楊億

蘭臺清吹拂冠緌，宋玉《風賦》：「楚襄王游於蘭臺之宮，宋玉、景差侍，有風颯然而至。」陶潛詩：「今日天氣佳，清吹與鳴彈。」《詩·齊風·南山》：「冠緌雙止。」**薙草新居對渺瀰。**庾信《三月三日華林園馬射賦》：「河湄薙草，渭口澆泉。」按薙謂除草也。《後漢書·東夷傳》：「捐棄舊宅，更造新居。」庾信《哀江南賦》：「誅茅宋玉之宅，穿徑臨江之府。」《渚宮舊事》：「庾信因侯景之亂，自建康遁歸江陵，居宋玉故宅。」木華《海賦》：「沖瀜沆瀁，渺瀰湠漫。」《文選》李善注：「渺瀰，曠遠之貌。」**麗賦朝雲無處所，**《漢書·藝文志》：「詩人之賦麗以則，辭人之賦麗以淫。」宋玉《高唐賦》：「昔者楚襄王與宋玉游於雲夢之臺，望高唐之觀，其上獨有雲氣。王問玉曰：『此何氣也？』玉對曰：『所謂朝雲者也。』」又曰：「風止雨霽，雲無處所。」**羈懷秋氣動齊咨。**司空曙詩：「謝朓羈懷方一聽，何郎閒詠本多情。」《楚辭·九辯》：「悲哉秋之爲氣也，蕭瑟兮草木搖落而變衰，憭慄兮若在遠行，登水臨水兮送將歸。」《易・萃》：「齎咨涕洟。」按齎咨，嗟歎之辭也。**三年送目愁鄰媛**，宋玉《登徒子好色賦》：「玉曰：『天下之佳人莫若楚國，楚國之麗者莫若臣里，臣里之美者莫若臣東家之子。東家之子增之一分則太長，減之一分則太短，著粉則太白，施朱則太赤。眉如翠羽，肌如白雪，腰如束素，齒如含貝。嫣然一笑，惑陽城，迷下蔡。然此女登牆闚臣三年，至今未許也。』」《左氏傳》桓公元年：「目逆而送之。」《吕氏春秋・士容論・士容》：「客出，田駢送之以目。」**七澤迷魂怨楚辭**。司馬相如《子虛賦》：「臣聞楚有七澤，嘗見其一，未覩其餘也。臣之所見，蓋特其小小者耳，名曰雲夢。」韓愈詩：「迷魂亂眼看不得。」李商隱詩：「楚厲迷魂逐恨遥。」班固《楚辭序》：「始楚賢臣屈原被讒放流，作《離騷》諸賦，以自傷悼。後有宋玉、唐勒之徒，慕而述之，皆以顯名。漢興，高祖王兄子濞於吴，招致天下娱游子弟，枚乘、鄒陽、嚴夫子之徒，興於文景之際。而淮南王都壽春，招賓客著書。而吴有嚴助、朱買臣貴顯漢朝，故世傳《楚辭》。」**獨有江南哀句在**，《楚辭・招魂》：「目極千里兮傷春心，魂兮歸來哀江南。」《周書・庾信傳》：「信雖位望通顯，常作鄉關之思，乃作《哀江南賦》以致其意云。」**更傳餘恨到黄旗**。傅玄詩：「塗山有餘恨。」《三國志・吴志・孫皓傳》注引《江表傳》：「初，丹陽刁玄使蜀，得司馬徽與劉廙論運命曆數事。玄詐增其文，以誑國人。曰：『黄旗紫蓋，見於東南，終有天下者，荆揚之君乎。』」庾信《哀江南賦序》：「將非江表王氣，終於三百年乎。」

劉筠

楚國驕荒日已深，《國語・楚語》：「赫赫楚國，而君臨之。」驕荒謂驕侈淫荒也。張載詩：「驕侈擬五侯。」《漢書・楊惲傳》：「淫荒無度，不知其不可也。」**山川朝暮劇登臨。**《易・坎》：「地險，山川丘陵也。」《管子・宙合》：「日有朝暮，夜有晨昏。」《楚辭・九辯》：「登山臨水兮送將歸。」張正見詩：「福宇試登臨。」宋玉《神女賦》：「昔者，楚襄王與宋玉游於雲夢之臺，望高唐之觀。」**曾傷積毁亡師道，**《史記・鄒陽列傳》：「夫以孔墨之辨，不能自免於讒諛，而二國以危。何則？衆口鑠金，積毁銷骨也。」韓愈《策進士問》：「由漢氏以來，師道日微。」按此云師道蓋指屈原遺志而言。**祇託微辭蕩主心。**宋玉《登徒子好色賦》：「大夫登徒子短宋玉曰：『玉爲人體貌閑麗，口多微辭，又性好色。』」《左氏傳》莊公四年：「楚武王入告夫人鄧曼曰：『予心蕩。』」**江草東西多恨色，**孫逖詩：「二月飛花滿江草。」《楚辭・九歎》：「水波遠以冥冥兮，眇不覩其東西。」《魏書・孝感・乞伏保傳》：「初無恨色。」**峽雲高下結層陰。**杜甫詩：「峽雲籠樹小。」李商隱詩：「雲從城上結層陰。」**潘郎千載聞遺韻，**《漢書・王褒傳》：「千載一會。」權德輿《送從舅泳入京序》：「得騷楚之遺韻。」**又説經秋思不任。**潘岳《秋興賦》：「善乎宋玉之言曰，悲哉秋之爲氣也，蕭瑟兮草木摇落而變衰，憭慄兮若在遠行，登山臨水兮送將歸。夫送歸懷慕徒之戀兮，遠行有羈旅之憤。臨川感流以歎逝兮，登山懷遠而悼近。彼四戚之疚心兮，遭一塗而難忍。嗟秋日之可哀兮，諒無愁而不盡。」張正見詩：「別路已經秋。」謝靈運詩：「退耕力不任。」

錢惟演

章華清宴重游陪，《左氏傳》昭公七年：「楚子成章華之臺，願與諸侯落之。」《漢書·劉向傳》：「願賜清燕之閒。」高適詩：「何意忝游陪。」**已有微詞更有才。神女夢靈因賦感，**宋玉《神女賦》序：「楚襄王與宋玉遊於雲夢之浦，其夜王寢，夢與神女遇，其狀甚麗。王異之，明日以白玉。王曰：『若此盛矣，試爲寡人賦之。』玉曰：『唯唯。』」**屈平魂怨待招迴。**《楚辭·招魂序》：「《招魂》者，宋玉之所作也。宋玉憐哀屈原，厥命將落，作《招魂》，欲以復其精神，延其年壽也。」**悲秋終古情難盡，**《楚辭·九辯》：「悲哉秋之爲氣也。」又云：「皇天平分四時兮，竊獨悲此凜秋。白露既下降百草兮，奄離披此梧楸。」《楚辭·九歌·禮魂》：「長無絶兮終古。」**彰袂何時望可來。**宋玉《神女賦》：「毛嬙彰袂，不足程式。」**祇用大言君自許，**宋玉《大言賦》序：「襄王謂宋玉曰：『汝能大言乎？』」**景差何計上蘭臺。**宋玉《大言賦》：「楚襄王與唐勒、景差、宋玉遊於陽雲之臺。王曰：『能爲寡人大言者上座。』」

至宋玉曰：『方地爲車，圓天爲蓋，長劍耿耿倚天外。』王曰：『未也。』玉曰：『并吞四夷，飲枯河海，跋越九州，無所容止。身大四塞，愁不可長，據地跔天，迫不得仰。』」宋玉《小言賦》：「楚襄王既登陽雲之臺，令諸大夫景差、唐勒、宋玉等並造大言賦，賦畢而宋玉受賞。」按據《大言賦》、《小言賦》，蓋景差、唐勒之徒，已得上陽雲之臺，但未上座受賞耳。

送客不及

劉　筠

青門祖帳曙烟微，《三輔黄圖》：「長安城東出南頭第一門曰霸城門，民見門色青，名曰青城門，或曰青門。」《詩·大雅·蕩之什·烝民》：「仲山甫出祖。」鄭玄箋：「祖者，行犯軷之祭也。」《漢書·疏廣傳》：「設祖道供張東都門外。」王維詩：「城鴉拂曙烟。」**片席乘流鳥共飛。**羅隱《謝湖南于常侍啓》：「展片席以高飛。」賈誼《鵩鳥賦》：「乘流則逝。」《史記·老子列傳》：「鳥，吾知其能飛。」**曲岸馬嘶風嫋嫋，**《淮南子·本經訓》：「來谿谷之流，飾曲岸之際。」魏收《喜雨》詩：「瀉溜高齋響，添池曲岸平。」吴均詩：「天曙馬争嘶。」《楚辭·九歌·湘夫人》：「嫋嫋兮秋風。」**短亭人散柳依依。**《白帖》：「十里一長亭，五里一短亭。」元稹詩：「人散社不神。」《詩·小雅·鹿鳴之什·采薇》：「昔我往矣，楊柳依依。」**灞陵目斷猶回望，**《三輔黄圖》：「文帝葬霸陵，在長安城東七十里。」王粲詩：「南登霸陵岸，迴首望長安。」邊讓《章華賦》：「登瑶臺以迴望兮，冀彌日而消憂。」**楚水魂銷爲送歸。**楚水爲楚地之水，當指瀟湘等水言之。何遜詩：「魂銷形已去，釵落猶依枕。」宋玉《九辯》：「登山臨水兮送將歸。」**祇自河梁傳怨曲，**李陵《與蘇武詩》：「攜手上河梁，遊子暮何之。徘徊蹊路側，悢悢不能辭。行人難久留，各言長相思。」**洛塵千古化征衣。**陸機詩：「辭家遠行遊，悠悠三千里。京洛多風塵，素衣化爲緇。」韓愈詩：「夜宿驛庭愁不睡，幸來相就蓋征衣。」

錢惟演

橋闊川長恨已多，劉長卿詩：「迴首川長共落暉。」**斑騅嘶斷隔雲羅，**《明下童曲》：「陳孔驕赭白，陸郎乘斑騅。」梁元帝《蕩婦秋思賦》：「秋月如羅。」**遥山幾疊迷朱旆，**遥山，遠山也。徐夤詩：「幾疊玉山開洞壑。」許渾詩：「朱旆聯翩曉樹中。」**芳草經時駐玉珂。**古詩：「蘭澤多芳草。」江淹詩：「風雪既經時。」張華詩：「乘馬鳴玉珂。」按玉珂，以玉爲馬勒飾也。**高鳥可能追夕照，**《淮南子·原道訓》：「强弩弋高鳥。」《史記·淮陰侯列傳》：「高鳥盡，良弓藏。」江淹賦：「見采霞之夕照。」**緑楊空自拂微波。**李白詩：「白玉一杯酒，緑楊三月時。」曹植《節遊賦》：「微波動而水蟲鳴。」**短轅白鼻何由得，**《世説新語》注引《妒記》：「蔡司徒詣王公，謂曰：『朝廷欲加公九錫，不聞餘物，唯聞有短轅犢車，長柄麈尾。』」樂府高陽王樂人歌：「可憐白鼻騧，相將入酒家。」李白詩：「銀鞍白鼻騧，緑地障泥錦。」韓翃詩：「蓬萊闕下是天家，上路新迴白鼻騧。」**目送層樓一雁過。**《左氏傳》桓公元年：「目逆而送之。」崔駰《七依》：「飛閣層樓。」庾信《哀江南賦》：「蘇武之一雁空飛。」

劉　筠

日上旗亭第五重，唐彦謙詩：「烟横博望乘槎水，日上文王避雨陵。」張衡《西京賦》：「旗亭五重，俯察百隧。」**百壺春釀與誰同。**《詩·大雅·蕩之什·韓奕》：「清酒百壺。」《齊民要術》：「春釀，十日熟。」**黄山遠隔奔霄騎，**張衡《西京賦》：「掩長楊而聯五柞，繞黄山而款牛首。」《漢書·地理志》：右扶風槐里縣「有黄山宫」。温庭筠詩：「黄山遠隔秦樹。」《拾遺記》：「周穆王巡行天下，馳八龍之駿。」八駿中一駿名奔霄。高適詩：「他日青霄騎，猶應訪所之。」**紫塞孤飛避弋鴻。**《古今注》：「紫塞，秦築長城，土色皆紫，漢塞亦然，故稱紫塞焉。」謝惠連《雪賦》：「瞻雲雁之孤飛。」揚子《法言》：「鴻飛冥冥，弋人何慕焉。」**湘竹幾時休染淚，**張華《博物志》：「堯之二女，舜之二妃，曰湘夫人。舜崩，二妃啼以揮竹，竹盡斑。」陸機《周處碑》：「墳前之樹，染淚先枯。」**楚旌終日自摇風。**《楚辭·九歌·湘君》：「薜荔拍兮蕙綢，蓀橈兮蘭旌。」江淹《恨賦》：「摇風忽起。」**此情不及歌楊柳，**李商隱詩：

「此情可待成追憶。」《詩・小雅・鹿鳴之什・采薇》：「昔我往矣，楊柳依依。」**一尺魚書萬水中。**古詩：「客從遠方來，遺我雙鯉魚。呼兒烹鯉魚，中有尺素書。長跪讀素書，書中竟何如？上有加餐食，下有長相憶。」劉禹錫詩：「新奉魚書墨未乾。」張喬詩：「千山萬水人。」

夕陽

劉鈞

夕陽堪極目，王粲《登樓賦》：「平原遠而極目兮，蔽荊山之高岑。」**況復近秋殘。**馬戴詩：「去日值秋殘。」**塞迴橫烟紫，**《古今注》：「秦築長城，土色皆紫，漢塞亦然，故稱紫塞焉。」庾信詩：「塞迴翻榆葉，關寒落雁毛。」李白詩：「桂水橫烟不可涉。」杜牧詩：「橫烟秋水上，疎雨夕陽中。」**江清照葉丹。**孟浩然詩：「野曠烟低樹，江清月近人。」謝靈運詩：「曉霜楓葉丹。」**伍胥嗟路遠，**《史記・伍子胥列傳》：「吾日暮塗遠，吾故倒行而逆施之。」**潘子念行難。**潘岳《懷舊賦》：「塗艱屯其難進，日晼晚而將暮。」《宋書・樂志・碣石篇》：「舟船行難。」**更有蕪城恨，城空逼夜寒。**鮑照《蕪城賦》：「邊風急兮城上寒。」顔延之詩：「空城凝寒雲。」杜甫詩：「無衣牀夜寒。」

楊億

夕籟起汀葭，戴叔倫詩：「遠林生夕籟。」謝朓詩：「汀葭稍靡靡。」**秋空送目賒。**崔日用詩：「香梵遍秋空。」《呂氏春秋・士容論・士容》：「田駢送之以目。」**緑蕪平度鳥，**白居易詩：「孤城覆緑蕪。」陳後主詩：「度鳥或遛檐。」**紅樹遠連霞。**謝朓詩：「紅樹巖舒，青莎水被。」劉峻《東陽金華山棲志》：「群峰疊起，則接漢連霞。」**水闊迷歸棹，**劉孝威詩：「水闊牽牛遥。」王勃詩：「歸棹隱寒洲。」**風清咽迴笳。**魏文帝《與吴質書》：「清風夜起，悲笳微吹。」宋文帝詩：「林下夕風清。」**高樓未成下，**王延壽《魯靈光殿賦》：「陽榭外望，高樓飛觀。」**天際玉鈎斜。**《易・豐》：「豐其屋，天際翔也。」鮑照《玩月城西門廨中》詩：「始見西南樓，纖纖如玉鈎。」

錢惟演

遠色連高樹，薛道衡詩：「高天澄遠色。」陸雲詩：「雞鳴高樹顛。」**迴光射迴樓。**傅玄《李賦》：「夕景回光，傍蔭蘭林。」庾信詩：「高花出迴樓。」**自翻歸雁影，**《史記・楚世家》：「楚人有好以弱弓微繳加歸雁之上者。」**更急思蟲愁。**任昉詩：「雜聞百蟲思，偏傷一鳥聲。」**烟暝長先隔，**孟浩然詩：「烟暝棲鳥迷。」**霞烘允未收。**李中詩：「仙翁去後無信，應共烘霞卜鄰。」**華燈如可繼，**崔駰《同聲歌》：「高下華燈光。」**惟照洞房幽。**《楚辭・招魂》：「姱容脩態，絙洞房些。」

樞密王左丞宅新菊

楊億

按《宋史・宰輔表》：「景德三年二月己亥，王欽若自資政殿大學士兵部侍郎遷尚書左丞知樞密院事。」《宋史》欽若傳言「欽若好神仙之事，常用道家科儀，建壇場以禮神。」故楊、劉、錢、李詠欽若宅新菊詩，多用却老延壽事，蓋以此也。

中樞多暇日，元稹詩：「書送中樞曉禁清。」按時欽若知樞密院，故稱中樞。《荀子・修身》：「其爲人也多暇日者，其出入不遠矣。」**小圃占秋光。**杜甫詩：「秋光近青岑。」杜牧詩：「江畔秋光蟾閣鏡。」**雕玉新成檻，**《書・顧命》：「雕玉仍几。」《山海經・海内西經》：「崑崙之墟，帝之下都，面有九井，以玉爲檻。」杜牧詩：「雕檻繫紅綃。」**繁金乍泛觴。**羅鄴詩：「繁金泣露荒籬菊。」按繁金泛觴，謂菊花酒也。《西京雜記》：「九月九日，飲菊花酒，令人長壽。」按《續齊諧記》：「晉尚書摯虞曰：『三月三日，因流水以泛觴，曲水起於此。』尚書郎束皙曰：『昔周公卜成洛邑，因流水以泛酒，故逸詩云，羽觴隨波流。』」凡此皆言三月三日曲水泛觴也。此言繁金泛觴者，則言以菊花釀酒，酒成進飲，更以鮮菊花泛之酒觴之上耳。**陶籬侵柳色，**李商隱詩：「陶令籬邊色，羅含宅裏香。」陶潛詩：「采菊東籬下。」《續晉陽秋》：「陶潛嘗九月九日無酒，宅邊菊叢中，摘菊盈把，坐其側久。俄而白衣至，乃王弘送酒也，即便就酌，醉而後歸。」何遜詩：「輕烟滲柳色。」**羅宅掩蘭芳。**《晉書·文苑·羅含傳》：「含致仕還家，階庭忽蘭菊叢生。」《渚宮記》：「安成王在鎮，以羅含宅借録事劉朗之。」杜甫詩：「庾信羅含俱有宅。」謝靈運詩：「楚老惜蘭芳。」**芝影連虚室，**《説文解字》：「芝，神草也。」《莊子·人間世》：「虚室生白，吉祥止止。」**萱叢接後堂。**《詩·衛風·伯兮》：「焉得諼草，言樹之背。」按諼草即萱草也。萱，忘憂草也。背，北堂也。元稹詩：「挑得小萱叢。」《漢書·張禹傳》：「禹將崇入後堂。」**傅巖猶借雨，**《書序》：「高宗夢得説，使百工營求諸野，得諸傅巖。」《僞古文尚書·説命》：「若歲大旱，用汝作霖雨。」**豐嶺未飛霜。**《山海經·中山經》：「豐山有九鐘焉，是知霜鳴。」《梁書·江淹傳》：「飛霜擊於燕地。」杜甫詩：「有時五峰氣，散風如飛霜。」**温樹偏分蔭，**《漢書·孔光傳》：「或問光温室省中樹皆何木，光默不應。」**芸籤亦鬭香。**李商隱啓：「登諸蘭署，轄彼芸籤。」按芸香可以辟書蠹，芸籤，書籤也。**交枝**

迷露井，江總詩：「交枝落幔陰。」古樂府：「桃生露井上，李樹生桃傍。」**墜葉點横塘。**謝靈運賦：「送墜葉于秋晏，遲含萼於春初。」左思《吴都賦》：「横塘查下，邑屋隆夸。」**桐録知延壽，**《隋書·經籍志》：「《桐君藥録》三卷。」陶弘景《本草集注序》：「有《桐君采藥録》，説其花葉形色。」劉禹錫詩：「桐君有録那知味。」日本《醫心方》：「服菊方有《大清經》服菊延年益壽與天地相守不死方。」**千齡奉紫皇。**沈約《金庭館銘》：「萬春方華，千齡始旦。」又沈約《郊居賦》：「降紫皇於天闕。」

劉　筠

東閤留嘉客，《漢書·公孫弘傳》：「弘自徒步，數年至宰相封侯，於是起客館，開東閤，以延賢人，與參謀議。」《詩·商頌·那》：「我有嘉客。」**寒葩艷晚光。**寒葩謂菊花。董思恭詩：「梁前朝影出，橋上晚光舒。」許渾詩：「羅綺留春色，笙竽送晚光。」**秋風自蕭瑟，**魏文帝《燕歌行》：「秋風蕭瑟天氣涼。」**台座對熒煌。**台座，三台之座，謂三公之座也。《晉書·天文志》：「三台六星，兩兩而居，起文昌列抵太微。一曰天柱，三公之位也。在人曰三公，在天曰三台。」徐彦伯詩：「熒煌台座深。」**麗奪雙南價，**《詩·魯頌·泮水》：「大賂南金。」張協《擬四愁詩》：「何以贈之雙南金。」**清含九畹香。**《離騷》：「予既滋蘭之九畹兮。」王逸注：「十二畝曰畹。」**嵰州霜薦味，**《御覽》卷十二引《拾遺記》：「穆王東至大巇之谷，西王母來進嵰州甜雪。嵰州去玉門三十萬里，地多霜雪。霜露著木石之上，皆融而甘，可以爲菓也。」《左氏傳》僖公三十年：「薦五味，羞嘉穀。」**太液鵠分裳。**《漢書·昭帝紀》：「始元元年春二月，黄鵠下建章太液池中。」漢昭帝《黄鵠歌》：「黄鵠飛兮下建章，羽肅肅兮行蹌蹌，金爲衣兮菊爲裳。」**已助蜂成蜜，**羅隱《蜂》詩：「採得百花成蜜後，爲誰辛苦爲誰甜。」**還隨蟻泛觴。**《釋名》：「酒有『泛齊，浮蟻在上汎汎然也。』」《西京雜記》：「在宫内，九月九日，飲菊華酒，令人長壽。菊華舒時，并採莖葉，雜黍米釀之，至來年九月九日始熟。就飲焉，故謂之菊華酒。」**俯臨輝艾綬，**陸倕《石闕銘》：「俯臨煙雨。」《漢官儀》：「二千石以上銀印緑綬，亦曰艾綬。」**佩服間萸房。**沈約《白紵歌》：「佩服瑶草駐容色。」《西京雜記》：「在宫内，九月九日，佩茱萸，食蓬餌，飲菊華酒，令人長壽。」《風土記》：「九月九日，折茱萸房以插頭，言辟除惡氣而禦初寒。」沈佺期《九日侍宴》詩：「魏文頒菊蕊，漢武賜萸房。」**節物傳荆俗，**陸機詩：「踟躕感節物。」李商隱詩：「鏤金作勝傳荆俗。」《續齊諧記》：「汝南桓景，隨費長房遊學累年，長房謂之曰：『九月九日，汝家當有災厄，急宜去，令家人各作絳囊，盛茱萸以繫臂，登高飲菊酒，此禍可消。』景如言，舉家登山。夕還家，見雞狗牛羊，一時暴死。長房聞之曰：『代之矣。』今世人每至九日，登山，飲菊酒，婦人帶茱萸囊是也。」**詩情掩謝塘。**白居易詩：「曉雪引詩情。」《南史·謝方明傳》：「子惠連，年十歲能屬文，族兄靈運加賞之，云『每有篇章，對惠連輒得佳語。』嘗於永嘉西堂思詩，竟日不就，忽夢見惠連，即得『池塘生春草』。大以爲工。常云『此語有神助，非吾語也。』」**更期松偃蓋，**《初學記》卷二十八、《御覽》卷九百五十三引《抱朴子》：「天陵偃蓋之松，大谷倒生之柏，凡此諸木，皆與天齊其長，地等其久也。」又《抱朴子・對俗》：「千歲松樹，四邊枝起，上杪不長，望而視之，有如偃蓋。」**永奉太清方。**《抱朴子・金丹》：「《太清對天經》有九篇，云其上三篇不可教授，其中三篇世無足傳，下三篇者，正是丹經上中下凡三卷也。若取九轉之丹服之，一刀圭，即白日昇天，其法俱在《太清經》中卷耳。」《隋書・經籍志》：「《太清草木集要》二卷，陶隱居撰。」按《太清》，丹經之號，陶弘景亦取以爲書名。日本《醫心方》：「服菊方有《大清經》服菊延年益壽與天地相守不死方。」

錢惟演

賀燕翻飛地，陰鏗詩：「迢遞翔鵰仰，連翩賀燕來。」宋之問詩：「玳梁翻賀燕。」陸機詩：「翻飛浙江汜。」**靈芳茂遂時。**漢武帝《秋風辭》：「蘭有秀兮菊有芳。」按靈芳謂菊花。**陰連桃李徑。**《漢書・李廣傳》：「諺曰：『桃李不言，下自成蹊。』」白居易詩：「蓬斷偶飄桃李徑。」**潤接鳳凰池。**《晉書・荀勗傳》：「武帝受禪，拜中書監，久之，以勗守尚書令。勗久在中書，專管機事，及失之，甚罔罔悵恨。人或有賀之者，勗曰：『奪我鳳凰池，諸君何賀邪。』」**夕照揮金葆，**《漢書・王莽傳》：「莽乃造華蓋九重，金瑵羽葆。」按此金葆謂菊花。**輕風拂翠蕤。**杜甫詩：「輕風生浪遲。」獨孤及詩：「高冠拂翠蕤。」嵇含《菊花銘》：「旋蕤圓秀，翠葉紫蓋。」按此翠蕤亦指菊花。**露珠清自沍，**于武陵詩：「祇應漢武金盤上，瀉得珊瑚白露珠。」《續齊諧記》：「弘農鄧紹，八月旦入華山採藥，見一童子，執五綵囊，承柏葉上露。」《左氏傳》昭公四年：「深山窮谷，固陰沍寒。」按沍，凍也。劉楨詩：「水沍霜凝，白雪皚皚。」**烟素引還披。**李賀詩：「嬴女機中斷烟素。」陸機《瓜賦》：「或披素而懷丹。」**西顥霜雖勁，**《呂氏春秋·有始覽·有始》：「西方曰顥天。」《漢書·禮樂志》：「西顥沆碭，秋氣肅殺。」韋應物詩：「山曉霜勁。」**南榮暖更滋。**司馬相如《上林賦》：「偓佺之倫，暴於南榮。」應劭曰：「南榮，屋檐兩頭如翼也。」按南榮，屋南檐也。**擷芳多楚澤，**劉禹錫詩：「楚水多蘭芷，何人事擷芳。」司馬相如《子虛賦》：「臣聞楚有七澤。」**得地勝陶籬。**沈約《高松賦》：「鬱彼高松，棲根得地。」陶潛詩：「採菊東籬下。」**味可登蘭籍，**駱賓王《上梁明府啓》：「情諧者蘭味寧忘。」毌丘儉《承露盤賦》：「撰蘭籍，簡良房。」**香應奪桂旗。**《楚辭·九歌·山鬼》：「辛夷車兮結桂旗。」**願公長卻老，**《史記·封禪書》：「李少君匿其年及其生長，常自謂七十。能使物却老。」按長却老即長不老也。**宴寢奉瓊巵。**潘岳詩：「旰食宴寢。」瓊巵，玉杯也。

李　維

青規前席暇，《漢書·史丹傳》：「元帝即位，爲駙馬都尉侍中。竟寧元年，上寢疾，丹以親密臣，得侍視疾。候上閒獨寢時，丹直入卧内，頓首伏青蒲上。」應劭曰：「以青規地曰青蒲，自非皇后不得至此。」劉孝綽詩：「邂逅逢休幸，朱蹕曳青規。」按青規即青蒲，謂以青畫地，非后妃不得至，極言禁内密近之地也。《史記·商君列傳》：「鞅見孝公，公與語，不自知膝之前於席也。」**歸沐興何長。**《詩·小雅·魚藻之什·采緑》：「予髮曲局，薄言歸沐。」**北第秋將晚，**《史記·汝陰侯列傳》：「孝惠帝及高后德嬰之脱孝惠、魯元於下邑之間也，乃賜嬰縣北第第一，曰『近我』，以尊異之。」顔師古《漢書》注：「北第者，近北闕之第，嬰最第一也。故張衡《西京賦》云：『北闕甲第，當道直啓。』」**東籬菊正芳。**陶潛詩：「採菊東籬下。」漢武帝《秋風辭》：「蘭有秀兮菊有芳。」**幽叢霏薄霧，**張協《七命》：「扣跋幽叢。」《西京雜記》：「漢中山王《文木賦》：『奔電屯雲，薄霧濃雰。』」**桂色艷輕霜。**桂字各本並同，疑應作佳字。陶潛詩：「秋菊有佳色。」梁簡文帝詩：「輕霜中夜下。」**已近黄金印，**《漢書·百官公卿表》：「相國、丞相，皆秦官，金印紫綬。」《史記·蔡澤列傳》：「懷黄金之印。」**兼臨白玉堂。**《楚辭·九歎》：「紫貝闕而皇堂。」古樂府：「白玉爲君堂。」**甘疑掩苹實，**《説苑·辨物》：「楚昭王渡江，有物大如斗，直觸王舟，止於舟中，王大怪之，使聘問孔子。孔子曰：『此名苹實。』令剖而食之。『唯霸者爲能獲之，此吉祥也。』孔子歸，弟子請問。孔子曰：『異時小兒謡曰：「楚王渡江得苹實，大如拳，赤如日，剖而食之美如蜜。」此楚之應也。』」劉峻《送橘啓》：「甘踰苹實，冷亞冰壺。」**秀肯讓芝房。**張衡《南都賦》：

「芝房菌蠢生其隈。」《文選》李善注:「芳房,芝生成房也。」**有佞還應指,**《博物志》:「堯時有屈佚草生於庭,佞人入朝,則屈而指之,一名指佞草。」**無憂可要忘。**《古今注》:「欲忘人之憂,則贈以丹棘。丹棘,一名忘憂草,使人忘其憂也。」嵇康《養生論》:「合歡蠲忿,萱草忘憂。」**蕊浮丞相酒,**《西京雜記》:「菊花舒時,并採莖葉,雜黍米釀之,至來年九月九日始熟,就飲焉,故謂之菊花酒。」**氣馥令君香。**陶潛詩:「秋蘭氣當馥。」習鑿齒《襄陽記》:「劉季和曰:『荀令君至人家,坐處三日香。』」**好固松椿壽,**《莊子·逍遥遊》:「古有大椿者,以八千歲爲春,八千歲爲秋。」賈島詩:「臘等松椿。」**仙經識祕方。**鮑照樂府:「服食煉氣讀仙經。」《後漢書·東平王蒼傳》:「賜以祕書列仙圖道術祕方。」應劭《風俗通》:「南陽酈縣有甘谷,谷中水甘美。云其山上有大菊華,水從山上流下,得其滋液,谷中有三十餘家,仰飲此水。上壽百二三十,中者百餘,下七八十歲者,名之爲夭。菊花輕身益氣,令人堅强故也。」日本《醫心方》:「服菊方有《大清經》服菊延年益壽舉天地相守不死方。」

直夜

楊億

繚垣甍闕慶雲深,張衡《西京賦》:「繚垣緜聯,四百餘里。」又云:「表嶢闕於閶闔。」《漢書·禮樂志》：「甘露降，慶雲出。」**晝燭燻爐對擁衾。** 謝惠連賦：「燎熏爐兮滅明燭。」梁簡文帝《擬夜夜曲》：「蘭膏盡更益，熏爐滅復香。」韓偓詩：「夢斷背燈重擁衾。」**三殿夜籤傳漏箭，**《南齊書·東昏侯紀》：「後宫遭火之後，更起仙華、神仙、玉壽諸殿。」《陳書·世祖紀》：「每雞人伺漏，傳更籤於殿中，乃敕送者必投籤於石階之上，令鎗然有聲。云『我雖眠，亦令驚覺也。』」梁元帝《秋興賦》：「聽夜籤之響殿。」《漢書·律曆志》：「孔壺爲漏，浮箭爲刻。」**九秋霜籟入風琴。** 張衡《南都賦》：「結九秋之增傷。」按一秋九十日，故稱九秋。《莊子·齊物論》：「地籟則衆竅是已。」劉孝勝詩：「林壑秋籟急。」按霜籟即指秋籟言之，以秋日多霜也。謝朓詩：「復此風中琴。」**階前槁葉驚寒雨，**《儀禮·射禮》：「與司馬交于階前相左。」潘岳《秋興賦》：「槁葉夕殞。」阮籍《東平賦》：「雲興而四周兮，寒雨淪而下降。」**天際孤鴻答迴砧。**《易·豐》：「象曰：『豐其屋，天際翔也。』」《隋書·盧思道傳》：「爲孤鴻以寄其情。」**欹枕便成魚鳥夢，** 元稹詩：「誰憐獨欹枕，斜月透窗明。」《莊子·大宗師》：「且汝夢爲鳥而厲乎天，夢爲魚而没於淵。」**豈知名路有機心。** 杜荀鶴詩：「年年名路漫辛勤。」《莊子·天地》：「有機事者必有機心。機心存于心中，則純白不備。純白不備，則神生不定。神生不定者，道之所不載也。」按楊億侍真宗於東宫，《續資治通鑑長編》：「帝即位，謂宰相曰：『朕在宫府，多令楊億草牋奏，文理精當，世罕儕者，宜加奬擢。』辛亥，以著作郎直集賢院楊億爲左正言，館職並如故。」是億蓋受帝特達之知，如億能曲承帝旨，取相位不難也。億既少有盛名，特蒙恩禮，王欽若、陳彭年等深嫉其名，稍加譖毀，浸潤漸行。《續資治通鑑長編》稱：「億嘗入直，忽被召至禁中，既見，賜坐，從容顧問，徐出文藁數篋以示億曰：『卿識朕書跡乎？ 此皆朕自起草，未嘗命臣下代作也。』億皇恐不知所對，頓首再拜趨出，知譖者言得行」矣。「億嘗草詔答契丹書云『鄰壤交歡』，上自注其側作朽壤、鼠壤、糞壤等字，億據改爲鄰境。明日，引唐故事，學士草制有所改，爲不稱職，亟求罷，上慰喻之。」温革《隱窟雜志》亦稱：「楊文公有重名於世，常因草制，爲執政者多所點竄，楊甚不平。因取藁上塗抹之處，以濃墨傳之，就加爲鞋底樣，題其旁曰：『世業楊家鞋底。』或問其故，乃曰『是他別人脚迹』。當時以爲嗢噱。」則後大中祥符之際，朝臣之互相傾軋，楊億之備受排擠，蓋此時已露其端倪矣，故此詩末句有名路機心之歎也。

錢惟演

千廬徼道發傳呼，班固《西都賦》：「周廬千列，徼道綺錯。」張衡《西京賦》：「徼道外周，千廬内附。」《漢舊儀》：「晝漏盡，夜漏起，宫中衛宫城門。擊刁斗，傳五夜，衛士周廬擊木柝，傳呼備火。」**帝宇沉沉璧月孤。**左思《魏都賦》：「翼翼京室，眈眈帝宇。」《史記·陳涉世家》：「故人扣宫，曰：『吾欲見涉。』入宫，見殿屋帷帳，客曰：『夥頤！ 涉之爲王沉沉者。』」應劭曰：「沉沉，宫室深邃之貌也。」《陳書·皇后傳論》：「璧月夜夜滿，瓊樹朝朝新。」**重橑祇聞喧鬭鼠，**《楚辭·九歌·湘夫人》：「桂棟兮蘭橑。」班固《西都賦》：「芬橑複結。」《説文解字》：「橑，椽也。」李商隱詩：「鬭鼠上牀蝙蝠出。」**危枝**

誰見繞驚烏。魏武帝《短歌行》：「月明星稀，烏鵲南飛。繞樹三匝，無枝可依。」庾信詩：「驚烏灑翼度。」**石螭霜重連鈎盾，**《新唐書·百官志》：「起居舍人分侍左右，秉筆隨宰相入殿。若仗在紫宸內閤，則夾香案分立殿下，直第二螭首。和墨濡筆，皆即坳處，時號螭頭。」按螭即指殿階間之石螭也。薛道衡《宴喜賦》：「霜重庭蘭，秋深氣寒。」《漢書·昭帝紀》：「上耕於鈎盾弄田。」應劭曰：「鈎盾，宦者近署。」**玉虎冰消下轆轤。**李商隱詩：「玉虎牽絲汲井迴。」《海録碎事》：「玉虎，轆轤也。」張正見詩：「冰消緑水池。」蕭統詩：「銀牀繫轆轤。」**素髮自同憐騎省，**潘岳《秋興賦》：「又斑髩以承弁兮，素髮颯以垂領。」按素髮，白髮也。又《秋興賦序》：「以太尉掾兼虎賁中郎將，寓直散騎之省。」按潘岳以虎賁中郎將寓直散騎之省，故遂稱岳爲騎省。**一竿何日釣秋鱸。**《晉書·文苑·張翰傳》：「因見秋風起，思吴中菰菜、蓴羹、鱸魚鱠，曰：『人生貴適意，何能羈官數千里，以要命爵乎。』遂命駕而歸。」岑參詩：「手持一竿竹。」按一竿謂釣竿也。考查錢惟演一生，貪戀權位，熱中利禄，秋風蓴鱸之思，蓋非由衷之言也。大中祥符五年，章獻之立爲皇后也，惟演即嫁妹於太后之兄劉美，以結奥援，即所謂越國夫人者也。見丁謂權盛，惟演又附之，與爲婚姻。及真宗大漸之際，惟演且助謂逐寇準。仁宗即位，惟演爲樞密使，丁謂得罪，又擠謂以自解。後以節度使，同中書門下平章事，出知河陽，判許州，實未嘗真爲相也。惟演冀爲相，《東軒雜録》載惟演對客述平生，嘗「歎曰：『使我於黄紙盡處押一箇字足矣。』」宰相在黄紙後押字故也。其平生所希冀者如此，如其人，豈能「一竿釣秋鱸」哉。

劉筠

雞人肅唱發章溝，《周禮・春官・雞人》：「掌大祭祀，夜呼旦以嘂百官。」《續漢書・百官志》左右丞劉昭注引蔡質《漢儀》：「五更未明三刻後雞鳴，衛士踵丞即趨嚴上臺。汝南出鳴雞，衛士候朱雀門外，專傳雞鳴於宫中。」陸倕《新刻漏銘》：「屬傳漏之音，聽雞人之唱。」左思《魏都賦》：「晷漏肅唱，明宵有程。」張衡《西京賦》：「重以虎威、章溝、嚴更之署。」《三輔黄圖》：「虎威、章溝，皆署名。」**漢殿重重虎戟稠。**隋煬帝詩：「遠意更重重。」張衡《東京賦》：「郎將司階，虎戟交鎩。」**綷羽欲棲温室樹，**左思《吴都賦》：「鶤鵠南翥而中留，孔雀綷羽以翶翔。」《文選》五臣注：「五色曰綷。」《漢書・孔光傳》：「或問光，温室省中樹皆何木，光默不應。」**金波先上結璘樓。**《漢書・禮樂志》：「郊祀歌曰：『月穆穆以金波。』」按金波，月光也。謝朓詩：「金波麗鳷鵲。」《雲笈七籤》卷十二《上清黄庭内景經》：「高奔日月吾上道，鬱儀結璘善相保。」梁丘子注：「鬱儀，奔日之仙，結璘，奔月之仙。」《唐六典》工部郎中員外郎職掌下云：「大明宫内有鬱儀、結璘、承雲、修文等閣也。」《玉海》：「唐鬱儀、結璘樓，《長安志》在大明宫内。」又云：「麟德殿東廊有鬱儀樓，西廊有結隣樓。學士院即在西樓重廊之外。」按結璘，《黄庭景經》同，《唐六典》、《長安志》、《玉海》均作結隣，未知孰是。學士院在結璘樓之西，故劉筠詩語及之。

風來太液聞鳴鶴，《易・繫辭》：「鳴鶴在陰。」《漢書・昭帝紀》：「元始元年春二月，黄鵠下建章太液池中。」按黄鵠即黄鶴。《西京雜記》：「太液池中有鳴鶴舟。」**霧卷明河見飲牛。**江淹表：「烟祛霧卷。」宋之問《明河篇》：「明河可望不可親，願得乘槎一問津。」《博物志》：「舊説天河與海通。近世有居海者，年年八月有浮槎來，甚大，往反不失期。此人乃乘槎而去，奄至一處，見一丈夫牽牛渚次飲之。問『此是何處？』答曰：『君還至蜀郡，訪嚴君平，則知之。』後至蜀問君平，曰：『某年某月，有客星犯牽牛宿。』計年月，正是此人到天河時也。」**萬國表章頻奏瑞，**《易·乾》：「萬國咸寧。」王建詩：「天下表章經院過，宫中笑語隔牆聞。」《新唐書·禮樂志》：「黄門侍郎給事中進跪奏瑞。」**手批天語思如流。**沈佺期詩：「經聲夜息聞天語，烟氣晨飄接御香。」《晉書·陶侃傳》：「筆翰如流。」

洞户

楊億

洞户飛甍接綺寮，《後漢書·梁冀傳》：「冀乃大起第舍，殫極土木，堂寢皆有陰陽奥室，連房洞户。」左思《吴都賦》：「飛甍舛互。」張衡《西京賦》：「交綺豁以疏寮。」《文選》李善注：「綺，文繒也。寮，小窗也。此刻鏤爲之。」左思《魏都賦》：「暾日籠光於綺寮。」**一春幽恨寄蘭苕。**李商隱詩：「一春夢雨常飄瓦。」元稹詩：「各自埋幽恨，江流終宛然。」郭璞詩：「翡翠戲蘭苕。」**書題枉是藏三歲，**古詩：

「客從遠方來，遺我一書札。上言長相思，下言久離別。置書懷袖中，三年字不滅。一心抱區區，懼君不識察。」《南齊書·倖臣·紀僧真傳》：「僧真請事太祖，以閑書題，令答遠近書疏。」《詩·王風·采葛》：「一日不見，如三歲兮。」**壺矢誰同賽百嬌。**《禮記·投壺》：「投壺之禮，主人奉矢，司射奉中，使人執壺。主人請曰：『某有枉矢哨壺，請以樂賓。』」《仙傳拾遺》：「木公，亦云東王父，亦曰東王公。居於雲房之間。或與一玉女更投壺焉。每投千二百矯。設有入不出者，天爲之噏嘘。矯出而脱誤不接者，天爲之笑。」徐陵《玉臺新詠序》：「投壺玉女，爲盡歡於百驍。」唐彦謙詩：「投壺賽百嬌。」按百嬌即百矯、百驍，義並同。**水國風霜凋社橘，**顔延之詩：「水國周地險。」枚乘《柳賦》：「與風霜而共彫。」《柳毅傳》：「洞庭之陰，大橘樹焉，鄉人謂之社橘。」**仙山雲霧隔江潮。**白居易《長恨歌》：「忽聞海上有仙山，山在虚無飄緲間。」張衡《西京賦》：「雲霧杳冥。」劉長卿詩：「江潮通廨舍。」**東城劍騎何曾出，**李商隱詩：「少減東城飲。」袁淑詩：「劍騎何翩翩，長安五陵間。」**祇爲離愁髀肉銷。**《三國志·蜀志·先主傳》注引《九州春秋》：「備住荆州數年，嘗於劉表坐起見厠，見髀裏肉生，慨然流涕。還坐，表怪問備，備曰：『平常身不離鞍，髀肉皆消。今不復騎，髀裏肉生。日月若馳，老將至矣，而功業不建，是以悲耳。』」

劉筠

百尺青樓大道邊，《三國志·魏志·張邈傳》：「劉備曰：『如小人，欲卧百尺樓上，卧君於地，何但上下牀之間邪！』」曹植《美女篇》：「青樓臨大路，高門結重關。」江總《閨怨》：「寂寂青樓大道邊，紛紛白雪綺窗前。」**五陵遊騎曉翩翩。**張衡《西京賦》：「南望杜灞，北眺五陵。」蕭愨詩：「游騎騰文馬。」《詩·小雅·鹿鳴之什·四牡》：「翩翩者鵻。」**不思夜魄過三五，**《禮記·禮運》：「是以三五而盈，三五而闕。」古詩：「三五明月滿。」按夜魄謂月。**衹聞春醪賞十千。**陶潛詩：「静寄東軒，春醪獨撫。」又「谷風轉淒薄，春醪解飢劬。」《詩·小雅·甫田之什·甫田》：「倬彼甫田，歲取十千。」曹植《名都篇》：「美酒斗十千。」**密鎖香雲深處户，**李商隱詩：「密鎖重關掩緑苔。」吴融詩：「地疑雲鎖易。」《抱朴子·疾繆》：「昔魯女不幽居深處。」**亂飄梨雪晚來天。**庾信詩：「霜風亂飄葉。」柳貫詩：「故園梨雪想繽紛。」杜甫詩：「晚來山更碧。」張籍詩：「蟲飛晚後天。」**愁眉豈待歌成慘，**《後漢書·梁冀傳》：「妻孫壽，色美而善爲妖態，作愁眉啼妝。」《風俗通》：「愁眉者，細而曲折。」高駢詩：「佳人立唱慘愁眉。」**咫尺河陽信未傳。**《左氏傳》僖公九年：「天威不違顔咫尺。」杜預注：「八寸曰咫。」曹植《送應氏詩》：「親昵並集送，置酒此河陽。」江淹《别賦》：「又若君居淄右，妾家河陽。」按此二首當是序離愁別恨之作。

柳絮

楊億

瓊蕊飄英逐吹繁，張衡《西京賦》：「屑瓊蕊以朝餐。」《詩·齊風·著》：「尚之以瓊英乎而。」左思《魏都賦》：「弓珧解檠，矛鋋飄英。」袁朗詩：「枯蓬惟逐吹。」**建章飛舞入千門。**《史記·封禪書》：「於是作建章宮，度爲千門萬户。」鮑照詩：「集君瑶臺裏，飛舞雨楹前。」**羌人自怨殘梅曲，**《御覽》卷五八引《風俗通》：「笛，漢武帝時工人丘仲所造也。本出羌中。長尺四寸，七孔。」馬融《長笛賦》：「近世雙笛從羌起，羌人伐竹未及已。」《樂録》：「漢横吹曲梅花落，本笛中曲也。」《演繁露》：「笛亦有落梅、折柳二曲。今其曲亡，不可考矣。」張籍詩：「羨君東去見殘梅。」**莊叟還迷夢蝶魂。**杜甫詩：「安排用莊叟。」按莊叟謂莊周也。《莊子·齊物論》：「莊周夢爲胡蝶，栩栩然胡蝶也。俄然覺，則蘧蘧然周也。不知周之夢爲胡蝶與？胡蝶之夢爲周與？」**漢苑風光隨獵騎，**《三輔故事》：「漢苑中柳狀如人形，曰人柳，一日三眠三起。」蕭至忠詩：「朱騎巡漢苑。」李嶠詩：「人日風光覺倍饒。」庾信《周大將軍崔説神道碑》：「獵騎黎陽。」**洛城花雪撲離樽。**范雲《別》詩：「洛陽城東西，長作經時別。昔去雪如花，今來花似雪。」李商隱詩：「洛陽花雪夢隨君。」駱賓王詩：「别路青驪遠，離樽緑蟻空。」**錦帆蔽日隨隄遠，**《開河記》：「煬帝御龍舟幸江都，舳艫相繼，連接千里，自大梁至淮口，聯綿不絶。錦帆過處，香聞十里。」《隋書·食貨志》：「煬帝開渠，引穀洛水，自苑西入，而東注于洛。又自板渚引河，達于淮海，謂之御河。河畔作御道，樹以柳。」《開河記》：「虞世基請用垂柳栽於汴隄兩岸。」《楚辭·九歌·東君》：「靈之來兮蔽日。」吴融詩：「隋隄風物已悽涼。」**枉逐東流箭浪翻。**枚乘《七發》：「將以八月之望，與諸侯遠方交游兄弟，並往觀濤乎廣陵之曲江，狀如奔馬，聲如雷鼓。」追逐箭浪之翻騰，以喻柳絮飄飛之迅疾。

劉　筠

半減依依學轉蓬，《詩·小雅·鹿鳴之什·采薇》：「昔我往兮，楊柳依依。」曹植詩：「轉蓬離本根，飄飖隨長風。」**斑騅無奈恣西東。**《明下童曲》：「陳孔驕赭白，陸郎乘斑騅。」李商隱《對雪》詩：「關河凍合東西路，腸斷斑騅送陸郎。」**平沙千里經春雪，**《西京雜記》：「太液池邊多平沙，沙上鵜鶘、鷓鴣、鵁鶄、鴻鶂，動輒成群。」何遜詩：「遠岸平沙合。」王儉詩：「雲彩復經春。」嵇康《琴贊》：「澡以春雪。」**廣陌三條盡日風。**班固《西都賦》：「披三條之廣陌。」李商隱詩：「盡日靈風不滿旗。」**北斗**

城高連蝃蝀，《三輔黄圖》：「惠帝更築長安城，城南爲南斗形，北爲北斗形。至今人呼漢京城爲斗城。」揚雄《甘泉賦》：「歷倒景而絶飛梁兮，浮蝃蝀而撇天。」張衡《思玄賦》：「涉清霄而升遐，浮蝃蝀而上征。」《文選》五臣注：「蝃蝀，遊氣也。」**甘泉樹密蔽青葱。**揚雄《甘泉賦》：「翠玉樹之青葱兮。」**漢家舊苑眠應足，**《史記·太史公自序》：「天子始建漢家之封。」李嶠詩：「柰花開舊苑。」《三輔故事》：「漢苑中柳狀如人形，曰人柳，一日三眠三起。」**豈覺黄金萬縷空。**李白詩：「柳色黄金嫩。」李商隱《謔柳》詩：「已帶黄金縷，仍飛白玉花。」

錢惟演

三月江南花漸稀，《爾雅》：「江南曰揚州。」**春陰漠漠雪霏霏。**梁簡文帝詩：「春陰江上來。」陸機詩：「街巷紛漠漠。」《詩·小雅·鹿鳴之什·采薇》：「今我來思，雨雪霏霏。」**章臺街裏翩輕吹，**翩，粤雅堂本、邵武徐氏刻本作翻，今從明嘉靖玩珠堂本。李白詩：「章臺折楊柳。」韓翃《寄妾柳氏》詩：「章臺柳，章臺柳，昔日青青今在否？縱使長條似舊垂，也應攀折他人手。」**灞水橋邊送落暉。**《三輔黄圖》：「灞橋，在長安東，跨水作橋。漢人送客至此橋，折柳贈别。」李商隱詩：「朝來灞水橋邊問，未抵青袍送玉珂。」劉長卿詩：「迴首川長共落暉。」李商隱《折楊柳》詩：「萬緒千條拂落暉。」**陸凱**

傳情梅暗落，《御覽》卷九百七十引《荆州記》：「陸凱與范華相善，自江南寄梅花一枝詣長安與華，並贈華詩曰：『折梅逢驛使，寄與隴頭人。江南何所有？聊贈一枝春。』」嵇康《聲無哀樂論》：「生民所以接物傳情。」**韓憑遺恨蝶争飛。**《寰宇記》鄆城縣韓憑冢下云：「《搜神記》：宋大夫韓憑，娶妻美，宋康王奪之，憑怒王，自殺。妻陰腐其衣，與王登臺，自投臺下，左右攬之，著手化爲蝶。」《山堂肆考》：「俗傳大蝶必成雙，乃韓憑夫婦之魂。」**詔書漫道吹綸薄，**《後漢書·孝章帝紀》：「建初二年夏四月癸巳，詔齊相省冰紈、方空縠、吹綸絮。」李賢注：「冰，言色鮮潔如冰。方空者，紗薄如空也。綸似絮而細。吹者，言吹嘘可成，亦紗也。」**誰見紛紛上客衣。**韋莊詩：「莫遣楊花上客衣。」

與客啓明

啓明，周啓明也。《宋書·楊億傳》：「億知處州，郡人周啓明篤學有文，深加禮待。」《宋史·隱逸·周啓明傳》：「啓明字昭回，其先金陵人，占籍處州。初以書翰謁翰林學士楊億，億携以示同列，大見嘆賞，自是知名。四舉進士，皆第一。景德中，舉賢良方正科，既召，會東封泰山，言者謂此科本因災異訪直言，非太平事，遂報罷。於是歸教子弟百餘人，不復有仕進意。仁宗即位，除試助教，特遷祕書省祕書郎，改太常丞，卒。」

錢惟演

越溪微霰灑寒梅，宋之問詩：「問我將何去，清晨泝越溪。」謝惠連《雪賦》：「俄而微霰零，密雪下。」李紳詩：「數株臨水是寒梅。」**家近嚴陵古釣臺。**李商隱詩：「家近紅蕖曲水濱。」《後漢書·逸民·嚴光傳》：「光字子陵，會稽餘姚人也。少有高名，與光武同遊學。及光武即位，光乃變名姓，隱身不見。後齊國上言，有一男子，披羊裘，釣澤中，帝疑其光，遣使聘之，三反而後至。除爲諫議大夫，不屈。乃耕於富春山，後人名其釣處爲嚴陵瀨焉。」**夢欲成魚通夕去，**《詩·小雅·鴻雁之什·無羊》：「牧人乃夢，衆維魚矣。」《莊子·大宗師》：「且汝夢爲鳥而厲乎天，夢爲魚而没於淵。」蕭愨詩：「帝宫通夕燎。」**書曾憑犬隔秋迴。**《晉書·陸機傳》：「機有駿犬，名曰黄耳，甚愛之。既而羈寓京師，久無家問，笑語犬曰：『我家絶無書信，汝能齎書取消息不？』犬摇尾作聲。機乃爲書，以竹筩盛之，而繫其頸。犬尋路南走，遂至其家，得報還洛。」**干時不爲侏儒米，**蔡邕《陳寔碑文》：「不激訐以干時。」《漢書·東方朔傳》：「朔對曰：『朱儒長三尺餘，奉一囊粟，錢二百四十；臣朔長九尺餘，亦奉一囊粟，錢二百四十。朱儒飽欲死，臣朔饑欲死。』」**樂聖猶銜叔夜杯。**李適之詩：「樂聖且銜杯。」《三國志·魏志·徐邈傳》：「邈爲尚書郎，時科禁酒，邈私飲至於沉醉。校事曹達問以曹事，邈曰：『中聖人。』達白之太祖，太祖甚怒。度遼將軍鮮于輔進曰：『平日醉客謂酒清者爲聖人，濁者爲賢人，邈偶醉言耳。』」《晉書·嵇康傳》：「嵇康字叔夜。山濤將去選官，舉康自代。康乃與濤書告絶，曰：『今但欲守陋巷，教養子孫，時時與親舊叙離闊，陳説平生。濁酒一杯，彈琴一曲，志意畢矣。』」**帝右豈無楊得意，**《史記·司馬相如列傳》：「蜀人楊得意爲狗監侍上。上讀《子虛賦》而善之，曰：『朕獨不得與此人同時哉！』得意曰：『臣邑人司馬相如自言爲此賦。』上驚，乃召問相如。」**漢宫須薦長卿才。**王維詩：「明朝紫書下，應問長卿才。」

楊　億

越客逃名誤鑿坏，謝靈運詩：「越客腸今斷。」《南齊書·高逸·沈驎士傳》：「冠越客於文冕。」《後漢書·逸民·法真傳》：「逃名而名我隨。」《漢書·揚雄傳》：「或鑿坏以遁。」應劭曰：「鑿坏謂顔闔也。顔闔賢，魯君欲以爲相，使者往聘，因鑿後坏而亡。坏，壁也。」**漢庭初聘碧雞才。**《漢書·王褒傳》：「褒字子淵，蜀人也。神爵五鳳之間，於是益州刺史因奏褒有軼才，上乃徵褒，頃之，擢褒爲諫大夫。後方士言益州有金馬碧雞之寶，可祭祀致也。宣帝使褒往祀焉。」**操心四十知無惑，**《孟子》：「其操心也危，其慮危也深。」《論語》：「四十而不惑。」按周啓明時蓋年近四十。**削牘三千恥自媒。**《漢書·游俠·原涉傳》：「削牘爲疏。」《史記·滑稽列傳》：「齊人有東方生，名朔。初入長安，至公車上書，凡用三千奏牘。公車令兩人共持舉其書，僅然能勝之。人主從上方讀之，止，輒乙其處，讀之二月乃盡。」曹植《求自試表》：「自媒自衒者，士之醜行也。」**吟苦多年依洛社，**王昌齡詩：「是夜越吟苦。」杜甫詩：「爲客費多年。」《晉書·隱逸·董京傳》：「京至洛陽，被髮而行，逍遥吟詠。常宿白社中。」謝朓詩：「方憩洛陽社。」**賦成他日上蘭臺。**宋玉《風賦》：「楚襄王游於蘭臺之宫，宋玉景差侍。」**郡齋懸榻流塵滿，**韋應物詩：「今朝郡齋冷，忽念山中客。」《後漢書·徐穉傳》：「穉字孺子，豫章南昌人也。時陳蕃爲太守，以禮請署功曹，既謁而退。蕃在郡，不接賓客，惟穉來，特設一榻，去則縣之。」劉禹錫詩：「流塵蔽霜紈。」**七見東風落楚梅。**《禮記·月令》：「孟春之月，東風解凍。」張籍詩：「楚隄梅發驛亭春。」按楊億於真宗咸平元年脩《太宗實録》成，出知處州。咸平三年，召還拜左司諫知制誥。此詩作於景德四年，上距咸平三年億去處州，蓋已七歷春秋，故云七見東風落楚梅也。

劉　筠

秦痔從來易得車，《莊子·漁父》：「秦王有病，召醫，破癰潰痤者，得車一乘。舐痔者，得車五乘。」**郄枝今比我何如。**《晉書·郄詵傳》：「武帝問詵曰：『卿自以爲何如？』詵對曰：『臣舉賢良，對策爲天下第一。猶桂林之一枝，崑山之片玉。』」按郄今本作郤，古今字。**垂天借喻齊諧志，**《莊子·

逍遥遊》：「北冥有魚，其名爲鯤，鯤之大，不知其幾千里也。化而爲鳥，其名爲鵬，鵬之背，不知其幾千里也。怒而飛，其翼若垂天之雲。海運則將徙於南冥。南冥者，天池也。《齊諧者》，志怪者也。《諧》之言曰：鵬之徙於南冥也，水擊三千里，搏扶摇而上者九萬里，去以六月息者也。」**握火尋盟越絶書。**《吴越春秋》：「越王念報吴仇，冬常抱冰，夏還握火，愁心苦志，懸膽于户，出入嘗之。」《左氏傳》僖公九年：「會于葵丘，尋盟，且修好，禮也。」《隋書·經籍志》：「越絶記十六卷，子貢撰。」考證云：「今存十五卷，《四庫書目》云，漢袁康撰。」**旭日西清雲幄密，**《詩·邶風·匏有苦葉》：「旭日始旦。」司馬相如《上林賦》：「象輿婉僤于西清。」揚雄《甘泉賦》：「溶方皇於西清。」《文選》李善注：「西清者，西廂中清静處也。」《西京雜記》：「成帝設雲帳、雲幄、雲幙於甘泉紫殿，世謂三雲殿。」謝惠連詩：「寂寥雲幄空。」**朔風南陌葦衣踈。**杜甫詩：「黄葉驚山樹，呼兒問朔風。」梁武帝《河中之水歌》：「十四採桑南陌頭。」方干詩：「端冕何嘗勝葦衣。」按腹二聯，上一聯言啓明博聞，於志怪之言，地方掌故，無所不知。下一聯言方當近侍雲幄，永踈南陌，冀其亦能以一第獲取，得爲館職也。**故山夜鶴空多怨，**謝靈運詩：「故山日已遠。」孔稚珪《北山移文》：「蕙帳空兮夜鶴怨，山人去兮曉猿驚。」**金屋人争誦子虚。**《漢武故事》：「帝爲膠東王，年數歲，長公主指問曰：『兒欲得婦否？』曰：『欲得。』指女『阿嬌好否？』曰：『若得阿嬌爲婦，當以金屋貯之。』」司馬相如作《子虚賦》。

無題

楊億

巫陽歸夢隔千峰，宋玉《高唐賦》：「昔者先王嘗游高唐，夢見一婦人，曰：『妾巫山之女也，在巫山之陽，高丘之岨。』」謝朓詩：「歸夢相思夕。」**辟惡香銷翠被濃。**《本草》：「麝香辟惡。」徐陵《玉臺新詠序》：「辟惡生香，聊防羽陵之蠹。」《左氏傳》昭公十二年：「楚子翠被豹舄。」杜預注：「以翠羽飾被。」**桂魄漸虧愁曉月，**月中有桂樹，故古人稱月爲桂魄。王維詩：「桂魄初生秋露微。」《詩·小雅·鹿鳴之什·天保》如月之恒疏：「十五十六日月體滿，從此後漸虧，至晦而盡。」謝靈運詩：「夕慮曉月流。」**蕉心不展怨春風。**李商隱詩：「芭蕉不展丁香結，同向春風各自愁。」**遥山黯黯眉長斂，**遥山即遠山也。《西京雜記》：「卓文君姣好，眉色如望遠山。」陳琳詩：「黯黯天路陰。」梁元帝樂府：「翠眉漸斂千里結。」**一水盈盈語未通。**古詩：「盈盈一水間，脉脉不得語。」李商隱詩：「車走雷聲語未通。」**漫託鵾絃傳恨意，**張衡《南都賦》：「寡婦悲吟，鵾雞哀鳴。」嵇康《琴賦》：「鵾雞遊絃。」《文選》李善注：「古相和歌有《鵾雞曲》。」庾信詩：「中天遥可望，終類仰鵾絃。」姚察詩：「鵾絃時莫並，鳳管還相向。」《樂府雜記》：「賀懷智以鵾雞筋作琵琶絃，用鐵撥彈。」温庭筠詩：「巫娥傳恨託悲絲。」**雲鬟日夕**

似飛蓬。杜甫詩：「香霧雲鬟濕。」劉楨詩：「清談同日夕。」《詩・衛風・伯兮》：「首如飛蓬。」

錢惟演

絳縷初分麝氣濃，《晉書・后妃・胡貴嬪傳》：「泰始九年，帝多簡良家子以充内職。自擇其美者，以絳紗繫臂。」江總雜曲：「願奉更衣蘭麝氣，恐君馬到自驚香。」**絃聲不動意潛通。**《論語》：「聞絃歌之聲。」張衡《西京賦》：「城尉不施柝而内外潛通。」**圓蟾可見還歸海，**圓蟾，月也。《淮南子・精神訓》：「日中有蹲烏，而月中有蟾蜍。」左思《吴都賦》：「百川派別，歸海而會。」**媚蝶多驚欲御風。**《北户録》：「嶺表有鶴子草，花當夏時開，形如飛鶴，翅羽嘴皆全。蔓上春生雙蟲，食葉，收入粉奩，以葉飼之。老則蜕爲蝶，黄赤色。女子收佩之，令人愛悦，謂之媚蝶。」《莊子・逍遥遊》：「夫列子御風而行，泠然善也。」**紈扇寄情雖自潔，**班婕妤《怨歌行》：「新裂齊紈素，皎潔如霜雪。裁爲合歡扇，團團似明月。出入君懷袖，動摇微風發。常恐秋節至，涼風奪炎熱。棄置篋笥中，恩情中道絶。」江淹詩：「紈扇如團月，出自機中素。」張九齡詩：「幽閨欲寄情。」《孔叢子》：「所謂求自潔而益其垢。」**玉壺盛淚祇凝紅。**《拾遺記》：「魏文帝所愛美人姓薛名靈芸，常山人也。文帝以千金寶賂聘之，靈芸聞別父母，歔欷累日，淚下霑衣。至升車就路之時，以玉唾壺盛淚，壺則紅色。既發常山，及至京師，壺中淚凝如血。」李賀詩:「芙蓉凝紅得秋色。」**春窗亦有心知夢**,庾信詩:「朱鳥春窗玉女窺。」李商隱詩:「春窗一覺風流夢。」白居易《長恨歌》:「辭中有誓兩心知。」**未到鳴鐘已旋空**。杜甫詩:「僧來不語自鳴鐘。」

譯經光梵大師

譯經院譯經僧惟淨也。《宋會要輯稿》道釋二:「傳法院,舊曰譯經院。太宗太平興國五年,詔中使鄭守約就太平興國寺大殿西,度地作譯經院,中設譯經堂,其東序爲潤文堂,西序爲正義堂。譯經僧以次分設堂室。至七年六月,院成。八年,詔改譯經院爲傳法院。」又云:「太平興國八年十月,北天竺伽濕彌羅國僧天息災等言:『竊以教法未流,歷朝翻譯,宣傳佛語,並在梵僧。而方域遐阻,或梵僧不至,則譯場廢絶。望令兩街選童子五十人,令習梵字學。』從之。命高品王文壽集京城童行五百人,選得惟淨等十人,引見便坐,詔送院受學。惟淨者,吴王李煜弟從鑑之子,性穎悟,口受梵章,即曉其義,偏識西域字。歲餘,度爲僧,手寫梵經以獻。自後依法賢授學,爲梵學筆受。賜紫衣,號光梵大師。大中祥符後,令同譯經,爲試光禄卿。」又云:「大中祥符六年,詔編脩藏經,以《大中祥符法寶録》爲名。録凡二十一卷，惟淨寫譯證義，既成，賜詔褒飾，加金帛。祕書監楊億常預編脩，亦加賚焉。」《春明退朝録》：「太平興國中，始置譯經院，延梵學僧翻譯新經。後楊文公爲譯經潤文官。」按楊億在纂脩《大中祥符法寶録》之前，已預譯筵，爲譯經潤文官，時至傳法院，故有此贈光梵大師之作也。

楊億

薪火滅雙林，《莊子·養生主》：「指窮於爲薪，火傳也，不知其盡也。」慧遠《沙門不敬王者論》：「請爲論者驗之以實，火之傳於薪，猶神之傳於形。火之傳異薪，猶神之傳異形。前薪非後薪，則知指窮之術妙。前形非後形，則悟情數之感深。惑者見形朽於一生，便以爲神情俱喪，猶覩火窮於一木，謂終期都盡耳。」按上引莊周、慧遠薪火之喻，所謂有神論者也。楊泉《物理論》：「人含氣而生，精盡而死。死猶澌也，滅也。譬如火焉，薪盡而火滅，則無光矣。」按上引楊泉薪火之喻，所謂無神論者也。億此詩則以薪盡火滅，喻佛之無餘涅槃。法顯譯《大般涅槃經》：「爾時世尊告阿難言：『我今欲進鳩尸那城力士生地熙連河側雙樹間。』於是便進路，渡熙連河，往鳩尸那城力士生地娑羅林外。語阿難言：『汝可往至娑羅林中，見有雙樹孤在一處，灑掃其下，便令清淨，安處繩牀，令頭北向。』爾時世尊入娑羅林，至雙樹下，右脅著牀，累足而卧，如師子眠。端心正念，入般涅槃。當於爾時，大地震動，天鼓自鳴，四大海水，波浪翻倒。」**誰傳七佛心。**《長阿含經》:「佛告諸比丘:『過去九十一劫時,世有佛名毗婆尸如來至真出現於世。復次,比丘,過去三十一劫,有佛名尸棄如來至真出現於世。復次,比丘,即彼三十一劫中,有佛名毗舍婆如來至尊出現於世。復次,比丘,此賢劫中,有佛名拘摟孫,又名拘那舍,又名迦葉。我今亦於賢劫中成最正覺。』」又云:「七佛精進力,放火滅暗冥。」**譯筵香篆絶,**洪芻《香譜》:「百刻香,近世尚奇者作香篆。其文準十二時,分百刻,然一晝夜。」**經葉蠹魚侵。**《翻譯名義集·林木篇》:「多羅,舊名貝多。形如此方椶櫚,直而且高。其葉長廣,其色光潤。諸國書寫,莫不采用。」《穆天子傳》:「蠹書于羽陵。」郭璞注:「謂曝書中蠹魚,因云蠹書也。」常袞詩:「香銷蠹字魚。」**猊座雲雷歇,**《爾雅》:「狻猊如虦貓,食虎豹。」郭璞注:「即師子也。」鳩摩羅什譯《大智度論》:「問曰:『何以名師子座?爲佛化作師子?爲實師子來?爲金銀木石作師子耶?』答曰:『是號名師子,非實師子也。佛爲人中師子,佛所坐處,若牀若地,皆名師子座。又如師子,四足獸中獨步無畏,能伏一切;佛亦如是,於九十六種道中,一切降伏無畏,故名人師子。』」戴叔倫詩:「猊座翻蕭瑟。」《易·屯》:「雲雷屯,君子以經綸。」**龍宫歲月深。**竺法護譯《佛説海龍王經》:「爾時海龍王白世尊曰:『唯佛加哀諸天龍神,及無量人,令致安隱。至於大海,詣我宫中,屈神小食。所以者何?大海之中,有龍鬼神香音神及餘無數衆生之類,悉當往會,因聞法音。』佛默受其請。爾時世尊當詣大海,於是世尊與諸菩薩比丘衆俱眷屬圍繞,踊在虚空。身放大光明而雨天華,百千伎樂相和而鳴,集於海邊。便從水邊化作三寶階,金銀琉璃，下至其宫。於是世尊以威神力，化大海水令不復現。佛身放光，照於大海，普至三千大千世界。其海居類身榮此光，皆懷慈愍柔仁之心，不相嬈害，相視如父如母如兄如弟如子無異。於是世尊告海龍王：『吾於大海所當教化，皆已周畢，欲還精舍。』即從坐起，與大衆俱，尋從寶階出於大海。」《經律異相》：「佛涅槃後，舍利分爲三分，一分與諸天，一分與龍王，一分屬八王。諸龍得分，還於龍宫亦起寶塔。難頭示龍王云：『釋迦如來昔與我約云，吾涅槃後，劫將盡時，所有經律及袈裟應器，皆取藏此塔中。彌勒來下，當復取之。』」鳩摩羅什譯《龍樹菩薩傳》：「大龍菩薩接之入海，於宫殿中，開七寶藏，發七寶華函，以諸方等深奥經典無量妙法授之。龍樹受讀，九十日中，通解甚多，其心深入，體得寶利。龍知其心而問之曰：『看經遍未？』答言：『汝諸函中經多無量，不可盡也。我可讀者，已十倍閻浮提。』龍樹既得諸經一箱，深入無生，二忍具足。龍還送出。」按原始佛教有佛入大海中講經傳説。及小乘將衰，大乘興起，龍樹乃創爲入海取經之説，以傳播大乘。其實所謂海中取得之經律，即龍樹所造，託之於釋迦牟尼而已。魏文帝《與吴質書》：「歲月易得，别來行復四年。」按「猊座雲雷歇，龍宫歲月深」兩句，蓋言佛久未説法，佛之真義，亦久藴大海龍宫之寶藏中也。**青蓮流半偈，**慧琳《一切經音義》：「嗢鉢羅花，唐云青蓮花。其花青色，葉細陿長，香氣遠聞。人間難有，唯無熱惱大龍池中有。或名優鉢羅，聲轉皆一也。」法顯譯《大般涅槃經》：「如來出世，難可值遇，如優曇鉢華，時時乃現。」《經律異相》引《大涅槃經》：「善男子，乃昔過去佛日未出，我於爾時作婆羅門，修菩薩行。周遍求索大乘經典，住於雪山，繫心坐禪，經無量歲。爾時釋提桓因自變其身作羅刹象，形甚可畏，下至雪山，去其不遠而便立住。宣過去佛所說半偈：『諸行無常，是生滅法。』說已便住。是苦行者聞是半偈，心生歡喜，即便坐起，四向顧視，向所聞偈，誰之所說。爾時四顧，不見餘人，唯見羅刹，即說是言，說是半偈，啓悟我心，猶如半月漸開蓮華。我於爾時，復作是念，『將是羅刹說是偈邪？』即至羅刹所言：『大士若能爲我說是偈竟，我當終身爲汝弟子。』羅刹答言：『我所食者，唯人暖肉。其所飲者，唯人熱血。』我復語言：『汝但具足說是半偈，我當以身奉施供養。』羅刹即說：『生滅滅已，寂滅爲樂。』我於爾時，深思此義，即上高樹，自投樹下。下未至地時，虛空中出種種聲。爾時羅刹還復釋形，即於空中接取我身，安置平地。以是因緣，便得超越。」《經律異相》引《菩薩決定要行》：「善信菩薩於無法之世，尋求正法。入善住城，見此女人處於卑陋，屋室穿穴，人形凡鄙，而我恭敬，視如佛想，瞻奉禮拜，願垂教示。女人答曰：『諸佛妙法，無量無邊，我之所信，唯一半偈，若欲聞者，今便說之。諸惡莫作，衆善奉行。』我聞此語，身心清涼，諸根寂靜，自然調伏。」徐陵《傅大士碑》：「割身奉鬼，聞半偈於涅槃。」權德輿詩：「嘗通內學青蓮偈，更奏新聲白雪歌。」慧琳《一切經音義》：「偈，梵云伽陀，此云頌美歌也。」**白馬度千岑。**《譯經圖記》：「惟孝明皇帝永平三年，歲在庚申，帝夢金神，頂有光，飛來殿庭上。上問群臣，太史傅毅對曰：『臣聞西域有神，號之爲佛。陛下所夢，其必是乎。』至七年，歲次甲子，帝敕郎中蔡愔、中郎將秦景、博士王遵等一十八人，西尋佛法。至印度國，請迦葉摩騰竺法，用白馬馱經，并將畫釋迦佛像，以永平十年，歲次丁卯，至於洛陽。帝悅，造白馬寺，譯《四十二章經》。」《洛陽伽藍記》：「白馬寺，漢明帝初立。佛入中國之始，帝夢金人長丈六，頂皆日月光明，胡人號曰佛，遣使向西域求之，乃得經像焉。時白馬負經而來，因以爲名。」賈島詩：「萬水與千岑。」**大士招提啓，**《四教義集解》：「《大智度論》以菩薩爲大士，《金光明經》以佛爲大士，諸文不同。」《翻譯名義集》：「後魏太武始光元年，造伽藍，創立招提之名。」《增輝記》：「招提者，梵言拓鬬提奢，唐言四方僧物。後人傳寫，以拓爲招，又省鬬奢二字，止稱招提，即今十方住持寺院是也。」**明君羽葆臨。**劉楨詩：「何時當來儀，將須聖明君。」《漢書·王莽傳》：「莽乃造華蓋九重，高一丈八尺，金瑵羽葆。」《後漢書·光武帝紀》李賢注：「葆車，謂上建羽葆也。合聚五采羽名爲葆。」按上句謂太平興國五年造譯經院，此句謂真宗於「景德二年九月庚午，幸太平興國寺傳法院，觀新譯經」也，事見《宋史·真宗紀》。**對翻天竺字，**《新唐書·姚崇傳》：「佛經羅什所譯，姚興與之對翻。」《翻譯名義集》：「《西域記》云：『天竺之稱，異議糾紛，舊云身篤，或云賢豆，今從正音，宜云印度。』五印度之境，三垂大海，北背雪山，北廣南狹，形如半月。劃野區分，七十餘國。」《宋高僧傳》：「或曰：『譯場經館，設官分職，可得聞乎？』曰：『此務所司，先宗譯主，即齎葉書之三藏，明練顯密二教者充之。次則筆受者，必言通華梵，學綜有空，相問委知，然後下筆，又謂爲綴文也。次則度語者，正云譯語也。傳度轉令生解，亦名傳語。次則證梵本者，求其量果，密能證知，能詮不差，所顯無謬矣。至有立證梵義一員，乃明西義得失，貴令華語下，不失梵義也。復立證禪義一員，沙門大德充之。次則潤文一位，員數不恒，令通內外學者充之。良以筆受在其油素，文言豈無俚俗，儻不失於佛意，何妨刊而正之。次則證義，蓋證已譯之文，所詮之義也。次則梵唄。法筵肇啓，梵唄前興，用作先容，令生物善，唐永泰中方聞此位也。次則校勘讎對已譯之文，隋則彥悰覆疏文義，蓋重慎之至也。次則監護大使，唐則房梁公、楊慎交等充之。』」**助發海潮音**。鳩摩羅什譯《妙法蓮華經》：「觀世音菩薩普門品：『觀世音菩薩，梵音海潮音。勝彼世間音，是故須常念。』」**空界花成雨**，梁簡文帝《大法頌序》：「於是天龍八部，側塞空界。」庾信詩：「花雨積成臺。」法顯譯《大般涅槃經》：「爾時諸天龍神八部，於虛空中，雨衆妙花，曼陀羅花、摩訶曼陀羅花、曼殊沙花、摩訶曼殊沙花，而散佛上。」**仁祠地布金**。《後漢書·楚王英傳》：「遠黄老之微言，尚浮屠之仁祠。」《經律異相》：「須達多白佛言：『舍衛城中多信邪，如來大慈，唯願顧臨到舍衛城。』佛言：『彼無精舍，云何得去。』須達言：『弟子營起，願見聽許。』世尊默然。願遣舍利弗指授模則，即命共往。案行周遍，無可意處，惟太子祇陀園，其地平正，林樹鬱茂，遠近得中。須達以白太子，太子笑言：『若令以黄金布地令間無空者，便當相與。』須達曰：『諾。謹隨其價。』便使人象負金出，八十頃中，須臾欲滿，殘餘少地。祇陀念言：『佛必大德，乃使斯人輕寶乃爾。』即教語須達：『園地屬卿，樹林屬我。我自上佛。』便就施工，精舍告成，故曰祇樹給孤獨園。』」**九旬談妙理**，王逸《九思》：「集慕兮九旬。」曹攄詩：「清機發妙理。」梁簡文帝《菩提樹頌序》：「因緣假有，衆生之滯根；法本不然，至人之妙理。」**三接簡宸襟**。《易·晉》：「康侯用錫馬蕃庶，晝日三接。」何遜詩：「宸襟動時豫，歲序屬涼氛。」**淨社延居士**，《高僧傳》：「釋慧遠，後屆潯陽，見廬峰清静，足以息心，乃居東林，創造精舍，洞盡山美，却負香爐之峰，傍帶瀑布之壑。於是率衆行道，昏曉不絶。既而謹律息心之士，絶塵清賞之賓，並不期而至，望風遥集。彭城劉遺民、豫章雷次宗、雁門周續之、南陽宗炳等，並棄世遺榮，依造游止。遠乃於精舍無量壽像前，建齋立誓，共期西方。」《釋氏要覽》：「蓮社。昔晉慧遠法師住廬山虎溪東林寺，招賢士劉遺民、宗炳、雷次宗等爲會，修西方淨業。彼院多植白蓮，又彌勒佛國以蓮花分九品，次第接人，故稱蓮社。有云：『嘉此社人，不爲名利淤泥所汙，喻如蓮花，故名之。』又稱淨社，即南齊竟陵文宣王纂僧俗行淨住法故。夫社者，即立春秋日後五戊名社日，天下農結會，祭以祈穀。今釋家結慕緇白，建法祈福，求生淨土。淨土廣多，遍求則心亂，乃確指安養淨土，爲棲神之所，故名蓮社、淨社爾。」又「慧遠云，居士有二，一廣積資財，居財之士，名爲居士。二在家修道，居家道士，名爲居士。」「《維摩詰經・方便品》：『若在居士，居士中尊。』」**生臺集野禽。** 生臺，放生臺也。《御覽》卷一百七十八引《襄沔記》：「襄陽縣南五里鳳林山側，宋隨王劉誕鎮此，有龍見此池中，於後雍州刺史韋叡於此立放生臺。」梁元帝《荆州放生亭碑》：「魚從流水，本在桃花之源，龍處大林，恒捻浮雲之路。豈謂陵陽垂釣，失雲失水，莊子懸竿，吞鉤吞餌。北海之飡鷫鷞，未始非人，西王之使傳信，誰云賤鳥。故知魚鳥一觀，俱在好生。欲使金牀之雁，更及衡陽之侣，雪山之鹿，不充食苹之宴。」《漢書・蒯通傳》：「野禽殫。」**琅函香拂袂，** 慧琳《一切經音義》：「寶函，古文作𣓭，或作椷。《考聲》云：『木匧也。』《説文》作函。函，篋也。《桂苑珠叢》云：『盛經書盛寶器物。』」韋莊詩：「清韻滿琅函。」王粲詩：「迅風拂裳袂。」**柰苑樹交陰。** 安世高譯《説㮏女祇域因緣經》：「佛在世時，維耶梨國國王苑中，自然生一㮏樹，枝葉繁茂，實又加大。梵志見㮈香美非凡，乃問王曰：『此㮈樹下，寧有小栽，可得乞否？』王即以一㮈栽與梵志。梵志得歸種之，朝夕溉灌，日日長大，枝條茂好。三年生實，而大苦澀。梵志思惟，當是土無潤肥故耳。乃捉取百牛之乳，以飲一牛，復取此一牛乳，煎之爲醍醐，以灌㮈根。日日灌之，到至明年，實乃甘美。而㮈樹邊忽復生一瘤節，日日增長，節中忽生一枝，正指向上，洪直調好，高出樹巔，去地七丈。其杪乃分作諸枝，周圍旁出，形如偃蓋，花葉茂好，勝於本樹。梵志怪之，不知枝上當何所有，乃作棧閣，登而視之。見枝上偃蓋之中，乃有池水，既清且香。又有衆華，彩色鮮明，披視華下，有一女兒，在池水中。梵志抱取，歸養長之，名曰㮈女。顔色端正，天下無雙。長而聰明，從父學問，博知經道星曆諸術，加達音樂，音如梵天。諸迦羅越及梵志家女合五百人，皆往從學。爾時佛來維耶梨國，㮈女便率將弟子五百人出迎佛，長跪白言：『願佛明日到我園中飯食。』佛默然受之。明日，便與諸比丘到㮈樹園。」《翻譯名義集》：「菴羅園。闡義云：菴羅是菓樹之名，其菓似㮈。此樹開華，華生一女，國人歎異，以園封之。園既屬女，女人守護，故言菴羅樹園。宿善冥熏，見佛歡喜，以園奉佛，佛既受之而爲所住。」慧琳《一切經音義》：「柰苑，即天竺波羅柰國也。即此國有鹿野苑，綴序文者略去繁言，故云柰苑也。」釋彦悰《大唐大慈恩寺三藏法師傳序》：「遂發憤忘食，履險若夷，輕萬死以涉葱河，重一言而之柰苑。」按柰即今之蘋果也。佛住柰苑，故柰苑遂蒙佛寺之稱。雍裕之詩：「夏木忽交陰。」**文字蹄求兔，**梁武帝《涅槃經疏序》：「離文字以設教。」《莊子·外物》：「荃者所以在魚，得魚而忘荃。蹄者所以在兔，得兔而忘蹄。言者所以在意，得意而忘言。吾安得乎忘言之人而與之言哉。」《經典釋文》：「蹄，兔罥也。

又云兔琮也。係其脚，故云蹄也。」按惟淨者筆受梵文之譯師也，楊億亦預潤文之員。故億謂譯經重在闡明佛乘宗旨，如求之文字之間，則失得意忘言之義矣。**機緣芥值針。**《金光明最勝王經》：「隨其器量，善應機緣，而爲説法。」曇無讖譯《大般涅槃經》：「純陀復起禮佛而説偈言：『芥子投針鋒，佛出難於是。』佛告純陀：『如汝所説，佛出世難如優鉢花。』」**龍華他日會，**鳩摩羅什譯《佛説彌勒大成佛經》：「彌勒菩薩讚過去佛清涼甘露無常之偈：『諸行無常，是生滅法。生滅滅已，寂滅爲樂。』説此偈已，出家學道。坐於金剛莊嚴道場龍華菩提樹下，枝如寶龍，吐百寶華，一一華葉作七寶色，色色異果，適衆生意。天上人間，爲無有比。樹高五十由旬，枝葉四布，放大光明。」鳩摩羅什譯《彌勒下生成佛經》：「彌勒菩薩即以出家日得阿耨多羅三藐三菩提。爾時彌勒佛於華林園大衆滿中初會説法，九十六億人得阿羅漢。第二大會説法，九十四億人得阿羅漢。第三大會説法，九十二億人得阿羅漢。彌勒佛住世六萬歲，憐愍衆生，令得法眼。滅度之後，法住於世，亦六萬歲。」《荆楚歲時記》：「四月八日，諸寺各設齋，以五香水浴佛，作龍華會，以爲彌勒下生之徵也。」**應記洛生吟。**《晉書·謝安傳》：「安本能爲洛下書生詠，有鼻疾，故其音濁。名流愛其詠而弗能及，或手掩鼻以效之。」

劉　筠

漢夢通西域，注見前首「白馬度千岑」句下。**逍遥廣舊園。**《高僧傳》：「鳩摩羅什至長安，姚興仍請入西明閣及逍遥園，譯出衆經。」費長房《歷代三寶記》：「晉安帝世，天竺國三藏法師鳩摩羅什婆，秦言童壽，弘始三年冬，到常安。秦王姚興厚加禮遇，乃延請入西明閣及逍遥園，别館安置。敕令僧䂮集諸沙門八百餘人，諮受什旨，更出大品。」又云：「姚興弘始三年冬，鳩摩羅什到雍，興加禮遇，崇敬甚隆。大闡經論，震旦宣譯，盛在此朝。四方沙門，雲奔湊集。先是長安自前漢廢，到苻秦興，其間三百三十一載，曠絶朝市，民俗荒蕪。三千德僧，同止一處，共受姚興天王供養。世稱大寺，非是本名。中構一堂，權以草苫，即於其内及逍遥園二處翻譯。」**竺乾方演教**，白居易《齋戒》詩：「從此始堪爲弟子，竺乾師是古先生。」又《新昌新居書事四十韻因寄元郎中張博士》詩：「大抵宗莊叟，私心事竺乾。」又《因夢有悟》詩：「我粗知此理，聞於竺乾師。」唐釋惠祥《古清涼傳·立名標化篇》：「沙門法顯，求正覺於竺乾。」張正甫《般若寺觀音大士碑》：「自騰蘭之演教於中土，殆將千載。」**金粟豈忘言**。《發跡經》：「淨名大士是往古金粟如來。」《莊子·外物》：「得意而忘言。」鳩摩羅什譯《維摩詰所説經》：「佛在毗耶離菴羅樹園。爾時毗耶離大城中有長者名維摩詰。佛告文殊師利：『汝行詣維摩詰問疾。』於是文殊師利與衆菩薩及大弟子入毗耶離城。爾時長者維摩詰唯置一牀，以疾而卧。維摩詰問文殊師利：『云何菩薩入不二法門。』文殊師利曰：『如我意者，於一切法，無言無説，無示無識，離諸問答，是爲入不二法門。』於是文殊師利問維摩詰：『我等各自説已，仁者當説，何等是菩薩入不二法門？』時維摩詰默然無言。文殊師利嘆曰：『善哉！善哉！乃至無有文字語言，是真入不二法門。』」**硯滴寒蟾吐**。李賀詩：「老兔寒蟾泣天色。」按硯滴寒蟾吐，蓋言譯筵以月露爲硯滴，以和墨寫經也。**臺香瑞獸噴**。李洞詩：「臺香拂雪焚。」庾信樂章：「瑞獸霜耀。」按臺香者，猶言御賜之香，香爐作瑞獸形而噴出之。**揮毫花滿裓**，杜甫詩：「詩成落紙在揮毫。」柳宗元《送文暢上人序》：「蔑衣裓之贈。」《玉篇》：「裓，衣襟也。」希麟《續一切經音義》：「衣裓，衣前襟也。」按此句中之裓字，恐借作法衣而言之也。《釋氏要覽》：「法衣有三，一僧伽梨，即大衣也。二鬱多羅僧，即七條也。三安陀會，即五條也。」**隱几雪盈門**。《莊子·齊物論》：「隱几而坐。」《詩·大雅·蕩之什·韓奕》：「爛其盈門。」**大士清歌發**，大士注見前首大士招提啓句下。曹植《洛神賦》：「女媧清歌。」**南宗密印存**。《景德傳燈録》：「弘辯禪師曰：『禪宗本無南北，如來以正法付迦葉，傳至達摩，來此爲初祖。暨五祖二弟子，慧能住嶺南，神秀在北。得法雖一，而開導發悟，頓漸不同，故曰南頓北漸。』」《南宗頓教最上乘摩訶般若波羅蜜經六祖惠能大師於韶州大梵寺施法壇經》：「秀禪師惠能大師，法即一宗，人有南北，因此便立南北。何以漸頓，法即一種，見有遲疾，見遲即漸，見疾即頓。法無漸頓，人有利鈍，故名漸頓。」《歷代法寶記》：「達摩祖師宗徒禪法，不將一字教來，默傳心印。」《景德傳燈録》：「達摩師曰：『内傳法印，以契證心。外付袈裟，以定宗旨。』」按此蓋借真言宗之密印以指禪宗之心印也。《大日經·密印品》：「身分舉動住止，應知皆是密印。」劉禹錫詩：「密印視丹田。」**縱横十二部**，揚雄《解嘲》：「一縱一横，論者莫當。」《魏書·釋老志》：「初釋迦所説教法，既涅槃後，有聲聞弟子大迦葉阿難等五百人，撰集著録。阿難親承授囑，多聞總持，乃綴文字撰載三藏十二部經，如九流之異統，其大歸終以三乘爲本。」《大般涅槃經佛所説十二部經》：「一文，二歌，三記，四頌，五譬喻，六本記，七事解，八生傳，九廣博，十自然，十一道行，十二兩現，是名爲法。」**慧日破重昏。**鳩摩羅什譯《妙法蓮華經》：「觀世音菩薩普門品：『無垢清淨光，慧日破諸闇。』」王巾《頭陀寺碑》：「曜慧日於康衢，則重昏夜曉。」《文選》李善注引劉虯曰：「菩薩圓淨，照均明兩，故曰慧日。」梁武帝《涅槃經疏序》：「慧日升而長夜蒙曉。」

霜月

錢惟演

霜月正如鈎，謝朓詩：「霜月始流砌。」鮑照《玩月城西門廨中》詩：「始見西南樓，纖纖如玉鈎。」梁簡文帝《烏棲曲》：「浮雲似帳月如鈎。」**臨池更上樓。**王羲之《與人書》：「張芝臨池學書。」王褒《僮約》：「上樓擊鼓。」**沈侯新覺瘦，**《梁書·沈約傳》：「約以書陳情於徐勉曰：『而開年以來，病增慮切，百日數旬，革帶常應移孔，以手握臂，率計月小半分。以此推算，豈能支久。』」按沈約以梁初佐命功，封建昌縣侯，故稱沈侯。**宋玉舊多愁。獺髓分膏密，**《拾遺記》：「孫和悦鄧夫人，和於月下舞水精如意，誤傷鄧夫人頰。命太醫合藥，醫曰：『得白獺髓雜玉與琥珀屑，當滅此痕。』」**鵝毛寫恨稠。**鵝毛，筆也。元稹詩：「對秉鵝毛筆，俱含雞舌香。」李白詩：「彈絃寫恨意不盡。」《説文解字》：「稠，多也。」**長懷寄歸雁，**鮑照詩：「長懷無終極。」潘岳詩：「歸雁映蘭畤。」按歸雁實用蘇武雁足寄書事，注已見上卷。**歸雁自悠悠。**《詩·庸風·載馳》：「驅馬悠悠。」

楊億

月夕露爲霜，謝靈運詩：「新明弦月夕。」《詩·秦風·蒹葭》：「蒹葭蒼蒼，白露爲霜。」**心知厭獨房。吟殘猶擁鼻，**《晉書·謝安傳》：「安本能爲洛下書生詠，有鼻疾，故其音濁。名流愛其詠而弗能及，或手掩鼻而效之。」**望極自迴腸。**李白詩：「望極九霄迴。」宋玉《高唐賦》：「回腸傷氣。」**鬢減前秋緑，**吴均詩：「緑鬢愁中改。」**衣消外國香。**《世説新語》：「韓壽美姿容，賈充辟以爲掾。後會諸吏，聞壽有奇香之氣，是外國所貢，一著人則歷月不歇。」**星津誰待報，**星津，天河也。陳後主詩：「星津雖可望。」**織素未成章。**古樂府：「十三能織素。」《詩·小雅·谷風之什·大東》：「維天有漢，監亦有光。跂彼織女，終日七襄。雖則七襄，不成報章。」古詩：「迢迢牽牛星，皎皎河漢女。纖纖擢素手，札札弄機杼。終日不成章，泣涕零如雨。河漢清且淺，相去復幾許。盈盈一水間，脈脈不得語。」

劉　筠

霜曉月仍殘，錢起詩：「霜曉鶴還棲。」白居易詩：「陰鋪砌月殘。」**桐疎鳳更單。**《詩・大雅・生民之什・卷阿》：「鳳凰鳴兮，于彼高岡。梧桐生兮，于彼朝陽。」梁元帝詩：「井上落疎桐。」**已傷春寂寂，**杜甫詩：「小院回廊春寂寂。」**還踏夜漫漫。**寧戚《飯牛歌》：「長夜漫漫何時旦。」**凍合仙槎路，**《晉書・慕容皝載記》：「舊海水無淩，自仁反以來，凍合者三矣。」《拾遺記》：「堯登位三十年，有巨查浮於西海。查上有光若星月，夜明晝滅。常浮繞四海，十二年一周天，周而復始。亦謂貫月查，亦謂掛星查。」張正見詩：「仙槎不復留。」**薰餘侍史香。**《通典・職官典》：「省中之官，左右從者曰侍史。」蔡質《漢官儀》：「尚書郎侍史一人，女侍史二人，皆選端正者。女侍史執香爐，燒熏，從臺中給使護衣服也。」**那知荀奉倩，**《三國志・魏志・荀彧傳》裴松之注引何劭《荀粲傳》：「粲字奉倩。驃騎將軍曹洪女有美色，粲於是往聘焉，專房歡宴歷年。後婦病亡，痛悼不能已，歲餘亦亡，時年二十九。」《世説新語》：「荀奉倩與婦至篤，冬月婦病熱，乃出中庭自取冷，還以身熨之。婦亡，奉倩後少時亦卒。」**體薄不勝寒。**《論語》：「如不勝。」

李維

銀牀葉暗飄，古樂府《淮南王篇》：「後園鑿井銀作牀。」石崇《思歸引》：「落葉飄兮枯枝竦。」**霜月夜迢迢。**韓偓詩：「落花和雨夜迢迢。」**寒極金難辟，**《拾遺録》：「魏時昆明國貢漱金鳥，鳥常吐金屑如粟，鑄之可以爲器。此鳥畏霜雪，乃起小室以處之，名曰辟寒臺。宮人争以鳥所吐之金飾釵珮，謂之辟寒金。故宮人相嘲言曰：『不服辟寒金，那得君王心。不服辟寒鈿，那得君王憐。』於是媚惑争以寳爲身飾，及行卧皆懷挾以要寵也。」**憂多酒漫銷。**《漢書·東方朔傳》：「銷憂者莫若酒。」**荀爐殘更換，**《襄陽記》：「荀令君至人家，坐處三日香氣不歇。」李商隱詩：「荀令熏爐更换香。」**湘瑟罷仍調。**《楚辭·遠遊》：「使湘靈鼓瑟兮。」孟郊詩：「湘瑟颼飀絃。」**誰道河流淺，**謝靈運詩：「河流有急瀾。」按維此句之河流，蓋指天河也。古詩：「河漢清且淺，相去復幾許。盈盈一水間，脈脈不得語。」**盈盈萬里遥。**古詩：「盈盈一水間。」高適詩：「誰謂萬里遥。」

此夕

楊億

此夕秋風獵敗荷，元稹詩：「此夕聞君謫九江。」李商隱詩：「餘香猶入敗荷風。」**玉鈎斜影轉庭**

柯。鮑照《玩月城西門廨中》詩:「始見西南樓,纖纖如玉鈎。」王僧孺詩:「翠枝結斜影。」陶潛《停雲》詩:「翩翩飛鳥,息我庭柯。」**鮫人淚有千珠迸,**《御覽》卷八百三引《博物志》:「鮫人從水出寓人家積日,賣絹將去,從主人索一器,泣而成珠滿盤,以與主人。」白居易《琵琶行》:「千珠萬珠落玉盤。」韓愈詩:「潺湲淚交迸。」**楚客愁添萬斛多。**《左氏傳》襄公二十六年:「楚客聘于晉。」庾信詩:「且將一寸心,能容萬斛愁。」**錦里琴心誰滌器,**《華陽國志》:「錦江,織錦濯其中則鮮明,他江則不好,故命曰錦里也。」《漢書·司馬相如傳》:「是時卓王孫有女文君,新寡,好音,故相如以琴心挑之。文君夜亡奔相如,相如與俱馳歸成都,家徒四壁立。久之,相如與文君俱之臨邛,盡賣車騎,買酒舍。乃令文君當盧,相如身自著犢鼻褌,與庸保雜作,滌器於市中。」**石城桃葉自橫波。**《丹陽記》:「石頭城,吴時始土塢,義興加磚累石,因山以爲城,因江以爲池。」按《桃葉歌》爲吴曲,故石城謂石頭城,非竟陵之石城也。《古今樂録》:「《桃葉歌》,王子敬所作也。桃葉,子敬妾,緣於篤愛,所以歌之。」王獻之《桃葉歌》:「桃葉復桃葉,渡江不用楫。但渡無所苦,我自迎接汝。」《楚辭·九歌·少司命》:「衝風至兮水揚波。」**程鄉酒薄難成醉,**《水經·耒水注》:「郴縣有淥水,出縣東俠公山,西北流,而南注于耒,謂之程鄉溪。郡置酒官,醖于山下,名曰程酒,獻同酃也。」《梁書·劉杳傳》:「任昉曰:『酒有千日醉,當是虚言。』杳曰:『桂陽程鄉有千里酒,飲之至家而醉,亦其例也。』」《莊子·胠篋》:「魯酒薄而邯鄲圍。」李商隱詩:「酒薄吹還醒。」**帶眼頻移奈瘦何。**《梁書·沈約傳》:「約以書陳情於徐勉曰:『而開年以來，病增慮切，百日數旬，革帶常應移空。』」

錢惟演

曲瓊斜掛影沉沉，《楚辭·招魂》：「砥室翠翹，絓曲瓊些。」王逸注：「絓，懸也。曲瓊，玉鈎也。」《史記·陳涉世家》：「夥頤！涉之爲王沉沉者。」應劭曰：「沉沉，宫室深邃之貌也。」**火齊屏風六曲深。**《拾遺記》：「董偃常卧延清之室，以畫石爲牀，上設紫瑠璃帳，火齊屏風，列靈麻之屬。」李賀《屏風曲》：「團迴六曲抱膏蘭，將鬟鏡上擲金蟬。」**春瘦已寬連理帶，**李商隱詩：「祇知解道春來瘦。」辛延年歌：「長裾連理帶，廣袖合歡襦。」**夜長誰有辟寒金。**古詩：「晝短苦夜長。」《拾遺録》：「魏時昆明國貢漱金鳥，鳥常吐金屑如粟，鑄之可以爲器。此鳥畏霜雪，乃起小室以處之，名曰辟寒臺。宫人爭以鳥所吐之金飾釵珮，謂之辟寒金。故宫人相嘲言曰：『不服辟寒金，那得君王心。不服辟寒鈿，那得君王憐。』於是媚惑爭以寶爲身飾，及行卧皆懷挾以要寵也。」**珠抛月浦空涵淚，**《後漢書·循吏·孟嘗傳》：「嘗還合浦太守。郡不産穀實，而海出珠寶。先是宰守並多貪穢，詭人採求，不知紀極，珠遂漸徙於交阯郡界。嘗到官，革易前敝，未踰歲，去珠復還，百姓皆反其業。」梁元帝《牛渚磯碑》：「桂影浮池，仍爲月浦。」李商隱詩：「滄海月明珠有淚。」《御覽》卷八百三引《博物志》：「鮫人從水出寓人家積日，賣絹將去，從主人索一器，泣而成珠滿盤，以與主人。」**琴到蘭堂漫寄心。**《漢書·司馬相如傳》：「是時卓王孫有女文君，新寡，好音，故相如以琴心挑之。既罷，相如乃令侍人重賜文君侍者通殷勤，文君夜亡奔相如。」顏師古注：「寄心於琴聲以挑動之也。」張衡《南都賦》：「宴於蘭堂。」曹植《洛神賦》：「長寄心於君王。」**碧玉可能攀貴德，**樂府《情人碧玉歌》：「碧玉小家女，不敢攀貴德。感郎千金意，慙無傾城色。」**阮郎追騎已騴騴。**《世説新語》：「阮仲容先幸姑家鮮卑婢。及居母喪，姑當遠移，初云當留婢，既發，定將去。仲容借客驢，著重服自追之累騎而返，曰：『人種不可失。』即遥集之母也。」《詩・小雅・鹿鳴之什・四牡》：「駕彼四牡，載驟騴騴。」毛萇傳：「騴騴，驟貌。」《説文解字》：「騴騴，馬行疾貌。」

劉　筠

南州石黛有遺妍，《楚辭・遠遊》：「嘉南州之炎德兮，麗桂樹之冬榮。」徐陵《玉臺新詠序》：「南都石黛，最發雙蛾，北地燕支，偏開兩臉。」鮑照《舞鶴賦》：「態有遺妍。」**目極危梯月上弦。**班固《西都賦》：「目極四裔。」按危梯當指雲山言之。鄭玄詩箋：「月上弦而就盈。」**一水相望空脈脈，**古詩：「盈盈一水間，脈脈不得語。」**雙金無路致拳拳。**張協《擬四愁詩》：「佳人遺我緑綺琴，何以贈之雙南金。」姚合詩：「何路免爲客。」《禮記・中庸》：「得一善則拳拳服膺而弗失之矣。」**仙源日永桃無

援，陶潛《桃花源記》：「晉太元中，武陵人捕魚爲業，緣溪行，忘路之遠近，忽逢桃花林。復前行，欲窮其林。林盡水源，便得一山，山有小口。從口入，行數十步，豁然開朗，土地平曠，屋舍儼然。有良田美地桑竹之屬，阡陌交通，雞犬相聞。其中往來種作，男女衣著，悉如外人。自云先世避秦時亂，來此絶境，不復出焉。問今是何世，乃不知有漢，無論魏晉。」王維《桃源行》：「春來遍是桃花水，不辨仙源何處尋。」《書・堯典》：「日永星火，以正仲夏。」**客館春輕柳未眠。**《左氏傳》僖公三十三年：「鄭穆公使視客館。」《三輔故事》：「漢苑中柳，狀如人形，曰人柳，一日三眠三起。」**欲寫微辭寄歸雁，**宋玉《登徒子好色賦》：「大夫登徒子短宋玉曰：『玉爲人體貌閑麗，口多微辭。』」《漢書・蘇武傳》：「使者謂單于言：『天子射上林中，得雁足有繫帛書，言武等在某澤中。』」**風高嶺闊又經年。**柳宗元詩：「風高榆柳疎。」《晉書・簡文帝紀》：「有經年之儲。」

劉校理屬疾

楊　億

北窗風勁雪雲繁，《宋書・隱逸・陶潛傳》：「嘗言五六月中，北窗下卧，遇涼風暫至，自謂是羲皇上人。」王維詩：「風勁角弓鳴。」李商隱詩：「行人衹在雪雲西。」**移疾端居避世喧。**謝脁詩：「移疾覯新篇。」古人移書稱疾曰移疾，亦稱移病，《漢書・公孫弘傳》：「移病免歸。」謝莊《月賦》：「端居多暇。」沈約詩：「從宦非宦侶，避世作避喧。」**載酒誰過揚子宅**，《漢書・揚雄傳》：「家素貧，嗜酒。時有好事者，載酒肴從遊學。」左思詩：「寂寂揚子宅。」**張羅休署翟公門**。《戰國策》：「辟之如張羅者，張之於無鳥之所，則終日無所得矣。」《史記・汲鄭列傳》：「太史公曰：下邽翟公有言，始翟公爲廷尉，賓客闐門。及廢，門外可設雀羅。翟公復爲廷尉，賓客欲往，翟公乃大署其門曰：『一死一生，乃知交情。一貧一富，乃知交態。一貴一賤，交情乃見。』」**多才最許飄飄氣**，《史記・司馬相如傳》：「相如既奏大人之頌，天子大悅，飄飄有陵雲之氣，似游天地之間意。」朱慶餘詩：「書記本多才。」**少別還銷黯黯魂**。鮑照詩：「少別數千齡。」江淹《別賦》：「黯然銷魂者，惟別而已矣。」李商隱詩：「江水魂黯黯。」**促爾徘徊憶真賞**，揚雄《甘泉賦》：「徘徊招搖。」《梁書・王筠傳》：「沈約曰：『知音者稀，真賞殆絶。』」**遠天新月照黄昏**。梁元帝詩：「三辰晦遠天。」鮑照詩：「新月霧中勝。」《離騷》：「曰黄昏以爲期兮。」《淮南子・天文訓》：「日出于暘谷，浴于咸池，拂于扶桑，是謂晨明。至于虞淵，是謂黄昏。」按時劉筠爲秘閣校理。

劉　筠

撫枕凄然掩北軒，劉琨詩：「中夜撫枕歎。」《莊子・大宗師》：「凄然似秋。」按軒，窗也。北軒，北窗也。實用陶潛北窗下卧事。**漢庭誰問馬文園。**司馬相如爲文園令，故稱馬文園。《史記·司馬相如傳》：「相如口吃而善著書，常有消渴疾。與卓氏婚，饒於財，其進仕宦，未嘗肯與公卿國家之事。稱病閒居，不慕官爵。拜爲孝文園令，既病免，家居茂陵。」**風檐鴟嘯厨烟絶，**李商隱詩：「更作風檐雨夜聲。」沈約詩：「茅棟嘯愁鴟。」杜甫詩：「厨烟覺遠庖。」**月樹烏驚藥杵喧。**《酉陽雜俎》：「舊言月中有桂樹，高五百丈。」庾信《鏡賦》：「鶯噪吴王，烏驚御史。」《白帖》：「烏鵲填河成橋而渡織女。」《御覽》卷七百五十七引《杜預奏事》：「藥杵臼、澡槃、熨斗、釜、瓮、銚槃、鴿鏑，亦皆民間之急用也。」傅玄《擬天問》：「月中何有？白兔擣藥。」**戲習五禽成妙術，**《三國志·魏志·華佗傳》：「華佗語吴普曰：『人體欲得勞動，但不得使極爾。動摇則穀氣得消，血脈流通，病不得生，譬猶户樞不朽是也。是以古之仙者，爲導引之事，熊經鴟顧，引輓腰體，動諸關節，以求難老。吾有五術，名五禽之戲。一曰虎，二曰鹿，三曰熊，四曰猿，五曰鳥。亦以除疾，並利蹄足，以當導引。』」李商隱詩：「齋中戲五禽。」陸機《漏刻賦》：「信探頤之妙術，雖無神其若靈。」**學虧一簣阻微言。**《僞古文尚書·旅獒》：「爲山九仞，功虧一簣。」《論語》：「譬如爲山，未成一簣。」《漢書·藝文志》：「仲尼没而微言絶。」**不因九奏清塵耳，**王逸《楚辭》注：「《書》曰：『簫韶九成，鳳皇來儀。』九成，九奏也。」班固《答賓戲》：「牙曠清耳於管絃。」**天路應迷簡子魂。**漢武帝《車子侯歌》：「天路遠兮無期。」《史記·趙世家》：「趙簡子疾，五日不知人。居二日半，簡子寤。語大夫曰：『我之帝所甚樂，與百神游於鈞天，廣樂九奏萬舞，不類三代之樂，其聲動人心。』董安于受言而書藏之。」

勸石集賢飲

楊億

《宋史·石熙載傳》：「子中立，初補西頭供養官，後五年，改光禄寺丞，擢直集賢院。與李宗諤、楊億、劉筠、陳越相厚善。校讎祕書，凡更中立者，人争傳之。」

日上三竿宿霧披，《南齊書·天文志》：「日出高三竿。」陶潛詩：「朝霞開宿霧。」**章臺走馬帽簷欹。**《漢書·張敞傳》：「敞爲京兆，時罷朝會，過走馬章臺街，使御史驅，自以便面拊馬。」《周書·獨孤信傳》：「信在秦州，嘗因獵，日暮，馳馬入城，其帽微側。詰旦，而吏民有戴帽者，咸慕信而側帽焉。」李商隱詩：「舊主江邊側帽簷。」**祇傳祖席觴無算，**《漢書·疏廣傳》：「公卿大夫故人邑子，爲設祖道，供帳東都門外，送車數百兩。」沈佺期詩：「天人開祖席，朝宷候征麾。」李白詩：「祖席留丹景。」王融《三月三日曲水詩序》：「羽觴無算。」**肯顧尚書對有期。**《漢書·游俠·陳遵傳》：「每大飲賓客，輒關門，取客車轄投井中，雖有急，不得去。嘗有部刺史奏事，過遵，值其方飲，刺史大窮，候遵霑醉時，突入見遵母，叩頭自白當對尚書有期會狀，母乃令從後閤出去。」按《宋史》稱「中立喜賓客，客至必與飲酒，醉乃得去。」故億及李宗諤、劉筠三詩，皆突出中立好客嗜酒事。**芸省繙經終寂寞，**《初學記》卷十二引魚豢《典略》：「芸香辟紙魚蠹，故藏書臺稱芸臺。」許渾《寄袁都校書詩》：「勞歌極西望，芸省有知音。」《莊子·天道》：「孔子西藏書于周室，往見老聃，而老聃不許。於是繙十二經以説。」《漢書·揚雄傳》：「惟寂寞，終投閣。」**柳隄飛鞚好追隨。**張祜詩：「揮手摇鞭楊柳隄。」杜甫詩：「黄門飛鞚不動塵。」曹植詩：「飛蓋相追隨。」**靈均不醉真何益，**《離騷》：「名予曰正則兮，字予曰靈均。」《楚辭·漁父》：「屈原曰：『世人皆濁我獨清，衆人皆醉我獨醒。』」**千古離騷怨楚辭。**王逸《楚辭》注：「《離騷》者，屈原之所作也。太史公曰：『《離騷》者，猶離憂也。』班孟堅曰：『離猶遭也。明己遭憂作辭也。』」

李宗諤

都門祖軷綺筵張，《漢書·疏廣傳》：「公卿大夫故人邑子，爲設祖道，供帳東都門外，送車數百兩，辭訣而去。」張協詩：「藹藹東都門，群公祖二疏。」《詩·大雅·蕩之什·烝民》：「仲山甫出祖。」鄭玄箋：「祖者，行犯軷之祭也。」杜預《左傳》注：「祖而舍軷，飲酒於其側曰餞。」張正見詩：「稱觴溢綺筵。」

舉白何由訴羽觴。《漢書·叙傳》：「皆引滿舉白，談笑大噱。」《楚辭·招魂》：「瑶漿蜜勺，實羽觴些。」**石室抽書勤亦至，**《漢書·司馬遷傳》：「遷爲太史令，抽石室金匱之書。」**金貂换酒醉何妨。**《晉書·阮孚傳》：「孚遷黄門侍郎、散騎常侍。嘗以金貂换酒，復爲所司彈劾，帝宥之。」《晉書·華譚傳》：「律令之存，何妨於政。」**甕間吏部寧須問，**《晉書·畢卓傳》：「太興吏，爲吏部郎，常飲酒廢職。比舍郎釀熟，卓因醉，夜至其甕間盜飲之，爲掌酒者所縛。明旦視之，乃畢吏部也，遽釋其縛，卓遂引主人宴於甕側，致醉而去。」**席上車公不可忘。**《晉書·車胤傳》：「胤字武子。桓温在荊州，辟爲從事，稍遷别駕、征西長史。善於賞會，當時每有盛坐而胤不在，皆云無車公不樂。謝安游集之日，輒開筵待之。」《禮記·儒行》：「儒有席上之珍以待聘。」歐陽修《歸田録》：「楊大年方與客棋，石中立自外至，坐於一隅。大年因誦賈誼《鵩賦》以戲之，云：『止於坐隅，貌甚閑暇。』石遽答曰：『口不能言，對請以臆。』」《東齋記事》：「石資政中立，好談諧，樂易人也。楊文公一日置酒，作絶句招之，末云：『好把長鞭便一揮。』石立其僕，即和云：『尋常不召猶相造，况是今朝得指揮。』其談諧敏捷，類皆如此。」按石中立之爲人，機警好諧謔，故每有盛集，如中立不至，則一坐爲之不樂，是以李宗諤有「席上車公不可忘」之句也。**應念朝來猶眊矂，**《世説新語》：「王子猷云：『西山朝來致有爽氣。』」李肇《國史補》：「不捷而醉飽，謂之打眊矂。」韋莊詩：「手挈空瓶毷氉歸。」按毷氉猶言煩悶也。**解醒誰用蔗爲漿。**《詩毛傳》：「病酒曰酲。」《楚辭·招魂》：「胹鼈炮羔，有柘漿些。」王逸注：「取藷蔗之汁爲漿飲也。」

劉筠

豪家抱甕擅風流，按抱甕仍用畢卓偷飲鄰舍郎釀事，注已見上首「甕間吏部寧須問」句下。《史記·呂不韋列傳》：「子楚夫人，趙豪家女也。」《莊子·天地》：「抱甕而出灌。」按莊子之甕，水甕也，此則謂酒甕也。《後漢書·王暢傳》：「士女沾教化，黔首仰風流。」**更燎薰鑪白雪樓。**李商隱詩：「荀令熏爐更換香。」白居易詩：「白雪樓中一望鄉，青山簇簇水茫茫。」**魯壁休分科斗字，**《漢書·魯恭王傳》：「恭王初好治宮室，壞孔子舊宅以廣其宮，於其壁中得古文經傳。」宇文逌《庾信集序》：「名山海上，金匱玉版之書；魯壁魏墳，縹帙細囊之記。」《晉書·衛恒傳》：「漢武時，魯恭王壞孔子宅，得《尚書》、《春秋》、《論語》、《孝經》，時人不復知有古文，謂之科斗書。」**蜀都且換鷫鸘裘。**左思撰《蜀都賦》。《西京雜記》：「司馬相如初與卓文君還成都，居貧愁懣，以所著鷫鸘裘就市人陽昌貰酒，與長卿爲懽。」**仰天拊髀真爲樂，**《史記·滑稽列傳》：「淳于髡仰天大笑，冠纓索絶。」《莊子·在宥》：「鴻蒙方將拊髀爵躍而遊。」古詩：「爲樂當及時。」孔平仲《談苑》：「石中立，天禧爲員外郎，時西域獻師子，畜於御苑，日給羊肉十五斤。中立率同列往觀。或曰：『吾輩忝預士流，反不及一獸。』石曰：『若何不知分！彼乃苑中師子，吾曹園外狼，安可並邪？』」按園外狼諧聲爲員外郎。司馬光《涑水紀聞》云：「盛度體充壯，爲翰林學士時，嘗自前殿出，宰相在後，度初不知，趨而避之，行百餘步，乃得直舍，隱於其中。翰林學士石中立見其喘甚，問之，度告以故，中立曰：『相公問否？』度曰：『不問。』别去十餘步，乃悟，駡曰：『奴以我爲牛也。』」按漢相丙吉出逢群鬭者，死傷横道。吉過之不問，前行逢牛喘吐舌，駐車問之，故中立以戲度。孔平仲《談苑》：「石中立後試館職，爲直學士。性滑稽，善戲謔。嘗出，馭者又失鞍，馬驚，中立墜地，從吏遽扶掖升鞍，中立曰：『賴我石學士，若瓦學士，豈不破！』」《歸田録》：「章郇公得象與石資政中立素相友善，而石喜談謔，嘗戲章云：『昔時名畫有戴松牛，韓幹馬，而今有章得象也。』」按中立爲人滑稽好談謔，故劉筠有「仰天拊髀真爲樂」之語也。**倒載穿腸肯易愁。**《晉書·山簡傳》：「簡優游卒歲，唯酒是耽。諸習氏荆土豪族，有佳園池。簡每遊池上，置酒輒醉，名之曰高陽池。時有童兒歌曰：『山公出何許？往至高陽池。日暮倒載歸，酩酊無所知。』」《吕氏春秋·孟春紀·本生》：「肥肉厚酒，務以相强，命之曰爛腸之食。」枚乘《七發》：「甘脆肥醲，命曰腐腸之藥。」**欲鱠長鯨置雕俎，**左思《吴都賦》：「長鯨吞航。」《莊子·達生》：「加汝肩尻乎雕俎之上。」**願迴北斗挹東流。**《詩·小雅·谷風之什·大東》：「維北有斗，不可以挹酒漿。」按以東流喻酒漿之長流也。

即目

按《詩品》：「思君如流水，既是即目；『高臺多悲風』，亦惟所見。」即目，謂就目前所見也。

楊　億

急雨度前軒，杜甫詩：「急雨捎溪足。」元結詩：「前軒臨漉泉。」**池荷相對翻。**謝朓詩：「願緝吴山杜，寧摘楚池荷。」梁簡文帝詩：「池荷欲吐心。」**峰奇雲待族，**《水經·涑水注》：「奇峰霞舉。」又《穀水注》：「雲峰相亂。」《莊子·在宥》：「雲氣不待族而雨。」**蹊闇李無言。**《漢書·李廣傳》：「諺曰：『桃李不言，下自成蹊。』」**掩鼻生愁詠，**《晉書·謝安傳》：「安本能爲洛下書生詠，有鼻疾，故其音濁。名流愛其詠而弗能及，或手掩鼻而效之。」**披襟爽醉魂。**宋玉《風賦》：「楚襄王游於蘭臺之宫，有風颯然而至，王乃披襟而當之，曰：『快哉此風。』」韓愈詩：「愁狖酸骨死，怪花醉魂馨。」**一廛今已廢，**《孟子》：「願受一廛而爲氓。」《周禮·地官·遂人》：「辨其野之土，以頒田里。上地夫一廛，田百畝，萊五十畝；中地夫一廛，田百畝，萊百畝；下地夫一廛，田百畝，萊二百畝。」《漢書·揚雄傳》：「有田一廛，有宅一區。」**猶戀漢庭恩。**

劉　筠

地僻無車轍，杜甫詩：「地僻傷極目。」《史記·陳丞相世家》：「陳平家乃負郭窮巷，以弊席爲門，然門外多有長者車轍。」**心灰欲坐忘。**《莊子·齊物論》：「形固可使如槁木，而心固可使如死灰乎。」蕭統詩：「心灰庶方樸。」《莊子·大宗師》：「顔回曰：『回坐忘矣。』仲尼蹵然曰：『何謂坐忘？』回曰：『墮枝體，黜聰明，離形去知，同於大通，此謂坐忘。』」**疾雷徒破柱，**《易·説卦》：「動萬物者莫疾乎雷。」揚雄《甘泉賦》：「輕先疾雷而馺遺風。」《世説新語》：「夏侯太初嘗倚柱作書，時大雨霹靂，破所倚柱，衣服焦然，神色無變，書亦如故。」**幽草不迎涼。**李白詩：「石黛刷幽草，層青澤古苔。」《杜陽雜編》：「李輔國家藏珍玩，皆非人世所識。夏則於堂中設迎涼之草，其色類碧，而幹似苦竹，葉細如杉。盛暑東之窗户間，而涼風自至。」**日烈蟬遺蜕，**《詩·小雅·谷風之什·四月》：「冬日烈烈。」李商隱詩：「日烈憂花甚，風長奈柳何。」《史記·屈原列傳》：「蟬蜕於濁穢。」**花休蜜滿房。**班固《終南山賦》：「碧玉挺其阿，蜜房溜其巔。」**覆觴知已久，**鄒陽《酒賦》：「乃縱酒作倡，傾盌覆觴。」劉琨詩：「澄醪覆觴。」按上引之覆觴謂乾杯也。《晉書·元帝紀》：「初鎮江東，頗以酒廢事，王導深以爲言，帝命酌，引觴覆之，於此遂絶。」則言斷酒也。疑此句之覆觴，當作斷酒解，於義爲長。**寧有次公狂。**《漢書·蓋寬饒傳》：「寬饒字次公，爲司隷校尉。平恩侯許伯入第，往，從西階上，東鄉特坐。許伯自酌，曰：『蓋君後至。』寬饒曰：『無多酌我，我乃酒狂。』丞相魏侯笑曰：『次公醒而狂，何必酒也。』坐者皆屬目卑下之。」

燈夕寄内翰虢略公

燈夕，大中祥符元年正月元夜也。《宋會要輯稿》帝系十：「三元觀燈，本起於外方之説，自唐以後，常於正月望後開坊市門燃燈，宋因之。上元前後各一日，城中張燈，大内正門結綵爲山樓影燈，起露臺，教坊百戲。天子遂御樓或東華門及東西角樓飲從臣。其夕開舊城門達旦，縱士民觀。後增至十七十八夜。」按弘農爲楊氏郡望，宋避諱改弘農爲虢略，故錢惟演稱楊億爲虢略公也。

錢惟演

嶢闕翬飛河漢傍，張衡《西京賦》：「表嶢闕於閶闔。」薛綜注：「閶闔，門名。立闕以爲表。」《詩·小雅·鴻雁之什·斯干》：「如翬斯飛。」王巾《頭陀寺碑》：「丹闕翬飛。」古詩：「皎皎河漢女。」**鈎陳遥認赭袍光**。揚雄《甘泉賦》：「詔招揺與太陰兮，伏鈎陳使當兵。」張衡《西京賦》：「於是鈎陳之外，閣道穹隆。」服虔曰：「紫宫外營鈎陳星也。」《晉書·天文志》：「北極五星，鈎陳六星，皆在紫宫中。鈎陳，後宮也，大帝之正妃也，大帝之常居也。」《文選》李善注：「鉤陳，兵衛之象。《樂汁圖》曰：『鉤陳，後宮也。』」杜牧《華清宮》詩：「柳窺雕檻影，猶想赭袍光。」又杜牧詩：「觚稜金碧照山高，萬國珪璋擁赭袍。」**九枝火樹連金狄，**梁簡文帝賦：「躡九枝而耀景。」傅玄《朝會賦》：「華燈若平，火樹熾百枝之煌煌。」《史記·秦始皇本紀》：「秦初併天下，收天下兵，聚之咸陽，銷以爲鍾鐻，鑄金人十二，重各千石，置宮廷中。」《漢書·五行志》：「秦始皇帝二十六年，有大人長五丈，足履六尺，皆夷狄服，凡十二人，見于臨洮。是歲，始皇銷天下兵器，作金人十二以象之。」張衡《西京賦》：「高門有迒，列坐金狄。」《水經·河水注》：「秦始皇二十六年，長狄十二，見于臨洮，長五丈餘，以爲善祥，鑄金人十二以象之，坐之宮門之前，謂之金狄。」**萬里霜輪上碧璫。**陸龜蒙詩：「轉缺霜輪上轉遲。」按霜輪，謂月也。班固《西都賦》：「裁金壁以飾璫。」**匝地行車珠網細，**江淹《恨賦》：「若乃騎疊迹，車同軌，黃塵匝地，歌吹四起。」《管子·立政》：「五屬大夫皆以行車朝。」王融詩：「香風入珠網。」**照天晨燎紫沉香。**梁簡文帝《南郊頌》：「照天漏涘，遠肅邇睦。」《續漢書·祭祀志》：「晨燎祭天於泰山下。」《梁書·林邑國傳》：「沉木香者，土人斫斷之，積以歲年，朽爛而心節獨在，置水中則沉，故名曰沉香。」**祇聞鼇嶺神仙客，**《列子·湯問》：「渤海之東，不知幾億萬里，有大壑焉。其中有五山焉，一曰岱輿，二曰員嶠，三曰方壺，四曰瀛洲，五曰蓬萊。其山高下周旋三萬里，其頂平處九千里，山之中間，相處七萬里，以爲鄰居焉。常隨潮波上下往還，不得蹔峙焉。帝恐流於西極，失群聖之居。乃命禺彊使巨鼇十五舉首而戴之，迭爲三番，六萬歲一交焉。五山始峙而不動。」《列仙傳》：「有巨靈之鼇，戴蓬萊山而抃戲滄海之中。」《玄中記》：「東南之大者巨鼇焉，以背負蓬萊山，周迴千里。」按宋時稱翰林學士院爲鼇署，見蘇耆《次續翰林志》。**再拜雲邊捧壽觴。**《書・顧命》：「王再拜興。」《史記・叔孫通列傳》：「長樂宮成，諸侯群臣皆朝十月。至禮畢，復置法酒，以尊卑次起上壽，觴九行。」潘岳《閒居賦》：「壽觴舉，慈顔和。」

楊億

瓊樓十二玉梯斜，孫逖詩：「瓊樓上半空。」《史記・封禪書》：「方士有言『黄帝時，爲五城十二樓，以候神人於執期，命曰迎年。』」《十洲記》：「崑崙山一角，有積金，爲天墉城，面方四里。城上安金臺五所，玉樓十二所。」盧綸詩：「高樓倚玉梯，朱檻與雲齊。」**乾鵲南飛轉斗車。**《淮南子・氾論訓》：「乾鵠知來而不知往。知來歲多風，多巢於下枝，人皆探其卵，故曰不知往也。」許慎注：「鵠，鵲也。」《論衡・是應》：「乾鵲知來。」魏武帝《短歌行》：「烏鵲南飛。」《史記・天官書》：「斗爲帝車，運于中央，臨制四鄉。」**有客郢中歌白雪，**宋玉《對楚王問》：「客有歌於郢中者，其始曰下里巴人，國中屬而和者數千人。其爲陽阿薤露，國中屬而和者數百人。其爲陽春白雪，國中屬而和者，不過數十人。引商刻羽，雜以流徵，國中屬而和者，不過數人已。是其曲彌高，其和彌寡。」**幾人天上醉流霞。**揚雄《甘泉賦》:「噏清雲之流霞兮,飲若木之露英。」《論衡·道虛》:「河東項曼都好道學仙,委家亡去,三年而返。家問其狀,曼都曰:『有仙人數人,將我上天,離月數里而止。居月之旁,其寒悽愴。口饑欲食,仙人輒飲我以流霞一杯。每飲一杯,數月不饑。』河東號之曰斥仙。」李商隱詩:「尋芳不覺醉流霞。」**金吾緹騎章臺陌,**《續漢書·百官志》:「執金吾一人,中二千石,掌宫外戒司非常水火之事。緹騎二百人。」《説文解字》:「緹,帛丹黄色。」《漢書·張敞傳》:「敞爲京兆,時罷朝會,過走馬章臺街,使御史驅,自以便面拊馬。」蘇味道《正月十五夜》詩:「金吾不禁夜,玉漏莫相催。」唐《兩京新記》:「正月十五日夜,敕金吾弛禁前後各一日以看燈,光若晝日。」**素女繁絃太帝家。**《史記·封禪書》:「太帝使素女鼓五十絃瑟,悲,帝禁不止。故破其瑟爲二十五絃。」蔡邕《琴賦》:「繁絃既抱,雅韻乃揚。」**秦痔未痊齋閤掩,**《莊子·漁父》:「秦王有病,召醫,破癰潰痤者,得車一乘,舐痔者得車五乘。」庾信詩:「茂陵忽多病,淮陽實未痊。」**夢迴宫樹已啼鴉。**李中詩:「月入窗間遠夢迴。」張説詩:「隄含宫樹春。」李賀詩:「楊柳伴啼鴉。」

李宗諤

東城南陌盡遊人,古詩:「東城高且長。」梁武帝《河中之水歌》:「十四採桑南陌頭。」崔液《正月望夜游》詩：「金勒銀鞍控紫騮，玉輪朱幰駕青牛。驂驔始散東城曲，倏忽還逢南陌頭。」**陌上香車起暗塵。**何遜詩：「陌上馳驅人，行歌自侈靡。」盧照鄰詩：「鳴香車於闕下。」蘇味道詩：「暗塵隨馬去。」**歷歷星榆光奪晝，**古詩：「天上何所有，歷歷種白榆。」**煌煌火樹豔争春。**《詩・陳風・東門之楊》：「明星煌煌。」傅玄賦：「火樹熾百枝之煌煌。」蘇味道《正月十五夜》詩：「火樹銀花合。」戎昱詩：「不將桃李共争春。」**章溝五鼓催行樂，**張衡《西京賦》：「重以虎威、章溝、嚴更之署。」《晉書・鄧攸傳》：「吴人歌之曰：『紞如打五鼓，雞鳴天欲曙。』」楊惲《報孫會宗書》：「人生行樂耳。」**衛尉千廬罷徼巡。**張衡《西京賦》：「徼道外周，千廬内附。衛尉八屯，警夜巡晝。」薛綜注：「衛尉率吏士周宫外，於四方四角立八屯士。士則傅宫外向爲廬舍。晝則巡行非常，夜則警備不虞也。」崔祐甫議：「誡諸邊堠，無失徼巡。」**應念鼇山方併宿，**鼇山注已見前首錢惟演「祇聞鼇嶺神仙客」句下。**紫泥封後獨頻伸。**《漢舊儀》：「天子信璽六，皆以武都紫泥封之。」《西京雜記》：「武都紫泥爲璽室，加緑綈其上。」《御覽》卷五九引《隴右記》：「武都紫水有泥，其色亦紫而粘，貢之用封璽書，故詔誥有紫泥之美。」韓偓詩：「星斗疎明禁漏殘，紫泥封後獨憑闌。」白居易詩：「頻伸晚起時。」

劉　筠

千輪佛火照層城，千輪，謂千輻輪也。《觀無量壽經》：「足下有千輻輪相。」崔液《正月望夜游》詩：

「神燈佛火百輪張。」《淮南子・地形訓》：「崑崙有增城九重。」按增城即層城。**九陌香車擊迅霆。**《三輔遺事》：「長安八街九陌。」陳後主詩：「龍媒玉珂馬，鳳軫繡香車。」《戰國策》：「臨淄之途，車轂擊。」**簡子最知天帝樂，**《史記・趙世家》：「趙簡子疾，五日不知人。居二日半，簡子寤，語大夫曰：『我之帝所甚樂，與百神游於鈞天，廣樂九奏萬舞，不類三代之樂，其聲動人心。』」**孟家惟信紫姑靈。**《太平廣記》引劉敬叔《異苑》：「世有紫姑神，古來相傳是人妾，爲大婦所嫉，每以穢事相役，正月十五日，感激而死。故世人以其日作其形，夜於厠間或豬欄邊迎之。祝曰：『子胥不在。』是其壻名字也。『曹姑亦歸去。』即其大婦也。『小姑可出。』戲捉者覺重，便是神來。奠設酒菓，亦覺貌輝輝有色，即跳躞不住。能占衆事，卜行年蠶桑，又善射鈎，好則大儛，惡便仰卧。平昌孟氏恒不信，躬試往捉，便自躍穿屋，永失所在。」又《御覽》卷三十引《異苑》云：「俗云溷厠之間必須淨，然後能降紫姑。」**金徒抱箭催壺水，**張衡《漏水轉渾天儀制》：「蓋上又鑄金銅仙人居左壺，爲金胥徒居右壺，皆以左手抱箭，右手指刻，以別天時早晚。」陸倕《新刻漏銘》：「銅史司刻，金徒抱箭。」李白詩：「銀箭金壺漏水多。」**玉宇風來滿砌蓂。**《拾遺記》：「俄見月規半天，瓊樓玉宇爛然。」《文選・陸倕新刻漏銘》李善注引《田休子》：「堯爲天子，蓂莢生於庭，爲帝成曆也。」宋之問詩：「砌蓂霜月盡。」**簾卷交疏蓮燭密，**庾信詩：「玉柙珠簾卷，金鈎翠幔懸。」古詩：「交疏結綺窗。」蓮燭，金蓮燭，注已見。**通中枕上獨聞鈴。**《漢官儀》：「尚書郎入直臺中，官給青縑白綾被，帷帳氈褥、畫通中枕。」《西京雜記》：「昭陽殿上設九金龍，皆銜九子金鈴，五色流蘇，帶以綠文紫綬，金銀花鑷。每好風日，幡旄光影，昭耀一殿。鈴鑷之聲，驚動左右。」《南史·齊東昏侯紀》：「莊嚴寺有玉九子鈴，以施潘妃殿飾。」

李舍人獨直

按李宗諤，真宗即位，拜起居舍人，遷知制誥。景德二年五月，又以起居舍人知制誥拜翰林學士。時仍兼起居舍人，故稱之曰李舍人也。

楊　億

閣鳳巢高拂綵霓，徐夤詩：「睍睆只宜倍閣鳳，間關多是問宮娃。」段文珪詩：「九華秋迴鳳巢高。」李商隱詩：「祕殿崔巍拂綵霓。」**玉芝香雜武都泥。**《十洲記》：「鍾山在北海之子地，隔弱水之北，自生玉芝及神草四十餘種。」《漢官儀》：「天子信璽六，皆以武都紫泥封之。」**十行漢札如絲出，**《後漢書·循吏傳序》：「光武長於民間，至天下已定，其以手迹賜方國者，皆一札十行，細書成文。勤約之風，行于上下。」**六幕堯天倚杵低。**《漢書・禮樂志》：「紛紜六幕浮大海。」顔師古注：「六幕，猶言六合也。」《史記・五帝本紀》：「帝堯者放勳，其仁如天。」杜審言詩：「小臣持獻壽，長此戴堯天。」《御覽》卷二引《河圖挺佐輔》：「百世之後，地高天下。如此，千歲之後，而天可倚杵。」按首句「閣鳳巢高拂綵霓」，此句「六幕堯天倚杵低」，皆言李維任總絲綸，親近御座。**露井冰銷垂素綆，**古樂府：「桃生露井上，李樹代桃僵。」張正見詩：「冰銷緑水池。」古樂府《淮南王篇》：「後園鑿井銀作牀，金瓶素綆汲寒漿。」**仙莖日轉射璇題。**《史記・封禪書》：「其後又作柏梁、銅柱、承露仙人掌之屬矣。」《史記索隱》：「《三輔故事》曰：『建章宫承露盤，高三十丈，大七圍，以銅爲之。上有仙人掌承露，和玉屑飲之。』故張衡賦曰：『立脩莖之仙掌，承雲表之清露』是也。」徐彦伯《南郊賦》：「天旋日轉。」揚雄《甘泉賦》：「天子穆然，珍臺閒館，琁題玉英。」應劭曰：「題，頭也。榱椽之頭，皆以玉題。」**赫蹏雲落知誰見，**《漢書・外戚傳》：「武發篋中，有裹藥二枚，赫蹏書曰：『告偉能，努力飲此藥。』」應劭曰：「赫蹏，薄小紙也。」杜甫詩：「揮毫落紙似雲烟。」**餘力何妨頌碧雞。**《論語》：「行有餘力，則以學文。」《漢書・王襃傳》：「襃有軼材。後方士言：『益州有金馬碧雞之寶，可祭祀致也。』宣帝使襃往祀焉。」《水經・淹水注》：「縣有禺同山，其山神有金馬碧雞。王襃《碧雞頌》曰：『敬移金精神馬，縹縹碧雞。』」

劉筠

卿靄重重覆璧門，《史記・天官書》：「若烟非烟，若雲非雲，郁郁紛紛，蕭索輪囷，是謂卿雲。」江總詩：「山雲備卿靄。」張説詩：「偃蓋重重拂瑞雲。」《史記・封禪書》：「於是作建章宫，度爲千門萬户。其南有玉堂、璧門、大鳥之屬。」《班固・西都賦》：「設璧門之鳳闕，上觚稜而棲金爵。」**獨揮鴻筆坐西垣。**《論衡・須頌》：「古之帝王建鴻德者，須鴻筆之臣，褒頌記載，乃彰萬世。」劉楨詩：「隔此西掖垣。」白居易《春夜宿直》詩：「三月十四夜，西垣東北廊。」《初學記》卷十一：「應劭《漢官儀》：『左右曹受尚書事。』前世文士，以中書在右，因謂中書爲右曹，又稱西掖。」**誠明自有中和氣，**《禮記・中庸》：「自誠明謂之性。」又云：「致中和，天地位焉，萬物育焉。」**潤色還多郁穆言。**《論語》：「東里子産潤色之。」又云：「郁郁乎文哉。」「天子穆穆。」**内苑朱櫻兼酪賜，**《晉書・吕光載記》：「宴群臣於内苑新堂。」李商隱詩：「内苑只知含鳳觜。」《史記・叔孫生列傳》：「方今櫻桃熟，可獻。」左思《蜀都賦》：「朱櫻春熟，素柰夏成。」《御覽》卷八五八引《魏文帝集》載《鍾繇書》：「辱賜甘酪及櫻桃。」《侯鯖録》：「杜牧之櫻桃詩曰：『思用烹騂酪，從將玩玉盤。』唐人已用櫻桃薦酪也。」**前階紅藥任風翻。**謝朓詩：「紅藥當階翻。」**紫絲新履回翔地，**《西京雜記》：「家君作彈棊以獻，帝大悦，賜青羔裘、紫絲履以朝覲。」《楚辭・九歌・大司命》：「君迴翔兮以下。」**應笑東方避世喧。**《史記・滑稽列傳》：「武帝時，齊人有東方生，名朔，至公車上書，詔拜以爲郎。人主左右諸郎半呼之狂人。朔行殿中，郎謂之曰：『人皆以先生爲狂。』朔曰：『如朔等所謂避世於朝廷間者也。古之人，乃避世於深山中。』時坐席中，酒酣，據地歌曰：『陸沉於俗，避世金馬門。宮殿中可以避世全身，何必深山之中，蒿廬之下。』金馬門者，宦署門也。門傍有銅馬，故謂之曰金馬門。」

無題二首

楊億

銅盤蕙草起青烟，古詩：「四坐且莫喧，願聽歌一言。請說銅鑪器，崔嵬象南山。上枝似松柏，下枝據銅盤。彫文各異類，離婁自相連。誰能爲此器，公輸與魯班。朱火然其中，青煙颺其間。從風入君懷，四坐莫不歎。香風難久居，空令蕙草殘。」**斗帳香囊四角懸。**古詩：「紅羅複斗帳，四角垂香囊。」**沈約愁多徒自瘦，**《梁書・沈約傳》：「約以書陳情於徐勉曰：『而開年以來，病增慮切，百日數旬，革帶常應移空。以手握臂，率計月小半分。』」白居易詩：「愁多常少眠。」**相如意密有誰傳。**《漢書・司馬相如傳》：「是時卓王孫有女文君，新寡，好音，故相如以琴心挑之。相如時從車騎，雍容閒雅，甚都。及飲卓氏，弄琴，文君竊從户窺，心悦而好之，恐不得當也。既罷，相如乃令侍人重賜文君侍者，通殷勤，文君夜亡奔相如。」羅隱詩：「意密尋難會。」**金塘雨過猶疑夢**，虞世南詩：「歌堂面淥水，舞館接金塘。」李商隱詩：「曾省驚眠聞雨過。」**翠袖風迴祗恐仙**。杜甫詩：「天寒翠袖薄。」司馬相如《長門賦》：「飄風迴而赴曲兮，舉帷幄之襜襜。」《飛燕外傳》：「成帝於太液池作千人舟，中流歌酣，風大起，后揚袖曰：『仙乎仙乎！去故而就新，寧忘懷乎！』帝令侍郎馮無方曰：『無方爲我持后。』無方捨吹持后履。久之風霽，后泣曰：『帝恩我，使我仙去不待。』悵然曼嘯，泣數行下，帝益愧愛。」**日上秦樓休寄詠**，古樂府《陌上桑》：「日出東南隅，照我秦氏樓。」沈約文：「巫岫斂雲，秦樓開照。」**東方千騎擁輜軿**。古樂府《陌上桑》：「東方千餘騎，夫壻居上頭。」《漢書·張敞傳》：「禮，君母出門，則乘輜軿。」

露冷星翻月上弦，杜甫詩：「露冷蓮房墜粉紅。」鮑照《舞鶴賦》：「星翻漢迴，曉月將落。」鄭玄《毛詩》箋：「月上弦而就盈。」**九枝銀燭照金鈿**。梁簡文帝詩：「躡九枝而照景。」鮑照《芙蓉賦》：「輝葱河之銀燭。」王建詩：「銀燭秋光冷畫屏。」徐陵《玉臺新詠序》：「反插金鈿，横抽寶樹。」**應知韓掾偷香夜**，《世説新語》：「韓壽美姿容，賈充辟以爲掾。充每聚會，賈女於青瑣中看見壽，悦之，恒懷存想，發於吟詠。後婢往壽家，具述如此，并言女光麗，壽聞之心動，遂遣婢潛修音問，及期往宿。壽蹻捷絶人，踰牆而入，家中莫知。自是充覺女盛自拂拭，悦暢有異於常。後會諸吏，聞壽有奇香之氣，是外國所貢，一著人則歷月不歇。充計武帝唯賜己及陳騫，餘家無此香，疑壽與女通。而垣牆重密，門閤急峻，何由得爾。乃託言有盜，令人修牆，使反，曰：『其餘無異，唯東北角如有人迹，而牆高非人所踰。』充乃取女左右婢考問，即以狀對，充祕之，以女妻壽。」李商隱詩：「賈女窺簾韓掾少。」**猶記潘郎擲果年。**《世説新語》：「潘岳妙有姿容。少時挾彈出洛陽道，婦人遇者，莫不連手共縈之。」劉峻《世説新語》注引《語林》：「安仁至美，每行，老嫗以果擲之滿車。」**天上明河雖可望，**宋之問《明河篇》：「明河可望不可親，願得乘槎一問津。」**苑中高柳未經眠。**《三輔故事》：「漢苑中柳狀如人形，曰人柳，一日三眠三起。」陸機詩：「寒蟬鳴高柳。」**烏啼人散青樓曉，**庾信詩：「何勞怨日暮，未有夜烏啼。」元稹詩：「人散社不神。」曹植詩：「青樓臨大路。」**堂下輕風轉莢錢。**《禮記·坊記》：「堂下觀乎上。」杜甫詩：「輕風生浪遲。」《漢書·食貨志》：「漢興，以爲秦錢重難用，更令民鑄莢錢。」如淳曰：「如榆莢也。」《御覽》卷一千引崔豹《古今注》：「苔蘚，空室無人行，生苔，或紫或青。一名圓蘚，一名緑錢，一名緑蘚，一名緑苔。」沈約詩：「賓階緑錢滿。」又約《詠青苔》詩：「深堂没綺錢。」李商隱詩：「榆莢還飛買笑錢。」

劉　筠

曾許千金答浣紗，《御覽》卷四十七引孔華《會稽記》：「勾踐索美女以獻吴王，得諸暨苧蘿山賣薪女西施、鄭旦。先教習於土城山，山邊有石，云是西施浣紗石。」王維詩：「誰憐越女貧如玉，貧賤江頭自浣紗。」《史記·淮陰侯列傳》：「韓信釣於城下，諸母漂，有一母見信飢，飯信，竟漂數十日。信喜，謂漂母曰：『吾必有以重報母。』母怒曰：『大丈夫不能自食，吾哀王孫而進食，豈望報乎。』漢五年，信爲楚王，都下邳。信至國，召所從食漂母，賜千金。」韋昭曰：「以水繫絮曰漂。」**越溪浪淺不通槎。**宋之問詩：「問我將何去，清晨泝越溪。」唐彦謙《七夕》詩：「絳河浪淺休相隔。」**曉樓簾卷還凝霧，**杜牧詩：「曉樓烟檻出雲霄。」庾信詩：「玉柙朱簾卷。」袁淑《秋晴賦》：「曳悲泉之凝霧。」**外院牆低卻映花，**王維詩：「愛山看妝坐，羞人映花立。」**滿目離愁頻駐馬，**魏文帝書：「爛然滿目。」杜牧詩：「寧復緩離愁。」魏文帝《臨渦賦》：「駐馬題鞭。」**一春幽夢祇驚鴉。**李商隱詩：「一春夢雨常飄瓦。」皮日休詩：「南山挂幽夢。」**柔桑蔽日南城路，**《詩·豳風·七月》：「遵彼微行，爰求柔桑。」《楚辭·九歌·東君》：「靈之來兮蔽日。」古樂府《陌上桑》：「羅敷善養蠶，採桑城南隅。」**懊惱羅敷自有家。**古樂府《陌上桑》：「羅敷前致辭，使君一何愚。使君自有婦，羅敷自有夫。」

煜爚銀鞍狹路逢，辛延年《羽林郎》詩：「銀鞍何煜爚，翠蓋空踟躕。」古詩：「相逢狹路間，道隘不容車。」**長裙連帶任流風。**辛延年《羽林郎》詩：「長裙連理帶，廣袖合歡襦。」曹植《洛神賦》：「飄飄兮若流風之回雪。」**身輕近識吴宫鷰，**《太真外傳》：「上覽漢成帝内傳，乃是漢成帝獲飛燕，欲不勝風，恐其飄翥，帝爲造水晶盤，令宫人掌之而歌舞。」李商隱詩：「趙后身輕欲倚風。」鮑照樂府：「猶勝吴宫鷰，無罪得焚巢。」**目斷還驚洛浦鴻。**宋之問詩：「目斷南浦雲。」古詩：「錦衾遺洛浦。」曹植《洛神賦》：「其形也，翩若驚鴻，婉若游龍。」**未許香囊安肘後，**古詩：「何以致叩叩，香囊安肘後。」**獨留丹枕在房中。**《漢書·劉向傳》：「淮南有丹枕鴻寶苑祕書。」《漢書·郊祀志》：「大夫劉更生獻淮南枕中洪寶苑祕之方。」徐陵《玉臺新詠序》：「雲飛六甲，高擅玉函。鴻烈仙方，長推丹枕。」《漢書·藝文志》：「房中八家。房中者，情性之極，至道之際。」**南園蝴蝶飛無限，一一雌隨一一雄。**張協詩：「借問此何時，蝴蝶飛南園。」

懷舊居

楊億

武夷仙穴近吾廬，《史記·封禪書》：「古者天子常以春解祠祠武夷君，用乾魚。」《史記索隱》：「顧氏案《地理志》云，建安有武夷山，溪有仙人葬處，即《漢書》所謂武夷君。」蕭子開《建安記》：「武夷山高五百仞，巖石悉紅紫二色，望若朝霞。有石壁，峭拔數百仞，於烟嵐之中。其石間有水碓礱簸箕籮箸竹器等物，靡不有之。顧野王謂之地仙之宅。半巖有懸棺數千，傳云：『昔有神人武夷君居此，』故名之。」《洞天福地記》：「第十六洞武夷山，周迴一百二十里，名昇真元化之天。」孫逖詩：「仙穴近遺跡。」陶潛詩：「吾亦愛吾廬。」**鬬鴨欄摧菌閣虚。**《三國志·吴志·陸遜傳》：「時建昌侯慮於堂前作鬬鴨欄，頗施小巧。」《岳陽風土記》：「臨湘鴨欄磯，建昌侯孫慮鬬鴨之所，與白螺山相望。」《楚辭·九懷·匡機》：「菌閣兮蕙樓。」**千匹歲儲妨種橘，**《三國志·吴志·孫休傳》注引《襄陽記》：「李衡每欲治家，妻輒不聽。後密遣客十人，於武陵龍陽汎洲上作宅，種甘橘千株。臨亡，敕兒曰：『汝母惡吾治家，故窮如是。然吾州里有千頭木奴，不責汝衣食，歲上一匹絹，亦可足用耳。』衡亡後，兒以白母，母曰：『此當是種甘橘也。汝家失十户客來七八年，必汝父遣爲宅。汝父恒稱太史公言江陵千樹橘，當封君家。』吴末，衡甘橘成，歲得絹數千匹，家道殷足。」《魏書·李安世傳》：「欲令家豐歲儲。」**百金春事廢觀漁。**《史記·孝文帝本紀》：「上曰：『百金，中民十家之産。』」《管子·幼官》：「地氣發，戒春事。」左思《吴都賦》：「觀漁乎三江。」**北山烟霧迷歸轍，**孔稚珪《北山移文》：「鍾山之英，草堂之靈，馳烟驛路，勒移山庭。」《文選》五臣注：「謂山之英靈，馳驅烟霧，刻移文於山庭也。」又《北山移文》云：「宜扃岫幌，掩雲關，斂輕霧，藏鳴湍，截來轅於谷口，杜妄轡於郊端。」《文選》五臣注：「來轅妄轡，謂周顒之車乘也。」鮑照詩：「徘徊烟霧裏。」丘丹經湛長史詩：「歸轍青山曲。」**南陌風塵化客裾。**陸機詩：「京洛多風塵，素衣化爲緇。」**堂上金絲應已歇，**《白虎通》：「歌者在堂上。」梁元帝詩：「瓊樹動金絲。」**豈惟蘭菊舊叢疎。**《晉書·文苑·羅含傳》：「階庭忽蘭菊叢生。」

錢惟演

武祀仙壇接里閭，武祀謂武夷君之壇祀也。顧況詩：「林間杏葉落仙壇。」左思《魏都賦》：「班之以里閭。」**琴堂水閣半淩虚。**高適詩：「載酒登琴堂。」《戰國策》：「安平君爲棧道水閣而迎王與后於城陽山中。」曹植賦：「飄飛陛以淩虚。」**竹林舊享銅盤食，**《北齊書·楊愔傳》：「愔字遵彦，一門四世同居，家甚隆盛。昆季就學者三十餘人，學庭前有柰樹，實落地，群兒咸争之，愔頽然獨坐，其季父暐適入學館，見之，大用嗟異。宅内有茂竹，遂爲愔於林邊別葺一室，命獨處其中。常以銅盤具盛饌以飯之，因以督厲諸子曰：『汝輩但如遵彦謹慎，自得竹林別室，銅盤重肉之食。』」**門巷今容駟馬車。**《後漢書·郎顗傳》：「公府門巷賓客填集。」《詩·秦風·駟鐵》：「四馬既閑。」《漢書·于定國傳》：「始定國父于公，其閭門壞，父老方共治之。于公曰：『少高大閭，令容駟馬高蓋車。我治獄未嘗有所冤，子孫必有興者。』」**楚國大言登宋玉，**宋玉《大言賦》：「楚襄王與唐勒、景差、宋玉遊於陽雲之臺，王曰：『能爲寡人大言者上座。』至宋玉，曰：『方地爲車，圓天爲蓋，長劍耿耿倚天外。』王曰：『未也。』玉曰：『并吞四夷，飲枯河海。跋越九州，無所容止。身大四塞，愁不可長，據地跄天，迫不得仰。』」宋玉《小言賦》：「楚襄王既登陽雲之臺，令諸大夫景差、唐勒、宋玉等並造《大言賦》，賦畢而宋玉受賞。」**漢家答詔用相如。**《漢書·淮南王安傳》：「時武帝方好藝文，以安屬爲諸父，辯博，善爲文辭，甚尊重之。每爲報書及賜，常召司馬相如等視草乃遣。」《晉書·武帝紀》：「有司奏爲答詔。」**未知笳鼓歸何日，**《南史·曹景宗傳》：「去時兒女悲，歸來笳鼓競。借問行路人，何如霍去病。」**空鎖鱣庭春草疎。**《後漢書·楊震傳》：「震常客居於湖，不答州郡禮命數十年，衆人謂之晚暮，而震志愈篤。後有冠雀銜三鱣魚飛集講堂前，都講取魚進曰：『蛇鱣者，卿大夫服之象也。數三者，法三台也。先生自此升矣。』」李德裕詩：「同憶鱣庭訪舊居。」謝靈運詩：「萋萋春草生。」

劉　筠

毛竹千叢蔽野亭，陸羽《武夷山記》：「武夷君於八月十五日置幔亭，化虹橋通山下村人。呼村人爲曾孫，令男女分坐，列酒餚，須臾樂作，乃令彭令昭唱人間可哀之曲。武夷君因少年慢之，一夕，山心悉生毛竹如刺，中者成疾，人莫敢犯，遂不與村俗往來，蹊徑遂絶。」梁簡文帝賦：「庶草千叢。」《後漢書·郭汲傳》：「遂止於野亭。」**曉猨驚後亂峰青。**孔稚珪《北山移文》：「山人去兮曉猨驚。」錢起詩：

「曲終人不見，江上數峰青。」**漢庭已奏三千牘，**《史記·滑稽列傳》：「武帝時，齊人有東方生，名朔。初入長安，至公車上事，凡用三千奏牘，公車令兩人共持舉其書，僅然能勝之。人主從上方讀之，止，輒乙其處，讀之二月乃盡。」**周室仍繙十二經。**《左氏傳》襄公十四年：「股肱周室。」《莊子·天道》：「孔子西藏書于周室，往見老聃，而老聃不許。於是繙十二經以説。」《經典釋文》：「説者云，《詩》、《書》、《禮》、《樂》、《易》、《春秋》六經，又加六緯，合爲十二經也。一説云，《易》上下經并十翼，爲十二。又一云，《春秋》十二公經也。」**紫殿深沉頻視草，**《西京雜記》：「成帝設雲帳、雲幄、雲幕於甘泉紫殿，世謂三雲殿。」《三輔黄圖》：「武帝又起紫殿，雕文刻鏤黼黻，以玉飾之。」謝朓《直中書省》詩：「紫殿肅陰陰。」夏侯湛《江上泛歌》：「舟楫不具兮，江水深沉。」《漢書·淮南王安傳》：「武帝每爲報書及賜，常召司馬相如等視草乃遣。」**緇帷寂寞自飛螢。**《莊子·漁父》：「孔子遊乎緇帷之林，休坐乎杏壇之上。」《漢書·揚雄傳》：「甘寂寞，自投閣。」何遜詩：「簾外隔飛螢。」**振衣本爲蒼生起，**《新序》：「老古振衣而起。」《世説新語》：「謝公在東山，朝命屢降而不動。諸人每相與言：『安石不肯出，將如蒼生何！』」**肯向荀家衹聚星。**《世説新語》：「陳太丘詣荀朗陵，乃使元方將車，季方持杖後從，長文尚小，載著車中。既至，荀使叔慈應門，慈明行酒，餘六龍下食。文若亦小，坐著膝前。于時太史奏真人東行。」按陳寔爲太丘長，元方，陳紀字，季方，陳諶字，長文，陳群字。荀淑爲朗陵侯相，叔慈，荀靖字，慈明，荀爽字，文若，荀彧字。檀道鸞《續晉陽秋》：「陳仲弓從諸子姪造荀父子，於是德星聚，太史奏五百里賢人聚。」

偶懷

楊億

銀礫飛晴霰，梁簡文帝詩：「曉霰飛銀礫，浮雲暗未開。」**蘭英湛凍醪。**枚乘《七發》：「蘭英之酒，酌以滌口。」杜牧詩：「雨侵寒牖夢，梅引凍醪傾。」**年光侵葆髮，**楊炯詩：「年光摇樹色，春氣繞蘭心。」《漢書·燕刺王旦傳》：「頭如蓬葆。」顔師古注：「草叢生曰葆。」沈約賦：「垂葆髮於縵胡。」**春恨寄雲袍。**白居易詩：「長拋春恨在天台。」**燕重銜泥遠，**古詩：「願爲雙飛燕，銜泥巢君屋。」**鴻驚避弋高。**揚子《法言》：「鴻飛冥冥，弋人何篡焉。」按楊億雖與王欽若同預修《册府元龜》，欽若總其事，億副之，然兩人實未嘗相得也。及祥符初元，欽若以神道設敬，導真宗造天書，封泰山，億雖侍從東封，實未預其謀也。其後丁謂以擁立劉妃爲后，得至大用。當真宗「議册皇后，欲得億草制，使丁謂諭旨，億難之。謂曰：『大年勉爲此，不憂不富貴。』億曰：『如此富貴，亦非所願也。』乃命他學士草制。」事見李燾《續資治通鑑長編》大中祥符六年六月。《東齋記事》亦云：「楊文公以母疾，不俟報歸陽翟。初上欲立章獻爲后，公不草詔。章獻既立，不安，乃託母疾而行。」錢惟演《金坡遺事》亦云：「楊大年性剛，頻忤上旨。母在陽翟有疾，遂留請假牓子與孔目吏，中夕奔去。上憐其才，終優容之，止除少分司，仍許只在陽翟。」《續資治通鑑長編》大中祥符六年六月下亦云：「億有别墅在陽翟，母往視之，會得疾，億遂留謁告牓子與孔目吏，中夕奔去。朝論諠然，以爲不可。億素體羸，於是稱疾請解官。辛未，以億爲太常少卿，分司西京，仍許就所居養療，候損日赴任。」自此楊億名位不進，落落寡合以終。然據《國老談苑》：「楊億在翰林，丁謂參知政事，億列賀焉。語同列曰：『骰子選爾，何多尚哉。』未幾辭親逃歸陽翟。」則億固視丁謂輩因擁立章獻爲皇后事以取得貴仕爲可鄙，故大中祥符之初，已有退遁之意，此「鴻鶩避弋高」之句，蓋述其素志也。**平生林壑志，**《論語》：「久要不忘平生之言。」孔安國曰：「平生，少時也。」謝靈運詩：「林壑斂冥色。」**誤佩吕虔刀。**《晉書·王祥傳》弟覽附傳：「初，吕虔有佩刀，工相之，以爲必登三公，可服此刀。虔謂王祥曰：『苟非其人，刀或爲害。卿有公輔之量，故以相與。』祥固辭，强之乃受。祥臨薨，以刀授覽，曰：『汝後必興，足稱此刀。』覽後奕世賢才，興於江左矣。」楊億真宗潛龍日宫府舊僚，依流平進，固且至宰相，然而卒以翰苑散卿終者，以不肯草詔立后與迎合造天書等事以愚黔首故也。按億爲此詩時，已有乞退之意。

劉　筠

不才甘客難，《左氏傳》成公三年：「臣不才，不勝其任。」《漢書·東方朔傳》：「因著論設客難己，用位卑以自慰喻。」**多病豈旬休。**庾信詩：「茂陵忽多病。」元稹詩：「朝士還旬休。」《初學記》：「《漢律》，吏五日得一休沐，言休息以洗沐也。」**可待乘軒寵，**《左氏傳》閔公二年：「衛懿公好鶴，鶴有乘軒者。」**終慚舐痔求。**《莊子·漁父》：「秦王有病，召醫破癰潰痤者，得車一乘。舐痔者，得車五乘。所治愈下，得車愈多。」**渚蘭薰露夕，**江淹賦：「澤蘭生坂。」白居易詩：「晚叢白露夕。」**江橘富霜秋。**韓偓詩：「手香江橘嫩。」徐彦伯《淮亭吟》：「矧鶴唳兮風曉，復猿鳴兮霜秋。」王羲之帖：「奉橘三百枚，霜未降，未能多得。」《唐語林》：「韋應物詩：『書後欲題三百顆，洞庭須待滿林霜。』時人多説率爾成章。不知江左嘗有人於紙尾寄洞庭霜三百顆也。」吴均《餅説》：「洞庭負霜之橘。」**養拙寧無地，**潘岳《閒居賦》：「終優游以養拙。」**千波一葉舟。**李商隱詩：「潼水千波，巴山萬嶂。」白居易詩：「波上一葉舟。」

許洞歸吴中

《宋史·許洞傳》：「洞字洞天，蘇州吴縣人。性疎儁。幼時習弓矢擊刺之伎，及長，折節勵學，尤精《左氏傳》。咸平三年進士，解褐雄武軍推官。時馬知節知州，洞移書責知節，知節怒其狂狷不遜，會洞輒用公錢，奏除名。歸吴中數年，日以酣飲爲事。嘗從民坊貰酒，一日，大署壁作酒歌數百言，鄉人争往觀，其酤數倍，乃盡捐洞所負。景德二年，應洞識韜略運籌決勝科，以負譴報罷。就除均州參軍。召試中書，改烏江縣主簿。卒，年四十二。有集一百卷。又著《春秋釋幽》五卷，《演玄》十卷。」龔明之《中吳紀聞》：「許洞，太子洗馬仲容之子。所著詩篇甚多，當世皆知其名。所居唯植一竹，以表特立之操。吳人至今稱之曰：『許洞門前一竿竹。』」

楊億

春渚歸艎不暫留，《南齊書·謝朓傳》：「朓牋辭隨王子隆曰：『惟待清江可望，候歸艎於春渚。』」**青絲如葆恐逢秋。**李白《將進酒》：「朝如青絲暮成雪。」按青絲謂髮也。《漢書·燕剌王旦傳》：「頭如蓬葆。」潘岳《秋興賦序》：「予春秋三十有二，始見二毛。」又賦云：「善乎宋玉之言曰：『悲哉秋之爲氣也。』」**騷人已得江山助，**李白詩：「正聲何微茫，哀怨起騷人。」《世説新語》：「袁彥伯爲謝安南司馬，都中諸人送至瀨鄉。將別，既自悽惘，歎曰：『江山遼落，居然有萬里之勢。』」**賦客終陪霰雪遊。**《楚辭·九辯》：「霰雪雰糅其增加兮。」謝惠連《雪賦》：「歲將暮，時既昏，寒風積，愁雲繁。梁王不悦，遊於兔園。乃置旨酒，命賓客，召鄒生，延枚叟，相如末至，居客之右。俄而微霰零，密雪下，王乃歌北風於衛詩，詠南山於周雅。授簡於司馬大夫曰：『抽子祕思，騁子妍辭，侔色揣稱，爲寡人賦之。』」**三逕**

未荒休歎鵩，《三輔決録》：「蔣詡字元卿，舍中竹下開三逕，唯求仲羊仲從之。」陶潛《歸去來辭》：「三逕就荒，松菊猶存。」《史記・賈生列傳》：「賈生名誼，爲長沙王太傅，三年，有鴞飛入賈生舍，止於坐隅。楚人命鴞曰服。賈生既以適居長沙，長沙卑濕，自以爲壽不得長，傷悼之，乃爲賦以自廣。」《西京雜記》：「賈誼在長沙，鵩鳥集其承塵。長沙俗，以鵩鳥至人家，主人死。誼作鵩鳥賦，齊死生，等榮辱，以遣憂累焉。」包佶詩：「賦中頻歎鵩。」**十饕先饋定驚鷗。**《莊子・列御寇》：「列御寇之齊，中道而反，曰：『吾驚焉。吾嘗食於十饕，而五饕先饋。夫内誠不解，形諜成光，以外鎮人心，使人輕乎貴老，而整其所患。夫饕人特爲食羹之貨，多餘之贏，其爲利也薄，其爲權也輕，而猶若是。而況於萬乘之主乎，身勞於國，而知盡於事。彼將任我以事，而效我以功，吾是以驚。』」《列子・黄帝》：「有好漚鳥者，每旦之海上從漚鳥游，漚鳥之至者，百住而不止。其父曰：『吾聞漚鳥皆從汝游，汝取來，吾玩之。』明日之海上，漚鳥舞而不下也。」杜甫詩：「杯度不驚鷗。」**洞庭霜橘瞜田粟，**王羲之帖：「奉橘三百枚，霜未降，未能多得。」《唐語林》：「韋應物詩：『書後欲題三百顆，洞庭須待滿林霜。』時人多説率爾成章。不知江左嘗有人於紙尾寄洞庭霜三百顆也。」陳師道《后山詩話》：「韋蘇州詩云：『憐君卧病思新橘，試摘纔酸亦未黄。書後欲題三百顆，洞庭須待滿林霜。』比見右軍一帖云：『奉橘三百枚，霜未降，未可多得。』蘇州蓋取諸此。」吴均《餅説》：「洞庭負霜之橘。」《晉書・殷浩傳》：「開江西瞜田千餘頃，以爲歲儲。」按瞜，燒種也。蓋治山田之法，焚其草木而下種。**歲計猶堪比徹侯。**《史記・貨殖列傳》：「今有無秩禄之奉，爵邑之入，而樂與之比者，命曰素封。封者食租税，歲率户二百，千户之君則二十萬，朝覲聘享出其中。庶民農工商賈，率亦歲萬息二千，百萬之家則二十萬，而更徭租賦出其中。故曰蜀漢江陵千樹橘，及名國萬家之城，帶郭千畝畝鍾之田，此其人皆與千户侯等。」《晉書・王導傳》：「雖無日用之益，而歲計有餘。」《漢書・百官表》：「爵級二十，徹侯，金印紫綬。」

劉筠

欲折瑶華向緑疇，《楚辭・九歌・大司命》：「折疏麻兮瑶華，將以遺兮離居。」顔延之詩：「衍漾觀緑疇。」**風光滿目盡離愁。**李嶠詩：「人日風光倍覺饒。」魏文帝書：「爛然滿目。」杜牧詩：「寧復緩離愁。」**茂林脩竹多嘉客，**《論衡・量知》：「山種棗栗，名曰美園茂林。」枚乘《兔園賦》：「修竹檀欒。」王羲之《蘭亭集序》：「此地有崇山峻嶺，茂林脩竹。」《詩・小雅・鴻雁之什・白駒》：「所謂伊人，於焉嘉客。」**萬壑千巖憶舊遊。**《世説新語》：「顧長康從會稽還，人問山川之美，顧云：『千巖競秀，萬壑争流，草木蒙蘢其上，若雲興霞蔚。』」李白詩：「長歌懷舊遊。」**漢詔已聞求泛駕，**《漢書・武帝紀》：「元封五年，詔曰：『蓋有非常之功，必待非常之人，故馬或奔踶而致千里，士或有負俗之累而立功名。夫泛駕之馬，跅弛之士，亦在御之而已。其令州郡察吏民有茂才異等，可爲將相及使絶國者。』」**禰狂無自屈岑牟。**《後漢書・文苑・禰衡傳》：「孔融既愛衡才，數稱述於曹操，操欲見之，自稱狂疾，不肯往。操聞衡善擊鼓，乃召爲鼓史。因大會賓客，閱試音節，諸史過者，皆令脱其故衣，更著岑牟單絞之服。次至衡，衡方爲漁陽參撾，蹀躍而前，容態有異，音節悲壯，聽者莫不慷慨。衡進至操前而止，吏呵之曰：『鼓史何不改裝，而敢輕進乎！』衡曰：『諾。』於是先解衵衣，次釋餘服，裸身而立，徐取岑牟單絞而著之。畢，復參撾而去，顔色不怍。」**荆山待價何憂晚**，《韓非子·和氏》：「楚人和氏得玉璞楚山中，奉而獻之厲王，厲王以和爲誑，而刖其左足。及厲王薨，武王即位，和又奉其璞而獻之武王，武王又以和爲誑，而刖其右足。武王薨，文王即位，和乃抱其璞而哭於楚山之下，三日三夜，淚盡而繼之以血。王乃使玉人理其璞而得寶焉，遂命曰和氏之璧。」曹植《與楊德祖書》：「家家自謂抱荆山之玉。」《論語》：「我待價者也。」**龜手猶期裂地酬**。《莊子·逍遥遊》：「宋人有善爲不龜手之藥者，世世以洴澼絖爲事。客聞之，請買其方百金。聚族而謀曰：『我世世爲洴澼絖，不過數金。今一朝而鬻技百金，請與之。』客得之，以説吴王，越有難，吴王使之將。冬與越人水戰，大敗越人，裂地而封之。其不龜手一也，或以封，或不免於洴澼絖，則所用之異也。」郭象注：「其藥能令手不拘坼，故常漂絮於水中也。」按不龜手，謂不使手因觸寒而皸裂也。皮膚皸裂，往往坼裂如龜文。

錢惟演

草薰風暖接長亭，江淹《别賦》：「閨中風暖，陌上草薰。」《白帖》：「十里一長亭，五里一短亭。」一

曲驪歌倒醁醽。嵇康《與山濤絶交書》：「濁酒一杯，彈琴一曲。」《漢書・王式傳》：「客歌驪駒，主人歌客無庸歸。」服虔曰：「逸詩篇名，見《大戴禮》，客欲去，歌之。」文穎曰：「其辭云：『驪駒在門，僕夫具存。驪駒在路，僕夫整駕』也。」按後世因謂別時賦詩曰驪歌。劉孝綽詩：「愛客待驪駒。」《文選・吴都賦》李善注引《荆州記》：「渌水出豫章康樂縣，其間烏程鄉，有酒官，取水爲酒，極甘美，與湘酃湖酒年常獻之，世稱酃渌酒。」《御覽》卷八百四十五引郭仲産《湘州記》：「衡陽縣東南有酃湖，土人取此水以釀酒，其味醇美，所謂酃酒，每年常獻之。晉平吴，始薦酃酒於太廟是也。」左思《吴都賦》：「飛輕軒而酌緑酃。」庾闡詩：「渌醽漂素瀨。」**懷古更投玄石賦，**班固《東京賦》：「慨長思而懷古。」《楚辭・九歎序》：「九歎者，護左都水使者光禄大夫劉向之所作也。向追念屈原忠信之節，故作《九歎》。歎者傷也，息也。」《楚辭・九歎》：「馳予車兮玄石，步予馬兮洞庭。」**艤舟閒採紫莖萍。**左思《蜀都賦》：「艤輕舟。」應劭曰：「檥，正也。」孟康曰：「檥，附也，附船着岸也。」如淳曰：「南方人謂整船向岸曰檥。」按檥艤古今字。王縉詩：「艤舟一長嘯。」《楚辭・九歌・少司命》：「秋蘭兮青青，緑葉兮紫莖。」《楚辭・招魂》：「芙蓉始發，雜芰荷些。紫莖屏風，文緣波些。」李華詩：「采萍兼采緑。」**醉抛隋岸楊花白，**《開河記》：「於大梁起首開掘，達廣陵，隋大業五年八月上旬建功。功既畢，虞世基獻計，請用垂柳栽於汴隄上，一則樹根四散，鞠護河隄，二乃牽舟之人護其陰。上大喜，詔民間有柳，一株賞一縑。栽畢，帝御筆寫賜垂楊柳姓楊，曰楊柳也。」古樂府《楊白花》歌：「楊花飄蕩落南家。」杜甫詩：「糝徑楊花鋪白氈。」**吟過淮山桂樹青。**《楚辭·招隱士序》：「招隱士者，淮南小山之所作也。昔淮南王安博雅好古，招懷天下俊偉之士，著作篇章，分造辭賦，以類相從，故或稱小山，或稱大山，其義猶詩有小雅大雅也。小山之徒，閔傷屈原，故作《招隱士》之賦，以章其志也。」《楚辭·招隱士》：「桂樹叢生兮生之幽。」又曰：「王孫兮歸來，山中兮不可以久留。」**可使長離終鎩羽，**司馬相如《大人賦》：「前長離而後矞皇。」顏師古《漢書》注：「長離，靈鳥也。」《淮南子·覽冥訓》：「飛鳥鎩翼。」魏文帝《出婦賦》：「野鳥鎩而高飛。」鮑照文：「鎩羽暴鱗。」按鎩謂摧殘傷敗也。**淵雲辭藻掞天庭。**王褒字子淵，揚雄字子雲。班固《西都賦》：「淵雲之所頌歎。」左思《蜀都賦》：「王褒韡韡而秀發，揚雄含章而挺生，幽思絢道德，摛藻掞天庭。」《文選》五臣注：「元帝善王褒所作甘泉洞簫頌，令後宮貴人左右皆誦之。揚雄奏《羽獵賦》，天子異焉。」又云班固述雄傳曰：「初擬相如，獻賦黃門，故曰摛藻掞天庭也。」顏師古《賓戲》注：「藻，文辭也。」《集韻》：「掞，舒也。」

上巳玉津園賜宴

《玉海》：「玉津園，在南熏門外，夾道爲兩園，中引閔河水別流貫之。周顯德中置，本朝因之。」按宋汴京南三門，中曰南熏，東曰宣化，西曰安上。

劉　筠

需雲分渥澤。《宋史・地理志》：「又次西有集英殿，宴殿也。殿後有需雲殿。」《宋會要輯稿》方域一：「集英殿後有需雲殿，舊曰玉華，後改瓊英，熙寧初，改今名。」又云：「神宗熙寧初，改集英殿後瓊英曰需雲。」按需雲是殿名，可無疑。然集英殿後之需雲殿，舊曰玉華，後改瓊英，神宗熙寧初始改名需雲殿，則景德、祥符之際，尚無需雲殿之名也。疑需雲殿本玉津園之別殿，帝王莅此以觀刈穫，其後玉津園中之需雲殿毁圮不用，神宗乃更施此名以名宴殿後之瓊英殿也。王僧孺啓：「一遇休明，多逢渥澤。」**禊飲恣歡游。**《續漢書・禮儀志》：「三月上巳，官民並禊飲於東流水上。」白居易詩：「去歲歡游何處去，曲江西岸杏園東。」**緹幕侵晨設，**劉楨詩：「明月照緹幕。」《説文解字》：「緹，帛丹黄色。」李商隱詩：「當關不報侵晨客。」**蘭泉對席流。**張衡《七辯》：「迴飆拂其寮，蘭泉注其庭。」王融《三月三日曲水詩序》：「鏡文虹於綺疏，浸蘭泉于玉砌。」謝偃《觀舞賦》：「對席齊舉，分庭共旋。」**蕙肴清萐莆，**《楚辭・九歌・東皇太一》：「蕙肴蒸兮蘭藉，奠桂酒兮椒漿。」王逸注：「蕙肴，以蕙草蒸肉也。」王融《三月三日曲水詩序》：「蕙肴芳醴，任激水而推移。」梁簡文帝《曲水詩序》：「蘭觴沿泝，蕙肴來往。」《論衡・是應》：「儒者言萐莆生於庖厨者，言厨中自生肉脯，薄如萐形，摇鼓生風，寒涼食物，使之不臭。」《宋書・符瑞志》：「萐莆一名倚扇，狀如蓬，大枝葉，小根。根如絲，轉而成風，殺蠅。堯時生於廚。」**玉醴盛金甌。**張衡《思玄賦》：「飲青岑之玉醴兮，餐沆瀣以爲粻。」《南史・朱异傳》：「武帝言：『我國家猶若金甌，無一傷缺。』」**春服萋萋盛，**《論語》：「暮春者，春服既成。」潘岳《藉田賦》：「襲春服之萋萋兮，接游車之轔轔。」**光風灧灧浮。**《楚辭・招魂》：「光風轉蕙，泛崇蘭些。」按光風者，據王逸注：「言天雨霽日明，微風奮發，動摇草木，皆令有光。」何遜詩：「灧灧逐波輕。」元稹詩：「碧幌青燈風灧灧。」**桐華穠競發，**《禮記・月令》：「季春之月，桐始華。」庾信《三月三日華林園馬射賦序》：「桐花萍合。」《水經・濟水注》：「泉源競發。」**鶯語巧相求。**杜甫詩：「莫教鶯語太丁寧。」《易・乾・文言》：「同氣相求。」**妙曲新聲合，**魏文帝詩：「清歌發妙曲。」《國語・晉語》：「平公悦新聲。」**斜陽醉未休。**

楊億

禊飲逢元巳，張衡《南都賦》：「於是暮春之禊，元巳之辰，方軌齊軫，祓於陽瀕。」張華《上巳篇》：「元巳啓良辰。」沈約詩：「薰祓三陽暮，濯禊元巳初。」**春遊盛舞雩。**《史記・秦始皇本紀》：「皇帝春遊。」《論語》：「暮春者，春服既成，浴乎沂，風乎舞雩。」**流杯傳楚俗，**《荆楚歲時記》：「三月三日，士民並出水渚，爲流杯曲水之飲。」張繼詩：「楚俗轉清閒。」**飫賜出堯廚。**《左氏傳》襄公二十六年：

「聲子曰：『將賞，爲加膳，則飫賜，此以知其勸賞也。』」《宋書・符瑞志》：「帝堯廚中自生肉，其薄如箑，搖動則風生，食物寒而不臭，名曰箑脯。」**玉樹天開苑，**揚雄《甘泉賦》：「翠玉樹之青葱兮。」李商隱詩：「渭水天開苑。」**銀潢水貫都。** 銀潢，銀河也。《三輔記》：「秦都咸陽，渭水貫都，以象天河。」**肆筵環曲沼，**《詩・大雅・生民之什・行葦》：「或肆之筵。」王融《三月三日曲水詩序》：「授几肆筵，因流波而成次。」《洛陽伽藍記》：「曲沼環堂。」曲沼此處亦指曲水，用以泛觴。**飛蓋塞交衢。** 曹植詩：「飛蓋相追隨。」鄭玄《周禮・地官・保氏》注：「五馭，鳴和鸞，逐水曲，過君表，舞交衢，逐禽左。」**洛邑聲詩逸，**《僞古文尚書・畢命》：「遷於洛邑。」《禮記・樂記》：「樂師辨乎聲詩，故北面而絃。」《續齊諧記》：「尚書郎束晳曰：『昔周公卜成洛邑，因流水以泛酒，故逸詩云羽觴隨流波。』」**蘭亭歲月徂。**《晉書・王羲之傳》：「羲之嘗與同志宴集於會稽山陰之蘭亭。」王羲之《蘭亭集序》：「永和九年，歲在癸丑，暮春之初，會於會稽山陰之蘭亭，脩禊事也。」魏文帝樂府：「歲月如馳。」**顔王有遺韻，** 顔延之有《三月三日曲水詩序》，王融亦有《三月三日曲水詩序》。 裴子野《宋略》：「文帝元嘉十一年三月丙申，禊飲於樂遊苑，有詔會者咸作詩，詔太子中庶子顔延之作序。」《南齊書・王融傳》：「武帝永明九年，上幸芳林園禊宴朝臣，使融爲《曲水詩序》，文藻富麗，當世稱之。」權德輿文：「得楚騷之遺韻。」**待子一操觚。** 陸機《文賦》：「或操觚以率爾，或含毫而邈然。」《文選》李善注：「觚，木之方者，古人用之以書，猶今之簡也。」

錢惟演

漢家傳洛飲，《續漢書·禮儀志》：「三月上巳，官民皆絜於東流水上，曰洗濯祓除，去宿垢疢，爲大絜。」錢大昕曰：「絜，古禊字。」顔延之《曲水詩序》：「獻洛飲之禮。」後漢杜篤《祓禊賦》：「王侯公主，暨中富商，用事伊雒，帷幔玄黄。於是旨酒嘉肴，方丈盈前，浮棗絳水，酹酒醲川。」**楚俗泛蘭泉。**《荆楚歲時記》：「三月三日，四民並出水渚，爲流杯曲水之飲。」王融《三月三日曲水詩序》：「浸蘭泉于玉砌。」**玉液初頒酒，**《漢武帝内傳》：「上藥有風實雲子，玉液金漿。」江淹詩：「方士鍊玉液。」**金盤屢擊鮮。**《南史·劉穆之傳》：「令厨人以金盤貯檳榔一斛以進之。」《漢書·陸賈傳》：「數擊鮮。」顔師古注：「鮮謂新殺之肉也。言宜數數擊殺牲牢，與我鮮食。」**珥彤尋竹籞，**潘岳《賈武公誄》：「服衮珥彤。」王融《三月三日曲水詩序》：「書笏珥彤，紀言事於宣室。」《漢書·宣帝紀》：「又詔池籞未御幸者，假與平民。」蘇林曰：「折竹，以繩緜連，禁籞使人不得往來，律名爲籞。」應劭曰：「籞在水池上作室，可用棲鳥，鳥入則捕之。」**傾蓋集芝廛。**《史記·鄒陽列傳》：「白頭如故，傾蓋如新。」顔延之《三月三日曲水詩序》：「略亭皋，跨芝廛。苑太液，懷曾山。」**錦羽翻晴旭，霞英落暖烟。**言錦鳥翻翔於日光之中，落英繽紛於暖烟之際，暮春三月，春色正濃也。白居易詩：「花簇紫霞英。」鄭谷詩：「花落江隄簇暖烟。」**雅音和舜樂，**《禮記·經解》：「燕處則聽雅頌之音。」李嶠詩：「虞舜調清管，王褒賦雅音。」杜審言詩：「舜樂繞行麾。」王維詩：「樓前舜樂動南熏。」**睿澤洽堯天。**鮑君徽詩：「睿澤先寰海，功成展武韶。」《史記·五帝本紀》：「帝堯者放勳，其仁如天。」**更聽承雲曲，**《楚辭·遠游》：「張《咸池》奏《承雲》兮，二女御，《九韶》歌。」王逸注：「《承雲》即《雲門》，黄帝樂也。」《吕氏春秋·仲夏紀·古樂》：「帝顓頊好其音，乃令飛龍作樂，效八風之音，命之曰《承雲》。」《淮南子·齊俗訓》：「有虞氏其樂《咸池》、《承雲》、《九韶》。」許慎注：「《承雲》，黄帝樂。」《列子·周穆王》：「奏《承雲》、《六瑩》、《九韶》、《晨露》以樂之。」張湛注：「《承雲》，黄帝樂。」**同歌在鎬年。**《詩·小雅·魚藻之什·魚藻》：「王在在鎬，豈樂飲酒。」按周武王都鎬，今陝西長安市西南。

致齋太一宫

《楚辭·九歌》有《東皇太一》，王逸云：「《太一》，星名，天之尊神，祠在楚東，以配東帝，故云東皇。」《史記·封禪書》：「亳人謬忌奏祠太一方，曰：『天神貴者太一，太一佐曰五帝。古者天子以春秋祭太一東南郊，用太牢，七日，爲壇開八通之鬼道。』於是天子令太祝立其祠長安東南郊，常奉祠如忌方。」《史記·天官書》：「中宮天極星，其一明者，太一常居也。」《史記正義》：「泰一，天帝之別名也。劉伯莊云：『泰一，天神之最尊貴者也。』」《宋史·太宗紀》：「太平興國八年五月己卯，詔作太一宮于都城南。十一月己未，太一宮成。雍熙元年八月丁酉，親祠太一宮。」《宋史·方伎·楚芝蘭傳》：「占者言五福太一臨吴分，當於蘇州建太一祠。芝蘭獨上言：『京師，帝王之都，百神所集，且今京城東南一舍地名蘇村，若於此爲五福太一建宮，萬乘可以親謁，有司便於祇事，何爲遠趨江外，以蘇臺爲吴分乎？』輿論不能奪，遂從其議。」《夢溪筆談》：「十神太一，一曰太一，次曰五福太一，三曰天一太一，四曰地太一，五曰君基太一，六曰臣基太一，七曰民基太一，八曰大遊太一，九曰九氣太一，十曰十神太一。唯太一最尊，更無別名，止謂之太一。後人以其別無名，遂對大遊而謂之小遊太一，此出於後人誤加之。君基、臣基、民基，避唐明帝諱，改爲綦，至今仍襲舊名，未曾改正。」《石林燕語》：「太平興國中，司天言太一式有五福、大遊、小遊、四時、天一、地一、真符、君綦、民綦、臣綦，凡十神，皆天之尊神，而五福所臨無兵疫。凡行五宮，四十五年一移，自甲申歲入黄室巽宮，當吴分，請即蘇州建宮祠。已而復有言，今京城東南有蘇村，可應姑蘇之兆，乃改築於蘇村。京師建太一宮，自此始。」《太宗實録》：「太平興國八年十一月，城南太一宮成。命樞密直學士張齊賢、司天春官正楚芝蘭祠五福太一。齊賢等上言：『太一，五帝之佐，天神之至貴者也，請用祀天之禮，殺其半，又小損之。』上令增教坊伶官百人，自昏祠至明，如漢祀之制。」又云：「雍熙元年八月丙申，太一宫成，上將親祠，先一日，遣翰林學士賈黄中致祭告之，其詞曰：『維太平興國九年，歲次甲申，八月戊申朔，二十日丁酉，皇帝謹遣翰林學士尚書司封郎中知制誥賈黄中稽首上告于五福君基十神太一帝君之神。謹以至誠，上祈冥佑。』丁酉，車駕親祠太一宫。」《宋會要輯稿》禮十二：「國朝承唐制，祠九宫貴神東郊，用大祠禮。真宗咸平四年三月二十四日，直祕閣杜鎬上言：『按《史記·封禪書》云，天神貴者太一，太一之佐曰五帝。今禮以五帝爲大祠，太一爲中祠。況九宫所主風雨霜雪雷雹疾疫之事。唐玄宗天寶中述九宫貴神，次昊天上帝，類於天地神祇。望復爲大祠，用協舊章。』詔史官禮院詳定以聞。翰林學士承旨宋白等議：『請如鎬議，復爲大祠。』從之。」《宋會要輯稿》禮十八：「大中祥符二年二月十八日愆雨，遣知制誥錢惟演、直史館高伸、職方員外郎高冕禮太一宫。禮院言：『太一宫兩廊有十精、一十六神，並主風雨，望增遣官分拜』故也。」按自宋太宗雍熙元年，親祠太一宫，祠九宫之神，自後每以立春、立秋日祠太一宫也。疑大中祥符元年，錢惟演曾受命禮祠太一宫，故二年二月愆雨，又受命禮祭。此詩是祥符元年事。

錢惟演

齋潔奉惟馨，蔡雍《答丞相可齋議》：「宮室至大，指使至微，不在齋潔之處。」《左氏傳》僖公五年：「黍稷非馨，明德惟馨。」**瑶臺獨自升。**《離騷》：「望瑶臺之偃蹇兮。」**樓迷五里霧，**《後漢書·張霸傳》：「中子楷，性好道術，能作五里霧。」**壇燭九枝燈。**《漢武帝内傳》：「乃脩除宮掖，燃九光之燈。」李商隱詩：「九枝燈檠夜珠圓。」**珠館來青雀，**陸倕詩：「當衢啓珠館。」《洞冥記》：「王夫人誕武帝，有青雀群飛於霸城門外。」《漢武故事》：「七月七日，上於承華殿齋。其日有青鳥從東方來，有頃，王母至。有二青鳥如烏，夾侍王母之側。」《洞冥記》：「有女人愛悦於帝，名曰巨靈。帝傍有青珉唾壺，巨靈時出入其中。東方朔望見目之，因飛去，化成青雀。帝乃起青雀臺，時見青雀來，不見巨靈也。」**琁題射玉繩。**揚雄《甘泉賦》：「琁題玉英。」應劭曰：「題，頭也。榱椽之頭，皆以玉飾。」鮑照樂府：「琁題納明月。」張衡《西京賦》：「上飛闥而仰眺，正覩瑶光與玉繩。」《春秋元命苞》：「玉衡北兩星爲玉繩星。」謝朓詩：「玉繩低建章。」**疎鐘平野闊，**李白詩：「長樂聞疎鐘。」杜甫詩：「平野入青齊。」**古柏夕霏凝。**杜甫詩：「孔明廟前有古柏。」謝靈運詩：「雲霞收夕霏。」**鶴扇真規月，**徐幹《團扇賦》：「仰明月以取象，規圓體之儀度。」傅咸《羽扇賦序》：「吴人截鳥翼而摇風，既勝于方團二扇，滅吴之後，翕然貴之。」賦云：「似燕鴻之翕習，象白鶴之群翔。」温庭筠《曉仙謠》：「鶴扇如霜金骨仙。」李商隱詩：「扇薄常規月。」**仙衣可鏤冰。**杜甫詩：「行雲莫自濕仙衣。」《鹽鐵論・殊路》：「若畫脂鏤冰，費日損功。」**春茶泛雲液，**白居易詩：「春茶未斷寄秋衣。」劉峻《謝給藥啓》：「松子玉漿，衛卿雲液。」**曉飯薦蘭蒸。**岑參詩：「夜眠楚烟濕，曉飯湖山寒。」李白《溧陽貞義女廟碑》：「蘭蒸椒漿，歲祀罔斁。」《楚辭・九歌・東皇太一》：「蕙肴蒸兮蘭藉。」**鍊藥疑洪井，**洪井，粵雅堂本、桐鄉汪氏刻本、邵武徐氏本均作雲井，今從明嘉靖玩珠堂本。江淹詩：「鍊藥矚虚幌。」《豫章記》：「厭原山有洪井，飛流懸注，其深無底。舊説洪崖先生井也。」梁簡文帝詩：「願見洪崖井。」按雲井見《洞冥記》，然與鍊藥之意不屬，故不取。《洞冥記》：「過扶桑七萬里，有及雲山，山頭有井，雲起井中。若土德王，黄雲出。火德王，赤雲出。水德王，黑雲出。金德王，白雲出。木德王，青雲出。此皆應瑞德也。」**藏書類羽陵。**《史記・老子列傳》：「周守藏室之史也。」《索隱》：「藏室史，周藏書室之史也。」《穆天子傳》：「蠹書于羽陵。」**回瞻太帝室，**李白詩：「迴瞻赤城霞。」《淮南子・地形訓》：「崑崙之丘，或上倍之，是謂涼風之山，登之而不死。或上倍之，是謂懸圃，登之乃靈，能使風雨。或上倍之，乃維上天，登之乃神，是謂太帝之居。」許慎注：「太帝，天帝。」**飛檻更長憑。**韋誕賦：「飛檻承欒。」

楊億

漢帝祈年館，庾信《步虛詞》：「漢帝看桃核。」《史記・封禪書》：「方士有言：『黄帝時爲五城十二樓，以候神人於執期，名曰迎年。』上許作之如方，命曰明年。」顏師古《漢書・郊祀志》注：「迎年猶若祈年。」《漢書・地理志》：「雍。祈年宫，秦惠公起。」**威神法太微。**揚雄《甘泉賦》：「配帝居之懸圃兮，象太乙之威神。」《史記・天官書》：「南宫朱鳥，權、衡。衡，太微，三光之廷。」《史記索隱》：「案文耀鉤云：『南宫赤帝，其精爲朱鳥。』孟康曰：『軒轅爲權，太微爲衡』也。宋均曰：『太微，天帝南宫也。三光，日月五星也。』」**赤章脩祕祝，**《翰林志》：「凡太清宫道觀薦告祠文，用青籐紙，朱字，謂之青詞。」按青詞朱書，故此謂之赤章。《史記・孝文本紀》：「上曰：『百官之非，宜由朕躬。今祕祝之官，移過于下，以彰吾之不德，朕甚不取，其除之。』」**盤石拂仙衣。**《穆天子傳》：「觴天子於盤石之上。」**雉雊靈光發，**《史記・殷本紀》：「帝武丁祭成湯，明日，有飛雉登鼎耳而呴。武丁懼，祖己曰：『王勿憂，先脩政事。』武丁脩政行德，天下咸驩，殷道復興。」《三國志・蜀志・先主傳》：「靈光徹天。」**鸞歌彩霧霏。**《山海經・海外西經》：「軒轅之國，鸞鳥自歌，鳳鳥自舞。」李義甫詩：「延思彩霧端。」杜甫詩：「綃綺輕霧霏。」**霓旌飄夕吹。**司馬相如《上林賦》：「拖蜺旌，靡雲旗。」謝朓詩：「高城淒夕吹。」**瑶**

草泛春暉。《山海經·中山經》：「姑媱之山，帝女死焉，其名曰女尸，化爲䔄草，其葉胥成，其實如菟絲，服之媚於人。」按䔄草即瑶草。江淹《别賦》：「惜瑶草之徒芳。」李白《惜餘春賦》：「見遊絲之横路，網春暉以留人。」**瓊屑晨杯滿，**張衡《西京賦》：「立脩莖之仙掌，承雲表之清露。屑瓊蕊以朝餐，必性命之可度。」《三輔故事》：「武帝作銅盤承天露，和玉屑飲之以求仙。」**芝苗晝茹肥。**李商隱詩：「一川虚月魄，萬崦自芝苗。」枚乘《七發》：「白露之茹。」《文選》李善注：「茹，菜之總名也。」**象樽猶一獻，**《周禮·春官·司尊彝》：「其再獻用兩象樽。」《禮記·禮器》：「一獻之禮，賓主百拜，終日飲酒而不得醉焉。」**鳧舄自雙飛。**《後漢書·方術·王喬傳》：「王喬爲葉令，每月朔望，常自縣詣臺。太史伺望之，言其臨至，輒有雙鳧從東南飛來。於是候鳧至，舉網張之，但得一隻舄焉，乃所賜尚書官屬履也。」沈約詩：「王喬飛鳧舄。」蘇武詩：「何況雙飛龍，羽翼臨當乖。」**天迴飇輪度，**杜審言詩：「天迴兔欲落。」陸龜蒙詩：「會輾飇輪見玉皇。」按飇輪謂御風而行也。**宵殘素瑟希。**韓愈詩：「宵殘雨送涼。」《史記·封禪書》：「太帝使素女鼓五十絃瑟，悲，帝禁不止，故破其瑟爲二十五絃。」**回看葱鬱處，**王維詩：「回看射雕處。」江淹《空青賦》：「翠燦軒室，葱鬱臺殿。」**佳氣接彤闈。**《後漢書·光武帝紀》：「望氣者蘇伯阿至南陽，遥望見春陵郭，唶曰：『氣佳哉！鬱鬱葱葱然。』」謝朓詩：「日旰坐彤闈。」

劉筠

紫館天神貴，《初學記》卷二十三引《玉皇玄聖記》：「游龍交馳於紫館之上。」又引外國《放品經》：「北方有元洲，地方三千里，無色象形影，唯有玉虛紫館。」《史記·封禪書》：「天神貴者太一。」**綸闈地望清。**白居易詩：「近辭巴郡邑，又秉綸闈筆。」《舊唐書·韓洄傳》：「以地望抑之。」按錢惟演以吳越王俶子，累遷至太僕少卿，直祕閣，預修《册府元龜》。後遷尚書司封郎中，知制誥。故劉筠謂之地望清也。**齋心奉蠲潔，**王昌齡詩：「齋心問易太陽宮。」**攝事罄誠明。**夏侯惇《懷思賦》：「思典言以攝事。」《禮記·中庸》：「自誠明謂之性。」**殿翼如軒翥，**何晏《景福殿賦》：「二六對陳，殿翼相當。」揚雄《甘泉賦》：「筍簴嶷以軒翥兮，洪鍾越乎區外。」何晏《景福殿賦》：「飛櫚翼以軒翥。」**壇垓類削成。**左思《魏都賦》：「亢陽臺於陰基，擬華山之削成。」《宋會要輯稿》禮十二：「真宗咸平四年八月七日，詔以九宫貴神壇壝不合禮制，遣使脩飾。太常禮院上言：『大壇上面，元無尺寸闊狹，今請第一成東西南北各一百二十尺，高三尺。再成東西南北各一百尺，高三尺。壇上安小壇九，每壇高一尺五寸，縱廣八尺，各相去一丈六尺。取容陳列祭器，及公卿酌奠。』奏可。」**直官琳札密，**直官當謂奉祠之官。《初學記》卷二十三引《道君列記經》：「若三元宫，有琳札，青紫腦，錦舌。」**太宰繡衣輕。**《周禮·天官》：

「太宰之職，掌建邦之六典。」《漢書・百官公卿表》：「侍御史有繡衣直指。」**薜荔羅芳席，**《楚辭・九歌・山鬼》：「若有人兮山之阿，披薜荔兮帶女蘿。」李瓘《樂九成賦》：「北里之禾滿芳席。」**虹霓曳綵旌。**楊脩《許昌宫賦》：「建日月之大常，雜虹蜺之旌旄。」馬懷素詩：「挾日中堂間綵旌。」**星陳五帝佐，**《史記・封禪書》：「天神貴者太一，太一佐曰五帝。」又《天官書》：「中宫天極星，其一明者，太一常居也。」**體薦一元牲。**《左氏傳》宣公十六年：「王享有體薦。」《禮記・曲禮》：「牛曰一元大武。」按《宋會要輯稿》禮十九載宋元祐七年「監察御史安鼎奏：『竊見九宫貴神每宫祭料用羊豕各一。謹案當漢祀太一時，日用一犢，凡七日而止。唐祀九宫，牲牢類於天地。本朝祀九宫太一用羊豕，其四立祭太一宫十神，皆無牲，以素饌加酒焉。再詳十神太一、九宫太一，與漢所祀太一，共是一神無異也。今十神皆用素料，而九宫並薦羊豕，一神而葷素不同，似非禮意。臣竊慮十神太一與九宫貴神祭料合歸一致，並用素食。』詔令禮官詳定。」「七月二十二日，尚書禮部太常寺言：『比臣寮奏請，祭十神太一與九宫貴神，並用素食，承詔詳議。謹案《唐會要》，會昌元年中書門下奏九宫貴神準天寶三載勑，宜用牲牢。又本朝咸平四年六月四日勑，九宫貴神升爲大祠，兼元祐祀儀，春秋祀九宫貴神，並以大祠牲牢禮料祭器樂祀玉幣行禮。太史局稱，九宫十神太一，各有所主，名義不同，即非一神。故自唐迄今，皆用牲牢，別無祠壇用素食之禮，乞依舊制。』從之。」按祠太一宫，祈水旱，常用素食，故錢惟演詩有「春茶泛雲液，曉飯薦蘭蒸」之句，楊億詩有「瓊屑晨杯滿，芝苗晝茹肥」句也。惟春秋二立，祭太一，始薦牲牢。疑此致齋太一宮，蓋祈雨也，當用素食。《宋會要輯稿》禮十八：「國朝凡水旱災異，有祈報之禮。祈用酒脯醢，報如常祀。宮觀寺院以香茶素饌。京城太一宮，以上乘輿親禱，或分遣近臣。」則劉筠以爲用牲牢祈報，當是失檢。**蒼駟回風馭，**《宋書·禮志》：「駕蒼駟，青旂。」劉孝威詩：「無由一羽化，徒想風馭輕。」**珍禽警露聲。**《僞古文尚書·旅獒》：「珍禽異獸，不育於國。」《風土記》：「鶴性警，八月白露降，流於草上，滴滴有聲，即高鳴相警。」**丹霞升朝氣，**魏文帝詩：「丹霞夾明月。」李百藥詩：「川長曉氣高。」**若木競新英。**《離騷》：「折若木以拂日兮。」揚雄《甘泉賦》：「吸青雲之流瑕兮，飲若木之露英。」元稹詩：「新英蜂採掇。」**挹袂寧無友，**郭璞《遊仙詩》：「左挹浮丘袖，右拍洪崖肩。」梁元帝《與蕭挹書》：「衡巫峻極，漢水悠長。何時把袂，共披心腹。」《禮記·學記》：「獨學而無友。」**淩霄自放情。**《淮南子·原道訓》：「乘雲淩霄以自濯。」《抱朴子·釋滯》：「欲昇騰則淩霄而輕舉者，上士也。」郭璞詩：「放情淩霄外。」**受釐宣室對，**《史記·賈生列傳》：「賈誼爲長沙王太傅三年，後歲餘，徵見。孝文帝方受釐坐宣室，上因感鬼神事，而問鬼神之本，賈生因具道所以然之狀。至夜半，文帝前席。既罷，曰：『吾久不見賈生，自以爲過之，今不及也。』」應劭曰：「釐，祭餘肉也。」《三輔故事》：「宣室在未央殿北。」**賈傅異諸生。**《史記·叔孫通列傳》：「漢五年，已并天下，高祖悉去秦苛儀法，爲簡易。群臣飲酒争功，醉或妄呼，拔劍擊柱。高帝患之。叔孫通知上益厭之也，說上曰：『夫儒者，難於進取，可與守成。臣願徵魯諸生，與臣弟子共起朝儀。』於是叔孫通使徵魯諸生三十餘人，及上左右爲學者，與其弟子百餘人，爲綿蕞野上，習之月餘。乃令群臣習肄。漢七年，長樂宫成，諸侯群臣皆朝十月，竟朝置酒，無敢讙譁失禮者。於是高帝曰：『吾乃今日知爲皇帝之貴也。』叔孫通因進曰：『諸弟子儒生隨臣久矣，與臣共爲儀，願陛下官之。』高帝悉以爲郎。諸生乃皆喜曰：『叔孫通誠聖人也，知當世之要務。』」按賈誼好言治亂，漢初政治家之秀出者也，較之魯諸生綿蕞習禮，徒使劉邦知帝王之貴者，固不可同日語，劉筠「賈傳異諸生」之句，可謂的論。

直夜

楊億

月魄生宵暈，《參同契》：「陽神日魂，陰神月魄。」梁簡文帝詩：「月暈蘆灰缺。」**風烏送晚涼。**《西京雜記》：「長安靈臺相風銅烏，有千里風則動。」駱賓王詩：「金螢照晚涼。」**飛蠅隨鏤管，**《舊唐書·白居易傳》：「瞀然如飛蠅垂珠在眸子中者，動以萬數，蓋以苦學力文之所致。」《南史·文學·紀少瑜傳》：「少瑜嘗夢陸倕以一束青鏤管筆授之，其文因此遒進。」**浮蟻溢清觴。**《釋名》：「酒有沉齊，浮蟻在上汎汎然。」曹子建《七啓》：「浮蟻鼎沸，酷烈馨香。」《晉書·張協傳》：「乃有荆南烏程，豫北竹葉。浮蟻星沸，飛華萍接。」李尤《盤銘》：「既舉清觴。」**負郭春耕廢，**《史記·蘇秦列傳》：「且使我有雒陽負郭田二頃。」鼂錯《論貴粟疏》：「春耕夏耘，秋穫冬藏。」**鈞天曉夢長。**《史記·趙世家》：「趙簡子疾，五日不知人。居二日半，簡子寤，語大夫曰：『我之帝所甚樂，與百神游於鈞天，廣樂九奏萬舞，不類三代之樂，其聲動人心。』」李商隱詩：「莊生曉夢迷蝴蝶。」**玉籤聲未斷，**《陳書·世祖紀》：「每雞人伺漏，傳更籤於殿中，乃敕送者必投籤於階石之上，令鎗然有聲。云：『吾雖眠，亦令驚覺也。』」按此處之玉籤實指更籤，與韋莊詩「又見玄素變玉籤」之玉籤義異。**落宿半宫牆。**劉鑠詩：「落宿半遥城。」按《論語》「譬之宫牆」，係泛指一般居宅之牆，此則專指帝王宫禁之牆也。岑參詩：「黄鳥度宫牆。」元稹《連昌宫詞》：「李謩壓笛傍宫牆。」白居易《中書寓直》詩：「繚繞宫牆圍禁林。」温庭筠《題柳》詩：「千門九陌花如雪，飛過宫牆兩不知。」

鑪銷香篆藹餘芬，《香譜》：「近世作香篆，其文作十二辰，分百刻，然一晝夜。」江淹《金燈草賦》：「值秋露之餘芬。」**宴坐氍毹日易曛。**《戰國策》：「孟嘗君讌坐。」《御覽》卷七百八引《通俗文》：「織毛褥謂之氍毹。」古樂府：「坐客氈氍毹。」庾肩吾詩：「林殿日先曛。」**虎圈微涼生夕籟，**《史記·封禪書》：「於是作建章宫，度爲千門萬户。其東則鳳闕。其西則唐中，數十里虎圈。」《括地志》：「虎圈今在長安城中西偏也。」王勃賦：「麥雨微涼。」戴叔倫詩：「遠林生夕籟。」**鶴天新霽見歸雲。**《詩·小雅·鴻雁之什·鶴鳴》：「鶴鳴于九皋，聲聞于天。」王灣詩：「淨林新霽入，規院小涼通。」傅毅《七激》：「仰歸雲，怨遠風。」**通中夢穩春寒薄，**《漢官儀》：「尚書郎入直臺中，官給青縑白綾被、帷帳氈褥、晝通中枕。」杜甫詩：「春寒花較遲。」**肅唱聲沉夜漏分。**左思《魏都賦》：「晷漏肅唱，明宵有程。」滕邁賦：「乍響絶而聲沉。」《漢書·東方朔傳》：「以夜漏下十刻乃出。」《初學記》卷二十五引邯鄲《五經折疑》：「漢制，又以先冬至三日晝，冬至後三日，晝漏四十五刻，夜五十五刻。先夏至三日晝，夏至後三日，晝漏六十五刻，夜三十五刻。」同卷又引元嘉起居注：「以日出入定晝夜。冬至晝四十刻，夏至夜亦宜四十刻。夏至晝六十刻，冬至夜亦宜六十刻。春秋分，晝夜各五十刻。今減夜限，日出前，日入後，昏明際，各二刻半以益晝。夏至晝六十五刻，冬至晝四十五刻，二分晝五十五刻而已。」**誤濯塵纓成底事，**《孟子》：「滄浪之水清兮，可以濯我纓。」孔稚圭《北山移文》：「昔聞投簪逸海岸，今見解蘭縛塵纓。」**巖阿千古有移文。**潘岳詩：「鶩湍激巖阿。」孔稚珪有《北山移文》。

劉筠

瓊蕊滋晨飲，張衡《西京賦》：「立脩莖之仙掌，承雲表之仙露。屑瓊蕊以朝餐，必性命之可度。」**青縑擁夜衾。**蔡質《漢官儀》：「尚書郎入直臺中，官給青縑白綾被。」韓偓詩：「夢斷背燈重擁衾。」**萬年宮省樹，**《詩·大雅·蕩之什·江漢》：「天子萬年。」《後漢書·顯烈梁皇后紀》：「御輦幸宣德殿，見宫省官屬及諸梁兄弟。」**五色帝家禽。**《漢書·宣帝紀》：「鸞鳳集于東闕，飛下止地，文章五采。」《世説新語》：「未聞孔雀是夫子家禽。」**詔草裁籐角，**吴融詩：「更待淮南詔草看。」《御覽》卷六百五引范寧教：「土紙不可以作文書，皆令用籐角紙。」**薰爐熭水沉。**李商隱詩：「荀令薰爐更换香。」《梁書·林邑國傳》：「沉水者，土人斫斷之，積以歲年，朽爛而心節獨在，置水中則沉，故名曰沉香。」杜牧詩：「瓊爐熭水沉。」**浴堂還獨對，**《新唐書·李絳傳》：「絳見浴堂殿。」**鳴佩有清音。**《禮記·玉藻》：「古之君子必佩玉，趨以采齊，行以肆夏，周還中規，折還中矩，然後玉鏘鳴也。故君子在車則聞鸞和之音，行則鳴佩玉。」左思詩：「非必絲與竹，山水有清音。」

嘉木清陰接綺窗，張衡《西京賦》：「嘉木樹庭。」陳子昂《餞徐少府序》：「參差池榭，亂山水之清陰。」夏侯惠《景福殿賦》：「仰觀綺窗，周覽菱荷。」左思《蜀都賦》：「列綺窗而開江。」**謫仙風骨凛冰霜。**李白詩：「世人不識東方朔，大隱金門是謫仙。」《新唐書·李白傳》：「賀知章見其文，歎曰：『子，謫仙人也。』」《晉書·赫連勃勃載記》：「風骨魁奇。」《長沙耆舊傳》：「威厲冰霜。」**堯厨萐莆分珍膳，**《宋書·符瑞志》：「萐莆一名倚扇，狀如蓬，大枝葉小根，根如絲，轉而成風，殺蠅。堯時生于厨。」又云：「帝堯厨中自生肉，其薄如箑，摇動則風生，食物寒而不臭，名曰箑脯。」鄭玄《周禮·膳夫》注：

「膳之言善也。今時美物曰珍膳。」**漢廟含桃和酪漿。**劉希夷詩：「鬼神清漢廟。」《禮記·月令》：「仲夏之月，天子乃以雛嘗黍，羞以含桃，先薦寢廟。」鄭玄注：「含桃，櫻桃也。」《吕氏春秋·仲夏紀》高誘注：「含桃，鸎鳥所含食，故言含桃。」《史記·叔孫生列傳》：「孝惠帝曾春出游離宫，叔孫生曰：『古者有春嘗果，方今櫻桃孰，可獻，願陛下出，因取櫻桃獻宗廟。』上乃許之。諸果獻由此興。」《漢書·西域傳》：「以肉爲食酪爲漿。」魏文帝集載鍾繇書：「辱賜甘酪及櫻桃。」《釋名》：「酪，澤也。乳汁所作，使人肥澤也。」**磴道神行通碣石，**班固《西都賦》：「陵磴道而超西墉，掍建章而連外屬。」張衡《西京賦》：「磴道邐倚以正東。」薛綜注：「磴，閣道也。」班固《東都賦》：「飛閣神行。」《史記·秦始皇本紀》：「三十二年，始皇之碣石，使燕人盧生求羨門高誓，刻碣石門。」班固《西都賦》：「揚波濤於碣石。」**井幹雲構俯瑶光。**《史記·封禪書》：「乃立神明臺、井幹樓，度五十丈，輦道相屬焉。」《史記索隱》：「《關中記》：『宫北有井幹樓，高五十丈，積木爲樓。』言築累萬木，轉相交架，如井幹。」顔師古《漢書》注：「井幹樓，積木而高爲樓，若井幹之形也。井幹者，井上木欄也。其形或四角或八角。張衡《西京賦》云：『井幹疊而百層。』即謂此樓也。」《史記·秦始皇本紀》贊：「阿房雲構。」司馬相如《大人賦》：「部署衆神於瑶光。」張衡《西京賦》：「上飛闥而仰眺，正覩瑶光與玉繩。」張揖注：「瑶光，北斗柄頭第一星。」《春秋運斗樞》：「北斗七星，第七曰瑶光。」**金釭璧月相輝映，**《漢書·外戚傳》：「孝成趙皇后有女弟絶幸，爲昭儀，居昭陽舍。壁帶往往爲黄金釭，函藍田璧明珠翠羽飾之。」顔師古注：「壁帶，壁之横木露出如帶者也。於壁帶之中，往往以金爲釭，若車釭之形也。其釭中著玉璧明珠翠羽耳。」梁簡文帝《南郊頌》：「即璧月之遐照。」《陳書皇后傳論》：「璧月夜夜滿，瓊樹朝朝新。」謝靈運詩：「雲日相輝映。」**獸口時飄侍史香。**《西京雜記》：「長安巧工丁緩者，作九層博山香爐，鏤爲奇禽怪獸，窮諸靈異，皆自然運動。」《香譜》：「香獸，以塗金爲狻猊，空中以燃香，使烟從口出。」蔡質《漢官儀》：「尚書郎侍史一人，女侍史二人，皆選端正者。女侍史執香爐燒薰，從臺中給使護衣服也。」

櫻桃

楊億

離宮時薦罷，《三輔黃圖》：「離宮，天子出遊之宮也。」蕭子良詩：「輕觴時薦。」《史記·叔孫生傳》：「孝惠帝曾春出遊離宮，叔孫生曰：『古者有春嘗果。方今櫻桃熟，可獻，願陛下出，因取櫻桃獻宗廟。』上乃許之。諸果獻由此興。」**樂府豔歌新。**《晉書·石季龍載記》：「石季龍，勒之從子也。性殘忍，勒爲娉將軍郭榮妹爲妻。季龍寵惑優僮鄭櫻桃而殺郭氏。更納清河崔氏女，櫻桃又譖而殺之。」《樂府詩集》：「石季龍寵惑優僮鄭櫻桃，櫻桃美麗，擅寵宮掖，樂府由是有鄭櫻桃歌。」江淹詩：「更使豔歌傷。」**石髓凝秦洞，**《列仙傳》：「邛疏煮石髓而服之，謂之石鍾乳。」按秦洞用桃花源事。**珠胎剖漢津。**司馬相如《羽獵賦》：「剖明月之珠胎。」《晉書·天文志》：「天漢起東方，經尾箕之間，謂之漢津。」**三桃聊並列，**《爾雅・釋木》：「楔，荊桃。旄，冬桃。榹桃，山桃。」郭璞注：「荊桃，今櫻桃。」潘岳《閒居賦》：「三桃居櫻胡之別。」《文選》五臣注：「三桃，侯桃、櫻桃、胡桃也。」**百菓獨先春。**《易・解》：「天地解而雷雨作，雷雨作而百菓草木皆甲拆。」傅咸《粘蟬賦》：「櫻桃爲樹則多陰，爲菓則先熟。」後梁宣帝《櫻桃賦》：「懿乎櫻桃之爲樹，先百果而含榮。既離離而春就，乍苒苒而冬迎。」盧仝《茶歌》：「先春抽出黃金芽。」**清籞來君賜，**張衡《東京賦》：「洪池清籞，淥水澹澹。」《禮記・玉藻》：「有慶非君賜不賀。」**雕盤助席珍。**蕭統《七契》：「瑤俎既已離奇，雕盤復爲美玩。」《禮記・儒行》：「儒有席上之珍以待聘。」《文心雕龍・原道》：「席珍流而萬世響。」《拾遺録》：「後漢明帝于月夜宴群臣，太官進櫻桃，以赤瑛爲盤賜群臣。月下視之，盤與桃同色，群臣皆笑，云是空盤。」**甘餘應受和，**《禮記・禮器》：「甘受和，白受采。」**圓極豈能神。**《易・繫辭》：「蓍之德圓而神。」**楚客便羊酪，**《左氏傳》襄公二十六年：「楚客聘於晉。」李商隱詩：「空教楚客詠江蘺。」《世説新語》：「陸機詣王武子，武子前置數斛羊酪，指以示陸，曰：『卿江東何以敵此？』陸云：『有千里蓴羹，但未下鹽豉耳。』」**歸期負紫蓴。**李白詩：「何日是歸期。」羅隱詩：「盤擎紫線蓴初熟。」《晉書・文苑・張翰傳》：「翰見秋風起，乃思吳中菰菜、蓴羹、鱸魚膾曰：『人生貴得適志，何能羈宦數千里以邀名爵乎。』遂命駕而歸。」

劉　鈞

赤水分珠樹，《莊子·天地》：「黄帝遊乎赤水之北，登乎崑崙之丘。」《山海經·海外南經》：「三珠樹，在厭火北，生赤水上。其爲樹如柏，葉皆爲珠。一曰其爲樹如彗。」**薰風送麥秋。**《吕氏春秋·有始覽·有始》：「東南曰薰風。」《禮記·月令》：「孟夏之月，麥秋至。」**蜀都春氣早，**左思《蜀都賦》：「朱櫻春熟。」**漢苑夏陰稠。**司馬相如《上林賦》：「櫻桃蒲桃，隱夫薁棣。」韓愈詩：「夏陰偶高庇。」**廟薦清和候，**《吕氏春秋·仲夏紀》：「仲夏之月，羞以含桃，先薦寢廟。」高誘注：「羞，進。含桃，鸎鳥所含食，故言含桃。是月熟，故進之。先致寢廟，孝而且敬。」《漢書·禮樂志》：「清和六合，制數以五。」謝靈運詩：「首夏猶清和，芳草亦未歇。」謝朓詩：「麥候始清和。」**恩頒侍從流。**《漢書·嚴助傳》：「勞侍從之事。」**楚昭萍已剖，**《説苑·辨物》：「楚昭王渡江，有物大如斗，直觸王舟，止於舟中。昭王大怪之，使聘問孔子。孔子曰：『此名萍實。』令剖而食之。『此吉祥也，唯霸者爲能獲之。』孔子歸，弟子請問。孔子曰：『異時小兒童謡曰：「楚王渡江得萍實，大如拳，赤如日，剖而食之美如蜜。」此楚之應也。吾是以知之。』」**韓嫣彈争投。**《西京雜記》：「韓嫣好彈，嘗以金爲丸，所失者日有十餘。長安爲之語曰：『苦饑寒，逐金丸。』京師兒童每聞嫣出彈，輒隨之，望彈之所落，輒拾焉。」**沆瀣滋芳**

液，《楚辭·遠游》：「飡六氣而飲沆瀣兮，漱正陽而含朝霞。」王逸注：「沆瀣，北方夜半氣也。」司馬相如《封禪文》：「滋液滲漉，何生不育。」《書斷序》：「流芳液於筆端。」**醍醐助品羞。**杜甫詩：「醍醐長發性，飲食過扶衰。」慧琳《一切經音義》：「《通俗文》，酥酪謂之醍醐。《涅槃經》，譬如從牛出乳，從乳出酪，從酪出酥，從生酥出熟酥，從熟酥出醍醐，醍醐最上。」《魏文帝集》載鍾繇書：「辱賜甘酪及櫻桃。」《儀禮·公食大夫禮》：「上大夫庶羞二十品。」**玉盤光宛轉，**《漢武帝内傳》：「西王母令侍女索桃，須臾，以玉盤盛桃七枚，以呈王母。」王維《櫻桃》詩：「中使頻傾赤玉盤。」杜牧《櫻桃》詩：「思用烹騂酪，從將玩玉盤。」吴均詩：「花釵玉宛轉。」**全擬付歌喉。**白居易詩：「何郎小妓歌喉好，嚴老呼爲一串珠。」

暑詠寄梅集賢

《宋史·梅詢傳》：「詢字昌言，宣州宣城人。少好學，有辭辯，進士及第。爲利豐監判官，後以祕書省著作佐郎御史臺推勘官，預考進士於崇政殿。真宗過殿廬，奇其占對詳敏，召試中書，除集賢院。」

楊億

點綴鮮雲紫宙寬，《世説新語》：「司馬太傅齋中夜坐，于時天月明淨，都無纖翳，太傅歎以爲佳。謝景重在坐，答曰：『意謂乃不如微雲點綴。』」陸機詩：「鮮雲垂薄陰。」古《子夜四時歌》：「鮮雲媚朱景。」江淹文：「綱紫宙兮洽萬品。」**微風淅淅起霜紈。**班婕妤《怨歌行》：「新裂齊紈素，皎潔如霜雪。裁爲合歡扇，團團似明月。出入君懷袖，動摇微風發。」吴均詩：「獵獵起微風。」謝惠連詩：「淅淅振條風。」沈約《謝絹啓》：「霜紈雪委，霧縠冰鮮。」**魏臺清暑開冰井，**《鄴中記》：「鄴城西北立臺，皆因城爲基址。中央名銅爵臺，北則冰井臺。」《水經·濁漳水注》：「城之西北有三臺，建安十五年，魏武所建。中曰銅雀臺，北曰冰井臺，上有冰室。室有數井，井深十五丈，藏冰及石墨焉。」李嶠詩：「含情照魏臺。」張衡《西京賦》：「於焉清暑。」《宋會要輯稿》禮六十二：「景德四年六月丙辰，賜編君臣事迹官冰十匣。以暑甚，特賜之。」按祥符初，集賢院學士疑亦有賜冰之事。**漢殿延年啜露盤。**《宋書·樂志》：「延年春千秋。」《三輔故事》：「武帝作銅露盤，承天露和玉屑飲之，欲以求仙。」**天外一飛期汗漫，**宋玉《大言賦》：「長劍耿耿倚天外。」揚雄《羽獵賦》：「漫若天外。」《史記·滑稽列傳》：「一飛沖天。」《淮南子·道應訓》：「盧敖遊乎北海，至於蒙穀之上，見一士焉。曰：『吾與汗漫期於九垓之外，吾不可以久駐。』若士舉臂而竦身，遂入雲中。」**水邊千畝憶檀欒。**范雲詩：「盈盈一水邊。」《史記·貨殖列傳》：「渭水千畝竹。」枚乘《兔園賦》：「脩竹檀欒。」左思《吴都賦》：「檀欒嬋娟。」**流波意密知音少，**宋玉《神女賦》：「望予帷而延視兮，若流波之將瀾。」古詩：「不惜歌者苦，但傷知音稀。」**可得延陵爲試觀。**《禮記·檀弓》：「延陵季子，吴之習于禮者也。」《史記·吴太伯世家》：「王壽夢子季札，封於延陵，故號曰延陵季子。」《左氏傳》襄公二十九年：「吴公子季札來聘，請觀於周樂，使工爲之歌《周南》《召南》，曰：『美哉！始基之矣，猶未也，然勤而不怨矣。』爲之歌《邶》、《鄘》、《衛》，曰：『美哉淵乎！憂而不困者也。吾聞衛康叔武公之德如是，是其《衛風》乎。』爲之歌《王》，曰：『美哉！思而不懼，其周之東乎。』爲之歌《齊》，曰：『美哉！泱泱乎大風也哉！表東海者，其太公乎。國未可量也。』爲之歌《豳》，曰：『美哉！蕩乎樂而不淫，其周公之東乎。』爲之歌《唐》，曰：『思深哉！其有陶唐氏之遺民乎。不然，何憂之遠也。非令德之後，誰能孰是。』」《史記·叔孫生傳》：「通爲綿蕞野外，習之月餘，通曰：『上可試觀。』」

劉　筠

石渠岌嶪亘宛虹，張衡《西京賦》：「次有天禄石渠，校文之所。」《三輔故事》：「天禄、石渠閣，在大殿北，以閣祕書。」張衡《西京賦》：「疏龍首以抗殿，狀巍峩以岌嶪。」《文選》五臣注：「岌嶪，高壯貌。」司馬相如《上林賦》：「宛虹拖于楯軒。」張衡《西京賦》：「瞰宛虹之長鬐。」又云：「亘雄虹之長梁。」**玄**

蔭清流接桂宮。班固《西都賦》：「袪黼帷，鏡清流。」《西都賦》又云：「自未央而連桂宮。」**玉女壺欹天未笑，**《仙傳拾遺》：「木公亦云東王父，亦曰東王公，亦曰玉皇君。居於雲房之間，或與一玉女更投壺焉。每投千二百矯。設有入不出者，天爲之噫噓。矯出而脱誤不接者，天爲之笑。」**羲和轡緩日方中。**《離騷》：「吾令羲和弭節兮。」《廣韻》：「日御謂之羲和。」元稹詩：「轡爲逢車緩。」《詩・邶風・簡兮》：「日之方中。」**孝先便腹寧無誚，**《後漢書・文苑・邊韶傳》：「韶字孝先，陳留浚儀人也。以文學知名，教授數百人。韶口辯，曾晝日假卧，弟子私嘲之曰：『邊孝先，腹便便。懶讀書，但欲眠。』韶潛聞之，應時對曰：『邊爲姓，孝爲字。腹便便，五經笥。但欲眠，思經事。寐與周公通夢，静與孔子同意。師而可嘲，出何典記？』嘲者大慚。」《夢溪筆談》：「梅詢爲翰林學士，一日，書詔頗多，屬思甚苦，操觚循階而行。忽見一老卒，卧於日中，欠伸甚適。梅忽歎曰：『暢哉！』徐問之曰：『汝識字乎？』曰：『不識字。』梅曰：『更快活也。』」按味《夢溪筆談》引梅詢話言，則此句便腹之誚，固不足爲梅詢病也。**痀僂承蜩敢衒功。**《莊子・達生》：「仲尼適楚，出於林中，見痀僂者承蜩，猶掇之也。仲尼曰：『子巧乎？有道邪？』曰：『吾有道也。吾處身也，若厥株拘。吾執臂也，若槁木之枝。雖天地之久，萬物之多，而唯蜩翼之知。吾不反不側，不以萬物易蜩之翼。何爲而不得。』孔子顧謂弟子曰：『用志不分，乃凝於神，其痀僂丈人之謂乎。』」**蠲渴欲來飛雪散，**《荔支譜》：「荔支食之有益於人。葛洪云：『蠲渴補髓。』」《御覽》卷三十四引《抱朴子》：「或問不熱之道，曰：『服玄冰丸，或服飛雪散。』」**南昌世冑有仙風。**《漢書・梅福傳》：「梅福，九江壽春人也。爲郡文學，補南昌尉。後去官歸壽春。王莽顓政，福一朝棄妻子去九江，至今傳以爲仙。」左思詩：「世冑躡高位。」

苦熱

錢惟濟

蘋末風休飛閣深，宋玉《風賦》：「夫風生於地，起於青蘋之末。」韓愈文：「其去也風休。」班固《西都賦》：「脩塗飛閣。」**亭亭日御漸流金。**張衡《西京賦》：「干雲霧而上達，狀亭亭以苕苕。」薛綜注：「亭亭，高貌。」《山海經・大荒南經》：「東南海之外，甘水之間，有羲和之國。有女子名曰羲和，方浴日於甘淵。羲和者，帝俊之妻，生十日。」《廣雅》：「日御謂之羲和。」《楚辭・招魂》：「十日代出，流金鑠石些。」**火雲接影横銀漢，**盧思道賦：「火雲赫而四舉。」張謂文：「布葉重柯，鄰月中之丹桂。連枝接影，對天上之白榆。」李群玉詩：「曾見雙鸞舞鏡中，聯飛接影對春風。」鮑照詩：「銀漢傾露落。」**水鳥無聲下翠陰。**蕭子範詩：「水鳥啣魚上，蓮舟拂芰歸。」《詩・大雅・文王之什・文王》：「無聲無臭。」馬戴詩：「玉樓含翠陰。」**渴想孤山同飲露，**《莊子・逍遥遊》：「藐姑射之山，有神人居焉，肌膚若冰雪，淖約若處子，不食五穀，吸風飲露。」**煩思楚殿獨披襟。**宋玉《風賦》：「楚襄王遊於蘭臺之宮，有風颯然而至，王乃披襟而當之，曰：『快哉此風。』」樂府：「一旦不相見，輒作煩冤思。」徐陵《與楊愔書》：「身求盟於楚殿。」**柘漿粔籹多無味，**《楚辭·招魂》：「胹鼈炮羔，有柘漿些。」王逸注：「取藷蔗之汁爲漿飲也。」又《招魂》：「粔籹蜜餌，有餦餭些。」王逸注：「以蜜和米麪，熬煎作粔籹。」《老子》：「淡乎其無味。」**衛玠清羸欲不任。**《世説新語》：「衛玠始渡江，見王大將軍。因夜坐，大將軍命謝幼輿。玠見謝，甚悦之，遂達旦微言。玠體素羸，恒爲母所禁，爾夕忽極，於此病篤，遂不起。」嚴維詩：「藥補清羸疾。」按此首粤雅堂等各本題錢惟演作，獨明嘉靖玩珠堂本題錢惟濟作。考同題下有錢惟演詩，則此首當是錢惟濟作。惟濟末句言體如衛玠之清羸不任暑熱，殆將病也。

楊　億

極目長天度鳥稀，王粲《登樓賦》：「平原遠而極目兮，蔽荆山之高岑。」王勃《滕王閣賦》：「秋水共長天一色。」陳後主詩：「度鳥或遥檐。」**纖蘿不動轉晨暉。**木華《海賦》：「輕塵不飛，纖蘿不動。」高閭《至德頌》：「晨暉疊旦。」**已裁圓月班姬扇，**班婕妤《怨歌行》：「新裂齊紈素，皎潔如霜雪。裁爲合歡扇，團團似明月。」**更换輕雲子産衣。**《左氏傳》襄公二十九年：「吴公子札聘於鄭，見子産，如舊相識。與之縞帶，子産獻紵衣焉。」曹植《洛神賦》：「髣髴兮若輕雲之蔽月。」**河朔一時觴對舉，**

《典略》：「袁紹與子弟日共宴飲，常以三伏之際，晝夜酣飲極醉，至於無知，以避一時之暑。故河朔有避暑飲。」**臨淄萬井汗交揮。**《戰國策》：「臨淄甚富而實。臨淄之途，車轂擊，人肩摩，連衽成幃，舉袂成幕，揮汗成雨。」《漢書・刑法志》：「一同百里，提封萬井。」**冰丸雪散成虛設，**《御覽》卷三十四引《抱朴子》：「或問不熱之道，曰：『服玄冰丸，或服飛雪散。』」張衡《周天大象賦》：「匪災譴之虛設。」**欲借飆輪玒紫微。**《神仙傳》：「崑崙圃閬風苑，有玉樓十二，玄室九層，右瑤池，左翠水，環以弱水九重。洪濤萬丈，非飆車羽輪不可到，王母所居也。」陸龜蒙詩：「會輾飆輪見玉皇。」揚雄《甘泉賦》：「登椽欒而玒天門兮。」蘇林曰：「玒，至也。」《春秋合誠圖》：「紫微，大帝室。」《晉書・天文志》：「紫微，大帝之座，天子之常居也。」

劉　筠

六幕雲收萬籟沉，《漢書・禮樂志》：「紛紜六幕浮六海。」顏師古注：「六幕猶言六合也。」虞世南詩：「雲收嶺半空。」姚察詩：「含風萬籟響。」**結瑤千尺倦登臨。**左思《吳都賦》：「思比屋於傾宮，畢結瑤而構瓊。」《楚辭・九辯》：「登山臨水兮送將歸。」**七盤妙舞頻揮汗，**《宋書・樂志》：「晉初有杯盤舞，張衡《舞賦》云：『歷七盤而屣躡。』王粲《七釋》云：『七盤陳於廣庭。』鮑照云：『七盤起長袖。』

皆以七盤爲舞也。」陸機詩：「妍袖淩七槃。」邊讓《章華賦》：「妙舞麗於陽阿。」顏延之《三月三日曲水詩序》：「妍歌妙舞之容。」《戰國策》：「揮汗成雨。」**五色嘉瓜冷鎮心。**《史記·蕭相國世家》：「邵平者，故秦東陵侯。秦破，爲布衣，貧，種瓜於長安城東。瓜美，故世俗謂之東陵瓜。」阮籍《詠懷》詩：「昔聞東陵瓜，近在青門外。連畛距阡陌，子母相拘帶。五色曜朝日，嘉賓四面會。」《宋書·符瑞志》：「漢章帝元和中，嘉瓜生郡國。」《南史·儒林·鄭灼傳》：「灼性精勤，講授多苦心熱。若瓜時，輒偃臥，以瓜鎮心，起便讀誦，其篤志如此。」**極目嶺梅寧止渴，**《世説新語》：「魏武行役失汲道，軍皆渴，乃令曰：『前有大梅林，饒子甘酸，可以解渴。』士卒聞之，口皆出水，乘此得及前源。」杜甫詩：「陰風過嶺梅。」王逸《九思》：「吮玉液兮止渴，齧芝草兮療飢。」**拂波宮柳漫垂陰。**白居易詩：「拂波雲色重，灑岸雨聲繁。」李白詩：「宮柳黄金枝。」張衡《西京賦》：「布葉垂陰。」**祇憂火解神仙骨，賴有泉聲發素琴。**張祜詩：「泉聲到池盡。」《禮記·喪服四制》：「鼓素琴。」《宋書·隱逸·陶潛傳》：「性不解音聲，而蓄素琴一張，無絃，每有酒適，輒撫弄以寄其意。」

錢惟演

赫日烘霞鬭曉光，李庾《東都賦》：「赫若夏日。」李中詩：「應共烘霞卜鄰。」梁簡文帝詩：「靄靄夜中霜，河開向曉光。」**雙文桃簟碧牙牀。**《藝文類聚》卷六十九引《東宮舊事》：「太子納妃，有烏韜赤花雙文簟。」《御覽》卷七百八引庾翼書：「令致八尺丈二細簟十枚，黄蔑雙文簟二領。」王縉詩：「玉枕雙文簟。」李商隱詩：「簟卷碧牙牀。」**頻傾蜜勺寧蠲渴，**《楚辭·招魂》：「瑶漿蜜勺，實羽觴些。」《荔枝譜》：「荔支食之有益於人。葛洪云：『蠲渴補髓。』」**久捧冰壺未覺涼。**高適詩：「崖谷倚冰壺。」《歷代名畫記》：「劉褒畫北風圖，人見之覺涼。」**雪嶺卻思隨博望，**庾闡詩：「玉堂臨雪嶺。」李商隱詩：「雪嶺未歸天外使。」《史記·大宛列傳》：「張騫，漢中人。建元中爲郎，應募使月氏。還，以校尉從大將軍擊匈奴，知水草處，軍得以不乏，乃封騫爲博望侯。」**風窗猶欲傲羲皇。**江總詩：「風窗穿石竇。」《宋書·隱逸·陶潛傳》：「嘗言五六月北窗下卧，遇涼風暫至，自謂是羲皇上人。」**更憐乳鷰翻飛處，**鮑照詩：「乳鷰逐草蟲。」李賀詩：「春水初生乳鷰飛。」陸機詩：「翻飛浙江汜。」**深入盧家白玉堂。**梁武帝《河中之水歌》：「河中之水向東流，洛陽女兒名莫愁。莫愁十三能織綺，十四採桑南陌頭。十五嫁爲盧家婦，十六生兒字阿侯。盧家蘭室桂爲梁，中有鬱金蘇合香。頭上金釵十二行，足下絲履五文章。珊瑚掛鏡爛生光，平頭奴子擎履箱。人生富貴何所望，恨不早嫁東家王。」《楚辭·九歎》：「紫貝闕而白玉堂。」樂府：「白玉爲君堂。」

屬疾

楊億

積日勞無補，《南史・齊高帝紀》：「將士積日不得寢食。」傅咸詩：「進則無云補。」**彌天疾未瘳。**陸機《連珠》：「谷風乘條，必降彌天之潤。」盧綸詩：「劉楨病未瘳。」**馬卿非避事，**司馬相如字長卿。《漢書・司馬相如傳》：「相如口吃而善著書。常有消渴疾，故其事宦，未嘗肯與公卿國家之事，常稱疾閒居，不慕官爵。」《漢書・嚴助傳》：「司馬相如常稱疾避事。」**盛憲自多憂。**《會稽典録》：「盛憲字孝章。遷吴郡太守，以疾去官。孫策平定吴會，誅其英豪。憲素有名，策深忌之。初憲與少府孔融善，融憂其不免禍，乃與曹公書，由是徵爲都尉，詔命未至，果爲權所害。」孔融《論盛孝章書》：「海内知識，零落殆盡，唯會稽盛孝章尚存。其人困於孫氏，妻孥湮没，單孑獨立，孤危愁苦。若使憂能傷人，此子不得復永年矣。」**目眩花成菓，**《後漢書・馬融傳》：「離朱目眩。」**心驚蟻鬬牛。**庾信賦：「聞鶴唳而心驚。」《世説新語》：「殷仲堪父病虚悸，聞牀下蟻動，謂是牛鬬。」**豳冰那浣熱，**《詩・豳風・七月》：「二之日，鑿冰冲冲。三之日，納于凌陰。」鄭玄箋：「豳土晚寒，故可夏正月納冰。」**洛笛更生愁。**馬融《長笛賦》序：「融爲督郵，無留事。獨卧郿縣平陽鄔中，有雒客舍逆旅，吹笛爲氣出，精列相和。融去京師踰年，暫聞，甚悲而樂之。」江總詩：「翠眉未畫自生愁。」**拂枕窗風度**，《宋書・隱逸・陶潛傳》：「常言五六月北窗下卧，遇涼風暫至，自謂是羲皇上人。」**穿簾隙日流**。《史記・留侯世家》：「人生一世間，如白駒過隙。」劉禹錫詩：「隙日不回輪。」**唾壺從此缺**，《晉書・王敦傳》：「敦酒後輒詠魏武帝樂府歌曰：『老驥伏櫪，志在千里。烈士暮年，壯心不已。』以如意擊唾壺爲節，壺邊盡缺。」**博齒亦慵投**。《楚辭・招魂》：「菎蔽象棊，有六簙些。分曹並進，遒相迫些。成梟而牟，呼五白些。」王逸注：「五白，博齒也。」洪興祖補注：「古《博經》云：『博法，二人相對坐，向局。局分爲十二道，兩頭當中名爲水。用棊十二枚，六白六黑。又用魚二枚，置於水中。其擲采，以瓊爲之。瓊畟方寸三分，長寸五分，鋭其頭，鑽刻瓊四面爲眼，亦名爲齒。二人互擲采行棊，棊行到處即豎之，名爲驍。棊即入水食魚，亦名牽魚。每牽一魚，獲二籌。翻一魚，獲三籌。』」**發篋尋桐録**，曹植《浮萍篇》：「發篋造裳衣。」《隋書・經籍志》：「《桐君藥録》三卷。」**支頤動越謳**。《史記・張儀列傳》：「陳軫曰：『越人莊舄仕楚，執珪，有頃而病。楚王曰：「舄，故越之鄙細人也，今仕楚執珪，貴富矣。亦思越不？」中謝對曰：「凡人之思故，在其病也。彼思越則越聲，不思越則楚聲。」使人往聽之，猶尚越聲也。』」**平生江海志**，杜甫詩：「非無江海志。」**夕夢繞滄洲**。阮籍《爲鄭沖勸晉王牋》：「臨滄洲而謝支伯。」按此首粤雅堂本、桐鄉汪氏刻本、邵武徐氏本並作錢惟演作，唯明嘉靖玩珠堂本題楊億作。據下崔遵度和詩有「筆苑多批鳳」

句，句下原注云：「公新集號筆苑。」《宋史》億傳稱億「手集當世之述作爲《筆苑》。」則此首是楊億作無疑。今從玩珠堂本。

晁迥

精騖成勤瘁，陸機《文賦》：「精騖八極，心游萬仞。」《三國志・魏志・鍾會傳》：「比年以來，征夫勤瘁。」**頤貞俟有瘳。**《易・頤》：「頤，貞吉。」彖曰：「頤貞吉，養正則吉也。」孔穎達疏：「頤貞吉者，於頤養之世，養此貞正，則得吉也。」《莊子・列御寇》：「國其有瘳乎。」**吟生南越思，**《史記・張儀列傳》：「越人莊舄仕楚，執珪，有頃而病。楚王使人往聽之，猶尚越聲也。」王粲《登樓賦》：「莊舄顯而越吟。」《莊子・山水》：「南越有邑焉，名爲建德之國。」**慈結北堂憂。**《詩・衛風・伯兮》：「焉得諼草，言樹之背。」《毛傳》：「諼草令人忘憂，背，北堂也。」按此處北堂指楊億母氏。**粲枕甘爲蝶，**《詩・唐風・葛生》：「角枕粲兮。」《莊子・齊物論》：「昔者，莊周夢爲胡蝶，栩栩然胡蝶也。」**豐厨厭炙牛。**曹植詩：「豐膳出中厨。」魏文帝詩：「飲醇酒，炙肥牛。」按此兩句蓋晁迥宛轉謂楊億病中宜清情欲節飲食也。**玄元知寡欲，**《舊唐書・高宗紀》：「乾封元年二月己未，次亳州，幸老君廟，追號曰太上玄元皇帝。」《老子》：「少私寡欲。」**平子尚多愁。**《文選》張衡《四愁詩》序：「張衡不樂久處機密，陽嘉中，出爲河間相。時天下漸敝，鬱鬱不得志，爲四愁詩。」**夕鳥侵階啄，**沈約詩：「夕鳥傍櫚飛。」岑參詩：「螢影侵階亂。」**宵螢入樹流。**沈約詩：「流螢暗明燭。」王勃詩：「空山飛夜螢。」**玉書能静覽，**《拾遺記》：「有麟吐玉書。」《黄庭經》：「思詠玉書入太清。」**桂矢倦閒投。**《西京雜記》：「武帝時，郭舍人善投壺，以竹爲矢，不用棘也。古之投壺，取中而不求還，故實小豆，惡其矢躍而出也。郭舍人則激矢令還，一矢百餘反，謂之爲驍，言如博之竪棋，於輩中爲驍傑也。」《仙傳拾遺》：「木公亦云東王父，亦曰東王公，亦號玉皇君。居於雲房之間。或與一玉女更投壺焉。每投千二百矯。設有入不出者，天爲之噫噓。矯出而脱誤不接者，天爲之笑。」**忽賦行雲什，**宋玉《高唐賦》：「朝爲行雲，暮爲行雨。」按古者詩每十篇同卷，故曰什。後遂轉爲泛稱詩篇之名。**堪聽擊壤謳。**《論衡·藝增》：堯時「有年五十擊壤於路者，觀者曰：『大哉堯德乎！』擊壤者曰：『吾日出而作，日入而息，鑿井而飲，耕田而食，堯何等力。』」《逸士傳》：「堯時有壤父五十人，擊壤於康衢。或有觀者曰：『大哉！堯之爲君也。』壤父作色曰：『吾日出而作，日入而息，鑿井而飲，耕田而食，帝何力於我哉。』」周處《風土記》：「擊壤者，以木作之，前廣後鋭，長可尺三四寸，其形如履。臘初，僮少以爲戲，分部如擿博也。」《藝經》：「壤以木爲之，前廣後鋭，長尺四，闊三寸，其形如履。將戲，先側一壤於地，遥於三四十步，以手中壤敲之，中者爲上。」**期君整朝佩，**李商隱詩：「期君不至更沉憂。」白居易詩：「解綬收朝佩。」**仙署在瀛洲。**《漢官儀》：「省中皆以胡粉塗壁」，故曰粉署。《白帖》：「諸曹郎曰粉署，亦曰仙署。」《史記·秦始皇本紀》：「海中有三神山，名曰蓬萊、方丈、瀛洲，仙人居之。」《後漢書·竇章傳》：「是時學者稱東觀爲老氏藏室，道家蓬萊山。」李賢注：「蓬萊，海中神山，爲仙府，幽經祕録，並皆在焉。」《翰林志》：「唐太宗始於秦王府開文學館，擢房玄齡、杜如晦一十八人，皆以本官兼學士，給五品珍膳，分爲三番，更直宿於閣下，討論墳典，時人謂之登瀛洲。」

崔遵度

李白羹初美，李陽冰《李太白詩集序》：「天寶中，下詔徵就金馬，以七寶牀賜食，御手調羹以飯之。」**相如渴漸瘳。**《漢書·司馬相如傳》：「相如有消渴疾，常稱疾閒居。」**八磚非性懶，**《翰林志》：「北廳前階有花磚道，冬中日影及五磚，爲入直之候。李程性懶，好晚入，恒過八磚乃至，衆呼爲八磚學士。」**三昧減心憂。**《翰林志》：「學士每下直出門，謂之小三昧，出銀臺門上馬，謂之大三昧，言如釋氏之去纏縛而就解脱也。」《詩·王風·黍離》：「知我者謂我心憂。」**筆苑多批鳳，**原注：「公新集號《筆苑》。」《宋史·楊億傳》：「人有片辭可紀，必爲諷誦。手集當世之述作爲《筆苑》。」《南史·齊江夏王鋒傳》：「好學書，五歲，高帝使學鳳尾諾，一學即工。」按王侯守相批箋啓符牒之後，如今批「閲」、「知」、「同意」之類，謂之畫諾。簽字時，拖其字尾曰鳳尾諾也。批鳳猶言批諾也。此處又有臧否義。**詞鋒勝解牛。**庾信文：「水湧詞鋒。」《莊子·養生主》：「庖丁爲文惠君解牛，手之所解，肩之所倚，足之所履，膝之所踦，砉然嚮然，奏刀騞然，莫不中音。文惠君曰：『嘻！善哉！技蓋至此乎？』庖丁曰：『今臣之刀十九年矣，而刀刃若新發於硎。』」**舊山疑鶴怨**，謝靈運詩：「枉帆過舊山。」孔稚珪《北山移文》：「蕙帳空兮夜鶴怨，山人去兮曉猿驚。」**畏日想雲愁**。《左氏傳》文公七年杜預注：「夏日可畏。」江總詩：「雲愁數處黑。」**廣内勞揮翰**，《漢書·藝文志》如淳注：「劉歆《七略》：孝武皇帝廣開獻書之路，故外有太史博士之藏，内有延閣廣内祕室之書。」張衡《歸田賦》：「揮翰墨以奮藻。」**通中羨枕流**。《漢官儀》：「尚書郎入直臺中，官供青縑白綾被、帷帳、氈褥、晝通中枕。」《世説新語》：「孫子荆語王武子，當枕石漱流，誤曰漱石枕流。王曰：『流可枕，石可漱乎？』孫曰：『所以枕流，欲洗其耳。所以漱石，欲礪其齒。』」**使星方屢降**，《後漢書·方術·李郃傳》：「李郃，漢中南鄭人也。善河洛風星，外質朴，人莫之識。縣召署幕門候吏。和帝即位，分遣使者，皆微服單行，各至州縣，觀採風謡。使者二人當到益部，投郃候舍。時夏夕露坐，郃因仰觀，問曰：『二君發京師時，寧知朝廷遣二使耶？』二人默然驚，相視曰：『不聞也。』問『何以知之？』郃指星示云：『有二使星向益州分野，故知之耳。』」**客轄未容投**。《漢書·游俠·陳遵傳》：「遵嗜酒。每大飲，賓客滿堂，輒關門取客車轄投井中，雖有急，終不得去。」**好奏倪寬議**，《漢書·兒寬傳》：「寬以射策爲掌故，功次補廷尉文學卒史。時張湯爲廷尉，廷尉府盡用文史法律之吏，而寬以儒生在其間，見謂不習事，不署曹。除爲從史，之北地視畜。數年，還至府上畜簿。會廷尉有疑奏，已再見却矣，掾史莫知所爲。寬爲言其意，掾史因使寬爲奏。奏成，讀之皆服。以白廷尉湯，湯大驚，召寬與語，乃奇其材，以爲掾。上寬所作奏，即時奏可。異日，湯見，上問曰：『前奏非俗吏所及，誰爲之者？』湯言兒寬。上曰：『吾固聞之久矣。』湯由是鄉學，以寬爲奏讞掾，以古法義決疑獄，甚重之。」**何須莊舄謳。**《史記·張儀列傳》：「越人莊舄仕楚執珪，有頃而病，楚王使人往聽之，猶尚越聲也。」**朝衣薰歇不，**《史記·司馬相如列傳》：「襲朝衣。」鮑照《蕪城賦》：「薰歇燼滅，光沉響絶。」**侍史待仙洲。**《漢官儀》：「尚書郎侍史二人，女侍史二人，皆選端正者。女侍史執香爐燒薰，從臺中給使護衣服也。」《史記·秦始皇本紀》：「齊人徐市等上書言，海中有三神山，名曰蓬萊、方丈、瀛洲，仙人居之。」

劉　筠

暫困秦王痔，《莊子·漁父》：「秦王有病，召醫，破癰潰痤者，得車一乘，舐痔者，得車五乘。」億有痔疾，見前億詩「秦痔未痊齋閤掩」句。**無疑廣客蛇。**《晉書·樂廣傳》：「廣嘗有親客，久闊，不復來，廣問其故，答曰：『前在坐，蒙賜酒，方欲飲，見杯中有蛇，意甚惡之。既飲而疾。』于時河南廳事壁上有角，廣意杯中蛇，即角影也。復置酒於前處，謂客曰：『酒中復有所見不？』曰：『所見如初。』廣乃告其所以，客豁然意解，沉痾頓愈。」**職清唐内相，**《揮麈録》：「學士職清地近。」《新唐書·陸贄傳》：「贄入翰林，年尚少，以材幸，天子尚以輩行呼而不名。在奉天，朝夕進見，雖外有宰相主大議，而贊常居中參裁可否，時號内相。」**宅僻魯東家。**陳琳《爲曹洪與魏文帝書》：「怪乃輕其家丘，謂爲倩人。」《文選》李善注引《邴原別傳》：「原欲遠游學，詣安丘孫崧。崧辭曰：『君鄉里鄭君，君知之乎？』崧曰：『鄭君學覽古今，博文彊識，鈎深致遠，誠學者之師模也。君乃舍之，躡屣千里，所謂以鄭爲東家丘者也。』原曰：『人各有志，所親不同。君謂僕以鄭爲東家丘，君以僕爲西家愚夫邪？』崧辭謝焉。」《顏氏家訓・慕賢》：「世人多蔽，貴耳賤目，重遥輕近，所以魯人謂孔子爲東家丘。」**行藥虹梁闊，**《文選》有鮑照《行藥至城東橋》詩。《北史・邢巒傳》：「孝文因行藥至司空府南，見巒宅。謂巒曰：『朝行藥至此，見卿宅乃住。』」按魏晉南北朝人多服五石散，服後不能久坐卧，必須行役有勞，使藥性散發，時稱行藥。班固《西都賦》：「抗應龍之虹梁。」劉琨詩：「虹梁照曉日。」按虹梁指當時結構較大之石橋。**披襟蕙徑斜。**宋玉《風賦》：「楚襄王游於蘭臺之宫，有風颯然而至，王乃披襟而當之，曰：『快哉此風！』」温庭筠詩：「蕙徑鄰幽澮。」李商隱詩：「蕙蘭徑蹊失佳期。」《楚辭・招魂》：「皋蘭被徑兮斯路漸。」王逸注：「言澤中香草茂盛，覆被徑路。」**香凝虚白室，**武元衡詩：「香凝綺閣烟。」《莊子・人間世》：「虚室生白，吉祥止止。」王僧孺《與陳居士書》：「已入虚白之室，用披蓬蒿之徑。」**露泫紫薇花。**謝靈運詩：「花上露猶泫。」《夢溪筆談》：「唐故事，中書省中植紫薇花。至今舍人院紫微閣前植紫薇花，用唐故事也。」王維詩：「飄零空自歎，曾對紫薇花。」白居易《紫薇花》詩：「絲綸閣下文書静，鐘鼓樓前刻漏長。獨坐黃昏誰是伴，紫薇花對紫微郎。」韓偓《甲子歲夏五月，自長沙抵醴陵，村籬之次，忽見紫薇花，因思玉堂及西掖廳前，皆植是花。遂賦四韻》：「職在内庭宮闕下，廳前皆種紫薇花。」**冰飲何嘗熱，**《莊子·人間世》：「吾朝受命而夕飲冰，我其内熱與？」郭象注：「所饌儉薄，而内熱飲冰者，誠憂事之難，非美食之謂。」**瓊餐益自嘉。**《離騷》：「精瓊靡以爲粻。」張衡《西京賦》：「屑瓊蕊以朝餐，必性命之可度。」**熊經仙有術，**《莊子·刻意》：「吹呴呼吸，吐故納新，熊經鳥申，爲壽而已矣。此導引之士，養形之人，彭祖壽考者之所好也。」司馬彪云：熊經，「若熊之攀樹而引氣也。」《三國志·魏志·方伎·華佗傳》：「是以古之仙者，爲導引之事，熊經鴟顧，引挽腰體，動諸關節，以求難老。」李賢《後漢書》注：「熊經，若熊之攀枝自懸也。」**龜息壽無涯。**嚴可均《全晉文》輯《抱朴子》内篇佚文：「城陽郄儉，少時行獵，墮空冢中。飢餓，見冢中先有大龜，數數迴轉，所向無常，張口呑氣，或俛或仰。儉亦素聞龜能導引，乃試隨龜所爲，遂不復飢，百餘日頗苦極。後人有偶窺冢中，見儉而出之，後竟能咽氣斷穀。魏王召置土室中閉試之，一年不食，顔色悦澤，氣力自若。」又《抱朴子·對俗》：「故太丘長潁川陳仲弓，篤論士也，撰《異聞記》云其『郡人張廣定者，遭亂常避地，有一女年四歲，不能步涉，又不可擔負，計棄之固當餓死，不欲令其骸骨之露，村口有古大塚，上巔先有穿穴，乃以器盛縋之，下此女於塚中，以數月許乾飯及水漿與之而捨去。候此平定，其間三年，廣定往視，女故坐塚中，見其父母猶識之，甚喜，而父母猶初恐其鬼也。入就之，乃知其不死，問之從何得食，女言糧初盡時甚飢，見塚角有一物，伸頸呑氣，試効之，轉不復飢，日月爲之，以至於今。父母去時所留衣被，自在塚中，不行往來，衣服不敗，故不寒凍。廣定乃索女所言物，乃是一大龜耳。女出食穀，初小腹痛，嘔逆久許乃習。』此又足以知龜有不死之法，及爲道者効之，可與龜同年之驗也。」《芝田録》：「袁天綱相李嶠，睡則氣從耳出，名龜息，必大貴壽。」耿煒詩：「山固壽無涯。」**珍簟裁湘竹**，謝朓詩：「珍簟清夏室。」黄滔詩：「簟舒湘竹滑。」任昉《述異記》：「湘水去岸三十里許，有相思宫、望帝臺。舜南巡不返，殁葬於蒼梧之野，堯之二女娥皇女英追之不及，相思慟哭，淚下沾竹，文悉爲之斑斑然。」《説文解字》：「簟，竹席也。」按此簟蓋以湘竹爲之，故以云然。**輕巾覆越紗**。《周書·宣帝紀》：「宣政元年，初服常冠，以皁紗爲之，加簪而不施纓，其制若今之折角巾也。」《御覽》卷六八七引《梁書》：「王僧孺幼貧，其母鬻紗巾以自業。」按紗巾，今本《梁書》作紗布。**逍遥成雅詠**，《詩·鄭風·清人》：「河上乎逍遥。」《晉書·隱逸·陶潛傳》：「遇酒則飲，時或無酒，亦雅詠不輟。」**屬和肯容巴**。宋玉《對楚王問》：「客有歌于郢中者，其始曰下里巴人，國中屬而和者數千人。」

因人話建溪舊居

清《嘉慶重修一統志》：「楊億讀書堂，在浦城縣北長樂里能仁寺右。」按建溪有兩源，一出崇安曰崇溪，一出浦城曰南浦溪，兩水合流於建陽之雙溪口。自此以下，通稱建溪。又南流入於閩江。楊億所謂之建溪，其實是今建溪之上源南浦溪也。

楊億

聽話吾廬憶翠微，陶潛詩：「吾亦愛吾廬。」《爾雅》：「山未及上曰翠微。」**石層懸瀑濺巖扉。**張籍詩：「獨入千竿裏，緑巖踏石層。」韓愈詩：「懸瀑垂天紳。」儲光羲詩：「巖扉長不關。」**風和林籟披襟久，**杜審言詩：「風和緑野烟。」《文心雕龍·原道》：「至於林籟結響，調如竽瑟。」宋玉《風賦》：「楚襄王游於蘭臺之宮，有風颯然而至，王乃披襟而當之，曰：『快哉此風。』」**月射溪光擊汰歸。**白居易詩：「月射白波明。」杜牧詩：「溪光初透徹。」《楚辭·九章·涉江》：「乘舲船予上沅兮，齊吴榜以擊汰。」王逸注：「汰，水波也。」**露畹荒涼迷草帶，**李商隱詩：「露畹春多鳳舞遲。」孔稚珪《北山移文》：「石逕荒涼徒延佇。」《御覽》卷四十二及九九四引《三齊略記》：「不其城東有鄭玄教授山。鄭玄刊注詩書，棲黌今山。山下猶生細草，葉形似薤，長尺餘，堅紉異常，土人名作康成書帶。」**雨牆陰濕長苔衣。**韓偓詩：「雨牆經月蘚。」《説文解字》：「苔，水衣也。」《藝文類聚》卷八十二引古詩：「青苔倚空牆。」梁元帝詩：「苔衣隨溜轉。」**終年已結南枝戀，**古詩：「胡馬倚北風，越鳥巢南枝。」潘岳詩：「眷戀想南枝。」**更羡高鴻避弋飛。**《淮南子·務修訓》：「夫雁順風以愛氣力，銜蘆而翔，以備矰弋。」揚子《法言》：「鴻飛冥冥，弋人何篡焉。」張衡《西京賦》：「蒲且發，弋高鴻。」按楊億此首，亦有畏懼時事以求乞退之意，時天書已造，而猶未東封。億固尼真宗東封者，故時時畏懼王欽若、丁謂輩之借事齮齕之也。

清風十韻

晁　迥

仙御來相慰，《莊子·逍遥遊》：「夫列子御風而行，泠然善也。」按列子謂列御寇也。劉孝威詩：「無由一羽化，徒想風御輕。」《宋書·竟陵王誕傳》：「永相娱慰。」**解顔良會稀。**《列子·黄帝》：「夫子始一解顔而笑。」古詩：「今日良宴會。」《聖證論》引《尸子》及《家語》云：「昔者舜彈五絃之琴，其辭曰：『南風之熏兮，可以解吾民之愠兮。』」**病蠲宜養素，**蠲，除也。嵇康《琴贊》：「宣和養素。」**趣遠欲忘機。**儲光羲詩：「達士志寥廓，所在能忘機。」**懲躁能無漸，**嵇康《琴賦》：「流楚窈窕，懲躁雪煩。」**延齡或可祈。**《拾遺記》：「有遥香草，久食延齡萬歲。」**影摇珠箔細，**《荀子·解蔽》：「水動而景摇。」《漢武故事》：「武帝起神室，以白珠織爲箔，玳瑁壓之。」劉孝威詩：「虯簷掛珠箔。」**聲泛鈿筝**

微。王維詩：「松聲泛月邊。」《玉篇》：「箏似瑟，十三絃。」顔師古《急就篇》注：「箏亦瑟類也。本十二絃，今則十三。」**委恨餘班扇，**班婕妤《怨歌行》：「新裂齊紈素，皎潔如霜雪。裁爲合歡扇，團團似明月。出入君懷袖，動摇微風發。常恐秋節至，涼風奪炎熱。棄捐篋笥中，恩情中道絶。」**流歡入楚衣。**按此仍用宋玉《風賦》事。潘岳《笙賦》：「荆王喟其長吟，楚妃歎而增悲。」**陶潛知夢穩，**《宋書·隱逸·陶潛傳》：「嘗言五六月北窗下卧，遇涼風暫至，自謂是羲皇上人。」**韓壽畏香飛。**《世説新語》：「賈充後會諸吏，聞韓壽有奇香之氣，是外國所貢，一著人則歷月不歇。」**氣爽蒼龍闕，**《水經·廬江水注》：「氣爽節和。」《三輔舊事》：「未央宫東有蒼龍闕。」**涼生白虎闈。**《周禮·地官·師氏》：「居虎門之左，司王朝。」鄭玄注：「虎門，路寢門也。」杜甫詩：「淒涼大同殿，寂寞白獸闥。」按唐人諱虎，故改白虎爲白獸。《爾雅》：「宫中之門謂之闈。」《魏書·世宗紀》：「虎闈闕唱演之音。」**健資雞距筆，**白居易《雞距筆賦》：「不得兔毫，無以成起草之用。不用雞距，無以表入木之功。」**偷撼獸鐶扉。**《長門賦》：「擠玉户以撼金鋪兮，聲噌吰而似車音。」《文選》五臣注：「金鋪，扉上有金花，花中作鈕鐶以貫鎖，故撼摇有聲似鍾音也。」《三輔黄圖》「金鋪玉户」注云：「金鋪，扉上有金華，中作獸及龍蛇，鋪首以銜環也。」《漢書·哀帝紀》：「孝元廟殿門銅龜蛇鋪首鳴。」顔師古注：「門之鋪首，所以銜環者也。」**松下琴心逸，**王維詩：「科頭箕踞長松下。」《漢書·司馬相如傳》：「而以琴心挑之。」**江東鱠縷肥。**《史記·項羽本紀》：「江東已定。」《世説新語》：「張季鷹在洛，見秋風起，因思吴中菰菜羹鱸魚鱠，曰：『何能羈宦數千里，以要命爵。』遂命駕便歸。」杜甫詩：「刀鳴鱠縷飛。」**宿懷真隱處，**《宋書·何尚之傳》：「袁淑録古隱士有迹無實者，著《真隱傳》以嗤焉。」**終約與同歸。**《詩·邶風·北風》：「北風其喈，雨雪其霏。惠而好我，攜手同歸。」

楊　億

素魄離箕舌，素魄，謂月也。宋孝武帝詩：「月羽皎素魄。」梁簡文帝詩：「夜輪懸素魄。」《詩·小雅·谷風之什·大東》：「惟南有箕，載翕其舌。」《文選》張衡《思玄賦》李善注引《風俗通》：「風師者，箕星也，主簸物，能致風氣也。」**鳴鳶載錦綢。**《禮記·曲禮》：「前有塵埃，則載鳴鳶。」庾信詩：「鳴鳶不起風。」《爾雅》：「素錦綢杠。」**微涼生玉宇，**王勃賦：「麥雨微涼。」《拾遺記》：「俄見月規半天，瓊樓玉宇爛然。」**餘韻泛蘭皋。**《離騷》：「步予馬於蘭皋兮，馳椒丘且焉止息。」**竿轉相烏數，**《西京雜記》：「長安靈臺相風銅烏，有千里風則動。」**厨摇萐莆勞。**《宋書·符瑞志》：「萐莆，一名倚扇。狀如蓬，大枝葉，小根，根如絲，轉而成風，殺蠅。堯時生於厨。」**渚蘋偏靃靡，**杜甫詩：「微馨借渚蘋。」《楚辭·招隱士》：「蘋草靃靡。」王逸注：「靃靡，草弱隨風貌。」《晉書·石崇傳》論：「春畦靃靡，列于凝沍之辰，錦帳逶迤，亘以山川之外。」**苑樹更蕭騷。**庾肩吾詩：「旌門臨苑樹。」薛能詩：「寒窗不可寐，風地葉蕭騷。」**五斗酲初折，**劉伶《酒頌》：「一飲一斛，五斗解酲。」宋玉《風賦》：「清清泠泠，愈病折酲。」應劭曰：「酲，酒病。折，解也。」**三年翼自高。**《史記·滑稽列傳》：「淳于髡者，滑稽多辯。齊威王之時，喜隱，好爲淫樂長夜之飲，沈湎不治，委政卿大夫，百官荒亂，諸侯並侵，國且危亡，在於旦暮，左右莫敢諫。淳于髡説之以隱曰：『國中有大鳥，止王之庭，三年不蜚又不鳴，王知此鳥何也？』王曰：『此鳥不飛則已，一飛沖天；不鳴則已，一鳴驚人。』於是乃朝諸縣令長七十二人，賞一人，誅一人，奮兵而出，諸侯振驚，皆還齊侵地，威行三十六年。」**陶窗自拂袵，**《宋書·隱逸·陶潛傳》：「嘗言五六月北窗下卧，涼風暫至，自謂是羲皇上人。」繁欽《與魏文帝牋》：「是時日在西隅，涼風拂袵。」**楚樹正揮毫。**宋玉《風賦》：「楚襄王遊於蘭臺之宮，宋玉、景差侍。有風颯然而至，王曰：『快哉此風，寡人所與庶人共者邪？』宋玉對曰：『此獨大王之風耳，庶人安得而共之。』」李白詩：「揮毫贈新詩。」**塵篋悲鸞扇，**班婕妤《怨歌行》：「常恐秋節至，涼風奪炎熱。棄捐篋笥中，恩情中道絶。」吕温《藥師如來繡象讚》：「書委塵篋，跡淪苔階。」陸龜蒙詩：「蠹簡開塵篋。」庾信詩：「思爲鸞翼扇。」**雲帆戒鷺濤。**《後漢書·馬融傳》：「張雲帆，施蜺幬。」枚乘《七發》：「波涌濤起，若白鷺之下翔。」駱賓王詩：「鷺濤開碧海。」**洞庭驚木葉，**《離騷》：「嫋嫋兮秋風，洞庭波兮木葉下。」**騎省歎霜毛。**潘岳《秋興賦序》：「予春秋三十有二，始見二毛。」以太尉掾兼虎賁中郎將，寓直散騎之省。」又賦云：「庭樹槭以灑落兮，勁風戾而吹帷。」**勢好搏羊角，**《莊子・逍遥遊》：「有鳥焉，其名爲鵬，背若泰山，翼若垂天之雲。摶扶摇羊角而上者九萬里。」司馬彪云：羊角，「風曲上引若羊角。」**心終憶蟹螯。**《世説新語》：「畢茂世云：『一手持蟹螯，一手持酒杯，拍浮酒池中，便足了一生。』」李白詩：「摇扇對酒樓，把袂持蟹螯。」**泠然知有待，**《莊子・逍遥遊》：「夫列子御風而行，泠然善也。」**仙寇異吾曹。**仙寇，謂列御寇也。李頤《莊子集解》：「列子，鄭人，名御寇，與鄭穆公同時。」杜甫詩：「詩態憶吾曹。」

劉筠

閶闔重門啓，《離騷》：「吾令帝閽開關兮，倚閶闔而望予。」王逸注：「閶闔，天門也。」《淮南子・地形訓》：「西方曰閶闔之門。」許慎注：「西方八月建酉，萬物成濟，將可及收斂。閶，大也。闔，閉也。大聚萬物而閉之，故曰閶闔之門也。」《三輔黄圖》：「建章宫之正門曰閶闔，高二十五丈。」張衡《西京賦》：「正紫宫於未央，表嶢闕於閶闔。」《易・繫辭》：「重門擊柝。」**飛廉别館深。**《漢書・武帝紀》：「元封二年，作甘泉通天臺、長安飛廉館。」應劭曰：「飛廉，神鳥，能致風雨者也。」晉灼曰：「身似鹿，頭如爵，有角而蛇尾，文如豹文。」《風俗通》：「飛廉，風伯也。」司馬相如《上林賦》：「離宫别館，跨山彌谷。」**歊蒸全已卻，**揚雄《解嘲》：「泰山之高，不嶕嶢，則不能浡滃雲而散歊蒸。」顔師古曰：「歊蒸，氣上出也。」**雅興可能任。**蕭統《夾鍾二月啓》：「琴尊雅興。」**雲起汾河詠，**張衡《西京賦》：「度曲未終，雲起雪飛。」漢武帝《秋風辭》：「秋風起兮白雲飛。」又「泛樓船兮濟汾河。」**旌搖楚國心。**《戰國策》：「楚王曰：『心搖搖如懸旌。』」**過籥添爽籟，**《莊子・齊物論》：「汝聞人籟而未聞地籟，汝聞地籟而未聞天籟夫。」郭象注：「籟，簫也。」王褒《洞簫賦》：「吟氣遺響，聯緜漂撇，生微風兮。」殷仲文詩：「爽籟警幽律。」**拂野蕩層陰。**《晉書・殷仲文傳》：「驚飈拂野，林無静柯。」陸沖詩：「重巒有層陰。」**夕勁淮陽桂，**張協《七命》：「天凝地閉，風厲霜飛。柔條夕勁，密葉晨稀。」《楚辭・招隱士》：「桂樹叢生兮山之幽。」按《招隱士》，淮南王招集文士所作。**晨淒越鄂衾。**《説苑・善説》：「鄂君子晳之泛舟於新波之中也，乘青翰之舟，極滿芘，張翠蓋，而檢犀尾。會鐘鼓之音畢，榜枻越人擁楫而歌。歌辭曰：『今夕何夕兮，搴洲中流。今日何日兮，得與王子同舟。山有木兮木有枝，心悦君兮君不知。』於是鄂君乃揄修袂行而擁之，舉繡被而覆之。」**登高從落帽，**《晉書・孟嘉傳》：「嘉爲征西桓温參軍。九月九日，温燕龍山，僚佐畢集。時佐吏並著戎服，有風至，吹嘉帽墮落，嘉不之覺。温命孫盛作文嘲嘉，嘉即答之，其文甚美，四坐嗟歎。」李白詩：「醉看風落帽。」**安寢任吹襟。**《詩・小雅・鴻雁之什・斯干》：「乃安斯寢。」陸機詩：「安寢北堂上，明月入我牖。」阮籍詩：「清風吹我襟。」**珠網疏難掩，**王融詩：「香風入珠網。」**銅鑪冷易侵。**劉禹錫詩：「甎井銅鑪損標格。」**急翻池上葉，**謝朓詩：「風碎池中荷。」沈約賦：「池翻荷而納影。」**遥送月前砧。**杜牧詩：「誰家樓上笛，何處月明砧。」**舞袖更回態，**回態，粤雅堂本、桐鄉汪氏刻本作餘態，今從明嘉靖玩珠堂本。傅玄詩：「舞袖一何如，變化窮萬方。」許渾詩：「舞疑迴雪態。」**歌梁極緒音。**《列子・湯問》：「昔韓娥東之齊，匱糧，過雍門，鬻歌假食，既去，而餘者繞梁欐，三日不絶。」**最憐雕鶚意，**宋玉《高唐賦》：「雕鶚鷹鷂，飛揚伏竄。」**瞬息度千岑。**《北史・魏太武帝紀》：「瞬息之間。」賈島詩：「萬水與千岑。」

錢惟演

溽暑迎秋盡，《禮記・月令》：「土潤溽暑。」《説文解字》：「溽暑，濕暑也。」**涼飔逗曉迴。**潘岳詩：「涼飔自遠集。」**起蘋初淅瀝，**宋玉《風賦》：「夫風生於地，起於青蘋之末。」謝惠連《雪賦》：「霰淅瀝而光集。」**獵桂更徘徊。**宋玉《風賦》：「故其清涼雄風，則飄舉升降，乘淩高城，入于深宮。徘徊於桂椒之間，翱翔於激水之上。」**欲引長烟素，**沈約詩：「長烟引輕素。」**微飄畫燭煤。墜桐侵玉井，**《三國志・魏志・明帝紀》注引《魏略》：「爲玉井綺欄。」魏明帝詩：「雙桐生枯井，枝葉自相加。」**拂柳度章臺。**張正見詩：「拂柳駛飛綿。」《漢書・張敞傳》：「時罷朝會，過走馬章臺街，自以便面拊馬。」**已覺雲翹動，**陸機文：「雲翹映晨。」**還驚月幌開。**謝惠連《雪賦》：「月承幌而通輝。」宋之問詩：

「月幌花虚馥。」**鮫簾移亂影，**鮫簾，珠簾也。用鮫人泣珠事，注已見。唐太宗詩：「隔雲時亂影。」**瑶瑟泛餘哀。**崔融賦：「挾寶書與瑶瑟兮，芳蕙草而蘭藤。」杜甫詩：「何事有餘哀。」**扇掩藏鸞羽，**徐幹詩：「安得鴻鸞羽。」**荷傾側露杯。**吴融詩：「荷珠點點傾。」《唐語林》：「李宗閔暑月以荷爲杯。」庾信詩：「時添承露杯。」**正當河左界，**謝莊《月賦》：「於是斜漢左界，北陸南躔。白露曖空，素月流天。」**不待雨東來。**陶潛詩：「微雨從東來，好風與之俱。」**自好摶垂翼，**《莊子·逍遥遊》：「北冥有魚，其名爲鯤，化而爲鳥，其名爲鵬。鵬之背，不知其幾千里也。怒而飛，其翼若垂天之雲。齊諧者，志怪者也。諧之言曰，鵬之徙於南冥也，水擊三千里，摶扶摇而上者九萬里。」**寧勞起死灰。**宋玉《風賦》：「動沙堁，吹死灰。」**楚宫誰第賦，**杜甫詩：「最是楚宫俱泯滅。」按第賦，言品第賦之高下也。**宋玉最多才。**宋玉有《風賦》。

李宗諤

閒館方迴暑，司馬相如《封禪文》：「鬼神接靈圉賓于閒館。」**商飈乍應金。**《爾雅》：「暴風從下上曰飈風。」陸機《演連珠》：「商飈漂山。」按商飈，秋風也。《吕氏春秋·孟秋紀》：「某日立秋，盛德在金。」故金爲秋節，秋風稱金風，秋日稱金天。**天高初起籟，**《楚辭·九辯》：「泬寥兮天高而氣清。」

《莊子·逍遥遊》：「汝聞人籟而未聞地籟，汝聞地籟而未聞天籟夫。」**松澮更宜琴。**李白詩：「聽之却罷松間琴。」《南史·隱逸·陶弘景傳》：「弘景特愛松風，庭院皆植松。」**汾棹傳歌遠，**漢武帝《秋風辭》：「秋風起兮白雲飛，草木黄落兮雁南歸。蘭有秀兮菊有芳，懷佳人兮不能忘。泛樓船兮濟汾河，横中流兮揚素波。簫鼓鳴兮發棹歌。歡樂極兮哀情多，少壯幾時兮奈老何。」梁元帝《詠風》詩：「度舞飛長袖，傳歌共繞梁。」**班詩託興深。**班婕妤《怨歌行》：「新裂齊紈素，皎潔如霜雪。裁爲合歡扇，團團似明月。出入君懷袖，動摇微風發。常恐秋節至，涼風奪炎熱。棄捐篋笥中，恩情中道絶。」**東陽仁自布，**《晉書·文苑·袁宏傳》：「謝安常賞其機對辯速。宏出爲東陽郡，安取一扇而授之，曰：『聊以贈行。』宏應聲答曰：『輒當奉揚仁風，慰彼黎庶。』」**西顥氣還侵。**《吕氏春秋·有始覽·有始》：「西方曰顥天。」高誘注：「西方八月建西，金之中也。金色白，故曰顥天。」《漢書·禮樂志》：「西顥沆碭。」**太液翻晴旭，**《史記·封禪書》：「於是作建章宫，度爲千門萬户，其北治大池，漸臺高二十餘丈，命曰太液池。」**靈和亂翠陰。**《南史·張緒傳》：「劉悛之爲益州，獻弱柳數株，枝條甚長，狀若絲縷。時舊宫芳林苑始成，武帝以植於太昌靈和殿前，常賞玩咨嗟，曰：『此楊柳風流可愛，似張緒當年時。』」馬戴詩：「初日照楊柳，玉樓含翠陰。」**舟輕飛燕袂，**《三輔舊事》：「成帝常以秋日與趙飛燕戲於太液池。每輕風時至，飛燕殆欲隨風入水，帝以翠縷結飛燕之裾。今太液池尚有避風臺，即飛燕結裾之處也。」

臺迥楚王襟。黄滔詩：「臺迥賓歡白玉樽。」宋玉《風賦》：「楚襄王遊於蘭臺之宮，宋玉、景差侍，有風颯然而至，王乃披襟而當之，曰：『快哉此風。』」**阮嘯經時盡，**《世説新語》：「阮步兵嘯聞數百步。」**齊蟬度日吟。**《古今注》：「昔齊后忿而死，尸變爲蟬，登庭樹嘒唳而鳴。王悔恨，故世名蟬曰齊女也。」《晉書·沮渠蒙遜載記》：「苟爲度日之律。」**愁生孤戍角，**杜甫詩：「日色隱孤戍。」温庭筠詩：「嗚嗚戍角上高樓。」**響續暮城砧。**張籍詩：「留歡閉暮城。」杜甫詩：「白帝城高急暮砧。」**空静銷雲縷，**岑參詩：「蕭條已入寒空静。」**庭虚轉蕙心。**陶弘景《尋山誌》：「庭虚月映，琴響風哀。」鮑照《蕪城賦》：「蕙心紈質。」**賢哉吉甫頌，**張協詩：「賢哉此大夫。」《詩·大雅·蕩之什·崧高》：「吉甫作頌，穆如清風。」**千載有遺音。**

薛映

爽氣乘秋至，《晉書·王徽之傳》：「西山朝來，致有爽氣耳。」**涼飈蕩暑迴。**潘岳詩：「涼飈自遠集。」**泠泠含遠籟，**宋玉《風賦》：「清清泠泠。」陸機詩：「山溜何泠泠。」王貞白詩：「秋聲含遠籟。」**槭槭動輕裾。**韓愈詩：「槭槭井梧疎更韻。」曹植詩：「羅衣何飄飄，輕裾隨風還。」**素髮悲郎將，**潘岳《秋興賦序》：「予春秋三十有二，始見二毛。以太尉掾兼虎賁中郎將，寓直于散騎之省。」賦云：「斑鬢髟以承弁兮，素髮颯以垂領。」**霜紈感婕妤。**班婕妤《怨歌行》：「新裂齊紈素，皎潔如霜雪。」**窗光流熠燿，**《古今注》：「螢火一名耀夜，一名景天，一名熠燿。」張華詩：「熠燿宵流。」**簾影亂蟾蜍。**雍陶詩：「樓中簾影寒。」《淮南子·精神訓》：「日中有蹲烏而月中有蟾蜍。」張衡《靈憲》：「羿請無死之藥于西王母，姮娥竊之以奔月，是爲蟾蜍。」**塵襲青絲騎，**劉孝綽詩：「未見青絲騎，徒勞紅粉妝。」**香飄紺幰車。**江總《爲六宫謝表》：「香飄霧縠。」《隋書·禮儀志》：「犢車，五品以上紺幰碧裏，皆白銅裝。」江總詩：「輪停紺幰引。」**故宫經駁娑，**揚雄《羽獵賦》：「神明駁娑，漸臺太液。」班固《西都賦》：「經駘盪而出駁娑。」張衡《西京賦》：「駁娑駘蕩，燾奡桔桀。」徐陵《玉臺新詠序》：「陪遊駁娑，騁纖腰於結風。」《三輔黄圖》：「駁娑宫。駁娑，馬行疾貌。馬行迅疾，一日之間遍宫中，言宫之大也。」**别館度儲胥。**司馬相如《上林賦》：「離宫别館，跨山彌谷。」張衡《西京賦》：「既新作於迎風，增露寒與儲胥。」《文選》五臣注：「《三輔黄圖》，武帝先作迎風館於甘泉山，後加露寒、儲胥二館。」**薄暮來金埒，**庾肩吾詩：「湛方生賦：「風悽悽兮薄暮。」《晉書·王濟傳》：「買地爲馬埒，編錢滿之，時人謂爲金溝。」庾肩吾詩：「塵飛金埒滿。」**凌晨上玉除。**王褒詩：「嚴駕早凌晨。」班固《西都賦》：「玉除彤庭。」曹植詩：「凝霜依玉除，清風飄飛閣。」《説文解字》：「除，殿陛也。」**寧同起陋巷，**《論語》：「一簞食，一瓢飲，在陋巷。」宋玉《風賦》：「夫庶人之風，塕然起於窮巷之間。」**賸欲賦愁予。**《楚辭·九歌·湘夫人》：「目渺渺兮愁予。」陸機《思歸賦》：「風霏霏而入室，響淋淋而愁予。」

劉秉

何處來蘋末，宋玉《風賦》：「夫風生於地，起於青蘋之末。」**蕭騷盡四鄰。**薛能詩：「寒窗不可寐，風地葉蕭騷。」《左氏傳》昭公二十三年：「諸侯守在四鄰。」李白詩：「蒼茫空四鄰。」**金莖吹曉露，**班固《西都賦》：「抗仙掌以承露，擢雙立之金莖。」宋文帝詩：「階上曉露潔，林下夕風清。」**玉宇動輕塵。**《拾遺記》：「俄見月規半天，瓊樓玉宇爛然。」木華《海賦》：「輕塵不飛，纖蘿不動。」**易水離歌闋，**荆軻歌：「風蕭蕭兮易水寒，壯士一去兮不復返。」**齊紈怨思新。**班婕妤《怨歌行》：「新裂齊紈素，皎潔如霜雪。裁爲合歡扇，團團似明月。出入君懷袖，動摇微風發。常恐秋節至，涼風奪炎熱。棄捐篋笥中，恩情中道絶。」王筠詩：「幽閨多怨思。」**泛蘭迷舊澤，**《楚辭·招魂》：「光風轉蕙，泛崇蘭些。」古詩：「蘭澤多芳草。」**落帽會佳辰。**《晉書·孟嘉傳》：「嘉爲征西桓温參軍。九月九日，温宴龍山，僚佐畢集。時佐吏並著戎服，有風至，吹嘉帽墮落。」**籬菊飄香遠，**陶潛詩：「採菊東籬下，悠然見南山。」江總詩：「故鄉籬下菊，今日幾花開。」張正見詩：「漾色隨桃水，飄香入桂舟。」**庭桐墜葉頻。**夏侯湛賦：「植嘉桐乎庭前。」謝靈運賦：「送墜葉於秋晏。」**帆開五湖客，**劉孝威詩：「幸息榜人唱，聊望高帆開。」《周禮·夏官·職方氏》：「東南曰揚州，其浸五湖。」韋昭曰：「五湖，湖名耳。實一湖，今太湖是也。」虞翻曰：「太湖東通長洲松江，南通烏程霅溪，西通義興荆溪，北通晉陵滆湖，東通嘉興韭溪，水通五道，謂之五湖。」**槎去九霄人。**《博物志》：「天河與河通，近世有人立飛閣於槎上，多齎糧，乘槎而去。奄至一處，有城郭狀，屋舍甚嚴，遥望宫中多織女。見一丈夫牽牛渚次飲之，問『此是何處？』答曰：『君還至蜀郡，訪嚴君平則知之。』後至蜀問君平，曰：『某年月日，有客星犯牽牛宿。』計年月，正是此人到天河時也。」庾闡詩：「翔虯淩九霄。」**曲沼鋪紋簟，**《洛陽伽藍記》：「曲沼環堂。」《御覽》卷七百八引庾翼書：「令致黄篾雙文簟二領。」**平蕪偃緑茵。**高適詩：「春色滿平蕪。」李商隱詩：「芳草如茵憶吐時。」温庭筠詩：「沙苑芳郊連翠茵。」元稹詩：「鴛鴦緑錦茵。」按茵本爲車之坐褥，此則泛指如坐墊之緑草也。論語「草上之風必偃。」**鴻飛資羽翮，**《詩·豳風·九罭》：「鴻飛遵渚。」《史記·留侯世家》：「鴻鵠高飛，一舉千里。羽融已就，横絶四海。」**鷹擊助精神。**《毛詩傳》：「古者鷹隼擊然後蔚羅設。」《莊子·知北遊》：「澡雪而精神。」**仙馭歸堪待，**《莊子·逍遥遊》：「夫列子御風而行，泠然善也。」仙馭即仙御，謂列御寇也。**琴松韻更真。**《南史·隱逸·陶弘景傳》：「弘景特愛松風，庭院皆植松，每聞其響，欣然爲樂。」**披襟同楚樹，**宋玉《風賦》：「楚襄王游於蘭臺之宫，有風颯然而至，王乃披襟而當之，曰：『快哉此風。』」**千古自相親。**

戊申年七夕五絶

按戊申，宋真宗大中祥符元年也。

劉　筠

伯勞東翥燕西飛，古《東飛伯勞歌》：「東飛伯勞西飛燕，黄姑織女時相見。」《説文解字》：「翥，飛舉。」**又報黄姑織女期。**《荆楚歲時記》：「河鼓、黄姑，牽牛也，皆語之轉。」**天帝聘錢還得否？**原注：「道書云，牽牛娶織女，取天帝錢二萬備禮，久而不還，被驅在營室。」《御覽》卷三十一引《荆楚歲時記》：「《日緯書》曰：『牽牛星，荆州呼爲河鼓，主關梁，織女星主瓜菓。』嘗見道書云：『牽牛娶織女，取天帝錢二萬備禮，久而不還，被驅在營室』是也。言雖不經，有是爲怪也。」**晉人求富是虚辭。**《御覽》卷三十一引周處《風土記》：「七月初七日，其夜灑掃于庭，露施几筵，設酒脯時果，散香粉於筵上，以祈河鼓織女，言此二星神當會。守夜者咸懷私願，或云見天漢中有奕奕正白氣，有光耀五色，以此爲徵應。見者便拜而願乞富乞壽，無子乞子，唯得乞一，不得兼求。三年乃得言之，頗有受其祚者。」按周處，西晉時人，故云晉人。此言牽牛以借天帝錢，無錢可還，而被驅在營室，唯年七夕得一相會，而世人乃祈之乞富，可謂顛也。

華寢星陳夜未央，謝靈運《七夕詠牛女》詩：「留情顧華寢，遥心逐奔龍。」八伯歌：「明明上天，爛然星陳。」《詩·小雅·鴻雁之什·庭燎》：「夜如何其？夜未央。」**明河奕奕度神光。**宋之問《明河篇》：「明河可望不可親，願得乘槎一問津。」《詩·大雅·蕩之什·韓奕》：「四牡奕奕。」周處《風土記》：「或云見天漢中有奕奕正白氣，有光耀五色，以此爲徵應。」《漢書·武帝紀》：「神光三燭。」**一年暫得停機杼，**按此言一年中唯得此夕暫停機杼也。古詩：「纖纖擢素手，札札弄機杼。」**不奈秋蟲促織忙。**杜甫詩：「秋蟲聲不去。」《爾雅》：「蟋蟀蛬。」郭璞注：「今促織也。」古詩：「促織鳴東壁。」《爾雅》邢昺疏：「蟋蟀，楚人謂之王孫，幽州人謂之趨織，里語曰：『趨織鳴，嬾婦驚』是也。」

吹笙何處伴乘鸞，《列仙傳》：「王子喬好吹笙作鳳凰鳴，道士浮丘公接以上嵩高山。三十餘年，見桓良曰：『告我家，七月七日，待我於緱氏山頭。』至時，果乘白鶴駐山嶺，望之不得到，舉手謝時人，數日而去。」江淹詩：「畫作秦王女，乘鸞向烟霧。」按乘鸞實用秦蕭史弄玉事，注已見上卷。**窺牖誰人見阿環。**《博物志》：「漢武帝好仙道，七月七日夜漏七刻，王母乘紫雲車而至。於殿西南面東向，唯帝與母對坐，其從者皆不得進。時東方朔竊從殿南廂朱鳥牖中窺母，母顧之，謂帝曰：『此窺牖小兒，嘗三來盜我此桃。』」《漢武帝内傳》：「七月七日，西王母降於宫中，遣侍女郭密香與上元夫人相問。上元夫人又遣一侍女答問云：『阿環再拜上問起居。遠隔絳河，擾以官事，遂替顏色，近五千年。』俄而夫人至，王母呼同坐北向。」李商隱《曼倩辭》：「如何漢殿穿針夜，又向窗中窺阿環。」**便有唐家今夕意**，白居易《長恨歌》：「七月七日長生殿，夜半無人私語時。」陳鴻《長恨歌傳》：「妃曰：『昔天寶十載，侍輦避暑驪山宫。秋七月牽牛織女相見之夕，秦人風俗，是夜張錦繡，陳飲食，樹瓜果，焚香於庭，號爲乞巧，宫掖間尤尚之。夜殆半，休侍衛於東西廂，獨侍上，上憑肩而立，因仰天感牛女事，密相誓心，願世世爲夫婦。言畢，執手各嗚咽。』」**月和風露滿驪山**。陶潛詩：「淒淒風露交。」

淅淅風微素月新，謝惠連《詠牛女》詩：「析析振條風。」《文選》五臣注：「析析，風聲。」古樂府：「昭昭素月明。」**鵲橋横絶飲牛津**。《歲華紀麗》引《風俗通》：「織女七夕當渡河，使鵲爲橋。」《白帖》：「烏鵲填河成橋而渡織女。」**豈惟蜀客知踪跡**，《博物志》：「天河與海通。近世有人立飛閣於槎上，多齎糧，乘槎而去。奄至一處，有城郭狀，屋舍甚嚴，遥望宫中多織女。見一丈夫牽牛渚次飲之，問『此是何處？』答曰：『君還至蜀郡，訪嚴君平則知之。』後至蜀問君平，曰：『某年月日，有客星犯牽牛宿。』計年月，正是此人到天河時也。」《漢書·王吉傳敘》：「蜀有嚴君平，卜筮於成都市，裁日閲數人，得百錢足自養，則閉肆下簾而授《老子》。依老子嚴周之指，著書十餘萬言。揚雄少時從游學。年九十餘，遂以其業終。」按蜀客謂嚴君平也。司空曙詩：「野樵依蜀客。」李白詩：「一去無踪跡。」**更問庭中曬腹人。**《世説新語》：「郝隆七月七日出日中仰卧，人問其故，曰：『我曬書。』」

琥車芝駕儼清秋，謝莊《詠牛女》詩：「璇車照漢右，芝駕肅河陰。」殷仲文詩：「獨有清秋日，能使高興盡。」**微雨侵宵助涕流。**潘岳《秋興賦》：「微雨新晴。」李商隱詩：「侵宵送書雁。」**人世莫嗟離恨苦，**駱賓王詩：「離恨斷征蓬。」**卻應天上更悠悠。**《詩・邶風・雄雉》：「瞻彼日月，悠悠我思。」鄭玄箋：「使我心悠悠然思之。」

楊億

六幕西迴斗轉車，《漢書・禮樂志》：「紛紜六幕浮大海。」顔師古注：「六幕猶言六合也。」《史記・天官書》：「斗爲帝車，運于中央，臨制四鄉。」**鮮雲點綴玉鈎斜。**陸機詩：「鮮雲垂薄陰。」古《子夜四時歌》：「鮮雲媚朱景，芳風散林花。」《世説新語》：「司馬太傅齋中夜坐，于時天月明淨，都無纖翳，太傅歎以爲佳。謝景重在坐，答曰：『意謂乃不如微雲點綴。』」鮑照詩：「始見西南樓，纖纖如玉鈎。」**天**

孫已度黄姑渚，《史記・天官書》：「織女者，天女孫也。」《荆楚歲時記》：「河鼓、黄姑，牽牛也，皆語之轉。」**阿母還來漢帝家。**《漢武帝内傳》：「至七月七日夜，忽見天西南如白雲起鬱鬱，直來趨宫。有頃，西王母至，乘紫雲之輦。」

明河左界鵲南飛，宋之問《明河篇》：「明河可望不可親。」謝莊《月賦》：「於是斜漢左界，北陸南躔。」魏明帝《短歌行》：「月明星稀，烏鵲南飛。」《歲華紀麗》引《風俗通》：「織女七夕當渡河，使鵲爲橋。」**漢苑高樓正曝衣。**《御覽》卷三十一引宋卜子楊《園苑疏》：「太液池西有武帝曝衣閣，常至七月七日，宫女出后衣登樓曝之。」**一夕匆匆停弄杼，誰將錦石暫支機。**《御覽》卷八引《集林》：「昔有一人尋河源，見婦人浣紗，以問之，曰：『此天河也。』乃與一石而歸。問嚴君平，云：『此織女支機石也。』」

蘭夜沉沉鵲漏移，《漢書・禮樂志》：「侠嘉夜，茝蘭芳。」李白詩：「月寒天清夜沉沉。」杜甫詩：「清夜沉沉動春酌。」**羽車雲幄有佳期。**《神仙傳》：「洪濤萬丈，非飈車羽輪不可到。」謝惠連《七月七日夜詠牛女》詩：「沃若靈駕旋，寂寥雲幄空。」《楚辭・九歌・湘夫人》：「與佳期兮夕張。」**應將機上**

回文縷，分作人間乞巧絲。《荆楚歲時記》：「七夕，婦人結綵縷，穿七孔針，陳瓜果於庭中以乞巧。」

神女歡娱一夕休，宋玉《神女賦》序：「楚襄王與宋玉遊於雲夢之浦，其夜王寢，與神女遇。」蘇武詩：「歡娱在今夕。」**月娥孀獨已千秋。**《淮南子・覽冥訓》：「譬若羿請不死之藥於西王母，姮娥竊以奔月。」李商隱詩：「鳳女顛狂成久别，月娥孀獨好同遊。」**争如靈匹年年别，**謝惠連《七月七日夜詠牛女》詩：「雲漢有靈匹，彌年闕相從。」**莫恨牛津隔鳳輈。**韓偓詩：「槎入飲牛津。」《楚辭・九歌・東君》：「駕龍輈兮乘雷。」王逸注：「輈，車轅也。」

玉女壺傾笑電頻，《神異經》：「東王公與一玉女投壺，設有入不出者，天爲之笑，開口流光，今電是也。」原注：「笑者天口流火照灼，今天不下雨而有電光，是天笑也。」**白榆晴影接星津。**古樂府：「天上何所有，歷歷種白榆。」薛能詩：「朝容縈斷砌，晴影過諸鄰。」陳後主詩：「星津雖可望，距得似人情。」**神光奕奕雲容見，**周處《風土記》：「七月初七日，其夜河鼓織女二星神當會。守夜者咸懷私願，或云見天漢中有奕奕正白氣，有光耀五色，以此爲徵候。」澹交詩：「積水浸雲容。」**誰見淩波襪起**

塵。曹植《洛神賦》:「陵波微步,羅韈生塵。」

錢惟演

烏鵲飛來接斷雲,《白帖》:「烏鵲填河成橋而渡織女。」古辭:「飛來雙白鵠。」杜甫詩:「低空有斷雲。」**祇貪清淺渡星津。**古詩:「河漢清且淺。」**不知一夜支機石,**支機石見上楊億詩「誰將錦石暫支機」句注。**卻屬乘槎上漢人。**江淹《別賦》:「駕鶴上漢。」乘槎到天河見上劉筠詩「豈惟蜀客知踪跡」句注。

玉露金河顥氣涼,蕭統《答湘東王書》:「玉露夕流,金風時扇。」庾信文:「玉臺真氣,金河仙掖。」班固《西都賦》:「軼埃壒之混濁,鮮顥氣之清英。」**辛夷車轉桂旗香。**《楚辭·九歌·山鬼》:「乘赤豹兮從文貍,辛夷車兮結桂旗。」**嫦娥可是多猜忌,**《周易歸藏》:「昔嫦娥以西王母不死之藥服之,遂奔月爲月精。」《後漢書·申屠剛傳》:「朝多猜忌。」**不駐瓊輪放夜長。**瓊輪,月也。右英夫人詩:「雲中騁瓊輪。」

一歲佳期一夕過，羽旗雲蓋涉微波。宋玉《高唐賦》：「偈兮若駕駟馬，建羽旗。」司馬相如《大人賦》：「屯予車其萬乘兮，綷雲蓋而樹華旗。」司馬相如《封禪文》：「激清流，揚微波。」**明朝若寄相思淚，**吴均詩：「今夜杯酒別，明朝江水邊。」常建詩：「相思嶺上相思淚，不到三聲合斷腸。」**玉枕金莖得最多。**樂府《華山畿》：「啼著曙，淚落枕將浮，身沉波流去。」《晉書・王澄傳》：「澄嘗手捉白玉枕。」班固《西都賦》：「抗仙掌以承露，擢雙立之金莖。」

青鳥當時下紫雲，《漢武故事》：「七月七日，上於承華殿齋，正中，忽有青鳥從西方來集殿前，上問東方朔，朔曰：『此西王母欲來也。』有頃，王母至。有二青鳥如烏，夾侍王母之旁。」《博物志》：「七月七日夜漏七刻，王母乘紫雲車而至。有三青鳥如烏大，俠侍母旁。」《漢武帝内傳》：「帝登尋真之臺齋，至七月七日夜，忽見天西南如白雲起鬱鬱，直來趨宮，有頃，西王母至，乘紫雲之輦。」**綺囊書秘露桃新。**《漢武帝内傳》：「七月七日夜，西王母至。帝又見王母巾笈中有一卷書，盛以紫錦之囊，帝問：『此書是仙靈方邪？不審其目可得瞻盼不？』王母出以示之，曰：『此五嶽真形圖也，乃三天太上所出，文祕禁重，豈汝穢質所宜佩乎。』」又云：「王母又命侍女更索桃果，須臾，以玉盤盛仙桃七顆，大如鴨卵，形圓青色，以呈王母。母以四顆與帝，三顆自食。桃味甘美，口有盈味。」杜牧詩：「細腰宫裏露桃新。」**莫嫌夜半移牀遠，**《南史・江斅傳》：「移吾牀遠客。」**朱雀窗中別有人。**《博物志》：「漢武帝好仙道，七月七日夜漏七刻，王母乘紫雲車而至，唯帝與母對坐，其從者皆不得進。時東方朔從殿南廂朱鳥牖中窺母。」

驪阜淩雲對玉鈎，驪阜，驪山也。此用唐玄宗楊貴妃避暑驪山宮七月七夕密相誓心事，注見上劉筠詩「便有唐家今夕意」句下。林琨《駕幸温泉宮賦》：「指鳳城之香陌，得驪阜之甘泉。」何晏《景福殿賦》：「建淩雲之層盤。」鮑照詩：「始見西南樓，纖纖如玉鈎。」**千門高切絳河秋。**《史記·封禪書》：「於是作建章宮，度爲千門萬户。」《漢武帝内傳》：「上元夫人又遣一侍女答西王母問云：『遠隔絳河，擾以官事，遂替顔色，近五千年。』」《白帖》：「天河謂之銀河，亦曰絳河。」**欲聞天語猶嫌遠，**沈佺期詩：「經聲夜息聞天語。」**更結三層乞巧樓。**《南史·隱逸·陶弘景傳》：「更築三層樓。」《西京雜記》：「漢綵女常以七月七日穿七孔針於開襟樓。」《荆楚歲時記》：「七夕，婦人結綵縷，穿七孔針，陳瓜果於庭中以乞巧。」

薛　映

月放冰輪傍絳河，冰輪，即月也。絳河注見上錢惟演詩「千門高切絳河秋」句下。**相期寶婺夜經過。**謝靈運詩：「相期憩甌越。」《禮記·月令》：「孟夏之月，旦，婺女中。」《史記·天官書》：「婺女，其北織女。」《史記索隱》：「務女，《廣雅》云『須女謂之務女』是也。一作婺。」《史記正義》：「須女，賤妾之稱，婦職之卑者，主布帛裁製嫁娶。」《星占》：「婺女，既嫁之女也。」王勃《兜率寺浮屠碑》：「寶婺辭星，攀圓璫而未返。」李商隱《七夕》詩：「寶婺搖珠佩，嫦娥照月輪。」樂府《華山畿》：「時時見經過。」**嫦娥不惜宮中桂，**《酉陽雜俎》：「舊言月中有桂，故異書言月桂高五百丈，下有一人常斫之，樹創隨合。」**乞與天香分外多。**庾信詩：「天香下桂殿。」

碧天如水月如鉤，《詩·齊風·敝笱》：「其從如水。」温庭筠詩：「碧天如水夜雲輕。」鮑照詩：「始見西南樓，纖纖如玉鉤。」梁簡文帝詩：「浮雲似帳月如鉤。」**金露盤高玉殿秋。**《三輔故事》：「武帝作銅露盤，承天露，和玉屑飲之。」曹植詩：「歡坐玉殿。」**青鳥潛來報消息，**《漢武故事》：「七月七日，上於承華殿齋，忽有青鳥從西方來集殿前。上問東方朔，朔曰：『此西王母欲來也。』有頃，王母至。」一**時西望九花虯。**《漢書·魏相傳》：「各主一時。」《左氏傳》襄公十六年：「引領西望。」《杜陽雜編》：「唐代宗命御馬九花虯并紫玉鞍轡，以賜郭子儀。」《漢武帝内傳》：「元封元年，帝閒居承華殿，忽見一女子著青衣，美麗非常，曰：『我爲王母所使，從崑崙山來。』語帝曰：『至七月七日，王母暫來也。』到七月七日，王母至。唯見王母乘紫雲之輦，駕九色斑龍。」按九花虯蓋指九色斑龍。

漢殿初呈楚舞時，《史記·留侯世家》：「戚夫人泣，上曰：『爲我楚舞，吾爲若楚歌。』」**月臺風樹鎮相隨。**《西京雜記》：「漢掖庭有月影臺。」杜甫詩：「風樹柳微舒。」**如何牛女佳期夕，**《文選》李善注引曹植《九詠》注：「牽牛爲夫，織女爲婦。牽牛織女之星，各處一方，七月七日，得一會同矣。」**又待鑾輿百子池。**班固《西都賦》：「乘鑾輿，備法駕。」《西京雜記》：「戚夫人侍兒賈佩蘭説在宫内時，至七月七日，臨百子池，作于闐樂。樂畢，以五色縷相羈，謂爲相連愛。」

月露庭中錦繡筵，周處《風土記》：「七月初七日，其夜灑掃于庭，露施几筵，設酒脯時果，散香粉於筵上，以祈河鼓織女，言此二星神當會。」陳鴻《長恨歌傳》：「秋七月，牽牛織女相見之夕，秦人風俗，是夜張錦繡，陳飲食，樹瓜果，焚香於庭，號爲乞巧。」**神光五色一何鮮。**周處《風土記》：「七月初七日，其夜河鼓織女二星神當會。守夜者咸懷私願，或云見天漢中有奕奕正白氣，有光耀五色，以此爲徵應。見者便拜而願乞富乞壽，無子乞子。唯得乞一，不得兼求。三年乃得言之，頗有受其祚者。」**世間工巧如求得，**《離騷》：「固時俗之工巧兮，偭規矩而改錯。」**四至卿曹亦偶然。**《漢書·汲黯傳》：「黯姊子司馬安，文深，善巧宦，四至九卿。」潘岳《秋興賦序》：「岳嘗讀汲黯傳，至司馬安四至九卿，而良吏書之以巧宦之目，未嘗不慨然廢書而歎曰：『嗟乎！巧誠有之，拙亦宜然。』」

銀河耿耿露溥溥，江總詩：「織女今夕渡銀河。」《白帖》：「天河謂之銀漢，亦曰銀河。」謝朓詩：「秋河曙耿耿。」《詩·鄭風·野有蔓草》：「零露溥兮。」**綵縷金針玉佩環。**《荆楚歲時記》：「七夕，婦人結綵縷，穿七孔針，或以金銀鍮石爲針，陳瓜果於庭中以乞巧。有喜子網於瓜上，則以爲得。」杜審言《七夕》詩：「繻服鏘環佩，香筵拂綺羅。」**天媛貪忙爲靈匹，**謝朓《七夕賦》：「步廣階而延睞，屬天媛而淹留。」謝惠連《七月七日夜詠牛女》詩：「雲漢有靈匹。」**幾時留巧與人間。**言天媛忙於一年一度之相會，豈有餘情，徇人間之祈求，以留巧於世之兒女子乎！

劉　秉

斜漢西傾桂魄新，謝莊《月賦》：「於是斜漢左界。」曹植《洛神賦》：「日既西傾，車殆馬煩。」按月中舊言有桂樹，故此稱月曰桂魄。王維詩：「桂魄初生秋露微。」李商隱詩：「侵夜可能争桂魄。」**停梭今夕度天津。**梁元帝詩：「停梭還斂色。」邢邵《七夕》詩：「停梭理容色。」《晉書·天文志》：「天津九星横河中。」按天津即指銀河也。**世間縱有支機石，誰是成都賣卜人。**《御覽》卷八引《集林》：「昔有一人尋河源，見婦人浣紗，以問之，曰：『此天河也。』乃與一石而歸。問嚴君平，云：『此織女支機石也。』」《高士傳》：「嚴遵字君平，蜀人，隱居不仕，賣卜於成都市。」

紅蕖爛熳碧池香，梁簡文帝詩：「紅蕖間青瑣。」杜甫詩：「雨浥紅蕖冉冉香。」韋應物詩：「紅蕖緑萍芳意多。」張衡《思玄賦》：「爛漫麗靡。」李適詩：「淩晨黼帳碧池開。」**羅綺三千侍漢皇。**左思《魏都賦》：「羅綺朝歌。」《漢武故事》：「上起明光宫，發燕趙美人三千充之。」皇甫謐《釋勸論》：「倉公發祕於漢皇。」**阿母暫來成底事，**西王母事注已見楊億詩「阿母還來漢帝家」句下。**茂陵宫桂已蒼蒼。**《漢書·武帝紀》：「建元二年，初置茂陵邑。」應劭曰：「武帝自作陵也。」《三輔黄圖》：「茂陵在長安西北八十里，本槐里縣茂鄉，故曰茂陵。周回三里。」張説詩：「微霜拂宫桂。」《詩·秦風·蒹葭》：「蒹葭蒼蒼，白露爲霜。」曹植詩：「山樹鬱蒼蒼。」

香階寶砌静無塵，羊士諤詩：「日暖香階晝刻移。」**遥指星河再拜人。**《河圖括地象》：「川德布精，上爲星河。」**若把離情今夕説，世間生死最傷神。**白居易《長恨歌》：「悠悠生死别經年，魂魄不曾來入夢。」

北斗城高禁漏多，《三輔黄圖》：「長安城南爲南斗形，北爲北斗形，至今人呼漢京城爲斗城。」鄭谷詩：「風和禁漏聲。」**漢家宫殿奏笙歌。**駱賓王詩：「漢家離宫三十六。」《續漢書·禮儀志》：「掌宿衛宫殿門户。」《禮記・檀弓》：「十日而成笙歌。」《西京雜記》：「戚夫人侍兒賈佩蘭説在宫内時，至七月七日，臨百子池，作于闐樂。」**漫教青鳥傳消息，**注已見錢惟演詩「青鳥當時下紫雲」句下。**金簡長生得也麽？**《吴越春秋》：「禹登宛委山，發金簡之書。」《老子》：「長生久視之道。」《漢武帝内傳》：「七月七日，王母至。帝見王母巾笈中有一卷書，盛以紫錦之囊。帝問：『此書是仙靈方邪？不審其目可得瞻盼否？』王母出以示之，曰：『此《五嶽真形圖》也，乃三天太上所出，豈汝穢質所宜佩乎。』」按大中祥符元年正月乙丑，有黄帛曳左承天門南鴟尾上，真宗謂之天書，同年六月乙未，天書再降於泰山醴泉北。八月庚寅，遂下詔東封泰山。冬十月，發京師至泰山，行封禪之禮。此五館臣七夕詩，皆作於天書再降之後，下詔東封泰山之前。劉秉詩「阿母暫來成底事，茂陵宫桂已蒼蒼。」「漫教青鳥傳消息，金簡長生得也麽？」蓋鍼砭時事，其託興深矣。可與上卷《漢武》詩參觀，非泛泛詠七夕牛女之作也。

珠箔風輕月似鈎，《漢武故事》：「武帝起神屋，以白珠爲簾箔、玳瑁壓之。」梁簡文帝詩：「今與夕風輕。」鮑照詩：「始見西南樓，纖纖如玉鈎。」**還看錦繡結高樓。**《荆楚歲時記》：「七月七日，爲牽牛織女聚會之夜。是夕，婦人結綵縷，穿七孔針，或以金銀鍮石爲針，陳瓜果於庭中以乞巧。」陳鴻《長恨歌傳》：「秋七月，牽牛織女相見之夕，秦人風俗，是夜張錦繡，陳飲食，樹瓜果，焚香於庭，號爲乞巧，宫掖間尤尚之。」《西京雜記》：「漢綵女常以七月七日，穿針於開襟樓，俱以習俗也。」**堪傷乞巧年年事，未識君王已白頭。**《左氏傳》文公元年：「宜君王之欲殺汝而立職也。」《史記・鄒陽列傳》：「白頭如新。」此首第四句「未識君王已白頭」，亦有諷真宗東巡求仙，而未能轉綠回黃，使白髮還青也。

秋夕池上

錢惟演

珪月上金塘，王起《秋潭賦》：「涵珪月兮始上。」劉楨詩：「菡萏溢金塘。」《文選》李善注：「金塘，猶金隄也。」**烟容帶水光。**杜甫詩：「水光風力俱相怯。」**朱華接蘭坂，**曹植詩：「秋蘭被長坂，朱華冒綠池。」褚亮詩：「息駕遊蘭坂。」**綠荇溢魚防。**王仲旉《南都賦》：「水草則有蔍苧蘋莞，蒹葭蒲蒋，白蘋綠荇，芡實蓮房。」劉楨詩：「流波爲魚防。」**叢暗禽棲密，**包佶詩：「繁葉綵禽棲。」**林疎露下涼。秋懷已潘鬢，**白居易詩：「吟詠散秋懷。」潘岳《秋興賦序》：「予春秋三十有二，始見二毛。」又賦云：「斑鬢髟以承弁兮，素髮颯已垂領。」**無奈更啼螿。**《論衡・變動》：「是故夏末，蜻蛚鳴，寒螿啼。」周處《風土記》：「七月而寒螿鳴於夕。」元稹詩：「滿地明月思啼螿。」

楊　億

蓮塘帶弋林，許渾詩：「蓮塘移畫舸。」鮑照《蕪城賦》：「琁淵碧樹，弋林釣渚之館。」《文選》五臣注：「弋林，射鳥之處，釣渚之館，觀魚之所也。」**清吹滌煩襟。**陶潛詩：「今日天氣佳，清吹與鳴彈。」杜甫詩：「秀氣豁煩襟。」李商隱詩：「與君相對灑煩襟。」**泉咽猶鳴玉，**王之涣詩：「泉咽聞陰谷。」《國語·楚語》：「趙簡子鳴玉以相。」**臺傾舊築金。**丘遲《與陳伯之書》：「高臺未傾。」李白詩：「臺傾禾黍繁。」韓偓詩：「築金所得非名士。」《文選》陸機《放歌行》李善注引《上谷郡圖經》：「黄金臺，易水東南十八里，燕昭王置千金於臺上，以延天下之士。」《白帖》：「燕昭王置千金於臺上以延天下士，謂之黄金臺。」**僵桃蟲自蠹，**古樂府：「桃生露井上，李樹生桃傍。蟲來齧桃根，李樹代桃僵。」**怪石蘚交侵。**《書·禹貢》：「厥貢鉛松怪石。」鄭谷詩：「迴廊疊蘚侵。」**此夜悲秋客，烟蛩亦伴吟。**《埤雅》：「蟋蟀隨陰迎陽，一名吟蛩，秋初生，得寒乃鳴。」李中詩：「對枕暮山碧，伴吟涼月孤。」

偶作

楊　億

翘車蕊佩謁明光，《左氏傳》莊公二十二年：「翘翘車乘，招我以弓。豈不欲往，畏我友朋。」陸機《演連珠》：「是以俊乂之藪，希蒙翹車之招。」《抱朴子·欽士》：「是以明主旅束帛於窮巷，揚滯羽於瘁林，飛翹車於河梁，闢四門而不倦。」又《審舉》：「施玉帛於丘園，馳翹車於巖藪。」《離騷》：「扈江離與辟芷兮，紉秋蘭以爲佩。」又云：「擥本根以結茝兮，貫薜荔之落蕊。」《真誥》：「蕊佩發丹房之林。」《漢書·武帝紀》：「太初四年秋，起明光宮。」《漢官儀》：「尚書郎奏事明光殿省，郎握蘭含香，趨走丹陛奏事。」

禁籞多年費稻粱。《漢書·宣帝紀》：「地節三年，又詔池籞未御幸者，假與平民。」顏師古注：「蘇林曰：『折竹以繩綿連禁籞，使人不得往來，律名爲籞。』服虔曰：『籞，在池水上作室，可用棲鳥，鳥入則捕之。』應劭曰：『池者，陂池也。籞者，禁苑也。』臣瓚曰：『籞者，所以養鳥也。設爲藩落，周覆其上，令鳥不得出，猶苑之蓄獸，池之蓄魚也。』師古曰：蘇、應二説是。」《詩·小雅·甫田之什·甫田》：「黍稷稻粱。」鮑照《鶴賦》：「空穢君之園池，徒慙君之稻粱。」**祇羨泥塗龜曳尾，**《左氏傳》襄公三十年：「使吾子辱在泥塗久矣。」《莊子·田子方》：「棄隸者若棄泥塗，知身貴於隸也。」又《秋水》：「莊子釣於濮水，楚王使大夫二人往先焉，曰：『願以竟内累矣。』莊子持竿不顧，曰：『吾聞楚有神龜，死已三千歲矣，王巾笥而藏之廟堂之上。此龜者，寧其死爲留骨而貴乎？寧其生而曳尾於塗中乎？』二大夫曰：『寧生而曳尾塗中。』莊子曰：『往矣！吾將曳尾於塗中。』」**翻嫌霧雨豹成章。**《楚辭·大招》：「霧雨淫淫，白皓膠只。」《列女傳》：「陶大夫答子治陶三年，名譽不興，家富三倍。居五年，從車百乘。歸休，宗人擊牛而賀之，其妻獨抱兒而泣。姑怒曰：『何其不祥也。』婦曰：『妾聞南山有玄豹，霧雨七日而不下食者何也，欲以澤其毛而成其文章也，故藏而遠害。犬豕不擇食以肥其身，坐而須死耳。今夫子治陶，君不敬，民不戴，敗亡之徵見矣。』朞年，答子之家，果以盜誅。」《唐語林》：「南山赤豹，愛其毛體，每雪霜雨霧，諸禽獸皆出取食，唯赤豹深藏不出，古人以喻賢者隱居避世。鮑明遠賦云：『豈若南山赤豹，避雨霧而深藏。』」**鳴鳩春鷇先疇廢，**《詩·小雅·節南山之什·小宛》：「宛彼鳴鳩。」《爾雅》：「鳲鳩鵠鵴。」郭璞注：「今之布穀也。」《説文解字》：「鷇，乳也。」《三國志·魏志·烏丸傳》注引《魏書》：「烏丸俗識鳥獸孕乳時，以四節耕種，常用布穀鳴爲候。」李白詩：「日出布穀鳴，田家擁鋤犂。」杜甫詩：「布穀處處催春種。」《後漢書·班固傳》：「農服先疇之畎畝。」按布穀鳥於穀雨之後始鳴，至夏至以後乃止，故農家以爲耕種之候。今億北宦汴都，先疇蕪而不治，蓋悔之也。**寒蝶秋菘老圃荒。**白居易詩：「寒蝶飛翾翾。」《南齊書·周顒傳》：「顒於鍾山西立隱舍，雖有妻子，獨處山舍。文惠太子問顒：『菜食何味最勝？』曰：『春初早韭，秋末晚菘。』」《論語》：「吾不如老圃。」馬融曰：「樹菜蔬曰圃。」孟浩然詩：「老圃作鄰家。」**歸計未成芳節晚，**曹鄴詩：「當春人盡歸，我獨無歸計。」唐太宗詩：「眺聽歡芳節。」**更憂禽鹿頓纓狂。**嵇康《與山濤書》：「此由禽鹿少見馴育，則服從教制；長而見羈，則狂顧頓纓，赴蹈湯火。雖飾以金鑣，饗以嘉肴，愈思長林而志在豐草也。」按時東封前夕，王欽若、丁謂等浸浸嚮用，王旦依違其間，楊億言益不用，故億有求退之意也。由是觀之，億陽翟之奔，固遲之於數年之後，以立后之故，而憂愁之心，已見於景德祥符之際矣。

劉　筠

殺青和墨度流年，劉向《别録》：「殺青者，直治青竹作簡書之耳。新竹有汗，善朽蠹，凡作簡者，皆於火上炙乾之。陳楚間謂之汗。汗者，去其汗也。」《後漢書·吴祐傳》：「父恢，爲南海太守，欲殺青簡以寫經書。祐諫曰：『海濱舊多珍怪，此書若成，則載之兼兩，嫌疑之間，先賢所慎。』」李賢注：「殺青者，以火炙簡令汗，取其青，易書，復不蠹，謂之殺青，亦謂汗簡。」《莊子·田子方》：「宋元君將畫圖，衆史皆至，受揖而立，舐筆和墨，在外者半。」杜甫詩：「鬱鬱流年度。」**飽食無功鬢颯然。**《論語》：「飽食終日，無所用心，難矣哉。」《墨子·親士》：「故雖有賢君，不愛無功之臣。」潘岳《秋興賦》：「斑鬢髟以承弁兮，素髮颯以垂領。」杜甫詩：「白首颯凄其。」按颯，衰也。**卻憶侯封安邑棗，**《史記·貨殖列傳》：「安邑千樹棗，此其人皆與千户侯等。」安邑故城在今山西夏縣北。**不肯兄事魯褒錢。**《晉書·隱逸·魯褒傳》：「元康之間，綱紀大壞，褒傷時之貪鄙，乃著《錢神論》以刺之。其略曰：『爲世神寶，親愛如兄，字曰孔方。失之則貧弱，得之則富昌，錢多者處前，錢少者居後。危可使安，死可使活，貴可使賤，生可使殺。諺曰：錢無耳，可使鬼。凡今之人，唯錢而已。』」**千峰月白猿啼樹，**皇甫冉詩：「長憶雲門寺，門前千萬峰。」李白詩：「池中虚月白。」蕭子顯詩：「猿啼迥入風。」**六幕風高鶚在天。**《漢書·禮樂志》：「紛紜六幕浮大海。」顔師古注：「六幕，猶言六合也。」《詩·魯頌·泮水》：「翩彼飛鶚，集于泮林。」《易·乾》：「飛龍在天。」**招隱詩成誰擊節，**左思、陸機並有《招隱》詩。左思《蜀都賦》：「漢女擊節。」《晉書·樂志》：「魏晉之世，有宋識，善擊節唱和。」**願傾家釀載漁船。**《世説新語》：「劉尹云：『見何次道飲酒，使人欲傾家釀。』」張正見詩：「分火照漁船。」

螢

劉筠

荒郊多腐草，陸龜蒙詩：「籬外是荒郊。」《禮記·月令》：「季夏之月，腐草爲螢。」《易通卦驗》：「立秋，腐草化爲螢。」**故苑近清秋。棘密何勝數，**顏師古《急就篇》注：「棘，酸棗之樹也。」沈括曰：「棘列生，卑而成林。」《方言》：「凡草木刺人，自關而西謂之刺，江湘之間謂之棘。」按此蓋言棘林甚密，螢飛無數。**囊輕莫盡收。**《晉書·車胤傳》：「胤字武子。家貧，不常得油，夏月則練囊盛數十螢火以照書，以夜繼日焉。」**月高疑爝息，**徐行楚詩：「夜吟山月高。」《莊子·逍遥遊》：「日月出矣，而爝火不息。」按爝，火炬也，束葦以燒之。劉勰《新論》：「君子不掩螢爝之光。」**天遠認星流。**張説詩：「月窟窮天遠。」司馬相如《上林賦》：「星流霆擊。」**紫桂風微急，**《拾遺記》：「闇河之北，紫桂成林，群仙餌焉。」**紅蘭露偏浮。**江淹《別賦》：「見紅蘭之受露，望青楸之離霜。」**已能穿永巷，**左思《魏都賦》：「永巷壺術。」《三輔黃圖》：「永巷，永，長也。宫中之長巷，幽閉宫女之有罪者。又後宫亦稱永巷。」《南史·后妃傳論》：「永巷貧空，有同素室。」**更欲拂高樓。**王延壽《魯靈光殿賦》：「高樓飛觀。」**滅燭方無寐，**李白詩：「滅燭解羅衣。」《詩·魏風·陟岵》：「夙夜無寐。」**鳴蛩相薦愁。**錢起詩：「寒露滴鳴蛩。」

楊　億

爽籟生遥圃，殷仲文詩：「爽籟警幽律，哀壑叩虚牝。」《説文解字》：「種菜曰圃。」**斜暉落半岑。**梁簡文帝《序愁賦》：「看斜暉之度寮。」《爾雅》：「山小而高曰岑。」**微茫浮草際，**陳子昂詩：「高丘正微茫。」王維詩：「田父草際歸。」**零亂起牆陰。**馬臻詩：「回雁遠零亂。」《大戴禮記·曾子制言》上：「鄙夫鄙婦相會于牆陰。」**武子窗塵積，**用車胤囊螢照讀事，注見前首劉筠詩「囊輕莫盡收」句下。**隋家苑樹深。**《北史·隋煬帝紀》：「大業十二年五月壬午，上於景華宫徵求螢火，得數斛，夜出遊山而放之，光遍巖谷。」《貞觀政要》：「隋煬帝幸甘泉宫，怪無螢火，敕云：『捉取少多，於宫照夜。』所司遽遣數千人採拾，送五百輦於宫側。」趙嘏詩：「櫂倚隋家舊苑牆。」庾肩吾詩：「旌門臨苑樹。」**燈光透疎隙，**項斯詩：「燈光遥映燭。」謝靈運詩：「秋首風入隙。」《商君書·修權》：「隙大而牆壞。」**珠彩射清**

潯。江淹《横吹賦》:「吐哀也則瓊瑕朱彩。」《淮南子·原道訓》:「游於江潯海裔。」許慎注:「潯,崖也。」沈約詩:「吐緑照清潯。」梁簡文帝詩:「伊洛有清潯。」**野燐宵争出,**《詩·豳風·東山》:「熠燿宵行。」《詩毛傳》:「熠燿,燐也。燐,螢火也。」《淮南子·氾論訓》:「久血爲燐。」許慎注:「血精在地,暴露百日則爲燐,遥望炯炯若燃火也。」又《淮南子·説林訓》許慎注:「燐,血精,似野火。」《列子·天瑞》:「馬血之爲轉燐也,人血之爲野火也。」**星榆曉共沉。**古詩:「天上何所有,歷歷多白榆。」竇泉《述書賦》:「益星榆之衆象,無月桂之孤光。」**長門秋漏永,**《文選·長門賦序》:「孝武皇帝陳皇后頗妒,别處長門宫,愁悶悲思。」司馬相如《長門賦》:「日黄昏而望絶兮,悵獨託於空堂。懸明月以自照兮,徂清夜於洞房。衆雞鳴而愁予兮,起視月之精光。望中庭之藹藹兮,若季秋之降霜。夜曼曼其若歲兮,懷鬱鬱其不可再更。澹偃蹇而待曙兮,荒亭亭而復明。」竇鞏《漏賦》:「耿秋漏於涼天。」**偏照淚涔涔。**江淹詩:「涔淚猶在袂。」潘尼《苦雨賦》:「聽長霤之涔涔。」杜甫詩:「雲氣接崑崙,涔涔塞雨繁。」李商隱詩:「泉客淚涔涔。」按《西崑酬唱集》以螢詩終篇,意言猶日月出矣,而爝火不息,蓋楊、劉諸人仍站在封建地主階級立場上,惓惓於忠君之思,思所以補益國事也。

附録一　西崑酬唱詩人略傳

宋史楊億傳（有删節）

楊億字大年，建州浦城人。祖文逸，南唐玉山令。億七歲能屬文。雍熙初，年十一，太宗聞其名，詔江南轉運使張去華就試詞藝。送闕下，連三日得對，試詩賦五篇，下筆立成，太宗深加賞異，即授祕書省正字。《太宗實録》：「雍熙元年十一月癸酉，詔曰：『建州進士楊億，年方髫齔，富有文華。召試於前，筆不停綴，詞體優贍，粲然可觀。言念俊奇，宜加秩序。噫！進脩不已，砥礪彌堅，越景絶塵，一日千里，予有望於汝也。可特授將仕郎祕書省正字。』億年十一，能屬文，引對便殿，神采俊爽，占對閑雅。上出詩賦題試之，億援筆頃刻而成，詞采靡麗，上大嗟賞，故有是命。」俄丁外艱，服除，會從祖徽之知許州，億往依焉。按楊徽之《宋史》有傳，徽之端拱初年出知許州，楊億從之，時億十五歲也。徽之周顯德中進士登第，仕宋官至祕書監，卒年八十。

宋太宗詔李昉等采緝前代文字爲《文苑英華》，分命徽之編詩爲百八十卷。徽之酷好吟詠，對客論詩，終日忘倦。徽之無子，家藏書悉與外孫宋綬。**務學晝夜不息。淳化中，詣闕獻文，改太常寺奉禮郎，仍令讀書祕閣。獻二京賦，命試翰林，賜進士第。**《宋會要輯稿》選舉九：「太宗淳化三年，賜太常寺奉禮郎楊億進士及第。億時年十二，讀書祕閣，擬《文選·兩京賦》作東西京賦兩道以進。太宗詔學士院試舒州進甘露頌，即時而就，帝益賞其俊才，故有是命。」按億時年十九歲，《宋會要輯稿》「億時年十二」爲「億時年十九」之譌。**遷光禄寺丞。明年，以億直集賢院。**《澠水燕談録》：「楊文公初爲光禄寺丞，太宗頗愛其才。一日，後苑賞花，宴詞臣，公不得預，以詩貽諸館閣曰：『聞戴宫花滿鬢紅，上林絲管侍重瞳。蓬萊咫尺無因到，始信仙凡迥不同。』諸公不敢匿，以詩進呈。上詰有司所以不召，左右以未貼職例不得預。即命直集賢院，免謝，令預晚宴，時以爲榮。」徐度《却掃編》：「楊文公億初入館，時年甚少。故事，初授館職，必以啓事謝先達，時公啓事曰：『朝無絳、灌，不妨賈誼之少年，坐有鄒、枚，未害相如之末至。』一時稱之。」**至道二年春，遷著作佐郎。**億時年二十三歲。**真宗在京府，徽之爲首僚，**《宋史·楊徽之傳》：「真宗尹京，妙選僚佐，驛召爲左諫議大夫，充開封府判官。東宫建屬，以徽之兼右庶子。」**邸中書疏，悉億草定。即位初，超拜左正言。**億時年二十四歲。《續資治通鑑長編》：「真宗即位，謂宰相曰：『朕在宫府，多令楊億草牋奏，文理精當，世罕偕者。宜加奬擢。』辛亥，以著作郎直集賢院楊億爲左正言，館職並如故。」**詔錢若水脩**

《太宗實録》，《宋史·真宗紀》：「至道三年十一月己巳，詔工部侍郎錢若水脩《太宗實録》。」**奏億參預，凡八十卷，而億獨草五十六卷。**晁公武《郡齋讀書志》：「《太宗實録》八十卷，至道三年，詔若水、柴成務、宋庚、吴淑、楊億同脩。」陳振孫《直齋書録解題》：「錢若水等至道三年十一月受命，咸平元年八月上之，九月而畢，人難其速。世又傳億子娶張洎女而不終，故洎傳多醜辭。億天下稱賢，尚不能免於流議如此，信乎執史筆之難也。」按楊億娶張洎女，非楊億子娶洎女也。司馬光《涑水記聞》：「張洎女嫁楊文公億，倨不事姑，或效其姑語以爲笑，後終出之。由是兩家不相能，故文公脩國史，爲洎傳，極言其短。」按《太宗實録》述張洎事綦詳，今撮録大要如下：「至道二年五月辛亥，降手詔云：『靈州孤絶，救援不至，宜令宰相呂端等各述所見利害。』呂端等詣長春殿見上，張洎越次出奏曰：『呂端等備位廊廟，上有所詢問，乃緘默不言，深失訏謨之體。』端曰：『洎欲有言，不過揣摩陛下意爾，必無逆鱗忤旨之事。』上默然。壬子，張洎上疏徵賈捐之棄朱崖事，願棄靈武以省關隴餽餉。上初有意，既而悔之，覽洎奏，不悦，却以付洎，謂之曰：『卿所陳，朕不曉一句。』洎惶恐流汗而退。」又云：「至道三年春正月己丑，刑部侍郎張洎卒。洎李煜日，累遷中書舍人、清輝殿學士，參預機密，恩寵第一。清輝殿在後苑中，煜不令旦夕離左右，故授以内殿之職，中外之務，一以委之。及王師圍城，洎每勸煜勿降。既而城陷，乃見煜曰：『臣掌機務，今日國亡當死，念主入朝，誰辯明主，所以不死爾，將以有爲也。』歸朝，爲參知政事。性便佞，能伺候人主意。尤險詖，好攻人之短。舊事李煜，及煜歸朝，甚貧，洎猶丐索之，煜以銀頮面器與洎，洎怒不得金者。尤善侍黄門宦官，在翰林日，引唐故事，奏内供奉官藍敏貞爲翰林學士使，内侍裴愈副之。上覽奏謂曰：『此唐室弊政，疑貳大臣，處處以中人監之，朕安肯踵此覆轍，卿言過也。』洎慚而退。洎自江東歸朝廷，故舊無登其門者。性鄙吝，雖親戚無所及。」按張洎行事如此，誠傾側小人，億直筆詆之是也，豈得以翁壻之故，諱而不敢言邪！今《宋史·張洎傳》，多據《實録》。**書成，乞外補就養，知處州。召還，拜左司諫，知制誥。**億時年二十八歲。《春明退朝録》：「知制誥，楊文公二十八。」按蓋咸平四年也。歐陽脩《歸田録》：「國朝之制，知制誥必先試而後命。有國以來百年，不試而命者，纔三人，陳堯佐、楊億，及脩忝與其一爾。」費衮《梁谿漫志》：「歐陽公《歸田録》載知制誥不試而命者，楊文公、陳文惠及公凡三人，蓋誤也。實始於至道三年四月，真宗念梁周翰夙負詞名，令加獎擢，乃不試而入西閣。自國初以來，不試而命者，周翰實爲之首，而楊公繼之。」**賜金紫。景德初，以家貧，乞典郡江左。**沈括《夢溪筆談》：「舊翰林學士地勢清切，皆不兼他務。文館職任，自校理以上，皆有職錢，唯外制不給。楊大年久爲學士，家貧，請外，表辭千餘言，其間兩聯曰：『虚忝甘泉之從臣，終作莫敖之餒鬼。從者之病莫興，方朔之飢欲死。』」**詔令知通進銀臺司，兼門下封駁事，俄判史館。會脩《册府元龜》，億與王欽若同總其事。其序次體例，皆億所定。群僚分撰篇序，詔經億竄定方用之。**程俱《麟臺故事》：「景德二年九月，命刑部侍郎資政殿學士王欽若、右司諫知制誥楊億脩《歷代君臣事迹》。欽若等奏請以太僕少卿直祕閣錢惟演、都官郎中直祕閣龍圖閣待制杜鎬、駕部員外郎直祕閣刁衎、户部員外郎直集賢院李維、右正言祕閣校理龍圖閣待制戚綸、太常博士直史館王希逸、祕書丞直史館陳彭年、姜嶼、太子右贊善大夫宋貽序、著作佐郎直史館陳越同編脩。俄又取祕書丞陳從易、祕閣校理劉筠。及希逸卒，貽序貶官，又取直史館查道。太常博士王曙，後復取直集賢院夏竦。又命職方員外郎孫奭注撰音義。凡九年，至大中祥符六年，成一千卷上之。又目録、音義各十卷。賜名《册府元龜》。」又云：「景德二年，脩《歷代君臣事迹》，初令錢惟演等各撰篇目，送欽若等參詳，欽若等又自撰集上進，乃以欽若等所撰爲定，有未盡者，奉旨增之。編脩官非内殿起居，當赴常參者免之。非帶職不當給實俸者特給之。其供帳飲饌，皆異于常等。明年，真宗幸崇文院，閲新編君臣事迹，王欽若、楊億以其草數卷進呈，上覽之，命億指述起例編附門目之意。自後日以草藁二卷進御，上覽之，翌日，必條其誤而諭之。每門具草即進，上親覽，摘其舛誤，多出手書，或召對，指示商略。大中祥符二年十月，内出手札賜王欽若等曰：『君臣事迹有門目不相應者，自今令欽若看訖，署名於卷前；楊億看詳訖，署名於卷末；初編再脩官亦署於後。其當否增損悉書之。所采正經史外，惟取《國語》、《戰國策》、《韓詩外傳》、《吕氏春秋》、《管》、《晏》、《韓》、《孟》、《淮南子》、《脩文殿御覽》。』」**三年，召爲翰林學士。**億時年三十三歲。《宋會要輯稿》儀制九：「真宗景德三年十一月十四日，新授翰林學士楊億中謝於長春殿，帝以億疾新愈，特詔免舞蹈。」按《春明退朝録》謂楊文公三十七拜學士，疑有誤。**又同脩國史，凡變例多出億手。大中祥符初，加兵部員外郎、户部**

郎中。億時年三十五歲。《歸田録》：「楊大年爲學士時，草答契丹書云：『鄰壤交歡。』進草既入，真宗自注其側云：『朽壤、鼠壤、糞壤。』大年遽改爲鄰境。明旦，引唐故事，學士作文書有所改，爲不稱職，當罷，因亟求解職。真宗語宰相曰：『楊億不通商量，真有氣性。』」温革《隱窟雜志》：「楊文公有重名於世，常因草制，爲執政者多所點竄，楊甚不平。因取藁上塗抹之處，以濃墨傳之，就加爲鞋底樣，題其旁曰『世業楊家鞋底。』或問其故，乃曰：『是他別人脚迹。』當時傳以爲嗢噱。」**五年，**億三十九歲。**以久疾求解近職，優詔不許，但權免朝直。**《續資治通鑑長編》：「大中祥符五年九月癸巳，翰林學士楊億以疾賜告。尋以久疾求解近職，優詔不許，但權免朝直。」**億剛介寡合，在書局，唯與李維、路振、刁衎、陳越、劉筠輩厚善，當時文士，咸賴其題品。**《歸田録》：「楊大年有知人之鑒。仲簡，揚州人也，以貧傭書大年門下，大年一見奇之，乃教以詩賦。簡天禧中舉進士第一甲及第，官至天章閣待制以卒。謝希深爲奉禮郎，大年尤喜其文，每見則欣然延接。希深官至兵部員外郎知制誥卒。」**或被貶議者，退多怨誹。王欽若驟貴，億素薄其人，欽若銜之，屢抉其失。**《續資治通鑑長編》大中祥符二年春正月己巳條下小注：「江休復云：『上在南衙，嘗召散樂伶丁香，畫承恩倖。楊、劉在禁林作《宣曲》詩，王欽若密奏以爲寓諷，遂著令誡僻文字。』」《宋史·王欽若傳》：「脩《册府元龜》，或褒贊所及，欽若自名表首以謝，即繆誤有所譴問，戒書吏但云楊億以下，其所爲多此類也。」孔平仲《談苑》：「楊大年與王文穆不相得，在館中，文穆或繼至，大年必徑出，他處亦然。」又云：「文穆去，朝士皆有詩，獨文公不作。文穆辭日，奏真廟，傳宣令作詩，竟不肯送。」按文穆，王欽若謚也。**陳彭年方以文史售進，忌億名出其右，相與毁訾。**張耒《明道雜志》：「楊大年奉詔脩《册府元龜》，每數卷成，輒奏之。比再降出，真宗常有簽貼，有少差誤必見，至有數十簽。大年雖服上之精鑒，而心頗自愧。竊揣上萬機少暇，不應能如此，稍訪問之，乃每進本到，輒降付陳彭年，彭年博洽，不可欺毫髮，故謬誤處皆簽貼以進。大年乃盛薦彭年文字，請與同脩，自是進本降出，不復簽矣。」按《麟臺故事》，景德二年九月，命脩《歷代君臣事迹》，即以陳彭年爲同脩官，《明道雜志》所云不可信。又按楊億於造天書，封泰山，祀汾陰諸事，皆心以爲非者。故真宗有事泰山，億草詔有「不求神仙，不爲奢侈」等語。而陳彭年與王欽若、丁謂等朋比，以天書祥瑞，封岱祠汾，迎合上意。彭年爲人豈得與楊億同日而語哉。王旦相真宗，材有過人者，然於符瑞封禪諸事，以不能力争，常悒悒不樂，然旦亦非真與王欽若、丁謂同流也。《夢溪筆談》載：「王公素所厚唯楊大年，公有一茶囊，唯大年至，則取茶囊具茶，他客莫與也。公之子弟但聞取茶囊，則知大年至。」《宋史·王旦傳》亦稱「旦與楊億素厚」，及病困，「延至卧内，請撰遺表。」又稱旦與向敏中同在中書，「敏中出陳彭年所留文字，旦瞑目取紙封之。敏中請一覽，旦曰：『不過興建符瑞圖進爾。』」則在王旦心目中，楊億與陳彭年兩人之賢佞，固已涇渭有别矣。桀犬吠堯，陳彭年之毁訾楊億，固不足怪。**上素重億，皆不惑其説。**按此説不可靠。據《歸田録》稱：「楊文公億以文章擅天下，然性特剛勁寡合，有惡之者，以事譖之。大年在學士院，忽夜召見於一小閣，深在禁中。既見，賜茶，從容顧問，久之，出文藁數篋以示大年，云：『卿識朕書蹟乎？皆朕自起草，未嘗命臣下代作也。』大年惶恐不知所對，頓首再拜而出。乃知必爲人所譖矣。由是佯狂奔於陽翟。真宗好文，初待大年眷顧無比，晚年恩禮漸衰，亦由此也。」又按《宋史·真宗紀》：「大中祥符五年十二月丁亥，立德妃劉氏爲皇后。」孔平仲《談苑》：「真宗將立明肅作后，令丁謂諭旨於楊大年，令作册文。丁云：『不憂不富貴。』大年答曰：『如此富貴亦不願。』」《續資治通鑑長編》亦採其説，云：「及議册皇后，上欲得億草制，使丁謂諭旨，億難之。謂曰：『大年勉爲此，不憂不富貴。』億曰：『如此富貴，亦非所願也。』乃命它學士草制。」億蓋以此忤上旨也。 **億有別墅在陽翟，億母往視之，因得疾。請歸省，不待報而行。上親緘藥劑，加金帛以賜。億素體羸，至是以病聞，請解官。有嗾憲官劾億不俟命而去，授太常少卿，分司西京，許就所居養療。** 錢惟演《金坡遺事》：「楊大年性剛，頻忤上旨。母在陽翟，有疾，遂留請假榜子與孔目吏，中夕奔去。上憐其才，終優容之。止除少分司，仍許只在陽翟。」范鎮《東齋記事》：「祥符中，楊文公以母疾不俟報歸陽翟。初上欲立章獻爲后，公不草詔。章獻既立，不安，乃託母疾而行。」《續資治通鑑長編》：「億有別墅在陽翟，母往視之，會得疾，億遂留謁告牓子與孔目吏，中夕奔去。朝論諠然以爲不可。億素體羸，於是稱疾請解官。六月辛未，以億爲太常少卿，分司西京，仍許就所居養療，候損日赴任。」按辛未，大中祥符六年六月辛未也。是年億四十歲。**《册府元龜》成，進秩祕書監。七年，病愈，起知汝州。** 億時四十一歲。**會**

加上玉皇聖號，七年九月辛卯。**表求陪預，即代還，以爲參詳儀制副使，知禮儀院，判祕閣、太常寺。天禧二年冬，拜工部侍郎。**億時四十五歲。**明年，權同知貢舉，坐考較差謬，降授祕書監。**《宋會要輯稿》職官六十四：「天禧三年三月二十六日，降工部侍郎楊億爲祕書監。初進士陳損、黄異等率衆興訟，命陳堯諮等詳閲試卷，具言億等所送進士内，五人文理稍次，自餘合格，故責焉。」**丁内艱，未卒哭，起復工部侍郎。四年，復爲翰林學士。**曾敏行《獨醒雜志》：「楊文公大年美鬚髯，一日早朝罷，至都堂，丁晉公時在政府，戲謂之曰：『内翰拜時鬚拂地。』公應聲曰：『相公坐處幕漫天。』晉公知其譏己，而喜其敏捷，大稱賞之。」**又兼史館修撰，判館事。十二月卒。**《學士年表》：「天禧四年四月，楊億以起復工部侍郎復拜，十二月卒。」**年四十七。**陸游《老學庵筆記》云：「楊文公云：『豈期遊岱之魂，遂協生桒之夢。』世以其年四十八，稱其用生桒之夢爲切當。」按億卒於天禧四年十二月，年四十七。遺表云生桒之夢者，蓋王銍《四六話》引王禹偁遺表語，放翁誤記爲楊大年語也。又億蓋以憂悴而卒。億與寇準甚相得，當景德二年真宗之親臨澶淵禦遼師也，帝渡河而上，居北城行宫，留寇準居北城門樓。億時爲知制誥，每夕與準痛飲謳歌，諧謔達旦，以示敵有備。事見《續資治通鑑長編》及《宋史·寇準傳》。沈括《夢溪續筆談》云：「寇忠愍拜相白麻，楊大年之詞，其間四句云：『能斷大事，不拘小節。有干將之器，不露鋒鋩。懷照物之明，而能包納。』寇得之甚喜，曰：『正得我胸中事。』」蓋準、億本自相得也。及寇準天禧初再入相，天禧三年，真宗得風疾，章獻預政於内，準與内侍都知周懷政謀，請於真宗，欲以太子監國，真宗許之。準密令楊億草表，並草具令太子監國詔書，且欲援億輔政。事未行而準謀頗洩，丁謂知其事，夜乘婦人車與曹利用謀之，因以其事聞於章獻。章獻乃矯帝旨，以丁謂、曹利用爲相，誅周懷政，出寇準知安州，又貶道州司馬。真宗死，章獻聽政，再貶準雷州司户參軍，遂死於海康。準之貶爲道州司馬也，真宗初不知也，「他日，問左右曰：『吾目中久不見寇準，何也？』左右莫敢對。」事並見《續資治通鑑長編》、《宋史·寇準傳》、蘇轍《龍川别志》、莊季裕《雞肋編》諸書。歐陽脩《歸田録》又云：「寇忠愍之貶，所素厚之人，自盛文肅度以下，皆坐斥逐，而楊大年與公尤善，丁晉公憐其才，曲保全之。」蘇轍《龍川别志》亦云：「丁謂誅懷政黜準，召楊億至中書，億懼，便液俱下，面無人色。謂素重億，無意害之，徐曰：『謂當改官，煩公爲作一好麻耳。』億乃少安。」考《宋史·真宗紀》，相丁謂，在天禧四年七月庚午，即七月二十一日也。誅周懷政，在七月癸酉，即七月二十四日也。出寇準知相州，在七月丁丑，即七月二十七日也。是相丁謂在誅周懷政、逐寇準之前數日。除拜大臣，先宣召翰林學士，學士須面得聖旨，然後至學士院草麻，豈有丁謂召楊億至中書，面煩楊億作一好麻之理。且時懷政未誅，寇準未罷相，億亦豈有見丁謂而先「便液俱下，面無人色」之理，其説皆不可信。蓋億有重名，爲真宗所重，寇準之貶，坐準斥逐者已多，謂若即逐楊億，恐更不厭於衆望，且使帝知之，亦無辭以對，故不得不暫置億不治，而億則不數月而以憂悴死矣。初，寇準密令楊億草表，並具草令太子監國詔書，不過欲請太子監國，罷皇后預政，於國之大計言之，未爲失也。而丁謂、曹利用輩遂誣寇準結交内侍，欲廢皇后，謀誅殺大臣，奉帝爲太上皇，而傳位太子。故準等貶責特深。《龍川別志》謂：寇準謀欲請太子監國，「準初爲此謀，使楊億爲詔書。遣其壻王曙出使。曙知其不可，力止之。意其必有禍敗，藏其詔書草，使其妻縫置夾衣中。及劉后既没，朝廷方欲理準舊勳，曙出其書，文字磨滅，殆不可復識。」既昭雪準，「由此贈億禮部尚書，謚曰文。李淑爲之辭，其略曰：『自昔天禧之末，政漸宫闈，能協元臣，議尊儲極。』」《郡齋讀書志》亦云：「景祐中，王晦叔上其爲寇相請皇太子親政疏草，仁宗嘉歎，特贈禮部尚書，謚曰文。」晦叔，王曙字也。《宋會要輯稿》儀制十一：尚書丞郎追贈，「翰林學士尚書工部侍郎知制誥楊億，景祐元年四月，特贈禮部尚書，賜謚曰文。國朝故事，非嘗任兩府及任東宫，則四品皆無贈官。樞密使王曉言『億天禧中，常奏與寇準議皇太子親政，爲憸人所傾，不得志而没。』故特追寵之。」王曉，即王曙，以避英宗諱，改作曉也。億之贈謚，蓋在其卒後十二年，《宋史》億本傳不載其事，亦不載億謚「文」，可謂闕略也。**億天性穎悟，自幼及終，不離翰墨。文格雄健，才思敏捷，略不凝滯。對客談笑，揮翰不輟。精密有規裁，善細字，起草一幅數千言，不加點竄，當時學者，翕然宗之。**《歸田録》：「楊大年每欲作文，則與門人賓客飲博投壺奕棋，語笑諠譁，而不妨構思。以小方紙細書，揮翰如飛，文不加點。每盈一幅，則命門人傳録，門人疲於應命。頃刻之間，成數千言，真一代之文豪也。」又云：「葉子格者，自唐中世以後有之。說者云：『因人有姓葉號葉子青者撰此格，因以爲名。』此說非也。唐人藏書，皆作卷軸，其後有葉子，其制似今策子。凡文字有備檢用者，卷軸難數卷舒，故以葉子寫之，如吴彩鸞《唐韻》、李郃《彩選》之類是也。

骰子格本備檢用，故亦以葉子寫之，因以爲名爾。唐世士人宴聚，盛行葉子格，五代、國初猶然，後漸廢不傳。今其格，世或有之，而無人知者。唯昔楊大年好之，仲待制簡，大年門下士也，故亦能之。大年又取葉子彩名紅鶴、皁鶴者，别演爲鶴格。鄭宣徽戩、章郇公得象，皆大年門下客也，故皆能之。予少時亦有此二格，後失其本，今絶無知者。」按葉子格，博戲紙牌之屬也。骰子格則兼用骰子。後世馬吊亦不用骰子，殆近葉子格與？ **而博覽强記，尤長典章制度，時多取正。喜誨誘後進，以成名者甚衆。人有片辭可紀，必爲諷誦。手集當世之述作，爲《筆苑》、時文録數十篇。重交游，性耿介，尚名節，多周給親友，故廩禄亦隨而盡。**《龍川别志》：「楊文公晚年居陽翟，素厚楊瑋。瑋嘗辭赴舉，求貲糧而行，公命以千錢予之。瑋本責辦於公，既得此，殊非本意，然亦不動。公熟視之，良久，亦無它。瑋辭去，公命乘驢於階，瑋不肯，公拊其背曰：『子他日不可，今日可矣。子異日必爲吾此官。』既而以錢百千貸之。瑋遂及第，名位率與文公等。」**留心釋典禪觀之學。所著《括蒼》、《武夷》、《潁陰》、《韓城》、《退居》、《汝陽》、《蓬山》、《冠鼇》等集，内外制刀筆，共一百九十四卷。**今傳世者，《武夷新集》二十卷。 **億無子，以從子紘爲後。**《宋史》億傳後附紘及億弟倚、偉傳，今略之。

宋史劉筠傳（有删節）

劉筠字子儀，大名人。舉進士，《郡齋讀書志》：「劉筠，咸平元年進士。」**爲館陶縣尉還。會詔知制誥楊億試選人校太清樓書，擢筠第一，以大理評事爲祕閣校理。**《續資治通鑑長編》：「真宗咸平五年十二月，上以龍圖閣及後苑所藏書籍，尚多舛誤，欲重加校對。於是得館陶尉大名劉筠等七人，得本官俸料，太官供膳，就崇文院校之。踰年而畢，並授大理評事、祕閣校理。」**帝垂意篇籍，始集諸儒，考論文章，爲一代之典，筠預脩圖經及《册府元龜》，推爲精敏。真宗將祀汾脽，屢得嘉雪，召筠崇和殿賦歌詩，帝數稱善。**《續資治通鑑長編》：「大中祥符三年十一月壬辰，召大理寺丞祕閣校理劉筠即席賦《瑞雪歌》、《祀汾陰詩》，上覽之，曰：『筠辭采頗贍。』賜緋魚。」**及《册府元龜》成，進左正言，直史館，脩起居注。**《麟臺故事》：「大中祥符六年，成一千卷，賜名《册府元龜》。詔殿中丞祕閣校理劉筠爲右正言、直史館，賞編脩之勞也。」按右正言當從本傳作左正言。**遷左司諫知制誥，加史館脩撰。出知鄧州，徙陳州。**《翰苑遺事》：「劉子儀在南陽，以翰林學士召，中途改成都，彌年，又召爲學士，至西京，復加兩學士，知鄭州。謝表云：『仙山已到，屢爲風引而還，長安甚遥，豈覺日邊之近。』」按本傳不言筠知成都府及鄭州，疑《遺事》有誤。**還知貢舉，遷尚書兵部員外郎，進翰林學士。初，筠嘗草丁謂與李迪罷相制，既而謂復留，令別草制，筠不奉詔，乃更召晏殊。筠自院出，遇殊樞密院南門，殊側面而過，不敢揖，蓋内有所愧也。**蘇轍《龍川別志》：「真宗既疾甚，殆不復知事，李迪、丁謂同作相。内臣雷允恭者，嬖人也。謂之進用，皆允恭之力。嘗傳宣中書，欲以林特爲樞密副使，迪不可，翌日，争之上前，聲色俱厲，二相皆以郡罷。允恭傳宣謂家，以中書闕人，權留謂發遣。謂由此入直中書，見同列，召堂吏喻之，索文書閱之。來日與諸公同奏事，上亦無語。衆退，獨留，及出，道過學士院，問院吏：『今日學士誰直？』曰：『劉學士筠。』謂呼筠出，口傳『聖旨令謂復相，可草麻。』筠曰：『命相必面得旨。果爾，今日必有宣召，麻乃可爲也。』謂無如之何。它日，再奏事，復少留，退過學士院，復問『誰直？』曰：『錢學士惟演。』謂復以聖旨語之，惟演即從。」按丁謂罷相及復相，均天禧四年十一月事。據《學士年表》，錢惟演天禧四年八月，已除樞密副使，同月，劉筠、晏殊並拜翰林學士，則劉筠不肯草丁謂復相麻，《宋史》從《續資治通鑑長編》謂丁謂更召晏殊草麻是。《龍川別志》謂召錢惟演草麻，説不可從。**帝久疾，謂浸擅權，筠曰：「姦人用事，安可一日居此。」請補外，以右諫議大夫知廬州。**《學士年表》：「天禧五年正月，劉筠以右諫議大夫知廬州罷。」**仁宗即位，復召爲翰林學士。踰月，拜御史中丞。**《學士年表》：「乾興元年八月，劉筠以給事中復拜。十一月，除御史中丞，罷。」先是三院御史言事，皆先白中丞，筠牓臺中：「御史自言事，毋白丞、雜。」《歸田録》：「御史臺故事，三院御史言事，必先白中丞。自劉子儀爲中丞，始牓臺中：『今後御史有所言，不須先白中丞雜端。』至今如此。」知天聖二年貢舉，進尚書禮部侍郎、樞密直學士，知潁州。召還，復知貢舉，進翰林學士承旨，兼龍圖閣直學士，同脩國史，判尚書都省。江休復《嘉祐雜誌》：「劉子儀三入翰林，意望入兩府，頗不懌。詩云：『蟠桃三竊成何味，上盡鼇頭迹轉孤。』稱疾不出，朝士問候者繼至，詢之，云虛熱上攻。石八中立在坐云：『只消一服清涼散。』意謂兩府始得用清涼繖也。」孔平仲《談苑》：「劉子儀侍郎三入玉堂，意望兩府，頗不悦，移疾不出。朝士問候者，但云：『虛熱上攻。』石中立在坐，云：『只消一服清涼散便安矣。』蓋謂兩府方得涼繖也。」再知廬州，病卒。

筠景德以來，居文翰之選，其文辭善對偶，尤工爲詩。《春明退朝録》：「唐明皇召集賢院學士徐堅等討論故事，兼前世文辭，撰《初學記》。劉中山子儀愛其書，曰：『非止初學，可爲終身記。』」初爲楊億所識拔，後遂與齊名，時號楊劉。凡三入禁林，又三典貢部，以策論升降天下士，自筠始。《宋史·葉清臣傳》：「天聖二年，舉進士，知舉劉筠奇所對策，擢第二。宋進士以策擢高第，自清臣始。」《文獻通考·選舉考》：「仁宗天聖二年，賜舉人宋祁、葉清臣、鄭戩以下及諸科凡四百八十餘人及第出身有差。先是上封事者言：『經學未究經旨，乞於本科問策一道。』國朝以策擢高第者，自清臣始。」性不苟合，臨事明達，而其治尚簡嚴。著《冊府應言》、《榮遇》、《禁林》、《肥川》、《中司》、《汝陰》、《三入玉堂》，凡七集。陳振孫《直齋書録解題》：「筠有《册府應言集》十卷，《榮遇集》十二卷，表奏六卷，《淝川集》四卷。」《郡齋讀書志》：「劉中山《刀筆》三卷，右皇朝劉筠字子儀。」

宋史錢惟演傳（有删節）

錢惟演字希聖，吴越王俶之子也。少補牙門將，從俶歸朝，爲右屯衛將軍，歷右神武軍將軍。博學能文辭，召試學士院，以笏起草，立就，真宗稱善，改太僕少卿。《續資治通鑑長編》：「咸平三年夏四月丁酉，右神武將軍錢惟演爲太僕少卿。」獻《咸平聖政録》，命直祕閣。《宋會要輯稿》選舉三十三：「真宗咸平四年二月五日，太常少卿錢惟演上表獻《東京賦》，詔直祕閣。」預修《册府元龜》，詔與楊億分爲之序。除尚書司封郎中，知制誥。《續資治通鑑長編》：「大中祥符元年春正月，降天書。太僕少卿直祕閣錢惟演獻《祥符頌》。上嘉之，甲申，擢司封郎中、知制誥。」再遷給事中，知審官院。大中祥符八年，爲翰林學士，坐私謁事罷之。尋遷尚書工部侍郎，再爲學士，《學士年表》：「天禧二年正月，錢惟演以工部侍郎拜。」洪邁《容齋隨筆》：「錢文僖在翰林，有天禧四年筆録，記一時奏對，今略載於此。『時樞密有五員，而中書只參政李迪一人。後月餘，召楊大年草制，以馮拯爲樞密相。又四日，乃召錢，上問「馮拯如何商量？」錢奏：「外論甚美。只爲密院却有三員正使，三員副使，中書依舊一員，以此外人疑訝。」上云：「如何安排？」錢奏：「若却令拯入中書，即是彰昨來錯誤。但於曹利用、丁謂中，選一人過中書，即並不妨事。」上曰：「誰得？」錢奏：「丁謂是文官，合入中書。」上曰：「入中書。」遂奏授同平章事，又奏兼玉清宫使，又奏兼昭文國史。又乞加曹利用平章事，上云：「與平章事。」』案此際大除拜，本真宗啓其端，至於移改曲折，則其柄乃係詞臣，可以舞文弄姦，不之覺也。予嘗以錢録示李燾，燾采取之，又誤以召晏殊爲寇罷之夕，亦非也。」江休復《嘉祐雜志》：「晏相言：『作知制誥，誤宣入禁中，真宗已不豫，出一紙文字，視之，乃除拜數大臣。奏「臣是外制，不敢越職。」頷之。須臾，召到學士錢惟演。晏奏：「臣恐洩漏，乞宿學士院。」翌日，麻出，皆非向所見者，深駭之，不敢言。』」又費袞《梁谿漫志》：「知制誥自掌外制。天禧末，欲罷寇忠愍政事，召知制誥晏元獻，示以除目，辭以臣掌外制，此非臣職是也。」龔鼎臣《東原録》：「天禧中，真宗已不豫，但患曹利用在西樞跋扈，丁謂在中書弄權。一日，召知制誥晏殊坐，賜茶，言曹利用與太子太師，丁謂與節度使，並令出。殊對曰：『是欲令臣作誥詞？』上頷之。殊曰：『臣是知制誥，除節度使等，並須學士院操白麻，乞召學士。』真宗點湯，即起。即召翰林學士錢惟演，惟演遂救此二人，來日却除曹利用使相依舊樞密使，丁謂拜相。仍先露此意與二人，云自有回天之力。既而惟演除樞密副使。晏相嘗説與王晳學士。」按《容齋筆録》載錢惟演天禧四年《筆録》記惟演一時奏對之語，當翔實可靠，是引丁謂、曹利用由樞密使爲平章事者，實錢惟演之力也，惟演《筆録》初不諱飾其事，惟演亦以此爲謂等所引，尋除樞密副使。《東原録》謂真宗患丁謂在中書弄權，誤，時丁謂但爲樞密使，尚未入中書也。又丁謂與李迪同罷，既而丁謂再相，司馬光《涑水記聞》謂「上命翰林學士錢惟演草制，罷謂政事，惟演遂出迪而留謂。外人先聞其事，制出，無不愕然，上亦不復省。」蘇轍《龍川別志》亦謂丁謂過學士院，呼惟演出，口傳聖旨，令草再相白麻，惟演即從。並誤。丁謂罷相及再相，並天禧四年十一月事，據《學士年表》，惟演已於是年八月除樞密副使，何得有令惟演草麻之事。《續資治通鑑長編》謂草丁謂再相麻者是晏殊，《宋史》從之，是。**會靈觀副使。又坐貢舉失實，降給事中。**按惟演與楊億等并責，事已見億傳下注文。**復工部侍郎，樞密副使，**《宋史·宰輔表》：「真宗天禧四年八月，錢惟演自翰林學士刑部侍郎知制誥兼樞密副使。」**會靈觀使，兼太子賓客。**《宋史·真宗紀》：「天禧四年十一月戊辰，錢惟演兼太子賓客。」**更領祥源觀，累遷工部尚書。仁宗即位，進兵部，拜樞密使。**《宋史·仁宗紀》：「乾興元年秋七月丙子，樞密副使錢惟演爲樞密使。」**初，惟演見丁謂權盛，附之，與爲婚。**《東坡志林》：「錢惟演子娶於丁謂也。」**謂逐寇準，惟演與有力焉。謂禍既萌，惟演慮并得罪，遂擠謂以自解。宰相馮拯惡其爲人，因言惟演以妹妻劉美，**章獻太后兄劉美再娶於錢氏，封越國夫人。**乃太后姻家，不可與機政，請出之。乃罷爲保大軍節度使，鎮河陽。**《宋會要輯稿》職官七十八：「乾興元年十一月一日，樞密使兵部尚書錢惟演罷爲檢校太傅保大軍節度使。制書以惟演葭莩聯戚，終避於嫌疑，故有是命。」**踰年，請入朝，加同中書門下平章事，判許州。未即行，冀復用，侍御史鞠詠奏劾之，惟演乃亟去。**《宋史·鞠詠傳》：「錢惟演自亳州來朝，圖入相。詠言『惟演憸險，嘗與丁謂爲婚姻，緣此大用。後揣知謂奸狀已萌，懼牽連得禍，因此力攻謂。今若遂以爲相，必大失天下望。』太后遣内侍持奏示之，惟演猶顧望不行，詠語諫官劉隨曰：『若相惟演，當取白麻廷毀之。』惟演聞，乃亟去。」**天聖七年，改武勝軍節度使。**武勝軍在鄧州。**明年來朝，上言先壠在洛陽，願守宮鑰，即以判河南府。**《河南邵氏聞見録》：「天聖明道中，錢文僖公自樞密留守西都，謝希深爲通判，歐陽永叔爲推官，尹師魯爲掌書記，梅聖俞爲主簿，皆天下之士，錢相遇之甚厚。一時幕府之盛，天下稱之。當朝廷無事，郡府多暇，錢相與諸公行樂無虚日。」又云：「謝希深、歐陽永叔官洛陽時，同游嵩山，自潁陽歸，暮抵龍門香山，雪作。登石樓望都城，忽於烟靄中有策馬渡伊水來者，既至，乃錢相遣厨傳歌妓至。吏傳公言曰：『山行良勞，當少留龍門賞雪，府事簡，無遽歸也。』後錢相謫漢東，諸公送別至彭婆鎮，錢相置酒，作長短句俾妓歌之，甚悲，錢相泣下，諸公皆泣下。」**再改泰寧軍節度使。**按泰寧軍在兗州。**惟演雅意柄用，抑鬱不得志。及帝耕籍田，求侍祠，因留爲景靈宮使。太后崩，詔還河南。惟演不自安，請以莊獻明肅太后、莊懿太后並配真宗廟室，以希帝意。惟演既與劉**

美親，又爲其子曖娶郭后妹，又欲與莊懿太后族爲婚。御史中丞范諷劾惟演擅議宗廟，且與后家通婚姻，落平章事，爲崇信軍節度使，按崇信軍在隨州。**歸本鎮，**《宋會要輯稿》職官六十四：「明道二年九月四日，泰寧軍節度使同中書門下平章事判河南府錢惟演落同平章事，徙崇信軍節度使，赴本任。先是權御史中丞范諷言：『惟演與李遵爲婚家，及共劉美結託，先太后時，最爲權倖。相次與后族郭家連姻，今聞又與莊懿太后弟論親，及上章妄陳章獻明肅、莊懿太后祔廟事，朝野聞者，無不咍笑。伏乞時議黜降，明警群邪。』有旨降責，惟演方出。」**未幾卒，特贈侍中。太常張瓌按謚法敏而好學曰文，貪而敗官曰墨，請謚文墨。其家訴于朝，**《宋史·張瓌傳》：「瓌知太常禮院，謚錢惟演曰文墨，其子摑登聞鼓上訴。」**詔章得象等覆議，以惟演無貪黷狀，而晚節率職自新，有惶懼可憐之意，取謚法追悔前過曰思，改謚曰思。**《宋會要輯稿》禮五十八：「崇信軍節度使贈侍中錢惟演。初博士張瓌議：『惟演幼名敏惠，長工屬文。始以父任，累官至環衞。咸平中，獻文召試，换爲太僕少卿。自爾歷更清華，陞用宥密。先是母后助治，或專斷決，晚歲稍任左右，女謁寖行，浮薄之徒，因緣諂會。惟演時以葭莩之近，罷樞衡之委，久處外服，意頗不樂，故其篇詠，率多怨刺。明道耕籍，入倍大禮，懇求中職，得留轂下。逮明肅違世，主上躬政，英規獨運，悉屏群邪。坐附援求，益迎合輕議，爲執憲所糾，故左降偏郡。夫位兼將相，不爲不達矣。任意中外，不爲不用矣。所宜引滿覆之誡，保高明之寵，貪慕權要，覬生不足，此其所劣也。謹按謚法敏而好學曰文，貪而敗官曰墨，請謚文墨。』惟演子曖等訴曰：『先臣遭遇三朝，踐揚四紀，本以文學，遍歷兩制，真宗朝，曾任樞近，兼陛下東宮日賓客。先祖效順，勳冠諸藩。先臣昨以憲司彈劾，坐擅議祔廟及連姻戚里，蒙朝廷止解台司，退守侯服。亡歿之後，贈官賜賻，遣使護喪，哀榮之恩，並越彝章。此乃聖上追録勳舊，原宥過失之深慮也。而禮官定謚，曲加惡名，乞別令詳議。』詔送翰林學士判太常寺章得象與禮官詳議。得象等議：『惟演始自降官，逮於即世，務專率職，以趣自新，悼功名不居之誡，有惶懼可憐之意。但以身在遐遠，衆弗及知，故後善雖勤，而牽復未加，前吝已彰，而譏議猶集。褒之所謚，理或在兹。今若更存其文，則違降秩之典，苟謂之墨，又無黷貨之狀，推原本意，似爽厥中。謹按謚法追悔前過曰思，惟演晚節脩省，可謂過而知悔矣。宜謚曰思。』詔從之。」**慶曆間，二太后始升祔真宗廟室，子曖復訴前議，乃改謚曰文僖。惟演出于勳貴，文辭清麗，名與楊億、劉筠相上下。於書無所不讀，**歐陽脩《歸田録》：「錢思公雖生長富貴，而少所嗜好。在西洛時，嘗語僚屬，言平生唯好讀書，坐則讀經史，卧則讀小説，上厠則閲小詞，蓋未嘗頃刻釋卷也。」**家儲文籍，侔祕府。**《春明退朝録》：「錢文僖家書畫最多，有大令《黄庭經》、李邕雜蹟。」**尤喜獎勵後進。所著《典懿集》三十卷，又著《金坡遺事》、《飛白書叙録》、《逢辰録》、**按《蓼花洲閒録》載錢惟演《玉堂逢辰録》一條，記大中祥符八年宫禁大火事甚詳。**《奉藩書事》。**按惟演又著有《篋中方》。沈括《夢溪筆談》云：「王文正太尉氣羸多病，真宗面賜蘇合香酒。每一斗酒，以蘇合香丸一兩同煮。自此臣庶之家皆倣爲之，蘇合香丸盛行於時。錢文僖公集篋中方蘇合香丸注云：『此藥本出禁中，祥符中嘗賜近臣。』即謂此也。」**惟演嘗語人曰：「吾平生不足者，惟不得於黄紙上押字爾。」蓋未嘗歷中書故也。**《歸田録》：「錢思公官兼將相，階勳品皆第一，自云：『平生不足者，不得於黄紙書名。』每以爲恨也。」《東軒雜録》：「錢文僖公惟演自樞密使爲使相，嘆曰：『使我於黄紙盡處押一箇字足矣。』」**子暧、晦、暄。**《歸田録》：「錢思公生長富貴，而性儉約，閨門用度，爲法甚謹，子弟輩非時不能輒取一錢。公有一珊瑚筆格，平生尤所珍惜，常置之几案。子弟有欲錢者，輒竊而藏之，公悵然自失，乃牓於家庭，以錢十千贖之。居一二日，子弟佯爲求得以獻，公欣然，以十千賜之。他日有欲錢者，又竊去，一歲中率五七如此，公終不悟也。予官西都，在公幕，親見之，每與同僚歎公之純德也。」

宋史李昉傳子宗諤附傳（有删節）

李昉字明遠，深州饒陽人。太平興國中，拜平章事。端拱初，罷爲左僕射。淳化二年，復以本官兼中書侍郎、平章事，四年罷。至道二年薨，贈司徒，謚文正。子四人，宗訥、宗誨、宗諤、宗諒。

宗諤字昌武，恥以父任得官，獨由鄉舉第進士，授校書郎。明年，遷祕書郎，集賢校理。真宗即位，拜起居舍人，遷知制誥，判集賢院。景德二年，召爲翰林學士。《翰苑群書·學士年表》：「景德二年五月，李宗諤以起居舍人知制誥拜。」大中祥符初，從封泰山，改工部郎中。三年，知審官院。屬祀汾陰后土，命爲經度制置副使。禮成，優拜右諫議大夫。司馬光《涑水記聞》：「真宗時，王欽若與王旦同爲相，翰林學士李宗諤有時名，旦善視之。旦欲引參政事，以告欽若，欽若曰：『善。』旦曰：『當以白上。』宗諤家貧，禄廪不足以給婚嫁，旦前後貸借之凡千餘緡，欽若知之。故事，參知政事申謝日，所賜物近三千緡。欽若因密奏：『宗諤負王旦私錢不能償，旦欲引宗諤參知政事，得賜物以償己債，非爲國擇賢也。』明日，旦果以宗諤名薦于上，上作色不許。」五年五月，以疾卒，《翰苑群書·學士年表》：「李宗諤，大中祥符六年五月卒。」年四十九。初昉居三館兩制之職，宗諤不數年皆踐其地，藏書萬卷，工隷書，有文集六十卷，内外制三十卷。嘗預脩《續通典》。《麟臺故事》：「咸平三年十月，命翰林學士承旨宋白、起居舍人知制誥李宗諤脩《續通典》，四年，成二百卷上之。」大中祥符封禪、汾陰，記諸路圖經，又作《家傳》、《談録》，並行于世。

宋史文苑陳越傳（有删節）

陳越字損之，開封尉氏人。越少好學，尤精歷代史，善屬文。咸平中，詔舉賢良，策入第四等，解褐將作監丞。通判舒州，徙知端州，又徙通判袁州。召還，遷著作佐郎，直史館。預脩《册府元龜》，與陳從易、劉筠尤爲勤職。真宗以其奉薄，並命月增錢五千。遷太常丞、群牧判官。祀汾陰，擢爲左正言。越耿槩任氣，喜箴切朋友。放曠杯酒間，家徒壁立，不以屑意。然嗜酒過差，每食必先引數斤，罕有醒日，亦用是遘疾。大中祥符五年，卒，年四十。無子，母老，人皆傷之。越兄咸，嘗舉進士，未第。楊億、杜鎬、陳彭年列奏爲言，及《册府元龜》奏御，特賜咸同三傳出身。

宋史李沆傳弟維附傳（有删節）

李沆字太初，洺州肥鄉人。太平興國五年，舉進士甲科。淳化三年，拜給事中、參知政事。四年，以本官罷，奉朝請。真宗即位，遷户部侍郎、參知政事。咸平初，以本官平章事，累加門下侍郎尚書右僕射。景德元年七月薨，年五十八。贈太尉、中書令，謚文靖。弟維。

維字仲方，第進士。真宗初，召試中書，擢直集賢院。《宋會要輯稿》選舉三十三：「真宗咸平三年六月二十七日，太常博士李維直集賢院。」以沆相，避知歙州。沆没，入爲户部員外郎。《續資治通鑑長編》：「景德四年夏四月甲戌，户部員外郎直集賢院判太常禮院李維。」擢兵部員外郎，知制誥。《續資治通鑑長編》：「景德四年閏五月甲戌，以户部員外郎直集賢院李維爲右正言，知制誥。」擢爲翰林學士，《學士年表》：「大中祥符六年六月，李維以左司郎中知制誥拜。」累遷中書舍人，以疾辭，出知許州。《學士年表》：「天禧二年五月，李維以户部侍郎集賢院學士罷。」《春明退朝録》：「李尚書維有三兄，皆五十八而終，尚書亦是歲大病，懇言於朝，乃罷翰林學士，换集賢院學士，出知許州。」復入爲翰林學士承旨，《學士年表》：「天禧五年正月，李維復拜承旨。」加史館脩撰。仁宗初，再遷爲尚書左丞，兼侍讀學士，遷工部尚書。遷刑部尚書，辭不拜，求换官，知亳州，改河陽。《學士年表》：「天聖四年三月，李維改相州觀察使罷。」久之，還朝，復出知陳州，卒。維博學，至老，手不廢書。嘗預脩《續通典》、《册府元龜》。

性寛易，嗜酒善謔，而好爲詩。常曰：「人生觴詠自適，餘何營哉。」既没，家無餘貲。子師錫、公謹。

劉隲事輯

隲，《宋史》無傳，今從《宋會要輯稿》録出其事。

《宋會要輯稿》選舉三十一：「真宗咸平二年七月十七日，舍人院試祕書丞劉隲《審樂知政頌》，詔隲直集賢院。隲補潭州從事，遇帝領本州節鎮，因得謁見，贄文，被嘉賞。至是復獻編著，故試而命之。」

《宋會要輯稿》選舉十一：「咸平二年九月二十七日，命直祕閣黄夷簡、直史館劉蒙叟、直集賢院劉隲考試開封府舉人。」

《宋會要輯稿》選舉十一：「景德四年九月十三日，命直集賢院劉隲、任隨考試國子監舉人。」

《宋會要輯稿》選舉十一：「大中祥符元年八月，命直集賢院劉隲同考試開封府

國子監舉人。」

《宋會要輯稿》職官六十四黜降官：「大中祥符元年八月八日，降工部員外郎直集賢院劉隲監漣水軍商税。國子監秋試舉人，有初場十不者，按《宋史·選舉志》：「乾德元年，諸州所薦士數益多，乃約周顯德之制，定諸州貢舉條法及殿罰之式。進士文理紕繆者，殿五舉，初場十不，殿五舉，第二第三場十不，殿三舉，第一至第三場九不，並殿一舉。」謂之十不九不者，蓋謂考官於文理紕繆者之試卷上，批一不字也。《宋史·選舉志》又云：「景德四年，命有司詳定考校進士程式，送禮部貢院頒之。五年，令禮部取前後詔令經久可行者，編爲條制。諸科三場内有十不進士詞理紕繆者各一人以上，監試考試官從違制失論，京朝官降監場務，嘗監當則與遠地。有三人，則監試考試官亦從違制失論，京朝官遠地監當。有五人，則監試以下，皆停見任。」**准法當停官，會赦，故薄責之。」**

宋史丁謂傳（有删節）

丁謂字謂之，後更字公言，歐陽脩《歸田録》：「盛文肅公豐肌大腹，而眉目清秀，丁晉公疎瘦如削。二公並以文辭知名於時，故時人爲之語曰：『盛肥丁瘦。』」《涑水記聞》：「丁謂吴人，面如刻削，若常寒餓者，相者以爲真猴形云。」蘇州長洲人。《宋史·竇儀傳》弟偁附傳：「太平興國七年參知政事，卒。初偁在涇州，與丁顥同官。顥子謂方幼，偁見之，曰：『此兒必遠到。』以女妻之，後爲宰相三公。」淳化三年，登進士甲科。《容齋隨筆》：「淳化三年試進士，是年榜三百五十三人，而第一甲三百二人，第二甲五十一人。丁謂第四人，王欽若第十一人，張士遜第二百六十人。後丁謂、王、張皆爲宰相。」爲大理評事，通判饒州。踰年，直史館。以太子中允爲福建路採訪，還上茶鹽利害，遂爲轉運使，除三司户部判官。領峽路轉運使，累遷尚書工部員外郎。會分川峽爲四路，改夔州路。遷刑部員外郎。居五年，入權三司鹽鐵副使。未幾，擢知制誥，判吏部流内銓。景德元年，契丹犯河北，真宗幸澶淵，以謂知鄆州。明年，召爲右諫議大夫。權三司使。上會計録，以景德四年民賦户口之籍，較咸平六年之數，具上史館，請自今以咸平籍爲額，歲較其數以聞，詔奬之。陳振孫《直齋書録解題》：「謂時爲三司使，序言歲收兩京十七路帳籍，列爲六卷，一户賦，二郡縣，三課入，四歲用，五禄食，六雜記，大抵取景德中一年爲准。」尋加樞密直學士。大中祥符初，議封禪，未決，帝問以經費，謂對「大計有餘」，議乃決。初議即宫城乾地營玉清昭應宫，左右有諫者，帝召問謂，對曰：「陛下有天下之富，建一宫奉上帝，且所以祈皇嗣也。群臣有沮陛下者，願以此諭之。」王旦密疏諫，帝如謂所對告之，旦不復敢言。乃以謂爲脩玉清昭應宫使，復爲天書扶持使，遷給事中，真拜三司使。遷尚書禮部侍郎，進户部，參知政事。《歸田録》：「真宗朝，歲歲賞花釣魚，群臣應制。嘗一歲臨池，久之而御釣不食。時丁晉公謂應制詩云：『鶯驚鳳輦穿花去，魚畏龍顔上釣遲。』真宗稱賞，群臣皆自以爲不及也。」龔明之《中吴紀聞》：「丁晉公謂祥符中爲參知政事，上問唐酒價幾何，公曰：『每斗三百。』按杜甫詩，速宜相就飲一斗，恰有三百青銅錢。』」建安軍鑄玉皇像，爲迎奉使。朝謁太清宫，爲奉祀經度制置使。還，又爲脩景靈宫使，摹寫天書刻玉笈，玉清昭應宫副使。大内火，爲脩葺使。《夢溪補筆談》：「祥符中，禁内火。時丁晉公主營復宫室，患取土遠，公乃令鑿通衢取土，不日皆成巨塹，乃決汴水入塹中，引諸道竹木排筏及般運雜材，盡自塹中入至宫門。事畢，却以斥棄瓦礫灰壤，實於塹中，復爲街衢。一舉而三役濟，計省費以億萬計。」歷工刑兵三部尚書。拜平江軍節度使，知昇州。謂以大中祥符九年九月甲辰，出知昇州。天禧初，徙保信軍節度使，知江寧府。三年，以吏部尚書復參知政事。《歸田録》：「丁晉公自保信軍節度使知江寧府，召爲參知政事。中書以丁節度使，召學士草麻。時盛文肅度爲學士，以爲參知政事合用舍人草制，遂以制除，丁甚恨之。」是歲祀南郊，輔臣俱

進官，故事，嘗爲宰相而除樞密使，始得遷僕射，乃以謂檢校太尉兼本官爲樞密使。時寇準爲相，尤惡謂，《宋史・李沆傳》：「寇準與丁謂善，屢以謂才薦於沆，不用。準問之，沆曰：『顧其爲人，可使之在人上乎？』準曰：『如謂者，相公終能抑之使在人下乎？』沆笑曰：『他日後悔，當思吾言也。』準後爲謂所傾，始伏沆言。」《澠水燕談録》：「寇萊公秉政，丁謂初爲參知政事，嘗會食中書，羹汙萊公鬚，謂爲公拂之。公曰：『君爲參政大臣，而爲宰相拂鬚邪。』謂大愧。」又《宋史・寇準傳》：「真宗得風疾，準請間，曰：『丁謂、錢惟演，佞人也，不可以輔少主。』」**謂媒蘖其過，遂罷準相。既而拜謂同中書門下平章事、昭文館大學士。周懷政事敗，議再貶準，帝意欲謫江淮間，謂退除道州司馬，**《涑水記聞》：「寇準得罪，上命除準小處知州，丁謂遂署其紙尾曰：『奉聖旨，除遠小處知州。』」**同列不敢言，獨王曾以帝語質之，謂顧曰：「居停主人勿復言。」蓋指曾以第舍假準也。**按蘇轍《龍川別志》：「丁謂逐李迪於衡州，王曾謂責太重，謂曰：『居停主人，恐亦未免也。』是王曾以第舍假迪，非以假寇準也。」歐陽脩《歸田録》：「寇忠愍準之貶也，初以列卿知安州，既而又貶衡州副使，又貶道州別駕，遂貶雷州司户。時丁晉公與馮相拯在中書，丁當秉筆，初欲貶崖州，而丁忽自疑，語馮曰：『崖州再涉鯨波，如何？』馮唯唯而已。」**其後詔皇太子聽政，皇后裁制於內，以二府兼東宮官，遂加謂門下侍郎兼太子少傅。謂所善林特，謂**

欲引爲樞密副使兼賓客，李迪執不可，因大詬之。既入對，斥謂姦邪不法事，帝因格前制不下，乃罷謂爲户部尚書，迪爲户部侍郎。尋以謂知河南府，迪知鄆州。《宋會要輯稿》職官七十八：「天禧四年十月二十二日，吏部尚書同中書門下平章事充玉清昭應宫使昭文館大學士丁謂，户部尚書歸班。吏部侍郎兼太子少傅同中書門下平章事充景靈宫使集賢殿大學士李迪，罷爲户部侍郎歸班。制書以爲『遽致同列，面興忿詞，實駭予聞，有傷國體。』以迪『當旅對之揚廷，忽抗言而興忿，駭予聞聽，決有彝章。』先是迪因奏對，言『謂姦邪弄權，中外無不畏懼。臣願與同下憲司置對。』且言『昨林特男在任非理決罰人致死，其家詣闕訴冤，寢而不理，蓋爲所黨庇，人不敢言。』又曰：『寇準無罪，朱能事不當顯戮，東宫官不當增置。又錢惟演亦謂之姻家，臣願與惟演俱罷政柄，望陛下別擇賢才爲輔弼。』又曰：『曹利用、馮拯亦有朋黨。』帝顧丁謂曰：『中書有不當事邪？』謂曰：『願以詢臣同列。』帝顧任中正，中正等曰：『中書供職之外，亦無曠闕事。』頃之，謂、迪等退，帝怒甚，命付御史按劾。利用、拯進曰：『大臣下獄，不惟深駭物聽，況丁謂本無忿競之意，而與迪置對，亦未合宜。』帝乃曰：『朕當即有處分。』乃詔謂、迪各降秩一級，謂知河南府，迪知鄆州。先是迪與寇準同在中書，事之甚謹。準既得罪，謂等頗輕之，迪不能堪。又謂素善林特，既議改特爲詹事，明日晨朝待漏，又欲以特爲樞密副使，仍領賓客。迪曰：『特去歲遷右丞，今年改尚書，入東宫，皆非公選，物議未息。況已奏除詹事，不可也。』因詬謂，同列極意和解，皆不聽，遂力爭於帝前，期必與謂俱罷。翌日，帝御承明殿，召丁謂，詢其紛競之故，謂從容陳叙，且言李迪本自喧哱，臣不當與之俱罷。賜對久之。於是遣入内都知張景宗、副都知鄧守思傳詔送謂赴中書，令依舊視事，仍命與馮拯、曹利用俱進秩領宫官。以迪知鄆州，故朝辭，即時赴任。」明日入謝，帝詰所争狀，謂對曰：「非臣敢争，乃迪忿詈臣爾。」遂賜坐，左右欲設墩，謂顧曰：「有旨復平章事。」乃更以杌進。即入中書視事如故。仍進尚書左僕射、門下侍郎、平章事，兼太子少師。天章閣成，拜司空。乾興元年，封晉國公。仁宗即位，進司徒，兼侍郎，爲山陵使。寇準、李迪再貶，謂取制草改曰：「當醜徒干紀之際，屬先王違豫之初，罹此震驚，遂至沉劇。」凡與準善者，盡逐之。蘇轍《龍川别志》：「將草李公責詞，時宋宣獻知制誥當直，請其罪名，丁謂曰：『春秋無將，漢法不道，皆其事也。』宋不得已從之。詞既成，謂尤嫌其不切，多所改定，其言上前争議曰：『罹此震驚，遂至沉頓。』謂所定也。及謂貶朱崖，宋猶掌詞命，即爲之詞曰：『無將之戒，深著於魯經，不道之誅，難逃於漢法。』天下快之。」又云：「丁謂既逐李公於衡州，遣中使齎詔賜之，不道所以，李聞之，欲自裁，其子柬之救之得免。謂因大行貶竄。」按宣獻，宋綬之謚也。是時二府定議，太后與帝五日一御便殿聽政，既得旨，而謂潛結内侍雷允恭，令密請太后降手書，軍國事進入印畫，學士草制辭，允恭先持示謂，閲訖乃進，蓋謂欲獨任允恭傳達中旨，而不欲同列與聞機政也。《澠水燕談録》：「乾興初，丁謂欲每議大政，則太后後殿朝執政，朔望，則皇帝前殿朝群臣，其餘常事，獨令入内押班雷允恭附奏禁中，傳命二府。衆以爲隔絶内外，不便。王沂公時判禮院，引東漢故事，皇帝在左，太后在右，同殿，加簾，中書樞密院以次奏事。人心乃安。」按王曾封沂國公。《宋史·王曾傳》：「群臣議太后臨朝儀，丁謂獨欲帝朔望見群臣，大事則太后召對輔臣決之，非大事令入内押班雷允恭傳奏禁中畫可以下。曾曰：『兩宫異處，而柄歸宦官，禍端兆矣。』謂不聽。既而謂得罪，自是兩宫垂簾輔臣奏事如曾議。」**允恭倚謂勢益横，方爲山陵都監，與判司天監邢中和擅易黄堂地，穿地土石相半，衆議日喧，咸謂復用舊地，乃遣王曾覆視，遂誅允恭。**《龍川别志》：「及山陵事起，允恭爲都監。允恭馳至陵下，司天邢中和爲允恭言：『今山陵上百步，法宜子孫，類汝州秦王墳。』允恭曰：『先帝獨有上，無它子，果如秦王墳，何故不用。』中和曰：『山陵事重，踏勘覆按，動經日月，恐不及七月之期耳。』允恭曰：『第移就上穴，我走馬入見太后言之，安有不從。』允恭素貴横，人莫敢違，即改穿上穴。及允恭入白太后，太后曰：『此大事，何輕易如此。』允恭曰：『使先帝多子孫，何惜不可。』太后意不然之，曰：『出與山陵使議可否。』允恭見謂，具道所以，謂亦知其非，而重違允恭，無所可否，唯唯而已。允恭不得謂決語，入奏太后曰：『山陵使亦無異議矣。』既而上穴果有石，石盡水出。沂公具得其事，以爲擅易陵地，意有不善，欲奏之而不得閒，謂同列曰：『曾無子，欲令弟子過房，來日奏事畢，略留奏之。』謂不以爲疑。太后聞之大驚，即令差官按劾其事，而謂不知也。比知，於簾前訴之移時，有内侍捲簾曰：『相公誰與語，駕起久矣。』謂知太后意不可回，以笏叩頭而退。謂既得罪，山陵竟就下穴。蓋謂所坐欲庇允恭不忍破其妄作耳，然其邪謀深遠，得位歲久，心不可測，雖沂公以計傾之，而公議不以爲非。」**後數日，太后與帝坐承明殿，召馮拯、曹利用等諭曰：「丁謂爲宰輔，乃與宦官交通。」因出謂嘗託允恭令後苑匠所造金酒器示之，又出允恭嘗干謂求管勾皇城司及三司衙司狀，因曰：「謂前附允恭，奏事皆言已與卿等議定，故皆可其奏。」拯等奏曰：「自先帝登遐，政事皆謂與允恭同議，稱得旨禁中，臣等莫辨虚實，賴聖神察其姦，此宗社之福也。」乃降謂太子少保，分司西京。**《宋會要輯稿》職官七十八：「乾興元年六月二十二日，司徒兼侍中充玉清昭應宫使昭文館大學士丁謂，降太子少保，分司西京。制書以謂『罔念嘉猷，密交姦孽，山園擅易，曾靡敷陳，簡札潛通，備彰欵昵。私營器用，竊役工役，證佐甚明，僻違斯顯。』先是帝召宰臣馮拯、曹利用、任中正、錢惟演、王曾、張士遜至承明殿，諭以丁謂身爲宰輔，與雷允恭交結，情實難知。因示文字一紙，乃謂託允恭令後苑巧工造酒器，並出造金盃盤，頗極妙麗。復示允恭欵狀，嘗告謂求勾當皇城司及管三司衙將，謂私許之。并知移徙山陵皇堂，曲庇不言等事。又語拯等：『自來謂每附允恭入奏公事，皆言已與中樞密院參議允當，所以皆可其奏。近因欺罔彰敗，方知動多虚矯。且嘗奉陵寢，臣子所宜盡心，眩惑多端，幾誤大事。』拯等奏曰：『自先帝登遐，朝廷政事，只是謂潛與允恭商量，一一自稱於内庫厚達得聖旨，臣等莫辨真虚，須至依稟。或事有疑慮，情涉阿私，莫敢指陳，無由申訴。今者伏賴皇太后、皇帝察其姦詐，俾臣等獲申忠欵，盡達聖聽，邪正洞分，上下無壅，斯乃宗社之靈，天下之幸也。』又語拯等曰：『丁謂罪狀既露，須至降黜，卿等同議如何，只今擬定。』於是就殿隅共議，請除少保分司，當日遣發。」**先是女道士劉德妙者，嘗以巫師出入謂家，謂敗，逮繫德妙，内侍鞫之。德妙通欵：「謂嘗教言『若所爲不過巫事，不若託言老君言禍福，足以動人。』於是即謂家設神像，夜醮於園中，允恭數至請禱，謂又作頌，題曰：『混元皇帝賜德妙。』」語涉妖誕，遂貶崖州司户參軍。**《宋會要輯稿》職官六十四：「乾興元年七月二十四日，太子少保分司西京丁謂貶崖州司户參軍，員外置，同正員。制書以謂：『早踐台司，備承朝眷，曾靡徒於爲報，乃公肆於非心，昵彼妖巫，館于私舍，潛通詭計，假託靈神，與孽官以連謀，幸先皇之違裕，將逞姦回之志，恣談禍福之端。既蒐慝之旋聞，且閲實而具在。背恩棄德，一至於斯，竄處遐方，尚寬嚴憲。仍遣吏監送。』」歐陽脩《歸田録》：「丁晉公貶崖州，當時好事者相語曰：『若見雷州寇司户，人生何處不相逢。』比丁之南也，寇復移道州。寇聞丁當來，遣人以蒸羊逆於境上，而收其僮僕杜門不放出，聞者多以爲得體。」**在崖州踰三年，**《中吳紀聞》：「丁晉公貶崖州司户參軍，在海上對客，問『天下州郡孰大？』客曰：『唯京師。』公曰：『朝廷宰相，只作崖州司户，則崖州爲大。』衆皆大笑。」王君玉《國老談苑》：「丁謂既竄朱崖，至貶所，教民陶瓦，營所居之地爲小樓，日遊其上，閲書焚香，怡然以自得。」**徙雷州，**《宋會要輯稿》職官七十六：「仁宗天聖三年十二月十五日，崖州司户參軍丁謂量移雷州司户參軍。宰臣言：『謂本以罪惡竄于荒裔，今不經恩宥，非次量移，雖洪恩寬貸，而衆論疑惑，不知所云，未敢即行。』帝曰：『謂貶竄海外，已是數年，特令生還嶺内也。』」又五年，徙道州。《宋會要輯稿》職官七十六：「仁宗天聖八年十二月，復徙道州。」明道中，授祕書監，致仕，居光州。《中吳紀聞》：「丁晉公貶崖州司户參軍，徙雷州，移道州，復祕書監，光州居住。貶竄十五年，鬚髮無斑白者，人皆服其量。」《河南邵氏聞見録》：「僧海妙者謂予言，昔出入丁晉公門下。公後自朱崖以祕書監移光州，海妙往見之。公野服杖屨行山中，觀村民採茶，勞其辛苦，人不知爲晉公也。」卒，詔賜錢十萬，絹百匹。《宋會要輯稿》禮四十四：「祕書監致仕丁謂，景祐四年閏四月，賜其家錢百貫，絹百匹。」按丁謂蓋死於是年也。謂機敏有智謀，憸狡過人。文字累數千百言，一覽輒誦。在三司，案牘繁委，吏久難解者，一言判之，衆皆釋然。善談笑，尤善爲詩，《歸田録》：「丁晉公少以文稱，晚年詩筆尤精。在海南，篇詠尤多，如『草解忘憂憂底事？花名含笑笑何人？』尤爲人所傳誦。」至於圖畫博弈音律，無不洞曉。曾敬行《獨醒雜志》：「丁晉公家書畫填委，南遷之日，籍其所藏，得李成山水寒林九十餘軸，他物往往稱是。」每休沐會賓客，盡陳之，聽人人自便，而謂從容應接於其間。真宗崩，議草遺制，軍國事兼取皇太后處分，謂乃增以「權」字。及太后稱制，又議月進錢充宮掖之用，由是太后深惡之。因雷允恭，遂併録謂前後欺罔事竄之。在貶所，專事浮屠因果之説，其所著詩并文亦數萬言。《中吳紀聞》：「公自遷謫，日賦一詩，號《知命集》。」王銍《四六話》：「丁晉公文字雖老不衰，在朱崖答胡則侍御書曰：『夢幻泡影，知既往之本無，地水火風，悟本來之不有。』在海外十四年，及北遷道州，謝表云：『心若傾葵，漸暖長安之日，身同旅雁，乍浮楚澤之春。』又謝復祕書監云：『炎荒萬里，歲律一周，傷禽無振羽之期，病樹絶沾春之望。』人亦哀之。」**家寓洛陽，嘗爲書自克責，敘國厚恩，戒家人毋輒怨望。遣人致於洛守劉燁，祈付其家。戒使者伺燁會衆僚時達之，燁得書，不敢私，即以聞。帝見感惻，遂徙雷州，亦出於揣摩也。**王君玉《國老談苑》：「丁謂在朱崖，家于洛陽，爲書敘致真宗恩遇，厚自刻責，且勵家人不可興怨。遂寄洛守，託達於家。洛守不敢私開，遽奏之，上覽而感動，遂有雷州之命。」劉延世《孫公談圃》：「丁崖州多智數，在海外，乃預計南京春宴，必有中使在坐。因作表丐還，封爲書投府坐。約商人曰：『汝必須於宴次投之。』商人至，則如其言。府坐得書，懼不敢發，欲匿之，又中使已見，遂因中使回附奏，自是得移光州。其表云：『雖遷陵之罪大，應立主之功多。』」《夢溪筆談》：「丁晉公之逐，士大夫遠嫌，莫敢與之通聲問。一日，忽有一書與執政，執政得之不敢發，立具上聞。洎發之，乃表也，深自敘致，詞頗哀切。其間兩句曰：『雖遷陵之罪大，念立主之功多。』遂有北還之命。謂多機變，以流人無因達章奏，遂託爲致執政書，度以上聞，因蒙寬宥。」按丁謂貶竄朱崖，豈有敢致書執政之理，沈括《筆談》之説，未可據也。《邵氏聞見録》謂謂遣客致書洛守王欽若。天聖元年九月，王欽若再相，三年十一月，欽若即病死，稱欽若時尚判河南府，可謂白日夢囈也。當以《宋史》

本傳作謂致書洛守劉燁爲是。

宋史文苑刁衎傳（有删節）

刁衎字元賓，昇州人。父彦能，仕南唐爲昭武軍節度。衎用蔭爲祕書郎、集賢校理。歸宋，授太常寺太祝，稱疾，假滿，屏居輦下者數歲。太平興國初，詔復本官，出知睦州桐廬縣。再遷大理寺丞。召試，授殿中丞，通判湖州。俄知婺州。遷國子博士，知光州。就改虞部員外郎，徙知廬州。真宗即位，遷比部員外郎。代還，獻所著《本説》十卷，得以本官充祕閣校理。《宋會要輯稿》崇儒五：「真宗咸平二年五月，比部員外郎刁衎獻《本説》十卷，召試學士院，授祕閣校理。」出知潁州，入爲駕部員外郎，改直祕閣。預脩《册府元龜》，加主客郎中。求領外任，得知湖州，轉刑部郎中。歲滿，復預編脩。大中祥符六年書成，授兵部郎中。入朝，暴中風眩，真宗遣使馳賜金丹，已不救，年六十九。衎始仕李氏，權勢甚盛，父爲藩帥，家富於財，被服飲膳，極於侈靡。歸宋，以純澹夷雅知名于時，恬於禄位，善談笑，喜棊弈。交道敦篤，士大夫多推重之。子湛、湜、渭，皆登進士第。

任隨事輯

《宋史》無任隨傳，今從《宋會要輯稿》、《麟臺故事》、《續資治通鑑長編》諸書集録其仕官事迹。

《宋會要輯稿》選舉三十三：「真宗咸平三年五月十八日，著作佐郎任隨直集賢院。」

《宋會要輯稿》選舉十一：「真宗咸平四年十二月二十三日，命直集賢院任隨點檢進士程文。」

《麟臺故事》：「咸平中，覆校《史記》，又以著作佐郎直集賢院任隨領其事。景德元年正月校畢，任隨等上覆校《史記》并刊誤文字五卷，詔賜帛有差。」

《續資治通鑑長編》：「真宗景德三年三月己未，太常丞直集賢任隨上言」云云。

《續資治通鑑長編》：「景德四年十二月，命太常丞直集賢院任隨點檢進士程試。」

宋史張詠傳（多删節）

按宋人筆記中多載詠好神仙事，今悉不取，但取其行事可信者録之。

張詠字復之，濮州鄄城人。少任氣，不拘小節。太平興國五年，登進士乙科，大理評事，知鄂州崇陽縣。《夢溪筆談》：「忠定，張尚書曾令鄂州崇陽縣。崇陽多曠土，民不務耕織，唯以植茶爲業。忠定令民伐去茶園，誘之使種桑麻，自此茶園漸少，而桑麻特盛於鄂岳之間。至嘉祐中，改茶法，湖湘之民，苦於茶租，獨崇陽茶租最少，民監他邑，思公之惠，立廟以報之。民有入市買菜者，公召諭之曰：『邑居之民，無地種植，且有他業，買菜可也。汝村民，皆有土田，何不自種而費錢買菜？』笞而遣之。自後人家皆置圃，至今謂蘆菔爲『張知縣菜』。」再遷著作佐郎。入爲太子中允，遷祕書丞。通判麟相二州，乞掌濮州市征以便養。俄召還，知浚儀縣。以爲荆湖北路轉運使，就轉太常博士。召還，超拜虞部郎中，賜金紫，旬日擢爲樞密直學士，知銀臺通進封駁司，兼掌三班院。出知益州，時李順構亂，民多脅從，詠移文諭以朝廷恩信，使各歸田里。其爲政，恩威並用，蜀民畏而愛之。歐陽脩《歸田録》：「太宗飛白書張詠、向敏中二人名付中書，曰：『二人者名臣，爲朕記之。』」《夢溪筆談》：「成都府知録，雖京官，例皆庭參。蘇明允嘗言張忠定知成都府日，有一生，忘其姓名，爲京寺丞知録事參軍。有司責其庭趨，生堅不可，忠定怒曰：『唯致仕即可免。』生遂投牒乞致仕。自袖牒立庭中，仍獻一詩辭忠定，其間兩句曰：『秋光都似宦情薄，山色不如歸意濃。』忠定大稱賞，自降階執生手曰：『部内有詩人如此而不知，詠罪人也。』遂與之升階，置酒歡語終日，還其牒，禮爲上客。」改兵部郎中。真宗即位，加左諫議大夫。咸平初，入拜給事中，户部使，改御史中丞。《澠水燕談録》：「張忠定公詠爲御史中丞，宰相張齊賢於上前短公曰：『張詠本無文，凡有章奏，皆婚家王禹偁代爲之。』公聞，自辨曰：『臣苦心文學，縉紳莫不知，今齊賢以臣假手於人，是掩上之明，誣臣之非罪也。』上曰：『卿平生著述幾多？』公遂以所著進。上閲於龍圖閣，未竟，賜坐，曰：『今日暑甚。』顧黄門於御几取常所執紅銷金龍扇賜公，且稱文善。公起再拜，乃納扇於几，上曰：『便以賜卿，美今日獻文事也。』」二年夏，以工部侍郎出知杭州。知永興軍府。復命知益州。仍加刑部侍郎、樞密直學士，就遷吏部侍郎。歸朝，復掌三班，領登聞檢院。詠中歲瘍生腦，頗妨巾櫛，遂命知昇州。《續資治通鑑長編》：「景德四年六月，樞密直學士吏部侍郎張詠瘍生於腦。辛酉，以詠知昇州。」大中祥符初，加左丞。三年春，州民以詠秩滿，借留，就轉工部尚書，令再任。進禮部。上聞詠腦瘍，令薛映馳驛代。還，以疾未見，恨不得面陳所藴。乃抗論言：「近年虚國帑藏，竭生民膏血，以奉無用之土木，皆賊臣丁謂、王欽若啓上侈心之爲也。不誅死，無以謝天下。」此取《澠水燕談録》。司馬光《涑水記聞》謂：「真宗造玉清昭應宫，張詠上言：『不審造宫觀，竭天下之財，傷生民之命，此皆賊臣丁謂誑惑陛下。乞斬丁謂頭置於國門，以謝天下；然後斬詠頭置於丁謂之門，以謝丁謂。』上亦不罪也。」章三上，出知陳州。卒，年七十。《後山叢談》稱：「乖崖在陳，一日方食，進奏報至，且食且讀，既而抵案慟哭，久之哭止，復彈指駡詈久之，乃丁晉公逐萊公也。」按《宋會要輯稿》禮四十一：輟朝，「樞密直學士禮部尚書張詠，大中祥符八年七月。」又沈括《夢溪筆談》亦謂張詠卒於大中祥符七年七月二十六日，是。釋文瑩《湘山野録》則謂張詠卒於祥符八年五月二十一日，疑有誤。蓋詠卒於大中祥符八年，丁謂之逐寇準，在天禧四年，時張詠死已久矣，豈能有彈指慟哭之事。故洪邁《容齋隨筆》亦舉此事，以證《後山叢談》之誤，並疑《叢談》爲僞書云。贈左僕射，謚忠定。

宋史吴越錢氏世家錢惟濟傳（多删節）

錢惟濟字巖夫，生七歲，俶封漢南王，奏補本府元從指揮使。歷諸衞將軍，領恩州刺史，改東染院使，真拜封州刺史。《續資治通鑑長編》：「真宗大中祥符三年五月丁未，封州刺史錢惟濟獻所爲詩。」其後請試郡，命知絳州。徙潞州，遷永州團練使，改知成德軍。仁宗即位，加檢校司空。以吉州防禦使，留再任，遷虔州觀察使，知定州，遷武昌軍節度觀察留後，改保静軍留後。惟濟喜賓客，豐宴犒，家無餘貲，帝賜白金二千兩。卒，贈平江節度使，謚宣惠。

宋史文苑吴淑傳舒雅附傳（多删節）

舒雅字子正，久仕李氏，江左平，爲將作監丞，後充祕閣校理。《麟臺故事》：「淳化七年九月，詔爲《文苑英華》，雍熙三年上之。」時舒雅以國子監丞預編脩。又「咸平三年十月，命翰林學士承旨宋白等脩《續通典》，以祕閣校理舒雅爲編脩官。」好學，善屬文。累遷職方員外郎，求出，得知舒州。州之濳山靈仙觀有神仙勝迹，郡秩滿，即請掌觀事。東封，就加主客郎中，改直昭文館。《續資治通鑑長編》：「大中祥符二年春正月癸未，命舒雅直昭文館。」轉刑部。在觀累年，優游山水，吟詠自樂，時人美之。卒，年七十餘。

宋史晁迥傳（多删節）

晁迥字明遠，世爲澶州清豐人，自其父佺始徙家彭門。迥舉進士，爲大理評事，歷知岳州録事參軍，改將作監丞。稍遷殿中丞，坐失入囚死罪，奪二官，復將作丞，監徐婺二州税，遷太常丞。真宗即位，擢右正言，直史館。召試，除右司諫，知制誥。判尚書刑部。帝北征，加右諫議大夫，進翰林學士。《學士年表》：「晁迥，景德二年五月，以起復左諫議大夫拜。」未幾，知審官院，同脩國史。知大中祥符元年貢舉。朱弁《曲洧舊聞》：「祥符中，天書降，有旨云：『可示晁迥。』迥云：『臣讀世間書，識字有數，豈能識天上書。』」累遷尚書工部侍郎。使契丹還，奏《北庭記》。加史館脩撰，知通進銀臺司。史成，擢刑部侍郎，進承旨。《學士年表》：「天禧二年十一月，晁迥進承旨。」時朝廷方脩禮文之事，詔令多出迥手。遷兵部侍郎。請分司西京，特拜工部尚書、集賢院學士，判西京留司御史臺。《學士年表》：「天禧四年四月，晁迥以工部侍郎集賢院學士判西京留臺罷。」仁宗即位，遷禮部尚書。居臺六年，累章請老，以太子少保致仕，給全俸。天聖中，迥年八十一，召宴太清樓，所以寵賚者甚厚。進太子少傅。卒，年八十四，罷朝一日。《宋會要輯稿》禮四十一：「晁迥，景祐元年九月。」贈太子太保，謚文元。子宗慤。

宋史文苑崔遵度傳（多删節）

崔遵度字堅白，本江陵人，後徙淄州之淄川。純介好學，太平興國八年，舉進士。解褐和川主簿，换臨汾。端拱初，擢著作佐郎。淳化中，遷殿中丞，出知忠州。李順黨張順來攻，坐失城池，貶崇陽令，移鹿邑。咸平初，復爲太子中允。景德初，召試舍人院，改太常丞，直史館。會脩兩朝國史，與路振並爲編脩官。《宋會要輯稿》選舉三十三：「景德元年八月二十六日，太子中允崔遵度爲太常丞直史館。」《續資治通鑑長編》：「景德四年夏五月，詔貢院考較程式，宜令陳彭年與直史館崔遵度議定。」大中祥符元年，命同脩起居注。東封，進博士。祀汾陰，命爲左司諫。遵度淳澹清素，於勢利，泊如也。所僦舍甚湫隘，有小閣，手植竹數本，朝退，默坐其上，彈琴獨酌，翛然自適。七年，東郊建壇恭謝，遵度典記注，書昊天爲天皇，又增聖祖配位，坐謬誤，降爲右正言。踰歲，復其秩。九年，仁宗以壽春郡王開府，命爲王友。改户部員外郎。府中文翰，皆遵度所作。國史成，拜禮部員外郎。昪邸進封，改禮部郎中，充諮議參軍。儲宮建，又加吏部，兼左諭德。未幾，命使契丹，判司農寺。天禧四年八月卒，年六十七。仁宗即位，詔贈工部侍郎。

宋史薛映傳（多删節）

薛映字景陽，家於蜀，父允中，事孟氏爲給事中，歸朝爲尚書都官郎中。映進士及第，授大理評事，歷通判綿宋昪州，累遷太常丞。爲監察御史，知開封縣。太宗召對，爲江南轉運使，改左正言，直昭文館。改京東轉運使，徙河東。知相州，再領漕京東。遷尚書禮部郎中，擢知制誥，判吏部流内銓。以右諫議大夫知杭州。入知通進銀臺司，兼門下封駁事。《續資治通鑑長編》：「真宗景德三年冬十月，初右諫議大夫知杭州薛映，以起居舍人直史館。」封泰山，爲東京留守判官，遷給事中，勾當三班院，出知河南府。《續資治通鑑長編》：「大中祥符四年二月，命知河南府薛映造輦水小車十乘付行在三司。」遷尚書工部侍郎、集賢院學士，《續資治通鑑長編》：「大中祥符四年九月，命工部侍郎集賢學士薛映爲南嶽奉册使。」判尚書都省。進樞密直學士，知昇州。頃之，糾察在京刑獄，再判都省。歷尚書左丞，知揚州，徙并州，又徙永興軍。拜工部尚書，兼御史中丞。仁宗即位，遷禮部，再爲集賢院學士，判院事。知曹州，分司南京，卒。贈右僕射，謚文恭。映好學有文，該覽强記，善筆札，章奏尺牘，下筆立成。爲治嚴明，吏不能欺，每黎明，據案決事，雖寒暑無一日異也。

劉秉疑是張秉説

清代刻本《西崑酬唱集》下卷清風十韻中「何處來蘋末」一首，又戊申年七夕五絶「斜漢西傾桂魄新」五首，並題劉秉作，但不注出劉秉官位。徧繙《宋史》、《續資治通鑑長編》、《宋會要輯稿》，真宗世，不見有劉秉其人也。明嘉靖玩珠堂本《西崑酬唱集》於上述詩題下第書「秉」名，不著其姓。明玩珠堂本上卷前，目録後，較各本多「西崑唱和詩人姓氏」一葉，最末出「秉」名，亦不著其姓，則秉未必姓劉，稱劉秉者，蓋清人刻此書時後加其姓，元本蓋已亡秉之姓也。查《宋史》卷三百一有《張秉傳》，疑此名秉者，蓋即張秉而非劉秉也。《宋史》云：

「張秉字孟節，歙州新安人，舉進士，儀狀豐麗，屬詞敏速，善書翰，太宗喜之，擢置甲科。解褐將作監丞，通判宣州，遷監察御史，深爲宰相趙普所器，以弟之子妻之。會有薦其才，得知鄭州。召還，直昭文館，遷右司諫。會以趙昌言爲制置茶鹽使，秉與薛映副之。入爲右計司，河南西道判官，俄換鹽鐵判官、度支員外郎、知制誥，判吏部銓，知審官院。俄遷工部郎中，依前知制誥。真宗嗣位，進秩兵部郎中，判昭文館。時草叙用官制，有『頃因微累，謫於遐荒』之語，上覽之曰：『若此，則是先朝失刑矣。』遂除秉左諫議大夫。《宋會要輯稿》職官三：「至道三年七月，以兵部郎中知制誥張秉爲左諫議大夫罷職。」連知潁襄二州，徙鳳翔府，改江陵。丁母憂，起復知河南府。景德初，徙河陽，換澶州，又徙知滑州。召歸闕，復拜吏部銓。《宋會要輯稿》選舉十一：「大中祥符元年三月十九日，詔給事中張秉覆考禮部不合格特奏名進士諸科舉人試卷。」同書職官十五：「大中祥符元年八月，給事中張秉」云云。同書禮二十二：「大中祥符元年十月三日，命給事中張秉、知制誥王曾訪問所過耆老。」按時真宗東封泰山也。拜工部侍郎，同知審官院通進銀臺司，糾察在京刑獄。復與周起同試東封路服勤辭學經明行脩舉人。《宋會要輯稿》選舉十一：「大中祥符二年五月十五日，命工部侍郎張秉、知制誥周起試開封府國子監兖鄆澶濮州解送服勤辭學經明行脩舉人。」出知永興軍府，會祀汾陰，爲東京留守判官，轉禮部侍郎，加樞密直學士，復知并州，徙相州。《宋會要輯稿》職官六十一：「大中祥符五年十月二十三日，徙樞密直學士禮部侍郎張秉知相州。秉多與同僚博戲，又與轉運使陳若拙飲席詬争，軍務不輯故也。」九年，復糾察在京刑獄，暴疾卒。秉典藩府，無顯赫譽，及再至太原，臨事少斷，多與賓佐博奕。雖久踐中外，然無儀檢，好諧戲，人不以宿素稱之。好飭衣服，潔饌具，每公宴及朋友家集會，多自挈肴膳而往，家甚貧，常質衣以給費焉。」

秉詩六首，作於大中祥符元年，時秉官給事中，見上引注文《宋會要輯稿》。秉太宗世，擢進士甲科，史稱其屬詞敏速，蓋亦能文之士，故與楊劉相倡和也。

附録二　西崑酬唱集序跋

明嘉靖玩珠堂刊西崑酬唱集序

論詩者，類知宗盛唐，黜晚唐，斯二體，信有辨矣。然詩道性情，古人采之觀風正樂，以在治忽者也。如不得作者之意，徒曰盛唐。盛唐予不知，直似盛唐，亦何以也。杜少陵，盛唐之祖也，李義山，晚唐之冠也，體相懸絶矣，荆國乃謂唐人學杜者，惟義山得其藩籬，此可以意會矣。

楊、劉諸公倡和《西崑集》，蓋學義山而過者，六一翁恐其流靡不返，故以優游坦夷之辭矯而變之，其功不可少，然亦未嘗不有取于崑體也。徂徠、冷齋著爲怪説詩厄，和者又從而張之，崑體遂廢，其實何可廢也。夫子一嘆由瑟，門人不敬子路，信耳者難以言喻如此。故曰游于藝，夫誠以藝游，晚唐亦可也，不然，盛唐猶是物也，奚得于彼哉，要必有爲之根深者耳。

子美云：「文章一小技，於道未必尊。」作者之言蓋如此。夫惟達宣聖游藝之旨，審杜老技道之序，味介甫藩籬之説，而得歐公變崑之意，詩道其庶矣乎！

嘉靖丁酉臘日，高郵張綖序。

錢曾讀書敏求記西崑酬唱集跋

《西崑酬唱集》二卷，五七言律詩二百四十七章，屬和者十有五人，取玉山策府之名，命之曰《西崑酬唱集》，楊億爲之序。

憶丁亥、戊子歲，予始弱冠，交于已蒼、定遠，兩馮君時時過予，商摧風雅，互以蒐討異書爲能事。一日，已蒼先生來，池上安榴正盛開，爛然照眼。君箕踞坐几上，矯尾厲角，極論詩派源流，格之何以爲格，律之何以爲律，西江何以反乎西崑，反覆數千言，開予茅塞實多，但不得覯西崑集，共相惋惜耳。未幾，君爲酷吏磔死，屈指已三十六七年，泉路交期，頻于夢中哭君而已。

予後得此集繙閲之，因記《滄浪吟卷》曰：「西崑體即李商隱體，然兼温庭筠及本朝楊、劉諸公而名之者。」按《西崑》之名，刱自楊、劉諸君及吾遠祖思公，大年序之甚明。其詩皆宗商隱，故宋人内宴，優人有撏撦義山之謔。今云即商隱體而兼庭筠，是統温李先西崑之矣，且及之云者，楊、劉反似西崑繼起之人，疑誤後學，似是實非。積學君子，排斥嚴羽、高棅不少寬假者，豈好辨哉。今世奉吟卷爲金科玉條，何也？

清康熙戊子蘇州重刻西崑酬唱集序

唐二百八十年，朝以詩取士，士以詩爲業，童而習焉，長而精焉，其法同也，其義同也，其所讀書同也，所不同者，時世先後，風氣淳薄而已，初未有各樹其説，自立牆户者也。歷來作家，或以清真勝，或以雅豔勝，門庭施設，各各不同，究于三百六義之旨，何嘗不同歸一轍哉。

自宋以來，試士易制，詩各一塗，遂將李唐一代制作，四分五裂。若黄山谷、陳后山輩，雅好觕豪，尊昌黎爲鼻祖，而牽連杜工部徑直之作爲證，遂名黄、陳號江西體。或無事芻狗衣冠，專事清永淡寂，以韋、孟、高、岑爲宗，謂之九僧四靈體。有以李玉溪爲宗，而佐之以温飛卿、曹唐、羅鄴，若錢思公、楊大年諸公，一以細潤清麗爲貴，謂之西崑體。要皆自宋人分之，而唐初無是説焉。

元和、太和之代，李義山傑起中原，與太原温庭筠、南郡段成式，皆以格韻清拔，才藻優裕，爲西崑三十六，以三人俱行十六也。西崑者，取玉山策府之意云爾。趙宋之錢、楊、劉諸君子競效其體，互相酬唱，悉反江西之舊，製爲文錦之章，名曰《西崑酬唱》。

不隔一朝，遽爾湮没，自勝國名人以逮牧齋老叟，皆以不得見爲嘆息，其所以殷殷於作者之口久矣。昔年西河毛季子從吴門拾得，鈔自舊本，狂喜而告於徐司寇健庵先生，健庵遂以付梓，汲汲乎惟恐其書之又亡也。刻成，而以剞劂未精，祕不以示人。吴門壹是堂又以其傳之不廣，而更爲雕板。嗟乎！此書之不絶，如綫也，乃得好事之兩家，而無虞其不傳矣。今又得閬仙朱子，從兩家之後而三梓之，豈不欲使騷壇吟社，無有不覩是書之目而後愉快哉。夫三君之好是書者至矣，所以爲此書謀者亦無不盡矣，然而閬仙之意，亦良苦矣。

大凡人抱沈痼之疾，久服大黄甘遂，必至利削發狂而不可救。今江西之説，詩家之快利藥物也，深入肺腑，十牛不能挽，則其横溢顛蹶之禍，可憂也。苟不以是書整飭之，救正之，文焉而去其鄙野，典焉而去其樸樕，儒雅清越，以入乎三百六義之中，則風雅之道，其能無愧于有唐一代之文藻與。

刻成而不以老耄舍我，屬題簡端如此。虞山簡緣馮武。

清康熙戊子蘇州重刻西崑酬唱集序

風雅可追，韻言斯富，才人搦管，欲拂拂以成雲，逸客微吟，咸渢渢乎入耳。何況詩場好事，仿前哲之體裁，藝圃名流，爲一時之酬唱，寧非勝致，自合流傳。乃經日月之幾何，已悼篇章之淪佚。將求石室，都無二酉之藏，欲問雞林，未有千金之購。遂使前朝宿學，蔑由覩此遺書，昭代耆儒，靡不嗟爲闕典。彼夫荆南唱和，漢上題襟，抑又遐哉，宜其缺矣。

虞山毛子，汲古後昆，雅善蒐羅，偏能戈獲。幾同拱璧，珍諸貝錦奚囊，偶過高軒，出自芸籤鄴架，升不覺撫書而嘆也。

嗟乎！西崑之製，昉於有唐，酬唱之篇，殷乎前宋。歌風咏雪，情宛轉以相關，刻玉雕金，句琳琅而可誦。無心契合，詩成應不讓元和，有意規橅，賦就亦能追正始。清新體格，俱流香豔於行間，細膩風流，一洗叫囂於腕下。樹五七言之壁壘，致足相當，追三十六之風流，真能學步。則此一集也，均屬前人之逸響，伊何昔也亡而今也存，緬惟數子之清才，恍若前者唱而後者和。

假令私之爲寶，祕不示人，有美弗傳，將見嗤於大雅，微言欲絶，懼開罪於先民。爰選棗梨，亟爲剞劂。公諸同好，通韻海之津粱，贅以弁言，佐騷壇之鼓吹。絶而復續，非造物之無心，傳之其人，幸斯文之未喪。

時康熙戊子孟春之吉，長洲後學朱俊升聞仙氏謹序。

清四庫全書總目集部總集類

《西崑酬唱集》二卷。編修汪如藻家藏本。不著編輯者名氏。前有楊億序,稱卷帙爲億所分,書名亦億所題,而不言裒而成集出於誰手。考田況《儒林公議》云:「楊億在兩禁,變文章之體,劉筠、錢惟演輩從而效之,以新詩更相屬和。億後編叙之,題曰《西崑酬唱集》。」然則即億編也。凡億及劉筠、錢惟演、李宗諤、陳越、李維、劉隲、刁衎、任隨、張詠、錢惟濟、丁謂、舒雅、晁迥、崔遵度、薛映、劉秉十七人之詩,而億序乃稱屬而和者十有五人。豈以錢、劉爲主,而億與李宗諤以下爲十五人歟。詩皆近體,上卷凡一百二十三首,下卷凡一百二十五首,而億序稱二百有五十首,不知何時佚二首也。

其詩宗法唐李商隱,詞取妍華,而不乏興象。效之者漸失本真,惟工組織,於是有優伶撏撦之戲,石介至作怪説以刺之,而祥符中遂下詔禁文體浮豔。然介之説,蘇軾嘗辨之。真宗之詔,緣於《宣曲》一詩,有取酒臨邛之句,陸游《渭南集》有《西崑詩跋》，言其始末甚詳，初不緣文體發也。其後歐、梅繼作，坡、谷迭起，而楊、劉之派，遂不絶如綫。要其取材博贍，練詞精整，非學有根柢，亦不能鎔鑄變化，自名一家，固亦未可輕詆。《後村詩話》云：「《西崑酬唱集》，對偶字面雖工，而佳句可録者殊少，宜爲歐公之所厭。」又一條云：「君僅以詩寄歐公，公答云：『先朝楊、劉風采，聳動天下，至今使人傾想。』豈公特惡其碑版奏疏，其詩之精工穩切者，自不可廢歟。」二説自相矛盾，平心而論，要以後説爲公矣。

其書自明代以來，世罕流布。毛奇齡初得舊本於江寧，徐乾學爲之刻版，以剞劂未工，不甚摹印。康熙戊子，長洲朱俊升又重鐫之，前有常熟馮武序。馮舒、馮班本主西崑一派，武其猶子，故於是書極其推崇，然武謂「元和、太和之際，李義山傑起中原，與太原温庭筠、南郡段成式，皆以格調清拔，才藻優裕，爲西崑三十六體，以三人俱行十六也。」考《唐書》但有三十六體之説，無西崑字，億序是集稱取玉山策府之名，題曰《西崑酬唱集》，則三十六與西崑各爲一事，武乃合而一之，誤矣。

清四庫全書簡明目録集部總集類

《西崑酬唱集》二卷，宋楊億編。所録億及劉筠等十七人詩。時億官兩禁，故取玉山策府之義，以名其集。所作皆尊李商隱體，大抵音節鏗鏘，詞采精麗。後歐、梅既出，詩格一變，億等之派遂微。然其組織工緻，鍛鍊新警之處，終不可磨滅，故至今猶有傳本焉。

浦城叢書本西崑酬唱集跋

自吾邑楊文公倡爲西崑體，當時即有異議，南宋之末，其書遂不絶如綫，元明以來，名儒老輩，至有以不得見爲憾者，每讀虞山馮氏序，爲之悵然也。據馮序，稱此書凡經三梓，而傳世尚稀。

竊謂古今掊擊西崑之論，層見疊出，要皆便於空疎不學之人，不知其精工律切之處，實可自名一家。世人耳食者多，相與束之高閣，深可慨嘆。梁芷隣儀部撰吾邑詩話，謂「崑體特文公之一格，《武夷新集》具在，未嘗盡如西崑」云云，可謂善學古人者矣。

今東巖太守繼《武夷新集》而並梓之，庶幾留心風雅者，家有其書，知所津逮，則匪但吾邑之幸已也。

嘉慶庚午，同邑後學祖之望題後。

粤雅堂本西崑酬唱集跋

右《西崑酬唱集》二卷，宋楊億等撰。按億事蹟具《宋史》本傳，酬唱諸人名氏具集中。舊鮮傳本，國初徐健庵鋟版後，同時復再刻，具見馮武序。

考蔡寬夫詩話稱：「國初沿襲五代之餘，士大夫皆宗白樂天，故王黄州主盟一時。祥符、天禧之間，楊文公、劉中山、錢思公，專喜李義山，故崑體之作，翕然一變。」《隱居詩話》稱：「楊億、劉筠作詩務故實，而語意輕淺，一時慕之，號西崑體，識者病之。歐公云：『楊大年詩有峭帆横度官橋柳，疊鼓驚飛海岸鷗，此何害爲佳句。』予見劉子儀詩句有『雨勢宫城闊，秋聲禁樹多』，亦不可誣也。」《古今詩話》稱：「楊大年、錢文僖、晏元獻、劉子儀爲詩皆宗義山，號西崑體。後進效之，多竊取義山詩句。嘗内宴，優人有爲義山者，衣服敗裂，告人曰：『吾爲諸館職撏撦至此。』聞者大噱。然大年咏《漢武》詩云，『力通青海求龍種，死諱文成食馬肝』，『待詔先生齒編貝，忍令乞米向長安』，義山不能過也。」《冷齋夜話》稱「詩到義山，謂之文章一厄，以其用事僻澀，時稱西崑體。」然荆公晚年，亦或喜之。宋時人議論不同如此。

善乎！元遺山論詩絶句云：「詩家總愛西崑好，獨恨無人作鄭箋。」又云：「古雅難將子美親，精純全失義山真。」蓋義山詩之佳者，直接杜陵之脈，此可爲知者道。集中不無利鈍互陳之處，讀者須分别觀之耳。至學崑體諸人，亦未必盡得義山真諦，故是集亦往往蘭艾齊列，而究非多閲古籍者不辨，遠勝於束書不觀，而自詡學王、孟，學白香山，學東坡、山谷，其流弊不可勝言，乃以嚴滄浪之説自解，曰：「詩非關學也。」

咸豐甲寅百花生日後，南海伍崇曜跋。